천자문 읽어주는 책

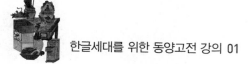

한글세대를 위한 동양고전 강의 01

천자문

읽어주는 책 보급판

김환기 지음

천 개의 벽돌로 쌓아올린 동양 문명의 신비한 성채

일월담

개정판을 내는 세 가지 이유

천자문만큼 그 이름이 우리 귀에 익숙한 고전도 없다. 하지만 천자문은 그 명성만큼 많이 읽히는 책이 아니다. 여기에는 몇 가지 이유들이 있는데, 가장 중요한 이유 가운데 하나가 제대로 된 해설서가 없다는 점이다. 이에 필자가 무딘 붓을 들어 본서를 낸 것이 2012년의 일이었다. 이로부터 채 2년이 되지 않아 이렇게 다시 개정판을 내게 되었으니, 이는 그 사이 수많은 독자들의 성원과 지지가 있었던 덕분이다.

먼저 적지 않은 독자들이 전화와 이메일 등을 통해 격려를 보내주셨다. 체계적인 설명과 합리적인 번역 등이 기존의 책들과는 많이 달라서 천자문을 다시 보게 되었다는 상찬에 필자는 부끄러우면서도 한편으로 큰 보람을 느낄 수 있었다. 지면을 빌어 독자들께 거듭 감사의 인사를 전한다.

또 많은 분들이 이 책의 잘못된 부분, 특히 오탈자들에 대해 일일이 지적을 해주셨다. 한자와 한자어들이 워낙 많이 등장하다 보니 필자가 미처 찾아내지 못했던 오탈자들이 실제로 적지 않았다. 이번에 개정판을 내면서 가장 크게 신경을 쓴 부분이 바로 이 오탈자들을 바로잡는 것이었다.

개정판을 준비하면서 원고를 거듭 읽다 보니 지나치게 주변부로 흐른 설명들이 여럿 눈에 띄었다. 잘못된 내용도 아니고 근거가 없는 설명도 아니지만 천자문 본문의 번역과 이해에 반드시 필요한 내용이 아닌 경우에는 과감하게 이를 삭제했다. 예컨대 정치와 음악의 관련성을 설명하는 대목에서 우리의 전통 악기들을 길게 설명한 부분 등이다. 이는 상식의 증진에는 도움이 될지 몰라도 천자문 본문의 이해와는 크게 관련이 없고, 오히려 지나친 사족이 되어 전체적인 독서의 진행에 도움이 되지 않는다고 판단했다. 그 결과 초판과 달리 서너 구절에서는 아예 〈해설〉의 항목이 사라지게 되었다. 편집이나 제책이 잘못된 것이 아니므로 독자들의 이해를 구한다.

　마지막으로 초판에 없던 〈찾아보기〉를 책의 말미에 실었다. 이 책에 실린 고유명사며 성어 등을 따로 찾아볼 수 있도록 해주면 나중에라도 도움이 되겠다는 요청이 적지 않았기 때문이다. 이로써 이 책의 효용성이 조금은 높아진 느낌이다.

　내용상 큰 변개가 없음에도 불구하고 위와 같은 이유들에서 별도로 개정판을 내게 된 바, 거듭거듭 독자들의 질정을 구한다.

2014년 원단에

세계와 나를 이해하는 천 개의 키워드

천자문千字文은 한중일 세 나라에서 공통으로 초학자初學者들을 위한 문자文字 학습 교재敎材로 널리 활용되던 책이다. 하지만 천자문의 이러한 용도는 오늘날에 이르러 거의 폐기되었다. 일상적으로 활용되는 소위 실용 한자를 익히기에는 그 글자들이 너무 어려운 경우가 많고, 또 현대의 합리적이고 과학적인 교육 방식을 적용할 교재로는 적절치 못하기 때문이다. 낱글자로서의 한자를 익히고자 하는 것이 목표라면, 일이삼사一二三四를 묶어서 익히고 동서남북東西南北을 한꺼번에 배우는 것이 실제로 더 실용적이고 교육의 효과도 높아진다. 따라서 천자문이 한자 학습 교재로 적당치 않다는 데에는 큰 이견이 없다. 그 결과 천자문의 중요성은 오늘날 크게 위축되었다. 여전히 천자문을 한자 학습 교재로 활용하는 경우가 더러 있고, 또 천자문의 내용적 가치를 인정하여 이를 연구하고 학습하는 경우가 없는 것은 아니지만 다른 고전들에 비해 상대적으로 홀대를 받게 된 것만은 분명해 보인다.

이처럼 천자문이 상대적으로 소홀히 다루어지게 된 것은 문자 학습 교재로서의 가치를 잃었기 때문만은 아니다. 몇 가지 요인이 더 있는데, 첫째는 천자문이 그 익숙한 이름에도 불구하고 처음부터 끝까지 일독을 해내기에는 사실 여간 어려운 책이 아니라는 점이다. 250구절에 불과한 짧은 책이지만, 거기 담긴 철학이나 역사적 사건들을 이해하기 위해서는 한문에 대한 기초 지식은 물론 동양 철학과 역사에 대한 배경지식도 반드시 갖추고 있어야 한다. 그러나 안타깝게도 오늘날 대부분의 한국인들에게 한시漢詩로 된 천자문을 혼자의 힘으로 읽어내거나, 하나의 글자에서 구체적인 인명이나 지명, 역사적 사건이나 나라 이름 따위를 알아내기란 현실적으로 여간 어려운 일이 아니다.

이럴 경우 사람들은 당연히 해설서나 안내서를 찾게 된다. 그러나 더욱 안타깝게도 천자문의 글자들을 자세히 풀이하고, 그 구체적인 의미를 원문에 충실하면서도 이해하기 쉬운 우리말로 설명한 책, 논리성과 합리성을 갖춘 해설서들을 찾는 일 역시 쉽지 않다. 직역도 아니고 의역도 아닌 어정쩡한 번역문들이 인터넷을 도배하고 있고, 소위 천자문 익히기 교재라는 책들도 해석에 있어서는 수박 겉핥기에 그치는 경우가 태반이다. 천자문이 동양 정신의 보고이자 철학과 역사의 핵심을 보여주는 고전이요 명저라는 설명에 이끌려 천자문을 읽게 된 독자들은 당연히 이런 해설서들에 실망하기 십상이다. 논리성과 합리성, 충분한 깊이를 담보하지 못한 이런 해설서들의 범람은 역으로 천자문 독자층의 붕괴를 일으키는 한 요인이 된다.

천자문이 우리의 일상에서 멀어진 또 하나의 이유는 많은 사람들의 천자문에 대한 인식 부족, 혹은 오해와 관련이 있다. 천자문이 어린 아이들의 학습 교재였다는 사실을 잘 알고 있는 현대의 독자들은 과연 그런 아동용 책에 얼마나 대단한 가르침이 담겨 있겠느냐는 선입견을 가지게 되고, 이는 굳이 어렵고 두꺼운 책까지 찾아 읽을 필요가 없다는 생각을 갖게 만드는 것이다. 그 결과 실제로 주변에서 천자문을 처음부터 끝까지 완독했다는 사람을 만나기는 『논어論語』를 완독했다는 사람을 만나기보다 훨씬 더 어려워졌다.

물론 천자문의 모든 구절들을 일목요연하고 세밀하게 풀어내기 위한 전문가들의 노력이 전혀 없었던 것은 아니다. 특히 김근의 『욕망하는 천자문』과 신정근이 일본의 연구서를 번역하고 추가로 해설한 『세상을 삼킨 천자문』은 글자 풀이의 정밀함과 주석의 치밀함에 있어서 타의 추종을 불허한다. 김성동의 『천자문』 역시 소설가인 저자의 필력이 유감없이 발휘되어 그 원문 번역의 정밀함과는 별개로 일독을 권하기에 부족함이 없는 책이다.

그러나 위와 같은 걸출한 연구와 성과들에도 불구하고 필자는 여전히 천자문의 해석과 해설은 아직 터무니없이 부족한 수준이라고 생각한다. 그 심오한 사상과 배경지식을 모두 담아낸 저작이 아직 나오지 않았다는 의미에서만 그런 것이 아니다. 125개에 이르는 문장들의 전체적인 맥락과 핵심 내용을 일이관지一以貫之하는 해설조차 아직 제대로 존재하지 않는다고 판단되는 것이다. 필자보다 훨씬 깊이 공부하고 아는 게 많은 저자들조차 기존 해석의 권위에 눌려서인지 앞뒤가 제대로 연결되지 않는 해석을 내놓는 경우가 비일비재하다. 어떤 구절은 낱글자들을 직역으로 푸는 데서 멈추고, 어떤 구절은 고사와 배경지식을 잔뜩 인용하여 원문과는 도저히 연결점을 찾을 수 없는 해설을 이끌어내기도 한다. 또 어떤 경우에는 문장의 성분이며 품사를 세밀하게 따지다가도 어떤 경우에는 전혀 이런 문제에 개의치 않으면서 자의적으로 번역을 하기도 한다. 이처럼 파편적이고 권위적인 해석은 천자문을 어려운 책, 사문화된 책으로 인식시키고, 이것이 천자문에 대한 정당한 평가를 가로막는 한 요인이 된다. 게다가 앞뒤가 연결되지 않는 해석은 초학자들로 하여금 천자문 읽기를 포기하고 중단하게 만드는 직접적인 원인이 된다. 우리말 해석이나 해설을 읽어도 도무지 무슨 말인지 알기 어렵고, 우리말 번역문을 이해했다 하더라도 원문의 한자들에서 어떻게 그런 의미가 도출되는지 이해하기는 여전히 어렵기 때문이다. 그 결과 누구나 아는 것 같지만 사실은 읽어본 사람이 많지 않은 대표적인 책이 바로 천자문이 되었다.

천자문이 얼마나 중요한 책이고 그 사상이 얼마나 심오한 것인가에 대해서는 사전적이고 훈화적인 방식의 설명이 아니라 우선 천자문 원문의 해석을 통해 스스로 증명되어야 한다는 것이 필자의 생각이다. 물론 필자의 이번 책으로 그런 목표가 달성된 것은 아니다. 하지만 새로운 해석의 필요성과 좀 더 진지한 우리말 번역에 대한 논의의 물꼬가 마련되는 계기 정도는 되지 않을까 기대한다.

천자문 읽기는 왜 어려운가?

어려서부터 천자문을 외우고, 사색을 통해 혼자 힘으로 문리文理를 터득하던 세대가 아니라면 천자문을 처음부터 끝까지 완독하기란 여간 어려운 일이 아니다. 앞에서 지적한 것처럼 무엇보다 해석이 실제로 어려운 책이기 때문이다. 어려운 이유의 핵심은 이것이 시詩이기 때문이다. 생략과 도치가 난무하고 문법은 종종 무시된다. 다양한 의미, 심지어 서로 상반되는 의미를 동시에 가진 글자 하나하나를 다각도로 새기고, 두 개의 글자를 연결시켜 단어나 구절을 얻고, 다시 네 글자를 합하여 구절이나 문장을 얻고, 여덟 글자를 하나로 묶어 의미를 따져야 하는데, 이는 전문가가 아닌 다음에는 매우 지난한 작업이 아닐 수 없다. 설령 천자문에 나오는 천 개의 글자들을 모두 읽고 쓸 수 있다 하더라도 저절로 번역이나 해석이 되는 것은 아니라는 얘기다. 당연히 누군가의 안내가 필요하다. 그런데도 누구나 읽어서 고개를 끄덕일 수 있는 쉽고 친절한 안내서가 부족하다는 점은 앞에서도 지적했다. 문외한인 필자가 붓을 들게 된 연유다.

천자문의 해석이 다분히 수박겉핥기로 이루어지고, 이런 해석들이 마치 권위 있는 절대 해석인 것처럼 유포된 현실은 천자문 읽기의 어려움을 더욱 가중시킨다. 또 한편으로는 천자문의 내용이 그다지 심오하거나 깊이 새길 만한 것이 아니라는 생각을 갖게 만들기도 한다. 예컨대 천자문 중간쯤에 나오는 '성정정일性靜情逸 심동신피心動神疲'의 구절을 대부분의 천자문 해설서들은 '본성이 고요하면 마음이 편안하고, 마음이 움직이면 정신이 피곤해진다'는 식으로 옮긴다. 서로 다른 한자인 정情과 심心을 같은 '마음'으로 새기는 것도 문제지만, 본성과 마음과 정신의 상관관계가 혼란스러워서 이 구절이 정말로 전하고자 하는 메시지가 무엇인지 분명하게 알기 어렵다. 그저 마음을 고요하고 편안하게 유지해야 한다는 정도의 가르침을 얻을 수 있을 뿐인데, 이런 뻔하디 뻔한 가르침을 얻자고 그 어려운 천자문을 줄줄이 외웠을 옛사람들을 생각하면 그저 안타까울 따름이다. 필자의 생각에 이 구절은 전혀 다른 방식으로 읽어야 그 메시지가 분명해지고, 철학이나 사상적으로도 어떤 의미를 가진 가르침인지 바르게 이해할 수 있게 된다.

백수문白首文 전설의 폐해

천자문은 흔히 백수문으로도 불린다. 저자 주흥사周興嗣(470?~521)가 하룻밤 사이에 이 글을 짓고 검었던 머리가 하얗게 변해버렸다는 전설에서 유래한 명칭이다. 역사적 사실이 아님은 물론이다. 그런데 이런 전설은 천자문이 초학자들을 위한 문자 교재라는 성격과 맞물리면서 본의 아니게 또 다른 오해를 불러일으키기도 한다. 누구나 쉽게 서로 다른 천 개의 글자를 배울 수 있는 좋은 책이지만, 그 논리의 일관성이나 사상의 심오함에 대해서는 큰 기대를 가질 필요가 없다는 생각이 유포되는 것이다. 실제로 천자문은 이제까지 그 맥락이나 논리성이 상당히 결여된 책, 시집이자 문자 교재이므로 어쩔 수 없이 그렇게 된 책으로 널리 인식되어 왔던 것이 사실이다. 심오하고 철학적인 문장이 없는 것은 아니나 모든 문장이 다 그런 것은 아니라는 인식도 퍼져 있다. 이런 인식 때문에 앞문장과 뒷문장이 전혀 연결되지 않는 부분이 나타나도 시니까 당연히 그럴 수 있다고 여겨 다른 해석을 해볼 궁리를 하지 않았던 셈이다.

천자문은 주흥사가 하룻밤 사이에 적어 내려간 글이 결코 아니다. 그 논리의 치밀함과 내용의 방대함 등으로 미루어볼 때 아무리 천재라도 하룻밤에 쓸 수 있는 글이 절대 아니다. 천자문의 가치는 서로 다른 천 개의 글자를 겹치지 않게 사용했다거나, 운韻을 맞춘 정형시의 형식으로 이를 완성했다는 데에 머무르지 않는다. 그 철학과 사상이 동양 정신의 요체를 모두 포괄하고 있을 뿐만 아니라, 역사는 물론 실용적인 지혜와 지식까지 다방면으로 제공하는 책이 천자문이다. 『논어』와 『주역周易』과 『사기史記』와 『노자老子』의 핵심 내용이 여기에 응축되어 있고, 유교와 도교와 불교의 핵심 가치관도 이 한 권에 온축蘊蓄되어 있다. 천자문 한 권만 제대로 읽어도 동양 철학과 역사 공부의 기초는 다져진다고 말해도 과언이 아니고, 천자문의 진정한 가치는 여기에 있는 것이다.

천자문은 어떤 책인가?

천자문은 앞에서도 소개한 것처럼 주흥사가 지었다고 전해진다. 주흥사는 중국 남조南朝시대의 양梁나라 사람이며, 서기 521년에 사망한 것은 확실하나 언제 태어났는지는 불명확하다. 대개 서기 470년을 그의 출생 연도로 꼽는다. 그가 하룻밤에 천자문을 지었다는 얘기는 전설로 치더라도, 그가 천자문의 확립에 혁혁한 공을 세운 것만은 분명해 보인다. 기록에 따르면 주흥사는 기존의 흩어진 천자문을 다시 조립하여 재정리한 것으로 보이는데, 여기서 말하는 기존의 천자문이란 진晉나라 무제武帝 때의 명필이자 정치가인 종요鍾繇(151~230)가 지었던 것이라고 전한다. 그런데 종요라는 인물 자체가 천자문의 본문에도 등장한다. 이로 미루어 주흥사가 종요의 천자문을 그대로 재정리한 것이 아니라 상당한 재편집을 했음을 짐작할 수 있다.

천자문은 모두 천 개의 글자로 된 책이며, 장편 시이기도 하다. 네 글자를 한 구로 삼고, 두 구를 한 문장으로 삼았으니 모두 250구요 125문장이다. 하지만 번역을 함에 있어서는 여덟 글자가 아니라 열여섯 글자를 한 문장으로 풀어야 오히려 문맥이 자연스러운 곳들이 있다. 기존의 많은 천자문 해설서들이 네 글자를 한 문장으로 해설하고 있는데, 전체적인 의미와 맥락을 고려할 때 이는 적절한 방식이 아니다. 본서는 기본적으로 125개 문장으로 분석하여 문장별로 해석 및 해설을 실었다. 그러나 이것도 설명의 편의를 위한 것일 뿐 절대적인 기준이 되는 것은 아니다. 앞에서 말한 것처럼 경우에 따라서는 열여섯 글자, 심지어 스물네 글자를 하나의 문장(의미 단위)으로 이해하는 편이 훨씬 더 합리적인 경우도 여럿이다.

천자문의 체계와 구성에 대하여

천자문의 체계와 구성에 대해서는 국내에서 그다지 많은 논의가 있었던 것 같지 않다. 특정한 내용(예컨대 효도 문제)을 집중적으로 다룬 부분 몇 구절을 따로 떼어내어 하나의 문단이나 장章으로 묶어서 설명하는 경우는 종종 있으나 천자문 전체를 일정한 형식을 갖추어 일목요연하게 분류한 경우는 흔치 않다. 또 그렇게 분류한 경우가 있다 하더라도 그 기준을 알기 어렵거나, 내용을 자의적으로 해석함으로써 잘못된 구분으로 흐른 경우가 적지 않다. 반면에 일본의 학자들은 꽤 세밀하게 천자문의 구조를 분석하여 문단을 나누고 있다. 신정근이 번역하여 소개한 『세상을 삼킨 천자문』에 천자문의 이러한 구조 분석 사례가 자세히 실려 있는데, 여기서는 운韻의 변화 여부에 따라 천자문 전체를 여덟 단락으로 나누고, 한 단락 안에서 내용의 긴밀성 여부를 따져 다시 세부 편차를 나누는 방식을 취하고 있다. 필자 역시 이러한 방식의 구조 분석이 타당하고 또 반드시 필요하다고 본다.

일본의 학자들이 그랬던 것과 마찬가지로 운韻이 바뀌는 부분은 장章 (챕터)이 바뀌는 것으로 보는 것이 타당하다. 정형시에서 운이 바뀐다는 것은 그만큼 큰 전환을 의미하는 것이기 때문이다. 실제로 천자문에서는 운이 바뀌면 그 내용이나 주제, 소재도 크게 달라진다.

같은 운韻을 여전히 사용하고 있다 하더라도 내용상 장을 구분해줄 필요가 있는 부분도 있다. 내용에 따른 장 구분의 사례는 김근의 『욕망하는 천자문』이 잘 보여주고 있는데, 다만 여기서는 내용보다 우선인 운韻의 문제를 도외시함으로써 적절한 장 구분에 성공한 것 같지는 않다.

필자는 우선 운에 따라 장을 구분하고, 같은 운을 쓰는 부분이라도 내용상 큰 전환이 있는 부분에서는 다시 장을 나누었다. 또 제일 앞의 문장과 마지막 몇 문장은 소위 서문과 맺음말에 해당하는 것으로 보아 별도의 장으로 편성했다. 그 결과 천자문은 서문과 맺음말을 갖추고 있는 완결된 장편시로 파악되며, 본문은 모두 아홉 개의 장으로 구성되어 있는 것으로 파악되었다. 합하여 모두 11장이다. 나름의 기준을 마련하여 구분했으나 이것이 절대적인 기준이 될 수는 없고, 본문의 해석을 어떻게 하느냐에 따라서도 장 구분은 얼마든지 달라질 수 있다. 여기서는 사례 하나를 제시한 것이라고 이해하면 충분하겠다.

천자문이 시詩라는 사실을 강조하면서 그 구절들의 문법적 통일성을 크게 무시하는 경향에 대해서도 지적해두지 않을 수 없다. 천자문의 한 문장(여덟 글자) 안에서 두 구절(각 네 글자)은 서로 정확한 대조를 이루고 있는 경우가 대부분이고, 다시 각 구절(네 글자) 안에서 두 글자씩 대조를 이루는 경우가 또한 대부분이다. 형식적으로도 그렇고 내용적으로도 그렇다. 문장의 주술 관계나 문장 성분들 역시 대부분은 정확한 대조를 이루고 있다. 이런 사실을 무시하고 천자문을 번역하는 것은 저자의 기본 의도를 전혀 고려치 않는 것이다. 모든 문장에서 100퍼센트 일정한 규칙이 적용되는 것은 아니지만, 많은 구절들이 정확한 대조를 이루고 있으며, 또 문법에도 통일성이 있다는 사실은 본문을 읽는 동안 누차 확인될 것이다. 그럴듯한 우리말 번역을 위해 이런 규칙성의 문제를 무시하는 것은 온당한 태도가 아닐뿐더러 결과적으로 본래의 의미를 왜곡시키는 것이다.

천자문을 어떻게 읽을까?

이 글을 쓰는 동안 필자는 오늘날의 사람들이 왜 천자문을 읽어야 하는가의 문제를 계속 고민했다. 그 결과 우선 문자 학습용 교재로 천자문을 이용하는 것은 전혀 바람직하지 않다는 결론에 도달했다. 이런 이유로 〈자구 풀이〉의 난을 별도로 두면서도 각 글자들의 일반적인 쓰임새를 하나하나 자세히 설명하지는 않았다. 대신 천자문 원문 안에서 해당 글자들이 어떤 역할과 의미를 담당하는지 밝히는 데 주력했다.

한자 학습 교재로는 부적당하지만, 천자문이 지닌 그 내용의 깊이와 풍부함은 오늘날에도 그 가치가 전혀 줄어들지 않는 것이라는 사실도 재확인할 수 있었다. 특히 동양 정신의 뿌리와 요체를 깊이 연구하려는 사람들에게 천자문은 더 없이 훌륭한 첫 길잡이가 될 것으로 여겨진다. 그리고 이는 동양에서 태어나고 자라며 또 동양에서 살아가야 할 우리나라의 모든 사람들에게 필요한 것이다.

이처럼 동양 정신의 뿌리와 요체를 담은 철학서, 사상서, 역사서, 문학 작품으로 천자문을 읽기 위하여 전체 천자문의 구조를 분석하여 나누고,

글자와 구절들의 직접적인 의미와 내재된 의미를 살피고, 필요한 배경지식과 설명들을 〈해설〉에서 덧붙였다.

이 과정에서 기존의 책들을 참고하고, 옥편과 사전과 인터넷을 활용했음은 물론이다. 특히 남양南陽 홍성원洪聖源의 『주해 천자문』을 많이 참고했는데, 이 책은 1752년에 편찬된 우리나라의 대표적인 천자문 해설서다. 그 이전의 『석봉 천자문』 등은 습자 교재의 성격이 강했던 데 비해, 홍성원은 각 구절들에 일종의 주석을 세세히 달고 있어서 당시의 사람들이 천자문의 원문을 어떻게 이해하고 학습했는지 크게 참고가 된다. 홍성원의 주석 자체가 한문으로 되어 있으므로 몇 종류의 번역서들이 나와 있으며, 필자는 성백효成百曉의 역주본을 참고하되 우리말 풀이는 필자의 견해를 위주로 하였다. 기타 『논어』 및 『주역』을 비롯한 여러 전적들에 대한 해석 역시 기존의 번역서들을 두루 참조하되 우리말 풀이는 필자의 견해를 위주로 하였다.

이처럼 천자문을 꼼꼼히 분석하는 과정에서 필자는 전문적인 한학자들이나 역사학자들의 천자문 연구가 더욱 활기를 띠어야 하리란 생각을 갖게 되었다. 필자와 같이 과문하고 편벽된 지식으로는 천자문의 깊은 속뜻을 밝히기 어려울 뿐만 아니라, 자칫 잘못된 길로 접어들 위험성마저 높아질 수 있기 때문이다. 이 책이 새로운 천자문 연구의 밀알이 될 수 있다면 큰 기쁨이겠고, 독자들에게 어설프게나마 천자문 완독의 길잡이가 될 수 있다면 이보다 더한 영광이 없겠다.

2012. 6
저자 김환기 識

차 례

일러두기

1. 각 구절의 원문 위에 붙은 번호(001~125)와 우리말 표제어는 설명의 편의를 위해 필자가 임의로 붙인 것이다. 그러나 이는 천자문 해설서에서 일반적인 방식이다.

2. 한자 및 한자어의 독음은 두음법칙을 염두에 두고 사전을 참조하여 달았다.

3. 원문 밑에는 각 구절을 어떻게 분석하여 직역을 이끌어낼 수 있는지, 한자를 순서에 따라 음으로만 읽는 방식을 실었다. 직독직해를 위한 안내이며, 문장의 분석과 해부의 방식을 보인 것이다. 옛날식 천자문 음독音讀 방식을 보인 것이 아니다.

4. 〈직역〉은 원문의 한자들만을 이용하여 그대로 우리말로 옮기는 데 주안을 두었고, 〈의역〉은 숨겨진 속뜻까지를 풀어서 해설한 것이므로 번역이라기보다는 짧은 설명에 가깝다. 이로써도 다 밝혀지지 않은 구구한 배경지식과 속뜻에 대하여는 〈자구 풀이〉와 〈해설〉에서 보충하고 설명하였다.

하늘의 도와 땅의 도

'천지현황天地玄黃 우주홍황宇宙洪荒'은 누구나 아는 천자문의 첫 구절이자, 천자문 저자의 입장에서는 설명을 처음 시작하는 부분이다. 제1장에 포함시켜도 의미의 전개는 무난하나 천자문 말미에 '닫는 말'이 별도로 존재한다고 보아서 수미首尾를 일관되게 정리하기 위해 별도의 장章으로 구분하였다. 실제로 이 구절은 천자문 전체의 핵심 내용을 요약한 구절로 인식되어 왔고, 이 한 구절만 제대로 읽어도 천자문은 끝난다는 속설까지 있을 정도다. 비록 여덟 글자에 불과하지만 별도의 서론序論으로 보기에 부족함이 없는 구절이다.

天地玄黃 宇宙洪荒
천 지 현 황 우 주 홍 황

천天과 지地는 현玄하고 황黃하며, 우宇와 주宙는 홍洪하고 황荒하다.

天 하늘 천　地 따 지　玄 검을 현　黃 누를 황
宇 집 우　宙 집 주　洪 넓을 홍　荒 거칠 황

직역 하늘은 검고 땅은 누르며, 우宇(공간)는 넓고 주宙(시간)는 거칠다.

의역 하늘이 검고 땅이 누르다 함은 둘의 색깔이 서로 다름이요, 그 도道가
또한 다름이니, 천도天道는 유현幽玄하고 멀며 지도地道는 밝고 가깝
다는 말이다. 우宇가 넓다 함은 인간을 둘러싼 공간이 광대무변함이
요, 주宙가 거칠다 함은 인간의 살아온 역사가 지극히 험난하고 어지
러웠다는 말이다.

자구 풀이

낱글자 하나하나의 일차적 의미는 비교적 분명하다. 천지天地는 문자
그대로 하늘과 땅이고, 현玄과 황黃은 색깔을 나타내는 글자로 각각 검은
색과 누런색에 해당한다. 우주宇宙에서 우宇는 3차원의 공간空間을 의미
하는 글자고, 주宙는 네 번째 차원인 시간時間을 나타내는 글자다. 홍洪은
넓고 크다는 말이며, 황荒은 황무지荒蕪地나 황량荒凉하다 등의 단어에서
연상되는 이미지, 곧 거칠음을 나타내는 글자다.

하지만 얼핏 평범해 보이는 이들 여덟 글자가 서로 결합되어 만들어진 문장의 뜻을 '의미 있게' 파악하는 일은 옥편玉篇의 단순 도움만으로는 불가능할 정도로 매우 까다롭다. 특히 천지현황天地玄黃의 네 글자가 만들어 내는 두 문장, 곧 '하늘은 검다'와 '땅은 누르다'는 문장은 직역直譯만으로는 도무지 '어떤 의미 있는 가르침이 담긴 문장인지' 파악하기가 쉽지 않다. 실제로 오늘날까지 진행된 대부분의 천자문 해설에서 이 구절은 해석하기가 가장 난해한 구절로 손꼽혀 왔고, 이 구절의 의역意譯을 어떻게 할 것인가의 문제는 여전히 논쟁 중이라고 할 만하다.

여기서 제시하는 필자의 의역 역시 하나의 풀이 방식일 뿐이며, 절대적인 해석이라고 고집할 만한 것은 아니다. 사실 어떤 면에서는 '절대적인 해석'이라는 것이 애초에 존재하기 어려운 부분이 바로 천자문의 이 첫 구절이다. 그러므로 필자는 필자만의 해석 방식을 고집하기보다는, 이제까지 존재했던 다양한 풀이 방식들을 몇 가지로 간추려서 소개하는 데에 중점을 두고자 하며, 이는 뒤에 이어지는 구절들의 풀이에서도 마찬가지다. 그 결과로 독자들은 같은 문장에서 서로 다른 결론과 저마다의 가르침들을 얻을 수도 있을 터인데, 이는 생명력을 가진 모든 위대한 텍스트들의 일반적인 공통점이다.

어쨌거나 '하늘은 검고 땅은 누르다'는 천자문의 이 첫 구절은, 그 심오해 보이는 철학적 깊이와 아름다운 문학적 표현에도 불구하고, 우리에게 종잡기 어려운 몇 가지 고민들을 떠안긴다.

첫째, 하늘은 정말로 검은색이고 땅은 누런색인가 하는 문제다.

둘째, 동양 철학의 핵심을 가장 간결하면서도 심오하게 다룬 천자문의 첫머리에서 저자는 왜 하필 가시적이고 일견 형이하학적으로 보이는 하늘과 땅의 '색깔 문제'를 거론했는가 하는 점이다. 다시 말해 하늘과 땅이라는 가장 거대한 소재, 혹은 주제를 덜컥 꺼내놓은 이유가 고작 그 색깔이나 규정하기 위해서인가 하는 문제다.

셋째, 만약 현玄과 황黃이 단순한 색깔을 의미하는 글자들이 아니고, 거기에 특별한 철학적 의미가 내포되어 있다고 한다면, 과연 그게 무엇인가 하는 문제다. 사실 천지현황天地玄黃의 네 글자를 어떻게 해석할 것인가의 문제는 최종적으로는 이 한 가지 과제로 수렴된다. 핵심은 현玄과 황黃에 내재된 철학적 가르침, 그 형이상학적 의미가 과연 무엇인가를 파악하는 문제인 셈이다.

먼저 첫 번째 문제, 곧 하늘은 검고 땅은 누르다는 명제가 얼마나 타당한 진술이냐의 문제부터 살펴보자. 천지현황天地玄黃의 이런 일차적이고 직접적인 의미에 집착하는 사람들은 대체로 이 문장이 과학적으로 매우 타당하고도 합리적인 진술이라고 믿는다. 당연히 하늘은 검고 땅은 누르다는 진술에는 아무런 문제도 없으며, 검거나 누르다는 표현이야말로 하늘과 땅이라는 파악하기 어려운 거대 존재에 대한 가장 명확하고도 합리적인 설명이라는 것이다.

이들에 따르면 하늘이 희다거나 푸르다고 말하는 것은 어린아이 같은 단견에 불과하다. 하루의 절반을 차지하는 밤의 하늘은 명백하게 검은색이고, 태양의 빛이 미치지 않는 우주 공간의 대부분 역시 검은색이라고 표현하는 것이 가장 합리적이기 때문이다. 그런 의미에서 하늘을 검다고 말하는 것은 가시적이고 형이하학적인 단순 진술이 아니요, 오히려 인간의 제한된 시야 너머까지를 규정하는 포괄적이고 과학적이며 통찰력이 깃든 규정이라는 것이다.

이 견해를 따라가다 보면 땅이 누르다는 진술 역시 천자문 저자의 입장에서는 지극히 당연한 규정이었다고 이해할 수 있게 된다. 주周나라를 비롯한 중국의 고대 문명권이 주요 거점으로 삼았던 지역들은 하나같이 모두 황하黃河 유역이었고, 그 땅의 색깔은 황토색黃土色이었음이 명백하기 때문이다. 특히 먹고사는 문제를 해결해주는 농토農土가 그랬다. 중국의 고대 국가들은 대체로 남북 방향이 아니라 동서 방향으로 왔다 갔다 하면서 나라를 세우기도 하고 멸망하기도 했는데, 이는 문명을 유지하기 위해 황하와 멀리 떨어질 수 없었기 때문이고, 따라서 이들에게 땅이 누렇다는 것은 너무나 자명한 사실事實(fact)이었다. 황하와 멀리 떨어진 변방, 그래서 그 땅의 빛깔조차 누렇지 않은 땅은 사실 이들에게는 의미나 가치가 없는 땅이었다. 이런 변방은 농업을 기반으로 하는 문명의 건설이 어려운 땅이었고, 그런 쓸모없는 땅은 인간이 아니라 원시와 가까운 미개한 존재들, 곧 오랑캐들이나 거주할 버림받은 땅에 불과했던 것이다. 이런 입장에서 보면 하늘이 검고 땅이 누렇다는 말은 하늘과 땅에 대한 너무나 당연한 묘사이자 규정이 된다. 달리 더 설명하고 말고 할 것이 없다.

하지만 반론이 없는 것은 아니다. 우선 이들의 견해를 소아적 단견이라고 폄훼하는 즉각적인 반발이 있을 수 있다.

"하늘은 검지 않고 땅은 누렇지 않은데, 첫날부터 하늘은 검고 땅은 누르다고 하니 천자문 공부가 영 재미없습니다."

연암燕巖 박지원朴趾源에게 천자문을 배우던 어린 학동들이 투덜댔다는 말이다. 이에 연암도 천자문이라는 책이 과연 어린 학동들을 위한 글자 교재로 적합한 것인가에 대해 의문을 갖게 되었다고 한다. 아직 지식과 지혜가 모자라는 어린 아이들에게 현玄과 황黃의 철학적 의미를 적절히 풀어서 납득시키는 일은 연암에게도 결코 쉬운 일은 아니었을 것이다.

이런 즉각적인 반발 외에, 하늘이 검고 땅이 누르다는 진술을 그대로 인정한다고 하더라도, 거기서 과연 어떤 철학적 가르침을 얻어낼 수 있느냐는 비판이 또 있을 수 있다. 하늘이 검고 땅이 누래서, 그래서 어쨌다는 말이냐는 비판이다. 단 천 개의 글자로 동양의 철학과 역사와 사상을 문학적으로 응축했다고 평가되는 천자문의 첫머리가 고작 하늘과 땅의 색깔을 정확하게 일러주는 유치원 아이들용의 과학책 수준에 불과하냐는 불만이다. 단순한 색깔 이상의 의미가 내포되어 있지 않다면 천자문의 이 첫 구절은 실제로 그다지 큰 의미를 가질 수 없게 된다.

두 번째 문제, 곧 천자문의 첫 구절이 고작 하늘과 땅의 '색깔 문제'를 거론한 것에 지나지 않는 것인가의 문제는, 앞서의 첫 번째 문제를 다루는 과정에서 어느 정도 자연스럽게 해명이 된 것으로 여겨진다. 거듭 부연하자면, 천자문은 그렇게 단순한 책이 아니며, 유아들에게 하늘의 색깔이나 땅의 색깔을 가르치기 위해 만들어진 책도 아니다. 우주만물과 인생만사를 종합적으로 다룬 책이 천자문이고, 그 첫머리에서 하늘과 땅의 색깔만을 언급한 것으로 이해하고 끝내는 것은 천자문을 너무 겉핥기로만 읽는 것이다. 그럼에도 불구하고 대부분의 천자문 해설서들은 이 수준의 해석에 머무르고 마는 경우가 적지 않다. '하늘은 위에 있어 그 빛이 검고, 땅은 아래에 있어 그 빛이 누르다'는 식의 해석이 가장 일반적인데, 필자가 보기에 이는 천지현황天地玄黃의 네 글자보다 더 뜬구름 잡는 얘기처럼 들린다. 하늘이 왜 검고 땅이 왜 누른가의 문제에 대한 추가적인 해설이 없으므로 애초에 품었던 의문을 전혀 해소할 길이 없다.

물론 세 번째 문제, 곧 현玄과 황黃에 내재된 형이상학적이고 철학적인 의미가 무엇인가를 밝히려는 시도 또한 역사적으로 적지 않았다. 일정한 성과와 탁견을 보여주는 사례도 없지 않다. 하지만 아이들의 이해 수준에 맞추려다 보니 어쩔 수 없어서 그랬는지 몰라도 이런 고차원적인 질문과 해설로 나아가지 못한 경우가 많고, 설령 문제를 인식하고 질문을 제기했다 하더라도 두루뭉수리로 끝나버리는 경우가 비일비재하다. 무언가 설명이 더 필요하다는 것은 누구나 인정하지만, 현玄과 황黃이라는 두 글자에 담긴 의미를 지나치게 자의적으로 해석하지 않으면서도 유의미하게 해석하기가 만만치 않기 때문이다.

해설

천지현황天地玄黃은 일차 직역하면 '천지天地는 현황玄黃하다'가 된다. 천天과 지地가 대對를 이루고 있으며 현玄과 황黃도 대를 이루고 있는 구조다. 이렇게 문장의 구조를 분석해놓고 보면 '하늘은 현玄하고 땅은 황黃하다'는 이차 직역이 가능해진다. 천자문은 이렇게 하늘과 땅이라는, 인간에게는 너무나 가깝고도 거대한 존재, 인간의 삶을 규정짓는 것은 분명하지만 그 작동 메커니즘은 파악하기가 결코 간단치 않은 존재에 대한 이야기로 첫머리를 시작하고 있음을 알 수 있다. 과연 하늘은 무엇이고 땅은 무엇이며, 이 양자의 관계는 어떤 것인가 하는 문제가 이 구절의 핵심 주제인 셈이다.

천자문 저자의 설명을 따라가기 전에, 위와 같은 우주론적 질문에 대해 우리라면 어떤 대답을 할 수 있을지 잠깐 생각해보기로 하자. 천자문의 저자가 어떤 고민의 과정을 거쳐 천지현황天地玄黃이라는 구절에 도달하게 되었는지 이해하는 데 조금은 도움이 될 것이다.

하늘과 땅의 문제를 생각할 때 대다수의 사람들에게 가장 먼저 떠오르는 것은 그 어마어마한 크기와 관련된 것이기 십상이다. '하늘은 헤아릴 수 없을 만큼 광대하고, 땅 역시 측량하기 어려울 만큼 무변하다' 정도의 진술이 가능할 것이다. 하지만 이는 너무 뻔하고 식상한 대답이다. 이로써 얻을 수 있는 교훈도 크지 않다.

그 다음으로 우리는 '하늘은 위에 있고 땅은 아래에 있다'와 같은 진술, 양자의 위치 관계에 중점을 둔 상대적 규정도 생각해볼 수 있다. 엄밀하게 과학적 진위 여부를 따지지 않는다면 충분히 가능한 진술이고 의미도 있는 말이다. 하지만 이런 진술만으로 하늘과 땅이 무엇이라고 명확하게 규정하기에는 어딘가 한계가 느껴진다. 틀린 말은 아니지만 하늘과 땅의 상하 관계 규정에서 얻어지는 특별한 의미는 별로 없기 때문이다.

우리는 또 '하늘은 비를 내려 생명을 잉태케 하고, 땅은 만물을 먹여 기른다'고 말할 수도 있고, '하늘은 아버지(남자)와 같고 땅은 어머니(여자)와 같다'는 식으로 보다 문학적으로 진술할 수도 있을 것이다. 종교적 관점에 입각하여 '하늘은 신神의 영역이고 땅은 인간人間의 영역이다'라고 말할 수도 있겠다. 나아가 하늘의 도道와 땅의 도가 다르다고 전제하면 '하늘의 도는 너무 크고 멀어서 파악하기가 더 어렵고, 땅의 도는 작고 가까워서 파악하기가 상대적으로 더 쉽다'고 말할 수도 있을 것이다.

이 모든 진술들이 현실적으로 가능한 것이지만, 한편으로는 그 어느 진술도 하늘과 땅을 규정하거나 둘의 관계를 설명하기에 충분치 않다는 데에 문제가 있다. 이런 식으로 하늘과 땅을 규정하고 설명하기 위해서는 네 글자는커녕 네 권의 책으로도 모자랄지 모른다. 이렇게 단편적인 진술의 나열만으로는 그 설명이 아무리 길어진다 하더라고 결국 결론을 내릴 수 없게 된다. 이렇게 말로 다 설명할 수 없는 복잡한 관계와 맥락을 짧게, 그리고 시적詩的으로 설명해야 할 경우 우리는 흔히 은유나 직유, 혹은 상징을 찾게 된다. 그리고 이런 비유에서 가장 흔히 이용되는 것이 바로 색깔을 들어 말하는 방법이다. '그 놈은 속이 시커매!'라든가, '장미 빛 인생'과 같은 표현이 여기에 해당한다.

따라서 우리는 천자문의 저자 역시 하늘과 땅, 그리고 둘 사이의 복잡 미묘한 관계를 단 두 개의 글자로 규정하기 위해서는 위와 같은 비유의 방법을 채택하지 않을 수 없었을 것이라고 우선 짐작할 수 있고, 여러 비유법 가운데 색깔로 말하는 방법을 최종적으로 채택하게 되었던 것이라고 이해할 수 있겠다.

색깔을 들어 하늘과 땅의 특성 및 관계를 말한다고 할 때, 당연히 하늘과 땅을 각각 구체적으로 어떤 색깔에 비유할 것인지를 결정해야 한다. 오늘날의 관점에서는 이 선택이 대단히 어려운 일이라고 생각될지 모르지만, 사실 천자문 저자의 입장에서 이것은 너무나 쉽고 단순한 일이었을 것이다. 동양 철학에는 오방색五方色이라는 개념이 존재하기 때문이다. 이에 따르면 하늘은 검은색, 땅은 황색이다. 이미 그렇게 정해져 있는 것이다. 다만 하늘을 상징하는 검은색의 경우 흑黑이라는 글자 대신 현玄을 주로 사용한다는 사실만 알면 된다. 그러면 자연스럽게 '천天은 현玄하고 지地는 황黃하다'는 진술이 나오게 된다.

하지만 이것으로 모든 문제가 풀리는 것은 아니다. 천자문의 저자가 어떤 현실적인 근거와 이유를 바탕으로 하늘은 현玄하다고 하고 땅은 황黃하다고 말했는지는 이해할 수 있지만, 거기에 담긴 더 큰 의미, 곧 철학적이고 형이상학적인 의미가 무엇이냐의 문제는 여전히 미해결의 과제로 남아 있는 것이다. 이를 올바로 이해하기 위해서는 당연히 오방색과 관련된 오행설五行說, 그리고 이에서 오방색이 연역되는 원리를 모두 이해해야 한다. 하지만 이는 한두 마디의 설명으로 될 일이 아니다. 그러나 다행스럽게도 천자문은 뒤에 이어지는 구절들을 통해 이 문제에 대한 실마리와 핵심 정보들을 지속적으로 제공하고 있다. 그러므로 우리도 너무 조급하게 덤빌 것이 아니라 뒤에 이어질 설명들을 차근차근 들어볼 필요가 있겠다. 필자 역시 여기서는 우선 천자문의 저자가 하늘의 색과 땅의 색은 다른 것이라고 말했다는 사실, 그리고 이것은 결국 천도天道와 지도地道는 서로 다른 것이라는 표현과 동일한 언술이라는 점만을 강조해 두는 선에서 일단락을 짓고자 한다.

오방색이나 오행설과 관련된 논의를 뒤로 미루더라도, 좀 더 살펴볼 요소들은 여전히 남아 있다. 이는 한자漢字가 표의문자表意文字라는 사실과 관련된 것으로, 각 글자에 담긴 철학적이고 형이상학적인 의미들을 살펴봄으로써 천자문의 저자가 생각하는 천도天道와 지도地道의 서로 대별되는 특성이 무엇인가를 살피는 일이다. 이런 방향의 논의에서는 옥편이 여전히 큰 도움이 된다.

먼저 현玄은 심오하다는 의미를 가진 글자다. 현묘玄妙하다고 할 때의 현玄이 이런 의미다. 이런 의미를 받아들이면 천현天玄은 '하늘은 현묘하다'가 되며, 이는 하늘의 가시적 상태나 색채에 대한 단순 묘사가 아니라 그 성격天道에 대한 철학적 규정이 된다. 이를 확장하면 '하늘의 도道는 오묘한 것'이라는 의미가 되고, 자연스럽게 하늘의 도가 어떻게 오묘한 것인가에 대한 추가 설명이 요청된다. 그런데 천자문은 실제로 뒤에 이어지는 구절들을 통해 이 오묘함의 실체를 여러 측면에서 다양하게 해설하고 있다. 다시 말해 만물이 태어나고 죽는 원리와 성장하고 소멸하는 법칙을 소상히 밝히고 있는데, 이를 하늘의 현묘한 도에 대한 추가 설명으로 이해할 수 있다는 것이다. 이렇게 보면 '천현天玄'은 '하늘의 도는 현묘한 것이다'라는 일종의 선언으로 이해할 수 있고, 이는 이제부터 그 현묘함의 실체를 하나하나 밝혀보자는 저자의 서언序言에 해당하는 발언이라고 이해할 수 있게 된다. 필자가 천자문의 이 첫 구절을 전체 천자문의 서문序文에 해당한다고 주장하는 이유가 여기에 있다. 천지현황天地玄黃의 네 글자는 그 자체로 심오한 철학적 의미를 갖춘 문장이지만, 이로써 하늘의 도와 땅의 도에 대한 천자문의 모든 설명이 끝나는 것은 아니다. 오히려 이 주제를 가지고 지금부터 설명을 시작해보겠다는 서두인 셈이다.

현玄은 또 멀고 아득하다는 의미도 지니고 있다. 적지 않은 천자문 해설서들이 천현天玄을 설명하면서 '하늘은 위에 있어서 그 빛이 검다'거나 '하늘은 멀고 아득하여 그 빛이 검다'는 식으로 해석하는데, 모두 현玄의 이러한 의미를 해석에 반영한 것이라고 볼 수 있다. 이처럼 하늘의 도는 멀고 아득하니 인간으로서는 당연히 붙잡기가 쉽지 않다. 그만큼 인간의 영역에서 멀고 상대적으로 신神의 영역에 더 가깝다고 할 수 있다.

현玄은 또 크다는 의미도 지니고 있다. 천현天玄은 땅의 도와 비교할 때 하늘의 도가 그만큼 더 크다는 의미로도 이해될 수 있는 것이다.

이처럼 '현묘하고 아득하고 멀고 또 크다'는 형이상학적 의미들을 갖춘 글자가 현玄인 반면에, 황黃에서는 이런 형이상학적인 의미들을 찾아내기가 쉽지 않다. 말하자면 옥편에 실린 일차적인 의미에만 기대서는 그 숨은 의미를 적절히 파악하기 어려운 글자가 황黃이다. 그렇다면 황黃이라는 글자에 담긴 또 다른 의미에는 어떤 것들이 있을까?

이 글자는 본래 '밭 전田'과 '빛 광光'이 합쳐져서 만들어진 글자다. 밭에 태양빛이 내리쬐는 형국을 나타내는 글자인 것이며, 이로써 땅의 색깔이 밝고 노랗게 드러난다거나, 빛이 지나치면 곡식들이 노랗게 말라 죽는다는 의미를 나타내게 되었다. 혹자는 황黃을 화전火箭, 곧 불화살의 모양을 본 딴 글자로 풀이하기도 한다. 색으로는 역시 불꽃의 노란색을 나타내고, 죽음의 이미지와 가깝다.

황黃은 또 오방색 가운데 가장 중요한 색깔로 여겨진다. 방위상으로는 중앙을 상징하는 색이며, 중국의 역대 황제皇帝들은 이 색깔을 자신들만의 상징 색으로 사용해왔다. 더욱 재미있는 것은 하늘이 땅과 인간을 지배하라고 보낸 지도자라는 의미의 천자天子 개념이 황제黃帝 때 처음 생겨났다는 사실이다. 이때의 황제黃帝는 중국의 역사시대 이전 전설에 등장하는 임금이다. 왕들의 왕인 일반명사로서의 황제皇帝가 아니라, 구체적인 인명이자 고유명사다. 그런데 이 황제黃帝 시절부터 만백성과 나라를 다스리는 왕은 곧 하늘이 내리는 천자天子라는 개념이 싹텄다는 것이다. 황제는 또 인문人文의 정신을 크게 고양시킨 임금으로도 유명하다. 천도天道와 지도地道에 상응하는 인도人道를 밝힌 임금이었다는 것이다. '노란 임금黃帝(the Yellow King)'의 시대에 천지인天地人 삼재三才의 개념이 정립되고 인문의 정신이 크게 일어났다는 말이니, 이때의 '황黃'이란 하늘이나 신이 아니라 인간을 위한 인간의 색이라 하겠다. 신神의 오묘함을 상징하는 색이 현玄이라면, 인간의 도리와 정신을 상징하는 색이 바로 황黃이라는 것이다.

이상의 논의를 통해 우리는 현玄과 황黃이라는 글자에 함축된 몇 가지 상대적인 의미들을 짚어보았다. 이를 다소 무리하고 단순하게 정리해보면 다음의 표와 같다.

현玄의 의미	비교 항목	황黃의 의미
하늘	상징 천체	땅(지구)
검정	색깔	노랑
크다	상대적 크기	작다
멀다	인도人道와의 상대적 거리	가깝다
어둡다	상대적 밝기	밝다
신적神的	인간성과의 관계	인간적

이처럼 하늘과 땅의 관계, 혹은 천도天道와 지도地道의 관계를 지나치게 단순화하는 데 따른 문제는 여럿일 수 있다. 하지만 천지현황天地玄黃의 네 글자에 담긴 철학적 의미를 보다 깊이 있고 꼼꼼하게 파악하기 위해서는 위와 같은 단순 대비의 방식이 또 다른 실마리를 제공할 수도 있을 것이다. 현玄과 황黃이 서로 다른 글자고, 또한 서로 대비되는 글자라는 단순한 사실로부터 출발하여 보다 의미 있고 깊이 있는 더 많은 개념들을 찾아내는 것, 이것이 천지현황天地玄黃을 푸는 하나의 열쇠가 된다.

천지현황天地玄黃에 이어지는 우주홍황宇宙洪荒의 구절은 다행히 앞의 구절에 비하면 이해하기가 비교적 쉽다. 먼저 우주宇宙는 오늘날 두 글자로 분리하기 어려운 하나의 단어로 굳어져 있지만, 본래는 우宇와 주宙가 합쳐져서 이루어진 단어다. 우宇는 공간적 개념을 나타내는 글자로 상하와 동서남북을 의미하고, 주宙는 시간적 개념을 나타내는 글자로 과거·현재·미래를 의미한다. 다시 말해 우宇가 3차원의 공간적 세계를 가리킨다면, 주宙는 네 번째 차원, 곧 시간의 차원을 가리키는 글자다. 그리고 이들 두 글자가 합쳐져서 온전한 의미의 우주, 곧 4차원의 세계를 포괄적으로 나타내게 된다. 국어사전에서 실제로 '우주'를 찾아보면 '무한한 시간과 만물을 포함하고 있는 끝없는 공간의 총체'로 풀이되어 있다. 이는 우주라는 단어 속에 우리가 미처 잘 인식하지 못하고 있는 '시간'의 개념이 포함되어 있음을 의미한다. 하지만 현실에서는 우주가 흔히 3차원의 공간적 세계만을 의미하는 경우가 많으며, 4차원의 세계를 나타내는 말로는 시공時空이라는 단어가 더 친숙하다. 다시 말해 천자문의 우주는 오늘날의 시공과 가까운 단어다.

천지현황天地玄黃을 '천天은 현玄하고, 지地는 황黃하다'로 푼다면, 대구對句가 되는 우주홍황宇宙洪荒의 구절은 당연히 '우宇는 홍洪하고, 주宙는 황荒하다'로 풀어야 한다. 직역하면 '공간은 넓고 시간은 거칠다'가 된다. 하지만 많은 천자문 해설서들이 이 구절을 그냥 '우주는 넓고 거칠다'로 해석하고 있다. 앞의 문장과 뒤의 문장을 서로 다른 구조로 파악하거나, 문장 구조에 대한 이해 없이 해석을 하는 데서 빚어지는 착오다. 이렇게 할 경우 앞뒤 문장이 정확한 대구를 이루지 못한다는 문제가 생기고, 이는 그 의미를 명료하게 드러내지 못한다는 문제를 낳는다. 또 우주宇宙에서 우宇와 주宙를 분리하지 않음으로써 공간이 아닌 시간(곧 역사)에 대한 독자들의 관심이 환기되지 못한다는 문제도 생긴다. 그 결과 이 구절 이후에 지루하도록 길게 이어지는 역사에 대한 설명이 어떤 의미를 갖는 것인지 제대로 인식하지 못하게 된다. 이는 결코 작은 문제가 아니다.

우주를 이루는 공간이 무한히 넓다는 말은 오늘날의 독자들에게는 지극히 당연한 말이다. 현대 과학으로도 우주의 공간적 크기가 얼마나 되는 지는 정확하게 측정된 바 없다. 나름의 논리적인 추론이 없는 것은 아니지만 누구도 믿어 의심치 않을 정도로 명확하게 밝혀지거나 결론이 난 것은 아니다. 이처럼 광대무변한 우주의 공간적 속성을 한 글자로 표현한 말이 홍洪(넓다!)이다.

황荒은 거칠다는 말이니, 개간하지 않은 거친 땅을 의미하는 황무지荒蕪地의 황荒이 이런 뜻이다. 주황宙荒은 문자 그대로 하면 '시간은 거칠다'는 말이니, 인간의 역사를 포함한 태고로부터의 시간 흐름이 거칠기 그지 없었다는 말이다. 원시상태로부터의 탈출과 문명의 건설 과정이 그러했다는 것이고, 성군聖君과 폭군暴君의 갈마듦이 그러했다는 것이고, 문명국과 야만국의 교체 또한 그러했다는 의미다. 역사가 일정한 방향에 따라 진보하고 발전하는 것이라면, 성군 뒤에 폭군이 나타날 리 없고, 미개한 오랑캐들이 문명화되고 개화된 중원의 천자국天子國을 유린하는 따위의 역사도 존재하지 않아야 정상일 것이다. 하지만 실제의 역사를 돌아보면 이런 아이러니는 수없이 많았다. 뒤에 이어지는 구절들에서 천자문의 저자는 이처럼 황당荒唐하고 이해하기 어려운 역사에 대해 길게 서술하고 있는데, 전체 글의 서문에 해당하는 이 구절에서는 우선 역사의 이러한 무질서와 혼돈, 그 황폐荒廢함을 문학적인 용어로 개관하여 표현하고 있는 것이다. '역사란 거칠고 종잡을 수 없으며, 아이러니하고 폭력적인 것이다!'라는 단도직입적인 규정이 곧 주황宙荒이다. 그 거칠음의 다양한 양태와 이를 해결하기 위한 방안들에 대해서는 당연히 뒤에 이어지는 구절들에서 보다 구체적으로 언급된다.

다음 구절로 넘어가기 전에 잠깐 사족蛇足 하나. 천지현황天地玄黃에서 우주홍황宇宙洪荒으로 이어지는 천자문 글자들의 순서는 옛날 사람들에게는 오늘날 우리가 사용하는 1, 2, 3, 4의 숫자만큼이나 그 순서가 명확하고 어김이 없는 것이었다. 그만큼 많은 사람들이 그 순서를 헷갈리지 않고 외우고 활용할 수 있었다는 의미다. 그래서 어떤 것의 순서를 매길 일이 생기면 흔히 천자문의 이 글자 순서를 활용하곤 했다. 예컨대 해인사의 팔만대장경을 보관하는 서가書架의 이름들은 '천, 지, 현, 황, 우, 주, 홍, 황' 하는 식으로 매겨져 있다. 임진왜란 때 위력을 떨친 포砲들에도 그 크기와 위력에 따라 순서가 매겨졌는데 바로 이 천지현황의 순서를 활용했다. 그래서 천자총통·지자총통·현자총통·황자총통의 대포가 있었고, 우자총통·주자총통·영자총통·측자총통 등의 작은 포들이 있었다.

제1장

검은 하늘 누런 땅의 비밀

〈여는 글〉에서 저자는 천지현황天地玄黃을 천명했다. 하늘은 검고 땅은 누렇다는 말인데, 여기 첫 장의 주제가 바로 이 '하늘이 검고 땅이 누른 이치'와 관련된 것들이다. 곧 천지의 문제를 주제로 삼아서, 하늘의 도와 땅의 도가 어떤 것인가를 밝혀보자는 것이다. 참고로 이때의 천지에는 우주宇宙 가운데 우宇, 곧 공간으로서의 우주와 천체가 중심이 된다. 이 장에 이어지는 제2장에서는 당연히 '우주' 가운데 주宙, 곧 시간과 역사에 대한 해명으로 넘어간다.

日月盈昃 辰宿列張
일 월 영 측 진 수 열 장

일日과 월月은 영盈하고 측昃하며, 진辰과 수宿는 열列하고 장張하다.

日날일 月달월 盈찰영 昃기울측
辰별진 宿별자리수, 잘잘숙 列벌릴렬(열) 張베풀장

직역 해와 달은 차고 기울며, 별과 별자리는 가지런히 펼쳐져 있다.

의역 해와 달이 차고 기운다 함은, 해는 동에서 떴다가 서로 기울고 달은 찼다가 이지러진다는 말이니, 하늘에는 이와 같이 변화하고 순환하는 도道가 있음을 말한 것이다. 별과 별자리가 가지런히 펼쳐져 있다 함은, 하늘을 이루는 천체들 사이에 이와 같이 정연한 질서가 있다는 말이니, 이 역시 천도天道의 핵심을 말한 것이다.

자구 풀이

일월日月은 해와 달이다. 우리가 밟고 선 지구를 제외하면 인간에게 가장 친근한 별들이요 인간의 삶에 가장 큰 영향을 직접적으로 끼치는 천체들이다. 육안으로 가장 쉽게 확인할 수 있는 별들이며, 옛사람들 역시 가장 먼저 그 존재와 움직임의 원리를 관찰했을 별들이다. 그 결과 고대인들이 찾아낸 태양의 가장 큰 특징은 하루에 한 번 떴다가 진다는 것이고, 달의 가장 큰 특징은 일정한 날짜를 주기로 찼다가 이지러지기를 반복한다

는 것이었다. 이처럼 끝없이 떴다가 기울고 찼다가 이지러지는 변화와 순환의 원리를 압축적으로 표현한 말이 영측盈昃(차고 기울다)이다. 그런데 '떴다 기울고, 찼다 이지러진다'는 네 개의 술어를 두 개의 글자로는 다 표현할 수 없으므로 '차고 기운다'는 의미만을 대표적으로 취하여 두 글자만 사용한 것이다. 이는 하늘의 가장 중요한 존재인 해와 달의 변화가 하루도 중단 없이 이어진다는 것을 강조한 것이자, 이처럼 끝없이 변화하고 순환하는 움직임이야말로 해와 달, 곧 하늘의 근본 속성임을 천명한 것이다. 이것이 천도天道의 첫 번째 핵심이라는 얘기다. 당연히 땅과 땅에 존재하는 인간을 포함한 만물들 역시 이런 변화와 순환의 도를 본받아야 한다는 의미를 내포하고 있다.

한편, 하늘에는 일월만 있는 것이 아니라 뭇 별들도 있다. 그런데 이 별들은 해나 달처럼 육안으로 쉽게 관찰할 수 있는 천체들이 아니다. 멀어서 아득하고, 아득해서 가물가물하며, 게다가 수도 한둘이 아니다. 그야말로 현묘玄妙한 것이다. 이런 흐리고 수많은 별들의 존재 형식과 변화 양상을 파악하기 위하여 고대인들은 하늘을 장기판처럼 나누고, 각각의 구역에 있는 별들을 묶어 별자리를 만들었다. 진辰은 하나하나의 별을 의미하고, 수宿는 바로 이 별자리를 의미한다. 이를 통해 고대인들은 어두운 밤에도 동서남북을 구별하고, 움직이지 않는 별과 움직이는 별이 있음을 알아냈다. 그리고 이런 별들의 정렬 원리와 운행 법칙을 통해 해와 달로는 다 파악되지 않는 하늘의 또 다른 도가 무엇인지를 생각하게 되었다. 그리고 그 관찰의 결과를 가장 함축적으로 표현한 말이 열장列張이다.

열列은 흔히 '벌릴 렬'로 푸는데, 대체로 무리를 짓고 순서를 정한다는 말이다. 군대에서 앞뒤로 맞춘 줄을 의미하는 '1열, 2열, 3열' 등에 나오는 열列이 그런 뜻이고, 행렬行列이나 항렬行列에 쓰인 열列도 같은 의미다. 따라서 이 구절에 쓰인 열列도 별이나 별자리들이 무리를 짓고 순서를 정하여 가지런히 정렬整列해 있는 모양을 형용한 것으로 이해할 수 있다.

장張은 흔히 '베풀 장'으로 푸는데, 무언가를 은혜롭게 베풀어준다는 의미로 사용되기보다는 흔히 '당겨서 펼친다'는 의미로 사용된다. 표면장력表面張力이라고 할 때의 장張이 이런 뜻이다. 그러므로 이 구절의 장張 역시 대체로 별과 별자리들이 '넓게 펼쳐진' 모양을 형용한 것으로 이해할 수 있다. 열列과 합쳐져 '가지런히 펼쳐져 있다'는 의미를 나타낸다.

한마디로 뭇 별들은 아무렇게나 놓여 있는 것이 아니라 '질서 있게' 정렬해 있다는 것이니, 이것이 천도天道의 두 번째 핵심 내용이라는 의미다. 이런 별들의 질서는 그대로 인간의 사회에서도 본받아야 하는 것이라는 의미가 내포되어 있다. 역으로 위계질서를 유난히 강조하는 유교 철학의 기본 철학이 어디서 비롯되었는가를 보여주는 구절이 바로 이 진수열장辰宿列張이다. 별과 별자리에도 질서가 있고 위계가 있는 것처럼 인간의 사회에도 질서가 있고 위계가 있어야 한다는 것이다.

해설

광대하고 변화무쌍한 천지와, 시작도 알 수 없고 끝도 알 수 없는 시공간으로서의 우주(그것은 눈으로 볼 수 없는 지점과 시점까지를 포함한다)를 개괄적으로 설명한 뒤에, 천자문의 저자는 범위를 조금 좁혀서 인간의 눈으로 직접 확인할 수 있는 하늘과 거기 떠 있는 천체들에 대한 본격적인 해명을 시작한다. 말하자면 우주와 천지 가운데 우선 머리를 들어 하늘과 거기 떠 있는 천체들을 살펴보자는 것이다. 이로써 하늘의 도를 밝혀보자는 것이다. 그렇다면 천자문의 저자가 하늘을 거쳐 관심을 기울일 다음 주제는 무엇일까? 쉽게 눈치 챌 수 있는 것처럼 땅과 거기에 뿌리를 두고 있는 존재들이다. 그리고 마지막 거대 담론으로 인간의 문제가 남는다. 천지인天地人의 세 가지야말로 동양 철학의 핵심 주제이자 가장 중요한 관심의 대상이다. 실제로 천자문은 이런 큰 철학적 주제들을 순서에 따라 하나하나 해명해 나가는 방식으로 기술되어 있다. 천자문을 단순한 기초 문자 학습서로 이해할 수 없는 이유 가운데 하나가 이것이다. 천지인이라는 거대 담론을 문사철文史哲의 지식을 총동원하여 해명하고자 한 글이 바로 천자문이다.

그렇다면 다시 본론으로 돌아가서, 우리가 머리를 들어 하늘을 보았을 때 가장 먼저 눈에 들어오는 것은 무엇일까? 뭉게구름이나 양털구름이라고 답한 사람이 있다면 아마도 문학가의 소질이 다분한 사람일 것이다. 하지만 천자문의 저자가 뒤에서 설명하는 것처럼 구름은 지구 대기권 내에서 움직이는 물水의 변화와 관련된 국지적인 문제일 뿐, 결코 우리의 첫번째 철학적 관심의 대상이 될 수는 없는 존재다. 당연히 철학자의 눈에 가장 먼저 들어오는 것은 해와 달이다. 이 둘은 가장 가깝고(그렇게 보인다) 친근한 별이기에 앞서 인간과 세상 만물의 존재 근거이기도 하다. 이 둘의 관계와 변화로부터 밤낮이 갈리고, 사계절이 정해지고, 이에 맞추어 모든 존재는 생멸을 이어간다. 해와 달이 없다면 밤낮이 있을 리 없고, 사계절이 있을 리 없고, 밀물과 썰물이 있을 리 없고, 나고 죽는 일 또한 근본적으로 불가능해진다. 그렇다면 해와 달의 어떤 속성이 이런 만물의 생장과 소멸을 주관하는 것일까? 햇빛과 그 온기의 정도만으로 생명이 나고 죽는다는 대답은 너무 일차원적이다. 고대의 현자들이 보기에 모든 존재의 생멸은 해와 달의 움직임, 그 '변화와 반복'에 따른 결과였다. 아침에 떴다가 저녁에 지는 해의 움직임, 한 달을 주기로 차고 이지러지기를 반복하는 달의 순환 자체가 생멸의 표상이자 모든 만물의 생멸을 촉진하는 열쇠라고 보았던 것이다. 해와 달의 변화와 순환, 해와 달의 나고 죽는 과정이 없다면 다른 모든 만물의 나고 죽음도 상상할 수 없었던 것이다. 이 놀라운 발견을 한마디로 압축한 표현이 일월영측日月盈昃이니, 이는 '알고 보니 해도 달도 차고 기울더라'라는 고대인들의 영탄인 것이다. 이 차고 기우는 해와 달의 변화와 순환이야말로 모든 생명과 만물의 나고 죽는 원리를 주재하는 키워드라는 얘기다.

자연에 대한 관찰로부터 비롯된 이런 깨달음은 우주적 보편 원리, 보이지 않는 의식의 세계에 대한 해명 원리로까지 확장된다. 동물이나 인간에게 암수가 있고, 세상에 선인과 악인이 있고, 빛과 그림자가 있고, 여름과 겨울이 있고, 맑은 날과 흐린 날이 있고, 산과 바다가 있고, 인간사에 길흉과 화복이 있고, 승자와 패자가 있는 것은 모두 하나의 원리, 즉 하늘에 해와 달이 있고 이것이 끝없이 순환하고 변화하며 조화를 이루는 명백한 원리를 반영한 것이라는 설명이다. 우주만물과 자연계, 인간사의 복잡다단한 현상들을 이보다 더 간명하게 설명할 수 있는 철학은 없다. 사변적으로 더 복잡한 이론이야 얼마든지 만들어낼 수 있겠지만, 이보다 더 현실적이고 실용적이며 보편적인 원리를 찾기란 결코 쉬운 일이 아니다. 하늘에 떠 있는 해와 달을 보고 동양의 현자들은 이런 우주만물과 세상만사의 기본 원리, 곧 천도天道를 발견해냈던 것이다. 하늘에 둥실 떠서 움직이는 해와 달을 보고 아무런 설명도 없이 이런 거대 원리를 처음 깨달았던 고대 현자들의 발견이란, 머리 위에서 땅으로 떨어지는 사과를 보고 만유인력의 법칙을 깨달았다는 뉴턴의 그것과는 비할 바가 아니다. 우주와 만물에 내재된 이 핵심 원리에 대한 깨달음은 동양 철학과 문명의 5천년 역사를 지탱하는 가장 큰 대들보였다.

일월영측日月盈昃의 네 글자는 이런 위대한 깨달음에 대한 찬사이자 감탄이며, 이로써 사색하고 철학하는 인간, 문명사회로 나아가는 인간의 길人道이 마침내 시작되었음을 선포하는 위대한 포고라 할 수 있다. 현묘한 진리, 귀한 도道를 품고 있으나 그 시작도 알 수 없고 끝도 알 수 없어 그저 황량할 따름인 우주에서 인간은 마침내 해와 달에 숨겨진 신의 비밀한 자락을 찾아내어 손에 쥐게 된 것이다. 그 감격과 기쁨이 고스란히 담긴 구절이 바로 일월영측日月盈昃이다.

우주와 만물, 인간세상의 만사에 두루 적용될 수 있는 이 해와 달의 존재 및 운동 원리는 그러나 치명적인 약점을 지니고 있다. 보다 근원으로 돌아가서, 해와 달의 존재 및 운동 원리라는 것은 그러면 도대체 어떤 원리, 어떤 도道를 본받아서 생겨난 것인가 하는 점을 해명할 수 없는 것이다. 세상의 모든 것이 해와 달의 존재 및 운동 원리로 설명될 수 있다고 하더라도, 해와 달의 존재 및 운동 원리에 근거가 없다면 이는 철학적으로 사상누각에 지나지 않는다. 해도 없고 달도 없는 밤에 고대의 현자들은 잠도 잊은 채 아마도 고민에 고민을 거듭했을 것이다. 그리고 마침내 찾아낸 시공을 초월한 또 하나의 원리가 있었으니, 그것이 바로 음양설陰陽說이다. 음양오행론의 1단계 이론에 해당하며, 오로지 철학적 사변의 결과로 얻어진 이론이다. 이처럼 모든 철학의 근원에는 사변이 있으며, 눈에 보이는 현상계만을 설명하는 이론은 과학이지 진정한 철학이 아니다. 따라서 음양설이야말로 철학 본연의 철학 가운데 하나라고 할 수 있고, 이것이 비과학적이라거나 고루한 사고의 원천이 되었다는 이유만으로 배척되는 것은 어불성설이다. 물론 오늘날에는 다양한 현대 과학과 철학의 해명 방식들이 있으므로 음양설이나 오행설에만 사고의 범위를 묶어둘 수는 없다. 다만 필자는 음양설을 비롯한 동양 철학의 역사와 전통을 결코 폄훼해서는 안 되며, 그 가치를 오늘날이라고 완전히 무시해서도 안 된다는 견지에서 그 중요성을 강조하고자 하는 것이다.

널리 알려진 바와 같이 음양설이나 오행설은 풍수지리를 비롯한 동양인들의 일상생활에 깊이 뿌리를 내렸고, 서구적 관점에서 풍수지리를 비롯한 이런 동양의 철학들은 자주 미신이나 허황된 논리로 배척을 받곤 했다. 『주역』이라는 점술서의 기반이 음양설이라는 점, 오행설이 왕권 교체나 종말을 주장하는 도참설圖讖說에도 지대한 영향을 끼쳤다는 점 등이 주요한 근거로 제시되곤 했다. 하지만 음양오행론이 현대 과학의 입장에서 비논리적이라든가, 점술이나 도참설 따위와 연결되었다고 해서 음양오행론 자체의 명백한 지위를 부정하는 것은 어리석은 일이다. 이는 기독교에서 「요한계시록」을 과대 포장하는 종말론자들이 나오고, 재림 예수를 자처하는 이단아들이 나왔다고 해서 기독교 자체가 무가치하다고 주장하는 것이나 다를 바 없다.

말이 나온 김에 음양설에 관한 내용을 조금 더 살펴보자. 필자는 위에서 해와 달에 대한 관찰의 결과로부터 음양설이라는 철학적 이론이 도출된 것처럼 서술했다. 그러나 이는 독자들의 이해를 돕기 위해 다소 단순화하고 과장한 측면이 있고, 철학사적으로 일월日月의 존재 및 운동 방식의 관찰 결과로부터 음양설이 나타난 것으로 확정하기는 어렵다. 그렇다면 음양설은 어떻게 생겨나고 발전해왔을까?

음양陰陽의 문제에 대한 최초의 기록은 기원전 4~3세기에 편찬된 것으로 보이는 『국어國語』라는 책에 보인다. 이에 따르면 주周(기원전 11~8세기의 고대 국가)나라의 태사太史였던 백양보伯陽甫는 지진地震의 원인에 대해 논하면서, '양기陽氣가 숨어서 나오지 못하고, 음기陰氣가 그 위에서 계속 눌러서 그 밑의 양기가 증발할 수 없으면 마침내 지진이 발생한다'고 하였다. 주나라의 태사가 음양의 관계에 관해 이처럼 명확한 논리를 세우고 있었다는 사실은 무척 흥미롭다. 음양설의 확립에 있어서 바로 이 시대의 책이라는 『주역』의 역할이 매우 크고 명백하기 때문이다. 『주역』은 우주만물의 근본 원리와 인간사에서 일어나는 길흉화복의 원리를 논한 책으로, 여기서 음양설의 기본 논리가 거의 모두 세워졌다고 해도 과언이 아니다.

『주역』은 우선 태극太極으로부터 음양의 두 기운이 나왔다고 전제한다. 우리나라의 태극기에서 중앙의 원을 이루고 있는 푸른색과 붉은색의 회오리치는 반원이 바로 이 음과 양을 상징하는 것이다. 또 세상 만물이 바로 이 음과 양으로 양분된다고 본다. 하늘은 양이고 땅은 음이며, 태양은 양이고 달은 음이며, 남자는 양이고 여자는 음이며, 강한 것은 양이고 부드러운 것은 음이라는 식이다. 오늘날의 관점에서 보자면 지나친 이분법적 도해라고 볼 수도 있다. 그러나 『주역』의 음양론은 결코 단순한 이분법에 머무르지 않는다. 먼저 음과 양의 두 기운이 결코 순수하게 분리될 수 없는 것이라고 전제하고, 음이 강한가 양이 강한가, 강하다면 얼마나 강한가의 상대적인 문제로 사물의 존재 원리를 파악하는 것이다. 태극기에서 음과 양이 서로 꼬리를 물고 무한 반복을 거듭하고 있는 모양은 이런 원리를 형상화한 것이다. 음양설은 이처럼 음과 양이 물고 물리는 가운데 변화가 일어나고, 그 과정에서 길흉과 화복이 왕래한다고 본다.

『주역』은 이러한 철학적 원리를 최대한 간명하게 요약하면서, 동시에 세상의 잡다한 만사를 모두 포괄하여 설명할 수 있는 다양한 해석의 틀도 제시한다. 이를 위해 음과 양을 상징하는 두 개의 선(- -과 —, 효)을 만들고, 이들 선을 여섯 개 사용하여 만들 수 있는 모든 경우의 수(2^6=64, 곧 모두 64가지 괘)를 상정하여 각각의 의미와 길흉화복을 해설하고 있는 것이다. 이렇게 음과 양의 조합을 통해 길흉화복을 점칠 수 있는 원리는 세상의 만물과 만사가 모두 음과 양의 기운이 어떻게 조화를 이루거나 상호 배치되느냐에 따라 운명이 결정된다는 믿음에 기반하고 있기 때문이다. 즉, 음과 양이 제대로 조화를 이루면 만물이 태어나고 자라지만, 음과 양이 제대로 조화를 이루지 못하면 만물이 죽거나 소멸한다는 이론이다. 이런 원리는 만물의 생멸에만 국한되는 것이 아니라 인간의 길흉이나 화복 역시 같은 원리의 지배를 받는다는 것이 『주역』의 견해. 이런 『주역』의 해설 방식과 『국어』에 등장하는 주나라 태사 백양보의 지진에 대한 원인 규명의 논리는 완전히 일치한다고 볼 수 있다. 하지만 『주역』은 주나라 당시의 책이 아니라 훨씬 후대에 이루어진 책, 다시 말해 『국어』보다 후대의 책으로 간주되기에 음양에 관한 첫 이론을 수록한 문헌으로는 『주역』이 아니라 『국어』가 꼽히는 것이다. 하지만 음양의 원리를 가장 체계적으로 확립한 책은 역시 『주역』이며, 천자문의 여러 구절들은 『주역』에 그 전거를 두고 있는 것으로 알려져 있다. 앞서 소개한 천지현황天地玄黃은 『주역』의 '천현이지황天玄而地黃'이라는 구절에서 유래했을 것으로 보이고, 이 구절 역시 『주역』의 '일중즉측日中則昃(해는 중천에 뜨면 기운다), 월영즉휴月盈則虧(달은 차면 이지러진다)'라는 구절을 재편집한 문장이다.

이상의 설명을 종합하면, 일월영측日月盈昃은 '해와 달은 차고 기운다'는 말이며, 이는 해와 달의 순환이라는 운동 양상을 설명한 것이자, 이에 상응하는 음양의 변화가 곧 하늘의 도道이자 변화의 근본 원리라는 의미를 내포하고 있다.

진수열장辰宿列張에서 진수辰宿는 별과 별자리를 각각 의미한다. 고대의 현자들, 그리고 천자문 저자의 관심은 이제 해와 달을 넘어 밤하늘의 별들에게로 옮겨졌다. 해와 달의 움직임과는 분명히 다른 원리로 움직이는 별들의 운동법칙을 찾아내고, 이를 통해 음양의 이분법적 설명만으로는 미처 다 해명하기 어려운 온갖 다양한 사태의 존재 및 변화 원리를 설명하기 위해서다. 그렇다면 그 결과는 무엇이었을까? 고대의 현자들이 밤하늘에 빛나는 무수한 별들에서 찾아낸 천체의 또 다른 존재 및 운동 원리는 과연 무엇이었을까? 한마디로 '질서'다. 질서 있게 정렬하고 움직이기 때문에 뭇별들이 서로 부딪치거나 하지 않고 무한한 고요와 평화를 누릴 수 있는 것이다. 그렇다면 별들은 어떤 식으로 정렬하여 그 질서를 유지할까?

고대 현자들의 눈에 가장 먼저 들어온 별은 아마도 북극성이었을 것이다. 언제나 머리 위의 같은 위치에서 가장 밝게 빛나고 있는 별이기 때문이다. 날짜가 바뀌고 계절이 바뀌어도 항상 움직이지 않는 그 별이야말로 옛사람들이 보기에는 천체의 중심이요 우주의 중심에 해당하는 별로 생각되었을 것이다. 북극성은 가장 밝게 빛나면서도 움직이지 않는 별이요 모든 별들이 원운동을 할 때 기준이 되는 별이기도 하다. 길 잃은 뱃사람들에게는 길잡이가 되고, 삶의 진리와 방향을 고민하던 철학자들에게는 우주의 변치 않는 비밀을 상징하는 부동의 별이었을 것이다.

　　『논어』에 '북신거기소北辰居其所 이중성공지而衆星拱之'라는 말이 있는데, '북신(북극성)은 그 자리를 지키고 있고, 뭇 별들이 공수拱手하고 있다'는 말이다. 공수란 왼손을 오른손 위에 올려 공손히 맞잡고 예를 표하는 동양 전통의 인사법으로, 뭇 별들이 북극성을 향해 공수를 하고 있다는 말은 북극성과 주변 별들의 관계를 상명하복上命下服의 관계로 파악하고 있음을 드러내는 것이다. 실제로 옛사람들은 북극성을 천제天帝(하늘의 황제)라고도 불렀다. 이런 논리를 인간의 세상에 적용하면, 하늘에 천제가 있는 것처럼 땅에는 지제地帝, 곧 땅의 임금이 있고, 하늘에 천제를 향해 공수하는 뭇 별들이 있는 것처럼 인간의 세상에는 임금에게 충성하고 복종하는 신하와 백성들이 있어야 한다는 가르침이 된다. 이것이 하늘의 별들이 우리 인간들에게 전하는 핵심적인 메시지라는 것이다. 이것이 인간들이 본받아야 할, 별들의 운행 원리이자 천도天道의 두 번째 비밀이라는 것이다. 이처럼 질서정연한 상하의 구분과 배열은 인간들이 만들어낸 인위적인 것이 아니며, 밤하늘의 별들이 늘어선 모양이 상징하는 바가 바로 이것이라는 말이 곧 진수열장辰宿列張이다. 이를 본받아 땅 위에서도 별처럼 상하가 분명하고 질서가 정연한 사회를 만들어야 한다는 가르침이 담긴 말이기도 하다.

이상의 이야기를 종합하면, 진수열장辰宿列張은 '별과 별자리는 가지런히 벌여져 있다'는 말이니, 이는 곧 천도의 두 번째 핵심은 질서라는 말이며, 인간의 세계에서도 이를 본받아 상하가 분명한 질서를 엄정하게 확립해야 한다는 가르침이다.

한편, 동양에서는 하늘의 별자리를 모두 스물여덟 개로 보았는데, 이를 '28수宿'라 한다. 이 스물여덟 개의 별자리들은 동서남북에 각각 일곱 개씩 배열되어 있는데(4×7=28), 동방칠수東方七宿(동쪽의 일곱 별자리)는 창룡蒼龍(푸른 용)의 형상, 서방칠수는 백호白虎(흰 호랑이)의 형상, 남방칠수는 주작朱雀(붉은 봉황)의 형상, 북방칠수는 현무玄武(검은 거북뱀)의 형상을 하고 있다고 보았다. 여기 등장하는 네 동물들은 모두 상상의 동물이자 각각의 방위를 지배하는 신으로 여겨졌으며, 이들의 색깔 또한 동서남북을 상징하는 색이다. '좌청룡左靑龍 우백호右白虎' 등 명당을 잡을 때 사용하는 기준 역시 모두 이와 관련된 것이고, 그 뿌리는 오행설五行說에 닿아 있다.

이 스물여덟 개의 별자리들이 원운동을 할 때 기준으로 삼는 별이 바로 북극성이다. 따라서 북극성은 28수에 포함되지 않으며, 앞에서 설명한 것처럼 하늘의 황제 역할을 맡고 있다. 이렇게 보면 하늘의 무수한 별들과 이들이 무리를 이루어 만드는 별자리는 크게 다섯으로 구분할 수 있다. 첫째가 북극성이요, 나머지 네 개는 각각 동방칠수, 서방칠수, 남방칠수, 북방칠수다. 이 다섯을 오궁五宮 또는 오관五官이라 한다.

앞에서 동서남북 네 방향의 별자리들은 각각 고유의 상징 색을 가지고 있다고 했는데, 그렇다면 하늘의 황제인 북극성을 상징하는 색은 무엇일까? 당연히 황색黃色이다. 황색이 곧 황제의 색이요 중앙中央의 색이기 때문이다. 동서남북을 상징하는 네 가지 색깔과 중앙을 상징하는 황색을 합하면 모두 다섯 가지 색이 되는데, 이는 다른 색이 섞이지 않은 다섯 가지 원색原色이며, 이를 곧 오방색五方色이라 한다.

중앙과 동서남북의 네 방향, 그리고 이를 상징하는 다섯 색깔이라는 철학적 관념은 우리가 '음양오행론'이라고 할 때의 오행설五行說과 관련된 것이다. 앞에서 음양설에 대해 간단히 살펴보았으니 여기서는 오행설에 관한 기초적인 내용을 조금만 살펴보자.

오행五行이란 쉽게 말해 우주만물의 기초가 되는 다섯 가지 원소로, 목화토금수木火土金水가 그것이다. 이들 다섯 가지 원소들이 서로 돕기도 하고 배척하기도 하는 와중에 우주만물의 성쇠盛衰가 정해진다는 이론이 오행설의 골자다. 음양설陰陽說은 태극에서 음과 양의 두 기운이 생겨났고, 이 두 기운의 생성과 소멸이 곧 만물의 탄생과 소멸을 관장한다는 이론이다. 말하자면 음양설은 나고 죽는 문제를 해명하기 위한 이론이고, 오행설은 성장하고 쇠퇴하는 과정의 보다 복잡다단한 문제들을 해명하기 위한 이론이라고 요약할 수 있다. 이러한 음양설과 오행설의 두 이론을 하나로 합쳐 유교 철학의 가장 기본이 되는 음양오행론으로 발전시킨 것은 주돈이周敦頤가 쓴 『태극도설太極圖說』에 이르러서였다. 거기서 주돈이는 태극이 음양을 낳고, 음양에서 오행이 생겨났다는 이론을 확립했다. 이를 숫자로 간명하게 표현하면 '1이 2를 낳고, 2가 5를 낳았다'는 말이 되며, '1-2-5'로 이어지는 일련의 숫자 배열은 유교 철학에서 가장 핵심적인 사고의 틀로 받아들여지게 된다. 오상五常이나 오륜五倫과 같은 용어들이 그 예다. 이처럼 일월영측日月盈昃 진수열장辰宿列張의 구절은 동양 철학의 가장 바탕이 되는 음양오행론을 구체적이고 시각적으로 설명하는 부분이다.

寒來暑往 秋收冬藏
한 래 서 왕 추 수 동 장

한寒이 내來하고 서暑가 왕往하며, 추秋에 수收하고 동冬에 장藏한다.

寒찰한　來올래(내)　暑더위서　往갈왕
秋가을추　收거둘수　冬겨울동　藏감출장

직역 추위가 오고 더위가 가며, 가을에는 거두고 겨울에는 저장한다.

의역 추위가 오고 더위가 간다 함은 사계절의 순환을 말한 것이니, 이것이
지도地道의 핵심이라는 말이다. 가을에 거두고 겨울에 저장한다 함은
만물과 사람이 계절의 변화에 순응하고 대응함을 말한 것이니, 이것이
또한 인도人道의 핵심임을 말한 것이다. 이렇게 계절에 적응하고 선제
적으로 대응할 수 있게 되면서 인간의 문명화는 비로소 시작되었다.

자구 풀이

『주역』에 '한왕즉서래寒往則暑來 서왕즉한래暑往則寒來'라는 구절이 있
다. 추위가 가면 더위가 오고 더위가 가면 추위가 온다는 말이니, 추위와
더위가 서로 갈마든다는 말이다. 한래서왕寒來暑往(추위가 오고 더위가 간다)
역시 이처럼 서로 갈마드는 추위와 더위를 말한 것으로, 사계절의 변화를
춥고 덥다는 가장 이해하기 쉬운 대표적 현상으로 설명한 것이다. 추위와
더위가 갈마들고, 춘하추동春夏秋冬이 순환하는 것은 오늘날의 관점에서

보자면 지구가 태양의 주위를 공전하고 있기 때문에 생기는 현상이다. 하지만 지구의 자전이나 공전에 대한 과학적 지식이 부족하던 시절의 고대인들에게 사계절의 순환은 실로 해명하기 어려운 문제이자 놀라운 현상이었을 것이다. 말하자면 신의 뜻이요 땅의 도라고 여길 수밖에 없었다는 것이다. 그러므로 인간은 당연히 이 도를 본받아 계절의 순환에 적응하고 대비해야 한다.

추수동장秋收冬藏은 가을에 거두고 겨울에 저장한다는 말이니, 인간만 그러는 것이 아니라 만물이 모두 그렇게 한다. 이것이 자연의 기본 원리이자 땅의 도이므로 인간 또한 이를 본받아야 한다는 것이 동양 철학의 기본 태도다.

해설

천지와 우주, 일월과 천체의 본질에 대한 해명에 이어 천자문의 저자는 이제 지구 대기권 안으로 다시 관심의 범위를 좁힌다. 이 범위 안에서 만물의 생멸과 성장 및 쇠퇴에 가장 큰 영향을 미치는 것은 무엇일까? 수렵시대든 농경시대든, 인간은 기후와 계절의 영향에서 한시도 벗어날 수 없었고 한시도 자유로울 수 없었다. 이는 오늘날에도 마찬가지다. 누구도 환경과 기후와 사계절의 변화로부터 자유로울 수 없다.

고대인들에게는 이 사계절의 변화라는 문제가 더욱 중차대한 것이었다. 더위가 물러간 뒤에 추위가 온다는 것을 명확히 알지 못하던 원시인들은 굶어 죽을 수밖에 없었을 것이다. 부지런한 개미와 게으른 베짱이 이야기는 이런 원시시대의 아픈 기억이 우리의 유전자 속에서 발아되어 만들어진 이야기일 수도 있다. 세월이 흐르고 경험이 축적되면서 사람들은 마침내 추워지면 서리와 눈이 내리고, 모든 식물들이 말라 죽고, 동물들도 어디론가 자취를 감춘다는 사실을 하나하나 알게 되었을 것이다. 그리고 봄이 되면 다시 풀들이 자라나고, 여름이면 무성해지며, 가을이 되면 과일들이 농익는다는 것도 알게 되었을 것이다. 그리고 머지않아 겨울이 닥친다는 것도 알게 되어 마침내 식량을 저장해두지 않으면 안 된다는 것을 깨닫게 되었을 것이다. 이런 배움과 깨달음은 당연히 자연(땅)에서 얻어진 것이었다. 풀이 열매를 맺어 땅속에 감추고, 다람쥐가 도토리를 모아두고, 개구리가 깊은 땅속에 들어가 긴 잠에 빠지는 것을 보고 계절의 순환에 적응하는 방법을 터득했을 것이라는 얘기다. 또 개구리가 땅 위로 올라오면 봄이 온 것이자 씨를 뿌릴 계절이 돌아왔다는 의미임을 알게 되었을 것이다.

사실 수렵에서 농경으로의 전환은 문명의 본격적인 시작을 알리는 신호탄이었다. 그리고 이는 사계절의 변화에 적응하는 데에 머무르지 않고, 선제적으로 사계절의 변화를 예측할 수 있었기에 가능한 일이었다. 봄이 올 기미를 알아차리고, 곡식을 거두어야 할 때를 미리 알지 못한다면 농경은 불가능한 일이다. 그만큼 고대인들에게 사계절의 변화를 인식하고 이해하는 일은 목숨과 관계될 정도로 중요한 문제였다.

물론 천자문이나 『주역』이 만들어질 당시의 사람들이 사계절의 순환 원리를 이해하지 못해 이런 말들이 경전에 실린 것은 아니다. 정교한 달력까지 이미 만들어서 사용하던 시대였음에도 불구하고 사계절의 순환과 이에 대비할 것을 강조한 것은, 이것이 지도地道의 핵심이라고 여겼기 때문이다. 순환하는 계절의 원리야말로 만물의 나고 죽는 문제, 자라고 허약해지는 문제의 열쇠라고 여겼던 것이다. 그러므로 사람은 당연히 계절의 순환地道에 맞추어 부지런히 밭을 갈고 추수를 해서 저장을 해야 한다. 그래야 땅이 베풀어주는 은혜, 그 도道의 혜택을 입을 수 있다는 가르침이다.

閏餘成歲 律呂調陽

윤 여 성 세 율 려 조 양

윤여閏餘로 세歲를 성成하고, 율려律呂로 양陽을 조調한다.

閏윤달윤 　餘남을여 　成이룰성 　歲해세
律법칙률(율) 　呂법칙려(여) 　調고를조 　陽볕양

직역　윤달의 여분으로 한 해를 완성하고, 율과 여로 음양을 조화시킨다.

의역　윤달의 여분으로 한 해를 완성한다 함은, 윤달로써 태양력과 태음력 사이의 괴리를 메우고 완전한 역법 체계가 만들어짐을 말한 것이다. 율과 여로 음양을 조화시킨다 함은, 한 해에 여섯 개의 홀수(양) 달과 여섯 개의 짝수(음) 달을 두어 음양의 서로 갈마드는 이치를 맞추었다는 것이고, 이는 천지에 편재하는 음양의 조화를 달력에 반영한 것이라는 말이다.

자구 풀이

윤여성세閏餘成歲에서 윤閏은 윤달이라는 말이다. 여餘는 윤달이 매년 있는 것이 아니라 여분餘分처럼 가끔씩만 있기 때문에 첨가된 글자이며, 따라서 윤여閏餘를 그대로 윤달의 의미로 이해할 수 있다. 전통적 태음력에서 1년은 기본적으로 354일이다. 이는 달이 지구를 열두 번 공전하는 데 걸리는 시간이다. 그런데 지구가 태양을 한 바퀴 도는 데는 약 365.25

일이 걸린다. 음력의 1년은 354일인데, 사계절을 좌우하는 1년은 365.25일인 셈이다. 이 차이(1년에 약 11.25일)를 메우기 위해 만들어진 것이 윤달이다. 그 원리에 대해서는 뒤에서 추가로 설명하기로 한다.

율律과 여呂는 전통 음악에서 한 음계 안의 음들을 양陽의 성질을 지닌 음音과, 음陰의 성질을 지닌 음音으로 나눈 것을 각각 구분하여 붙인 이름이다. 전통 음악에서 한 음계 안에는 모두 열두 음이 있는데(이는 서양 음악도 마찬가지이며, 1년은 열두 달이다), 홀수 차례의 음은 양의 성질을 지닌 것으로 보며 이 음들을 율律이라 한다. 반대로 짝수 차례의 음은 음의 성질을 지닌 것으로 보며 이 음들을 여呂라 한다. 율려조양律呂調陽은 이 율과 여의 원리에 입각하여 1년에 열두 달을 두고, 홀수 달과 짝수 달을 번갈아 여섯 개씩 배치함으로써 음양의 조화를 꾀했다는 말이다. 음양의 조화를 꾀했다는 말을 조음調陰이 아니라 조양調陽으로 표현한 것은 천자문의 형식이 시詩이고, 특히 마지막 글자의 운韻을 맞추지 않으면 안 되는 정형시定型詩이기 때문이다. 앞의 문장들을 살펴보면 마지막 글자(黃, 荒, 張)의 종결 음이 모두 '-ㅇ[-ŋ]'이라는 것을 확인할 수 있다.

해설

앞의 구절에서는 지구와 태양의 관계로 인해 나타나는 사계절의 순환 현상과 그 철학적 의미에 대해 살펴보았다. 이러한 태양계의 질서를 응용하여 인간 생활에 도움을 주고자 고대의 현인들이 고안해낸 날짜 계산법이 소위 역법曆法이고, 이를 알기 쉽게 나타낸 것이 우리가 흔히 쓰는 달력이다. 며칠을 한 달로 삼고, 몇 달을 1년으로 삼을 것인가를 결정하는 방법이 곧 역법인데, 이런 역법에는 크게 태양력과 태음력이 있다.

먼저 태양을 기준으로 달력을 만드는 방법이 태양력이다. 1년 사계절의 변화는 태양과 지구의 관계에 의해 결정되는 것이므로 이 방법을 따를 경우 사계절의 변화는 일정한 달에 시작되고 또 끝나는 식으로 거의 정확하게 맞출 수 있다. 예컨대 12월이나 1월은 항상 겨울이고, 7월이나 8월은 항상 여름이다. 우리가 현재 흔히 사용하는 달력을 만들어낸 방법이므로 이해하기가 쉽다. 그런데 이 태양력에도 한계가 있다. 지구가 실제로 태양을 한 바퀴 공전하는 데 걸리는 시간은 정확히 365일이나 366일이 아니라약 365.25일이기 때문이다. 따라서 365일로 하면 조금 모자라고 366일로하면 조금 남는다. 이를 보완하기 위해 태양력은 기본적으로 1년을 365일로 삼고, 대신 4년에 한 번(0.25일×4년=1일)은 366일을 1년으로 삼는다. 이를 위해 조절되는 날짜가 2월 29일이다. 4년 가운데 세 번은 2월이 28일에서 끝나지만 한 번은 29일까지 이어지도록 달력을 만든 것이고, 이로써 달력의 월일과 사계절의 변화를 거의 정확히 일치시킬 수 있다.

반면 달을 기준으로 달력을 만드는 방법이 태음력이며 이는 동양의 전통적인 역법이다. 달력이라는 용어 자체가 달을 기준으로 만든 역법이라는 의미다. 이 음력에서는 달이 열두 번 차고 기우는 기간, 다시 말해 달이지구를 열두 번 공전하는 기간을 1년으로 삼는다. 이렇게 하면 달력이 없어도 달의 차고 이지러진 모양과 정도만으로도 날짜를 쉽게 계산할 수 있다. 보름달이 떠 있으면 15일이고 그믐달이 떠 있으면 그 달의 말일이라는것을 알 수 있는 식이다. 하지만 이 방법은 결정적으로 사계절의 변화와거리가 상당히 멀다는 단점이 있다. 달이 지구를 열두 번 공전하는 데 걸리는 시간이 354일에 불과하기 때문이다. 지구가 태양을 한 바퀴 공전하는 시간과 비교하면 1년에 약 11.25일의 차이가 있게 되고, 이것이 그대로누적된다면 10년에 약 112.5일(약 4개월)이나 차이가 나게 된다. 쉽게 말해10년 전에는 6월이 여름의 시작이었다면 올해는 그보다 4개월이나 빠른

2월에 여름이 시작되게 되는 것이다. 달력과 실제 사계절의 변화가 이렇게 달라서는 '봄에 씨 뿌리고 가을에 거두는' 인간사의 가장 중요한 사업과 달력 사이에 엄청난 괴리가 생기게 된다. 이는 천도天道와 지도地道와 인도人道가 어긋난다는 말이기도 하다. 이 문제를 해결하기 위해 만든 태음력의 묘책이 '윤달'이다.

그런데 태음력은 달의 공전을 기본 단위로 하기 때문에 1년 열두 달을 그대로 두고 태양력에서처럼 특정 달에 며칠을 추가하는 식으로는 태양력과의 괴리를 메울 수가 없다. 그렇게 달력을 만들면 보름달이 뜨는 날이 매월 15일이라는 기본 원칙이 깨지기 때문이다. 따라서 몇 년에 한 번씩 한 달 단위로 날짜를 조절할 수밖에 없고, 이것이 윤일閏日이 아니라 윤월閏月을 만들게 된 이유다. 그렇다면 몇 년에 한 번 윤달을 만들면 될까? 이에 관해서는 많은 사람들이 연구를 했고 실제로 여러 방법이 시도되었는데, 지금은 19년에 일곱 번 윤달을 두는 방식이 정착되었다. 이를 '19년 7윤법'이라 한다. 이렇게 하면 태양력의 19년과 태음력의 19년이 정확히 일치하게 된다.

이로써 철학적으로는 천지인天地人 삼재三才 사이의 일치를 기할 수 있었던 것이고, 현실적으로는 달력과 계절 사이의 간극을 메울 수 있었던 것이니, 이런 윤달의 묘책을 찾아낸 고대 현자들의 기쁨은 그야말로 우리의 상상을 초월하는 것이었으리라고 짐작된다. 이 쾌거의 기쁨을 드러내는 감탄사가 바로 윤여성세閏餘成歲의 네 글자다.

이렇듯 음력은 많은 현대인들이 오해하는 것처럼 단순히 달의 형태 변화만을 반영하여 만든 단순한 역법이 아니다. 고대인들도 단순 음력의 한계를 알고 있었고, 사계절의 변화는 달과의 관계가 아니라 태양과의 관계로 결정된다는 것도 알고 있었다. 이런 태양력의 필요성을 반영하여 만든 것이 소위 24절기節氣다. 1년(이때의 1년은 태음력의 1년이 아니라 지구가 태양을

한 바퀴 공전하는 기간)을 사계절로 나누고, 각 계절마다 여섯 개씩의 절기를
두어 24절기를 만들었으니 이는 태양력의 원리를 반영하여 만든 것이다.
봄의 춘분(양력 3월 20일 또는 21일)과 가을의 추분(양력 9월 23일 또는 24일), 여
름의 하지(양력 6월 21일 또는 22일)와 겨울의 동지(양력 12월 21일 또는 22일)
등 24절기가 태음력이 아니라 태양력의 특정 날짜와 긴밀히 연결되는 것
은 이 때문이다. 이들 절기가 양력의 특정 날짜와 매년 변함없이 정확하게
일치하지 않는 것은(춘분의 경우 어느 해에는 3월 20일이고 어느 해에는 21일이다)
앞에서도 설명한 것처럼 태양력 역시 지구가 태양을 한 바퀴 공전하는 데
걸리는 시간을 정확히 반영할 수 없기 때문이지, 옛사람들이 셈법을 어수
룩하게 만들거나 날짜와 시간을 정확히 계산할 능력이 없었기 때문이 아
니다.

　윤여성세閏餘成歲의 네 글자에 대하여 홍성원은 다음과 같이 해설하고
있다. 조금 어려운 내용일 수도 있으나 역법의 핵심을 지적한 내용이니 참
고로 읽어보자.

> 一歲 十二朔 二十四氣, 氣盈朔虛 積三十二朔 則爲二十九日餘
> 1 세　12 삭　 24 기　 기 영 삭 허　 적 32 삭　즉 위　29　 일 여
> 以置閏而定四時成歲矣.
> 이 치 윤 이 정 사 시 성 세 의

　먼저 '1년은 12개월과 24절기'로 되어 있다고 했다. 그런데 '절기(태양력
에 기반을 둔 24절기)는 가득 차지만盈 달(태음력의 12개월)은 빈다虛'고 하였
다. 24절기는 태양과 지구의 관계를 거의 정확하게 반영하여 사계절의 변
화와 합치되는 반면, 음력의 12개월은 이에 미치지 못하여 사계절의 변화
를 제대로 반영하지 못하고 '모자란다'는 의미다. 그렇다면 얼마나 모자라
는가? '32개월이 쌓이면 29일의 여분餘을 둔다'고 하였다. 대부분의 해설
서들에서는 '즉위29일여則爲二十九日餘'를 '29일이 남는다'고 풀이하는데,

음력의 32개월이 양력의 32개월에 비해 29일 더 많아서 남는 것이 아니라 오히려 부족하여 모자라는 것이므로 이렇게 풀어서는 의미가 혼란스러워진다. '29일의 여분을 추가로 둔다'는 의미로 풀어야 자연스럽다. 뒤의 문장은 '이 29일의 추가 여분으로써 윤달을 두어 사계절을 정하고 1년을 이룬다'는 말이다.

천자문 본문에서 윤달을 윤월閏月이나 그냥 윤閏으로 표현하지 않고 윤여閏餘라고 표현한 것은 이처럼 32개월이 지나면 태양력과 비교하여 29일의 모자람이 있게 되고, 이를 보완하기 위해서는 윤달이라는 여분餘分의 날짜를 추가로 만들어야 한다는 사정을 반영한 표현이라고 이해할 수 있다. 다만 네 글자로 한 구절을 완성하려다 보니 전후 사정을 문맥에 맞게 다 설명하지 못한 것이다.

한편, 율려律呂란 요즘 서양 음악에서 사용하는 음계音階(scale)와 흡사한 말이다. 동양이든 서양이든 한 옥타브 안에는 모두 12계단의 음들이 있는데, 이를 서양식으로 표현하면 '12음계'요 동양식으로 표현하면 '12율려'다. 이들 12율려의 명칭을 순서대로 나열해보면, '①황종 ②임종 ③태주 ④남려 ⑤고선 ⑥응종 ⑦유빈 ⑧대려 ⑨이칙 ⑩협종 ⑪무역 ⑫중려'가 된다.

전통 음악학에서는 이들 12율려를 어떻게 배열하여 아름다운 화음을 만들어낼 것인가가 문제가 되는데, 이를 해결하기 위해 옛사람들이 생각해낸 방법이 바로 이 음들의 성질을 음陰적인 것과 양陽적인 것으로 나누고, 음양의 조화를 이루도록 음을 배치하자는 것이었다. 그러기 위해서는 열두 음들을 우선 음적인 것과 양적인 것으로 나누어야 했는데, 이는 순전히 그 순서를 따랐다. 다시 말해 홀수 번째에 해당되는 음들은 양적인 음으로 구분하여 이들 여섯 음들을 율律이라 이름하고, 짝수 번째에 해당되는 음들은 음적인 음으로 구분하여 이들 여섯 음들을 여몸라 이름한 것이다. 따라서 율과 여는 각각 양적인 음들의 집합과 음적인 음들의 집합이라고 할 수 있고, 두 글자가 합쳐진 율려는 전체 열두 음들의 집합이자 음양이 조화를 이룬 상태를 나타내는 말이다.

그러므로 율려조양律呂調陽은 일차 '(음악의 경우) 율과 여로써 음양의 조화를 꾀한다'는 의미로 새길 수 있고, 나아가 세상만사가 음양의 조화를 이루어야 함을 나타낸 것이라고 의역하여 이해할 수 있다.

그런데 사계절의 변화에 이어 역법의 원리를 설명한 뒤에 천자문의 저자가 갑자기 음악 이야기를 꺼내는 것은 논리의 전개상 상당히 어색해 보인다. 왜 갑자기 음악 이론이 튀어나온 것일까?

이는 음악 이론을 통해 음양의 조화가 중요하다는 점을 강조하기 위한 것이 아니라, 역법에서 1년의 가장 기본이 되는 열두 개의 달이 어떻게 편성되어 있는가를 설명하기 위한 것이라고 이해해야 한다. 음악에 12율려가 있듯이 역법에는 12개월이 있고, 음악에서 음양이 조화를 이루는 것처럼 열두 달의 조화를 이루기 위해 홀수 달 여섯 개와 짝수 달 여섯 개가 편성되어 있다는 원리를 해설한 구절이라는 얘기다. 그리고 이렇게 홀짝 각 여섯 개씩을 편성한 기본 원리는 12율려의 법칙과 마찬가지로 음양의 조화를 맞추기 위한 것이라는 게 핵심 내용이다. 뜬금없는 음악 이야기가 아니라, 열두 달이 얼마나 조화롭고 합리적으로 편성된 것인가를 설명하기 위해 음악 이론을 원용한 것이라는 얘기다. 이런 맥락에서 12율려의 이름은 12개월의 명칭 대신 사용되기도 한다.

이상의 논의를 종합하면, 율려조양律呂調陽은 율과 여로 음양을 조화시킨다는 말이니, 이는 곧 역법에 여섯 개의 홀수 달과 여섯 개의 짝수 달을 두어 음양의 조화를 꾀했다는 말이다.

雲騰致雨 露結爲霜
운 등 치 우 노 결 위 상

운雲은 등騰하여 우雨에 치致하고, 노露는 결結하여 상霜에 위爲하다.

雲구름 운 騰오를 등 致이를 치 雨비 우
露이슬 로(노) 結맺을 결 爲될 위, 할 위 霜서리 상

직역 구름은 올라가 비에 다다르고, 이슬은 맺혀서 서리가 된다.

의역 구름이 올라가 비에 다다른다 함은, 수증기가 상승하여 마침내 차가워
지고 뭉쳐져 비로 내린다는 말이니, 비는 만물을 살리는 존재다. 이슬
이 맺혀서 서리가 된다 함은, 날씨가 추워져 이슬이 서리로 변하면 초
목이 소멸하고 숨을 죽이게 되는 이치를 말한다. 따스해지면 자라고
추워지면 죽으며, 비를 맞으면 살고 서리를 맞으면 죽는 이치를 밝힘
이니, 온도와 물이 생명을 살리기도 하고 죽이기도 함을 말한 것이다.

자구 풀이

특별히 복잡하게 해석할 글자는 별로 없다. 다만 운등치우雲騰致雨의
치致는 여러 의미로 해석될 여지가 있는 글자다. 기본적으로 어느 지점에
이르다(to arrive)의 의미로 많이 사용되는데, 그렇게 해석하면 이 구절은
'구름이 올라가서 비에 이른다'는 말이 되고, 이는 곧 '구름이 올라가서 비
가 된다'는 의미와 같다. 치致에는 또 끌어들이다, 혹은 부르다의 의미도

있는데, 이렇게 해석하면 '구름이 올라가서 비를 부른다, 혹은 구름이 올라가서 비를 내리게 만든다'는 말이 된다. 그러나 이 역시 '구름이 올라가서 비가 된다'는 기본 의미에서는 마찬가지다.

노결위상露結爲霜은 문자 그대로 '이슬이 맺혀 서리가 된다'는 말이며, 이때의 위爲는 행위行爲(하다)가 아니라 존재 형식과 관계된 것이므로 '되다, 바뀌다'로 새긴다.

해설

앞의 '한래서왕寒來暑往 추수동장秋收冬藏'의 구절이 계절의 순환을 말한 것이라면, 여기서는 물의 순환에 대해 말하고 있다. 이처럼 천자문의 앞머리에서 물에 관한 논의를 별도로 하는 까닭은 그만큼 물이 생명과 직결되는 중요한 요소이자 오행(5원소) 가운데 하나이기 때문이다. 이 물의 순환 원리와 작용에 대한 이해가 없이는 생명의 유지가 불가능할 뿐만 아니라 농경 사회로의 진화 역시 불가능한 일이다.

농경 사회와 관련하여 특히 문제가 되는 것은 비였다. 비가 내리지 않으면 농작물이 자랄 수 없는 것이어서 과연 비는 언제, 왜, 어떻게 내리는가 하는 문제가 고대인들의 최대 관심사가 될 수밖에 없었다. 이는 농업에 종사하는 농사꾼들만의 문제가 아니었고, 임금과 신하와 모든 백성들의 공통된 관심사이자 최고의 화두였다. 농업이 나라의 근본이었던 시절이니 더욱 그러했다.

비가 모든 이의 화두가 되었다는 것은 비의 본질과 성격에 대한 탐구가 광범위하게 이루어졌음을 의미하는 것인데, 그만큼 고대인들의 비에 대한 규정은 천차만별이었을 것으로 짐작할 수 있다. 어떤 이는 비를 하늘이 흘리는 눈물로 이해했을 것이고, 어떤 이는 정반대로 하늘의 축복으로 이해했을 수도 있다. 비를 축복으로 여기고 가뭄을 재앙이자 하늘의 징벌로 여겼던 사례는 역사의 기록에 무수히 등장한다. 수많은 기우제가 행해졌고, 때로는 산 사람이나 짐승을 재물로 바치기도 했다. 그만큼 비에 대한 희구가 강렬했던 것이다.

강우降雨에 대한 고대인들의 집착은 우리의 단군신화에도 잘 나타나 있다. 환웅桓雄이 하늘에서 내려올 때 데리고 온 신하들이 풍백風伯·우사雨師·운사雲師였는데, 이는 모두 강우와 관련된 명칭이다. 그만큼 지상의 왕노릇을 하기 위해 임금에게 가장 필요한 덕목이 바로 비와 관련되어 있었다는 얘기다. 이런 사정은 삼국시대와 고려시대, 조선시대를 거치는 동안에도 크게 변하지 않았다. 모든 시대를 관통하여 수많은 방법들이 동원된 기우제가 수시로 행해졌던 것이다. 『조선왕조실록』의 기록에 따르면 태종 16년(1416년)에는 임금이 주관하는 기우제가 한 해에만 무려 아홉 번이나 행해졌다고 한다. 이처럼 임금이 직접 나서서 기우제를 지냈던 것은 강우의 문제가 단순히 농민들만의 문제가 아니라 국가 전체의 운명이 걸린 공동체의 문제였음을 의미하는 것이고, 가뭄이 모든 사람들의 최우선 해결 과제였음을 의미한다.

강우 및 가뭄과 관련하여 우리 조상들은 그 책임이 일차로 왕과 위정자들에게 있다는 인식을 가지고 있었다. 이는 중국에서도 마찬가지였으며, 상商나라 탕왕湯王이 자신의 부덕不德으로 인해 비가 내리지 않는다며 나무로 단을 쌓고 그 위에 올라가 불을 지름으로써 스스로 희생물이 되고자 했다는 고사가 널리 알려져 있다. 이는 고대인들이 비를 임금의 덕화德化와 등가인 것으로 이해했다는 사실을 보여준다. 조선시대에도 가뭄이 계속될 때는 임금이 수라상의 반찬 수를 줄이고, 대신들도 근신했다는 기록이 남아 있다. 그런가 하면 죄인을 함부로 취조하지 않는 등 임금의 덕화를 백성들에게 보이기 위해 많은 노력을 기울였다고 한다.

구름이 변하여 비가 된다는 과학적 진리를 명백하게 인식하지 못했던 옛사람들은 흔히 구름과 비의 관계를 남녀의 관계, 음양의 관계, 임금과 백성의 관계로 치환하여 이해하곤 했다. 남녀가 어울리듯 구름과 비가 어울려야 하고, 구름과 비가 어울리듯 남녀가 어울려야 진정한 음양의 조화가 이루어진다고 믿었던 것이다. 마찬가지로 임금과 백성 역시 구름과 비처럼 어울려야 했던 것이고, 가뭄이 계속된다는 것은 이런 임금과 백성의 어울림이 음양의 마땅한 도에서 벗어났기 때문이며, 따라서 임금과 백성 모두 반성하고 근신해야 한다고 여겼던 것이다.

음양설에 입각한 비에 대한 이런 믿음들은 실로 간절하고 절박한 것이었다. 그러나 과학적 사실과는 거리가 먼 것이었다. 임금의 부덕으로 가뭄이 든다는 믿음은 임금의 근신을 위한 좋은 방편은 될 수 있어도 과학적 논리와는 거리가 먼 것이라는 얘기다.

그런데 강우와 임금의 덕화가 상호 연결되어 있다는 그릇된 믿음에 대한 회의는 천자문의 저자도 명백하게 품고 있었던 것으로 보인다. 그는 물의 순환과 비의 문제를 거론하면서 음양의 조화, 임금과 백성의 관계를 말하는 대신 '구름이 올라가 비가 된다'는 과학적 사실만을 단도직입으로 제시하고 있다. 이처럼 천자문은 음양오행론을 비롯한 동양 전통의 철학을 바탕에 깔고 있으면서도 객관적이고 과학적인 설명이 필요한 부분에 대해서는 엄정하게 사실만을 기술하는 태도를 보이고 있다. 천자문의 저자가 이런 태도를 견지했다는 것은 실로 주목할 만한 일이 아닐 수 없다. 객관적이고 합리적인 태도가 서양 철학이나 과학의 전유물처럼 생각되는 것은 그릇된 것이 아닐 수 없고, 동양 철학에도 이런 객관성과 합리성을 지키려는 태도가 바탕에 깔려 있음을 운등치우雲騰致雨의 이 구절이 증거하고 있는 셈이다.

노결위상露結爲霜은 '이슬이 맺혀 서리가 된다'는 말이니, 구름이 올라가 비가 된다는 앞의 구절과 대비되는 내용이다. 이는 물의 순환 과정을 나름의 과학적 견지에서 설명한 것인 동시에, 곡식을 자라게 하는 비뿐만 아니라 식물을 얼어붙게 하고 말려 죽이는 서리 역시 물의 순환 과정 중 일부임을 천명한 것이다. 물의 순환 과정을 설명하면서 '구름이 비가 된다'는 내용 뒤에 '빗물은 모여 강을 이루고, 강은 바다로 흐르고, 이 물들이 다시 구름이 되어 올라가 비가 되어 내린다'는 식으로 설명하지 않은 것은 물의 순환 과정 가운데 만물의 나고 죽는 문제와 직결되는 부분은 그런 부분이 아니라고 판단했기 때문일 것이다. 만물을 살리기도 하고 죽이기도 하는 땅의 도를 설명하기 위해서는 강물이나 바닷물에 대한 언급이 아니라, 생명을 상징하는 빗물과 이에 대비되는 죽음의 물, 곧 서리나 눈발에 관한 규정이 우선이라고 생각했을 것이라는 얘기다. 모든 생명은 물 때문에 살고 물 때문에 죽는데, 살리는 물은 구름이요 비이며, 죽이는 물은 서리요 찬 이슬이라는 것이다. 겨울의 한기와 죽음의 이미지를 더욱 강렬하게 풍기는 눈雪 대신 서리霜를 택한 것은 음을 맞추는 문제 및 천 개의 서로 다른 글자로 시를 지어야 한다는 전제 조건이 붙어 있었기 때문일 것이다. 따라서 여기서 제시되는 상霜은 단순한 서리, 물의 순환 과정 가운데 일부인 자연적 형태의 서리만이 아니라, 생명수인 비와 대비되는 죽음의 물이라고 이해할 수 있고, 이는 물로써 만물이 나고 죽는 이치와, 이를 인간의 삶에도 적용해야 한다는 가르침을 포괄하고 있는 것이라고 이해할 수 있다.

金生麗水 玉出崑岡
금 생 여 수 옥 출 곤 강

금金은 여수麗水에서 생생生生하고, 옥玉은 곤강崑岡에서 출出한다.

金 쇠금, 성씨 김   生 날 생   麗 고울 려(여)   水 물 수
玉 구슬 옥   出 날 출   崑 산 이름 곤   岡 산 이름 강

직역 금은 여수에서 나고, 옥은 곤강에서 난다.

의역 금은 여수에서 난다 하니, 금은 지하의 가장 중요한 광물이요 여수는 중국의 지명이다. 옥은 곤강에서 난다 하니, 옥은 지하의 가장 보배로운 광물이요 곤강은 또 중국의 지명이다. 소중한 것을 품고 있다가 베푸는 땅의 은혜로움을 말한 것이요, 사람도 가슴에 금과 옥을 품어야 한다는 말이며, 땅에 쇠와 옥이 있듯이 인간의 사회에는 무武와 문文이 있음을 말한 것이다.

자구 풀이

여수麗水는 강江의 이름이자 그 강이 흐르는 지역의 지명이다. 옛날에는 강의 이름에 지금처럼 두루 강江을 붙이지 않고 대신 수水를 많이 썼다. 그래서 한강漢江도 본래는 한수漢水로 불렸다. 고대의 강江은 양자강을 나타내는 고유명사와 같은 것이었고, 하河는 황하를 가리키는 고유명

사로 흔히 쓰였다. 여수가 구체적으로 어느 강이나 지역을 말하는 것인지는 분명치 않다. 홍성원은 운남성雲南省 영창부永昌府, 지금의 운남성雲南省 보산현保山縣에 있다고 풀이했다. 반면에 절강성浙江省에 있다는 설도 있다. 곤강崑岡 역시 특정 지역의 지명인 것은 확실하나 구체적으로 어디인지는 불명이다. 곤륜산崑崙山을 의미한다고 보는 견해가 우세하나, 형산荊山이라는 지역에 있는 골짜기 이름으로 보기도 한다. 홍성원은 형산 골짜기 설을 받아들였다.

여수와 곤강이라는 특정 지명을 언급한 것은 이곳에서 생산되는 금과 옥이 당시 가장 뛰어나다는 평가를 받고 있었기 때문일 것으로 추정된다. 따라서 이 구절을 약간만 의역하면 '좋은 금은 여수에서 나고, 뛰어난 옥은 곤강에서 난다' 정도로 옮길 수 있을 것이다. 모두 땅이 주는 특별한 혜택을 말한 것이며, 사람 역시 이러한 땅의 도를 본받아 그 내면에 보배로운 심성을 간직하고 길러야 한다는 가르침을 내포하고 있다고 이해할 수 있다.

해설

천자문의 저자는 천지와 우주, 천체의 성격을 논한 뒤에 땅의 문제를 계속해서 다루고 있다. 그가 특히 관심을 기울이는 것은 땅의 혜택이 얼마나 큰 것이고, 이러한 혜택이 어떻게 가능한가 하는 문제다. 이 문제에 대한 해답을 찾아가는 과정에서 천자문의 저자가 일차 관심을 둔 것이 사계절의 순환과 비를 정점으로 하는 물의 순환 문제였다. 그 결과 여기서(계절과 물의 순환에서) 인간을 비롯한 뭇 생명의 생사와 성쇠가 가능해진다는 사실을 천명했고, 이런 땅의 도를 본받아 인간들도 계절에 순응하거나 대비해야 하고, 구름이나 비처럼 만물을 살리는 존재가 되어야 한다는 인도人道를 밝혀냈다. 그리고 이제 천자문 저자의 관심은 지하地下로 이동한다. 시작도 없고 끝도 없는 시공간에서 시작된 세상에 대한 관심이 해와 달, 별과 대기권, 땅 위를 지나 마침내 지하에까지 도달한 것이다. 저자의 생각에 땅의 혜택과 도道는 지표면에만 존재할 리 만무하고, 지하에도 있어야 한다는 것일 터였다. 그렇다면 지하에서 찾아낸 땅의 혜택, 땅의 도는 과연 어떤 것일까?

첫째가 금金이었다. 금 중에서도 '여수麗水'의 금을 말했다. 땅은 지하에 여러 광물들을 품고 있는데 그중에 제일 중요한 것이 금이라고 판단했던 것이다. 그렇다면 천자문의 저자가 말하는 금이란 무엇인가? 뒤에 이어지는 '옥출곤강玉出崑岡'의 구절로 미루어볼 때 일단은 옥玉과 대비되는 황금黃金임을 쉽게 짐작할 수 있다. 단순한 쇠붙이가 아니라 '천지현황天地玄黃'에 나왔던 것처럼 땅을 상징하는 황색의 쇠붙이, 곧 황금인 것이다. 홍성원은 이 구절을 해설하면서 다음과 같이 적었다.

　　여수麗水는 운남성雲南省 영창부永昌府에 있는데, 이 지방 사람들
　　이 물속에서 모래를 건져내어 백 번을 단련하면 금金이 된다.

그렇다면 천자문의 저자가 생각하는 황금黃金의 특징은 무엇이었을까? 어떤 특징을 지니고 있고, 어떤 철학적 의미를 지닌 것이기에 땅이 지하에 품고 있는 대표적인 혜택과 도의 사례로 황금을 거론한 것일까?

첫째, '천지현황天地玄黃'이라는 구절이 잘 표현한 것처럼 땅의 상징색黃을 체화한 땅속의 대표적인 광물이다.

둘째, 옥玉과 견주어지는 보배로운 물건이다. 이는 땅이 주는 여러 혜택 가운데 특히 풍요와 맞닿은 것으로, 땅의 이로움이 이처럼 크고 밝음을 나

타낸다.

셋째, 금속을 대표하는 광물이다. 쇠붙이는 칼을 비롯한 전쟁 무기의 재료이자 농기구를 만드는 소재가 된다. 그만큼 중요한 광물인 것이다. 전쟁과 농업은 고대인들의 최대 관심사였고, 이 중요한 두 가지 사업의 근본이 되는 광물이 바로 쇠붙이였던 것이다. 석기와 토기와 청동기 문명을 거쳐 인류는 마침내 철기 문명을 건설했고, 이로써 이전과는 다른 차원의 진보를 이룰 수 있었다. 그만큼 철기 문명 초기의 고대인들에게 지하자원으로서의 철鐵은 귀중한 것을 넘어 문명을 지탱시키는 절대적인 요소였다. 이러한 쇠붙이의 대표로 금金을 내세운 것이라 볼 수 있다.

넷째, 오행설에 따르자면 쇠는 만물을 길러내는 물水을 낳는 존재다(土生金, 金生水). 오행의 다섯 원소들은 서로 상생相生 혹은 상극相剋의 관계를 맺고 있는데, 이 관계에서 모든 생명의 근원인 물을 낳는 존재가 바로 금金이라는 것이다. 생명과 물의 중요성에 대해서는 앞의 구절에서 거듭 강조한 바 있거니와, 이 물이 맨 처음 어디서 왔는가를 생각할 때 금金의 중요성을 거듭 표현하지 않을 수 없고, 그래서 이 부분에 금에 관한 설명이 이어지게 된 것이라는 말이다. 『주역』에 따르면 금은 또 오행 가운데서도 가장 우두머리가 되는 존재라고 한다.

이처럼 천자문에서 금은 다층적인 의미를 가진 존재이자 땅 속에 묻힌 귀중한 보물의 표상이다. 그런데 금을 비롯한 이런 광물은 아무 땅에나 존재하는 것이 아니라 특정 지역에 편중되어 존재하는 것이 일반적이다. 그래서 '여수'라는 금의 산지가 등장하는 것이고, 이는 옥의 경우에도 마찬가지다.

옥출곤강玉出崑岡은 '옥은 곤강에서 나온다'는 말이니, 곤강의 옥이 유명하다는 뜻이기도 하다. 이 구절을 홍성원은 다음과 같이 해설하고 있다.

곤崙은 산의 이름이며 형산荊山의 남쪽에 있다. 초楚나라 사람 변화卞和가 이 산에서 옥玉을 얻어 성왕成王에게 바치니, 화씨의 벽和氏之璧이라 이름 하였는데, 뒤에 진秦나라는 이것으로 옥새를 만들었다.

옥은 당연히 황금과 더불어 보물을 상징하는 광물이다. 그렇다면 옥은 어떤 특징을 지닌 광물일까? 이에 관하여는 조선 후기의 실학자인 홍대용洪大容의 『담헌서湛軒書』에 다음과 같은 구절이 있다. 천자문의 바로 이 구절을 해설하는 부분에 등장하는 설명이며, 『설문해자說文解字』라는 책에 실린 내용이라고 출전을 밝혀두고 있다.

『설문해자』에 이르기를, 돌 가운데 아름다운 것이 옥이며 다섯 가지 뛰어난 점이 있다. 윤택이 나면서 따스한 것은 어진 성품을 드러냄이요, 만져지는 결만으로도 속을 알 수 있음은 올바름을 나타내는 것이며, 소리가 은근히 날아 멀리까지 울림은 지혜로움을 나타내는 것이고, 꺾이지 않고 부서짐은 씩씩함을 드러내는 것이며, 날카롭되 잔재주를 부리지 않음은 깨끗함을 나타내는 것이다.

이처럼 옥玉은 지하의 단순한 보석이 아니라 군자와 선비의 이상을 품은 보석으로 인식되었음을 알 수 있다. 땅이 이런 보석을 그 안에 감추어 두고 있는 것처럼, 군자는 마땅히 옥과 같은 성품을 갈고 닦아서 가슴에 품어야 한다는 무언의 가르침이 '옥출곤강玉出崑岡'에 내포되어 있다고 이해할 수 있겠다.

참고로, 홍성원이 말한 '화씨의 벽'에 얽힌 이야기는 매우 유명한 고사로, 위의 글에서는 그 대강만을 너무 간추린 듯해 조금 더 자세히 소개하기로 한다. '화씨의 벽'에 나오는 벽璧은 옥玉과 같은 의미의 글자이며, 화씨라는 사내, 곧 '변화卞和가 찾아서 진상한 옥'이라는 의미다.

　이야기는 전국시대戰國時代의 초楚나라를 배경으로 한다. 변화라는 이름의 사내는 옥을 잘 감별하는 감별사였는데, 어느 날 형산의 곤강이라는 곳에서 아직 가공하지 않은 박옥璞玉 한 덩이를 얻게 되었다. (천자문의 '옥출곤강'에 나오는 그 지역이며, 천자문의 이 구절이 역으로 '화씨의 벽' 고사를 차용한 것임을 짐작할 수 있다.) 그 옥이 보통의 옥보다 뛰어나다는 것을 알아차린 화씨는 이를 당시의 임금인 문왕文王에게 바쳤다. 그러나 문왕의 밑에서 일하던 감별사는 이것이 하찮은 돌덩이에 지나지 않는다고 감별했고, 농락을 당했다고 판단한 왕은 화씨의 왼쪽 뒤꿈치를 잘라낸 후 쫓아버렸다. 그 후 문왕의 뒤를 이어 무왕武王이 등극하자 화씨는 다시 옥을 들고 궁궐로 찾아갔다. 그러나 이번에도 무왕의 밑에서 일하던 감별사는 그것이 돌덩이에 지나지 않는다고 감별했고, 화가 난 무왕은 '선왕 때에도 임금을 농락하더니 또 이런 짓을 하는가?' 하며 그의 오른쪽 뒤꿈치마저 잘라낸 후 쫓아버렸다.

　상심한 화씨는 형산의 곤강으로 돌아가 신세를 한탄하여 울부짖었다. 눈에서는 피눈물이 흘렀고 형산마저 이에 감응하여 한쪽이 무너져내렸다고 한다. 무왕의 뒤를 이어 성왕成王이 즉위했는데, 형산이 무너져내렸다는 말을 듣고 그 연유를 물었다. 이에 한 신하가 변화의 일을 고했고, 성왕은 다른 감별사를 시켜 화씨의 옥을 다시 감별케 하였다. 그리고 드디어 화씨가 바친 옥이 여느 옥과는 달리 가장 뛰어나다는 사실을 알게 되었다. 성왕은 노련한 옥장인玉匠人을 시켜 화씨의 옥을 다듬게 하였고, 마침내 누가 보더라도 세상에서 가장 아름다운 옥구슬을 얻을 수 있었다. 성왕은 화씨가 바친 옥이라는 의미로 이를 '화씨지벽和氏之璧'이라 이름 하였다.

　이처럼 화씨의 벽(옥)을 손에 넣은 성왕에게는 사실 또 다른 소원이 하나 있었다. 바로 이웃 조趙나라의 아름다운 공주를 아내로 맞아들이는 것이었다. 그러나 조나라의 왕인 혜문왕惠文王은 딸을 내어줄 생각이 없었다. 그러자 성왕은 화씨의 벽을 예물로 조나라에 보냈고, 이를 본 혜문왕은 마음을 돌려 공주를 성왕에게 시집보냈다. 이처럼 화씨의 벽으로 인해 조나라와 초나라 사이에 동맹이 맺어지니 사람들은 이 보배를 일러 연성지진連城之珍이라 부르게 되었다.

한편, 조나라에 진귀한 옥이 있다는 소문은 이웃 나라들로 퍼져 나갔는데, 당시 최고의 강대국이었던 진秦나라 소양왕昭襄王의 귀에까지 들어갔다. 진秦은 훗날 시황제始皇帝에 이르러 최초의 통일 제국을 건설하게 되는 바로 그 나라다. 화씨의 벽이 엄청난 보물이라는 것을 간파한 진의 소양왕은 어떻게든 이를 수중에 넣고자 했고, 조나라와의 협상에 들어갔다. 협상에 임하면서 진의 소양왕이 내건 조건이 화씨의 벽을 넘겨주면 성城 열다섯 개를 주겠다는 것이었다. 이에 사람들은 이 옥의 가치가 성 열다섯 개에 준한다는 의미로 이 보배를 연성지옥連城之玉 이라 부르게 되었다.

그러나 막상 협상에 들어가자 진나라 소양왕의 제의는 거짓이고, 흉계로 화씨의 벽만을 빼앗으려 했다는 사실이 드러났다. 이때 조나라의 협상 대표로 화씨의 벽을 들고 진나라 왕의 궁전으로 찾아갔던 인물이 인상여藺相如라는 이름의 재상이었는데, 고대사에서 명재상 가운데 명재상으로 꼽히는 걸출한 인물이다. 소양왕의 간계를 파악했다지만 상대적 약소국의 재상으로서 인상여는 무작정 협상을 포기하고 돌아갈 처지가 아니었다. 자칫하면 목숨도 잃고 화씨의 벽도 빼앗길 판이었다. 이에 인상여는 국가 대 국가의 거래가 얼마나 중요한 것인지 말하고, 화씨의 벽을 넘기기 전에 치러야 할 외교사절에 대한 의식을 정식으로 치러줄 것을 제의한다. 소양왕이 형식적인 의례를 준비하고 치르는 동안 인상여는 부하를 시켜 밤중에 몰래 화씨의 벽을 본국으로 돌려보내고 자신만 진나라의 궁전에 남는다. 나중에 소양왕이 사태를 파악했을 때는 이미 사건은 끝난 뒤였고, 외교사절을 살해했다는 비판만 듣게 될 처지에 놓인 소양왕은 분을 삭이면서도 어쩔 수 없이 인상여마저 무사히 본국으로 돌려보냈다고 한다. 인상여가 목숨을 걸고 화씨의 벽을 흠집 하나 없이 온전히 조나라에 되돌려놓았다고 해서 사람들은 이를 일러 완벽귀조完璧歸趙라 칭했다. 완전한 상태의 벽을 조나라로 되돌려보냈다는 말이다. 간단히 줄여 완벽完璧이라고도 했는데, 우리가 오늘날 흔히 사용하는 '완벽(perfection)'이라는 단어가 생겨난 유래다.

나중에 이 옥은 결국 춘추전국시대를 통일한 진시황秦始皇의 손에 넘어갔고, 진나라는 이 옥구슬을 다시 다듬어 옥새로 만들었다고 한다.

'여산의 금'과 '곤강의 옥' 이야기에서 우리가 놓치지 말아야 할 부분은 이것이 단순한 지하 광물자원에 대한 이야기가 아니라, 땅이 인간들에게 베풀어주는 은혜가 이처럼 풍요롭고도 엄청나다는 가르침이다. 곡식을 키우고 동물을 길러 사람을 먹이고 이롭게 하는 데 머무르지 않고, 땅의 이로움은 이처럼 그 지하의 세계에서도 이루어진다는 것이다. 사람은 마땅히 이러한 땅의 도를 본받아서 그 내면에 황금처럼 빛나고 옥처럼 아름다운 심성을 길러야 한다는 가르침 또한 잊지 말아야 한다.

금과 옥에 관한 이 구절은 곧바로 뒤에 이어지는 '검호거궐劍號巨闕 주칭야광珠稱夜光'과도 매우 밀접하게 관련되어 있다. 검호거궐劍號巨闕은 직역하면 '칼 중에는 거궐이라 하는 것이 있다'는 말인데, 칼 중에 가장 이름난 것으로 '거궐巨闕'이라 부르는 것이 있었다는 뜻이다. 이 칼을 만들어낸 기본 재료가 바로 여기서 나왔던 금金(이때는 쇠붙이의 의미)이다. 금 얘기를 한 뒤에 곧바로 이 금으로 만든 칼 이야기가 나오는 것이니, 일단 둘의 연관성이 적지 않을 것으로 짐작할 수 있다. 주칭야광珠稱夜光은 직역하면

'구슬 중에는 야광이라 하는 것이 있다'는 말이며, 구슬 중에 이름난 것으로 '야광夜光'이라 부르는 것이 있었다는 뜻이다. 여기서 말하는 구슬은 당연히 옥玉구슬이다. 옥 이야기를 한 뒤에 곧바로 옥 중의 옥, 가장 유명한 옥에 관한 이야기가 이어지는 것이니 이 또한 둘의 연관성이 적지 않을 것이라고 짐작할 수 있다.

이들 앞뒤 구절들의 상관관계, 그리고 금과 옥, 칼과 구슬이 어떤 상징성을 띠고 있는 물건들인가의 문제는 뒤의 구절을 설명하면서 좀 더 자세히 살펴보기로 하겠다. 다만, 칼과 구슬은 무武와 문文의 상징이며, 나아가 이는 하늘의 도와 땅의 도를 인간의 세상에서 구현하는 어진 임금을 보필하는 신하의 상징이 된다는 점만 미리 염두에 두기로 하자.

劍號巨闕 珠稱夜光
검 호 거 궐 주 칭 야 광

검劍으로는 거궐巨闕을 호號하고, 주珠로는 야광夜光을 칭稱한다.

劍칼검　號이름호　巨클거　闕집궐
珠구슬주　稱일컬을칭　夜밤야　光빛광

직역 칼 중에는 '거궐'을 (으뜸으로) 부르고, 구슬 중에는 '야광'을 (으뜸으로) 칭한다.

의역 칼 중에 거궐을 으뜸으로 부른다 함은 거궐이라는 검이 명검이라는 말이다. 칼은 여수 등에서 나는 쇠붙이로 만들고 무신武臣을 상징한다. 구슬 중에 야광을 으뜸으로 칭한다 함은 야광이라는 구슬이 보배 중의 보배라는 말이다. 구슬은 곤강 등에서 나는 옥으로 만들고 문신文臣을 상징한다.

자구 풀이

앞의 구절을 설명하면서 '여수'와 '곤강'을 특별히 지칭한 것은 이곳에서 생산되는 금과 옥이 '뛰어남'을 의미한다고 하였다. 이렇게 여수의 금과 곤강의 옥이 뛰어남을 말하기 위해 앞의 구절에서는 생生과 출出이라는 동사를 사용했다. 그 생산지를 말한 것이니 당연한 선택이다. 그런데 여기서는 역시 '뛰어난' 칼과 구슬의 예를 설명하기 위해 호號와 칭稱이라는 동사를 사용하고 있다. 뛰어난 칼과 구슬이 명성을 얻어 그 이름을 드날리고 있었기 때문에 이 글자들을 사용한 것이라고 우선 이해할 수 있다.

천자문은 서로 다른 글자들의 조합으로 서로 다른 구절들을 이루어야 했기에 글자의 선택에서 매우 제한적일 수밖에 없다. 게다가 그 표현이 시적이어서, 때로 단순한 직역만으로는 그 의미를 파악하기가 어려운 구절들이 더러 있다. 검호거궐劍號巨闕이나 주칭야광珠稱夜光의 경우에도 마찬가지다. 여기서의 호號나 칭稱을 '부르다, 일컫다' 등의 우리말로 그냥 직역만 하면 의미가 혼란스러워진다. 전후 맥락을 보면 차라리 '으뜸으로 친다'의 의미로 이해하는 편이 쉽다. 사람들이 그렇게 호칭한다는 뜻으로 읽어서, '칼 중에는 거궐을 으뜸으로 치고, 구슬 중에는 야광을 으뜸으로 친다' 정도의 의미로 이해할 수 있겠다.

또 글자 순서 그대로 읽어서 '칼 중에 부를 만한 것은 거궐이고, 구슬 중에 칭할 만한 것은 야광이다'라고 풀기도 한다. 거궐巨闕과 야광夜光은 특정 검과 구슬에 붙여진 고유명사다.

해설

우리는 지금 천자문 가운데 천지 우주와 땅, 곧 자연에 대한 해명을 다룬 부분을 읽고 있다. 아직 사람의 도와 사람살이의 문제를 다룬 장章은 시작도 되지 않았다. 그런데 난데없이 칼과 구슬 이야기가 등장했다. 천자문 전체의 논리적 맥락을 무시한다면 그냥 있는 그대로의 직역 및 이와 관련된 고사를 살펴보는 것으로 충분할 것이다. 그 앞뒤 구절과의 연관성 문제는 무시하면 그만이다. 하지만 필자는 천자문을 이렇게 읽어서는 안 된다고 생각한다. 천자문은 철학적 사변을 담아낸 글이고, 당대 최고의 지식인이자 지성인이 심혈을 기울여 저술한 책이다. 논리와 일관성, 맥락을 무시한 채 단순히 천 개의 글자들을 사용하여 네 글자씩 짝만 이루도록 단순 편성한 책이 아니다.

그렇다면 자연의 문제를 주제로 한 이 장에서 칼과 구슬이라는 인위적인 물건을 다루는 이유는 무엇일까? 이는 우선 바로 앞의 구절, 곧 '금생여수金生麗水 옥출곤강玉出崑岡'과의 연관성 때문이다. 땅이 주는 혜택을 차례로 설명하다 보니 지하자원에 관해 말하지 않을 수 없었고, 지하자원의 대표적인 사례로 금과 옥을 거명했던 것이며, 왜 금과 옥을 거명했던 것인지 보다 자세히 해명하기 위해서 칼과 구슬 이야기를 부연하지 않을 수 없었다는 말이다.

앞에서 금과 옥이 얼마나 귀중한 보석인지에 대해서는 충분히 설명했다. 설명이 없어도 누구나 쉽게 짐작할 수 있는 얘기다. 하지만 금과 옥이 보배요 귀중한 것이기 때문에 대표적인 지하자원, 땅이 베풀어주는 은혜의 대표자로 천자문 첫머리에 등장했다는 설명은 어딘지 옹색하다. 황금과 옥의 귀중함과 값어치를 한껏 치켜세우는 것은 장사치의 일이지, 우주만물과 인간의 도를 밝히고자 붓을 든 철학자의 사명은 아닌 것이다. 그럼에도 불구하고 금과 옥을 말한 것은, 이 두 가지야말로 땅의 도와 인간의 도를 한 맥락에서 설명할 수 있는 더없이 좋은 소재였기 때문이다. 천자문 저술의 한 목표가 하늘의 도와 땅의 도를 밝히고, 이를 본받아 인간의 도를 세워야 한다는 주장을 펴자는 것이라고 보면, 땅의 도와 인간의 도를 동시에 설명하기 위해 금과 옥 이야기만큼 적절한 소재도 없었을 것이라는 얘기다.

이런 연유로 천자문의 저자는 우선 여수의 금과 곤강의 옥 이야기를 꺼냈다. 이로써 땅의 도(혜택)는 지표면에만 있는 것이 아니라는 것, 따라서 인간들도 외면에 앞서 내면의 도를 세워야 한다는 가르침이 드러났다. 하지만 금과 옥이 왜 땅의 대표적인 혜택이 되는지, 왜 땅의 도를 표상하는 상징이 되는지에 대해서는 조금 더 보충 설명이 필요했던 것이고, 이를 해명하기 위해 거궐巨闕과 야광夜光의 고사를 덧보탠 것이다. 그렇다면 우리는 여기서 거궐과 야광이 어떤 물건인지, 인간들에게 무슨 혜택이 있다는 것인지 살펴보지 않을 수 없다.

먼저 '거궐'에 대해 살펴보자. 천자문 해설서를 쓴 홍성원은 이렇게 적고 있다.

> 거궐巨闕은 보검의 이름이며 구야자歐冶子가 주조한 것이다. 월왕越王 구천句踐이 오吳나라를 멸망시키고 보검 여섯 자루를 얻었는데, 오구吳鉤, 담로湛盧, 간장干將, 막야莫邪, 어장魚腸, 그리고 이 거궐이었다.

거궐에 관한 기록은 여기저기 산재되어 있으며, 그 내용 또한 일관되지 않다. 홍성원은 월왕 구천이 오나라에서 얻은 여섯 보검 중의 하나라고 하였으나, 조趙나라 왕의 다섯 보검 중 하나라는 기록도 있고, 월越나라 왕 윤상允常의 검 가운데 하나라는 기록도 있으며, 오吳나라 합려闔閭의 네 보검 중 하나였다는 기록도 있다. 전국시대에 이 나라 저 나라를 오간 보검 가운데 하나였을 것이라고 짐작할 수 있겠다.

홍성원과 다른 유사 기록들을 좀 더 따라가 보자. 이 검을 처음 만든 사람은 구야자歐冶子였다고 하는데, 춘추시대의 칼 만드는 장인이었을 것으로 보이며, 월나라의 적국인 오나라 사람이었다는 기록도 전한다. 그가 이 칼을 만들 때 비의 신인 우사雨師는 물을 뿌리고 우레의 신인 뇌사雷師는 풀무질을 하고 교룡蛟龍은 화로를 받쳐주었다는 전설도 있다. 이렇게 만들어진 거궐은 검 중의 검, 지상 최고의 보검으로 인정을 받았다고 한다. 이 검이 조나라의 국보였다는 기록도 있는데, 이웃 나라의 왕이 그저 보여주기만 해도 준마 3천 필을 주겠다고 제안했지만 거절을 당했다고도 한다.

어쨌든 오나라에서 만들어진 거궐은 나중에 월나라 왕 구천의 손으로 넘어간다. 월왕 구천이라면 오월동주吳越同舟와 와신상담臥薪嘗膽의 고사로 유명한 바로 그 왕이다. 월나라의 제2대 왕이었는데, 오나라와의 1차 전쟁에서 크게 이겼다. 이때 그가 무찌른 오나라의 왕이 합려였다. 거궐이 오왕 합려의 네 보검 중 하나였다는 기록이 있는 점으로 보아 이 1차 오월 전쟁의 결과로 거궐은 오나라에서 월나라 구천의 손으로 넘어간 것으로 보인다. 하지만 월왕 구천은 1차전 승리 2년 만에 다시 오나라 합려의 아들 부차夫差에게 크게 패했다. 이에 구천은 한을 품은 채 장작더미 속에서 자고 짐승의 쓸개를 빨며 복수의 칼(그게 아마 거궐이었을 것이다)을 갈았고, 21년이 지난 뒤 마침내 오나라를 완전히 멸망시켰다. 이 고사에서 와신상담臥薪嘗膽이라는 말이 생겼다.

거궐巨闕과 관련하여 분명한 사실 한 가지는 이것이 고대에 대단한 보검으로 이름을 날렸다는 점이고, 한 국가의 흥망을 좌우하는 무武의 상징이 되었다는 것이다. 천자문의 이 구절에서 거궐이 등장하는 것은 이것이 땅에서 나는 쇠붙이로 만들 수 있는 최상의 가치 있는 것, 즉 무武를 상징적으로 대표하기 때문이다. 나라를 지킬 수 있는 무武의 원천이 바로 땅이 베풀어주는 혜택 가운데 하나라는 점을 설명하기 위해 거궐을 인용했다는 얘기다.

주칭야광珠稱夜光에서 주珠는 본래 붉은 구슬을 의미하였으나 나중에는 진주나 옥구슬을 포함한 구슬 일반을 가리키는 말이 되었다. 여기서도 붉은 구슬이 아니라 단순히 '구슬'이라는 말이다. 야광夜光이라는 이름의 구슬에도 역시 고사가 있다. 먼저 홍성원의 설명을 들어보자.

야광夜光은 진주珍珠의 이름이다. 춘추시대에 수후隨侯가 용龍의 아들을 살려주자, 용은 지름이 한 치가 넘는 진주를 주어 그 은혜에 보답하니, 진주가 빛나 밤에도 대낮과 같이 환했다. 이것을 초왕楚王에게 바치자 초왕은 크게 기뻐하여 몇 대代가 지나도록 수나라에 무력침공을 하지 않았다.

'진주가 빛나 밤에도 대낮과 같이 환했다'는 말에서 이 구슬이 야광夜光으로 불린 이유가 설명된다. 또 이 구슬의 최초 주인이 수후隨侯(수나라의 제후)라는 사람임을 알 수 있는데, 그가 용의 아들을 살려준 내력은 일종의 전설이나 설화를 모아놓은 책인 『수신기搜神記』에 상세히 실려 있다. 이에 따르면 수후는 여행 중에 목동들이 막대기로 뱀 한 마리를 때려죽이는 장면을 보게 되었다. 뱀을 불쌍히 여긴 수후는 아이들을 쫓아버리고 뱀을 맑은 물에 씻긴 다음 상처에 약을 발라주었다. 그리하여 뱀은 겨우 목숨을 건졌고, 나중에 자신이 사실은 해룡海龍의 아들이며 은혜를 갚고자 한다면서 이 구슬을 수후에게 주었다는 것이다. 여기서 수후지주隨侯之珠(수후의 구슬)라는 말이 생겼다고 한다.

그렇다면 수후지주隨侯之珠라는 성어는 어떤 의미로 사용되는 말일까? '세상의 진귀한 보배'라는 의미로도 사용되지만 그보다는 '뛰어난 인재'를 의미하는 말로 더 자주 사용된다. 야광주처럼 빼어난 인물, 진주처럼 고상한 인물을 비유할 때 수후지주라는 말을 사용하는 것이다. 이는 앞의 구절에 등장한 '화씨지벽'이라는 성어 역시 마찬가지다. 단순히 '최고의 옥구슬'이라는 의미가 아니라 '화씨의 벽만큼이나 뛰어난 인재'를 가리키는 말로 사용되는 것이다. 그래서 수후지주와 화씨지벽이 합쳐진 수주화벽隨珠和璧이라는 말도 생겼고, 마침내 수화지재隨和之材라는 말도 생겼다. 모두 수후의 구슬이나 화씨의 벽처럼 뛰어난 '인재'라는 의미의 용어다.

이러한 사정을 감안할 때 천자문의 저자가 금과 옥, 칼과 구슬을 들어 땅의 도를 설명한 이유를 충분히 짐작할 수 있다. 하나는 앞의 구절에서 언급한 것처럼 금과 옥을 품은 지도地道를 말함으로써 내면의 심성을 바르고 빛나게 해야 한다는 인도人道를 말한 것이다. 금과옥조金科玉條라는 말에 드러난 것처럼 금이나 옥과 같이 아름답고 빛나는 심성을 길러야 한다는 가르침이다. 이것은 외면의 문제가 아닌 내면의 문제를 말한 것이며, 지상이 아니라 지하의 자원을 가지고 말함으로써 그런 사정을 더욱 명쾌하게 반영했다. 그렇게 내면의 아름다운 품성을 기른 사람은 쇠가 칼이 되고 옥이 구슬이 되는 것처럼 인간사회에 반드시 필요한 인재가 된다는 가르침이 두 번째다. 세상에 필요한 인재는 크게 말하면 두 가지인데, 하나는 무인武人이요 다른 하나는 문인文人이다. 이는 지하의 쇠와 옥에 비유되며, 임금이라면 마땅히 쇠와 옥을 품은 땅의 도를 본받아 뛰어난 무인과 문인을 동시에 품고 길러야 한다는 가르침이 세 번째다.

果珍李柰 菜重芥薑
과 진 이 내 채 중 개 강

과果로 진珍한 것은 이李와 내柰이며, 채菜로 중重한 것은 개芥와 강薑이다.

果과실 과 珍보배 진 李오얏 리(이) 柰능금나무 내, 벚 내
菜나물 채 重무거울 중 芥갓 개, 겨자 개 薑생강 강

직역 과실로 진귀珍貴한 것은 자두와 사과이며, 채소로 귀중貴重한 것은 겨
자채와 생강이다.

의역 과실로 진귀한 것이 자두와 사과라 함은, 이 둘이 과실 중에 가장 보배
롭다는 말이다. 모두 나무에 열리는 것이며 달콤한 것이 특징이다. 채
소로 귀중한 것이 겨자채와 생강이라 함은, 이 둘이 채소 중에 가장 중
요한 것이라는 말이다. 모두 풀의 일종이며 쓰고 매운 것이 특징이다.
달콤한 것은 인생에 보배로우나, 맵고 쓴 것 또한 삶에 귀중함을 말한
것이다.

자구 풀이

우선 명사들부터 풀어보자. 과果는 과실果實이다. 이李는 옛말로 오얏,
요즘 말로 자두다. 오얏과 자두는 같은 말이다. 문제는 내柰라는 글자다.
이 글자가 의미하는 과실이 정확히 무엇인가 하는 문제는 다소 난해하다.
여러 설이 있는데 대략 세 가지로 간추려진다. 첫째, 가장 흔한 설명으로,

벚나무 열매인 버찌라는 것이다. 내柰의 음과 훈을 '벚 내'로 배운 대부분의 옛사람들이 이렇게 해석한다. 그래서 이것이 지금까지의 대체적인 정설이었다. 이에 따르면 과진이내果珍李柰는 '과실 중에 가장 진귀한 것은 자두와 버찌이다'의 의미가 된다. 하지만 버찌가 과연 자두와 상대가 될 만한 과실인지, 열매를 위해 일부러 키우는 것도 아니고, 사람들이 일상적으로 즐기는 과실이라고 보기도 어려운 이 열매가 과연 보배롭다고 칭송될 만한 것인지 의문이 아닐 수 없다. 둘째, 버찌가 아니라 능금이라는 설도 있다. 실제로 요즘 옥편에서는 내柰에 대하여 '벚 내'가 아니라 '능금나무 내'를 앞세우는 경우가 더 많다. 능금은 사과와 같은 모양이나 사과와는 조금 다르고 그 크기도 훨씬 작은 열매다. 마지막으로 버찌나 능금이 아니라 '사과'라는 설이 있다. 『본초강목本草綱目』의 경우 내柰에 대해 '능금과 실상 같은 종류인데 능금보다 크며, 일명 빈파頻婆라고 한다'고 풀이하고 있다. 그런데 이 빈파頻婆를 사전에서 찾아보면 '사과와 같은 말'이라고 풀이하고 있다. '사과' 항목을 찾아봐도 같은 말로 '빈파'를 들고 있어 빈파는 곧 사과임을 확인할 수 있다. 능금과 사과는 매우 유사한 과실인데, 능금은 관상용으로 가꾸거나 야생에서 자라며 한 나무에 아주 많은 숫자가 그야말로 꽃 피듯이 열려 일명 '꽃사과'로도 불린다. 먹을 수 없는 것은 아니지만 사과나 배처럼 일반적으로 즐기는 과일이 아니고, 술을 담거나 한약재로 활용된다. 하지만 지금도 적지 않은 어른들이 사과를 능금이라고 부르기도 하여 혼동이 이어지고 있는 것이 현실이다. 어쨌든 이런 설들을 종합해서 생각해보면 내柰는 곧 사과라는 설명이 가장 합당하다고 판단된다. 이렇게 내柰를 사과로 보면 과진이내果珍李柰는 '과실 중에 보배로운 것은 자두와 사과다', 혹은 '과실 중에서는 자두와 사과를 보배롭게 여긴다'라고 풀이할 수 있다.

　채菜는 채소菜蔬를 의미한다. 그리고 개강芥薑에서 강薑은 생강이다. 누구나 알만한 채소류여서 별로 설명이 필요치 않다. 문제는 개芥인데, 옥편의 첫줄에는 '겨자 개'로 풀이되어 있다. 대부분의 천자문 해설서들이 이 풀이를 그대로 따라 '개강芥薑'을 '겨자와 생강'으로 해석하고 있다. 잘못된 해석이 아니다. 다만 여기서 말하는 '겨자'란 우리가 향신료로 흔히 사용하는 그 겨자(mustard)가 아니라는 점을 이해해야 한다. 향신료로 사용되는 겨자는 겨자채라는 채소류의 씨앗을 갈아 만든 것이다. 따라서 향신료로 사용될 때의 이름은 겨자, 이것의 원료가 되는 씨앗을 만들어내는 채소 자체는 겨자채라고 할 수 있고, 그러므로 천자문에 나타난 개芥는 겨자가 아니라 '겨자채'로 해석해야 더 정확해진다.

그런데 이 겨자채라는 채소는 우리나라 사람들에게는 매우 낯선 채소다. 아마도 가장 비슷한 것을 찾는다면 갓김치를 담가먹는 채소인 '갓' 정도를 들 수 있겠다. 그런데 매우 흥미롭게도 갓의 한자어 역시 개芥이며, 그 씨앗의 이름 역시 '겨자'다. 따라서 천자문의 이 구절에 등장하는 개芥는 겨자채로 풀이하되, 갓과 비슷한 채소류를 나타내는 것이라고 이해할 수 있다. 천자문이 중국에서 만들어진 글이 아니라 우리나라에서 만들어진 글이었다면 개芥는 갓으로 해석되어야 옳을 것이다. 갓이나 겨자채나 모두 맵고 쓴맛이 특징인 채소류다.

채중개강菜重芥薑은 대략 '채소 중에는 겨자채와 생강이 중요하다', 혹은 '채소 중에 종요로운 것은 겨자채와 생강이다' 정도로 풀이할 수 있겠다.

해설

외면보다 내면을 중시했던 천자문 저자의 시선은 이제 지하를 거쳐 지상으로 다시 올라왔다. 하지만 주제는 여전히 땅의 도, 땅이 베풀어주는 혜택에 관한 것이다. 그렇다면 지표면이 베풀어주는 혜택 가운데 가장 대표적인 것은 무엇일까? 당연히 곡식과 채소와 과일을 길러내어 만물을 먹인다는 것이다. 온갖 동물과 사람이 모두 땅이 베푸는 이 혜택 덕분에 목숨을 부지하고 산다. 당연히 땅이 길러내는 식물에 관해 언급하지 않을 수 없다.

땅에서는 온갖 식물과 곡식, 채소와 과일들이 자란다. 땅의 덕택이자 물의 혜택이다. 그런데 저자는 인간들에게 가장 기초적으로 필요한 쌀이나 보리, 콩이나 밀, 감자나 옥수수 대신 과일과 채소 이야기를 먼저 꺼냈다. 과일과 채소가 중요하지 않은 것은 아니지만 쌀이나 밀보다 중요한 것일 수는 없다. 그렇다면 천자문의 저자는 왜 곡식이 아니라 과실과 채소 이야기를 먼저 꺼낸 것일까? 이는 앞서 '추수동장秋收冬藏'의 구절을 통해 기초 식량에 대한 설명은 이미 이루어졌다고 판단했기 때문일 것이다. 말하자면 추수동장秋收冬藏이 주식主食을 중심으로 한 설명이었다면, 여기서는 부식副食의 재료를 들어 땅의 혜택을 설명하고 있는 셈이다.

이런 부식의 중요한 항목으로 우선 과실과 채소를 들었다. 과실은 나무에 열리는 것이고 채소는 땅에서 자라는 풀이다. 두 종류의 항목을 설정하고 대표적인 것으로 자두와 사과, 겨자채와 생강을 꼽는다.

이들 네 가지 식재료가 언급된 것은 이들이 각각 달콤한 맛과 맵고 쓴맛을 대표하는 것이기 때문이다. 자두나 사과는 달콤한 과실이다. 인생에 비유하자면 더없이 행복하고 달콤한 시절이다. 하지만 인생에 이런 시절만 있는 것은 아니다. 맵고 쓴맛을 봐야 할 때도 온다. 이런 시절을 상징하는 채소가 바로 겨자채와 생강이다. 겨자채와 생강은 맵고 쓴맛에도 불구하고 건강을 위해서는 반드시 필요한 채소류다. 마찬가지로 인생의 쓴맛도 사람에게는 독이 되는 것이 아니라 약이 될 수 있다. 좋은 약은 입에 쓰다는 말도 있거니와, 쓴맛의 겨자채와 생강이 몸에 좋은 보약인 것처럼,

인생에서도 겨자채 같고 생강 같은 시절이 필요하다는 가르침이다.

　필자의 생각에 천자문의 저자는 음양설에 매우 깊이 심취해 있는 듯하다. 지하에 쇠가 있으면 옥이 있듯이, 지상에 단맛의 과일이 있으면 쓴맛의 채소도 있는 것이고, 인생 또한 그러하며, 사람의 사회 또한 이러한 음양의 조화에 만전을 기해야 한다는 가르침이 곳곳에 깃들어 있다. 칼과 구슬 이야기는 무武와 문文의 조화를 말하는 것이고, 단 과일과 쓴 채소의 이야기 역시 음양의 조화를 염두에 둔 표현이다.

　다른 천자문 해설서들에서는 여기 등장하는 과실과 채소, 곧 자두와 버찌, 겨자와 생강에 관련된 옛 고사들을 길게 인용하는 것이 보통인데, 필자는 이런 옛날이야기들이 천자문 이해에 도움 될 것이 없다고 판단하여 모두 생략했다. 거듭 강조하지만 생강 등을 중요하다고 말한 것은 이것이 건강을 위해 그렇다는 단순한 차원의 얘기가 아니다.

　인생의 쓴맛, 실패와 좌절을 어떻게 받아들일 것인가의 문제를 해명하기 위해 쓴맛의 채소를 등장시킨 것이라는 얘기다.

海鹹河淡 鱗潛羽翔
해 함 하 담 인 잠 우 상

해海는 함鹹하고 하河는 담淡하며, 인鱗은 잠潛하고 우羽는 상翔한다.

海 바다 해   鹹 짤 함   河 물 하   淡 묽을 담
鱗 비늘 린(인)   潛 잠길 잠   羽 깃 우   翔 날 상

직역 바닷물은 짜고 민물은 싱거우며, 비늘은 잠기고 날개는 난다.

의역 바닷물은 짜고 민물은 싱겁다 함은, 물에도 나뉨이 있고 음양의 조화
가 있음을 말한 것이다. 비늘은 잠기고 날개는 난다 함은, 비늘 가진
물고기는 물에 살고 날개 달린 새는 공중을 난다 함이니, 동물의 세계
에도 나뉨이 있고 음양의 조화가 있음이다.

자구 풀이

해海는 바다이다. 물의 종류를 해수와 담수로 대별하여 설명하고 있는
여기서는 '바닷물'을 가리킨다. 함鹹은 짜다는 말이니, '해함海鹹'은 직역
하면 '바닷물은 짜다'는 말이다. 함鹹은 이 글자가 들어간 일상어가 많지
않아 쉽게 접하기 어려운 글자인데, 함미鹹味(짠맛) 등의 옛말이 있으나 신
세대에게는 익숙하지 않다. 바닷가에서 자라는 풀 가운데 함초鹹草라는
것이 있는데, 소금기를 머금은 풀이어서 짠맛이 나고, 최근 건강식품의 재
료로 널리 알려져 있다.

하河는 물이니 여기서는 바닷물을 제외한 모든 민물을 일컫는다. 하河는 본래 황하黃河이니, 뜻이 넓어져 모든 강과 강물, 나아가 모든 민물을 나타내는 글자가 되었다. 담淡은 '묽다'는 뜻이니 여기서는 소금기가 없어 싱겁다는 말이다. 그러므로 하담河淡은 '민물은 싱겁다'는 말이다.

담수淡水는 염수鹽水(소금물)와 반대로 묽고 싱거운 물, 맹물이다. 해海와 하河가 대비를 이루고 함鹹과 담淡이 또한 대비를 이루고 있다. 천지가 아름다운 것은 음양의 조화가 어그러짐 없이 대비를 이루며 나뉘어 있기 때문이다. 물이라고 다를 리 없다. 바닷물과 민물, 짠물과 맹물이 양분되어 있는 동시에 서로 조화를 이루고 있다.

인鱗은 비늘이니 여기서는 비늘 달린 어류魚類를 말한다. 비늘 없는 물고기가 없는 것은 아니나 어류는 대체로 비늘이 있으므로 인鱗으로 어류를 대표케 하였다. 우羽는 깃이니, 곧 깃(날개) 달린 조류鳥類를 말한다. 잠潛은 물에 잠긴다는 말이니, 여기서는 물고기들이 수중에서 헤엄치는 것을 뜻한다. 상翔은 공중을 난다는 말인데, 역시 일상에서 많이 사용하는 글자는 아니다. '공중으로 날아오르다'는 의미의 '비상'이라는 말이 있으나 이 경우 윗 상上 자를 쓴다. 비상飛翔이라는 단어도 물론 쓰는데, 이 경우 '위로 날아오르다'의 의미가 아니라 '공중에서 날아 돌아다니다'의 뜻이다.

인잠우상鱗潛羽翔은 직역하면 '비늘 달린 어류는 물에 잠기고, 날개 달린 조류는 공중을 난다'는 말이며, 동물 역시 음양의 도道에 맞추어 존재함을 뜻한다.

해설

　우주만물의 본질과 본성을 밝히기 위한 천자문 저자의 여정은 이제 시간과 공간의 문제, 천체와 지상의 문제, 지하와 식물의 세계를 거쳐 마침내 물과 동물의 세계에까지 이르렀다. 천자문의 저자가 먼저 관심을 기울인 것은 물이다. 그리고 이 물의 문제에 관하여는 이미 앞에서 그 순환의 과정을 설명한 바 있다. 그런데 여기서 다시금 물을 언급하는 것은 물이 그 순환의 과정을 통해 하늘과 땅을 연결하고, 이로써 모든 생명의 원천이 되기 때문일 것이다. 그만큼 물 문제가 중요한 것이다.

　실제로 지구 표면의 약 70%는 물로 덮여 있다고 한다. 하지만 천자문의 저자가 이런 사정을 알아서 '지구는 곧 물의 별'이라고 판단했기 때문에 이처럼 물을 강조하고 있는 것은 아니다. 하늘에서 지상으로 떨어져 내리는 물, 지상에서 공중으로 올라가기도 하는 물이란 존재가 하늘에 속한 것도 아니요 그렇다고 땅에만 속한 것도 아닌 제3의 존재라고 파악했기 때문일 것이다. 바다보다는 육지와 친숙했을 이 철학자에게 물이란 하늘도 아니고 땅도 아니지만, 동시에 하늘과 땅의 도를 본받아 실천하는 존재이자 모든 생명의 근원이었다. 이처럼 그 성격이 매우 특이할 뿐 아니라 동식물을 불문하고 그 생명의 유지를 위해 매우 중요한 존재인 물에 대해 좀 더 구체적으로 살펴보자는 의미에서 이 구절이 등장하는 것이라고 이해할 수 있겠다.

　그 결과, 천자문의 저자는 지구상의 물이 크게 해수와 담수, 짠물과 맹물로 대별된다는 사실을 천명하고 있다. 이게 무슨 어린애 같은 소리냐고 생각하면 오산이다. 유치한 아이들의 교재로 천자문을 만들다 보니 이런 상식 중의 상식을 거론한 것이라고 생각한다면 더더욱 오산이다. 같은 물이로되 세상에 짠물과 맹물이 있는 이유의 근원은 과학적으로도 매우 해명하기 어려운 문제이며, 결국은 이것이 철학의 영역에 속하는 문제라고 판단했기 때문에 이를 언급하는 것이지, 유치원 아이들에게 물에는 짠물과 맹물이 있다고 설명하는 것처럼 단순한 사실을 말하고자 한 것이 아니라는 얘기다.

천자문의 저자가 짠물과 맹물 이야기를 꺼낸 저의는 분명하다. 세상이 크게 하늘과 땅으로 대별되고, 우주는 시간과 공간으로 이루어지고, 사람은 남녀로 나뉘어 있는 것처럼, 물은 짠물과 맹물의 형태로 음양의 조화를 이루고 있다는 것이다. 이로써 다 같은 물이면서도 하나는 짜고 하나는 맹탕인 이유가 철학적으로 설명된다는 것이다.

우주와 세상에 대한 해명의 마지막으로 천자문의 저자는 동물에 대해 설명한다. 광물과 식물에 대해서는 이미 앞에서 금과 옥, 과실과 채소를 중심으로 설명했으니 마지막 남은 존재가 동물이다. 그런데 그가 보기에 지상에 사는 동물들은 모두 인간의 경우와 크게 다를 것이 없고, 동물 가운데 가장 특이한 존재는 어류와 조류였던 모양이다. 사람이 살 수 없는 물속에서 살고, 사람이 갈 수 없는 공중을 날아다니는 새들이야말로 이 철학자의 관심을 끈 대표적인 동물이었던 것이다. 그래서 인잠우상鱗潛羽翔이라는 말로 우리 주변에 사는 동물들에 대해 설명하고 있는 것이다. 역시 인鱗과 우羽, 곧 비늘과 날개가 대비를 이루고 있고, 잠潛과 상翔이 대비를 이루고 있다. 모두 음과 양을 대변하는 것으로 이해할 수 있고, 사람이 하늘과 땅 사이의 존재인 것처럼 다른 지상의 동물들 역시 어류와 조류 사이의 존재임을 함의하고 있는 것으로 이해할 수 있다.

이 '인잠우상鱗潛羽翔'의 구절에 대해 홍성원은 다음과 같이 설명하고 있다. 옛사람들이 천자문의 여덟 글자, 또는 네 글자를 통해 얼마나 폭 넓고 깊이 있는 사유를 전개했는지 짐작게 하는 대목이어서 소개한다.

『예기禮記』에 이르기를 '비늘이 있는 동물이 360가지인데 그중에
용龍이 으뜸이 되고, 깃 달린 동물이 360가지인데 그중에 봉鳳이
으뜸이다.' 하였으니, 비늘이 있는 동물은 물속에 숨어 살고 깃이
달린 동물은 공중에 나는 바, 이는 모두 동물의 천성天性이다.

제2장

역사의 회오리

'일월영측日月盈昃'으로 시작하여 '인잠우상鱗潛羽翔'으로 끝나는 제1장은 우주와 자연, 그리고 여기에 깃든 하늘의 도天道와 땅의 도地道에 관한 해명이 주를 이루었다. 서문의 '천지현황天地玄黃'이라는 명제를 부연하여 설명한 부분이라고 이해할 수 있다.

여기 제2장은 서문의 '우주홍황宇宙洪荒'이라는 명제, 특히 '시간의 흐름인 역사歷史는 한없이 거칠었다'는 명제에 관한 부연 설명이라고 볼 수 있다. 역사는 단순한 시간의 흐름이 아니라 인위人爲가 개입된 것이므로 당연히 인도人道, 곧 사람의 도와 관련된 현상이다. 거친 역사를 일구어온 고대인들의 삶을 통해 인간의 도가 어떠해야 할 것인가를 고민해보자.

龍師火帝 鳥官人皇
용　사　화　제　조　관　인　황

용사龍師와 화제火帝, 조관鳥官과 인황人皇이니,

龍용룡(용)　師스승사　火불화　帝임금제
鳥새조　官벼슬관　人사람인　皇임금황

직역 용사와 화제, 조관과 인황이니,

의역 용사는 복희씨伏羲氏를 말하고 화제는 신농씨神農氏를 말하며, 조관은
소호금천씨少昊金天氏를 말하고 인황은 황제黃帝를 말한다. 이들 삼황
오제로 대표되는 신인神人들이 나타나 문명의 여명기를 처음 열어 젖
혔음을 말하기 위하여 우선 그 대표자들을 거명한 것이다.

자구 풀이

천자문은 '네 자 한 구절四字一句'이 기본이다. 그러나 의미상으로 보면
두 개의 구가 서로 연결되어 있으므로 보통은 본서에서와 같이 여덟 자字
를 한 단위로 묶어서 하나의 문장처럼 설명하게 된다. 그러나 때에 따라서
는 열여섯 자字, 네 구를 의미상의 한 덩어리로 묶어서 이해하는 것이 더
합리적인 경우도 있다. 이 구절과 뒤에 이어지는 '시제문자始制文字 내복
의상乃服衣裳'의 구절 역시 이렇게 열여섯 자 네 구를 하나의 의미 단위로
읽을 수 있는 부분이다. 앞의 두 구 여덟 글자(용사화제 조관인황)는 역사 이

전 시대에 존재했다고 믿어지는 신화적 인물들 네 사람의 이름이다. 이들이 고대의 지도자들이었음을 나타내는 것이 이 구절의 전체 의미라고 이해하면 뒤에 이어지는 구절과 분리해서도 얼마든지 이해는 가능하다. 그러나 이들 네 명이 뒤에 이어지는 내용(처음 문자를 만들고 옷을 지어 입었다)의 주체가 되고 문장상의 주어 역할을 담당하고 있다고 이해하는 편이 더 합리적이라고 여겨진다. 직역을 하면서 '있었다'로 문장을 완전히 끝맺지 않고 '~이니'로 열어둔 것은 이 때문이다. 여기 나오는 네 명의 인물들이 누구인가에 대해서는 〈해설〉에서 설명하기로 한다.

해설

자연自然에 대한 해명의 장을 끝낸 뒤에, 천자문의 저자는 역사歷史 문제로 관심을 돌린다. 이제부터 '한없이 거칠었던 역사'에 대해 살펴보자는 것이다. 그러면서 우선 네 사람의 신화적 인물들을 소개하고 있다. 이는 단순한 이름의 나열이 아니다. 이들이 인간을 동물에서 해방시켜 문명을 지닌 존재로 탈바꿈시켰다는 말을 하기 위해 이들의 이름을 거명하고 있는 것이다. 문자와 의복을 창제함으로써 문명의 첫발을 내디딜 수 있도록 이끈 고대의 지도자, 최고의 현자들이 이들이었다는 이야기가 이 구절과 다음 구절의 핵심 주제다.

설명에 앞서 이 구절과 다음 구절을 하나의 의미 덩어리로 이해해야 할 이유를 하나만 더 제시해보자. 이 두 구절을 제외하면 이 장의 나머지 모든 구절들은 과거에 '누가, 무엇을 했다'는 식으로 이야기가 진행된다. 예를 들어 '아들이 아니라 현명한 신하에게 왕위를 물려준 사람은 순임금과 요임금이었다', '백성을 위로하고 폭군을 처벌한 왕은 조나라 무왕과 상나라 탕왕이었다' 등의 서술 방식을 취하고 있는 것이다. 그런데 유독 이 구절에서는 네 사람의 이름만 나올 뿐, 이들이 무얼 했는가에 대한 설명이 전혀 없다. 그리고 이 다음 구절은 주어 없이 '문자를 만들고 옷을 입게 되었다'는 설명만 있다. 이런 사정들을 감안할 때 이 구절과 다음 구절은 하나의 의미 단위로 파악하는 것이 적절하다고 판단되는 것이다. 이를 무시한 채 무작정 여덟 글자로 끊어서 이를 완결된 의미 단위로 파악하는 것은 천자문을 단편적인 아이디어와 글자들의 조합으로만 보려는 단견이 아닐까 싶다.

본론으로 돌아가서, 여기 나오는 네 사람이 과연 누구를 말하는 것인지 살펴보자. 그 전에 참고로 중국인들이 말하는 중국의 고대사에 관해 간략히 정리해보겠다.

중국사를 처음 열어젖힌 인물들로는 흔히 삼황오제三皇五帝가 꼽힌다. 이들로부터 중국의 역사가 시작되었다는 것인데, 엄밀한 의미의 역사가 아니라 전설에 가깝다. 3황5제三皇五帝는 세 명의 황제와 다섯 임금이라는 말로, 3황이 인류의 첫 문명을 탄생시킨 사람들이라면 5제는 사회와 국가의 기틀을 마련한 왕들이라고 대강 구분할 수 있다. 앞에서 음양오행론을 설명할 때 동양 철학에서는 1-2-5로 이어지는 숫자의 배열이 중요하다고 했는데, 이 3황5제라는 설정 역시 이와 무관치 않다. 앞의 두 숫자 1과 2를 더한 셋에서 3황의 이야기가, 뒤의 숫자 5에서 5제의 이야기가 나왔다는 말이다. 3강5륜三綱五倫 역시 이런 원칙에 따라 2강4륜이라든가 4강6륜이 아니라 3강5륜이 되었다고 볼 수 있다.

이들 삼황오제 가운데 '삼황'이 누구인가에 대해서는 여러 이론이 있다. 가장 일반적인 설명은 복희씨伏羲氏·신농씨神農氏·여와씨女媧氏라는 것이다. 이 가운데 여와씨는 인간을 창조한 것으로 알려져 있으며, 복희씨는 사람들에게 물고기 잡는 법을 가르쳤고, 신농씨는 농사짓는 법을 가르쳤다고 한다. 하지만 인간의 창조 문제로까지 이어지는 이런 전설을 역사歷史라고 주장하기는 중국인들 스스로도 부담스러웠던 모양인지, 여와씨 대신 수인씨燧人氏를 넣어 삼황으로 꼽기도 한다. 수인씨는 인간에게 불 다루는 법을 가르쳤다고 전한다. 반면에 삼황으로 천황天皇·지황地皇·인황人皇을 꼽는 경우도 있다. 당연히 천지인天地人의 삼재三才를 대표하는 인물들이며, 그 실체는 복희씨나 신농씨보다 더 불분명하다.

이들 가운데 천자문의 해석과 관련하여 특히 관심을 가져야 할 인물은 복희씨와 신농씨, 그리고 인황이다.

먼저 복희씨는 삼황 가운데서도 가장 중요한 인물로 알려져 있으며, 『주역』에 따르면 8괘卦를 만든 인물이자 그물을 만들어 물고기 잡는 법을 가르쳤다고 한다. 신화적인 인물답게 사람의 머리에 뱀의 몸을 하고 있었다고 전하는데, 다른 기록에는 뱀이 아니라 용의 몸을 하고 있었다고도 한다. 동양의 신화에서는 용과 뱀이 매우 가까운 친척이니 크게 다른 설명도 아니다. 어쨌든 이렇게 용의 몸을 하고 있었던 복희씨는 신하들의 관직명에 용의 이름을 붙여 사용했다고 한다. 그가 등극할 때 상서로운 동물인 용이 나타났기 때문에 그렇게 했다는 전설도 있다. 예를 들어 창룡씨蒼龍氏는 만물을 자라게 하는 일을 맡은 관리, 백룡씨白龍氏는 만물을 죽이는 일을 맡은 관리를 일컫는 식이었다는 것이다.

신농씨에 대하여는 『제왕세기帝王世紀』에 기록이 전한다. 그의 성은 강姜이며, 그 어머니는 신룡神龍과 교감한 후 신농씨를 낳았는데, 사람의 몸에 소의 머리를 하고 있었다고 한다. 소와 그의 이름 신농씨神農氏가 상징하는 것처럼 그는 농사법과 매우 밀접하게 관련된 인물이다. 농사법 외에 신농씨는 불의 덕德을 지니고 있다 하여 염제炎帝로도 불렸으며, 모든 풀들을 맛보아 약초를 가려내고, 오현금五絃琴을 만들었으며, 복희씨가 만들었다는 8괘를 겹쳐 64효爻로 만들고, 시장市場을 세워 백성들에게 교역

을 가르쳤다고 한다. 말하자면 중국 문명사에서 농업, 의약, 음악, 점서占
筮, 그리고 경제의 기초를 세운 황제로 평가되는 인물이다. 염제炎帝라는
그의 이름에서 짐작되는 것처럼 신하들의 관직명에 불의 이름을 사용했
다고 한다.

인황人皇에 대하여는 기록이 적어 자세히 알기 어렵다. 천황 및 지황을
잇는 삼황의 한 사람이라는 정도가 알려져 있을 뿐이다. 혹자는 천자문에
나오는 이 인황人皇은 삼황 가운데 한 사람이 아니라 오제 가운데 한 사람
인 황제黃帝를 말하는 것이라고 보기도 한다. 필자 역시 이에 동의한다. 이
구절의 여덟 글자 중 앞의 네 글자는 삼황 가운데 두 사람인 복희씨와 신
농씨를, 뒤의 네 글자는 오제 가운데 두 사람을 각각 나타내는 것이라고
볼 수 있다는 말이다.

오제가 누구인가에 관해서는 사마천司馬遷이 가장 확실한 기록을 남겼
다. 그는 최초의 역사서인 『사기史記』를 쓰면서 삼황은 전설로 치부하고,
그 대신 오제 때부터를 본격적인 역사시대로 다루고 있다. 그가 말하는 오
제는 황제黃帝·전욱顓頊·제곡帝嚳·요堯·순舜의 다섯 사람이다. 하지만 다
른 문헌에는 다른 인물들이 거명되고 있어 오제가 정확히 누구인지의 문
제 역시 단순치는 않다. 여기서는 『사기』의 기록을 중심으로 살펴보기로
하자.

오제 가운데 제일 먼저 등장하는 이가 황제黃帝다. 앞서 '천지현황天地玄
黃'을 설명하면서 소개했던 그 인물이며, 이때부터 천자天子의 개념이 생
기고 임금은 하늘로부터 '땅(오방색으로 황색에 해당)'에 대한 지배권을 부여
받은 제왕이라는 이미지를 만들어 냈다는 사람이다. 당연히 탄생설화부터
예사롭지 않아서, 그 어머니는 큰 번개가 북두칠성 가운데 첫 번째 별을
에워싸는 태몽을 꾼 후에 황제를 낳았다고 한다. 유웅국有熊國이라는 나라
의 제후였던 소전少典의 아들로 태어났으며, 성은 공손公孫, 이름은 헌원軒

轅이라 하였다. 전설에 따르면 헌원은 배와 수레를 처음 만들어 사람들로 하여금 모든 곳에 통행할 수 있도록 하였다고 하는데, 헌원軒轅이라는 이름 자체가 수레와 수레끌채라는 의미다.『사기』에 따르면 황제는 동쪽으로 진출하여 당시 세력이 미약해진 염제炎帝(=신농씨)를 물리치고 연맹을 건설하였으며, 구려족九黎族의 우두머리였던 치우蚩尤와 탁록涿鹿에서 싸워 크게 이긴 후 완전히 중원을 장악하고 염제 신농씨의 자리를 대신하게 되었다고 한다. 이로써 황제는 중원을 통일하고 황제의 자리에 올랐다는 것이다. 하지만 역사는 여전히 진시황秦始皇이 중국을 최초로 통일한 것으로 가르치고 있다. 황제의 일을 완전한 역사로 인정하기는 어렵기 때문이다. 그 뒤 황제는 의복, 문자, 거울, 60갑자 등을 만들어냄으로써 중국 문명을 창시한 인물로 받들어지기에 이른다. 천자문의 이 구절 마지막에 나오는 인황人皇은 바로 이 황제黃帝를 말하는 것으로 생각된다.

이런 황제에게는 두 아들이 있었는데, 첫째가 청양青陽 둘째가 창의昌意였다. 황제의 뒤를 이은 맏이 청양은 다른 이름으로 소호금천씨少昊金天氏라고도 하는데, 태호太昊 복희씨의 뜻을 잇겠다는 의지가 담긴 이름이다. 『사기』와 달리 황제黃帝 대신 이 소호금천씨를 오제의 한 사람으로 꼽는 기록도 적지 않다.『십팔사략十八史略』이라는 책에 그에 관한 기록이 전하는데, 소호금천씨가 등극할 때 신령스런 새인 봉황鳳凰이 날아온 적이 있었다고 한다. 이런 연유로 소호금천씨는 신하들의 관직명에 새 이름을 붙여 사용하게 되었는데, 요즘 식으로 말하자면 문화부장관은 비둘기장관, 국방부장관은 독수리장관 하는 식이었다는 것이다.

그러나『사기』에 따르면 황제黃帝의 맏아들(소호금천씨)이 아니라 황제의 손자가 왕위를 이은 것으로 되어 있다. 그러므로『사기』에서는 소호금천씨를 오제 가운데 한 사람으로 보지 않는다. 다시『사기』의 설명을 보자.

황제의 뒤를 이은 것은 그의 둘째 아들인 창의의 아들, 곧 황제의 손자인 전욱顓頊이었다. 『사기』에는 그가 얼마나 뛰어난 인물이었는지에 대한 증언이 길게 이어지는데, 우리에게는 중요한 이야기가 아니니 생략하기로 한다. 이 전욱의 뒤를 이은 왕은, 그의 사촌, 곧 황제黃帝의 큰아들인 청양의 아들 제곡帝嚳이었다. 『사기』에는 이 인물에 관하여도 칭찬이 자자한데, 역시 우리의 관심사와는 약간 거리가 먼 이야기들이므로 생략하기로 한다.

그리고 이 제곡의 뒤를 이은 아들이 태평성대를 의미하는 요순시대堯舜時代를 연 요임금이었다. 그러나 요임금은 아들에게 왕위를 물려주는 대신 백성들 가운데 가장 뛰어난 자를 가려 뽑아 왕위를 물려주었으니, 그가 바로 뒷날의 순임금이다. 순임금 역시 아들 대신 신하 가운데 왕을 세웠으며, 순의 뒤를 이은 사람이 하夏 – 상商 – 주周로 이어지는 삼대三代를 열어젖힌 왕이자 하夏나라의 시조가 된 우왕禹王이다. 요와 순, 우의 이야기는 뒤에서 다시 등장하므로 그때 자세히 다루기로 하겠다.

그럼 천자문의 이 구절에 등장하는 인물들은 삼황오제 가운데 누구를 말하는 것일까? 먼저 용사龍師는 구체적인 사람의 이름이 아니라 관직의 이름이다. 용의 이름을 빌려 신하들의 관직명으로 삼은 사람은 복희씨였다고 앞에서 소개했다. 삼황 가운데 몸이 용이나 뱀처럼 생겼고, 등극할 때 신령스런 동물인 용이 나타났다고도 전하는 인물이다. '용사龍師'라는 말은 용 이름 관직명 가운데 가장 높은 직위를 말하며, 이는 곧 복희씨와 그의 시대를 상징하는 것이다. 삼황 가운데 가장 먼저 나타난 사람으로 평가되며, 사람들에게 물고기 잡는 법을 가르쳤다는 신인神人이다. 수렵시대를 상징하는 인물이라 하겠으며, 수렵 가운데 가장 흔했던 고기잡이 방법이 과연 어디서 얻어진 방법이었겠는가를 고민하던 고대의 철학자들이 만들어낸 가상의 인물이 아닌가 싶다. 용은 물속의 신령한 동물이자 지배자이니 물고기 잡는 법을 가르치기에 이보다 적당한 상징성을 띤 인물도 없다고 보인다.

화제火帝는 문자 그대로 '불의 황제'이니 염제炎帝 신농씨를 가리킨다. 불의 덕을 지니고 있다고 여겨져 이런 이름이 붙었으며, 신농씨神農氏라는 별칭에서 짐작되는 것처럼 사람들에게 농사법을 가르쳤다고 전한다는 이야기는 앞서 소개했다. 머리가 소의 그것과 같았다고 하니 농사를 관장하는 신의 상징이고, 동물과 다른 사람만의 식사법인 화식火食의 근원을 설명해주는 신인神人이다.

조관鳥官 역시 인명이 아니라 관직명이며, 등극할 때 봉황이 나타났고 나중에 새의 이름으로 신하들의 관직명을 삼은 사람은 오제 가운데 한 사람인 소호금천씨였다고 소개했다. 여기서의 조관은 바로 이 소호금천씨의 별칭이다.

인황人皇은 앞에서도 말한 것처럼 누구인지 특정하기가 쉽지 않은 인물인데, 오제 가운데 맨 처음 등장하는 황제黃帝로 보는 것이 가장 합리적이라고 여겨진다. 그는 중국을 최초로 통일하고 모든 나라의 기틀을 놓은 임금으로 알려져 있으며, 인문人文을 크게 부흥시켜 인황人皇으로 불린다는 기록도 있다. 그런데 이 인황, 곧 황제는 소호금천씨의 아버지다. 따라서 역사 서술 방식으로 따지자면 '인황'이 '조관'보다 앞에 나와야 옳다. 그런데도 이렇게 한 것은 역시 천자문이 운韻을 맞추지 않을 수 없는 시였기 때문이다.

이처럼 이 구절은 복희씨, 신농씨, 소호금천씨, 그리고 황제黃帝를 가리키는 것이다. 그러나 이들 네 사람을 구체적으로 지칭한 것이라기보다는 삼황오제의 여덟 사람 모두, 나아가 고대의 지도자들 일반을 말하는 것으로 이해할 수 있다. 이들 모두를 언급할 수 없으므로 네 사람만을 거명한 것이다.

始制文字 乃服衣裳

시 제 문 자 내 복 의 상

시始에 문자文字를 제制하고 내乃에 의상衣裳을 복服하였다.

始비로소시 制지을제 文글월문 字글자자
乃이에내 服옷복 衣옷의 裳치마상

직역 비로소 문자를 만들고, 이에 옷을 입었다.

의역 비로소 문자를 만들었다 함은 삼황오제의 시대에 이르러 비로소 처음 문자를 만들었다 함이니, 이로써 인간은 정신문명을 시작하게 되었음이다. 이에 의상을 입었다 함은 또 이때에 이르러 처음 격식에 맞게 옷을 지어 입었다 함이니, 이로써 물질문명이 발전하고 인간의 세상에 상하의 질서가 엄격해졌음을 말한 것이다. 정신과 물질의 계명과 개발이 시작됨이 곧 문명의 시작이다.

자구 풀이

앞의 구절(용사화제 조관인황)에 등장했던 고대의 지도자들이 한 일을 구체적으로 설명하는 부분이다. 시始는 '비로소, 처음'이라는 말이고 제制는 '만들었다'는 말이니, 시제始制는 전에 없던 것을 이들이 최초로 창조하였음을 말한다. 문자文字에서 '문文'은 본래 낱글자를, '자字'는 겹글자를 의미한다. 예컨대 화火는 문文이고 염炎은 자字에 해당한다. 하지만 오늘날에는 거의 뜻이 전변되어 '문文'은 문장(sentence)을, '자字'는 글자(character)를 의미하게 되었다.

내乃는 흔히 우리말 '이에'로 번역된다. 그러나 앞의 말을 받아서 '그래서, 그런 이유로' 등의 의미로만 한정되어 사용되는 것은 아니고, '또'라는 의미로도 사용되며, 단순히 말을 이어줄 뿐 특별한 의미를 갖지 않는 경우도 있다. 여기서는 정신적 문명화가 이루어지자 '이에' 부응하여 물질적 문명화도 이루어지기 시작했다는 뉘앙스로 그냥 '이에'로 풀었다. 복服은 여기서처럼 동사로 쓰이면 '입다'의 뜻이다. 의상衣裳에서 의衣는 상의, 상裳은 하의를 가리킨다. 오늘날에는 의복 전반을 의衣, 여성들이 주로 입는 치마를 상裳이라 한다. 이 구절에서 말하는 의상衣裳은 단순히 옷이라는 의미가 아니라 '의衣와 상裳을 구분하여 입는 것, 곧 격식과 법도에 맞추어 옷을 입는 것'을 의미한다.

해설

앞의 구절에서는 고대의 지도자들 이름을 열거했다. 한마디로 간추리면 삼황오제의 시절이 있었다는 얘기다. 이 부분에서는 당시에 어떤 문명화의 전기가 있었는가를 밝히고 있다. 말하자면 인간은 누구의 도움으로, 어떤 계기를 통해 동물과 갈라져 인간 고유의 문명을 만들게 되었는지 그 시원을 설명하는 부분이다. 그런데 천자문의 저자는 인간의 문명사를 크게 두 갈래로 나누어 설명하고 있다. 하나는 정신문명이고 다른 하나는 물질문명이다. 역시 음양의 조화와 관련된 것이라고 하지 않을 수 없다. 그렇다면 그가 말하는 문명의 최초 단계는 어떤 것이었을까?

먼저 정신적 문명화의 시발로 문자의 창제를 들었다. 문명화 이전에도 기본적인 의사소통을 위한 말과 동작은 있었을 것이고, 이것만으로 문명화가 되었다고 말할 수는 없기 때문에 문자의 창제를 정신적 문명화의 가장 핵심적인 요소로 들고 있는 것이다.

이어 물질적 문명화의 시발로 의복을 입게 된 역사를 들었다. 의복의 발명이 문자의 창제보다 뒤에 왔음을 말하는 것은 아니다. 옷이 먼저지 문자가 먼저일 수는 없다. 그럼에도 의상보다 문자를 앞세운 것은 정신문명을 물질문명보다 강조하기 위함이요, 또 '의상衣裳'이 단순히 더위와 추위를 막아주는 의복의 의미가 아니라 격식을 갖추어 입는 복식服飾을 의미하기 때문이다. 어쨌든 이런 정신문명과 물질문명의 두 갈래 문명화가 시작됨으로써 사람들은 마침내 본격적인 문명사를 시작하게 되었다는 것이 천자문 저자의 결론이라고 할 수 있겠다.

그렇다면 문자를 만들고 의복을 창제한 것은 정말로 삼황오제가 한 일일까? 이 문제를 해명하기 위해 먼저 홍성원의 설명을 들어보자.

상고시대에는 문자가 없어 결승結繩(매듭문자)으로 정치를 했다. 복희씨가 처음으로 서글書契을 만들어서 결승문자를 대신하게 하였다. 그 신하 창힐蒼頡이 새의 발자국을 보고 글자字를 창제하니, 이것이 문자의 시초이다.

여기 등장하는 창힐은 많은 기록에서 처음 문자를 창제한 사람으로 언급되는 인물이다. 중국에서 가장 오래된 자전인 허신許慎의 『설문해자說文解字』 서문에도 '황제黃帝의 신하 창힐이 새와 들짐승의 발자국을 보고 처음으로 서글書契을 만들었다'고 기록되어 있다.

이런 기록들은 대체로 고대의 전설들을 기초로 한 것이어서 역사적 사실로 받아들이기는 어렵다. 그런 전설들 중에는 창힐이 네 개의 눈을 가진 매우 총명한 신인神人이었다는 식의 이야기도 포함되어 있다. 후대의 고고학적 연구들 또한 한 개인의 힘으로 문자를 만들어 썼다는 설을 부정하는 경향이다. 이로써 창힐의 '문자 창제설'은 설득력을 잃게 되었다. 다만 창힐이란 사람이 문자 성립에 많은 부분 기여를 하고 정리 작업을 했으리라는 점만은 인정되고 있다. 이 창힐이 어느 시대의 사람인가에 대하여 홍성원은 복희씨 시대라고 한 반면, 『설문해자』를 비롯한 다른 기록들은 그가 황제黃帝의 신하였다고 전하고 있다. 누구의 신하였는지에 대하여는 기록이 엇갈리지만 삼황오제 시대의 범위를 벗어나지는 않는다.

홍성원은 또 복희씨가 서글書契을 만들고, 그 신하 창힐이 글자字를 만들었다고도 했다. 이는 복희씨의 '서글'과 창힐의 '글자'가 서로 다른 것이었다는 의미다. 그러면서 홍성원은 창힐의 글자가 최초의 문자였다는 말도 덧붙였다. 이에 따르면 오늘날 우리가 사용하는 것과 유사한 한자는 창힐이 만든 것이고, 그 이전에 복희씨가 만들었다는 서글은 이와는 다른 형태였을 것으로 추측할 수 있다. 그런데 『설문해자』에는 창힐이 서글을 만든 것으로 되어 있다. 여기서 혼란이 빚어진다. 이 설명을 따를 경우 창힐의 서글은 오늘날 우리가 사용하는 한자와 유사한 것으로 이해할 수 있고, 그 본래의 이름이 한자漢字가 아니라 서글書契이었다는 얘기가 된다. 그런데 서글書契의 글契을 서書와 같은 의미의 단어로 사용하는 민족은 중국의 한족이 아니라 우리 동이족이다. '글을 배운다'고 할 때의 그 '글'이 창힐이 만들었다는 '서글'의 '글'과 같은 것이라는 얘기고, 이는 곧 한자의 창제가 동이족에 의한 것이라는 주장의 근거가 되기도 한다. 이 주장과 관련된 논의는 상당히 긴 지면을 필요로 하므로 여기서 자세히 소개하기는 어렵다. 다만 우리의 상식과 어긋나는 고대사의 진실들이 얼마든지 있을 수 있다는 사실만 지적해두기로 한다.

한편, 정신적 문명화의 혁명적 계기가 문자文字에 의해 이루어졌다면,

물질적 문명화의 혁명적 계기는 복식과 관련되어 있다는 것이 천자문 저자의 주장이다. 의식주衣食住 가운데 먹거리와 주거의 문제는 문명화의 문제에 있어서는 상대적으로 뒷전이라는 것이다. 먹는 문제와 잠자리의 문제는 동물도 인간과 다를 바 없이 봉착하는 문제이자 나름의 해결 방식을 찾아낸 문제이기 때문이라고 생각해볼 수 있다. 그러니 문명화의 핵심은 의복의 문제와 관련된다는 것이다. 특히 의복은 신분질서와 크게 연관된 것이어서 천자문의 저자와 같은 유학자들에게는 우선적인 관심의 대상이 될 수밖에 없다. 같은 유학자인 홍성원의 설명을 들어보자.

> 상고시대에는 의상이 없었으므로 나뭇잎과 짐승의 가죽을 취하여 몸을 가렸는데, 황제黃帝가 관면冠冕(갓과 면류관)과 의상을 만들어 보기에 엄숙하게 하고 신분의 등급을 구별케 하였다. 이것이 의상衣裳의 시초이다.

이에 따르면 천자문의 저자가 말하는 의상은 그저 추위를 막아주는 역할을 하는 단순 의복이 아니라, 임금과 신하, 윗사람과 아랫사람을 구별하는 사회적 장치로서의 의상이다. 물론 추위와 더위를 막아주는 의상의 역할은 그 안에 포함되어 있는 것이라고 이해할 수 있다.

중요한 것은 물질적 문명화의 첫걸음이 의상과 관련되어 있다는 것인데, 실제로 의복의 발달사는 곧 문명화의 척도가 된다. 그릇의 제작 기술이나 건축 기술 역시 문명화의 척도가 될 수 있지만 의복만큼 문명사에서 중요한 시금석이 되는 기술도 없다. 문익점文益漸이 목화씨를 붓두껍 속에 숨겨 들여왔다는 이야기에서 이런 의복 기술의 중요성을 짐작할 수 있다. 천자문의 저자는 이런 중요한 기술이 삼황오제 시대에, 그 시대 지도자들 덕분에 생기게 된 것이고, 이것이 곧 물질적 문명화의 첫걸음이었다고 설명하고 있는 것이다. 홍성원은 황제黃帝가 관면과 의상을 만들었다고 했는데, 저고리와 치마를 맨 처음 만든 사람은 황제 시대의 신인神人인 기백岐伯이었다는 전설도 있다. 모두 황제나 황제 시대에 처음 옷이 등장했다는 얘기는 아니고, 이 시대에 이르러 격식을 갖춘 의상이 만들어지게 되었다는, 그래서 복식에서도 질서가 생겨나고 음양의 구분과 조화가 가능해졌다는 의미라고 이해해야 할 것이다.

推位讓國 有虞陶唐

추 위 양 국 유 우 도 당

위位를 추推하고 국國을 양讓하니 유우有虞와 도당陶唐이다.

推밀 추(퇴) 位자리 위 讓사양할 양 國나라 국
有있을 유 虞염려할 우 陶질그릇 도 唐당나라 당

직역 자리를 밀어주고 나라를 양보하니, 유우(순임금)와 도당(요임금)이다.

의역 자리를 밀어주고 나라를 양보하였다 함은 자식이 아니라 신하들 가운데 가장 현명한 자를 가려 왕위를 물려주었다는 말이다. 유우와 도당은 각각 순임금과 요임금을 말한다.

자구 풀이

추推는 밀어서 넘겨주다의 의미다. 같은 의미이되 음만 '퇴'로 읽는 경우도 있어서 많은 천자문 해설서들이 이 구절을 '퇴위양국'으로 읽기도 한다. 하지만 퇴고推敲 등 몇 가지 제한적인 용례를 제외하고는 '추'로 읽는 것이 통례다. 위位는 지위, 곧 자리를 의미한다. 따라서 추위推位란 본인의 자리를 양보하여 남에게 밀어주고 넘겨준다는 의미다. 양국讓國은 나라를 양보한다는 말이니, 왕권을 넘겨주는 것이다. 여기서 '추위推位'와 '양국讓國'은 다른 말이 아니라 한뜻이니, 왕의 자리를 밀어서 넘겨주고 나라의 통치권을 이양한다는 의미다. 양위讓位나 선양禪讓과 같은 말이다.

도당陶唐과 유우有虞는 소위 '요순堯舜시대'의 두 주인공인 요임금과 순임금이다. 먼저 요임금을 나타내는 '도당'이라는 명칭은 그가 통치했던 지역 및 국명과 관련되어 생겨난 이름이다. 천자가 된 요임금이 처음 도읍지로 정한 곳이 도陶였고, 이 지역은 훗날 당唐나라가 흥기하는 근거지가 되었다. 혹은 요임금이 다스리던 당시의 나라 이름이 당唐이었다고도 한다. 이런 연유로 '도당'이라는 요임금의 별칭이 생겨난 것이다. 당나라가 생기기 이전에 천자문이 완성되었음을 생각할 때 도당의 당唐은 당나라와는 무관하고, 요임금이 다스릴 당시의 나라 이름이 당唐이었을 것이라고 보는 게 합리적이다. 한편, 순임금의 별칭인 '유우'에서 유有는 그가 유호有扈(또는 有鳸)씨의 아들이었음을 뜻하고, 우虞는 천자가 된 뒤에 그가 다스리던 나라의 이름이라고 한다.

　성인聖人이 치세治世하는 태평성대를 가리키는 '요순시대'는 이들 요임금과 순임금의 시대를 말하는데, 두 임금 모두 왕위를 아들에게 물려주지 않고 당시 최고의 현인을 찾아 선양禪讓하는 전통을 세웠다. 요임금이 순임금에게 자리를 물려주었고, 순임금은 나중에 하夏나라를 건국하는 우禹에게 왕위를 넘겨주었다. 요임금이 순임금에게 자리를 물려주었으니 등장 순서로 따지자면 역시 도당(요임금)이 먼저 나와야 하는데 운을 맞추느라 유우(순임금)를 앞에 두고 도당(요임금)을 뒤로 돌려 도치했다.

해설

　고대의 인류가 집단생활을 선택한 것은 필연적이었다. 추위와 더위, 맹수의 위협으로부터 자신과 가족을 보호하기 위해서는 집단생활이 필수적이었던 것이다. 그러자 공동체의 원활한 운용이 어떻게 가능한가의 문제가 이들에게 대두되었다. 사냥한 먹거리를 나누는 문제, 이동과 정주를 결정하는 방식 등의 문제가 불거지면서 지도자의 필요성이 대두되고 질서의 필요성도 생겨났을 것이다. 타 집단과의 경쟁에서 승리하기 위한 공동체의 거대화와 통일 문제도 대두되었을 것이다. 그리고 집단이 거대하면 거대해질수록 경쟁에서 유리하다는 것과, 거기서 내부적으로 파생되는 문제 역시 더 커진다는 것도 알게 되었을 것이다. 이를 해결하기 위한 방안으로 만들어진 문명화의 소산이 곧 언어문자와 의상을 필두로 한 질서와 체계였다. 집단은 궁극적으로 최고의 지배자인 왕을 정점으로 하는 고대국가 형태로 발전하게 되었다. 그 과도기적 양상을 보여주는 시대가 중국에서는 삼황오제의 시대였다.

이 시대에 수렵은 농경으로 변했고, 언어에 이어 문자가 생겨났으며, 풀이나 동물의 가죽으로 대강 추위와 더위를 막던 의복은 질서와 체계를 갖춘 의상으로 발전했다. 이처럼 언어문자가 통일되고 복식의 체계가 완성된 국가 형태의 공동체가 출현하자 누가 왕이 되어야 하는가, 왕은 어떤 임무와 역할을 어떻게 수행해야 하는가 하는 정치적 문제가 등장했을 것이다. 이러한 임금의 자격과 관련하여 가장 모범적인 사례로 꼽히는 고대의 인물이 바로 요임금과 순임금이다.

이들은 앞의 구절에서 간단히 소개한 것처럼 역사시대의 구체적인 왕들이 아니라 전설시대의 왕들이다. 순임금의 뒤를 이은 우禹가 건설한 하夏나라를 역사학자들은 중국 최초의 고대국가로 본다. 그러니 요순은 국가를 건설하고 다스린 왕으로 보기 어렵다. 그러나 요순을 무작정 허구의 인물로만 볼 수도 없어서 대략 과도기의 인물들로 보는 견해가 우세하다. 그렇다면 이들은 어떤 왕들이었을까? 요순의 두 임금에 대해 우선 간략히 살펴보자.

먼저 요堯는 제곡帝嚳의 아들(또는 손자)로 태어났다고 한다. 제곡 역시 오제五帝 가운데 한 사람이며, 요의 뒤를 이은 순임금을 제외하면 오제는 모두 이 요임금의 혈통이다. 요는 어려서부터 총명하여 스무 살이 되자 왕위에 올랐고 덕으로 나라를 다스렸다고 한다. 이런 덕치德治에 힘입어 요의 치세에는 모든 가족들이 화합하고 백관의 직분이 공명정대하여 모든 제후국들이 화목하였다고 한다. 요는 희씨羲氏와 화씨和氏 일족에게 계절의 구분에 따른 농사의 적기를 가르치도록 하는가 하면(추수동장을 가르친 것이다), 1년을 366일로 정하여 역법을 정비하기도 하였다(태양력을 만들어 농사에 활용했다). 또한 자신이 독단적인 정치를 할지도 모른다고 스스로 염려하여 궁궐 입구에 감간고敢諫鼓(간언하는 북)를 달아 경계하도록 하였다고 한다.

이러한 치세 기간 동안 요에게는 두 가지 큰 문제가 있었으니, 우선 가장 큰 골칫거리는 바로 황하의 홍수 문제였다. 요는 이 문제를 해결하기 위해 곤鯀이라는 인물로 하여금 9년 동안 치수공사를 하게 하였지만 결국 실패했다. 두 번째 요의 고민거리는 왕위 계승과 관련된 것이었다. 그에게는 단주丹朱라는 아들이 있었으나 요임금은 그가 자신의 뒤를 이을 천자의 재목이 아니라고 판단하고 있었던 것이다. 요임금이 누구에게 왕위를 물려주면 좋겠느냐고 묻자 신하 방제放齊가 단주를 천거하였는데, 요임금은 단주가 '충신忠信한 말을 좋아하지 않고 다투기를 좋아한다'는 이유로 이를 거절하였다고 한다.

세월이 흐르면서 점점 연로해지자 요임금은 애가 탔다. 그러다가 마침내 찾아낸 인물이 비천하게 살면서도 그 효성만은 하늘이 감읍할 만하다고 알려진 순舜이란 사람이었다. 순은 본래 제왕의 후손이었으나 여러 대를 거치면서 지위가 낮은 서민이 되어 가난하게 살고 있었다. 그의 부친인 고수瞽叟는 장님으로, 순의 모친이 사망한 후 계비를 들여 아들 상象을 낳았다. 계비의 꾐에 빠진 순의 아비 고수는 상을 편애하여 순을 죽이고자 하였으나, 순은 원한을 품기는커녕 부모가 죄를 짓지 않도록 하기 위해 온갖 방법을 다 동원하여 부모의 간계를 피하고, 그러는 한편으로 정성스레 효도를 다하였다고 한다. 스무 살 때 효자로 이름이 널리 알려졌고, 서른이 되자 그 소문이 요임금의 귀에까지 이르렀다.

효자 순의 이야기를 들은 요임금은 그를 시험하기 위해 여러 임무를 맡기는 한편 두 딸을 그에게 시집보냈다. 그리고 순이 여러 임무를 잘 수행할뿐더러 두 딸과의 가정생활도 원만하게 이끌자 그를 중용하여 천하의 일을 맡겼다. 순은 신하들의 장단점을 살펴 적재적소에 임명하고 사악한 관리들을 멀리 변방으로 유배시켜 악인을 경계하였다. 순이 등용되어 20년이 지난 후 요는 순을 섭정으로 삼고 은거하였다. 그리고 그 8년 후 요는 사망하였다.

그러자 순은 요의 아들 단주丹朱에게 왕위를 양보하고 변방에 은거하였다. 그러나 백관과 백성들이 은거한 순을 찾아와 조회를 보고 재판을 치르자 천명을 거스를 수 없음을 깨닫고 다시 돌아와 왕이 되었다고 한다. 혹은 요임금이 살아 있을 때 순이 이미 요의 양위讓位를 통하여 천자가 되었다고도 한다.

왕위에 오른 이후 순은 여러 업적을 남겼는데, 특히 요임금 때부터 큰 골칫거리였던 황하의 홍수 문제를 해결하였다. 이때 순임금을 도와 황하의 치수 문제를 해결한 이가 뒷날 하나라의 시조가 되는 우禹였다. 우의 성공적인 치수로 농토가 증대되고 홍수 문제가 해결되자 천하의 모든 사람들은 순임금의 뛰어난 인재 등용을 칭송하였다. 이후 순임금은 아들 상균商均이 왕위에 적합하지 않다고 판단하고 우를 후계자로 삼아 왕위를 넘겨주었다.

요임금과 순임금의 치세에서 나타나는 공통점은 덕치德治를 근본으로 하고 인재人才를 중시하였다는 점 외에, 이들이 똑같이 왕위를 아들에게 물려주지 않고 성이 다른 신하에게 선양禪讓하였다는 것이다. 선양이란 임금이 살아 있는 동안 왕위를 물려주는 방법으로, 후손에게 물려주는 것을 내선內禪, 성이 다른 신하에게 물려주는 것을 외선外禪이라 한다. 요임금과 순임금이 택한 왕위 계승의 방법은 선양 가운데서도 바로 이 외선에 해당한다. 요임금 이전의 오제들이 모두 혈족에게 그 지위를 계승했고, 요순 이후의 임금들도 하나같이 후손들에게 왕권을 이양했다는 사실을 고려할 때 요임금과 순임금의 외선은 파격적일 뿐만 아니라 매우 모범적인 것이라 하지 않을 수 없다. 천자문의 저자 역시 이런 사정을 감안하여 요순시대의 아름다운 정치 가운데서도 특히 왕권 계승의 문제를 일차로 언급하고 있는 것이다. 요순이 전설적인 성군聖君임을 전제로 하되, 그들의 행적 가운데 특히 두드러진 부분은 그 자리를 자식이 아닌 타인에게 밀어 왕권을 현자賢者에게 선양했다는 점이라고 말하고 있는 것이다.

이는 요순시대와 같은 태평성대를 원한다면 적자에게 왕권을 계승하는 세습世襲이 아니라 외선에 의해 왕권이 교체되어야 한다는 사실을 은연중에 천명한 것이라 볼 수 있다. 말하자면 천자의 지위는 단순 세습될 수 없는 것이며, 문자 그대로 천자天子는 하늘의 도를 본받아 인간의 세상에서 이를 구현할 수 있는 성자聖者여야 한다는 것이다. 왕권의 세습을 당연한 것으로 받아들이던 조선시대의 유학자들에게 이런 사상은 매우 불온한 것이었을 터여서, 대부분의 천자문 해설서들은 이 구절을 매우 소극적으로만 다루고 있다. 요임금과 순임금의 선양은 칭찬할 만한 것이지만, 이렇게 선양이 이루어진 첫째 원인은 요의 아들 단주나 순의 아들 상균이 불초不肖(부모의 현명함을 닮지 못함)했기 때문이라는 식의 해설이 그것이다. 예를 들어 홍성원은 이 구절을 이렇게 설명하고 있다.

요임금의 아들 단주가 불초하므로 순에게 양위하였고, 순의 아들 상균이 불초하므로 하夏나라 우왕禹王에게 양위하였으니, 이것이 바로 '추위양국推位讓國'이다.

이는 『맹자孟子』의 견해를 그대로 인용한 것이다. 그러나 선양禪讓의 조건으로 그 계승자의 불초不肖 문제가 불거지는 것은 후대에 이르러 세습제를 옹호하기 위해 만들어진 논리에 지나지 않는다. 천자문의 저자는 왕권의 계승이라는 문제에서 특히 '타他 성씨姓氏로의 교체'에 관심을 두고 있으며, 그 방법에는 두 가지가 있는데, 그 두 가지 가운데 하나가 바로 이 선양이라고 말하고 있는 것이다. 다소 비약하면, 천자문의 이 구절은 태평성대의 전제 조건으로 '타 성씨로의 왕권 교체'를 들고, 그 두 가지 방법 가운데 하나인 '선양'을 요순의 사례로 주장하고 있는 것이라고 이해할 수 있다. 그렇다면 다른 또 하나의 방법이란 무엇일까? 바로 다음 구절에 이어서 나온다.

다음 구절로 넘어가기에 앞서, 요임금과 순임금이 자발적으로 선양했다는 고사는 허위에 지나지 않는다는 비판이 아주 오래 전부터 있었다는 사실을 소개해두기로 한다. 일찍이 순자荀子는 「정론正論」에서 '무릇 요순선양이란 것은 허언虛言'이라 단언했고, 고대의 역사서인 『죽서기년竹書紀年』에는 '순이 요를 가두고 아들 단주와도 만나지 못하게 했다'는 기록이 있다. 나아가 한비자韓非子는 「설의說疑」에서 순임금과 하나라의 우왕, 은나라의 탕왕, 주나라의 무왕 4인방(유학자들에게는 모두 성군의 표상이다)을 '인신人臣으로서 군주를 시해한 자들'이라고 맹비난했다.

그 밖에도 순임금이 요임금을 시해한 뒤 왕위를 찬탈했고, 하나라의 우왕 역시 순임금을 무력으로 제압하고 왕이 되었다는 식의 기사들은 여러 군데에서 보인다. 이는 요순의 전설이 후대에 창안되거나 각색된 것일 가능성이 높다는 말에 다름 아니다.

弔民伐罪 周發殷湯
조 민 벌 죄 주 발 은 탕

민民을 조弔하고 죄罪를 벌伐하니 주발周發과 은탕殷湯이다.

弔 조문할 조　民 백성 민　伐 칠 벌　罪 허물 죄
周 두루 주　發 필 발　殷 나라 은　湯 끓을 탕

직역 백성을 위로하고 죄를 치니, 주발과 은탕이다.

직역 백성을 위로한다 함은 도탄에 빠진 백성을 위기에서 구함이요, 죄를 친다 함은 패역무도한 왕을 폭력으로 몰아냄이다. 주발은 주나라 무왕武王이고 은탕은 은나라 탕왕이다. 이들 두 임금이 역성혁명易姓革命에 성공할 수 있었던 것은 사람의 도와 하늘의 도에 합당하였기 때문임을 말한 것이다.

자구 풀이

조弔는 조상弔喪하다의 뜻으로, 일차적으로는 남의 죽음에 대하여 슬퍼하는 뜻을 나타냄으로써 상주喪主를 위로한다는 의미다. 이에서 확장되어 안부를 묻고 슬픔을 위로한다는 뜻으로도 사용된다. 여기서도 위로하다 정도의 의미로 읽을 수 있다. 민民은 백성이니, 조민弔民은 슬픔에 빠진 백성, 폭압 통치의 그늘에서 도탄에 빠진 백성을 위로한다는 말이다.

벌伐은 때리고 치다의 의미로, 특히 악에 대한 응징을 뜻한다. 죄罪는 허물이라는 말이며, 여기서는 민民의 슬픔과 도탄을 초래한 죄인罪人, 곧 폭군暴君의 의미다.

주발周發은 주나라의 발發, 곧 주나라 무왕武王의 이름이다. 은탕殷湯은 은나라 탕왕이라는 말이다. 주나라가 은나라 뒤에 나타났으므로 역사적으로 보자면 '은탕주발'이 맞겠으나 역시 운을 맞추느라 '주발은탕周發殷湯'으로 도치하여 표현했다. '주발은탕周發殷湯'은 또 '조민벌죄弔民伐罪'의 주체가 된다. 이들이 도탄에 빠진 백성을 위로하고 폭군에게 죄를 물어 벌하였다는 것이 이 구절의 일차적인 의미다. 이처럼 폭력을 동원하여 왕권을 교체하는 것을 방벌放伐이라 한다.

앞에서는 선양禪讓을 통한 평화적 정권 교체를, 여기서는 폭력을 동원한 방벌放伐의 혁명을 말하고 있는 것이며, 이 두 가지가 바로 그릇된 역사의 진전을 바로잡는 정당한(하늘의 도에 합당한) 두 가지 방법이라는 것이 천자문 저자의 가르침이다.

해설

천자문 저자의 역사 개관은 이제 삼황오제의 전설시대를 지나 실질적인 역사시대歷史時代로 접어들고 있다. 삼황오제 시대의 마지막 임금 순舜은 황하의 치수에 큰 공을 세운 우禹에게 왕위를 선양했고, 그 왕위를 받아 우禹가 세운 중국 최초의 고대국가가 바로 하夏나라다. 이 하나라를 정벌하고 세워진 국가가 상商나라이고, 다시 상나라를 정벌하고 세워진 국가가 주周나라다. 하·상·주의 이들 3대 왕조를 흔히 삼대三代라고 부르는데, 대체적으로 요순시대를 잇는 이상적인 태평성대로 여겼다. 이들 고대의 왕조 가운데 상나라와 주나라에 대해서는 그 유물과 유적이 발굴되었으나 최초의 국가라는 하나라의 유물이나 유적은 아직 발굴된 것이 없고 다만 기록으로만 전한다. 하지만 역사적으로 분명히 존재했던 왕조이자 중국 최초의 국가로 평가되고 있다.

천자문은 이렇게 최초로 문자와 옷을 만들었던 전설의 삼황시대, 왕위를 선양하던 미풍이 확립되었던 오제의 시대를 거쳐 마침내 하·상·주 삼대의 역사시대에 대한 서술로 접어들고 있다. 본문에 대한 해설에 앞서 이 삼대의 역사를 간략히 정리해보자.

『사기』에 따르면 중국 최초의 국가인 하夏나라는 기원전 2070년에 세워졌다. 하나라를 세운 우禹임금은 과거 순舜임금에게 선양禪讓을 받았던 것처럼 자신도 아들이 아닌 민간의 현자에게 왕위를 물려주려 하였다고 한다. 하지만 제후들이 우의 아들 계啟에게 왕권을 잇게 함으로써 하나라는 선양제禪讓制를 버리고 역사상 최초로 세습제世襲制를 공식 채택한 왕조王朝가 되었다.

하나라는 우임금으로부터 17명의 왕이 472년 동안 다스렸다고 하며, 그 마지막 왕의 이름이 걸桀이었는데, 역사적으로 둘째가라면 서러울 폭군으로 꼽히는 인물이다. 『사기』에 따르면 걸왕 때 하나라의 국세는 이미 쇠약하여 많은 제후가 떨어져 나갔다고 한다. 그럼에도 그는 웅장한 궁전을 건조하여 천하의 희귀한 보화와 미녀를 모았으며, 궁전 뒤뜰에 주지酒池를 만들어 배를 띄워 즐기고, 장야궁長夜宮을 짓고 거기서 남녀 합환의 유흥에 빠졌다고 한다. 게다가 걸왕은 부도덕하였고, 현신賢臣 관용봉關龍逢과 이윤伊尹의 간언을 듣지 않았으며, 도덕군자로 알려진 은나라(상나라)의 탕왕湯王을 하대夏臺에서 체포하는 등 폭정을 일삼았다. 그가 은나라 탕왕과 그를 돕게 된 이윤 등의 토벌을 받고 도망치다가 죽음으로써 하나라는 결국 멸망하였다.

이런 역사의 소용돌이 속에서 탕湯은 백성을 위로하고 나라를 안정시

컸으므로 온 나라 백성들의 신임을 얻어 새로운 천자의 지위를 차지하게 되었다. 본문에 나온 조민벌죄弔民伐罪를 실천함으로써 상商 왕조를 열게 된 것이다. 기록에 따르면 상나라는 기원전 1600년에서 기원전 1046년까지 존속했던 왕조다. 요순堯舜의 두 임금과, 순임금으로부터 왕위를 물려받은 하나라의 우禹, 그리고 하나라의 걸왕을 몰아내고 상나라를 연 탕湯을 한데 묶어 요순우탕堯舜禹湯으로 칭하기도 한다. 말하자면 성군聖君의 대명사요 태평성세의 상징이다.

탕湯이 세운 상商나라의 다른 이름으로 알려진 것이 소위 은殷나라다. 그래서 천자문 본문에서도 상탕商湯(상나라 탕왕)이 아니라 은탕殷湯(은나라 탕왕)이라 칭하고 있다. 그러나 상나라는 은殷이라는 국명을 사용한 적이 없고, 이는 상나라를 멸망시킨 주周나라의 역사가들이 상나라를 낮추어 부르기 위해 그 수도였던 은殷을 나라 이름 대신 사용했기 때문에 생긴 착오다. 하지만 이제 와서 모든 기록을 바로잡을 수는 없는 노릇이고, 은나라의 본래 이름은 상나라였다는 점을 별도로 기억하는 수밖에 없게 되었다.

500년 넘게 존속하던 상나라는 30대 왕인 주紂의 시대에 이르러 쇠망의 길로 접어들었다. 주紂 역시 그 이전 왕조인 하나라의 마지막 임금인 걸桀만큼이나 대단한 폭군이었다. 여기서 하걸은주夏桀殷紂(하나라 걸왕과 은나라 주왕)라는 말이 생겨났으니 이는 '폭군'의 대명사다. 더 간단히 줄여서 그냥 걸주桀紂라 하기도 하는데, 이 역시 폭정으로 나라를 멸망케 한 임금들의 대명사다.

상나라의 마지막 임금인 주왕은 신체가 장대하고 외모가 준수하며 총명하고 힘이 장사였다고 한다. 군사적 재능이 있어 많은 전쟁에서 승리를 거두었다. 그러나 향락을 좋아하고 여색을 밝혀 급기야 애첩 달기妲己에게 빠져 나라를 망하게 하였다는 것이 대체적인 역사의 평가다. 그래서 자신의 재주만 믿고 현명한 신하들을 인정하지 않은 대표적인 자기중심적 리더로 꼽히기도 한다. 그는 술로 가득 채운 연못酒池을 만들고, 주변의 나무를 비단으로 휘감은 뒤 고기를 매달아 놓고肉林, 달기와 함께 배를 타고 노닐면서 이를 즐겼다고 한다. 여기서 주지육림酒池肉林이라는 말이 생겼다. 또 학정虐政을 그치도록 간언하는 신하들에게는 기름을 발라 숯불 위에 걸쳐 놓은 구리기둥 위를 걷게 하고, 그들이 미끄러져 불에 타죽는 모습을 구경하면서 즐거워했다고 한다. 그는 자신에게 충심으로 간언하던 왕자 비간比干마저 죽였다.

7년에 걸쳐 높이 180m, 둘레 800m의 초호화 궁전인 녹대鹿臺를 짓느라 무거운 세금을 부과하여 백성들의 원성이 극에 달하자, 마침내 제후들의 맹주 격인 서백西伯의 아들 발發이 강태공姜太公과 함께 군사를 일으켜 그를 토벌하였다. 주왕은 녹대에 불을 지르고 그 속에서 스스로 불에 타 죽었다. 주왕을 토벌함으로써 상나라를 무너뜨린 발發은 주周나라를 열고 무왕武王이 되었다. 일찍이 상나라를 세운 탕왕湯王과 마찬가지로 조민벌죄弔民伐罪를 실천함으로써 역성혁명을 성공시켰던 것이다. 상나라 탕왕과 주나라 무왕을 둘러싼 역사 기록 및 전설들은 그 분량이 방대하여 여기에 일일이 소개하기 어렵다. 무왕의 주왕 토벌에 반대하여 그 나라 곡식을 먹을 수 없다며 수양산首陽山으로 들어가 굶어죽은 형제인 백이伯夷와 숙제叔齊도 이 대목에서 등장하는 인물들이다.

무왕은 기원전 1046년에 지금의 시안西安 부근에 도읍을 정하고 나라를 개국하였으며, 이 주周나라는 기원전 771년까지 이어졌다. 모두 12명의 왕이 다스렸고, 주나라가 몰락하면서 혼란기의 대명사처럼 굳어진 춘추전국시대春秋戰國時代가 시작되었다.

하지만 기원전 771년에 주나라가 완전히 멸망한 것은 아니었다. 일부가 남아 수도를 옮기고 왕조를 계속 이어나갔다. 이를 구분하여 기원전 771

년까지의 주나라를 서주西周라 하고, 천도 이후의 주나라를 동주東周라 한다. 동주는 기원전 256년까지 지속되었다. 서주의 몰락 이후 시작된 춘추시대(BC 770~BC 403)와 전국시대(BC 403~BC 221)의 혼란은 500년 이상 이어졌으며, 이 혼란을 종식시킨 나라가 바로 시황제始皇帝의 진秦나라였다. 이로써 중국에서는 최초의 통일 제국이 탄생하였다.

그렇다면 중국 최초의 왕조인 하나라와 그 뒤를 이은 상나라, 그리고 주나라의 역사를 통해 천자문의 저자가 독자들에게 전달하고자 했던 핵심 교훈은 무엇일까? 첫째, 왕조는 영원하지 않다는 것이다. 성군으로 추앙되는 우의 하나라, 탕의 상나라, 그리고 무왕의 주나라도 결국은 역사 속으로 사라졌다는 것이다. 하물며 다른 왕조는 말할 것도 없다. 둘째, 왕조가 이처럼 무너지는 것은 왕이 죄를 지어 백성을 슬픔과 도탄에 빠뜨렸기 때문이라고 했다. 이런 왕들을 패악무도悖惡無道하다고 표현하는데, 이는 바른 길에서 어긋나 악에 물들고 도道에서 완전히 멀어졌다는 말이다. 왕이 이처럼 패악무도할 경우 역성혁명이 가능하다는 것이 천자문 저자의 숨은 뜻이고, 그런 실제 사례로 거론된 왕들이 상나라 탕왕과 주나라 무왕이었던 것이다. 그리고 이들의 특징은 한마디로 백성의 편에 서서 그 슬픔과 아픔을 위로하고, 패악무도한 왕들과 대적하여 무력의 사용도 불사했다는 것이다. 이런 역성혁명이야말로 역사의 발전을 위해 꼭 필요한 것이란 사상이 숨겨진 발언이라 하지 않을 수 없다.

선양과 방벌은 전통적으로 역성혁명의 당위성을 뒷받침하는 유교적 논리가 되었다. 하지만 단종端宗으로부터 왕위를 찬탈한 세조世祖가 '단종의 선양이 있었다'고 주장하는 등 실제로는 혁명의 논리가 아니라 왕위 찬탈의 명분으로 더 많이 사용된 것이 역사적 현실이다.

坐朝問道 垂拱平章
좌 조 문 도 수 공 평 장

조朝에 좌坐하고 도道를 문問하니, 수垂하고 공拱해도 평平하고 장章하다.

坐 앉을 좌　朝 조정 조, 아침 조　問 물을 문　道 길 도
垂 드리울 수　拱 손 맞잡을 공　平 평평할 평　章 밝을 장, 글 장

직역 조정에 앉아 도를 물으니, 옷깃을 드리우고 팔짱을 낀 채 있어도 평등하고 밝다.

의역 조정에 앉아 도를 물음은 왕이 현신賢臣들과 더불어 부지런히 왕도정치王道政治를 문답하며 그 뜻을 전파함이요, 옷깃을 드리우고 팔짱을 낀 채 있다 함은 내외적으로 싸움을 일삼지 않음이며, 평등하고 밝다 함은 세상이 물질적으로 평등하게 다스려지고 백성들의 교화가 진전되어 그 정신이 밝아짐이다.

자구 풀이

　조朝는 임금이 정사를 보는 조정朝廷이니, 좌조坐朝는 임금이 조정에 앉아 있음이다. 문도問道는 직역하면 도를 묻는다는 말이며, 임금이 현신들에게 올바른 왕도정치의 길을 묻는 것이다. 오제시대 이후 정치 체제의 근간은 왕을 중심으로 하는 것이었고, 따라서 가장 큰 문제가 되는 것은 왕이 어떻게 통치를 수행하여야 하는가 하는 점이었다. 천자문의 저자는 그

첫 번째 원칙으로 '조정에 앉아 도를 물으라'고 말한다.

수垂는 버드나무처럼 가지가 땅에 길게 드리워진 형상, 사람이 옷깃을 아래로 길게 드리우고 있는 형상을 나타내는 글자다. 여기서는 임금이 조정에 앉아 옷깃을 길게 드리우고 있음을 뜻한다. 공拱은 태평하게 팔짱을 끼고 있는 형상, 또는 두 손을 공손히 맞잡아 예를 차리는 공수拱手의 의미다. 공수를 하고 있는 것이든 팔짱을 끼고 있는 것이든 문맥에 큰 차이는 없다. 어떻게 풀이하든 '겸손하고 평화로우며 느긋한 자세'로 정치의 도를 묻고 고민하는 임금의 모습을 형용한 말이다.

평장平章은 균평장명均平章明의 준말이다. 균평均平은 모든 것이, 특히 경제 문제가 공평무사하고 평등하게 다스려짐을 말한다. 장명章明은 밝다는 말이자 밝게 다스려진다는 말이니, 모든 백성이 교육의 혜택을 고루 받아 지적으로 성숙하고 문화가 번창하여 밝아짐을 뜻한다. 전자가 '경제의 균형 개발開發'을 말하는 것이라면 후자는 '국민의 정신 계발啓發'을 말하는 셈이다.

이상의 의미들을 종합해보면, 임금이 해야 할 일은 조정에 앉아 옷깃을 길게 드리워 그 편안함과 위엄을 나타내고 손을 맞잡은 채 공손히 현명한 신하들에게 왕도정치의 도리를 묻는 것이고, 그렇게 하면 신하들이 임금의 뜻에 맞추어 실제로 정사를 잘 돌보게 되므로 공평무사하고 밝은 정치가 구현된다는 말이 곧 '좌조문도坐朝問道 수공평장垂拱平章'이라 하겠다.

해설

이 구절과 이어지는 구절들은 모두 요순堯舜 혹은 주발은탕周發殷湯의 시대에 정치가 어떻게 이루어졌던가를 다룬 부분이다. 말하자면 왕도정치王道政治의 이상적인 모습이 어떠한 것이며, 그 특징이 무엇인가를 논하는 구절이다.

좌조문도坐朝問道는 직역하면 '조정에 앉아 도를 묻는다'는 말이니, 이는 왕이 하늘의 길, 땅의 길, 사람의 길에 대해 신하들과 더불어 고민하고, 그 결과로 생겨난 철학을 바탕으로 통치한다는 말에 다름 아니다. 지식이나 재능, 리더십이나 외교술이 우선이 아니라는 것이다. 왕에게는 통치의 철학이 중요하고, 이를 완성하기 위해서는 밤낮을 가리지 말고 현명하고 어진 신하들에게 도道를 묻고 또 들어야 한다는 것이다. 그런데 문도問道에 앞서 좌조坐朝를 말한 것은 왕이 정사 돌보기를 부지런히 해야 한다는 의미로도 읽을 수 있다. 정사 이외의 다른 일에 한눈을 팔아서는 안 되며, 그러기 위해서는 항상 조정에 앉아 있어야 한다는 것이다.

이러한 좌조문도坐朝問道는 유교에서 단순한 표어가 아니었다. 중국의 역대 왕조들은 물론 고려와 조선에는 경연經筵이라는 제도가 있었다. 임금과 신하가 모여 사서오경四書五經을 비롯한 유교 경전들을 강독했고, 경전의 해석을 둘러싸고 논쟁을 벌였으며, 당대의 구체적인 정치 문제와 경연의 주제를 함께 논의함으로써 일종의 정치적 토론도 병행했다. 조선의 성군으로 알려진 세종世宗은 즉위 후 20년간 매일 경연을 연 것으로 유명하고, 성종成宗은 무려 25년의 재위 기간 동안 매일 3회씩 경연을 열었다고 한다. 모두 좌조문도坐朝問道를 실천하기 위한 노력이었던 셈이다. 그리고 천자문 저자의 견해에 따르면 이것이야말로 왕도정치의 핵심이다.

좌조문도坐朝問道의 구절에는 태평성대를 만드는 정치의 두 가지 중요한 조건이 제시되어 있다. 하나는 왕이 '조정에 앉아 있어야' 한다는 것이다. 전쟁터로 내달리거나 누군가에 쫓겨 다니는 상황, 혹은 주색에 빠진 상황이라면 태평성대는 있을 수 없다. 임금은 조정에 앉아 있어야 하는 것이다. 둘째는 '도를 물어야' 한다는 것이다. 임금이 신하들에게 도를 묻는 것은 왜일까? 하나는 지혜를 구하기 위함이요, 둘은 임금의 철학을 신하들과 공유하기 위함이다. 어진 임금과 현명한 신하들이 조정에 모여 정사의 바른 길을 토론하고 그 내용을 공유한다면, 이는 물이 아래로 흐르듯 모든 관리와 백성들에게 자연스럽게 전파되고, 이로써 태평성대가 가능해진다는 것이다. 아무리 어질고 현명한 임금이라도 모든 고을에 사는 모든 백성들의 삶을 직접 일일이 보듬고 챙길 수는 없는 일이다. 그러니 조정에 앉아 신하들에게 묻고, 또 신하들로 하여금 왕의 뜻을 전파하게 하는 것이 더 합리적이다.

그렇다면 왕이 신하들에게 물어야 할 도道란 무엇일까? 오늘날의 표현으로 하자면 통치 철학이다. 왕과 신하와 백성의 존재 의의를 밝히고, 세상이 음양의 조화를 통해 만물을 낳고 기르는 이치를 이 사회에서 어떻게 구현할 수 있는지를 물어야 하는 것이다. 이런 물음에 대해 가장 체계적인 해답을 내놓은 사람이 바로 공자 버금가는 성인으로 추앙되는 맹자孟子다. 그의 왕도정치론은 정치철학이자 사회철학으로서 동양 정치사상의 핵심을 이루고 있다.

맹자가 말하는 왕도王道의 핵심은 '인의仁義를 바탕으로 하는 정치'로, 이는 중국은 물론 조선에서도 가장 이상적인 정치철학으로 인정되었다. 맹자는 널리 알려져 있다시피 성선설性善說을 바탕으로 인간의 마음에는 네 가지 선한 본성이 선천적으로 있다고 보고, 이를 인의예지仁義禮智로 정리했다. 여기서 인仁(어짊)은 측은지심惻隱之心이라고도 하며, 남의 불행을 보면 가만있지 못하고 측은하게 여기게 되는 인간의 본성을 말한다. 의義는 수오지심羞惡之心으로 표현되며, 자신의 옳지 못함을 부끄러워하고 남의 옳지 못함을 미워하는 마음이다. 예禮는 사양지심辭讓之心으로 겸손하여 남에게 양보하는 마음이고, 지智는 시비지심是非之心으로 잘잘못을 지혜롭게 분별하여 가리는 마음이다. 이 가운데 정치의 문제와 특히 관련이 있는 것으로 맹자는 인의仁義의 두 가지를 꼽고 있는 것이며, 이 두 가지 덕성을 기초로 한 정치가 곧 왕도정치라고 규정하고 있는 것이다. 이 와 반대되는 정치가 곧 패도覇道이니, 이는 힘과 엄격한 규율에 의존하는 정치다.

한편 맹자는 왕도정치가 실현되기 위한 전제조건으로 백성들의 경제 문제에 주목했다. 그에 따르면 '항산恒産이 있는 자는 항심恒心이 있으나 항산이 없는 자는 항심도 없다'고 한다. 이는 인민들의 먹고사는 문제가 해결되지 않으면 왕도정치는 이상에 그칠 뿐 지상에서 구현될 방법이 없 다는 얘기다. '항산'은 먹고사는 문제, 곧 경제를 말하는 것이고, '항심'은 왕도정치의 근간이 되는 백성들의 도덕성을 의미하는 것이다.

맹자는 철학적 논의의 틀을 마련하는 데에 머무르지 않고 항산恒産의 구체적인 방책을 제시하기도 하였는데 정전법井田法의 주장이 그것이다. 정전법은 간단히 정리하면 토지를 인민에게 공평하게 분배하자는 경제 및 조세 정책이다. 오늘날의 공산주의 혹은 사회주의적 토지 정책과 흡사 하다. 토지를 우물 정井자 모양으로 구획하면 모두 아홉 구획이 되는데, 주변의 여덟 구획은 여덟 가호에게 사전私田으로 나누어주고, 중앙의 한 구획은 이들 여덟 가호가 함께 농사를 지어 나라에 세금으로 바치게 하자 는 것이 정전법의 핵심이다. 맹자는 또 모든 가호에 택지宅地를 무상으로 공급해야 한다고 주장하기도 했다.

맹자는 자신의 왕도정치론을 설명하면서 경제 문제 외에 또 하나의 조 건으로 교육의 문제를 들었다. 맹자의 어머니가 맹자를 제대로 가르치기 위해 세 번이나 이사를 했다는 맹모삼천孟母三遷의 고사가 유명한데, 이런 교육의 덕택인지 맹자는 일찌감치 이상적인 왕도정치의 실현을 위해서는 백성들의 교육 문제가 경제 문제와 동시에 해결되어야 한다는 사상을 제 시했던 것이다. 배고픔을 해결한 뒤 백성들의 교육 문제에 심혈을 기울임으로써 풍요롭고도 교양이 넘치는 사회를 만들자는 주장인 셈이다. 오늘날의 표현 방식으로 하면 진정한 선진국은 경제적 부국일 뿐만 아니라 국민들의 교육 수준과 지적 수준이 높은 문화 국가여야 한다는 이론이다. 백범白凡 김구金九의 '아름다운 문화 국가 건설론'은 이런 맹자의 사상을 이어받아 이룩된 것이지, 독일철학에 뿌리를 둔 문화국가론이나 서구 이론의 영향력 아래서만 형성된 것이 아니다. 맹자의 왕도정치론 같은 과거의 정치철학은 무조건 고리타분하니 철저히 배척해야 한다는 생각은 크게 잘못된 것이다.

다시 정리해보자. 좌조문도坐朝問道에서 도道란 맹자가 주창한 왕도王道를 말하는 것이다. 천자문의 저자는 맹자의 이 왕도 문제를 임금이 철저히 공부하고 그 결과로서의 철학을 신하들과 공유해야 한다고 말하고 있는 것이다. 이때 왕도王道의 핵심에는 인의仁義가 있고, 이를 실천하기 위한 구체적인 조건으로는 공평한 경제 및 조세 제도와 교육 복지 문제가 있다. 좌조문도坐朝問道의 뒤에 이어지는 구절, 곧 수공평장垂拱平章에서 '평平'과 '장章'은 바로 이 경제 및 교육 문제가 해결된 상태, 이상적인 왕도정치가 행해진 상태를 말하는 것이다.

평장平章에 앞서 우선 수공垂拱부터 살펴보자. 문자 그대로 수垂는 옷깃을 길게 드리운 상태를 말한다. 옛사람들이 간수하기 그지없이 번거로운 긴 옷을 입은 것은 그 권위를 상징하는 동시에 함부로 경망스럽게 움직이지 않기 위해서였다. 그래서 지위가 높은 사람일수록, 의식이 중요한 때일수록, 깃이 긴 옷을 입고 무거운 관을 썼다. 수垂는 이처럼 권위와 자기 절제를 상징하는 옷을 입은 임금이 그 깃을 길게 드리운 형상을 나타낸다. 사냥터나 전쟁터에서 입는 옷이 아니다. 술자리에 어울리는 옷도 아니다. 공拱은 두 손을 맞잡은 형상을 나타내는 글자이며, 팔짱을 끼고 있는 모습, 또는 공손하게 공수拱手를 하고 있는 상태를 말한다. 역시 전쟁터의 장수들이 취하는 자세가 아니라 평화로운 시기의 임금이나 문신들이 취할 자세다.

이렇게 옷깃을 길게 드리우고 손을 맞잡은 채 고요히 앉아만 있어도 평장平章이 이루어진다는 것이 수공평장垂拱平章의 일차적인 의미다. 그렇다면 평장平章이란 어떤 상태를 말하는 것일까? 평장平章이라는 이 두 글자에 대하여는 해석이 다소 분분한데, 대체로 '공평함'과 '밝음'을 나타낸다는 것이 중론이다. 홍성원 역시 균평장명均平章明이라 하여 평平이 곧 균均과 같은 말이고, 장章은 곧 명明과 같은 말이라고 보고 있다. 하지만 왜 좌조문도坐朝問道의 결과가 평장平章인가의 문제는 어디에서도 해명을 찾을 길이 없다. 필자가 보기에 이는 맹자가 이미 말한 바의 두 가지 문제, 곧 공평한 경제 문제와 교육 문제가 해결된 상태를 의미한다. 왕도정치의 최종 결과물이 바로 '경제는 공평하고 교육은 보편적이 된 상태'라는 것이다. 이를 압축한 표현이 평장平章이다. 평平이 경제적 평등을 의미한다면, 장章은 모든 백성이 교육의 혜택을 고루 입어 마침내 사회 전체가 지적으로 성숙된 상태, 그 밝은 상태를 말하는 것이다.

015 아, 저 오랑캐들을 어찌 하랴

愛育黎首 臣伏戎羌
애　육　여　수　　신　복　융　강

여수黎首를 애육愛育하고, 융강戎羌을 신복臣伏시킨다.

愛 사랑 애　育 기를 육　黎 검을 려(여)　首 머리 수
臣 신하 신　伏 엎드릴 복　戎 오랑캐 융　羌 오랑캐 강

직역 검은 머리를 사랑으로 기르고, 융이나 강 같은 오랑캐도 신하로 복종
시킨다.

의역 검은 머리를 사랑으로 기른다 함은 사해만민四海萬民을 임금이 자식
기르듯 한다 함이요, 융강을 신복시킨다 함은 이런 오랑캐들조차 신하
로 복종하고 따르게 만든다 함이니, 세상에 '사랑'으로 길러주는 것보
다 더 큰 위력이 없음을 말한 것이다.

자구 풀이

애육愛育은 사랑으로 기른다는 말이며, 사랑으로 기른다는 말은 맹자의
이론을 빌면 곧 '잘 먹이고恒産 잘 가르친다恒心'는 말이다. 여수黎首는 직
역하면 '검은 머리'이니 임금이나 고관대작, 장군이나 전장의 병사들처럼
관이나 모자, 투구를 쓰지 않는 평민들이다. 여기서는 단순한 백성의 의미
를 넘어 사해만민을 말한다.

신복臣伏은 신하로 엎드림이니, 신하가 되어 복종한다는 말이다. 융강戎

羌은 주周나라 무렵 그 서쪽에 있던 두 이민족으로, 여기서는 한족漢族을 제외한 모든 이민족들을 통칭하는 것이다. 수많은 이민족 가운데 왜 하필이면 융과 강을 언급했는지, 그리고 필자가 여수黎首를 왜 단순한 백성으로 해석하지 않고 사해만민四海萬民으로 확대해서 풀었는지의 문제는 해설에서 설명하기로 한다.

해설

지금 이 장에서 천자문 저자의 가장 큰 관심은 태평성대를 이룰 왕도정치王道政治가 과연 어떻게 가능할 것인가 하는 문제다. 앞의 구절에 나온 좌조문도坐朝問道는 왕이 조정에 앉아 도를 묻는다는 말이니, 이는 왕이 왕도정치를 고민하는 모습이다. 그리고 천자문의 저자는 그 첫 번째 현실적 문제로 맹자의 이론을 따라 경제의 평등과 보편적 교육 혜택의 문제를 꼽았다. 평등 경제의 실현으로 먹고 사는 문제를 해결하고, 보편적 교육을 통해 국민들의 정신적·지적 성숙을 꾀해야 진정한 이상적 정치체제로서의 왕도정치가 가능해진다는 말이다.

하지만 태평성대, 특히 고대의 태평성대는 이러한 완벽한 내치內治만으로 달성될 수 있는 것이 결코 아니었다. 끊임없이 등장하는 폭군의 문제도 큰 골칫거리였지만, 보다 근본적인 골칫거리는 바로 중원의 사방四方에 포진한 소위 '오랑캐들'이었다. 중국의 역사는 어떤 면에서 한족과 이들 이민족 사이에 중원을 두고 뺏고 빼앗기는 싸움의 연속이었다. 이는 칭기즈 칸이 나타나 중원을 유린한 13세기 이후만의 역사가 결코 아니며, 중국의 고대 국가들 역시 이들 이민족들과의 싸움을 통해 흥망성쇠가 결정되곤 하였다. 그 대표적인 나라가 바로 성군聖君으로 칭송되는 무왕武王이 건국한 주周나라였다.

주나라는 본래 중원의 서쪽에서 흥기하기 시작하여 상商나라를 무너뜨리고 중원의 최강자가 되었다. 이후 주나라는 중국 역사상 가장 오랜 기간 동안(약 790년) 중원을 통치하며 제국의 위용을 유지했다. 하지만 영원히 이어질 것 같던 천자의 나라 주周 역시 300년이 못 되어 쇠망의 길을 걷기 시작하는데, 주나라의 12대 왕이었던 유왕幽王을 살해하고 주의 멸망에 기름을 부은 것이 바로 서쪽의 이민족인 융戎이었다. 왕이 시해되자 남아 있던 주나라의 세력들은 파괴된 수도 호경鎬京(지금의 시안 부근)을 버리고 당시 제2의 수도였던 낙읍洛邑으로 천도를 할 수밖에 없었다. 이 천도를 기준으로 이전의 주나라를 서주西周, 이후의 주나라를 동주東周로 구분한다. 하지만 서주의 몰락 이후 시작된 동주의 시대는 곧 춘추전국春秋戰國의 혼란기였고, 주나라는 이후 한 번도 천자국天子國으로서의 지위를 제대로 누려보지 못했다. 명목상의 천자국으로만 남아 있다가 진시황의 아버지에게 힘없이 멸망하고 말았던 것이다. 말하자면 실질적인 제국으로서의 주나라는 융의 침략을 받고 역사의 무대에서 사라진 것이나 마찬가지였다.

하·상·주의 삼대, 그중에서도 특히 주나라의 계승자임을 자처하고자 했던 중원의 한족漢族 국가들은 이런 주나라의 역사에 대해 매우 곤란한 입장에 처할 수밖에 없었다. 춘추전국의 혼란을 마감하고 최초의 통일 제국을 건설한 진시황의 진秦나라가 없는 것은 아니었으나, 정통 유학자들이 보기에 전쟁과 엄격한 법法을 통치 기반으로 한 진나라는 결코 모범이 될 수 없는 국가였다. 말하자면 진나라는 이들이 내세우는 왕도정치의 이상에 전혀 부합되지 않는 패권국가覇權國家일 뿐이었던 것이다. 게다가 진나라는 중원 통일 후 겨우 30년을 연명했을 따름이다. 이런 나라를 중원의 명실상부한 시조 국가로 볼 수는 없었다. 아무리 찾아봐도 모범적인 사례로 주나라만한 나라가 없었는데, 이 위대한 제국이 서쪽 오랑캐인 융戎의 침략을 받고 맥없이 무너져내리기 시작하면서 춘추전국의 혼란이 초래되었던 것이다. 이 난감한 사태 앞에서 역사가나 철학자들의 고민은 매우 깊었을 것이다.

오랑캐 문제와 관련하여 이들의 고민은 크게 두 가지 방향으로 이어졌다. 하나는 주나라의 멸망 원인을 융의 침략이 아니라 내부적인 문제로 해석하는 방식으로 드러났고, 다른 하나는 사방의 오랑캐를 어떻게 다스릴 것이냐 하는 정치적이고 외교적인 토론으로 표출되었다. 실제로 이후 서주는 마지막 임금인 유왕이 어리석은 데다가 폭정을 일삼다가 멸망했다는 식의 이야기가 널리 퍼졌고, 오히려 주의 건국 초기에는 사방의 오랑캐들이 모두 신하를 자처하며 복종하지 않는 자가 없었다는 이야기들이 성행하게 되었다. 다른 한편으로는 천자문의 저자와 같이 사해만민을 동등하게 대우해야 한다는 평등론이 대두되는가 하면, 오랑캐는 철저히 짓밟고 중화사상으로 재교육시켜야 한다는 식의 중화론도 대두되었다.

우리가 관심을 가지고 있는 천자문 저자의 경우 사해만민 평등론을 주창한 것으로 이해할 수 있다. 이 구절을 깊이 음미할수록 그런 저자의 숨은 의도가 드러난다.

먼저 애육여수愛育黎首의 구절을 보자. 여수黎首는 앞에서 간단히 설명한 것처럼 군인이나 관리가 아닌 일반 백성들이다. 그런데 이것이 주나라의 백성들, 융戎이나 강羌 같은 오랑캐를 제외한 일종의 선민選民들만을 의미한다면, 어떻게 융이나 강이 주의 신하국이 된다는 것인지 설명하기 어렵다. 왕도정치가 이루어져 그 나라가 부강해지면 주변의 오랑캐들이 자연스럽게 복종하게 된다고 설명할 수는 있겠으나, 주변국의 선진 정치에 스스로 물들어 신하국을 자처한다는 것은 오랑캐의 생리와는 맞지 않는 것이다. 따라서 '여수黎首'는 '모든 백성', 곧 오랑캐를 포함하는 사해만민으로 보는 것이 더 합당하다. 정치력과 경제력을 바탕으로 군사력을 길러 주변의 오랑캐를 다스리는 것은 맹자의 왕도정치 이론에도 합당한 것이 아니다.

이렇게 모든 사해만민을 사랑으로 길러야 '융이나 강 같은 오랑캐도 신하가 되어 복종케 된다'는 말이 신복융강臣伏戎羌이다. 중국이 동서남북 사방의 이민족들을 오랑캐로 통칭하고, 동이東夷, 서융西戎, 남만南蠻, 북적北狄을 이런 오랑캐의 대명사로 삼은 것은 널리 알려진 사실이다. 그런데 천자문의 저자는 여기서 갑자기 융戎과 더불어 강羌을 호명한다. 융戎은 대표적인 네 오랑캐 가운데 하나이고 서주西周를 멸망케 한 장본인이어서 중요한 역사 서술의 대상이 되기에 부족함이 없다. 그렇다면 강羌은 또 어떤 오랑캐였을까?

서주가 동주로 바뀐 뒤 중국은 춘추전국시대의 혼란기를 맞이했다. 그리고 이를 통일한 사람이 진시황이다. 하지만 시황제의 이 진秦나라는 겨우 30년을 버텼을 뿐이고, 이어 한漢나라가 등장했다. 중국인을 지칭하는 한족漢族은 이 나라의 이름에서 유래된 것이며, 한나라는 400여 년 동안 이어졌다. 그 뒤 중국은 위촉오魏蜀吳의 삼국시대를 지나 위진魏晉 남북조南北朝의 혼란기를 거친 후 다시 수隋나라로 통일되었다. 수나라의 통일 이전 시기에는 소위 5호16국五胡十六國의 혼란기도 있었는데, 여기 나오는 5호(다섯 오랑캐) 가운데 하나가 바로 강족羌族이다. 이들은 혼란을 틈타 중원으로 침입했으며, 중원에 후진後秦(384~417년) 왕조를 세웠다. 역시 중원에서 보자면 서쪽에 근거지를 둔 오랑캐다.

천자문의 이 구절에 등장하는 융戎과 강羌은 모두 서쪽 오랑캐의 이름이며, 이는 특정한 집단을 의미한다기보다 중국인들이 생각하는 모든 오랑캐의 대명사로 사용된 것이라고 이해할 수 있다. 운을 맞추기 위해 동이, 남만, 북적이 아니라 또 다른 서쪽 오랑캐인 강羌이 등장했을 뿐이다.

그리고 이런 오랑캐들을 무리 없이 다스리기 위해서는 애육여수愛育黎

首, 곧 모든 사해만민을 자식처럼 사랑으로 길러야 한다는 것이 천자문 저자의 핵심 사상이다. 이런 사상을 설득력 있게 주장하려면 역사를 다룬 이 부분에서 실제 사례를 들었어야 한다. 하지만 아쉽게도 사해만민을 사랑으로 길러서 사방 오랑캐들의 자발적인 복종을 이끌어낸 사례는 천자문의 저자도 쉽게 찾을 수 없었던 모양이다. 그런 사례가 있었더라면 어느 왕이 어떻게 했다는 식으로 이 구절이 바뀌었을 것이다.

천자문의 이 구절을 여러 해설서들에서는 주나라 무왕과 연결시켜 해석하고 있다. 기록에 따르면 무왕武王이 상商나라 주紂를 무력으로 제압하고 주周나라를 개국하자 주변의 오랑캐들 가운데 신하가 되어 복종하지 않는 자가 없었다고 한다. 다만 정후丁侯라는 자가 다스리는 나라(丁나라)만이 굴복하지 않았다고 하는데, 신하 되기를 거부한 이 마지막 오랑캐를 지혜와 꾀로 굴복시킨 무왕의 신하가 바로 널리 알려진 강태공姜太公이었다고 한다. 이렇게 해서 주나라와 무왕은 모든 오랑캐를 신하로 거느리고 태평성대를 열게 되었다는 얘기다. 게다가 무왕의 아버지인 문왕文王은 애육여수愛育黎首를 실제로 실천한 성군이었다고 한다. 그는 입을 게 없는 사람을 보면 비단옷을 벗어주고, 먹을 게 없는 사람을 보면 창고를 열어 곡식을 내주었다고 하며, 이렇게 문왕이 사랑으로 백성들을 기르자 주변의 사람들이 몰려들어 살림도 넉넉해졌고, 행인들은 서로 길을 양보하고 농부들은 서로 밭두둑의 경계를 양보할 정도가 되었다고 한다. 왕이 아니었으되 성군처럼 백성들을 보살펴 주나라 창업의 기틀을 닦았다는 설명이고, 이러한 고사에서 '애육여수愛育黎首'와 '신복융강臣伏戎羌'의 천자문 구절이 비롯되었다는 설명이다.

하지만 무왕에게 복종하지 않고 끝까지 버티다가 강태공의 지략에 넘어가 신복臣伏을 하게 된 것은 천자문에 나오는 융戎이나 강羌이 아니라 정후丁侯였다는 점에서 일단 이런 의견은 받아들이기 어렵다. 게다가 강태공의 지략이라는 것도 지금은 물론 과거의 유교적 관점에서도 용납되기 어려울 만큼 치졸한 것에 지나지 않았다. 강태공은 풀을 엮어서 정후의 인형을 만들고, 무왕으로 하여금 매일 화살을 쏘게 하여 정후에게 병이 생기도록 하여 결국에는 그를 굴복시켰다고 하는데, 말하자면 저주詛呪의 방법으로 상대를 굴복시켰던 것이다. 이런 고사를 들어 '애육여수愛育黎首'나 '신복융강臣伏戎羌'의 아름다운 정치를 논하는 것은 합당치 않아 보인다. 이런 이유로 필자는 이 구절이 구체적인 실제 역사를 말한 것이 아니라 천자문 저자의 외교관을 표출한 것으로 이해했다.

　오랑캐는 중국인의 중화주의에서 비롯된 관념이다. 한족漢族 이외의 민족들을 모두 오랑캐로 규정하는데, 오늘날에는 이를 소수민족이라 부른다. 자기네 나라의 구성원임은 인정하지만 핵심은 아니고 곁가지라는 의미겠다. 그러면서도 이들 소수민족의 역사를 모두 중국사에 포함시키지 못해 안달하는 것은 이들 소수민족들의 과거 지배 지역이 지금의 중국으로서는 결코 내놓을 수 없는 지역들이기 때문이다. 중국의 고대 역사학자들이 오랑캐 문제를 두고 가졌던 복잡한 고민은 천자문의 저자에게 그대로 이어졌고, 천자문 저자의 고민은 현대 중국의 위정자들에게도 그대로 계승되었다. 하지만 오늘날 중국의 지식인들이나 정치인들이 천자문의 저자만큼 열린 시각으로 이 문제를 바라보는지에 대해서는 매우 회의적일 수밖에 없다. 티베트나 신강위구르 지역의 소수민족 문제에 대처하는 중국 정부의 태도, 동북공정을 비롯한 각종 역사 조작 프로젝트를 진행하는 학자들의 모습을 볼 때 그렇다는 말이다.

016 원수를 사랑하면

遐邇壹體 率賓歸王
하 이 일 체 솔 빈 귀 왕

하이遐邇를 일체壹體로 하니, 솔빈率賓하여 귀왕歸王한다.

遐 멀 하 邇 가까울 이 壹 한 일 體 몸 체
率 따를 솔, 거느릴 솔 賓 복종할 빈, 손님 빈 歸 돌아갈 귀 王 임금 왕

직역 멀고 가까움을 하나로 하니, 따르고 복종하여 왕에게 돌아온다.

의역 멀고 가까움을 하나로 한다 함은 가깝고 먼 나라며 백성들을 차별하지
않음이요, 따르고 복종하여 왕에게 돌아온다 함은 왕의 평등한 대우에
백성은 물론 변방의 오랑캐들까지 복종하여 귀의歸依함이다. 세상에
사랑 다음으로 중요한 것이 '평등'임을 말한 것이다.

자구 풀이

하遐는 먼 것이고 이邇는 가까운 것이다. 흔히 쓰는 요즘 말로 바꾸면
원근遠近과 같다. 일체壹體는 한 몸이요 일심동체라는 말이다. 문제는 '하
이遐邇'가 '일체壹體'를 이루는 주체인가, 아니면 '일체'의 대상이 되는 객
체인가 하는 점이다. '하이'를 주어로 보면 이 구절은 '멀고 가까운 것(나라
들과 백성들)이 모두 일심동체가 된다'는 의미가 된다. 그렇게 해서 뒤에 이
어지는 구절처럼 '왕(천자)에게 귀의한다'는 것이다. 그러나 '하이遐邇'는
'일체壹體'의 주어가 아니라 뒤에 나오는 왕이 일체로 여기는 대상, 곧 목

적어로 볼 수도 있다. 필자 역시 이렇게 보는 것이 더 합리적이라고 판단한다. 이렇게 보면 이 구절은 '(왕이) 원근의 나라와 백성들을 일체로 여긴다'는 의미가 된다.

솔率은 따르고 복종한다는 말이고 빈賓 역시 같은 뜻이어서, 솔빈率賓은 문자 그대로 따르고 복종한다는 의미다. 귀왕歸王은 왕에게 돌아옴이니, 솔빈귀왕率賓歸王은 원근의 만백성이 따르고 복종하여 왕에게 귀의함이다.

해설

이 구절은 해석이 다소 분분한 편이다. 먼저 하이일체遐邇壹體를 앞서 나왔던 애육여수愛育黎首의 결과로 이해하는 방식이 있다. 모든 백성을 자식처럼 사랑으로 기르면, 멀고 가까운 하이遐邇가 모두 일체壹體가 되어 왕에게 귀의한다는 식의 해석이 그것이다. 하지만 애육여수愛育黎首의 결과는 이미 앞의 구절에서 신복융강臣伏戎羌으로 드러났다는 것이 필자의 생각이다. 따라서 이 구절의 하이일체遐邇壹體는 뒤에 이어지는 솔빈귀왕率賓歸王의 전제조건이 되고, 역으로 '솔빈귀왕'은 '하이일체'의 결과로 보는 것이 합리적이다. 홍성원 역시 이런 견해에 입각하여 하이일체遐邇壹體를 다음과 같이 해석한다.

신하로부터 백성에 이르기까지, 중화로부터 외이外夷에 이르기까지,
원근遠近을 막론하고 보기를 일체一體로 하여야 한다는 의미다.

홍성원의 해설에서 특히 주목할 부분은 그가 '중화와 외이를 일체로 보아야 한다'는 의미로 이 구절을 해석하고 있다는 점이다. 천자국의 입장에

서 보면, 자신이 직접 다스리는 나라뿐 아니라 그 주변의 이민족 나라들까지 평등하게 대우하고 동등하게 대접해야 옳다는 얘기다. 이는 한족에 의해 또 하나의 오랑캐로 지목된 조선 사람이 중화와 오랑캐가 다를 것이 없다는 주장을 편 것이자, 편협한 중화주의에 대해 날린 경고의 펀치와도 같은 것이다. 조선의 선비들이 모두 중화주의에 빠져 있었던 것만은 아님을 짐작할 수 있다.

이어서 홍성원은 천자가 이렇게 하이일체遐邇壹體를 실천하면, '덕화德化가 멀리 미쳐서 사람들이 모두 서로 거느리고 손님으로 와서 복종하여 귀의해서 왕으로 받들지 않는 자가 없을 것'이라고 해설하고 있다. 이렇게 해석할 경우 하이일체遐邇壹體는 솔빈귀왕率賓歸王의 전제 조건이 된다. 다시 말해 하이일체遐邇壹體라는 천자의 실행이 먼저고, 솔빈귀왕率賓歸王은 그 결과에 해당된다.

鳴鳳在樹 白駒食場
명 봉 재 수 백 구 식 장

명鳴하는 봉鳳은 수樹에 재在하고, 백白의 구駒는 장場에서 식食하니,

鳴울 명   鳳봉황 봉   在있을 재   樹나무 수
白흰 백   駒망아지 구   食먹을 식, 밥 식   場마당 장

직역 우는 봉황새는 나무에 깃들이고, 흰 망아지는 마당에서 풀을 뜯으니,

의역 우는 봉황새가 나무에 깃들임은 하늘의 명을 받은 성군이 나타나 세상을 다스리매 길조吉鳥가 따라옴이요, 또 왕이 나무에 깃들인 봉황처럼 위엄을 갖추고 고요히 그 자리를 지킴이다. 흰 망아지가 마당에서 풀을 뜯음은 순결한 현신賢臣이 나타남이요, 또 그 현신이 부지런히 다니면서 제 일을 충실히 행함이다. 망아지가 풀을 뜯듯이 신하가 빈틈없이 다스리고, 왕이 봉황처럼 그 주어진 자리를 지키니 태평성대는 당연한 귀결일 것이다.

자구 풀이

명鳴은 운다는 뜻인데, 새의 소리를 말할 때는 슬퍼서 우는 것이라는 감정적 태도와는 무관하다. 즐겁게 노래하는 것도 명鳴이다. 여기서도 슬퍼서 우는 것이 아니라 상서로운 기운을 나타내기 위해 소리를 내는 것이자 즐거운 노랫소리다. 천사들이 나타날 때 울려 퍼지는 천상의 음악을 생각

하면 된다. 봉鳳은 상상의 새이자 성인聖人을 상징하는 봉황鳳凰을 말한다. 우리나라에서도 대통령을 나타내는 문양에 봉황이 그려져 있다. 성군이 지상에 출현할 때에만 나타나는 길조로 알려져 있으며, 봉鳳은 수컷이고 황凰은 암컷이다. 재수在樹는 그런 봉황이 '나무에 있다'는 말이니, 지상에 성군聖君이 나타났음을 알리는 메타포다.

백구白駒는 흰 망아지로, 현자가 타고 다니는 동물이자 현명한 신하의 비유다. 전쟁용 말이 아니어서 망아지고, 사심을 모두 버린 청백리淸白吏가 타는 망아지이므로 흰색이다. 봉황과도 같은 성군에 어울리는 현명한 신하를 상징하는 것이라고 이해할 수 있겠다. 이런 백구가 마당에서 풀을 뜯는다는 것은 한가로운 목가적 풍경일 수도 있지만, 그보다는 자신의 역할을 충실히 수행하는 것으로 보는 것이 합당하다. 봉황(임금)은 나무에 가만히 앉아 있고, 신하는 마당(행정의 현장)에서 부지런히 주어진 일을 하는 것이다.

이 구절은 한마디로 성군과 현신이 만나 왕도정치를 실행하고 있는 모습을 표현한 것이다.

해설

봉황鳳凰이 성군의 상징이고 백구白駒가 어진 신하의 상징임은 앞에서 말했다. 그런데 이런 똑같은 의미를 바탕으로도 이 구절 전체의 맥락은 한 가지가 아니라 여러 가지로 해석될 수 있다. 실제로 여러 천자문의 해설서들에서 이 여덟 글자의 의미를 필자와는 다른 견지에서 해설하고 있다. 우선 이 문제를 간단히 짚어보고 다음 단계로 넘어가기로 하자.

명봉재수鳴鳳在樹가 성군의 치세를 의미한다는 사실에는 별다른 이견이 없다. 하지만 백구식장白駒食場에 대해서는 여러 의견이 있는데, '흰 망아지가 마당에서 한가롭게 풀을 뜯을 정도로 태평성대가 이루어져 있다'의 의미로 해석하는 것이 가장 일반적이다. 하지만 이런 해석은 '흰 망아지가'가 도대체 무엇의 상징이며, 흰 망아지가 마당에서 풀을 뜯는 광경이 왜 태평성대의 상징인가 하는 문제에 대해 합리적인 설명을 내놓지 못한다. 그냥 봉황이 울고 흰 망아지가 한가롭게 풀을 뜯는 평화로운 광경을 그린 일종의 풍경화라는 것이다. 왜 갑자기 이런 풍경화가 등장하는가의 문제는 논의의 주제로 삼지 않는 것이 일반적이다.

흰 망아지를 현신賢臣의 상징으로 보는 경우에도, '성군과 현신의 치세가 되면 흰 망아지가 마당에서 한가롭게 풀을 뜯는 것처럼 모두가 태평성대를 누리게 된다'는 식으로 앞에서와 유사하게 해석한다. 하지만 이 경우에는 '백구白駒'의 두 글자를 '현신'으로도 해석하고, 시각적인 이미지 그대로 '흰 망아지'로도 이중 해석하는 오류에서 자유롭지 못하다. 역시 이런 풍경화가 갑자기 등장한 배경 같은 것은 크게 문제 삼지 않는다. 천자문의 저자가 그냥 이런 풍경이야말로 태평성대를 나타내는 것이라고 표현했다는 식이다.

이처럼 봉황鳳凰이나 백구白駒의 기본 상징을 모두 취했으면서도 명쾌한 해석이 도출되지 않는 것은 이 여덟 글자 안에서만 전체 의미를 잡아내려 하기 때문이라는 것이 필자의 판단이다. 필자는 앞에서 '용사화제龍師火帝 조관인황鳥官人皇'의 구절이 그 자체로 완결되는 것이 아니라, 뒤에 이어지는 '시제문자始制文字 내복의상乃服衣裳'의 주어 역할을 한다고 했다. 모두 열여섯 글자가 모여 한 문장을 완성한다는 것이다. 이 구절 역시 이와 마찬가지다. 여기 이 구절의 여덟 글자는, 뒤에 이어지는 '화피초목化被草木(그 덕화가 초목에까지 이르고) 뇌급만방賴及萬方(그 힘입음이 만방에 미친다)'의 주어 역할을 하는 구절이라고 보아야 해석이 자연스럽다. 그러므로 이 구절은 '봉황으로 상징되는 성군이 나타나고, 백구로 상징되는 현신이 나타나서, 인의仁義에 바탕을 두고 선정善政을 베풀면'이라는 조건절로 읽어야 한다.

봉황鳳凰은 기린麒麟, 거북龜, 용龍과 함께 네 가지 영물靈物, 곧 사령四靈 가운데 하나로 꼽히는 상상의 새다. 암수의 의가 매우 좋은 것으로도 알려져 있는데, 특히 사마상여司馬相如가 지었다는 〈봉구황곡鳳求凰曲〉이라는 노래가 구애求愛의 악곡으로 널리 알려지면서 봉황은 사랑하는 남녀의 상징으로도 애용되게 되었다. 속담에 '봉鳳 가는 데 황凰도 간다'거나 '봉이 나매 황이 난다'는 말이 있는데, 모두 사랑하는 남녀 관계나 천생의 연분을 의미한다.

상상의 새인 봉황의 생김새에 대하여는 그것이 하늘을 나는 새의 일종이라는 사실만 일치할 뿐 기록마다 상당한 차이가 있다. 그러나 사람들 사이에서 이것이 신성하고 상서로운 새로 인식되었다는 점만은 분명해 보인다. 대체로 동방 군자의 나라에서 나와서 사해四海의 밖을 날아 곤륜산崑崙山을 지나 지주砥柱의 물을 마시고 약수弱水에 깃을 씻고 저녁에 풍혈風穴에서 자는데, 이 새가 세상에 나타나면 천하가 크게 안녕하다고 하였다. 그래서 봉황은 성스러운 천자天子의 상징으로도 인식되었다. 천자가 거주하는 궁궐 문에 봉황의 무늬를 장식하고 그 궁궐을 봉궐鳳闕이라 하였으며, 천자가 타는 수레를 봉연鳳輦, 봉여鳳輿, 봉거鳳車 등으로 불렀다. 중국에서는 천자가 도읍한 장안長安을 봉성鳳城이라 하였고 궁중의 연못을 봉지鳳池라고 불렀다. 이처럼 봉황이 천자의 상징이 된 까닭은 봉황이 항상 잘 다스려지는 나라에만 나타난다고 믿어 천자 스스로가 성군임을 표방한 데 연유한 것이다. 한유韓愈의 「송하견서送何堅序」에 '내가 듣기로 새 중에 봉이라는 것이 있는데, 항상 도가 있는 나라에 출현한다'라고 했는데, 이런 믿음이 백성들은 물론 천자에게도 각인되어 있었음을 짐작할 수 있다. 전설의 시대인 황제의 시대뿐만 아니라 요순시대에도 이 봉황이 나타나 춤을 추었다는 등의 기록이 적지 않다. 특히 황제黃帝 시절과 관련된 기록이 많은데, 『백호통白虎通』이라는 책에는 '황제 시절에 봉황이 동원東園에 머물러 해를 가리었으며, 항상 죽실竹實(대나무 열매)을 먹고 오동梧桐에 깃들인다'는 기록이 있다.

봉황에 대한 이러한 믿음은 우리나라와 중국이 크게 다르지 않았다. 조선시대의 무용 중에는 〈봉래의鳳來儀〉라는 것이 있었는데, 궁중에서 〈용비어천가龍飛御天歌〉를 부르며 추던 궁중 무용이다. 이 무용은 당악唐樂과 향악鄕樂을 섞어서 연주하는 음악에 맞추어 태평성대를 찬양하는 의미로 추어졌다. 이는 옛날 순舜 임금이 태평성세를 이룩하고 〈소소簫韶〉라는 음악을 지어 연주할 때 봉황이 와서 놀았다는 고사에 따라 군왕의 성덕을 찬양하는 의미로 만든 것이었다. 그런가하면 〈봉황음鳳凰吟〉이라는 송축가頌祝歌도 있었는데, 이는 조선의 문물제도를 찬미하고 왕가의 태평을 기원하는 노래다. 이처럼 조선 왕실은 노래나 춤 등에 봉황을 끌어들임으로써 은연중에 조선 왕실이 중국 황실과 대등하다는 의식을 보여주고 있다.

앞서 봉황은 성군聖君을 상징하는 새라고 했는데, 여기서 발전하여 절개가 굳은 사람, 무리 가운데 매우 뛰어난 사람을 의미하기도 하였다. '봉은 굶주려도 좁쌀은 쪼지 않는다'거나 '닭의 새끼 봉이 되랴' 등의 속담에서 이를 확인할 수 있다.

이처럼 상서롭고 고귀한 새의 상징인 봉황이 나무에 앉아 있다는 것은 그만큼 그 시대가 태평성대라는 의미이자, '왕이 봉황의 덕을 품고 그 자리를 바르게 지키고 있음'을 은유하는 것이다.

백구白駒(흰 망아지)는 현자賢者가 타고 다니는 말이니, 백구식장白駒食場

은 우선 어진 사람이 그 집(나라)에 찾아왔음을 의미한다. 봉황의 출현이 성군의 등극을 의미하는 것이라면, 백구의 출현은 현신의 등용을 의미하는 것이다.

백구는 이처럼 현신賢臣을 상징한다. 봉황으로 상징되는 임금과 대비되는 어진 신하의 의미다. 그가 마당에서 풀을 뜯음은 그의 역할을 넉넉하고도 안정되게 실천하고 있음을 나타내는 것이라고 이해할 수 있겠다.

한편, 백구를 미물이나 일반 백성들로 보는 견해도 있다. 봉황이 나타나 울면, 즉 유덕한 임금이 정사를 제대로 처리하는 동안에는 백성들이 편히 먹을 수 있고, 그 감화가 망아지 같은 동물이며 미물들에까지 자연히 미치게 되어 모두가 태평성대를 구가할 수 있게 된다는 의미에서 이렇게 새긴다. 이 경우 왜 하필이면 흰 망아지인가 하는 문제가 생기는데, 미물의 대표로 흰 망아지를 거론하는 것은 어딘지 어색해 보인다.

이상의 논의들을 요약하면, 이 구절은 성군과 현신의 치세를 의미하는 것이라고 우선 이해할 수 있다. 또 봉황은 하늘의 도를 상징하고, 땅을 딛고 돌아다니며 마당의 풀을 뜯는 흰 망아지는 땅의 도를 지닌 현신을 상징하는 것이라고도 볼 수 있다. 이처럼 하늘의 도를 인간의 세상에서 구현하는 성군과, 땅의 도를 인간의 세상에서 실천하는 현자를 비유한 말이 곧 '나무에서 우는 봉황'과 '마당에서 풀을 뜯는 흰 망아지'인 것이다. 이제까지의 구절들이 모두 제왕의 도 및 리더십과 관련된 것이었다면, 여기서는 그런 제왕을 보필하여 실질적이고 구체적인 통치 행위를 수행하는 자로서의 현신의 역할이 강조된다는 점도 기억해둘 필요가 있겠다. 봉황만 있고 흰 망아지가 없어서는 안 되는 것이다.

이들이 다스리는 세상은 과연 어떤 모습일까? 뒤의 구절이 이를 설명하고 있다.

化被草木 賴及萬方
화 피 초 목 뇌 급 만 방

화化가 초목草木에 피被하고, 뇌賴함이 만방萬方에 급及한다.

化될화 被입을피 草풀초 木나무목
賴힘입을뢰(뇌) 及미칠급 萬일만만 方모방

직역 덕화德化가 초목에까지 입혀지고, 은덕이 만방에 미친다.

의역 덕화가 초목에까지 입혀진다 함은 봉황의 울음이 미치지 않는 곳이 없음을 말한 것이요, 은덕이 만방에 미침은 풀 뜯는 흰 망아지의 발길과 입김이 또한 미치지 않는 곳이 없음을 말한 것이다. 봉황 같은 성군과 백구 같은 현신이 만들어가는 태평성대의 모습이다.

자구 풀이

화化는 왕도정치의 덕화德化를 말하고, 피被는 피동형被動形으로 해석해서 '입혀진다'는 말이니, 화피초목化被草木은 성군의 덕화가 초목에까지 입혀지게 된다는 말이다.

뇌賴는 '힘입을 뇌'이니, 어떤 사람의 은덕으로부터 혜택을 입는다는 것이다. 우리말로 자연스럽게 옮기기 위해 그냥 '은덕'으로 풀었다. 급及은 '어디어디에 미치다'의 의미다. 그러므로 뇌급만방賴及萬方은 흰 망아지와 같은 현신의 은덕이 만방에 미친다는 말이다.

해설

'명봉재수鳴鳳在樹 백구식장白駒食場'이 조건절이라면, 여기 이 구절은
그 결과를 서술하는 구절이다. 봉황으로 상징되는 성군과 백구로 상징되
는 현신이 만나 이상적인 왕도정치를 실현하면 화피초목化被草木과 뇌급
만방賴及萬方의 결과가 나타난다는 것이다.

아주 단순하게 해석하더라도 이 구절은 왕도정치의 이상이 실현된 사
회의 모습이라는 것을 쉽게 알 수 있다. 하늘의 도를 구현하는 성군의 덕
화는 인간은 물론 초목에게까지 미치고, 땅의 도를 실천하는 현신의 노력과
그에 따른 혜택은 만방에 두루 미치게 됨이다.

'봉황과 나무'의 이미지는 '성군과 하늘'의 이미지로 연결되고, 이 구절
에서는 '덕화와 초목'으로 이어진다. 봉황은 나무에 앉아 있고 임금은 하
늘의 도를 전하는 만물의 주인이니, 하늘의 도가 임금을 통해 백성들은 물
론 초목에게까지 미치게 된다는 사상의 전개가 엿보인다. '봉황-나무-하
늘의 도-성군-초목에 미치는 덕화'가 일이관지一以貫之로 연결되는 것
이다. 마찬가지로 '백구와 마당'의 이미지는 '현신과 땅에서의 어진 통치
행위(풀 뜯기)'의 이미지로 연결되고, 이는 '은덕과 만방'으로 이어진다. '망
아지-마당-땅의 도-현신-만방에 미치는 은덕'이 긴밀하게 하나로 연결되
는 것이다.

이것이 천자문의 저자가 제시하는 태평성대의 요건이자 결과라고 할
수 있다. 그런데 홍성원에 따르면 이 구절들은 천자문 저자의 완전한 창안
이 아니라 출전이 따로 있다고 한다.

『시경詩經』에 주나라 왕실을 찬미하여 이르기를 '주왕周王이 인자
하고 후덕하여 그 은택恩澤이 초목에 미쳤다'고 하였다. (중략) 또

『서경書經』「익직益稷」에 하夏나라 우왕禹王을 칭찬하여 이르기를 '백성이 곡식을 먹어 만방이 다스려졌다'고 하였다.

　홍성원의 이런 설명과, 문명의 진보가 정신과 물질이라는 두 줄기로 이어져 왔다는 점, 그리고 맹자가 주창한 왕도정치론의 가장 중요한 두 줄기가 백성들의 교육, 곧 정신적 교화 문제 및 항산恒産이라는 경제적 문제와 연결되었다는 점을 고려할 때, 천자문의 이 구절이 특히 강조하고자 한 화化와 뇌賴란 곧 정신적 교화와 경제적 평등이 만물과 만방에서 두루 해결됨을 선포한 것이라 볼 수 있다. 이처럼 정신 교육이 초목에까지 이르고, 경제적 평등이 만방에 두루 미쳐 완성된 상태가 곧 왕도정치가 꿈꾸는 이상세계라는 것이며, 이를 형상화한 천자문의 구절이 바로 '화피초목化被草木 뇌급만방賴及萬方'인 것이다. 경제 제일주의라든가 약육강식을 교묘히 치장한 자강自彊의 논리 따위와는 궤를 달리하는 거대 담론이라 하지 않을 수 없고, 동양 정신의 심원함과 원대함을 느낄 수 있는 구절이라 하지 않을 수 없다.

제 3 장

사람의 길

지금까지 천자문의 저자는 하늘이 검고 땅이 누른 이치와, 아득하고 거칠었던 역사의 대강을 설명했다. 특히 정치의 문제를 어떻게 이해할 것인가의 문제를 다루었는데, 이 장에서는 개별적인 존재로서의 인간이 어떻게 살아야 할 것인가의 문제를 다룬다. 인간 존재의 특성을 밝히고, 올바른 사람의 길이 어떤 것인가를 강론하는 것이다. 누구든 살면서 절대로 잊지 말아야 할 핵심적인 교훈들이 이 장에 빼곡히 들어차 있다.

蓋此身髮 四大五常
개　　차　　신　　발　　사　　대　　오　　상

개蓋로 차此의 신발身髮은 사대四大와 오상五常이니,

蓋 대개 개　　此 이 차　　身 몸 신　　髮 터럭 발
四 넉 사　　大 큰 대　　五 다섯 오　　常 항상 상

직역 대개 이 신身과 발髮은 사대와 오상으로 되어 있나니,

의역 신과 발은 신체와 터럭이니 우리의 몸이요 또 마음이며, 몸에는 사대(네 가지 큰 것)가 있고 마음에는 오상(다섯 가지 떳떳한 것)이 있음을 말한다. 사대란 지수화풍地水火風의 네 요소이니, 만물이 모두 이로써 이루어지므로 인간의 몸 또한 예외가 아니며, 오상이란 인의예지신仁義禮智信이니 이는 저마다 타고나는 본성이어서 누구에게는 있고 누구에게는 없는 것이 아니다. 다만 수양이 부족하여 이것이 가려지는 사람이 있을 따름이다.

자구 풀이

개蓋는 부사이며 대개 또는 대체로의 의미다. 신身과 발髮은 신체발부身體髮膚를 말하며, 몸과 터럭, 즉 온몸을 의미한다. 그런데 이 신체란 것은 사대四大(네 가지 큰 것)로 이루어졌으며, 오상五常(다섯 가지 변치 않는 것)을 갖추고 있다는 것이 이 구절의 핵심 의미다. 사대가 육체적 구성 요소

를 말한 것이라면 오상은 정신적 구성 요소를 말하는 것이고, 이렇게 보면 이 구절에서 신발身髮은 외형적 육체만을 의미하는 것이 아니라 정신까지를 아우르는 것이라고 볼 수 있다. 사대와 오상에 대해서는 해설에서 풀이한다.

해설

　광대한 우주에서 시작하여 긴 역사를 관통해온 천자문의 주제는 이제 장을 바꾸어 또 하나의 작은 우주인 사람에게로 옮겨진다. 도대체 인간은 어떻게 태어났고 어떻게 존재하는 것인가, 즉 인간의 본질은 무엇인가 하는 문제가 이 구절부터의 핵심 주제다. 이제까지가 하늘의 도와 땅의 도에 주안을 둔 것이었다면, 이제부터는 인간의 도가 핵심 주제가 된다. 그런데 인간의 도란 것은 하늘이나 땅의 그것과 달리 열심히 관찰만 한다고 해서 알 수 있는 것이 아니고, 하늘과 땅의 도를 본받아 너나없이 갈고 닦아야 하는 인위적인 요소가 많다는 점이 특징이다. 이런 이유로 이 구절부터는 '무엇이 어떠하다'는 규정이나 '과거에 이런 일이 있었다'는 역사적 사실에 대한 서술보다는, '인간이라면 마땅히 어떠해야 한다'는 식의 교훈적 가르침이 상대적으로 더 많다. 하늘이 이렇고 땅이 저렇다는 것을 알았으니 인간은 마땅히 이를 본받아 어떻게 해야 한다는 식의 설명 겸 가르침이 이어지는 것이다. 앞의 구절들에서도 확인했듯이 천자문의 이런 가르침은 결코 고리타분한 옛날이야기가 아니다. 인간의 본질을 철학적으로 규명하는 가운데 나온 결론이어서 대부분의 가르침들은 시대의 흐름을 넘어선 것이고, 이는 천자문의 가르침이 오늘날에도 여전히 유효하다는 의미다.

그렇다면 인간이란 과연 어떤 존재인가? 이 철학적인 질문에 대한 해명으로부터 천자문의 저자는 설명을 시작한다.

동양 철학의 논리에 따르면 인간이라는 존재는 크게 육체적 요소와 정신적 요소로 구분된다. 육체적 요소에 해당하는 것이 이 구절에 등장하는 사대四大고, 정신적 요소에 해당하는 것이 오상五常이다.

먼저 사대, 곧 '네 가지 큰 것'이란 만물의 근원이 되는 지수화풍地水火風의 네 요소를 말한다. 우리말로 하면 흙, 물, 바람, 불이다. 만물은 모두 이 네 가지 요소로 구성되어 있다는 것이 사대론의 골자다. 물론 우리의 몸이라고 예외일 수는 없다.

그런데 앞서 우리는 세상의 만물은 음양과 오행에 의해 생겨나거나 사라진다고 했다. 그러면서 목화토금수木火土金水의 다섯 가지가 만물의 기본 원소라고도 했다. 그런데 여기서는 갑자기 1-2-5의 이런 유교적 논리 전개가 사라지고 난데없이 4대가 등장했다. 이는 음양오행론과 유사하되 같지는 않은 이론으로, 불교 철학에 등장하는 개념이다. 오행이 유교 철학의 개념이라면, 사대는 불교 철학의 개념인 것이다. 다시 말해 천자문의 저자는 유교나 도교의 영향뿐 아니라 불교적 세계관의 영향도 받아서 이 글을 지었음을 짐작할 수 있다.

'사대'에 관한 이야기는 불경 가운데 『원각경圓覺經』에 실려 있는데, 그 내용을 간추리면 이렇다.

우리의 몸은 사대四大가 조화롭게 합쳐진 것이다. 터럭, 손톱, 이빨, 피부, 살, 힘줄, 뼈, 뇌, 피부의 때 등 만져지는 물질들은 모두 땅地으로 돌아간다. 침, 고름, 피, 체액, 거품, 땀, 가래, 눈물, 정액, 대소변 등은 모두 물水로 돌아간다. 따뜻한 체온은 불火로 돌아가고, 활동活動은 바람風으로 돌아간다.

이처럼 만물의 구성 요소가 되는 지수화풍地水火風의 네 가지 요소를 불교에서는 '사대四大'라 하는데, 이때의 대大는 다른 말로 대종大種(큰 씨앗)이라고도 하며 이는 산스크리트어 마하 부타(mahā-bhūta)를 한자어로 옮긴 것이다. 마하(mahā)는 크다大는 뜻이고, 부타(bhūta)는 요소(element) 또는 종자種子의 의미다. 따라서 불교에서 말하는 사대란 곧 네 가지 큰 종자이자, 네 가지 물질의 기본 원소를 말하는 것이라고 이해할 수 있다.

만물을 구성하는 네 가지 기본 요소라는 개념은 불교에만 있는 것이 아니라 고대의 서양 철학에도 있었다. 소위 4원소론(four elements theory)이 그것으로, 서양 철학에서 말하는 4원소란 한자식으로 표기하면 '토土·수水·화火·공기空氣'다. 아리스토텔레스에 따르면 이들 4원소는 건습乾濕 및 냉열冷熱의 성질과 배합되어 만물을 구성하거나 변화시키게 된다. 4원소 자체도 저마다 건습과 냉열의 성질을 띠고 있는데, 예를 들어 토土는 건과 냉이 배합된 것이고, 수水는 습과 냉이 배합된 것이며, 화火는 건과 열이 배합된 것이고, 공기空氣는 습과 열이 배합된 것이다. 서양의 이와 같은 4원소론은 탈레스에서 시작되어 헤라클레이토스와 엠페도클레스 등을 거친 뒤 아리스토텔레스에 이르러 정리되었다. 이런 4원소론을 기반으로, 물건의 성질과 배합을 바꿈으로써 그 변용을 촉진하고자 하는 새로운 노력이 출현했으니 이것이 연금술鍊金術이다.

한편, 도교道敎에도 별도의 사대론四大論이 있다. 『노자』에는 다음과 같은 구절이 실려 있다.

도道가 크다, 천天이 크다, 지地가 크다, 왕王이 또한 크다. 역중域
中에는 4가지 큰 것四大이 있으니, 왕王은 그중 하나이다.

여기서 역중域中이란 요즘 말로 하면 우주에 해당한다. 우주에 네 가지 큰 것이 있다 하고, 도·천·지·왕道·天·地·王을 꼽았다. 이 구절은 왜 지상에 왕王이란 존재가 있어야 하는가의 문제를 다룬 부분으로, 도道에서 하늘과 땅이 생겨났으며, 이때 왕王의 존재 의의 역시 확립되었다는 것이 도가의 입장이다. 하늘과 땅은 도道에서 비롯되고 이를 본받아 운행되는 것이며, 사람은 마땅히 하늘과 땅을 본받아 살아야 하는데, 이를 이끌어주는 존재가 바로 왕王이므로 왕 또한 네 가지 큰 것 가운데 포함된다는 이론이다. 도교를 흔히 탈세속적이고 무규범적인 철학 관념으로 여기지만 이처럼 통치자로서의 왕의 존재 의의를 밝히는 등 현실 참여적인 성격도 갖추고 있음을 알 수 있다.

불교보다는 도가道家 사상에 상대적으로 더 친숙했을 조선의 유학자 홍성원 역시 도가적 관점을 이어 받아 천자문의 이 구절에 등장하는 사대四大는 '천天·지地·군君=王·친親(부모)'이라 하고, 이 사대가 없이는 우리의 목숨이 태어날 수 없다고 말하고 있다. 이런 입장을 받아들인다면 우리의 몸이란 것은 하늘과 땅, 임금과 부모로부터 생겨난 것이라 할 수 있고, 이런 사대의 작용이 우리의 몸을 이루고 있는 것이라고 할 수 있다.

그러나 필자는 불교의 사대론을 받아들여 천자문의 이 구절은 우리의 살과 피를 비롯한 육체가 어떻게 구성되어 있는가의 원리를 설명한 것이라고 이해하고자 한다.

한편, 천자문의 이 사대는 그렇게 복잡한 것이 아니라 우리의 사지四枝, 곧 네 개의 가지로 풀이할 수 있다고 보는 견해도 있다. 사대란 곧 우리 몸의 팔과 다리를 의미하는 것이라는 풀이다. 인간의 육체적 요소를 나열한 것이라는 점에서는 불교적 풀이와 상통하나 사대가 곧 사지라는 설명은 다소 억지스럽고 유치하기까지 하다. 뒤에 나오는 오상五常과도 전혀 격이 맞지 않는다.

사대가 육체적이고 물질적인 요소라면, 인간을 인간답게 만드는 정신적 요소가 곧 오상五常(다섯 가지 변치 않는 것)이다. 짐승이나 초목이나 물질에는 없는 것인데 인간이라면 누구나 당연히 갖추고 있는 요소가 이것이며, 또 사람에 따라 바뀔 수 있는 것이 아니라 만인에게서 변할 수 없는 것이므로 '다섯 가지 변치 않는 것'이라 한다. 인간이 지켜야 할 다섯 가지 도리를 의미하기도 한다. 이 오상을 갖추고 있기 때문에 인간은 여타의 만물과 구별되는 존재가 되는 것이라고 할 수 있다. 그렇다면 인간을 인간이게 만드는 다섯 가지 정신적 요소란 구체적으로 무엇인가? 바로 인·의·예·지·신仁·義·禮·智·信이다.

유교에서 오상五常에 관한 이론의 기초를 닦은 이는 맹자였다. 인간의 본성本性 문제에 천착한 맹자는 성선설性善說을 주창했는데, 이를 뒷받침하기 위해서는 당연히 모든 인간이 '어떤' 착한 성품들을 지니고 태어나는지의 문제를 규명해야 했다. 이를 위해 맹자가 거론한 인간의 네 가지 착한 성품이 바로 측은지심惻隱之心, 수오지심羞惡之心, 사양지심辭讓之心, 시비지심是非之心이다. 인간은 이 네 가지 착한 본성을 생래적으로 지니고 태어나는 바, 정치와 교육이 할 일이란 이를 잘 유지하고 발전시킬 수 있도록 돕는 것이다. 이렇게 인간의 선한 품성 네 가지가 제대로 빛을 발하면 사회적으로는 인의예지仁義禮智의 네 가지 덕德이 저절로 이루어지게 된다는 것이 맹자가 주창한 사단설四端說의 대강이다.

맹자의 이 4단端에 신신을 더하여 5상五常으로 체계화한 사람은 전한前漢 때의 유학자인 동중서董仲舒라는 인물이다. 이후 오상은 인간의 기본 덕성이자 반드시 지켜야 할 다섯 가지 덕목으로 유교 교육의 핵심 이념이 되었다.

조선은 한양에 도읍을 정하고 도성을 쌓은 뒤에 동서남북의 네 방향에 성문을 만들었다. 이것이 사대문이고, 문의 이름은 바로 이 인의예지신의 오상에서 빌어 왔다. 먼저 동쪽의 대문은 '인仁을 일으키는 문'이라는 의미를 담아 홍인지문興仁之門이라 하고, 서쪽의 대문은 '의義를 두텁게 갈고 닦는 문'이라는 의미를 담아 돈의문敦義門이라 했다. 남쪽의 대문은 '예禮를 숭상하는 문'이라는 의미를 담아 숭례문崇禮門이라 하고, 북쪽의 대문은 '지혜智慧를 넓히는 문'이라는 의미를 담아 홍지문弘智門이라 했다. 그리고 마지막으로 성문을 열고 닫는 시각을 알리기 위해 종각鐘閣을 만들고, '미더움信을 널리 전한다'는 의미를 담아 보신각普信閣이라 했다.

이러한 사대오상의 정신적 요소와 육체적 요소를 두루 갖춘 존재, 그것이 바로 우리의 철학적 문제인 '인간의 본질'에 대한 천자문식 답변이다. 단 네 개의 글자로 정신과 육체를 아우르고, 그 근원과 나아갈 방향까지를 모두 포괄하고 있다. 이렇게 보면 이 구절의 여덟 글자는 그 자체로 완결된 의미를 갖추고 있다. 하지만 뒤에 이어지는 구절을 해석함에 있어 이 구절과 연관시키는 것이 더 합당하다고 판단되어 해석의 마무리를 '사대와 오상으로 되어 있나니~'로 열어두었다.

恭惟鞠養 豈敢毀傷
공 유 국 양   기 감 훼 상

국양鞠養함을 공恭히 유惟한다면 어찌豈 감敢히 훼상毀傷하리요?

恭 공손할 공   惟 생각할 유   鞠 기를 국   養 기를 양
豈 어찌 기   敢 감히 감   毀 헐 훼   傷 상할 상

직역 길러주심을 공손히 생각한다면 어찌 감히 헐거나 다치게 하겠는가?

의역 길러주심을 공손히 생각한다 함은 부모의 낳고 기르신 은혜를 한시도
잊지 않음이요, 헐거나 다치게 할 수 없다 함은 내 몸과 마음의 사대와
오상을 하나도 손상시켜서는 안 된다는 말이다.

자구 풀이

공恭은 공손함이고 유惟는 생각한다는 말이니, 공유恭惟는 공손히 생각
한다는 뜻이다. 국鞠과 양養은 모두 길러줌이니, 공유국양恭惟鞠養은 부모
님의 낳고 길러주신 은혜를 공손히 생각하고 헤아려본다는 말이다. 기
감豈敢은 '어찌 감히 ~하겠는가?'라는 말이니, 그럴 수 없다는 의미다. 따
라서 기감훼상豈敢毀傷은 '감히 훼상毀傷(헐고 다침)할 수 없다'는 의미다.
훼毀나 상傷은 모두 '다치게 하다, 훼손시키다, 상처를 내다'의 뜻이다.

해설

공유국양恭惟鞠養의 네 글자에 대해서는 해석이 다소 엇갈린다. 공유恭惟가 '공손히 생각하다'라는 말이라는 데에는 대부분 동의하는데, 국양鞠養의 주체와 객체가 누구인가의 문제에서 의견이 엇갈리는 것이다. 첫 번째 의견은 국양의 주체가 부모라는 것이다. 이렇게 보면 공유국양恭惟鞠養은 '(자식이) 어버이의 국양해주심을 공손히 생각한다'는 뜻이 된다. 이것이 통설이고 필자 역시 이에 동의한다. 두 번째 의견은 국양의 주체가 자식이라는 것이다. 부모가 그 대상이 된다는 말이며, 이렇게 보면 공유국양恭惟鞠養은 '(자식은 부모님의 은혜를) 공손히 생각하여 (부모님을 잘) 국양해야 한다'는 말이 된다. 의미상 타당한 말이라 하겠으나 전후의 맥락과는 잘 부합되지 않는 의견이다.

앞의 구절이 사대오상四大五常을 갖춘 존재가 곧 인간이고 나이니, 나라는 이 특별한 존재는 과연 어디서 비롯되었는가 하는 문제가 그다음 이어질 핵심 주제라 할 수 있고, 이렇게 본다면 이 구절은 '부모님의 길러주신 은혜를 공손히 생각하여' 다음에 어찌어찌 해야 한다는 식의 논리로 전개되는 것이 자연스럽다.

이때 국양鞠養은 단순히 신체적 성장의 문제만을 말하는 것이 아니다. 앞에서 이미 인간의 본질은 사대오상으로 구성되어 있다고 밝힌 바 있으니, 이는 인간의 육체적 측면과 더불어 정신적 측면을 함께 포괄한 것이었다. 따라서 국양鞠養의 대상은 육체적인 것에 한정될 수 없고, 정신적인 면까지를 모두 포괄하는 것으로 보아야 한다. 이처럼 부모의 길러주신 은혜에도 역시 육체적 측면과 정신적 측면이 동시에 존재하는 것이다. 마찬가지 논리로, 뒤에 이어지는 훼상毁傷의 대상 역시 신체적인 부분에만 국한되는 것이 아니다. 길러주신 은혜를 공손히 생각해서 헐거나 다치게 하지 말아야 할 것은 육체만이 아니라 정신적인 면까지를 포괄하는 것이고, 이를 앞서의 구절과 연결시키면 사대와 오상 가운데 어느 한 가지라도 훼손시키거나 상처를 입혀서는 안 된다는 말이다.

『효경孝經』의 첫머리에서 공자孔子는 '신체발부身體髮膚는 부모에게서 받은 것이다. 이를 훼상毀傷치 않는 것이 효의 시작이다'라고 가르치고 있다. 천자문의 이 구절과 같은 맥락의 가르침이고, 그래서 많은 해설자들은 천자문의 이 구절이 『효경』에 출전을 두고 있다고 말한다. 하지만 이 과정에서 의미상 큰 것 하나를 놓치는 경우가 많다. 바로 앞 구절에서 나왔던 오상五常, 즉 인간의 정신적인 면에 관한 강조가 누락되는 것이다. 낳고 길러주신 부모님의 은혜를 생각해서 신체를 훼손하지 말아야 한다는 것이 이 구절의 의미 전부인 것처럼 해석하고 마는 것이다.

하지만 공자가 『효경』에서 말한 효는 그 첫 단계에 대한 설명일 뿐 효孝 일반에 대한 것이 아니고, 천자문의 이 구절이 『효경』을 참조한 것이라 하더라도 여기서 강조해야 마땅한 것은 당연히 사대와 오상 모두인 것이다. 『효경』과 마찬가지 방식으로 이 구절에 이어 효의 또 다른 측면, 곧 입신양명과 같은 정신적 측면을 강조한 이야기가 다시 이어진다면 모르되, 효에 관한 천자문의 설명은 일단 여기서 끝이다. 한참 지나서 다시 효의 문제가 등장하긴 하지만 여기 이 제3장의 첫머리에서는 우선 일단락을 맺고 있는 것이다. 따라서 훼상시키지 말아야 할 대상은 육체와 정신 모두를 포괄하는 것이라고 이해함이 마땅하다. 부모님의 은혜를 입은 것은 육체만이 아니고, 우리가 갈고 닦아야 할 것 또한 신체만이 아니다.

한편, 『효경』에 실린 것처럼 부모님이 주신 신체를 훼손시키지 않는 것이 효의 시작이라는 관념은 조선시대 전체를 지배하는 핵심 의식으로 자리를 잡았다. 그 결과 1895년에 상투를 자르라는 단발령斷髮令이 내려지자 유생들은 물론 일반 백성들까지 거세게 반발하는 사태가 벌어졌다. 이 때 이들이 내세운 논리와 근거가 바로 공자의 이 가르침이요 천자문의 이 구절이었다. 당시 개화에 반대하는 유림의 거두 최익현崔益鉉이 옥에 갇힌 상태에서 강제로 단발을 당하게 되자 '내 머리를 자를 수는 있어도 내 머리털을 자를 수는 없다'고 버텼다는 일화가 지금도 널리 퍼져 있다. 단발령에 반발하여 대신직을 사임한 유학자도 있었고, 강제로 상투가 잘려 나가는 것을 피하기 위해 한양을 버리고 지방으로 도망하는 백성들도 있었으며, 강제로 잘린 상투를 주머니에 넣고 길거리에서 목 놓아 우는 백성들도 있었다고 한다. 고작 머리털 하나 때문에 왜 그리 야단이냐고 비웃을 일이 아니다. 이들에게 상투란 단순한 헤어스타일의 문제가 아니라 부모에게 물려받은 신체의 일부였던 것이고, 목숨이 붙어 있는 한 이를 훼손하지 않는 것이 사람의 가장 기본적인 도리라고 이들은 이해하고 있었던 것이다.

女慕貞烈 男效才良
여 모 정 렬 남 효 재 량

여女는 정렬貞烈을 모慕하고; 남男은 재才와 양良을 효效한다.

女 계집 녀(여)　慕 그리워할 모　貞 곧을 정　烈 매울 렬(열)
男 사내 남　效 본받을 효　才 재주 재　良 어질 량(양)

직역 계집은 정렬(매운 절개)을 흠모欽慕하고, 사내는 재주와 어진 태도를
본받는다.

의역 계집은 매운 절개를 흠모하고 사내는 재주와 어진 태도를 본받는다 함
은, 남녀 사이에 평생 추구해야 할 최고의 가치가 이와 같이 서로 다름
을 말한 것이다.

자구 풀이

정렬貞烈은 매우 세차고 매운烈 절개節槪, 특히 여성의 굳센 지조志操와
정조貞操를 의미한다. 쉽게 말해 남편이 아닌 남자에게는 어떤 경우에도
몸을 허락하지 않는 여성의 굳센 의지다. 이것이 왜 여성들에게 주어진 유
교의 첫 번째 덕목인가의 문제는 논외로 하고, 여기서는 우선 문장 자체의
의미에 충실하게 옮겨보자. 여모정렬女慕貞烈은 '여자는 정렬을 사모하고
숭모하여 따른다'는 의미다.

재량才良은 재才와 양良으로 구분할 수 있는데, 재才는 '재주'에 해당하

고 양良은 '어짊'에 해당한다. 유교에서 말하는 '재주'와 '어짊'은 물론 잔 꾀나 단순한 선량함만을 의미하는 것이 아니다. 그러나 재才와 양良의 유 교적 개념을 상세히 설명하는 것은 본격적인 유교 철학자들의 몫으로 남 겨두고, 여기서는 문자 그대로의 의미로만 해석해보자. 남효재량男效才良 에서 효效는 '본받다'의 뜻이다. 그러므로 남효재량男效才良은 '사내는 재 주와 어진 태도를 본받는다'의 의미로 해석된다.

해설

부모와 자식의 문제를 다룬 후에 이제 남녀의 문제를 다루고 있다. 부모 와 자식의 관계가 땅과 그 위에 존재하는 모든 생명의 관계라면, 남녀의 관계는 하늘과 땅의 관계, 낮과 밤의 관계라고 할 수 있다. 하늘과 땅은 각 각 양과 음을 대표하는 것이고, 남자와 여자 역시 각각 양과 음의 기운에 속박되는 존재다. 그렇다면 하늘과 양에 해당하는 남자를 뒤로 돌리고, 땅 과 음에 해당하는 여자를 앞세운 이유는 무엇일까?

첫째, 운韻을 맞추기 위해서라고 이해할 수 있다. 여자에 해당하는 마지 막 글자 열烈은 운이 맞지 않으므로 양良을 마지막에 배치할 수밖에 없고, 따라서 남녀를 여남의 순서로 바꿀 수밖에 없었다는 것이다. 둘째, 음양의 논리에 따른 것으로 이해할 수 있다. 음과 양을 말할 때 보통 '음양'으로 표현하지 '양음'으로 표현하지는 않는다. 음과 양에 순서가 있을 수는 없 으되, 음이 잉태와 관련된 것이라면 양은 기르는 행위와 관련된 것이어서 순서상 '음양'이 자연스럽다. 이 음양의 순서와 합치되게 여자를 앞세우고 남자를 뒤로 돌렸다는 것이다. 셋째, 이 구절은 기본적으로 여자와 남자는 각각 '어떠해야 한다'는 당위當爲의 문제를 말한 것으로, 일종의 의무에 대한 규정이다. 남녀 차별의 시각을 엄연한 것으로 인정하고 볼 때 의무에 관한 것이라면 당연히 여자에게 더 큰 짐이 지워질 수밖에 없고, 따라서 여자를 먼저 배치한 것이라고 이해할 수 있다.

여자의 첫 번째 의무로 규정된 정렬貞烈에 대해 조금만 살펴보자. 이는 앞에서도 간단히 설명한 것처럼 외간 남자에게 몸을 허락하지 않는 여자의 지조와 절개가 매우 굳세고 매운 것을 말한다. 이런 행적을 보인 부녀자들을 나라에서 표창하고 모범으로 삼아 전파한 제도도 있었는데, 이는 우리나라에서 시작된 것이 아니라 중국에서 먼저 시작되었다.

그러나 유교가 보편적 이념으로 확고하게 정립되기 이전 시대에는 충忠이나 정조貞操의 관념이 지금과는 다소 달랐다. 예컨대 춘추전국시대의 유학자들은 이 나라 저 나라를 떠돌면서 자신의 뜻에 맞추어 왕도정치를 행할 임금을 찾아다니기도 했는데, 뜻이 맞지 않는 임금을 버리고 떠나면서도 그것이 불충이라고는 생각하지 않았다. 마찬가지로 여자들 역시 정조貞操란 남편이 있을 경우에만 필요한 덕목이고, 남편과 사별한 여인들이 재가再嫁하는 것은 정조의 파괴라고 여기지 않았다.

이런 가치관을 근본적으로 뒤흔든 사람은 제齊나라의 왕촉王蠋이라는 유학자였다. 제나라는 춘추시대에 존재하던 주周나라의 제후국이었는데, 같은 주나라 제후국인 연燕과의 전쟁에서 크게 패하게 되었다. 전쟁이 끝난 후 연나라 임금은 제나라에 왕촉이라는 어진 선비가 있다는 소문을 듣고 장군 악의樂毅를 보내 그를 모셔오도록 했다. 그러자 왕촉은 출사를 거부하며 이렇게 말했다고 한다.

忠臣不事二君 烈女不事二夫
충 신 불 사 이 군   열 녀 불 사 이 부

충신은 두 임금을 섬기지 아니하고 열녀(정조를 지키는 매운 여자)는 두 남편을 섬기지 않는다는 말이다. 왕촉 이후 이런 사상은 유학의 기본 이념으로 자리를 잡았고, 오늘날 우리가 알고 있는 충과 정조의 각박한 개념이 굳어졌던 것이다. 말하자면 이때부터 유교적 충렬忠烈과 정렬貞烈의 관념이 고착된 것이고, 하나는 남성적 가치관을 다른 하나는 여성적 가치관을 대변하게 되었던 것이다.

정렬貞烈을 실천하여 국가에서 표창된 대표적인 사례로는 위魏나라 때 사람인 조문숙曹文叔의 처妻 하후문령夏侯文寧이 있었다. 이 여인은 시댁이 망하고 남편이 죽게 되자 재가를 하라는 친정의 권유를 받게 되었다. 하지만 절개를 지키겠다며 스스로 코와 두 귀를 잘라버렸다고 한다. 무섭고 매운 이야기가 아닐 수 없다. 그러나 그 결과로 이 여인은 나라에서 정렬부인貞烈夫人의 칭호를 받게 되었다. 우리나라에서도 수많은 정렬부인들이 나왔는데, 기록에 따르면 이처럼 정렬부인 칭호를 내리고 나라에서 표창을 하기 시작한 것은 세종世宗 때부터의 일이라고 한다.

여모정렬女慕貞烈이 여성의 첫 번째 규범을 말한 것이라면, 남효재량男效才良은 남성의 가장 큰 역할을 말한 것으로 이해할 수 있다. 재주와 어짊을 배우고 익히는 것이 남자의 첫 번째 역할이라는 것이다. 이는 여성의 정貞과 대비되는 충忠의 실질적인 기반을 설명한 것이며, 충을 실행하기 위한 준비를 충실하게 하라는 가르침이다. 어린 계집아이와 사내아이들을 대상으로 이런 교육을 시키라는 의미이기도 하다.

이상의 구절에 대해 홍성원은 다소 다른 맥락에서 설명하고 있는데, 귀담아 듣기에 충분할 정도로 의미 있는 해석이다. 우선 여모정렬女慕貞烈의 구절을 홍성원은 다음과 같이 해석한다.

이 구절 이하는 감히 몸을 훼상毁傷치 않는 도道를 말한 것이다. 여자는 그 뜻이 바르고貞=正 그 행실이 강직한烈 뒤에야 그 몸을 욕되지 않게 할 수 있다. 그러므로 이렇게 하는 자가 있으면 사람들이 반드시 사모하는 것이다.

이에 따르면 '여모정렬女慕貞烈 남효재량男效才良'의 이 구절은 앞서 나온 '기감훼상豈敢毁傷'을 부연하는 내용이 된다. 부모에게 물려받은 귀중한 몸과 마음을 훼손시키지 않는 도, 다시 말해 효의 근본적인 방편을 제시하고 있다는 것이다. 그리고 이처럼 부모로부터 받은 몸과 마음을 온전히 지키기 위해 여자는 정렬貞烈을 우선해야 한다는 것이다. 여기서 정貞은 정正과 같은 것으로 보았고, 열烈은 행실이 강직한 것으로 풀었다. 그렇게 되면 사람들이 그녀의 정렬을 사모하게 된다는 것이다. 이는 모慕의 주체를 정렬을 보인 여자가 아니라 일반 사람으로 본 것이며, 정렬을 보인 본인은 모慕의 객체가 된다는 것이다. 이런 해석을 받아들여 이 구절을 우리말로 옮겨보면 '여자 가운데 흠모를 받을 이는 정렬을 보인 자다'라는 식이 된다. 더불어 이것이 여자가 보여야 할 효의 첫 번째 규범이라는 의미가 포함되어 있다. 한편, 남효재량男效才良에 대해서는 다음과 같이 해설한다.

남자는 재주와 지혜가 뛰어나고 충량忠良이 드러난 뒤에야 성인成人이 될 수 있다. 그러므로 이렇게 하는 자가 있으면 사람들이 반드시 본받는 것이다. 이 두 구句를 알면 어버이를 잘 섬길 수 있을 것이다.

여기서도 효效는 '본받다'의 의미로 새기되, 그 주체는 일반 사람이고 '재才'와 '양良'을 겸비한 사람은 그 객체로 풀이하고 있다. 이런 해석을 받아들여 이 구절을 우리말로 옮기면 '남자 가운데 본받음의 대상이 되는 자는 재와 양을 겸비한 자이다' 정도가 될 것이다. 남자에게는 이 재와 양을 겸비하는 것이 효의 근본이라는 가르침이 내포되어 있다는 설명도 덧붙였다.

그러나 매우 의미 있는 설명임에도 불구하고, '충렬忠烈이나 정렬貞烈을 보이기 위해서는 부모로부터 물려받은 신체 훼상하기를 주저해서는 안 된다'는 현실적 사정과는 잘 맞지 않는 부분이 있다. 예컨대 앞서 소개한 하후문령夏侯文寧의 경우에도 정절을 지키기 위해 코와 두 귀를 베어버렸는데, 이는 엄연한 신체 훼손이요 명백한 불효다. 이런 전후 사정까지를 고려하면 이 구절은 앞의 부모 자식 관계에 이어 효孝를 설명한 것이라기보다는, 남녀의 서로 다른 의무와 역할 문제를 다룬 것으로 이해하는 편이 더 합당하다고 하겠다.

知過必改 得能莫忘
지 과 필 개 득 능 막 망

과過를 지知하면 개改를 필必하고, 능能을 득得하면 망忘을 막莫하라.

知알지 過허물과, 지날 과 必반드시 필 改고칠 개
得얻을 득 能능할 능 莫말 막 忘잊을 망

직역 허물을 알면 고치기를 반드시 하고, 능력을 얻으면 잊지 말라.

의역 허물을 알면 고치기를 반드시 한다 함은 허물 자체보다 허물 고치지 않음을 부끄럽게 여김이요, 능력을 얻으면 잊지 말라 함은 작은 공부에 큰 공부를 더하고 작은 수양에 큰 수양을 더하여 공부와 수양이 끝이 없게 하라는 말이다.

자구 풀이

우선 과過와 능能이 대비되고 있다. 과過는 잘못이요 허물이며, 능能은 앞의 구절에 나왔던 재才나 양良과 같은 것으로 요즘 말로 하면 능력이요 지식이며 지혜다.

지과知過는 자신의 허물을 알게 되었다는 말이고, 필개必改는 문자 그대로 반드시 고쳐야 한다는 말이다. 허물을 알게 되면 반드시 이를 고쳐야 사람 구실을 할 수 있다는 의미다. 허물을 알면서도 고치지 않으면 사람의 도에서 멀어지는 것이고 이는 배움을 포기하는 셈이라는 가르침이겠다.

득능得能은 능력을 얻음이니, 새로운 재주와 지식, 지혜를 배워 알게 되는 것이다. 이렇게 얻어진 지식과 지혜, 능력은 당연히 소중하게 간직해야 한다. 막망莫忘은 '잊지 말라'는 직설적 명령이다.

해설

누구에게나 있을 수 있는 것이 실수 혹은 허물過이고, 이는 잘못임을 알면서도 고의적으로 저지르는 죄罪와는 근본적으로 다른 것이다. 이처럼 허물을 일종의 실수로 보았기에 공자도 '성인은 허물 없는 것을 귀하게 여기지 않고 허물 고치기를 귀하게 여긴다'고 했다. 고치면 괜찮다는 것이고, 허물 고치기를 잘하는 사람이 곧 성인聖人이라는 말이다. 그런 의미에서 공자는 또 '소인은 허물을 고치지 않고 오히려 감추려 하기 때문에 바야흐로 재앙이 다다르는 것이니, 허물 고치기를 주저하지 말라'고 했다.

허물을 알면 반드시 고쳤던 역사상의 대표적인 인물로는 공자의 제자인 자로子路가 있었다. 그는 남들이 자신의 허물에 관해 말해주는 것을 기뻐하고, 알게 된 허물은 즉시 그리고 반드시 고쳤다고 한다. 그런 자로에 관해 홍성원은 '백세百世의 스승이라 할 만하다'고 평가했다. 허물 고치기를 즐겁게 여기는 것은 그만큼 어렵다는 말이기도 하다.

능能을 얻으면 잊지 말라는 가르침도 그 내용 자체가 특별할 것은 없다. 새로운 지식, 새로운 재주, 새로운 지혜를 얻은 것이 있다면 당연히 잊지 말아야 한다. 그래야 발전과 성숙을 기약할 수 있다. 이 구절은 특히 학문을 연마하는 태도와 깊이 관련되어 있다는 것이 중론인데, 홍성원 역시 앞의 '지과필개知過必改'의 구절과 더불어 이 구절을 '학문을 위한 필수적인 두 가지 자세'로 들고 있다.

사람은 학문, 곧 공부를 하지 않으면 천지인의 도에 대해 알 수 없고, 마침내 도나 인륜에서 멀어져 짐승의 단계로 떨어진다는 것이 유학의 기본적인 학문관이다. 이에 따르면 사람은 마땅히 책을 읽어 이치를 더듬고, 옛사람들의 견해를 찾아 살피되 몸소 실험하여 그 장단을 파악하고, 파악된 장점은 반드시 힘써 행해야 한다. 이렇게 하면 사회의 모든 구분이 절로 드러나서 하늘이 베푼 법칙에 들어맞지 않음이 없게 된다고 하였다. 그러므로 학문을 할 때는 온고지신溫故知新의 자세가 반드시 필요한데, 이는 옛것을 숙고하여 새것을 안다는 말이다.

이러한 온고溫故와 지신知新을 바르게 결합하여 학문에 정진한 역사상의 인물로는 역시 공자의 제자였던 자하子夏가 유명하다. 그는 '날마다 모르는 것을 알고 달마다 할 수 있는 것을 잊지 않는다면, 가히 학문을 좋아한다고 말할 만하다'고 했다. 이렇게 새로운 것을 알게 되었다면 반드시 잊지 말라는 가르침이 득능막망得能莫忘이다.

그런데 이와는 조금 다른 견해도 있다. 득능막망得能莫忘에서 능能은 다른 능력이 아니라 바로 앞의 구절에서 나온 허물을 고치는 '개改의 능력'이라는 것이다. '허물을 알면 반드시 고치고, 이렇게 고치는 능력을 얻었다면 잊지 말아야 한다'는 것이 이 구절의 전체적인 의미라는 것이다. 짧게 소개했지만 경청할 만한 견해 가운데 하나라고 여겨진다.

罔談彼短 靡恃己長
망 담 피 단 미 시 기 장

피彼의 단短을 담談하지 말고罔, 기己의 장長을 시恃하지 말라靡.

罔 말 망, 그물 망 談 말씀 담 彼 저 피 短 짧을 단
靡 말 미, 쓰러질 미 恃 믿을 시 己 자기 기 長 길 장

직역 남의 단점을 말하지 말고, 자기의 장점을 믿지 말라.

의역 남의 단점을 말하지 말라 함은 남의 단점을 말하기 전에 스스로를 먼저 돌아보라는 말이요, 자신의 장점을 믿지 말라 함은 스스로의 장기를 과신하지 말라는 말이니, 칼로써 일어선 자가 결국은 칼로써 망하고 돈으로 일어선 자가 결국은 돈으로 망하기 때문이다.

자구 풀이

망罔은 그물이라는 의미로 흔히 쓰이는 글자인데, 여기에서처럼 금지禁止를 나타내는 동사로도 자주 쓰인다. '~ 하지 말라'는 의미다. 담談은 말하다라는 뜻의 동사로 쓰였다. 따라서 망담罔談은 말하지 말라는 뜻의 명령형 서술어다. 피彼는 이것이 아닌 저것(that)의 의미이며, 다음 구절에서 자기 자신을 나타내는 기己와 대비되어 남 곧 타인을 지칭한다. 단短은 짧고 부족한 것을 나타내니 단점短點이라는 말이며, 뒤에 나오는 장長과 대비된다. 따라서 망담피단罔談彼短은 남의 단점을 말하지 말라는 의미다.

미靡는 자주 쓰이는 글자가 아니어서 낯선데, 우선 여기서처럼 망罔(~
하지 말라)의 뜻으로 쓰이는 경우가 있다. 앞서 나온 득능막망得能莫忘의
막莫도 같은 의미에 같은 구실을 하는 글자이며, 이런 의미와 용도로 쓰이
는 또 다른 글자로는 물勿도 있다. 모두 '~ 하지 말라'는 의미다. 미靡는
또 쓰러지다, 혹은 쓰러뜨리다라는 의미로도 사용되는 글자다. 예를 들어
'공자의 사상은 일세를 풍미하였으니……'라고 할 때 풍미風靡라는 단어
에서 이 글자가 보인다. 바람이 초목을 휩쓸고 지나가면서 일제히 쓰러지
게 하듯이, 공자의 사상이 당시의 사회에 큰 영향을 끼쳤다고 말할 때 위
와 같은 표현을 사용한다. 시恃 역시 자주 쓰이는 글자가 아닌데 믿다, 혹
은 자부自負하다의 의미다. 그러므로 미시靡恃는 믿지 말라, 자부하지 말
라는 말이다. 기己는 '몸 기'로 흔히 푸는데 자기自己 자신自身이라는 의미
다. 기장己長은 자기의 장점이라는 말이고, 그러므로 미시기장靡恃己長은
자기의 장점을 믿거나 자부하지 말라는 말이다.

해설

학문을 하는 자세에 대한 설명에 이어 계속 인격을 수양하기 위한 여러
방법들에 대한 설명이 이어진다. 유교 철학의 바탕 위에서 군자와 성인이
되기 위한 방편을 서술한 것이다.
먼저 망담피단罔談彼短은 문자 그대로 남의 단점을 말하지 말라는 뜻이
다. 맹자는 일찍이 '남의 단점을 말하다가 후환을 얻으면 어찌하려나?' 하
고 탄식하였다. 남의 단점을 말함으로써 생기는 폐해는 크게 두 가지다.
하나는 맹자의 경고처럼 상대의 미움을 사서 후환이 생길 위험이다. 또 하
나는 남의 단점만 보고 자신의 단점은 돌아보지 않아 생기는 폐해로, 이는

스스로 갈고 닦기를 멈추지 말아야 할 군자의 태도가 아니다. 남의 단점을 보게 되었을 때 군자가 가장 먼저 해야 할 일은 자신에게도 이와 유사한 단점이 없는지를 살피는 것이다.

미시기장靡恃己長은 자신의 장점을 과신하지 말라는 말이니, 겸손하고 뽐내지 말아야 한다는 의미다. 『서경書經』에 '스스로 잘났다고 여기면 그 잘남을 잃게 된다'고 하였으니, 천자문의 이 구절과 더불어 자만과 과도한 자부심 즉 교만驕慢에 대한 경계의 말씀이다.

자기 자신의 장점을 지나치게 과신하여 낭패를 본 역사적 인물로는 앞서 등장한 하夏나라 걸왕桀王과 상商나라 주왕紂王이 있었다. 모두 자기 자신의 재주만 믿고 현신의 목소리에 귀를 닫고 백성의 외침을 외면했다가 한 나라를 기울인 임금들이다. 그래서 공자도 다음과 같이 경계하였다. 『명심보감明心寶鑑』에 있는 말이다.

> 총명하여 생각이 밝을지라도聰明思睿 어리석음으로써 그것을 지킬 수 있고守之以愚, 공적이 천하를 덮을지라도功被天下 사양함으로써 그것을 지킬 수 있으며守之以讓, 용기와 힘이 세상에 떨칠지라도勇力振世 겁냄으로써 그것을 지킬 수 있고守之以怯, 부유함이 사해를 소유할지라도富有四海 겸손함으로써 그것을 지킬 수 있다守之以謙.

총명함, 공적, 용기와 힘, 부유함은 만인이 소망하는 바의 장점이자 자랑거리다. 그런데 공자는 이런 장점이 아무리 크다 해도 결국은 이와 반대되는 가치, 곧 어리석음, 사양함, 겁냄, 겸손 등의 상대적인 미덕이 없으면 이런 장점이나 가치를 지킬 수 없다고 말한다. 음陰이 없는 양陽이 존재할 수 없는 것과 같은 이치라 하겠으며, 역시 교만에 빠져서는 안 된다는 경계의 말씀이다.

信使可覆 器欲難量
신 사 가 복　기 욕 난 량

신信은 복覆이 가可하게 하고使, 기器릇는 양量하기 난難하게 하고자欲 하라.

信 믿을 신　使 하여금 사　可 옳을 가　覆 덮을 복, 돌이킬 복(=復)
器 그릇 기　欲 하고자할 욕　難 어려울 란(난)　量 헤아릴 량(양)

직역 언약은 실천實踐이 가능케 하고, 그릇은 크기를 헤아리기 어렵게 만들고자 하라.

의역 언약은 실천이 가능케 하라 함은 타인과 실천 가능한 약속만 하고 또 약속을 했으면 반드시 실천해야 한다는 말이요, 그릇의 크기를 헤아리기 어렵게 만들고자 하라 함은 스스로의 국량局量을 한정시키지 말고 바다처럼 넓히라는 말이다. 군자의 약속과 능력이 어떠해야 하는지를 말한 것이다.

자구 풀이

사실 명쾌한 직역을 해내기가 상당히 까다로운 구절이다. 글자 하나하나가 명백한 의미를 담고 분명한 문법적 역할을 수행하는 것이 아니기 때문이다. 합당한 뜻이 없는 것은 아니나 다소의 비약과 추론의 과정을 거치지 않으면 문장의 의미가 애매하고 뜻이 명쾌하게 전달되지 않는다.

먼저 신信은 '믿음, 미더움'의 뜻이다. 하지만 신信을 이렇게 '믿음'으로 해석하면 이 구절은 '믿음은 실천이 가능하게 되어야 한다'는 말이 되는데, '믿음은 서로 믿는 것이다'처럼 의미가 모호하고 하나마나 한 말이 된다. 이런 이유로 신信은 대개 '약속, 언약'의 뜻으로 풀이한다. 사람人과 말言이 합쳐진 글자가 신信이니 사람 사이의 말, 곧 약속을 의미하는 것으로 유추해서 해석하는 방식이다.

사使는 문장 안에서 주로 문법적 역할을 수행하는 글자이며, 사역使役의 의미를 갖는다. 대개 부사 '하여금'으로 풀이한다. 예를 들어 사수역류使水逆流라는 말이 있는데, 이는 물로 '하여금' 역류케 한다는 뜻이며, 자연의 도리에 맞지 않음을 비유하는 말이다. 이런 문법적 역할을 수행하기 위해서는 사使의 뒤에 명사가 오는 것이 통례인데 여기서는 그렇지 않다. 사使는 또 시키다라는 뜻의 동사로도 쓰인다. 이렇게 쓰이기 위해서는 역시 '시킴'의 대상이 되는 객체가 뒤에 나타나야 하는데 이 구절에서는 그것도 아니다. 그러므로 부득불 뒤에 있는 가可와 함께 묶어서 '가능케 하다, 가능케 만들다' 정도의 의미로 해석할 수밖에 없다.

복覆 역시 까다로운 글자다. 기본적으로 뒤집다, 덮다의 의미인데, 자칫하면 '언약은 뒤집어질 수 있게 되어야 한다'가 되어 무슨 말인지 이해할 수 없게 되거나, '언약은 두루 덮을 수 있게 되어야 한다'가 되어 의미가 모호해지고 만다. 그런데 앞선 해설자들의 예를 참고하면 복覆은 복復과 같은 의미로 쓰이기도 하는 글자다. 복復은 여러 뜻을 가진 글자인데 천자문의 이 구절과 관련해서는 실천하다라는 의미에 주목할 수 있다. 이렇게 보면 신사가복信使可覆은, 언약은 실천될 수 있게 되어야 한다는 뜻이 된다.

기욕난량器欲難量은 앞의 구절보다는 해석하기가 수월하다. 기器는 사람의 재능이나 덕의 크기를 그릇의 크기에 비유한 것으로, '그릇의 크기'로 옮길 수 있다. 대략 한 사람이 지닌 도량度量의 크기를 의미한다. 한자어 국량局量도 이런 뜻이다. 난량難量은 문자 그대로 헤아리기 어렵다는 말이니, 그 사람의 국량이 잴 수 없을 정도로 크다는 말이다. 욕欲은 그렇게 되고자 욕심을 내어 분발해야 한다는 의미다. 전체적으로 기욕난량器欲難量은 국량은 헤아리기 어렵게 되도록 하고자 하라는 말이다.

해설

신사가복信使可覆에서는 신信과 복覆의 풀이가 특히 문제가 된다. 이 가운데 우선 신信은 앞에서 말한 것처럼 우리말 '미더움'이 아니라 '약속, 언약'의 뜻으로 풀면 전체적인 문맥이 더 잘 살아난다. 신뢰信賴란 결국 타인과의 약속約束과 관련된 것임을 감안하면 큰 무리는 없다고 하겠다. 그런데 신사信使를 곧 신사信事로 보고 '믿음 가는 일, 믿을 만한 일'의 의미로 푸는 경우가 더러 있다. 그 근거가 불분명하다. 이렇게 해석하면 이 구절은 '믿음 가는 일은 실천할 수 있어야 한다'는 말이 되는데, 그 의미 역시 상당히 모호하다.

복覆의 의미에 대하여는 홍성원의 설명이 좋은 참고가 된다. 그는 이 구절을 설명하면서 다음과 같이 해설했다. 참고로 여기 소개된 유자有子의 말은 『논어』에 실려 있다.

유자有子가 말하기를, '신信이 의義에 가까우면 말言은 복復할 수 있다'고 하였다. 복復은 실천實踐이다. 약속을 할 때 그 일이 마땅함宜에 합치되면, 그 말을 실천할 수 있다는 말이다.

이처럼 홍성원은 신信과 언言(약속)을 같은 개념으로 파악하고, 또 복覆

과 복復을 같은 글자로 본 다음 복復은 곧 실천實踐이라고 풀이하고 있다. 여기까지 추론하면 신사가복信使可覆의 의미는 상당히 명확해진다. '약속은 실천할 수 있도록 해야 한다'는 말이니, 약속은 실천이 가능한 것만 해야 한다는 가르침이다. 실천할 수 없는 약속을 해서는 안 되고, 약속을 했다면 반드시 실천해야 한다는 말이기도 하다.

약속을 잘 지켜 유명해지기로는 미생尾生만한 사람이 없다. 『사기』의 기록에 따르면 미생은 춘추시대 노魯나라에 살던 사람이었는데, 어느 날 사랑하는 여자와 다리 밑에서 만나기로 약속을 하였다. 미생이 약한 날짜가 되어 다리 밑으로 가니 여자는 오지 않고 비만 내렸다. 미생은 소나기가 내려 물이 밀려와도 끝내 자리를 떠나지 않고 기다리다가 마침내 교각을 끌어안고 죽었다고 한다. 여기서 미생지신尾生之信이라는 말이 생겼는데, 목숨을 걸고 약속을 지킨 아름다운 믿음을 나타내는 것이 아니라 사소한 것에 목숨을 거는 어리석음, 명분에 집착하여 고지식하고 융통성이 없는 사람을 의미하는 말로 흔히 사용된다.

기욕난량器欲難量은 '(군자는 마땅히) 그 도량이 헤아리기 어려울 정도로 커지도록 하여야 한다'는 말이다. 여기서는 이처럼 군자의 도량을 기器로 표현하고 있는데, 이는 우리에게도 상당히 익숙한 비유다. '너는 사람이 그렇게 그릇이 작아서야 되겠느냐?'라거나, '사람은 모름지기 그릇이 커야 한다' 등의 말에서 이런 비유를 확인할 수 있다. '속이 좁다'거나 '마음씨가 크다' 따위의 말들도 사람의 심성을 잴 수 있는 그릇으로 비유한 데서 유래된 말들이다. 그런데 『논어』에는 '군자는 그릇이 아니다君子不器'라는 말이 있다. 그러나 이는 역설적으로 군자는 모름지기 일회용의 작고 단순한 그릇이 아니라 나라와 천하를 경영하는 큰 그릇이 되어야 한다는 뜻을 나타낸 말이다.

『후한서後漢書』의 「곽태전郭太傳」에는 사람의 국량局量을 재는 문제와 관련된 일화가 하나 실려 있다. 이 글의 주인공 곽태는 여남汝南이라는 지방에 갔다가 그 고을의 원굉袁宏이라는 사람이 뛰어난 재능을 지닌 인물이라는 말을 듣고서 서로 겨루어보기 위해 그를 찾아간다. 두 사람은 마주 앉아서 논의를 펼쳤는데, 곽태는 하룻밤을 다 채우지 못하고 돌아갔다. 돌아간 후에 곽태는 원굉에 대해 이렇게 평했다고 한다.

"굉은 삼재天地人의 그릇이다. 비유하자면 천 길이나 되는 높은 고개요 만경萬頃이나 되는 연못과 같다. 그것을 맑게 하려고 해도 할 수 없고, 또한 아무리 휘저어도 흐리게 할 수 없다. 그 그릇이 너무나 깊고 넓어서 헤아리기 어렵다."

천자문의 이 구절은 이런 원굉과 같이 큰 도량을 갖춘 인물이 되라는 가르침이다.

墨悲絲染 詩讚羔羊
묵 비 사 염   시 찬 고 양

묵墨은 사絲가 염染됨을 비悲하고, 시詩는 고양羔羊을 찬讚하였다.

墨먹묵 悲슬플비 絲실사 染물들일염
詩글시 讚기릴찬 羔새끼양고, 염소고 羊양양

직역 묵자墨子는 실이 물듦을 슬퍼하고, 『시경詩經』은 「고양羔羊」을 찬미하였다.

의역 묵자가 실이 물듦을 슬퍼하였다 함은 그가 본래 흰 것이 한 번 검어지면 다시 희어질 수 없음을 생각해서 슬퍼하였다는 말이니, 사람의 본성도 본래는 희고 선한 것이나 실이 물들 듯이 검어질 수 있음을 알고 경계하라는 말이다. 『시경』이 「고양」을 찬미하였다 함은, 『시경』에 실린 「고양」이라는 노래에서 착하고 겸손한 본성을 잘 닦아서 더욱 고결해진 어느 대부大夫를 칭찬하였다는 말이니, 저마다 이렇게 되도록 갈고 닦아야 한다는 가르침이다.

자구 풀이

묵墨은 묵적墨翟이라는 인물을 가리킨다. 묵자墨子로 통하며, 전국시대 초기의 사상가이다. 행적은 분명치 않고, 그와 그 제자들의 이론을 엮은 책 『묵자墨子』를 남겼다. 공자를 필두로 한 정통 유교 사상과 달리 인간의 존비귀천尊卑貴賤을 부정하면서 무차별적인 사랑을 주장했고, 근검과 절약을 주의로 삼았다. 장례를 간소하게 치러야 한다고 주장하는가 하면, 음악은 허식에 불과하니 없애야 한다고도 했다. 그가 흰 실이 검게 물드는 것을 보고 슬퍼했다는 이야기도 『묵자』에 실려 있는 내용 가운데 하나다.

비悲는 슬프다, 슬퍼하다의 의미다. 사絲는 실이며, 염染은 염색染色하다, 곧 물들이다의 뜻이다. 그러므로 묵비사염墨悲絲染은 묵자가 실이 물듦을 슬퍼하였다는 말이다.

시詩는 『시경』을 가리킨다. 중국에서도 가장 오래된 시집이다. 주周나라 초기부터 춘추시대 초기까지의 시들을 싣고 있는데, 본래는 3,000여 편이었으나 공자가 311수로 정리했다고 하며, 현재는 305수가 전한다.

「고양」은 『시경』에 실린 시편의 제목이다. 풍風이라는 큰 챕터 아래 소남召南이라는 작은 챕터가 있고, 그 안에 실린 시이며 세 연聯으로 구성되어 있다. 고양羔羊은 낱글자 그대로 풀이하면 '새끼 양과 큰 양'이니 그냥 '양'이라는 동물을 가리킨다. 주나라 때 대부들이 이 양의 가죽으로 옷을 해 입었다고 하며, 『시경』에 실린 「고양」이라는 시 역시 양의 가죽으로 옷을 해 입은 '검박하고 위엄 있는 대부'의 모습을 찬미하는 내용이다.

시찬고양詩讚羔羊은 직역하면 '『시경』은 「고양」을 찬미했다'가 되며, 이는 소박하면서도 위의를 잃지 않은 군자의 외양과 덕을 찬미했다는 것이다. 인간의 본성 문제와 관련하여 그 선한 본성이 악에 물들지 않았을 뿐만 아니라 성군聖君을 만나 더욱 온화해지고 후덕해진 경우를 말한 것이라 볼 수 있다. 묵자의 염색 이야기가 인간의 선한 본성을 지키는 것이 얼마나 어려운 일인지를 말하고 있다면, 「고양」의 시 이야기는 적극적인 노력을 통해 본성이 더욱 원숙해진 경우를 의미하는 것이다.

해설

    묵적과 그 제자 일파가 남긴『묵자』라는 책에 묵비사염墨悲絲染(묵자가 실이 물드는 것을 슬퍼함)과 관련된 이야기가 실려 있다. 이에 따르면 어느 날 묵자는 실에 염색하는 사람을 보고 탄식하며 이렇게 말했다고 한다.

    "푸른 것에 물들면 푸르게 되고, 누런 것에 물들면 누렇게 되니, 사람의 본성이란 본디 선한 것이지만 버릇의 물듦에 이끌려 악하게 되는 것이, 마치 실은 본디 흰 것이었으나 이제 검어지면 다시 흰 것을 회복하지 못함과 같구나."

    이와 동일한 경계의 가르침을 담은 말에 근묵자흑近墨者黑이 있다. 먹을 가까이 하면 검어진다는 말이니, 주변 환경이나 교우 관계의 중요성을 강조한 가르침이다. 근주자적近朱者赤도 비슷한 말인데, 붉은 인주를 가까이 하면 붉은 물이 들게 된다는 뜻이다. 백사재니白沙在泥라는 말도 있는데, 이는 흰 모래라도 검은 진흙 가운데 있으면 검어지지 않을 수 없다는 말이다. 모두 선한 본성을 멀리하고 악을 가까이 하여 악해지는 경우를 말한 것이다. 그 반대의 의미를 가진 말도 있는데, 마중지봉麻中之蓬이 그것이다. 곧게 자라는 삼밭에 자라는 쑥은 누가 돕지 않아도 제 스스로 곧게 자라게 된다는 말이니, 좋은 환경과 훌륭한 벗을 만나 악에서 선으로 본성을 회복하는 경우를 이른다.

    여기서 천자문의 저자가 묵적의 고사를 인용한 것은 '선한 본성을 잃고 악에 물들지 말라'는 가르침을 전하기 위해서다. 인간의 착한 본성, 곧 앞서 나왔던 오상五常을 지키는 것이야말로 군자가 되기 위한 첫걸음이라는 말이기도 하다.

    앞서 살펴봤듯이 시찬고양詩讚羔羊은 직역하면 '『시경』은 「고양」이라는 시를 찬미했다'는 말이다. 이는 우선 『시경』과 그 편찬자인 공자가 「고양」 이라는 시의 가치에 대해 인정하고 칭송했다는 말로 이해할 수 있다. 말하자면 『시경』이라는 경전에 실려 있고 공자가 인정한 것이니 「고양」의 가치와 의미는 충분하다는 주장이다. 하지만 천자문의 저자가 왜 이런 주장을 하는지는 아직 불분명하다. 이를 이해하기 위해서는 「고양」이라는 시가 어떤 내용의 시인지를 우선 이해해야 한다. 시 자체를 보자.

羔羊之皮 고 양 지 피	양 가죽 옷감에
素絲五紽 소 사 오 타	흰 실 다섯 타래로 꾸몄네
退食自公 퇴 식 자 공	퇴근하고 식사하러 집에 가는 길
委蛇委蛇 위 이 위 이	의젓하고 조용하도다

羔羊之革 고 양 지 혁	양 가죽 옷감에
素絲五緎 소 사 오 역	흰 실 다섯 줄로 박음질 했네
委蛇委蛇 위 이 위 이	의젓하고 조용하도다
自公退食 자 공 퇴 식	퇴근하고 식사하러 집에 가는 길

羔羊之縫 고 양 지 봉	양 가죽 옷감에
素絲五總 소 사 오 총	흰 실 다섯 총으로 꾸몄네
委蛇委蛇 위 이 위 이	의젓하고 조용하도다
退食自公 퇴 식 자 공	퇴근하고 식사하러 집에 가는 길

몇 글자의 경우 지금은 그 의미가 분명치 않기 때문에 정확한 현대어로

옮기기가 쉽지 않다. 그러나 대강의 의미를 파악하는 데 큰 무리는 없다. 우선 시의 내용 가운데 주목되는 것은 이 시의 대상이 되는 주인공이다. '공무를 마치고 퇴근하여 집에 식사하러 가는 관리'임을 쉽게 알 수 있는데, 양의 가죽으로 옷을 해 입었다고 했으니 주나라 제후국의 대부大夫임을 짐작할 수 있다. 그런 대부의 퇴근하는 모습을 어떤 백성이 보고 그 위의威儀를 칭송하여 이 시를 지은 것이라고 이해할 수 있는데, 그 모습이 의젓하고 당당하면서도 조용하고 소박한 것으로 묘사되고 있다. 백성을 위해 맡은 바 공무를 충실히 수행하고, 의젓하면서도 조용하게 집으로 식사를 하러 가는 대부의 평화롭고 소박하며 아름다운 모습이 그려진다.

이러한 대부의 모습이 상징하는 것은 무엇일까? 시에 주석을 단 공자의 설명에 따르면 절검節儉(절약)과 정직正直이라고 한다. 주나라 문왕文王의 덕을 입은 제후국의 대부였기에 이런 절감과 정직의 덕이 몸에 배었다는 얘기다. 그리고 이런 절검과 정직이야말로 문자 그대로의 고양羔羊, 즉 새끼 양의 덕성德性이라는 것이다.

종합적으로 판단하면, 새끼 양처럼 절검하고 정직한 신하의 모습을 칭송하여 지어진 시가 「고양」이라 할 수 있고, 천자문의 저자가 여기서 이를 소개한 것은 새끼 양의 덕성을 잃지 않으면서 오히려 한 발 더 나아간 주나라 대부의 경우처럼 선한 본성을 갈고 닦아야 한다는 점을 강조하기 위해서라고 이해할 수 있겠다.

이상의 내용으로 보면 이 구절은 인간의 본성을 어떻게 볼 것인가 하는 철학적 문제를 다룬 부분이다. 천자문의 저자는 기본적으로 맹자와 같은 성선설을 받아들이고 있다고 판단할 수 있고, 이를 악에 물들지 않도록 잘 지킬 것과, 지키는 데에 머무르지 않고 힘써 도야陶冶할 것을 당부하고 있는 것이라고 이해할 수 있겠다.

景行維賢 尅念作聖

경 행 유 현 극 념 작 성

경景의 행行은 현賢으로 유維하고, 극尅의 염念은 성聖을 작作한다.

景 밝을 경, 클 경(=京) 行 다닐 행, 길 행 維 이을 유, 벼리 유 賢 어질 현
尅 능할 극, 이길 극(=克) 念 생각 념(염) 作 지을 작 聖 성인 성

직역 밝고 큰 행行은 현인賢人으로 이어지고, 능히 잘 생각함은 성인聖人을 짓는다.

의역 밝고 큰 행이 현인으로 이어진다 함은, 그 행동이 밝고 떳떳하며 대범하고 거리낌이 없어야 현인이 될 수 있음을 말함이다. 능히 잘 생각함이 성인을 짓는다 함은, 모름지기 생각에 탁월해야 성인이 될 수 있음을 말함이다. 현인의 여부는 행동으로 판단하고, 성인의 여부는 그 사상과 철학으로 가린다는 말이다.

자구 풀이

경景은 밝다明, 혹은 크다大는 말이다. 행行은 행동이요 행위니 경행景行은 우선 '밝고 큰 행동'이라 이해할 수 있다. 현賢은 현인賢人 또는 현인의 품성品性이다. 유維는 흔히 '벼리'의 뜻으로 쓰이는데, 요즘 말로 하면 밧줄에 해당한다. 동사로 쓰이면 잇다, 이어지다의 의미다. 여기서는 뒤의 작作(짓다)과 짝을 이루는 동사로 쓰였으므로 이어지다의 뜻으로 풀었다.

그러므로 경행유현景行維賢은 밝고 큰 행行은 현인賢人으로 이어진다는 말이다.

극剋은 우선 '이길 극克'과 같은 의미의 글자로 많이 사용된다. 무언가를 '이겨내다'의 뜻이다. 이런 의미를 받아들이면 극념剋念은 생각을 이겨내다의 의미가 된다. 이때의 이겨야 할 생각이란 당연히 잡념雜念이다. 그래서 많은 천자문 해설서들이 이 구절을 잡념을 이겨내고 사사로운 욕심을 이겨낸다의 뜻으로 풀이한다. 하지만 염念 자체가 잡념雜念의 뜻을 갖는 것이 아니고, '생각을 이긴다'는 표현도 부자연스럽다. 극剋에는 또 무언가를 '능히 해내다' 혹은 무언가를 '잘하다'의 뜻도 있다. 필자는 이 뜻을 받아들였다. 이렇게 보면 극념剋念은 생각을 이기는 것이 아니라 오히려 생각을 잘하는 것이다. 생각을 잘해야 성인이 될 수 있다는 말이 극념작성剋念作聖이다. 경행유현景行維賢이 행동과 관계된 준칙이라면, 극념작성剋念作聖은 정신적 작용인 사유와 철학에 대한 강조라고 하겠다.

해설

앞의 구절에서는 타고난 저마다의 착한 본성을 잘 지키고 키워나가야 한다고 했다. 본성을 지키는 방법에 대해서는 묵비사염墨悲絲染을 통해 주변 환경 및 교유 관계가 중요함을 시사했다. 그렇다면 선한 본성을 더욱 갈고 닦기 위해서는 어떻게 해야 할까? 이 구절에서 그 해답을 제시하고 있다.

천자문의 저자는 우선 경행景行을 꼽았다. 이 단어는 『시경』에도 보이는데, '고산앙지高山仰止 경행행지景行行止'의 구절이 그것이다. 직역하면 고산高山은 우러르고 경행景行은 간다는 말이다. 여기서 지止는 그치다, 그만두다의 의미가 아니라 앞 글자의 행위를 지속한다는 뜻이어서 특별히 해석하지 않아도 된다. 그런데 『시경』의 이 구절을 대부분의 해설자들은 '높은 산을 우러러보고 밝고 큰 행동을 행한다'는 식으로 옮긴다. 그러나 '행동을 행한다'는 해석은 상당히 어색하다. 이 경우에는 '밝고 큰 행동'이 아니라 '밝고 큰 길'로 풀어야 보다 자연스럽다. 그러면 『시경』의 이 구절은 '높은 산을 우러르고, 밝고 큰 길을 간다'는 말이 된다. 높은 산의 위용을 우러러 보고 이를 본받아 대도大道로 가라는 것이다. 어둡고 좁은 길이 아니라 밝고 큰 길을 가야 현명해질 수 있다는 것이고 현인이 될 수 있다는 것이다. 유현維賢이 그런 말이다. 현賢으로 이어지고, 현명함으로 이어지고, 현철賢哲로 이어지고, 현인이 될 수 있다는 것이다.

극념작성剋念作聖의 구절은 『서경』에서 비롯된 것이다. 원문에는 '유성維聖 망념작광罔念作狂 유광維狂 극념작성克念作聖'으로 되어 있다. 여기서 유維는 이어지다의 뜻이 아니라 '~라도'의 의미다. 또 극克은 천자문의 극剋과 같은 글자다. 이렇게 해석하면 『서경』의 이 구절은 '성인이라도 망념忘念하면 미치광이가 되고, 미치광이라도 극념克念=剋念하면 성인이 된다'로 직역된다. 문제는 망념忘念과 극념克念이라는 서로 상반되는 작용을 하는 두 행위를 어떻게 풀어야 하는가이다. 당연히 망념忘念은 생각을 하지 않거나 망령되이 하는 것으로 보아야 하고, 극념克念은 생각을 능히 잘하는 것으로 이해해야 한다. 실제로 대부분의 천자문 해설서들이 이런 뜻으로 출전을 소개하고 있다. 그런데 어쩐 일인지 천자문 본문의 극념剋念은 '생각을 능히 잘하는 것'이 아니라 '잡생각을 이겨내는 것'으로 풀이한다. 한 지면에서 같은 낱말을 서로 상반되게 해석하는 것이다. 극념은 '생각을 능히 잘하는 것'으로 풀어야 천자문에도 맞고 『서경』에도 맞는다. 극剋은 망忘과 반대되는 말이니, 극념은 생각을 '열심히, 잘, 망령되지 않게' 한다는 말이다.

천자문의 이 구절에 따른다면 성인聖人은 '생각'을 잘하는 사람이고, 현인賢人은 '행동'을 잘하는 사람이라고 일차 구분해서 생각할 수 있다. 여기서 생각이란 도道의 근본에 관한 것일 터이며 가장 높은 수준의 도道는 당연히 하늘의 도, 곧 천도天道이다. 성인은 천도天道를 잘 생각하는 사람인 것이다. 반면에 현인은 성인에 버금가는 지혜와 덕망을 겸비한 자이니 하늘의 도가 아니라 땅의 도, 곧 지도地道를 잘 실천하는 사람이라 할 수 있다. 여기서는 성인의 철학적 사유보다 실천적 행동이 문제가 된다. 땅이라는 것도 따지고 보면 하늘의 도를 본받되, 하늘이 베푸는 무위無爲의 도에 비한다면 유위有爲에 가깝다고 볼 수 있다. 봄에 만물을 소생시키고 가을에 열매 맺게 하는 것이 하늘의 도라면, 봄에 씨앗을 뿌려 가을에 거두는 것은 땅의 도이고, 이런 유위의 실천을 지도하고 이끄는 사람이 곧 현인이라고 볼 수 있다. 천자문에서 성인의 '생각'을 문제 삼고, 현인의 '행동'을 문제 삼은 것은 이 때문으로 보인다. 이와 유사한 견지에서 성인·현자·지자智者를 구분해보려는 시도는 강태공姜太公과 황석공黃石公이 지었다는 병법서인 『육도삼략六韜三略』에서도 보인다.

그러나 성인과 현인이 어떻게 다른가의 문제에 대해서는 정립된 설이 없다. 모두 학문과 식견이 뛰어나고 덕망이 높은 인물을 말하는데, 전설의 태평성대를 이룩한 요순堯舜과 유가 철학을 완성한 공자孔子, 그리고 공자가 이상적인 인물의 표상으로 삼았던 주나라의 문왕文王·무왕武王·주공周公 등을 성인으로 꼽는 것이 통설이다. 현인은 이들 성인에 버금가게 어질고 총명한 사람을 일컫는다는 것이 사전의 설명이다. 반면에 행실이 점잖고 어질며 덕과 학식이 높은 사람은 군자君子라 한다. 성인·현인·군자의 구분선을 정확히 긋는 일은 불가능해 보인다. 세 가지 가운데 둘을 뒤섞어 '성현(성인과 현인), 성인군자, 현인군자' 등으로 표현하기도 한다.

德建名立 形端表正
덕 건 명 립 형 단 표 정

덕德이 건建해야 명名이 입立 한다. 형形은 단端하고 표表는 정正하다.

德덕덕 建세울건 名이름명 立설립(입)
形형상형 端바를단 表겉표 正바를정

직역 덕이 서야 이름이 서게 된다. 형체가 바르고 표表도 바르다.

의역 덕이 서야 이름이 서게 된다 함은, 내면의 덕이 먼저고 명예나 출세는 나중이라는 말이다. 형체가 바르고 표도 바르다 함은, 형체가 기울지 않고 바르게 서야 그림자도 바르게 됨이요, 또 해시계의 표목表木이 바르게 세워져야 그 그림자가 바르게 됨을 말함이니, 모두 무엇이 본질이고 먼저인가를 말한 것이다.

자구 풀이

덕德의 사전적 의미는 '도덕적, 윤리적 이상을 실현해 나가는 인격적 능력'이다. 능력은 능력이되 구체적 임무 수행 능력이나 돈을 모으는 따위의 능력이 아니라 도덕적이고 윤리적인 이상을 실현해 나가는 능력이자 인격적인 능력을 말한다. 군자가 되어 그 이상理想을 실현하려면 우선 이런 덕을 그 내면에 갖추어야 한다. 덕이 선다는 의미의 덕건德建은 이처럼 군자가 되어 큰 이상을 실현하고자 하는 자라면 먼저 그 내면에 덕을 굳건히 세워야 한다는 말이다.

명립名立은 문자 그대로 '이름이 선다'는 말이다. 입명立名(이름을 세운다)이라고 하지 않은 것은 이것이 별개의 목표나 의지로 되는 문제가 아니라 덕건德建의 결과로 인해 저절로 이루어지는 것이기 때문이다. 그러므로 덕건명립德建名立은 덕이 굳건히 세워지면 이름은 저절로 서게 된다는 의미다.

형단표정形端表正의 해석에 관해서는 의견이 매우 분분하다. 먼저 이 구절을 앞의 덕건명립德建名立과 대비되는 것으로 보고, '(덕건 후에 명립이 이루어지듯이) 형단 후에 표정이 이루어진다'고 해석하는 방식이 있다. 단端이나 정正은 모두 바르다는 말이니, 앞 구절에서 건建과 입立이 병렬된 것처럼 같은 의미의 두 글자가 병렬된 것으로 쉽게 짐작할 수 있다. 그러나 문제는 형形과 표表에 있다. 모두 외형·형상·거죽·표면 따위의 거의 유사한 의미여서 이 두 글자는 앞 구절에 나오는 덕德과 명名처럼 명확한 대비를 이루지 않는다. 따라서 앞 구절과 똑같은 방식으로 형단표정形端表正을 해석하면 '형상(몸, 몸매, 자세, 동작 등)을 바르게 해야 겉모습(표정, 드러난 모양 등)이 바르게 된다'가 될 뿐이다. 그러나 이는 'A가 되어야 A가 된다'는 식의 동어반복에 불과하다. 굳이 이런 논리로 이 구절을 해석하고자 한다면 차라리 '외모를 단정히 해야 표정도 바르게 된다' 정도로 해석하는 것이 그나마 나아 보인다.

이 구절을 자연스럽게 해석하기 위해서는 우선 형단표정形端表正이 앞의 덕건명립德建名立과 형식적으로 대조를 이루는 문장이라는 생각에서 벗어나야 한다. 이 구절은 덕건명립德建名立을 부연하여 설명하는 부분이고, '형단形端'과 '표정表正'이 서로 대등하게 병렬된 구조라고 보아야 한다. 조건과 결과를 나타내는 문장 구조가 아니라는 것이다. 이렇게 전제하고 일차 직역을 해보면 형단표정形端表正은 '(덕건해야 명립되는 이치란 것은) 형단이나 표정의 이치와 같다'는 말이 된다. 그렇다면 형단形端과 표정表正이 구체적으로 어떤 의미냐가 문제가 되는데, 이는 천자문의 저자가 다른 사람의 말을 인용한 것이어서, 그 원전을 살펴야 해결될 문제다. 이에 관하여는 〈해설〉에서 다루기로 한다.

해설

덕이란 도덕적, 윤리적 이상을 실현해 나가는 인격적 능력을 말한다고 했다. 덕이 있어야 도덕적이고 윤리적인 이상을 실현할 수 있다. 꿈이 아무리 크고 원대해도 덕이 없으면 실현할 수 없다는 것이다. 하지만 덕의 개념은 너무 포괄적이어서 구체적인 파악이 어렵다. 이런 이유로 옛사람들은 덕을 세분화하여 구분하기도 했다.

먼저 『좌씨전左氏傳』은 덕을 크게 두 가지로 나누었는데, 신信과 인仁이 그것이다. 삼강오륜 가운데서도 이 신과 인이 가장 중요한 덕목이라는 것이다. 그런가하면 『서경』은 덕을 정직正直·강극剛克·유극柔克의 셋으로 나누었다. 『주례周禮』 역시 셋으로 나누어 지덕至德·민덕敏德·효덕孝德을 들었고, 『중용中庸』은 지智·인仁·용勇을 꼽았다. 『주역』에서는 이를 넷으로 나누어 원元·형亨·이利·정貞으로 표현했다. 『주역』의 해석에서는 이 '원·형·이·정'의 실체를 밝히는 일이 무엇보다 큰 과제인데, 이를 '덕의 4요소'라 전제하고 『주역』을 읽기 시작하면 하나의 실마리를 얻을 수 있다.

이처럼 덕을 여럿으로 나누어 그 구체적인 실상을 파악하려는 노력은 마침내 덕을 열 가지로 나누어 규정하는 단계로까지 발전했다. 『시경』에서 이 열 가지 덕을 열거하고 있고, 혹자는 오륜五倫과 오상五常을 합하여 십덕十德이라 부르기도 한다.

천자문의 저자는 이제까지 인간의 본성이 어떤 것인가에 대해 논의한 뒤에, 이제 본격적으로 어떻게 살아야 할 것인가의 문제를 거론하기 시작하고 있다. 앞의 구절에서도 명심해야 할 행동의 준칙이 제시되어 있었지만, 이 구절부터가 본격적인 입신양명立身揚名의 준비 과정이라고 보면 된다. 그리고 그 첫머리에서 이름이 아니라 덕에 먼저 신경을 쓰라고 권면하고 있는 것이다. 덕을 먼저 쌓아야 입신양명이 가능해지고, 또 덕을 쌓으면 입신양명은 저절로 이루어진다는 생각은 유교 철학을 관통하는 기본 사상이다. 『예기』에는 '대덕을 가진 자는 반드시 명망을 얻는다大德 必得其 名'는 말이 있고, 『대학大學』은 수신제가치국평천하修身齊家治國平天下라 하여 수신修身을 입신양명의 가장 기본적인 조건으로 꼽고 있다.

천자문의 이 구절 또한 『예기』의 가르침과 마찬가지로 이러한 덕을 먼저 쌓아야 하고, 이름은 그 결과로써 저절로 얻어지는 것임을 말하고 있는 것이다. 홍성원 역시 이런 견지에서 이 구절을 해설하고 있다.

덕德은 실實=體이고 명名은 실의 객客=用(그림자)이니, 실이 있는 곳에는 명이 저절로 따르기 마련이다.

형단표정形端表正의 기존 해석 방식에 대하여는 앞에서도 간단히 언급한 바 있다. 그런데 홍성원의 경우 조금 다른 해석의 방식을 취하고 있다.

형形이 단정하면 그림자도 단정하고, 표表가 바르면 그림자도 바르다. 『서경』에 이르기를 '네 몸이 바르면正 감히 바르지 않게 하는 이가 없다.' 하고, 공자는 '그대가 올바른正 것으로 솔선수범하면 누가 감히 바르지 않게 하겠는가?' 하였으니, 바르다正는 것은 이를 말한 것이다.

홍성원의 이 해설에서는 눈여겨볼 부분이 한 군데 있다. 표表를 '그림자를 만들어내는 어떤 구체적인 사물', 즉 형形과 유사한 것으로 보고 있다는 점이다. 형形도 그렇고 표表도 그렇고, 모두 그림자가 있는 구체적 사물이라는 것이다. 하지만 위의 설명만으로는 형形이 무엇이고 표表가 무엇인지 구체적으로 알기 어렵다. 해설 말미에서 몸가짐과 솔선수범을 바르게 하라고 경계하고 있는 것으로 보아 형단표정을 묶어서 모두 몸가짐을 바르게 하라는 교훈으로 읽고 있음을 짐작할 수 있을 뿐이다.

하지만 이는 천자문의 저자가 형단形端과 표정表正이라는 글귀를 어디서 얻었을지 깊이 숙고하지 않았기 때문에 최종적으로 해석이 다소 애매해진 것이라고 여겨진다. 착오까지는 아니더라도 다소 성의가 부족한 해석이다. 그렇다면 천자문의 저자는 어디서 이 형단形端과 표정表正이라는 글귀를 얻었을까? 먼저 『예기』에는 다음과 같은 구절이 있다.

形正則影必端
형 정 즉 영 필 단

직역을 해보면 '형形이 바르면 그림자도 반드시 바르다端'는 말이다. 홍성원이 말한 것이 바로 이 구절이며, 이는 실체가 바른데 그림자가 바르지 않을 이유가 없다는 것이다. 덕德이 명名보다 앞서는 이치는, 그림자보다 형形(실체)이 먼저인 이치와 마찬가지라는 것이다. 이것이 형단形端의 의미다. 그림자(이름)가 아니라 실체(덕)를 먼저 바르게 하라는 가르침이기도 하다. 한편, 『공자가어孔子家語』에는 다음과 같은 구절이 실려 있다.

무릇 임금은 백성의 표表(본보기)이다. 표가 바르면 어떤 물건이 바르지 않겠는가表正則何物不正? 이런 고로 인군人君은 먼저 자기에게 인仁을 세워야 한다. 연후에 대부가 충성하고 선비가 미덥게 되며, 백성도 돈독해지고 풍속도 순박해진다.

공자가 했다는 말인데, 한마디로 간추리면 윗물이 맑아야 아랫물도 맑아진다는 것이다. 대체로 인仁이 퍼져나가는 선후를 말한 것인데, 가장 위에 있는 임금이 먼저 정正해야 그 밑의 사람들도 차례로 정正해진다는 얘기다. 본말本末이 이러하니 임금이 먼저 도道를 깨닫고 실천해야 한다는 말이겠다.

여기서 표表는 본보기, 또는 모범의 의미로 쓰였다. 그리고 여기 나오는 '표정즉하물부정表正則何物不正'에서 '표정表正'이 나왔음을 알 수 있다. 그러므로 표정表正은 일차 '근본이 바로 서야 말단도 바로 선다'는 의미로 읽을 수 있다. 본말을 전도해서는 안 된다는 것이고, 덕건명립德建名立과 연결시키면 '덕德'이 본이고 '명名'은 말이라는 것이다. 이 순서를 잊지 말라는 가르침이다.

덕과 이름名, 표表의 관계를 밝힌 또 다른 경전의 구절도 있다. 『여씨춘추呂氏春秋』에 있는 다음과 같은 말이다.

그 도道로 말미암아 얻어진 공명功名은 어디로 달아날 수가 없는
것이다. 마치 표表와 그림자의 관계와 같고, 외침과 메아리의 관계
와 같다.

여기에 '그림자를 만들어내는 표表'가 또 등장하는데, 홍성원이 말한 것도 바로 이 구절에 등장하는 이 표表가 아니었을까 짐작된다. 그리고 여기 나오는 표表라는 것은 해시계의 바늘로 이용되는 표목表木을 가리킨다. 복잡한 해시계를 상상할 것 없이 땅바닥에 동그라미 하나를 그리고 그 중심에 긴 막대기 하나를 세워둔 모습만 상상해보자. 경험을 살리고 적당한

수학적 계산력만 발휘하면 가장 간단한 형태의 해시계가 될 수 있다. 이때 중앙에 세우는 긴 막대기가 표목表木이고, 이것이 그림자를 만들어내어 시간을 계산할 수 있게 된다. 그런데 시간을 표시해주는 것은 그림자지만, 이는 말 그대로 그림자일 뿐 이것이 존재하게 된 근원은 가운데 세워진 막대기, 곧 표목이다. 표목이 있어서 그림자가 생기는 것이고, 표목이 바르게 세워져야 그림자도 바르게 되어 정확한 시간을 잴 수 있는 것이다. '표정表正'은 이런 이치를 말한 것이다. 막대기가 있은 연후에야 그림자가 있게 되는 것처럼, 덕이 세워져야 이름이 세워진다는 것이다. 본질이 무엇이고 현상이 무엇인지를 똑바로 보라는 말이다.

위의 인용문에 나오는 외침呼과 메아리響의 관계 역시 마찬가지다. 외침이 없으면 메아리가 있을 리 없고, 큰 외침에는 큰 메아리가, 작은 외침에는 작은 메아리가 있는 것이 당연하다는 말이다. '덕으로 얻어진 공명이 사라질 수 없음은, 표목이 있어 그림자가 생기고, 외침이 있어 메아리가 생기는 이치와 마찬가지로 명백한 것'이라는 게 이 인용문의 의미다.

마찬가지 논리로, 천자문의 '덕건명립德建名立 형단표정形端表正'의 구절은 '덕건명립'의 이치는 '형단'이나 '표정'의 이치처럼 너무나 명백하고 확실하다는 것이다. 분명한 것은, 형단표정形端表正을 행동거지나 외모에도 신경을 쓰라는 의미로 읽어서는 안 된다는 점이다.

空谷傳聲 虛堂習聽
공 곡 천 성 허 당 습 청

공곡空谷이 성聲을 전傳하고, 허당虛堂이 청聽을 습習한다.

空빌공 谷골짜기곡 傳전할전 聲소리성
虛빌허 堂집당 習되풀이할습, 익힐습 聽들을청

직역 빈 골짜기가 소리를 전하고, 빈 집이 들음을 반복한다.

의역 빈 골짜기가 소리를 전한다 함은 빈 골짜기도 군자의 소리를 퍼 나른
다는 말이니, 군자의 바른 언행이 세상에 알려지지 않을 수 없다는 말
이다. 빈집이 들음을 반복한다 함은 빈집도 군자의 말을 반복해서 들
었다가 세상에 전한다는 말이니, 군자의 바른 언행과 명성은 숨길 수
없다는 말이다.

자구 풀이

공곡空谷은 문자 그대로 빈 골짜기이고, 전성傳聲은 소리를 전한다는
말이다. 텅 빈 골짜기일수록 소리는 더 크게 들리고, 더 잘 전달된다. 빈
골짜기가 메아리를 더 크게 잘 울려낸다는 설명도 가능하다. 어떻게 해석
하든 '빈 골짜기가 소리를 전한다'는 의미로 파악할 수 있다. 어떤 소리를
전한다는 것인지는 〈해설〉에서 설명하기로 한다.

허당虛堂은 문자 그대로 빈 집을 말하고, 공곡空谷과 흡사한 말이다. 문

제는 습청習聽인데, 일단 청聽은 앞의 성聲과 마찬가지로 '소리'와 관련된 글자고, 그 기본 의미는 '귀를 기울여 잘 듣는다'는 것이다. 누가 듣는가? 일단 허당虛堂, 곧 빈집이 듣는다고 이해할 수 있다. 어떻게 듣는다는 것인지를 설명하는 글자가 습習이다. 주로 '익히다'로 해석되는데, 여기서는 되풀이하고 반복하다의 의미다. 그러므로 허당습청虛堂習聽은 빈집도 반복해서 듣는다의 의미가 된다. 무엇을 반복해서 듣는가? 빈 골짜기가 전하는 그 소리와 같은 것이라고 짐작할 수 있고, 구체적으로 그것이 무엇인지는 역시 뒤에서 설명하기로 한다.

해설

이 구절만을 따로 떼어놓고 해석하면 '빈 골짜기가 전하고 빈집도 반복해서 듣고 있으므로 군자는 말조심을 해야 한다'는 의미로 파악하기 십상이다. 실제로 이런 의미로 이 구절을 해설하는 경우가 적지 않다. 낮말은 새가 듣고 밤말은 쥐가 듣는다는 것이다. 하지만 이런 해석은 맹점을 지니고 있다. 천자문 전체의 맥락에서, 왜 하필 이 부분에서 이런 말이 나오는 것인지를 설명할 수 없다는 점이다. 이 구절 앞의 구절은 '명성을 바라기 전에 덕을 쌓으라'는 것이었고, 바로 뒤에 이어지는 구절은 '악한 짓을 하지 말고 착한 일을 하라'는 것이다. 그 중간에 '낮말은 새가 듣고 밤말은 쥐가 듣는다'는 경구가 나오는 이유를 합리적으로 설명하기 어렵다.

그러므로 이 말은 앞의 구절과 연결해서 풀어야 자연스런 해석이 가능해진다. 앞에서는 덕을 쌓는 것이 먼저고本 명성을 얻는 것은 나중末이라고 했다. 그러나 이런 가르침에는 질문이 따를 수 있다. 언제까지 덕을 쌓아야 한다는 것이냐 하는 질문이 그것이다. 평생 덕만 쌓아도 모자랄 텐데, 그럼 입신양명은 언제부터 꾀하란 말이냐고 볼멘소리가 나올 수도 있을 것이다. 이 구절은 이에 대한 대답의 성격을 지닌 구절이다.

천자문 저자의 태도를 간단하게 정리하면 '걱정하지 말라'는 것이다. 때가 되면 저절로 이름이 알려지게 되고, 입신양명의 길은 저절로 열리게 될 것이라는 것이다. 형체가 바른데 그림자가 삐뚤어질 리 없고, 표목이 바른데 시간이 부정확할 리 없다는 것이다. 그래도 좀 더 구체적인 설명이 필요하다면? 빈 골짜기조차 그의 이름을 전하고, 텅 빈 집조차 그의 말을 반복해서 귀 기울여 들었다가 남들에게 전한다는 것이다. 발 없는 말이 천리를 가는 법이니 걱정할 필요가 전혀 없다는 것이다. 항간의 소리 소문도 그러하거니와, 덕을 갖춘 군자의 밝고 큰 소리와 이름이 세상에 알려지지 않을 리가 없다는 것이다.

앞의 구절을 풀이하면서 필자는 '덕이 자연스럽게 명성을 가져오는 이치는, 외침이 있으면 반드시 메아리가 있는 이치와 같다'고 설명했다. 이 구절 역시 이를 반복해서 설명한 것이라고 이해할 수 있다. 덕 있는 군자가 나타나기만 하면, 빈 골짜기든 빈집이든, 누군가는 그의 명성을 듣고 전하게 마련이라는 것이다. 골짜기가 울리고 빈집에 소리가 공명을 일으켜 메아리치는 경우를 생각해보라는 것이다. 아무것도 아닌 존재처럼 보이지만, 빈 골짜기나 빈집마저 군자의 외침과 이름을 전하고 반복해서 귀담아 들었다가 퍼뜨리지 않을 수가 없다는 것이다.

029 행운을 부르는 마법

禍因惡積 福緣善慶
화 인 악 적 복 연 선 경

화禍는 악적惡積으로 인因하고, 복福은 선경善慶으로 연緣한다.

禍 재앙 화   因 인할 인   惡 악할 악   積 쌓을 적
福 복 복   緣 인연 연   善 착할 선   慶 경사 경

직역 재앙은 악이 쌓임으로 인하고, 복은 선과 경에서 비롯된다.

의역 재앙이 악의 쌓임으로 인한다 함은 재앙의 근원이 자기 자신에게 있음을 말함이다. 복이 선과 경에서 비롯된다 함은 선을 많이 쌓으면 반드시 경사가 있게 되니 이것이 곧 복이라는 말이다. 길흉화복이 귀신의 일이 아니요 사람의 일임을 말한 것이다.

자구 풀이

인因과 연緣은 모두 어떤 일이나 결과의 원인이 무엇인가를 설명할 때 사용되는 글자다. 예를 들어 'A因(緣)B'의 형식으로 사용되어 'A는 B로 인한 것이다', 혹은 'A는 B에서 비롯된다'는 의미를 나타낸다. A의 원인이 B라는 것이다. 우리말로 옮길 때에는 '인因하다, 연緣하다, 인연因緣하다, 비롯된 것이다, 말미암은 것이다' 등으로 적는다. 모두 같은 말이다.

따라서 일차적으로 화인악적禍因惡積은 화는 악적으로 인한 것이다로, 복연선경福緣善慶은 복은 선경에서 비롯된다로 옮길 수 있다.

여기서 다시 악적惡積은 악이 쌓인다는 말이니, 화인악적禍因惡積은 재 앙은 악이 쌓임으로 인한 것이다로 옮길 수 있다. 재앙의 원인은 악적惡積, 곧 악행의 쌓임에서 비롯된다는 말이다.

문제는 선경善慶인데, 악적惡積과 마찬가지로 '주어 – 서술어'의 형식이 아니다. 즉 '선이 경하다'로 풀 수 없다. 경慶이 서술어로 사용되지 않는 것은 아니지만 적積(쌓이다)과 대비되는 의미로 풀이될 만한 의미는 없다. 따라서 선경善慶은 악적惡積과 문법적으로 대비되는 문구가 아니라고 할 수 있고, 해석의 방식도 달라져야 한다. 그래서 대부분의 해설자들은 선경 을 '선행과 경사스런 일'이라고 풀이한다. 복이 선행으로부터 비롯된다는 말은 쉽게 수긍할 수 있다. 하지만 '복이 경사(스런 일)로부터 비롯된다'는 것은 무슨 뜻일까? 경사慶事란 것이 축하할 만한 기쁜 일이라면, 이는 이 미 하늘의 복福을 받아 생긴 것이 아닌가? 복을 받아 그 결과로 경사가 일 어나는 것이지, 이미 경사가 일어난 후에 이로 말미암아 복을 받는다는 것 은 어딘지 선후가 전도된 것처럼 느껴진다. 이처럼 경慶을 경사로 옮기면 문맥이 상당히 어색해지는 것이다.

결론적으로 이는 선경善慶이 매우 축약된 용어이기 때문에 빚어지는 현 상이라고 할 수 있다. 선행을 쌓은 집안에는 반드시 경사스런 일이 남아 있게 된다는 의미의 '적선지가積善之家 필유여경必有餘慶'을 천자문의 저 자가 '선경善慶'이라는 두 글자로 축약하여 표현했기 때문에 직역 단계에 서 해석이 어려워지게 된 것이라는 말이다. 이런 사정을 감안하여 복연선 경福緣善慶을 우선 의역부터 해보면 '복이라는 것은, 선행을 쌓은 집안에 경사가 생긴다고 하였듯이, 선을 쌓음에서 비롯되는 것이다'라고 할 수 있 다. 경慶에 방점을 두지 말고 번역해야 오히려 자연스런 구절이다.

해설

　계속해서 군자의 정신자세와 행동의 준칙에 관한 설명이 이어지고 있다. 이 구절에서는 특히 길흉화복의 문제를 주제로 삼았는데, 이것들은 저마다 아무렇게나 무작위로 생기는 것이 아니요 그 사람이 평소 행한 악과 선이 쌓인 결과라는 것이 내용의 요지다.

　선행이 복으로 이어지고, 악행이 재앙을 낳는다는 가르침은 유교 철학만의 것은 아니고 모든 종교와 사상이 가장 기본적으로 가르치는 내용이다. 내용에 달리 이의를 달 이유가 없다.

　선악善惡이 화복禍福의 근원이라는 설명은 유교 경전의 곳곳에 산재해 있다. 먼저 『주역』에는 앞서 소개한 '적선지가積善之家 필유여경必有餘慶'이라는 말이 있다. 선업善業을 오랫동안 쌓은 집안에는 반드시 경사가 '남아餘 있게' 된다는 말인데, 경사가 남는다는 말은 주체할 수 없을 정도로 경사가 많이 일어난다는 뜻이 아니라 당대를 지나 그 후손들에게까지 경사가 이어진다는 말이다. 『주역』은 이어서 '적불선지가積不善之家 필유여앙必有餘殃'이라고 덧붙인다. 불선不善, 곧 악惡을 쌓은 집안에는 반드시 재앙災殃이 있다는 말이니, 천자문의 이 구절과 정확히 똑같은 가르침이다. 또 『주역』은 여기서 끝내지 않고 계속해서 이렇게 말한다.

　　신하가 그 임금을 죽이고, 자식이 그 아비를 죽임은 일조일석의 연
　　고가 아니다. 그 유래라는 것은 점차적으로 이루어진 것이니, 변론
　　하여야 할 일을 일찍 변론하지 않은 데서 비롯된 것이다.

尺璧非寶 寸陰是競
척 벽 비 보 촌 음 시 경

척벽尺璧은 보寶가 아니요非, 촌음寸陰이야말로 경競이다是.

尺자척 璧둥근옥벽 非아닐비 寶보배보
寸마디촌,치촌 陰그늘음 是이시 競다툴경

직역 한 자나 되는 둥근 옥玉은 보물 아니요, 한 마디 시간이야말로 다툴만 한 것이다.

의역 한 자나 되는 둥근 옥이 보물 아니라 함은 더 큰 보물이 따로 있음이 요, 한 마디 시간이야말로 다툴만한 것이라 함은 촌음이야말로 한 자 나 되는 벽옥보다 보배롭다는 말이다.

자구 풀이

척尺은 길이를 재는 도구로서의 자(ruler)이자, 길이의 기본 단위이기도 하다. 손가락으로 뼘을 재는 모양을 본뜬 글자이며, 오늘날의 단위로는 30.3cm 정도에 해당한다. 촌寸 역시 길이의 단위이며, 약 3cm 정도이다. 벽璧은 옥玉 중에서도 둥근 옥이다. 대부분 동그란 구슬 모양을 상상하는 데 가운데 구멍이 있는 도넛 모양에 가깝다. 벽옥碧玉은 '푸른 옥'이라는 말로 여기 등장하는 벽璧과는 다른 의미다.

척벽비보尺璧非寶는 '한 자(한 뼘 길이)나 되는 둥근 옥도 보물은 아니다'

라는 말이니, 군자에게 진정한 보물은 따로 있다는 말이겠다.

촌음寸陰은 직역하면 '한 치(약 3cm 내외)의 그늘'인데, 이는 그늘이 한 치 정도 옮겨갈 정도의 아주 짧은 시간이라는 의미다. '촌음을 아껴서 공부해라' 등의 표현에서 '아주 짧은 시간'이라는 의미를 담아 관용적으로 사용되고 있음을 볼 수 있다.

본래 시간의 단위를 나타내는 말은 광음光陰이다. 빛과 그늘, 낮과 밤이라는 뜻에서 시간이나 세월을 뜻하게 되었다. 주희朱熹가 남긴 소위 〈권학가勸學歌〉 중에 '소년이로학난성少年易老學難成 일촌광음불가경一寸光陰不可輕'이라는 구절이 있는데, 여기 나오는 '광음光陰'이 이런 뜻이다. 이 일촌광음一寸光陰을 축약한 말이 '촌음寸陰'이라고 보면 된다.

시경是競의 시是는 '~이다'의 뜻을 지닌 술어로 쓰인다. 경競은 다툰다는 말이니, 여기서는 '다툴 만한 것'의 뜻으로 다소 의역했다. 촌음시경寸陰是競은 '짧은 시간이야말로 (군자가) 다투어 아껴야 할 보물이다'라는 말이다. 한마디로 벽옥 따위가 아니라 시간이야말로 금이요 보배라는 말이다.

해설

직역과 의역의 과정을 거치고 나면 문맥의 흐름 자체는 무리가 없다. 헛된 보물에 한 눈 팔지 말고 촌음을 아껴 덕을 쌓고 학문을 연마해야 한다는 뜻이겠다.

벽옥처럼 누구나 보물로 생각하는 진귀한 것을 덕德이나 인재人才보다 더 귀하게 여겨서는 안 된다는 가르침은 유학의 경전 곳곳에 보인다. 마찬가지로 시간을 아껴 정진해야 한다는 가르침도 여러 곳에서 확인할 수 있다. 벽璧보다 시간이 더 귀중하다는 천자문의 이 구절과 정확히 똑같은 내용을 실은 경전도 있다. 『회남자淮南子』에 다음과 같은 구절이 있다.

대저 해와 달은 돌고 도는데, 시간은 사람과 놀아주지 않는다(기다리지 않고 흐른다). 고로 성인은 한 척尺의 벽璧을 귀貴하게 여기지 않고 촌음寸陰을 중重하게 여긴다. 시간이란 얻기는 어렵고 잃어버리기는 쉽기 때문이다.

이어서 『회남자』는 성인聖人이 그렇게 한 구체적인 사례도 소개하고 있는데, 이에 따르면 우禹임금은 '신발이 벗겨져도 줍지 않고 관冠이 벗겨져도 뒤돌아보지 않았다'고 한다. 우禹는 순舜임금에게 발탁되어 황하의 홍수 문제를 해결한 사람이고, 나중에는 순으로부터 선양禪讓을 받아 하夏나라를 건국한 임금이다. 요순堯舜과 더불어 성군聖君 가운데 한 사람으로 꼽히는데, 그가 신발이나 관이 벗겨져도 돌보지 않고 시간을 아껴 종사했던 일은 아마도 황하의 치수 사업이 아니었을까 짐작된다. 우임금은 황하의 치수를 위해 전국을 돌아다니던 8년 동안 자신의 집 앞을 세 번이나 지나치면서도 들르지 않았다고 한다.

『진서晉書』에는 또 우임금이 이처럼 촌음을 아꼈다는 말을 들은 동진東晉의 명장名將 도간陶侃이 다음과 같이 탄식했다는 기록도 있다.

"우禹임금은 성인인데도 촌음寸陰을 아꼈다. 보통사람이라면 마땅히 분음分陰을 아껴야 하리라. 대개 임무는 무겁고 도道는 머니, 시간이 모자란다고 여겼기 때문이다. 그러니 어찌 한가롭게 노닐며 흥청망청 취하겠는가?"

資父事君 日嚴與敬
자 부 사 군 왈 엄 여 경

부父를 자資하여 군君을 사事하니, 왈曰, 엄嚴과與 경敬이다.

資 바탕 자　父 아비 부　事 섬길 사　君 임금 군
曰 가로되 왈　嚴 엄할 엄　與 더불어 여　敬 공경할 경

직역 부모를 바탕으로 임금을 섬기나니, 가로되 엄嚴과 경敬이다.

의역 부모를 바탕으로 임금을 섬긴다 함은 효의 자세와 충의 자세가 같은 것이라는 말이요, 엄嚴하고 경敬하다 함은 스스로에게 엄격하게 하고 부모와 임금에게 공경스럽게 하여야 함을 말한다.

자구 풀이

자부사군資父事君은 『효경』의 '자어사부資於事父 이사군以事君'을 네 글자로 줄여 표현한 것이다. 자資는 바탕, 밑천의 뜻이며, 여기서 바탕으로 삼다의 의미가 파생되었다. 부父는 아버지이니, 여기서는 부모父母의 뜻이다. 사事는 모시다, 섬기다의 뜻이다. 사군이충事君以忠은 임금 섬김은 충으로써 한다는 말이다. 따라서 『효경』의 이 말은 어버이 섬김을 바탕으로 삼아, 이로써 임금을 섬긴다는 말이다. 천자문의 자부사군資父事君 역시 동일한 의미다.

왈曰은 '~가 말했다'는 뜻으로 주로 쓰이는데, 별다른 의미 없이 발어

사發語詞로만 쓰이기도 한다. 여기서도 특정인의 말을 인용하는 것이 아니어서 딱히 해석하지 않아도 좋다. 필자도 별 의미를 두지 않고 그냥 '가로되'라고만 풀었다. 여與는 접속사로, 'A與B'의 형태로 쓰이며, 이는 'A와(and) B'라는 의미다.

엄嚴은 엄하다는 말인데, 여지를 두지 않고 호되게 하는 것이 엄한 것이다. '자식을 엄히 가르친다'고 할 때의 '엄嚴히'가 그런 용례다. 그렇다면 부모와 임금에게 효孝와 충忠으로 섬기는 것을 말하는 이 부분에서 이 글자는 어떤 의미를 지닐까? 부모와 임금을 엄하게 섬겨야 한다는 말일까? 이 부조화를 해결하기 위해 많은 천자문 해설서들은 이 글자를 '엄숙嚴肅하게' 또는 '엄장嚴莊(엄숙하고 장려함)하게'의 의미로 해석한다. 하지만 뒤에 이어지는 구절들까지를 염두에 두면 이는 부모나 임금을 대하는 태도를 말한 것이 아니라, 효와 충을 실천하려는 자식 혹은 신하가 자기 자신에게 가져야 할 태도를 말한 것으로 이해된다. 즉 효와 충을 실천함에 있어서는 우선 자기 자신에게 엄격嚴格해야 한다는 것이다.

우리는 앞에서 '공유신발恭惟身髮 기감훼상豈敢毁傷'이라는 구절을 읽은 바 있다. 우리의 몸을 낳고 기르신 부모의 은혜를 생각할 때 어찌 감히 훼상할 수가 있겠는가, 그래서는 안 된다는 말이었다. 그런데 이처럼 부모님이 주신 신체를 훼상시키지 않기 위해 해야 할 일은 스스로 자기 몸을 잘 간수하고 돌보는 것이다. 말하자면 부모님에게 무언가를 해드리기 이전에 자기 자신을 먼저 잘 돌봐야 하는 것이다. 어떻게 돌봐야 하는가? 엄히, 엄격하게, 여지를 두지 말고 호되게 돌봐야 한다. 이것이 이 구절의 엄嚴에 해당하는 의미다. 보다 구체적인 설명은 뒤에 이어지는 구절들에서도 다시 나온다.

한편, 경敬은 '공경할 경'이니 문자 그대로 공경恭敬의 뜻이다. 공경이란 공손히 받들어 모신다는 말이니, 부모와 임금을 대하는 태도를 말한 것이다. 엄嚴이 효와 충의 주체인 자기 자신에 대한 관리의 태도를 말한 것이라면, 경敬은 효와 충의 대상인 부모와 임금을 대하는 태도를 말한 것이다.

해설

전통적으로 유자儒者들에게 부모를 섬기는 효孝와 임금을 섬기는 충忠은 서로 다른 것이되 뿌리는 같은 것으로 인식되어 왔다. '효자 집안에 충신 난다'는 말이 그래서 나왔고, 역으로 '충신을 찾으려면 먼저 효자의 집으로 가라'는 말도 기록에 전한다. 순임금이 요임금에게 발탁된 것도 그의 효 때문이었다. 군사부일체君師父一體 역시 임금이나 부모의 은혜는 같은 것이니 섬기기도 같이 해야 한다는 말이다.

'효자 집안에 충신 난다'는 말은 얼핏 그른 말이 아닌 듯도 하지만, 효孝와 충忠이 병존並存할 수 있는 것인가의 문제를 심각하게 고민하게 만드는 일화도 있다. 『설원說苑』이라는 책에 실려 있고, 『한시외전韓詩外傳』에도 수록된 신명申鳴이라는 사람의 이야기가 그렇다. 간단히 줄거리만 요약하면 이렇다.

신명은 늙은 아버지를 모시고 가난하게 사는 청년이었다. 비록 가난하나 효성만은 대단해서 인근에 소문이 자자하였다. 그런데 그가 살던 나라(초나라)에 반란이 일어났다. 왕자가 일으킨 난이었다. 왕은 즉시 진압하려 하였으나 쉽지 않았다. 고민하던 왕이 신하들에게 물었다.

"효자 가문에서 충신이 난다 하니, 이 난을 평정하려면 최고의 효자를 찾아야 한다. 누구 없겠는가?"

신하들이 신명을 추천했다. 왕이 사람을 보내 모셔오게 하였으나 신명은 '늙고 홀로 된 아버지를 모시고 있으니 갈 수 없다'며 거절했다. 거듭 사람을 보내자 신명은 이렇게 말했다.

"내가 듣기로 효자는 충신이 될 수 없다고 한다. 나는 아버지를 버리고 갈 수가 없다."

그때 신명의 부친이 직접 나서서 그를 설득했다. 만고에 이름을 남길 기회이니 왕의 청을 받아들이라고 아들을 설득한 것이다. 아버지의 청을 거절하지 못한 효자 신명은 하는 수 없이 왕에게 가서 장수가 되어 반란군의 진압에 나섰다. 한편, 난을 일으킨 왕자의 군영에서는 비상 대책 회의가 열렸다.

"효자는 곧 충신이라 하니, 신명은 틀림없이 우리를 무찌를 것이다."

그때 무리 가운데 하나가 꾀를 내었다.

"신명은 충신이기 이전에 대단한 효자라 하니 그의 아비를 포로로 잡아오면 그가 우리를 어쩌지 못할 것입니다."

사정이 이렇게 되어 신명의 부친은 반란군의 포로가 되었다. 난을 일으킨 왕자는 전장에 있는 신명을 보고 이렇게 말했다.

"네 아비가 내 포로가 되었다. 진압을 시작한다면 네 아비를 죽일 것이다."

신명은 눈물을 흘리며 이렇게 응수했다.

"내가 이미 효를 저버리고 충을 택했거늘, 아비의 죽음 때문에 임금의 명을 따르지 않을 수 없다. 죽일 테면 죽여라."

왕자는 신명의 아비를 죽였고, 신명은 마침내 난을 진압하여 개선했다. 왕은 이 말을 듣고 신명 부친의 시신을 거두어 후히 장례를 치르게 하였다. 그러나 신명은 하늘을 향해 '난리를 평정하여 공을 세웠으나 나는 아비를 죽인 자식이다'라며 울부짖더니 스스로 목을 베어 자결하고 말았다.

孝當竭力 忠則盡命
효　당　갈　력　　충　즉　진　명

효孝는 당當히 역力을 갈竭하고, 충忠은 즉則 명命을 진盡한다.

孝효도효　當마땅할당　竭다할갈　力힘력(역)
忠충성충　則곧즉　盡다할진　命목숨명

직역 효도는 마땅히 온 힘을 다하고, 충성은 곧 목숨을 다한다.

의역 효도는 마땅히 온 힘을 다한다 함은 다른 일을 먼저 하지 않음이요, 충성은 곧 목숨을 다한다 함은 나라의 목숨이 개인의 목숨보다 중함을 말한 것이다.

자구 풀이

효孝라는 글자는 늙을 노耂=老와 아들 자子가 합쳐진 회의자會意字다. 아들이 노인을 업고 있음을 나타내니 자식이 부모를 업어 봉양하고 섬기는 것을 뜻한다. 당當은 '마땅히'로 옮겨지고, 갈竭은 다하다의 뜻이니 뒤에 나오는 진盡과 의미상 같은 말이다. 역力은 힘이며 그 자체로 힘을 다하다의 뜻이다. 따라서 효당갈력孝當竭力은 효는 마땅히 온 힘을 다한다는 말이다.

충忠이라는 글자는 '가운데 중中'과 '마음 심心'이 합쳐진 것이다. 마음의 가운데에 품어야 하는 핵심 감정이고, 가운데 있는 마음까지 다 바치는 것이 충이라는 의미를 내포하고 있다. 즉則은 '법칙 칙'으로도 읽는데, 여기서는 '곧 즉'으로 쓰였다. 진盡은 모든 것을 남김없이 다한다는 말이요 그 자체로 목숨을 끊는다는 말이다. 자진自盡은 스스로 죽음이니 자결自決과 같다. 명命은 목숨이요 명령인데 여기서는 목숨의 의미다. 그러므로 충즉진명忠則盡命은 충성을 함에는 곧 목숨을 다한다는 말이다.

해설

'효당갈력孝當竭力 충즉진명忠則盡命'의 두 구절은 모두 『효경』에 실린 자하子夏의 말을 축약하여 인용한 것이다. 본래는 『논어』에 실려 있는 말이다. 자하는 먼저 말하기를 '사부모事父母 능갈기력能竭其力'이라 하였다. 부모를 섬김에는 능히 그 힘을 다한다는 말이니, 부모를 섬김이 효孝이다. 또 말하기를 '사군事君 능치기신能致其身'이라 하였다. 치致는 끝까지 다한다는 말이니 진盡과 같고, 이는 임금을 섬김에는 능히 몸을 끝까지 다한다는 말이며, 사군事君이 곧 충忠이다.

이처럼 천자문의 이 구절은 『효경』의 가르침에서 따온 것이다. 『효경』은 곧 효에 관한 이야기를 모은 경전이니 당연히 효 관련 교훈과 이야기들로 채워져 있다. 그 가운데에는 '이 세상에 가장 중한 죄가 다섯 가지고, 그 다섯 가지 죄의 세목細目은 무려 3천 가지인데, 어느 것도 불효不孝보다 큰 죄는 없다'는 말도 있다. 효와 관련된 이야기들은 이런 경전에만 있는 것이 아니고, 수많은 민담과 전설, 문학 작품 속에 두루 녹아 있다. 예컨대 〈심청전沈淸傳〉이 대표적이다.

충성을 다하기 위해 목숨까지 버린 사람들의 이야기는 전쟁사에 많이 등장한다. 이순신 장군이 그랬고 안중근 의사가 그랬다. 안중근 의사의 거사는 개인적 레지스탕스의 일환이 아니라 일제와 우리 민족 사이의 전쟁에서 벌어진 하나의 전투였다. 안중근은 당당히 '위국헌신爲國獻身 군인본분軍人本分'이라고 적었다. 나라를 위하여 몸을 바치는 것은 군인의 당연한 책무라는 것이고, 자신이 바로 그 군인임을 천명한 것이다.

멀리는 초楚나라 항우項羽와 한漢나라 유방劉邦이 싸울 때, 주군인 유방을 위하여 스스로 목숨을 버린 기신紀信의 이야기가 있다. 유방의 군대가 항우의 군대에게 완전히 포위되어 옴짝달싹 못하게 되었을 때의 일이다. 유방과 그의 군대는 몰살의 지경에 다다르고 있었다. 이에 다급해진 유방의 장수 기신이 묘책을 냈다. 왕인 유방의 수레를 거짓으로 꾸미고, 자기 또한 왕처럼 변장한 뒤에, 수레를 몰고 항우의 진중으로 들어가며 거짓 항복을 했던 것이다. 유방이 항복을 하기 위해 오고 있는 것을 본 항우는 신이 나서 군사를 물렸고, 유방은 그 틈에 수하들을 이끌고 포위망을 빠져나가 겨우 목숨을 구했다. 그러나 항우는 이내 수레도 가짜고 임금도 가짜라는 것을 알게 되었고, 기신은 결국 화형을 당해 죽었다. 주군인 유방의 목숨을 살리기 위해 죽을 줄 알면서도 적진으로 뛰어들었던 것이니, 이것이 목숨을 다해 충성을 바친다는 말의 선례가 되었다. 유방은 이렇게 목숨을 바친 신하들 덕분에 혼란을 수습하고 끝내는 한漢나라라는 제국帝國을 세워 고조高祖가 될 수 있었다.

臨深履薄 夙興溫淸
임 심 이 박 숙 흥 온 청

심深에 임臨하고 박薄을 이履하듯, 숙夙에 흥興하여 온溫과 청淸을 (살핀다).

臨 임할 림(임)　深 깊을 심　履 밟을 리(이)　薄 얇을 박
夙 일찍 숙　興 일어날 흥, 흥할 흥　溫 따뜻할 온　淸 서늘할 청

직역　깊음에 임하고 얇음을 밟듯이, 일찍 일어나 따뜻함과 서늘함을 (살핀다).

의역　깊음에 임하고 얇음을 밟듯이 한다 함은 깊은 물가에 임하고 얇은 얼음장을 밟는 것처럼 매사에 두려워하고 조심하는 태도를 말함이다. 일찍 일어나 따뜻함과 서늘함을 살핀다 함은 부모님의 문안 여쭙기로 하루를 시작하되 부지런히 일찍부터 함이다.

자구 풀이

임심이박臨深履薄에서 임臨은 어떤 장소나 상황과 마주하다, 맞닥뜨리다의 뜻이다. 심深은 깊다는 말이며, '삼 수氵'가 있으니 특히 물이 깊음을 말한다. 명사로 읽으면 깊은 물이라는 말이니, 임심臨深은 깊은 물과 마주하다, 깊은 물에 임臨하다의 의미다. 이박履薄에서 이履는 신발의 의미로 많이 쓰이는 글자인데 여기서는 밟다는 뜻의 동사다. 박薄은 두껍지 않고 얇다는 의미이며, 종이나 얼음 따위의 두께를 말할 때 흔히 쓰인다. 여기

서의 박薄은 앞서 나온 '깊은 물'과 대비되어 '얇은 얼음'을 의미한다. 그러므로 이박履薄은 얇은 얼음을 밟는다는 말이다.

깊은 물도 그렇고 얇은 얼음도 그렇고, 모두 위험천만한 상황을 말한 것이다. 자칫하면 목숨을 잃거나 크게 위험해질 수 있는 상황이다. 당연히 조심해야 한다. 이처럼 깊은 물가에 임하고 얇은 얼음을 밟듯이 하라는 말의 속뜻은 조심하고 또 주의하라는 것이다.

숙흥온청夙興溫凊에서 숙흥夙興은 하나의 단어처럼 굳어진 표현인데, 아침 일찍 잠자리에서 일어난다는 의미다. 온청溫凊에서 온溫은 따뜻하다는 말이고 청凊은 서늘하다는 말이다. 삼 수氵변이 붙은 청淸은 흐리지 않고 맑다는 뜻이며, 여기 쓰인 얼음 빙冫변의 청凊은 서늘하고 차갑다는 의미의 글자다. '온청'의 '청'을 간혹 맑을 청淸으로 표기한 책들이 있는데 잘못이다.

숙흥온청夙興溫凊은 문자 그대로 풀면 '일찍 일어나 따뜻함과 서늘함을…'이라는 뜻이다. 마지막 술어가 생략된 표현인데, 시詩에 있어서 이러한 생략은 특별한 일이 아니다. '묻고 살피라'는 마지막 술어가 생략된 구절임을 쉽게 짐작할 수 있다. 따라서 이 구절을 의역하면 아침 일찍 일어나 부모님의 잠자리가 따뜻한지 서늘한지를 살피고 확인하라는 뜻이다. 추운 겨울철에만 해당되는 가르침은 아니다. 부모님의 잠자리와 처소는 여름에는 시원하고 겨울에는 따뜻해야 한다. 아침 일찍 일어나 이것부터 챙기라는 당부가 숙흥온청夙興溫凊이다.

임심이박臨深履薄이 부모로부터 물려받은 자기 몸을 잘 간수하고 행동을 조심하여 부모에게 걱정을 끼치지 말라는 가르침이라면, 숙흥온청夙興溫凊은 어버이 자체에 초점을 맞추어 기초적인 것부터 잘 챙기라는 가르침이다. 앞에서 효와 충의 두 가지 기본자세로 엄嚴과 경敬을 말했는데, 스스로를 엄嚴하게 잘 관리하는 것이 임심이박臨深履薄이라면, 공경의 자세로 부모님을 성심껏 섬기는 것이 숙흥온청夙興溫淸이라 하겠다.

해설

앞의 구절에서 천자문의 저자는 효孝와 충忠이 모두 전력과 목숨을 다 바칠 각오를 해야 하는 절대적 가치라고 전제하였다. 그렇다면 이제부터 어떻게 하는 것이 온 힘을 다하여 효도하는 것이고 어떻게 하는 것이 목숨을 다하여 충성하는 것인지를 설명해야 할 차례다. 그런데 이 구절에서는 충忠에 관한 언급이 전혀 없이 효孝에 대해서만 말하고 있다. 이는 충보다 효가 먼저이기 때문이기도 하고, 효의 이데올로기를 세우기가 충의 그것을 세우기보다 쉽기 때문이기도 하다. 목숨을 바치는 충忠의 이념은 철학적으로 매우 복잡하고 어려운 문제일 수 있는데, 이에 반해 효孝는 누구나 쉽게 공감하고 수긍할 수 있는 이념인 것이다. 그래서 일차 효의 문제를 말한 것이고, 그 속뜻에는 앞에서 밝힌 것처럼 효나 충이 한 뿌리이니 충도 효와 동일한 마음으로 행하면 된다는 가르침이 숨어 있는 것이다. 이런 사정은 홍성원도 정확히 간파하고 있었던 듯하다. 이 구절에 대한 해설의 말미에서 홍성원은 이렇게 지적한다.

이 두 구절은 오로지 효를 말한 것인데, 효는 곧 충이어서 임금에
게 옮겨질 수 있기 때문이다.

임심이박臨深履薄의 구절과 관련해서는 흔히 『시경』이 출전으로 꼽힌다. 거기 다음과 같은 구절이 있다.

戰戰兢兢 두려워하고 경계하라
전 전 긍 긍
如臨深淵 깊은 못에 다다른 듯
여 림 심 연
如履薄冰 얇은 얼음을 밟는 듯
여 리 박 빙

　한마디로 깊은 연못에 빠지지 않을까 두려워하고, 얇은 얼음장을 밟다
가 꺼지지 않을까 경계하듯이, 두려워하고 또 경계하라는 가르침이다. 무
엇을 두려워하고 경계하라는 것일까? 『시경』에 실린 이 시, 곧 〈소민小旻〉
전체의 의미를 보면 왕과 대부가 도道에서 멀어져 법法을 업수이 여기고
옛 선현들의 가르침을 함부로 하여 세상이 문란해졌으니, 왕을 비롯한 위
정자들이 두려워하고 경계해야 한다는 것이다. 말하자면 당시의 리더들에
대한 신랄辛辣한 비판이다. 요즘 식으로 하면 〈소민〉은 반체제, 반정부 인
사들이 시위 현장에서 부를 만한 노래인 셈이다.
　어쨌든, 심연에 임하고 박빙을 밟을 때처럼 조심하고 경계하라는 『시
경』의 이 구절은 후대로 오면서 그 경우와 대상을 막론하고 조심하고 경
계하라는 의미를 나타내는 대표적인 표현으로 자리를 잡게 되었다. 말하
자면 애초에는 '위정자들아, 정신을 차리고 몸조심해라.' 하는 의미를 담
았던 구절이 앞뒤 상황은 제거된 채 조심하고 경계하는 자세, 특히 몸이
다치지 않도록 조심하는 자세를 나타내는 의미의 성어로 굳어진 것이다.
이렇게 효를 위해 늘 조심조심 살아간 사람의 사례가 『논어』에 실려 있다.
　공자의 제자 가운데 증자曾子가 있는데, 『효경』과 『대학』 등을 지어 공
자의 사상을 후대에 전한 매우 중요한 인물이다. 특히 효孝의 문제에 있어
서는 일가견을 이룬 사람이자, 그 자신이 태어나서 죽을 때까지 효의 화
신化身으로 살았던 인물이다. 그런 그가 임종을 맞아 제자들에게 했다는
말이 『논어』에 이렇게 기록되어 있다.

증자가 병이 나자 제자들을 불러놓고 말했다. "내 발을 펴보고 내 손을 펴봐라. 『시경』에 이르기를 '두려워하고 경계하라, 깊은 못에 임하고 얇은 얼음장을 밟는 듯이'라고 하였으니, 이제야 나는 (그런 전전긍긍에서) 해방되었음을 알겠노라, 제자들이여."

『시경』에 실린 전전긍긍戰戰兢兢 이하의 구절들을 들어 제자들에게 마지막 가르침을 전하고 있는 장면인데, 이 부분의 직역만으로는 왜 증자가 임종을 맞아 이런 말을 했는지 이해하기가 쉽지 않다. 앞뒤 상황으로 문맥을 추론할 수밖에 없는데, 먼저 '내 손발을 펴서 살펴보라'는 말은 자기의 손발에 상처가 없다는 뜻이겠다. 다시 말해 부모로부터 받은 몸을 한 군데도 훼상毁傷시키지 않았다는 자부심이 담긴 말이다. 하지만 이는 증자에게도 쉬운 일은 아니었던 모양이다. '이제야 해방되었다'는 말은 곧 평생 동안 몸을 훼상시키지 않으려고 전전긍긍하며 살았는데, 이제 죽게 되었으니 마침내 그런 걱정에서 놓여나게 되었다는 안도의 말이다. 더 이상 몸 때문에 전전긍긍할 일이 없어지게 되었다는 것이다. '이처럼 죽을 때까지 자기 몸을 엄격하게 관리하여 훼상시키지 않는 것이 효의 근본이니, 제자들이여 너희들도 나처럼 하라.' 이것이 증자의 마지막 당부였던 것이다.

한편, 숙흥온청夙興溫凊과 관련해서는 『예기』에 다음과 같은 구절이 보인다.

무릇 사람의 자식 된 예라는 것은, 겨울에는 따뜻하게 해드리고 여름에는 시원하게 해드리며冬溫夏凊, 저녁에는 이부자리를 깔아드리고 새벽에는 (편안한가) 살피는 것이다.

『예기』의 이 구절에 동온하청冬溫夏淸이라는 말이 나오는데, 천자문의 온청溫淸은 이 동온하청冬溫夏淸에서 나온 표현임을 짐작할 수 있다.

또 숙흥夙興, 곧 아침 일찍 일어나야 한다는 말은『시경』의 숙흥야매夙興夜寐와 관련된 것으로 보인다. 숙흥야매夙興夜寐는 '아침에 일찍 일어나고 밤에는 늦게 잠든다'는 말로, 부지런히 책무를 수행하는 모습을 일컫는 말이다. 천자문은 앞서 '온 힘을 다해' 효를 행하라고 했는데, '온 힘을 다한다'는 말의 사례로 이 숙흥夙興을 들고 있는 것이다.

숙흥온청夙興溫淸은 그대로 네 글자를 한 문장으로 해석할 수도 있고, 두 글자씩 나누어 두 문장으로 읽을 수도 있다. 한 문장으로 읽으면 '아침 일찍 일어나 온과 청을 (살피라)'는 말이고, 두 문장으로 읽으면 '아침부터 일찍 일어나 (효를 행하라). 계절에 맞게 온과 청을 (살피라)'는 말이 된다.

제4장

군자의 길

이제까지가 자연의 법칙과 모든 사람들을 위한 기본적 인륜에 대한 강의였다면, 이 장부터는 군자를 꿈꾸는 유생들을 위한 본격적인 강의가 시작된다. 말하자면 개론 성격의 강의가 끝나고 이제부터 본격적인 각론이 시작되는 것이다. 이 장에서는 우선 군자란 어떤 존재인가를 논하고 있는데, 군자에게 필요한 것이 무엇이고 어떻게 사는 사람이 군자인지를 설명하고 있다.

034 난초와 소나무

似蘭斯馨 如松之盛
사 란 사 형　여 송 지 성

난蘭이 형馨함과 사似하고, 송松의之 성盛함과 여如하다.

似같을 사　蘭난초 란(난)　斯이 사　馨향기 형
如같을 여　松소나무 송　之갈 지　盛성할 성

직역 난초가 향기로움 같고, 소나무의 강성強盛함 같다.

의역 난초가 향기로움 같고 소나무의 강성함 같다 함은, 군자의 외양이 여린 풀처럼 부드러우나 그 내면의 덕은 깊은 골짜기의 난처럼 향기롭고 그 절개는 겨울 소나무처럼 강건함을 말한다. 군자의 특징과 요건을 밝힌 것이다.

자구 풀이

사란사형似蘭斯馨에서 사似는 '~과 같다'는 말이다. 문법적으로는 다소 복잡하게 여러 역할을 하는 글자지만 이것이 가장 기본적인 의미요 역할이다. 여기서도 그렇게 쓰였다. 뒤에 나오는 여송지성如松之盛의 여如도 같은 의미를 가진 글자다. 둘 다 '~ 같다'로 옮긴다. 사斯는 이것(this)의 의미로 쓰이는 글자인데, 특별한 의미를 갖지 않고 그냥 어조語調를 고르는 문법적 역할만 수행하기도 한다. 해석을 할 때는 그 느낌을 살리는 수준에서 처리하거나 아예 하지 않는다. 여기서도 어조를 고르는 역할만 수행하고, '이것'의 의미를 갖지는 않는 것으로 보아 따로 옮기지 않았다. '여송지성'의 지之 역시 한문 문장에서 비슷한 역할을 수행하는데, 대부분은 '~의'의 뜻으로 사용되며, 이 경우 관형격조사冠形格助詞라고 한다. 'A之B'의 형태로 쓰이고, 'A의 B'라는 의미다. 따라서 송지성松之盛은 일차 '송松의 성盛함'이라고 옮겨진다.

난蘭은 난초를 말한다. 난을 비롯하여 매화, 국화, 대나무의 네 가지를 흔히 사군자四君子라 하며, 모두 고결함을 상징한다.

사란사형似蘭斯馨은 문장 구조로 보면 '사, 란사형'으로 읽을 수 있으며, 그 기본 뜻은 '난초가 향기로움과 같다'이다. 형馨은 향기香氣의 뜻이며, 향香과 같은 말이다. 난초의 향기는 난향蘭香으로 주로 표현하는데 천자문에서는 형馨으로 썼으나 뜻은 같다.

송松은 사군자에 들지는 않지만 사군자와 더불어 선비와 군자의 기개氣概와 절조節操를 상징하는 나무다. 소나무가 기절氣節의 상징이 된 것은 기본적으로 눈 내리는 한겨울에도 그 푸르름을 잃지 않는 나무이기 때문이다. 『논어』에는 공자가 남겼다는 '세한연후지송백지후조야歲寒然後知松柏之後凋也'라는 말이 실려 있는데, 이는 날씨가 추워진 연후에야 소나무와 잣나무가 나중 시듦을 알게 된다는 말이다.

성盛은 '성할 성'으로 새기는데, '성하다'는 말의 뜻이 다의적이어서 선뜻 쉽게 이해하기가 어려운 글자다. 기본적으로 왕성하다, 성대하다, 무성하다 등의 의미를 갖는다. '그릇 명皿'에 '이룰 성成'이 합쳐진 글자로, 그릇 위에 무언가가 '풍성하게 많이' 담긴 모양을 의미하는 것이고, 여기서 물건이나 기운 같은 것이 무성茂盛하고 풍성豊盛하고 강성強盛하다는 의미를 나타내게 되었다. 이 구절을 설명할 때 대부분의 해설자들은 이 성盛을 대체로 '무성茂盛하다'의 의미로 푼다. 하지만 무성하다는 것은 무언가가 많다거나 풍성하다는 말과 통하는 것으로, 이렇게 해석하면 여송지성如松之盛은 '소나무처럼 무성하게 자라 많이 우거진다'는 말이 된다. 실제로 성盛을 이렇게 읽어서 이 구절을 '(온 힘을 다해 효도를 하면 그 자손들이) 소나무처럼 무성하게 된다'는 뜻으로 해설하는 책들이 적지 않다.

그러나 여기서의 성盛은 소나무가 풍성하게 우거졌다는 의미가 아니라 겨울에도 그 기운이 강성强盛하다는 의미로 읽어야 자연스럽다. 소나무는 아무리 눈이 내리고 날씨가 추워도 그 기운과 절개를 굽히지 않아 푸르고 강성하다는 것이다. 이렇게 읽어야 천자문의 저자가 왜 군자의 덕을 난초의 향과 소나무의 성盛에 비유했는지 바르게 이해할 수 있다.

해설

필자는 이 구절부터 새로운 장章이 시작되는 것으로 보았다. 그런데 다른 많은 책들에서는 이 구절까지를 앞 장에 수록하고 있다. 효와 충, 특히 효를 설명하는 바로 앞의 구절과 이어진다고 보는 것이다. 이 구절 앞에 나오는 '임심이박臨深履薄 숙흥온청夙興溫淸'은 효의 자세를 기본으로 하여 효와 충을 어떻게 실행해야 하는지를 다룬 구절이었다. 만약 '사란사형似蘭斯馨 여송지성如松之盛'이 이 구절과 연결되는 것이라면, 당연히 연결 고리가 있어야 한다. 하지만 '조심하고 경계하며, 일찍 일어나 부모님의 처소를 살피라'는 앞의 구절과 '난초 같고 소나무 같다'는 이 뒤의 구절이 어떻게 연결된다는 것인지 이해하기 어렵다. 효와 충을 다하면 난초처럼 향기로운 사람, 소나무처럼 무성한 집안이 이루어진다고 논리를 댈 수는 있겠으나 상당히 어색한 주장이다.

이 구절 뒤부터는 주로 군자가 되기 위해 어떤 생각과 자세로 살아야 하는지의 문제가 등장하는데, 이 구절은 이런 새로운 주제를 여는 대문 역할을 하고 있다고 보는 것이 훨씬 자연스럽다. 그렇다면 난초와 소나무가 등장하는 이유는 무엇인가?

군자를 논하기 위해서는 먼저 그 본질을 규정하고 특성을 밝혀야 하는데, '군자는 이런 존재다'라고 설명하기 위하여 비유로 든 것이 난초와 소나무라고 이해할 수 있다. 군자란 난초 같은 존재요 소나무 같은 존재라는 것이다. 왜 난초 같고 소나무 같은가? 이에 관하여는 홍성원의 해설이 큰 도움이 된다.

> 난초는 깊은 골짜기에 있으면서도 외로이 향기로우니, 군자君子의 지조志操가 멀고 넓음을 비유한 것이다. 소나무는 서리와 눈을 업신여기며 홀로 무성하니, 군자의 기절氣節이 우뚝함을 비유한 것이다.

이렇게 이미 옛사람이 난초와 소나무가 군자의 상징임을 말했는데도 여전히 '효자는 난초 같고 충신의 가문은 소나무처럼 무성해진다'는 식으로 풀이하는 것은 옳지 않다. 보다 분명히 해두기 위하여 군자와 덕德, 난초와 향기, 소나무와 강성함의 관계를 수학적으로 표시해보면 이렇다.

군자:덕 = 난:형馨 = 소나무:성盛

역으로, 깊은 골짜기에 홀로 피면서도 향기를 발하는 난초의 지조志操와, 서리와 눈을 업신여기는 소나무의 기절氣節(기개와 절개)을 배워 이를 덕德으로써 품어야 군자라 할 수 있다는 가르침이 '사란사형似蘭斯馨 여송지성如松之盛'의 여덟 글자이기도 하다. 이 뒤부터는 그런 덕을 어떻게 갈고 닦을지, 보다 구체적인 설명들이 이어진다.

川流不息 淵澄取映
천 류 불 식 연 징 취 영

천川은 유流하여 식息을 불不하고, 연淵은 징澄하여 영映을 취取한다.

川내천 流흐를류(유) 不아니불(부) 息쉴식
淵못연 澄맑을징 取취할취 映비출영

직역 내는 흘러서 쉬지 아니하고, 못물은 맑아서 비침을 취한다.

의역 내가 흘러서 쉬지 않는다 함은 군자의 공부에 쉼이 없어야 함이요, 못
물이 맑아서 비침을 취한다 함은 군자의 마음이 맑은 못물과 같아서
사물의 이치를 분별함에 어그러짐이 없어야 함이다.

자구 풀이

천류불식川流不息에서 천川은 내(냇물)요, 류流는 흐른다는 말이며, 식息
은 쉬다의 뜻이다. 그러므로 천류불식川流不息은 내는 흘러서 쉬지 않는다
는 말이다. 냇물은 물 가운데 동적動的인 상태에 있는 물이고, 아직은 연못
이나 바다에 이르지 못한 물이다.

연징취영淵澄取映에서 연淵은 연못이고 못물이다. 그 특징은 징澄이니
맑다는 말이다. 영映은 비추다의 뜻이고, 취영取映은 비침을 취한다는 말
이자 비치게 한다는 말이다. 연못에는 산이나 달이 비치게 되는데, 저절로
비치는 것이 아니라 연못이 물의 맑음을 지켜서 이것들이 비쳐지도록 만

든다는 말이 연징취영淵澄取映이다. 영映은 영暎으로도 쓰는데, 뒤의 글자가 속자俗子다. 같은 글자고 같은 뜻이다. 속자로 표기한 해설서들도 더러 있는데 잘못은 아니다.

해설

계속해서 군자의 덕德에 관한 설명이 이어진다. 군자의 덕이란 난초의 향기 같고 소나무의 강성함 같은 것이라고 설명한 뒤에, 이번에는 물처럼 살라는 가르침이다.

그런데 물 얘기라면 이미 천자문의 첫 시작 부분에서 했던 말이 있었다. '운등치우雲騰致雨(구름이 올라가 비가 됨) 노결위상露結爲霜(이슬이 맺혀 서리가 됨)'이라는 말이 그것이었다. 이는 물의 순환 과정을 말한 것이자, 농사에 꼭 필요한 비가 내리는 원리를 설명한 것이며, 계절의 순환이 물의 순환과 어떻게 연동되어 있는지를 설명하는 구절이었다. 또 천지우주가 그런 것처럼 물 또한 쉼 없이 변화하고 바뀐다는 것도 알 수 있었다. 한시도 가만히 멈추어 있는 것이 아니라 끝없이 변화하는 게 물이라는 것이다.

그 구절에서 우리는 특히 물이 생명의 근원이라는 것, 만물을 나고 자라게 하는 원천이라는 것을 확인할 수 있었다. 이처럼 물이 만물을 태어나게 하고 자라게 하는 것이라면, 군자 또한 이에서 그 자신의 역할을 본받지 않을 수 없다. 백성들을 먹이고 입혀 살 수 있게 하고 자라게 해야 한다. 물질적으로든 정신적으로든 말이다. 이것이 군자의 첫 번째 역할이요, 이를 가르쳐주는 것이 물인 것이다. 예수는 제자들에게 '빛과 소금'이 되라고 했다. 만인에게 반드시 필요하고, 이 세상에서 절대 없어져서는 안 될 두 가지 핵심 요소로 빛과 소금을 든 것이다.

그런데 천자문의 저자는 지금 여기서 세상의 모든 군자들에게 만물을 살리는 물이 되라고 말하고 있는 것이다. 물의 역할을 담당하라는 것이다. 그래야 참다운 군자라는 것이다. 그런데 이처럼 물의 역할을 수행하기 위해서는 반드시 물의 덕과 물의 특징을 먼저 이해하고 본받지 않으면 안된다. 이 구절은 이처럼 세상에서 물의 역할을 수행하고자 하는 군자들이 알아야 할 물의 덕德을 설명한 부분이다. 그렇다면 물의 덕이란 무엇인가? 천자문의 저자는 여기서 두 가지를 들고 있다.

첫째, 물은 쉬지 않고 흐른다는 것이다. 당연히 일차적으로는 공부와 수양을 멈추지 말라는 가르침이다. 멈추지 말고 배우고 익혀서 스스로를 끊임없이 발전시키고 변모시키라는 가르침이다. 앞서 한 자의 옥보다 촌음이 더 보배롭다고 말한 바 있거니와, 군자가 되려는 사람으로 쉼이 있어서는 안 된다는 것이다. 냇물을 보라는 것이다. 어디 쉬는 순간이 있더냐는 것이다.

『논어』에는 공자가 냇가에서 한탄했다는 소위 천상지탄川上之嘆의 고사가 실려 있다. 흐르는 냇물을 바라보며 공자는 이렇게 탄식했다고 한다.

逝者如斯夫 不舍晝夜
서 자 여 사 부 불 사 주 야
간다는 건 이런 것일 테지, 밤낮으로 그침이 없구나.

이게 무슨 뜻일까? 후세의 학자들도 의견이 분분했다. 누군가는 세월의 빠름과 성인聖人 되기의 어려움을 말한 것이라 하고, 누군가는 끝없는 변화와 성숙의 열망을 표현한 것이라 하고, 누군가는 그저 자연의 끊임없는 변화를 말한 것이라 하기도 하였다. 필자는 개인적으로 덧없는 세월에 대한 한탄으로 읽지만, 이건 읽는 사람의 마음 상태에 따라 얼마든지 달라질 수 있는 것으로 보인다.

그런데 여러 책들이 『논어』의 이 구절을 들어 '천류불식川流不息'이 여기서 나왔다고 주장하는 것은 납득하기 어렵다. 의미상 상통하는 바는 있지만, 같은 글자라고는 불不이라는 한 글자뿐인데 어떻게 이를 출전으로 거론할 수 있는지 이해하기 어렵다.

'천류불식川流不息'에서 우리가 잊지 말아야 할 한 가지는, 이것이 물의 동적인 움직임을 말한 것이고, 뒤에 나오는 못물의 단계에 아직 이르지 못한 상태를 말한다는 것이다. 연못의 물처럼 맑디맑아서 세상 모든 사물을 비출 수 있고, 그 옳고 그름을 분별할 수 있을 때까지, 냇물처럼 쉬지 말고 흘러야 한다는 가르침이다.

한편, 연못의 물이 산이며 달이며 나무며 온갖 꽃들을 그 색깔과 모양 그대로 비출 수 있는 것은 그 물이 맑기 때문이다. 못물의 특성에서 중요한 것은 이 맑음이며, 군자가 여기서 배울 것도 또한 이 맑음이다. 냇물이 쉼 없이 흘러서 마침내 도달하는 곳이 연못이고, 그 물은 흐름을 멈췄으나 맑고 또 고요하다. 단계로 따진다면 냇물보다는 한참 성숙된 물, 덕이 쌓인 물이다. 신하는 움직이고 왕은 앉아만 있는 것과 같은 이치이고, 군자 개인의 덕을 쌓는 수련의 과정으로 보더라도 상당한 경지에 도달한 것이다. 그렇기에 고요함을 유지할 수 있고, 맑음을 유지할 수 있고, 또 그래서 만물을 왜곡 없이 비출 수 있는 것이다.

상대적으로 보자면 연못의 물은 냇물의 물처럼 동적이지 않고 정적靜的이다. 이것이 물의 또 다른 속성이자 덕인 것이고, 군자는 여기서 본을 받아 흔들림 없이 만사와 만물의 시시비비를 정확히 가리는 법을 배워야 한다는 것이 연징취영淵澄取映의 참뜻이다.

容止若思 言辭安定
용　지　약　사　　언　사　안　정

용지容止는 사思와 약若하고, 언사言辭는 안정安定하다.

容 얼굴 용　止 그칠 지　若 같을 약　思 생각 사
言 말씀 언　辭 말씀 사　安 편안할 안　定 정할 정

직역 용모容貌와 행동거지行動擧止는 생각과 같고, 말과 글은 편안便安하고
일정一定하다.

의역 용모와 행동거지가 생각과 같다 함은 지행知行이 합일됨이요, 말과 글
이 편안하고 일정하다 함은 그 언행과 문장이 밖으로는 편안하고 아름
다우며 안으로는 변치 않고 일관성이 있음을 말한다.

자구 풀이

군자의 용모와 행동거지, 말투와 글이 어떠해야 할 것인가의 문제를 다
룬 구절이다. 용지약사容止若思에서 용지容止는 용모容貌와 행동거지行動
擧止를 합친 말이다. '용지容止'는 국어사전에도 하나의 단어로 올라 있는
데 그 뜻은 몸가짐이나 태도로 되어 있다. 용容은 얼굴이어서 용모의 뜻임
을 쉽게 알 수 있다. 그런데 지止는 주로 동動의 반대 의미, 곧 멈추다의
의미로 많이 쓰이는 글자고, 그래서 여기에 '행동'까지 포함된다는 것을
잘 이해하지 못하는 경우가 있다. 그러나 이 지止라는 글자는 본래 발과

발가락들의 모양을 본뜬 것이고, 발이 앞으로 나아가거나 멈춘 상황 두 가지 모두를 의미하는 것이다. 즉 지止에는 움직이다와 멈추다의 두 가지 의미가 함께 포함되어 있다.

약사若思에서 사思는 생각이요 사고思考다. 약若은 '같을 약'이니, '~과 같다'는 의미다. 앞서 나왔던 사似나 여如와 그 쓰임이 흡사하다. 여기서도 이런 뜻이다. 그러면 용지약사容止若思는 군자의 용모와 행동거지는 그의 생각과 같다는 말이 된다. 겉으로 드러나는 용모며 행동거지와 그 속에 든 생각이 일치한다는 것이고, 쉽게 말해 언행言行이 일치함이요 더 근본적으로는 지행知行이 합일合—된 상태다. 군자의 용모와 행동거지는 그 생각하는 바, 아는 바, 깨우친 바와 동일하고 합일되어 있다는 것이다. 그래야 군자라는 의미다.

그런데 약若을 '~과 같이, ~처럼'으로 옮기면 이 구절 전체의 의미가 혼란스러워질 수 있다. 이렇게 약若을 '~과 같이'의 부사로 옮기면 용지약사容止若思는 '용모와 행동거지는 생각하는 것처럼 (하라)'가 된다. 실제로 많은 천자문 해설서들이 이 구절을 이렇게 해석하고 있다. 그리고 여기서 경거망동輕擧妄動하지 말라는 의미를 이끌어낸다. 그러나 그 결론이 아무리 아름답다 하더라도 해석은 몹시 어색하다. 용모와 표정, 행동과 태도를 '생각하는 것처럼, 생각하는 듯이' 하라는 게 과연 무슨 말인가? 사실은 생각이 없는데 생각을 하고 있는 것처럼 꾸미라는 말인가? 생각을 깊이 잘해서 용모와 표정, 행동과 태도를 바꾸라고 말하는 것이 옳은 얘기 아닐까?

게다가 용지약사容止若思를 용지는 생각하는 듯이 하라는 의미로 풀면, 이는 근본적으로 용지, 곧 용모와 행동거지에 대한 강조로 이어지게 된다. 얼굴이며 행동, 태도를 조심하라는 말이어서 의미는 심장하나 철학적 논변은 아니다. 용모와 행동거지를 누가 규정하는가, 얼굴과 태도를 바꾸기 위해서는 근원적으로 무엇을 어떻게 해야 하는가의 문제를 다루어야 하는 것이고, '생각'에 답이 있다는 가르침이 용지약사容止若思다.

언사안정言辭安定은 비교적 풀기가 쉽다. 언사言辭를 안정安定되게 하라는 것이다. 이때의 언言은 입으로 하는 말이고, 사辭는 글을 뜻한다. 이렇게 언사言辭를 언口語과 사文語로 나누면, 안정安定도 안安과 정定으로 나누는 게 자연스럽다. 안安은 편안하다는 의미고 정定은 일정하다는 말이다. 따라서 '언사안정言辭安定'은 '말은 편안하게 하고 글은 일정해야 한다'는 의미로 읽을 수 있다. 말을 편안하게 한다는 것은 성을 내거나 횡설수설하지 않아서 듣기에 편안하다는 의미겠고, 글을 일정하게 한다는 것은 내용이 일관되어야 하고 오락가락해서는 안 된다는 말이겠다. 물론 구어와 문장에 각각 별도로 적용되는 원칙이라고 보기는 어렵고, 둘 다 편안하면서도 일정해야 한다는 의미로 읽는 것이 좋겠다.

篤初誠美 愼終宜令
독 초 성 미 신 종 의 령

초성初誠을 독篤하면 미美하고, 종의終宜를 신愼하면 영令하다.

篤 도타울 독   初 처음 초   誠 정성 성   美 아름다울 미
愼 따를 신, 삼갈 신   終 마칠 종   宜 마땅 의   令 착할 령(영), 명령할 령(영)

직역 처음의 정성스러움을 도탑게 하면 아름답고, 마침의 마땅함을 따르면 좋다.

의역 처음의 정성스러움을 도탑게 하면 아름답다 함은, 만사를 처음 시작할 때의 정성과 기대와 흥분과 열망을 내내 잊지 말아야 아름답게 된다는 말이다. 마침의 마땅함을 따르면 좋다 함은, 끝내야 할 때를 알아서 과한 욕심을 부리지 않고 끝내야 좋다는 말이다. 일을 시작할 때의 정성스러움을 시간이 지날수록 더욱 도탑게 하되, 또 끝을 낼 때는 과감히 마무리를 해야 좋다는 가르침이다.

자구 풀이

이 대목에 대한 기존의 통상적인 풀이는 필자의 해석과는 다소 차이가 있다. 기존 해석이 틀렸다고만 볼 수는 없고, 해석하는 방식의 차이에 따라 그 최종 의미가 서로 달라진 것이라고 볼 수 있다. 여기서는 우선 기존의 전통적인 해석 방식을 먼저 소개하고, 필자 나름의 해석과 풀이에 대해

서는 〈해설〉에서 다루기로 한다.

우선 '독초성미篤初誠美 신종의령慎終宜令'의 가장 보편적인 해석은 '처음을 도탑게 하는 것은 참으로 아름답고, 끝맺음을 조심하는 것은 진실로 좋다'는 것이다. 경우에 따라서는 이를 효孝의 시작과 끝에 대한 가르침으로 새기기도 한다. 처음부터 정성스럽게 효를 실천하고 임종한 뒤에는 삼가서 마무리를 잘해야 한다는 가르침이라는 것이다. 어떻게 이런 해석이 가능한지 살펴보자.

독초성미篤初誠美에서 독篤은 우리말로 도탑다에 해당한다. 사랑이나 인정이 많고 깊다는 뜻이며, 한자어 '돈독敦篤하다'와 같은 말이다. 이 독篤과 대對가 되는 다음 구절의 글자가 신慎이다. 삼가다라는 말이며, 몸가짐이나 언행을 조심하는 것이다. 초初와 종終도 대對가 되며, 각각 시작과 끝을 의미한다. 성誠과 의宜도 대對가 되는데, 모두 '참으로, 진실로'의 의미다. 이 가운데 성誠은 사실 정성의 의미로 더 많이 쓰이는 글자다. 하지만 의宜(마땅히)와 대對를 이루는 것으로 보아야 문맥이 자연스러우므로 역시 같은 부사인 '참으로, 진실로' 등으로 새긴다. 미美와 영令도 역시 서로 대對가 된다. 미美는 아름답다는 말이고 영令은 아름답다, 좋다, 착하다 등의 의미다. 영令은 사실 명령命令의 뜻으로 더 많이 쓰이는데, 여기서는 미美와 짝을 이루므로 대부분 '좋다'의 의미를 취한다.

이처럼 글자들의 의미를 일차 풀어놓고 난 뒤에는 두 글자씩 묶어서 해석하는 것이 보통이다. 그러면 독초篤初는 처음을 도탑게 한다는 말이고, 성미誠美는 진실로 아름답다는 말이 된다. 합하여 처음을 도탑게 하는 것은 참으로 아름답다는 의미가 만들어진다. 마찬가지로 신종慎終은 마침을 삼간다는 뜻이고, 의령宜令은 진실로 좋다는 말이며, 합하여 마침을 삼가면 진실로 좋다는 의미가 만들어진다.

그러므로 이 두 구절은 '처음을 도탑게 하면 참으로 아름답고, 마침을 삼가면 참으로 좋다'는 뜻으로 풀이될 수 있고, 이 구절이 효孝와 연관된 것이라고 전제할 경우 효의 시작 및 마지막 단계를 어떻게 행하라는 것인지에 대한 가르침으로 읽을 수 있는 것이다. 때마침 신종愼終이라는 단어 자체가 국어사전에도 등재되어 있는데, 이는 예를 다하여 상사喪事를 치름을 의미한다. 이에서 효의 시작과 마침을 말한 것으로 풀이하는 것이다.

해설

위와 같은 전통적인 해석 방식에 중대한 오류가 있어 보이지는 않는다. 하지만 다른 식의 해석도 얼마든지 가능하다. 예컨대 다음과 같은 방식이다.

위에서 보인 방식과 필자의 방식이 핵심적으로 다른 부분은 어디서 끊어 읽느냐의 문제다. 위에서는 두 글자씩 끊어서(이것이 가장 기본적인 방식이기는 하다), '2+2, 2+2'의 방식으로 읽었다. 그러나 필자는 '1+2+1, 1+2+1'의 방식으로 끊어 읽어도 무방하다고 본다. 일단 이렇게 끊어서 읽어보기로 하자.

먼저 독초성미篤初誠美는 '독, 초성, 미'로 나누어 읽을 수 있고, 이를 직역하면 '초성初誠을 독篤하면 미美하다'가 된다. 처음의 정성스러움을 도탑게 하면 아름답다는 말이다. 이렇게 해석하면 '정성 성誠'을 잘 사용되지 않는 부사 '참으로, 진실로' 등의 의미로 해석하지 않아도 뜻이 완성된다는 장점이 있다.

신종의령愼終宜令은 '신, 종의, 령'으로 나누어 읽을 수 있고, 이를 직역하면 '종의終宜를 신愼하면 영令하다'가 된다. 이렇게 해석할 때의 단점은 '종의終宜'가 무슨 말인지 다소 애매해질 수 있다는 것이다. '마침의 마땅함' 정도의 의미겠는데, 의역해서 말하자면 일을 끝내는 데 따르는 마땅한 도리 정도가 되겠다. 그리고 영令은 여기서도 위에서와 마찬가지로 명령이 아니라 좋다, 착하다의 의미로 읽는다. 특히 영令이 착하다는 뜻의 글자라는 점에서 미美와 대비되는 선善을 생각해볼 수 있고, 이는 진선미眞善美의 위계질서에 따른다면 미美보다 상위에 있는 개념이다. 시작도 중요하지만 마침이 '더' 중요하다는 것을 나타내기 위해 이 글자가 사용된 것이라고 이해할 수 있다. 신愼은 '삼가다'에서 파생되어 '삼가 따르고 좇다'의 의미도 가진 글자다. 여기서는 '따르다'에 방점을 둔다. 이렇게 정리하고 '신종의령愼終宜令'을 풀면 이는 '마침의 마땅함을 따르면 좋다'의 의미가 된다. 이렇게 해석할 경우에는 별도의 장점도 있는데, 이에 대하여는 다음에 이어지는 구절에서 설명하기로 하겠다.

참고로 『시경』에는 '미불유초靡不有初 선극유종鮮克有終'이라는 말이 있다. '처음이 있지 않은 이는 없으나, 능히 마침이 있는 이는 드물다'는 말이니, 무언가를 시작하는 사람은 많아도 제대로 끝맺음을 잘하는 사람은 드물다는 말이다. 작심삼일作心三日이나 용두사미龍頭蛇尾를 생각나게 하는 말들이다. 천자문의 이 구절 역시 일차적으로는 '군자가 되기 위해서는 시작을 아름답게 하는 데 머무르지 말고 유종의 미를 거둘 수 있도록 냇물처럼 쉼이 없어야 한다'는 가르침을 담은 말이다.

榮業所基 籍甚無竟
영 업 소 기 자 심 무 경

영榮된 업業의 소기所基는 자籍가 심甚하고 경竟이 무無하다.

榮 영화로울 영   業 일 업   所 바 소   基 터 기
籍 깔개 자(=藉)   甚 두터울 심, 심할 심   無 없을 무   竟 다할 경

직역 영광된 사업의 터전은, 자리가 두텁고 경계가 없어야 한다.

의역 영광된 사업의 터전은 그 자리가 두텁고 경계가 없어야 한다 함은, 그래야 크게 지을 수 있음이요 그래야 충실할 수 있음이며 그래야 널리 포용할 수 있음이요 그래야 오래 갈 수 있기 때문이다.

자구 풀이

영업소기榮業所基에서 영업榮業은 글자 그대로 '영광된 사업'이라는 의미다. 말하자면 군자가 펼치는 사업이다. '영화로운 사업'이라고 옮겨도 충분하지만 어쩐지 어감이 잘나가는 비즈니스의 냄새를 풍기므로 필자는 군자의 이상적이고 도덕적인 사업이라는 의미를 조금이라도 더 살리고자 '영광된 사업'으로 옮겼다. 소기所基는 '터전이 (되는) 바'의 의미다. 우리말로 옮길 경우 '터전'으로만 옮겨도 충분하다. 영업소기榮業所基는 영광된 사업의 터전, 혹은 영광된 사업에는 터전이 있어야 한다는 말이다.

자심무경籍甚無竟에서 자籍는 바닥에 까는 깔개의 뜻이다. 일상에서도

'낭자狼藉하다'라는 표현을 흔히 쓰는데, 여기 나오는 '낭자'는 직역하면 '이리의 깔개'라는 뜻이다. 이리라는 짐승은 풀밭을 마구 헤집고 다녀서 풀들이 이리저리 어지럽게 깔려 눕게 되는데, 이를 일러 '이리의 깔개'라고 표현한 것이다. 선혈이 낭자하다, 혹은 웃음소리가 낭자하다는 말은 그것이 이리저리 어지럽게 펼쳐져 있다는 말이다. 앞에서 영광된 사업의 터전을 말했으니, 여기 이 깔개라는 의미의 자籍도 터전과 같은 말이라고 일차 이해할 수 있다. 참고로 이 글자는 '문서 적籍'의 의미로 많이 활용되며, 호적戶籍, 서적書籍 등의 단어에서 보인다. 심甚은 '두텁다'의 뜻이다. 따라서 자심籍甚은 깔개가 두텁다는 말이며, 의역하면 그 바탕과 터전이 두터워야 한다는 말이다. 무경無竟에서 경竟은 다하다, 마치다, 끝, 종극終極 등의 의미다. 따라서 무경無竟은 다함이 없다는 말이요, 이는 터를 닦을 때 경계나 한계를 너무 좁게 제한해서는 안 된다는 의미다.

해설

영업榮業은 영광된 사업이니 군자의 사업을 말하고, 군자가 되고자 하는 사람들이 기획하는 사업이다. 나라를 구하거나 바르게 다스리는 등의 거창한 사업일 것이다. 그런 사업을 하려는 자들이 어떤 마음으로 공부를 시작하고 일을 추진해야 할 것인가의 문제는 앞의 구절에서도 개괄적으로 설명했다. '독초성미篤初誠美 신종의령愼終宜令'이 그것으로, 처음의 정성스러움을 돈독하게 하고 마침의 마땅함을 좇아야 한다는 말이다.

그런데 여기서는 다시 터전과 깔개의 문제를 말하고 있다. 말하자면 앞의 구절에서 개괄적으로 설명한 내용 가운데 '처음의 정성스러움'에 방점을 찍고 이에 대해 거듭 설명하고 있는 것이다. 처음의 정성스러움을 도탑게 한다는 것이 무엇인지를 부연하여 설명하고 있는 셈이다. 천자문의 저자는 나아가 군자가 영광된 사업을 이루어나가는 과정을 아예 3단계로 세분화하여 설명하고 있다. 이런 사정을 보이기 위하여 여기 이 문장(038)과 뒤에 이어지는 두 문장(039, 040)의 내용을 간추려서 미리 보이면 다음과 같다.

038(1단계) : 영업소기榮業所基 자심무경籍甚無竟 - 터전을 두텁게
　　　　　　하고 한계를 두지 말라. 정성스런 시작에 해당한다.
039(2단계) : 학우등사學優登仕 섭직종정攝職從政 - 배움이 넉넉하
　　　　　　면 출사하고, 직을 맡다가 정사에 종사한다.
040(3단계) : 존이감당存以甘棠 거이익영去而益詠 - 사후死後에 더
　　　　　　욱 칭송된 소공召公을 본받아, 죽은 후에도 이어질
　　　　　　사업을 하라. 마침의 마땅함에 대한 설명이다.

이런 흐름에 따라 여기 이 구절을 해석하면, 자심籍甚은 당연히 깔개(터전)가 두터워야 한다는 말이고, 무경無竟은 당연히 그 터전에 한계를 두어서는 안 된다는 말임을 알 수 있다. '영업소기榮業所基 자심무경籍甚無竟'은 영광된 사업에는 터전이 있나니, 시작 단계에서 그 자리를 두텁게 하고 또 한계가 없도록 넓게 잡아야 한다는 말이다.

하지만 문맥의 흐름을 그다지 고려치 않는 대부분의 천자문 해설서들은 이 구절을 필자와 같이 해석하는 대신 이 구절 자체로 군자가 영위하는 사업의 처음과 끝을 모두 설명하는 것으로 이해하고 풀이한다. 예를 들어 '영광된 사업에는 터전이 있으니, 떠들썩하게 퍼져서 끝이 없으므로 후손에까지 영광이 이어진다'는 식으로 옮기는 것이다.

學優登仕 攝職從政
학 우 등 사 섭 직 종 정

학學이 우優하면 사仕에 등登하여 직職을 섭攝하고 정政을 종從한다.

學배울학 優넉넉할우 登오를등 仕벼슬사
攝잡을섭 職일직, 맡을직 從따를종 政정사정

직역 배움이 넉넉하면 벼슬길에 올라 직을 맡고 정사에 종사從事한다.

의역 배움이 넉넉하면 벼슬길에 오른다 함은 마침내 군자에게 때가 이르렀음이다. 직을 맡고 정사에 종사한다 함은 처음에는 단순 관리의 일을 맡아 처리하다가 점점 승진하여 임금의 곁에서 정사를 보게 됨이니, 군자의 사업이 점차 커지고 그 지위가 높아짐이요, 터전을 넓고 두텁게 닦았으므로 이렇게 될 수 있는 것이다.

자구 풀이

학우등사學優登仕에서 우優는 넉넉하고 뛰어나다는 뜻이다. 그러므로 학우學優는 배움이 넉넉하고 뛰어남이다. 등사登仕에서 등登은 오른다는 말이고 사仕는 벼슬이니, 이는 벼슬길에 오른다는 뜻이다. 벼슬길에 나서는 것을 흔히 출사出仕라고 하는데 등사登仕도 같은 말이다. 우리말에서도 벼슬길에 '오른다'고 흔히 표현한다. 학우등사學優登仕는 배움이 넉넉해지면 벼슬길에 오른다는 의미다.

섭직攝職은 직직職을 잡는다攝는 말이니, 직무와 직분, 일을 맡아 수행하는 것이다. 임무가 명확하고 일하는 방식이 정해져 있는 것을 직직職이라 하니 상대적으로 하급 관리의 일이라고 볼 수 있다. 종정從政은 정사政事를 좇는다, 정치를 받든다는 말이니, 상대적으로 고위급 관리의 역할이다. 오늘날의 정치는 모든 정치인들이 하는 일이지만, 본래의 정政은 임금의 역할에 해당하는 것이었다. 섭정攝政은 임금이 아니면서도 임금의 역할을 수행하는 것을 말한다. 그러므로 신하가 직접 정政을 수행하는 것이 아니라, 임금이 정政을 수행할 때 이를 받들어 모시고 좇는다는 의미에서 종정從政이라 한 것이다. 섭직종정攝職從政은 벼슬살이의 단계를 말한 것으로, 처음에는 정해진 일을 맡아 처리하다가, 나중에는 임금의 정사를 곁에서 직접 돕는다는 의미다.

해설

앞의 구절에서 필자는 군자가 벌이는 영광된 사업을 3단계로 구분한 바 있는데, 이것이 2단계에 대한 설명이다. 1단계는 터전을 닦는 일이었는데, 터를 닦는다는 것이 결국은 달리 표현하면 배움이었음을 이 구절의 첫 글자인 학學을 통해 알 수 있다.

배움이 넉넉해지면 출사하라는 말은 지당한 당부여서 딱히 더 설명할 것이 없다. 『논어』에서 자하子夏 역시 '학이우즉사學而優則仕(배우고 넉넉해지면 곧 출사한다)'라고 하였다.

存以甘棠 去而益詠
존 이 감 당 거 이 익 영

감당甘棠으로써以 존存하시니, 거去하시고而 영詠을 익益하였다.

存 있을 존 以 써 이 甘 달 감 棠 아가위 당
去 갈 거 而 말 이을 이 益 더할 익 詠 읊을 영

직역 감당으로써 계시니, 가시고 난 뒤에 노랫가락을 더하였다.

의역 감당으로써 계신다 함은 주나라 소공召公이 이미 죽었으나 『시경』의 〈감당甘棠〉이라는 시와 감당이라는 나무로 여전히 살아 계심과 같다는 말이다. 가시고 난 뒤에 노랫가락을 더하였다 함은, 그의 사후에 그를 기리는 사람들의 〈감당〉 노래가 더욱 늘어났음이니, 마침의 마땅함을 따른다는 것은 이런 것이다.

자구 풀이

이 구절을 쉽게 이해하기 위해서는 두 가지를 먼저 알아야 한다. 하나는 감당나무 아래서 덕을 베풀었다는 소공召公과 관련된 고사고, 다른 하나는 백성들이 죽은 소공을 기리어 불렀다는 〈감당〉이라는 시의 내용이다. 이에 관하여는 해설에서 다루기로 하고, 여기서는 먼저 글자 설명만 간단히 하기로 한다.

존存은 존재하다의 뜻이니, 뒤에 나오는 거去(가다, 죽다)와 대對가 된다.

이때의 존存은 소공이라는 인물의 실존實存을 말하는 것이 아니요, 그가 죽어 사라졌으나 여전히 그가 머물던 감당나무가 남아 있고, 그를 기리는 〈감당〉이라는 시가 있으므로 여전히 소공이 있는 것과 같다는 비유적 의미에서의 존存이라고 이해할 수 있다.

감당甘棠은 나무의 이름이며, 사전에서는 팥배나무로 풀이하고 있다. 당棠은 또 아가위나무를 가리키기도 하는데, 이는 오늘날 산사山査나무라고 부르는 나무다. 그래서 어떤 책은 팥배나무로 풀고 어떤 책은 아가위나무(산사나무)로 풀이하는데, 정확히 알기는 어려우나 필자는 사전을 따라 팥배나무로 풀었다. 이 구절에서는 나무의 종류가 중요한 것은 아니다.

익益은 더하다의 뜻이고 영詠은 읊다의 뜻이니, 익영益詠은 더욱 읊는다, 또는 읊기를 더한다는 의미다. 거去하기 전보다 오히려 사후死後에 백성들이 읊기를 더욱더 많이 했다는 것이고, 그만큼 소공에 대한 칭송이 사후에 줄어들기는커녕 오히려 늘어났다는 말이다.

해설

소공김公은 주周나라를 세운 무왕武王의 동생이다. 또 다른 형제인 주공周公 단旦과 더불어 형 무왕을 도와 상商나라를 물리치고 주나라를 세우는 데 크게 공헌하였고, 이후 주나라 초기의 기틀을 다지는 데에도 많은 기여를 한 인물이다. 주나라는 건국과 동시에 봉건제를 실시하였는데, 주나라 왕실을 정점으로 하고 각 지역에 제후를 두어 지방을 다스리는 방식이었다. 이들 제후들이 다스리는 지역 또한 하나의 나라國로 인정되었다.

주나라 초기의 왕실 역사에서 가장 중요한 두 사람을 꼽는다면 무왕과 주공을 꼽을 수 있고, 셋을 꼽는다면 여기에 소공이 포함된다. 앞의 두 사람은 공자에 의해 성인聖人으로 떠받들어진 인물들이며, 정치는 물론 모든 문화의 기반을 닦은 인물로 평가된다.

　무왕이 죽자 그 아들이 왕위에 올라 성왕成王이 되었는데 나이가 너무 어렸다. 주공이 섭정攝政을 맡았고, 주공과 소공 형제는 어린 조카를 잘 보필하여 나라의 기틀을 굳건히 다져나갔다. 그러다가 반란이 일어났다. 망한 상나라의 왕자와, 관숙管叔 및 채숙蔡叔이 힘을 합해 반란을 일으켰던 것인데, 뒤의 두 사람은 주공 및 소공의 또 다른 형제들이었다. 이 반란에는 동이東夷도 참여하고 있었으며, 주공과 소공은 어린 임금 대신 이들의 반란을 진압하였다. 특히 주공은 동東으로 진격을 계속하여 그 국경을 더욱 넓혔다고 한다. 아마 동이족이 차지하고 있던 지역을 빼앗았던 것으로 보인다.

　그 뒤 주공과 소공은 주나라 전체를 동과 서로 양분하여 나누어 다스리게 되었다. 동쪽 국경을 넓힌 주공이 동쪽 지방을 맡고, 소공이 서쪽 지방을 맡았다. 이렇게 주나라 서쪽 지방을 맡게 된 소공은 각 제후국들을 돌면서 정사를 보게 되었는데, 그가 다스린 지역에서는 제후부터 평민에 이르기까지 모두 제 할 일을 얻어 실직자가 없었다는 말이 나올 정도로 모범적인 통치가 이루어졌다고 한다. 그는 곳곳을 순행巡行하며 백성들의 어려움을 살폈는데, 감당甘棠나무 아래에서 백성들의 송사訟事를 듣고 공정하게 잘 해결해주었기 때문에 후대에도 사람들이 소공을 대하듯 그 나무를 대하며 그의 선정善政을 기렸다고 한다. 여기에서 어진 정치를 펼친 사람을 그리워하는 마음을 나타내는 감당지애甘棠之愛와 감당유애甘棠遺愛 등의 말이 나왔다. 이처럼 감당甘棠은 곧 소공을 지칭하는 말이다. 소공의 덕을 기려 백성들이 불렀다는 민요는 지금도 『시경』에 실려 전한다. 그 내용은 다음과 같다. 시에 나오는 소백召伯은 소공召公을 말한다.

蔽芾甘棠 <small>폐 불 감 당</small>	우거진 저 팥배나무
勿翦勿伐 <small>물 전 물 벌</small>	자르지 마소, 베지 마소
召伯所茇 <small>소 백 소 발</small>	우리 소백님 띳집 지었던 곳이라오.
蔽芾甘棠 <small>폐 불 감 당</small>	우거진 저 팥배나무
勿翦勿敗 <small>물 전 물 패</small>	자르지 마소, 꺾지 마소
召伯所憩 <small>소 백 소 게</small>	우리 소백님 쉬시던 곳이라오.
蔽芾甘棠 <small>폐 불 감 당</small>	우거진 저 팥배나무
勿翦勿拜 <small>물 전 물 배</small>	자르지 마소, 휘지도 마소
召伯所說 <small>소 백 소 세</small>	우리 소백님 머물던 곳이라오.

천자문의 '존이감당存以甘棠 거이익영去而益詠'은 바로 이 소백이라는 인물, 그리고 그에 관해 백성들이 불렀다는 이 칭송의 노랫가락에 얽힌 이야기를 담고 있다. 이런 전후 사정을 이해하고 보면 우선 익영益詠(읊조림을 더함)의 의미가 쉽게 파악된다. 세월이 지나고 날이 갈수록 그에 대한 백성들의 칭송, 그 노랫소리가 더욱더 보태졌다는 것이다. 문제는 존存인데, 크게 두 가지 경우로 나누어 생각해볼 수 있다. 하나는 존存의 주체가 소공이라고 보는 것이다. 이렇게 보면 존이감당存以甘棠은 '소공께서 감당으로써(감당나무 아래) 계시더니'의 의미가 된다. 뒤에 나오는 거去(죽음)와 정확한 대비를 이루는 장점이 있다. 다른 하나는 존存의 주체를 감당나무, 혹은 〈감당〉이라는 시로 보는 것이다. 이렇게 보면 존이감당存以甘棠은 소공은 비록 갔지만 감당(나무와 시)은 남아 있다는 의미가 된다.

어떻게 해석하든, 군자는 소공처럼 죽은 뒤에도 칭송을 들을 만한 사업을 해야 한다는 것이 이 구절의 핵심이다. 또 신종의령慎終宜令이 과연 어떤 것인가를 사례를 통해 보여주는 구절이기도 하다.

제 5 장

더불어 사는 세상

이 장부터는 시의 운韻 자체가 바뀐다. 4장까지는 각 문장 마지막 글자의 종성이 모두 'ㅇ'이었는데, 5장부터는 종성 없이 중성 '이'로 끝난다. 우리말 발음에서는 '규' 등으로 끝나는 글자들이 있으나 중국어 발음으로는 모두 '이'로 맺는다. 이 부분부터 새로운 장으로 읽어야 할 첫 번째 이유다.

내용 역시 바뀐다. 4장까지는 개인이 새기고 알아야 할 법칙과 원리와 규범들이 중심이었는데, 여기서부터는 사회생활, 공동체생활을 위해 알아야 하고 지켜야 할 것들을 설명한다. 원활한 공동체 운영을 위한 안내이기도 하지만, 사회 전체를 짊어지고 나가야 할 미래의 정치 주역들을 위한 리더십 강의에 가깝다.

樂殊貴賤 禮別尊卑
악 수 귀 천 예 별 존 비

악樂은 귀천貴賤을 수殊하고, 예禮는 존비尊卑를 별別한다.

樂 풍류 악, 즐길 락, 즐거울 요 殊 다를 수 貴 귀할 귀 賤 천할 천
禮 예도 례(예) 別 다를 별 尊 높을 존 卑 낮을 비

직역 음악은 귀천을 나누고, 예절은 존비를 가른다.

의역 음악이 귀천을 나눈다 함은 음악으로써 귀천의 신분질서를 바르게 하여야 한다는 말이다. 예절이 존비를 가른다 함은 예절로써 어른과 아이, 높은 자와 낮은 자의 질서를 바르게 세워야 한다는 말이다. 음악과 예절의 존재 의의 및 역할을 말한 것이다.

자구 풀이

악수귀천樂殊貴賤에서 악樂은 일차 음악이요 풍류다. 예별존비禮別尊卑의 예禮와 대對가 되는데, 이 둘을 합쳐 예악禮樂이라고도 한다. 유교에서 말하는 예악禮樂, 곧 예禮와 악樂이 무엇이고 어떤 특성을 갖는가의 문제는 여기서 짧게 다룰 만큼 단순하고 간단한 문제가 아니다. 〈해설〉에서 대강만 살펴보기로 한다.

귀천貴賤은 신분상의 높음과 낮음을 말한다. 천자문 식으로 말하면 천자天子(황제), 제후諸侯(왕), 대부大夫, 선비士, 민民의 순으로 위에서 아래로

내려오는 신분상의 차이와 질서를 말하는 것이다. 존비尊卑 역시 유사한 개념이며, 존비와 귀천을 하나로 합쳐 존비귀천尊卑貴賤이라 표현하기도 한다. 귀천貴賤은 신분상의 차이에 방점을 두고, 존비尊卑는 연령의 높고 낮음에 중점을 둔다는 점에서 약간 다르다.

수殊와 별別은 둘 다 나누고 구별한다는 말이다. 같은 뜻이고 용법도 같다. 문제는 이 글자들을 피동의 의미로 해석할 것이냐, 아니면 능동의 의미로 해석할 것이냐에 있다. 대부분의 천자문 해설서들은 피동으로 해석한다. 그러면 악수귀천樂殊貴賤 예별존비禮別尊卑는 대략 '음악은 귀천으로 구별되고, 예는 존비로 구별된다' 정도가 된다. 악과 예는 이를 즐기거나 행하는 자들의 존비귀천에 따라 종류가 달라진다는 의미다. 크게 잘못된 해석은 아니다. 그러나 특정인이 즐기는 음악으로 그의 신분을 구별할 수 있다거나, 특정인이 행하는 예절의 옳고 그름을 통해 어른과 아이를 알아볼 수 있다는 해석은 상당히 부자연스럽다. 게다가 이렇게만 해석하면 예禮와 악樂의 역할과 의미가 무엇인지 알기 어렵게 되고, 천자문의 저자가 새로운 장章의 첫머리에서 왜 하필 예禮와 악樂을 들고나온 것인지 그 이유를 파악하기도 불가능해진다.

한편, 수殊와 별別을 능동으로 해석하면 '악수귀천樂殊貴賤 예별존비禮別尊卑'는 '악과 예는 존비귀천을 나누고 가른다'는 말이 되며, 이는 악과 예의 존재 의의 및 역할을 설명한 것으로 이해할 수 있다. 음악이야말로 신분질서를 바로 세우는 기반이며, 예절이야말로 어른과 아이의 질서를 바르게 세우는 근본이라는 것이다. 또한 음악이 사회의 신분질서를 세우는 가장 중요한 기준이자 방편이며, 예절은 어른과 아이의 위계 질서를 바르게 세우는 가장 중요한 기준이자 방편이라는 말이다. 법률이나 형벌로 그렇게 하는 것이 아니라는 말이요, 따라서 군자라면 근본적으로 법률이나 형벌을 생각하기 이전에 예악의 문제를 먼저 생각해야 한다는 가르침이기도 하다.

이렇게 수殊와 별別을 능동으로 해석해야 이 구절의 의미가 보다 분명하고 명확해진다. 천자문의 저자가 이렇게 음악과 예절의 문제를 제기하는 것은 이 사회를 이끌어나갈 군자가 알아야 할 가장 중요한 핵심 요소가 바로 이것들이고, 따라서 군자라면 마땅히 음악과 예절의 존재 의의 및 역할을 명확히 인식해야 한다고 판단했기 때문일 것이다. 음악이며 예절은 있어도 좋고 없어도 그만인 것이 아니며, 음악은 그저 남는 시간을 즐기기 위한 수단이 아니라는 말이기도 하다. 조선의 선비들이 왜 그토록 틈틈이 거문고에 몰두했는지 그 이유를 짐작게 하는 말이기도 하다.

해설

오늘날 우리는 음악音樂을 하나의 단어로 인식하지만 본래는 '음音'과 '악樂'이 다른 개념이었다. 음악이 무엇이고, 그 존재 필요성이 무엇인지, 그리고 사회에서 어떤 역할을 수행하는지의 문제 등에 관하여는 『예기』의 「악기樂記」편에 잘 나타나 있다. 음악에 관한 철학적 이론이 예禮를 다룬 『예기』에 실린 것에서 짐작할 수 있듯이, '악樂'은 '예禮'의 문제와 밀접하게 관련되어 있었고, 같은 이유에서 천자문 역시 한꺼번에 악과 예를 다루고 있는 것이라고 이해할 수 있다. 「악기」의 내용은 우리의 전통 음악 이론에서도 그 근간이 되었는데, 여기서 이를 다 설명할 수는 없고, 천자문의 이 구절과 관련된 부분들만을 군데군데 인용하여 간략히 소개하기로 하겠다. 옛사람들은 먼저 성聲(단순한 소리)과 음音(악의 재료)과 악樂(음들의 조화로운 어울림에 의한 음악)을 다음과 같이 구분하고 있다. 「악기」의 첫 구절인데, 대강의 뜻만 옮겨보면 이렇다.

음音이 생기는 것은 사람의 마음이 생겨났기 때문이다. 사람의 마음이 생기고 움직여서 물物에 감응하면 우선 성聲이 형체를 갖추게 된다. 그리고 이 성聲들이 서로 상응하면 변화가 일어나게 되는데, 변화가 마침내 일정한 꼴을 갖추게 되면 이를 일러 음音이라 한다. 다시 이 음音들을 배열하고 변화시켜서 각종 악기로 연주하고 춤을 출 수 있도록 만든 것이 악樂이다.

이에 따르면 우선 모든 소리는 사람의 마음에서 비롯된다. 음악이 궁극적으로는 사람의 마음에서 비롯된다는 점을 강조한 것으로 이해할 수 있다. 그래서 슬픈 사람은 슬픈 소리를 내고 슬픈 음악을 즐기며, 즐거운 사람은 즐거운 소리를 내고 즐거운 음악을 듣는다. 반대로, 누군가의 음악을 보면 그 사람의 마음 상태를 파악할 수 있다. 지음知音의 고사가 이를 잘 보여준다.

한편, 백성들을 다스리는 치자治者의 입장에서 보자면 백성들의 마음을 잘 살피는 동시에 이들의 마음이 그릇된 길로 가지 않도록 바로잡을 필요가 있다. 백성들의 음악을 잘 살펴야 하는 동시에 필요하다면 백성들의 음악을 바른 길로 인도할 필요가 있었던 것이다. 이런 사정 역시 「악기」에 잘 표현되어 있다.

그러므로 선왕들은 사람의 마음이 사물에 감응하여 소리를 만들어내는 이치를 신중하게 살폈다. 이에 예禮로써 기치를 삼고, 악樂으로써 그 소리를 화和(조화)하게 하며, 정政으로써 그 행동을 통일시키고, 형刑(형벌)으로써 그 간악함을 막고자 하였다. 그러므로 예악형정禮樂刑政은 그 근본에 있어서는 한가지다.

이처럼 예악형정禮樂刑政을 통해 백성들의 마음을 교화시키고, 사회의 질서를 바로잡아야 한다는 것이 옛사람들의 기본 사상이었다. 이런 생각은 지금이라고 크게 달라진 것도 아니다. 백성들의 마음을 제대로 교화시키기 위해 음악을 동원한다는 것이 우습게 들릴지 모르지만, 각종 금지곡이 있고, 애국가나 교가가 따로 있는 것이 모두 이런 이유 때문이다. 19금 영화가 있고, 담배 피우는 장면을 텔레비전에서 방영치 못하도록 하는 것도 이 때문이다. 이렇게 보면 음악(예술)을 통해 백성들의 마음 바탕을 교화한다는 기본 철학 자체가 아니라, 어디까지 정치와 법률이 이에 직접 간여하느냐의 문제가 중요함을 알 수 있다. 대통령을 풍자하는 그림을 그렸다고 수사하고, 정부의 정책을 비난하는 글을 썼다고 감옥에 가두는 것은 천자문의 저자가 살던 시대라면 모르되 오늘날에는 지나친 것이다. 문제는 이런 '지나침'에 있는 것이지 음악으로 백성들을 교화한다는 철학 자체가 잘못된 것은 아니라 하겠다.

그렇다면 어떤 음악을 통해 백성들을 어떻게 교화시켜야 할까? 어떤 음악을 듣고 즐기도록 만들어야 백성들의 마음을 올바른 길로 인도하고, 이로써 사회의 안녕과 질서를 유지할 수 있는 것일까? 이에 관한 고민의 결과 역시 「악기」에 잘 나타나 있다.

악樂이라는 것은 천지天地의 화和(조화)이고, 예禮라는 것은 천지의 서序(질서)이다. 천지의 조화가 있으므로 만물이 나고 자라며, 천지의 질서가 있으매 만물에 나뉨이 있는 것이다. 악樂은 하늘이 만든 것이요 예禮는 땅이 정한 것이다. 땅의 정한 바를 지나치면 어지럽게 되고, 하늘이 만든 바를 지나치면 흉포해진다. 이러한 천지의 조화와 질서를 밝게 깨달은 연후라야 예와 악을 일으킬 수 있다.

이에 따르면 음악은 결국 하늘의 도, 곧 조화로움을 드러내는 것이다. 하늘의 진리인 이 조화로움이 있으므로 만물이 나고 죽는다 하니, 이는 음양의 조화가 없이는 만물이 생멸할 수 없음이다. 음양의 조화로움으로 인하여 인간의 생멸 또한 있게 되는 것이니, 이런 이치를 밝게 깨달아야 음악이 어떠해야 하는가의 문제를 깨닫게 된다는 것이 위의 설명이다.

　반면에 예절은 땅의 도, 곧 천지의 질서를 드러내는 것이다. 이 질서로부터 음양의 나뉨이 생겨나고, 음양의 나뉨이 있으므로 또한 조화로움과 변화를 꾀할 수 있으니, 이 역시 모든 존재에게 반드시 필요한 것이다. 이런 이치를 밝게 깨달아야 예절이 어떠해야 할 것인가의 문제를 깨닫게 된다는 것이 또한 위의 설명이다.

　이는 하늘이 사랑하는 음양의 조화를 나타내는 존재가 곧 음악이라는 말이며, 땅이 사랑하는 질서를 나타내는 존재가 곧 예절이라는 말이다. 이처럼 악樂은 하늘이 만든 것이고 예禮는 땅이 정한 것이어서, 악樂을 지나쳐 조화를 깨뜨리면 흉포해지고, 예禮를 지나쳐 질서를 거스르면 어지럽게 된다고도 하였다. 양자가 각각 하늘의 도와 땅의 도를 본받은 것이며, 어느 하나도 어길 수 없다는 것이다. 하늘의 조화로움을 상징하는 것이 음악이요 땅의 질서를 상징하는 것이 예절이니, 군자라면 마땅히 그 이치와 원리를 깨달아서 인간의 사회에 잘 적용시킬 줄 알아야 한다는 것이다. 천자문의 저자가 이 구절을 통하여 전하려는 메시지도 이것이다.

　역으로, 하늘의 조화로움을 상징하는 음악이 어그러진다는 것은 인간 세상의 조화가 이미 깨어짐이니 그 결과는 흉포한 것이라고 했다. 이런 사상은 『논어』에 실린 팔일무八佾舞 이야기에도 잘 나타나 있다. 이에 따르면 대부大夫인 계씨季氏가 자기 집 뜰에서 팔일무를 추게 하는 것을 보고 공자는 이렇게 말했다고 한다.

"뜰에서 팔일무라니……. (저 자가) 이런 짓도 할 수 있다고 생각한
다면, 다른 무엇인들 못 하겠는가?"

대부 따위가 뜰에서 팔일무를 추게 하는 것은 패륜悖倫이라는 한탄이
다. 이러한 패륜을 저지르는 것을 보니 계씨는 더 큰 패악悖惡도 저지를
자가 틀림없다는 말이기도 하다. 공자가 이렇게 한탄한 것은 당시 '음악의
제도'가 매우 문란해져 있었음을 보여준다. 음악이 문란해진다는 것은 세
상의 조화로움이 이미 무너졌음이니, 이는 곧 하늘의 도와 멀어졌다는 뜻
이기도 하다. 당연히 군자로서는 걱정하지 않을 수 없는 상황인 것이다.
한편, 천지의 질서를 상징하는 예절이 무너짐으로써 세상이 어지러워진
예는 역사에 수없이 많았다. 각종 패륜과 반란이 이런 질서의 어그러짐을
보여주는 것이다.

참고로, 계씨季氏가 추게 했다는 8일무란 무희舞姬들이 가로 세로 각 여
덟 줄로 늘어서서 추는 춤이다. 64명의 무희들이 참여하는 춤으로 이는 가
장 큰 규모의 공연에 해당하며, 천자天子(황제)가 종묘에 제례를 지낼 때에
만 추는 춤이기도 하다. 그 아래의 제후諸侯(왕)는 6일무, 곧 36명의 무희
들로 하여금 춤을 추게 할 수 있었다. 대부大夫는 4일무(16명), 선비는 2일
무(4명)가 원칙이고 법이었다. 이처럼 과거에는 음악(예술 일체)에도 신분에
따른 명확한 규정이 있어서 누구도 이를 어길 수 없었다. 그렇다면 조선朝
鮮의 왕실이 종묘나 문묘(공자의 사당)에서 제례를 행할 때는 어떤 춤을 추
었을까? 몇 차례 8일무를 추었다는 기록이 있지만 대부분은 6일무였다.

上和下睦 夫唱婦隨
상 화 하 목 부 창 부 수

상上이 화和하고 하下가 목睦하며, 부夫가 창唱하고 부婦가 수隨한다.

上위상 和화할화 下아래하 睦화목할목
夫지아비부 唱부를창 婦지어미부 隨따를수

직역 위가 온화하고 아래가 공손하며, 남편이 인도하고 아내가 따른다.

의역 위가 온화하고 아래가 공손하다 함은 남편이 인자하고 아내가 공손함을 말함이다. 남편이 인도하고 아내가 따른다 함은 남편이 밝게 가르치고 깨우칠 바가 있으매 아내가 이에 순종함을 말함이다.

자구 풀이

상하上下는 위와 아래고, 여기서는 각각 남편과 아내를 말한다. 화和와 목睦은 오늘날 화목和睦이라는 하나의 단어로 굳어져 있는데, 화和는 윗사람의 온화한 태도에 가깝고 목睦은 아랫사람의 공손한 태도에 가깝다. 상하화목은 위(남편)가 온화하고 아래(아내)가 공손하다는 말이다.

부부夫婦는 지아비와 지어미, 남편과 아내다. 창唱은 퍽 재미있는 글자다. 입 구口와 창성할 창昌이 합쳐져 있는데, 입 구口에서 의미를 취하여 '노래하다, 부르다, 외치다, 앞장서서 부르짖다' 등의 뜻을 나타내게 되었다. 창성할 창昌은 본래 해를 뜻하는 일日과 역시 입 구口가 합쳐진 글자다. 이에서 '밝다'는 뜻과 '똑똑히 밝게 말하다'의 의미가 생겨났다. 만물이 해의 밝음 덕분에 나고 번성하게 되므로 여기서 '창성昌盛하다'의 의미도 생겨났다. 창昌은 또 일日(해) 두 개가 합쳐진 글자라고 볼 수도 있다. 밝고 또 밝은 것을 나타낸다. 이렇게 보면 창唱은 단순히 앞장서서 부르짖는 게 아니라 '밝게, 분명하게, 태양처럼' 부르짖는 것이다. 수隨는 뒤따른다는 말이며, 아랫사람이 윗사람을 순종하여 따르고 받들어 모신다는 의미다. 이렇게 보면 부창부수夫唱婦隨는 남편이 밝게 인도하고 아내가 이를 따른다는 말이다.

해설

앞의 구절에서는 악樂과 예禮가 존비귀천을 구별케 한다고 하였다. 이러한 구별은 해와 달이 다르고, 하늘과 땅이 다르고, 밤과 낮이 다르고, 사람과 짐승이 다른 것처럼 너무나 당연한 것으로 여겨졌다. 이런 모든 다름의 근원을 설명하는 논리의 출발에는 음양설이 있다. 세상이 이루어진 이치 자체가 음과 양으로 나누어져 있고, 이 나뉨과 둘의 조화에서 억조창생이 생겨나고 죽기도 한다는 것이다. 나뉘지 않으면 조화를 이룰 수 없고, 조화를 이루지 않으면 뭇 생명의 나고 죽음도 있을 수 없는 것이다. 그러니 사람의 사회라고 이런 나뉨이 전제되지 않을 수 없는 것이고, 이는 사람 사회의 가장 작은 단위인 가족, 그리고 그 가족의 씨앗인 부부 관계에서부터 시작된다는 것이 이 구절의 등장 배경이다. 이야기는 장차 부부에서 부모자식과 대가족으로 점차 넓어지게 될 것임을 짐작할 수 있다.

천자문의 저자는 우선 상하上下의 화목和睦을 말했다. 화목은 오늘날 주로 가족 관계를 설명하는 말로 사용되지만, 여기서는 가족 전반이 아니라 부부 관계를 상정하고 말한 것이다. 남편이 상上이고 아내가 하下다. 오늘날 이런 소리를 했다가는 돌 맞기 십상일 테지만, 예전에는 이게 너무나 당연한 말이어서 달리 설명을 필요로 하는 것이 아니었다. 남자는 양陽이니 하늘이고, 여자는 음陰이니 땅이다. 마땅히 하늘이 위고 땅이 아래다. 땅이 하늘을 따르고 땅의 도가 하늘의 도에서 비롯된 것처럼, 여자도 당연히 남자를 따르고 본받아야 한다. 이것이 가장 핵심적인 남녀 차별의 논리였다. 옛말에 거안제미擧案齊眉라는 것이 있는데, 이는 여자가 남편의 밥상을 들고 방에 들어갈 때 상을 높이 쳐들어서 눈썹 높이에 맞춘다는 말이다. 실제로 그렇게 했던 부부가 있었다고 하며, 이들 부부의 사례는 이 책 저 책에 실려서 천지사방에 퍼짐으로써 남녀의 불평등을 고착시키고 부부 관계의 상하 질서를 강화시키는 모범사례로 읽혀졌다.

어쨌든 천자문의 저자 역시 이런 불평등 논리에 입각하여 남편과 아내 사이의 화목이 어떻게 가능한지를 설명하고 있다. 그런데 남편上은 화和하고 아내下는 목睦해야 한다고 한다. 그렇다면 화는 무엇이고 목은 무엇일까? 이에 대하여는 홍성원의 설명이 아주 명료하다.

> 위에 있는 자가 사랑하고 또 가르침이 있는 것을 화和라 하고, 아래에 있는 자가 공경하고 또 예를 다하는 것을 목睦이라 한다.

윗사람의 사랑하고愛 가르침이 있는 것有敎이 화和이고, 아랫사람의 공경과 예절이 목睦이라는 말이다. 단순명쾌하지만 의미심장한 말이기도 하다. 특히 '유교有敎(가르침이 있음)'가 그렇다. 왜 가르침을 내려준다는 사교賜敎가 아니고 유교有敎일까? 이는 위에서 아래로 내려줄 교육의 콘텐츠가 윗사람 자신에게 먼저 있어야 한다는 말이다. 아랫사람 입장에서 보면 '배울 바가 있는 것'이다. 모범을 삼아 배울 것이 있는 존재가 바로 상上인 것이고, 부부 관계만을 전제로 한다면 남편이 그래야 한다는 것이니 남편의 자격을 말한 것이다.

부창부수夫唱婦隨는 오늘날 와전된 의미로 많이 활용되는 말이다. 부창부수夫唱婦隨를 문자 그대로 직역하면 남편이 부르니 아내가 대답한다로 볼 수 있고, 이에서 '그 남편에 그 마누라'라는 의미로 쓰이게 된 것이다. '그 부모에 그 자식', '그 선생에 그 제자', '그 남편에 그 마누라', '그 밥에 그 나물' 등은 모두 긍정적인 의미보다는 부정적인 의미로 더 많이 사용된다. 그러나 위의 해석 과정에서도 본 것처럼 부창부수夫唱婦隨는 본래 이런 비아냥거림을 담은 표현은 아니었다.

음양설의 입장에서 볼 때 남편과 아내는 하늘과 땅, 양과 음에 각각 해당한다. 태초에 양과 음이 있어 천지가 창조되고 만물이 태어날 수 있었던 것처럼, 인간의 사회도 남녀로 이루어진 부부에서 처음 시작되는 것이다. 하늘과 땅에 서로 이끌고 따르는 도가 있는 것처럼, 부부의 사이에도 당연히 이끌고 따르는 도가 있어야 한다고 할 수 있고, 이를 나타내는 표현이 부창부수다. 밝고 따뜻한 해의 빛과 볕이 있으므로 땅에서는 만물이 싹을 틔운다. 땅은 또 해의 덕을 본받아서 이 씨앗을 키우고 번성케 한다. 비를 통해 물을 주고 영양분도 공급하는 것이다. 부부도 이와 같아야 한다. 남편은 해처럼 밝고 분명하게 이끌어야 하고, 아내는 땅이 하늘을 따르듯이 남편을 따라야 한다는 것이다.

물론 부창부수의 논리는 잘못된 남녀관을 바탕으로 한 것이어서 오늘날 이를 곧이곧대로 받아들인다는 것은 어불성설이다. 세태 또한 완전히 역전된 듯하다. 아내에게 큰소리를 치고 사는 남자가 요즘 세상에 몇이나 될까? 텔레비전의 리모컨이 아내와 아이들의 손에 넘어갔듯이, 창唱의 주체는 이제 확연히 남편에서 아내와 아이들로 바뀐 듯하다. 이제는 남편들이 수隨라도 열심히 하는 수밖에 다른 수手가 별로 없다.

外受傅訓 入奉母儀
외 수 부 훈 입 봉 모 의

외外하여 부傅의 훈訓을 수受하고, 입入하여 모母의 의儀를 봉奉한다.

外바깥 외   受받을 수   傅스승 부   訓가르칠 훈
入들 입   奉받들 봉   母어미 모   儀거동 의

직역 밖에서 스승의 가르침을 받고, 들어가서 어머니의 거동을 받든다.

의역 밖에서 스승의 가르침을 받는다 함은 사내아이들을 내보내 교육을 시킴을 말한다. 들어가서 어머니의 거동을 받든다 함은 계집아이들은 내보내지 않고 어머니의 살림과 제사 준비 따위를 시중들게 하고 받들게 함을 말한다.

자구 풀이

외外는 바깥이라는 말이고, 내內의 반대어다. 내內에서 외外로 옮기는 것을 출出(나감)이라 하고, 그 반대를 입入(들어감)이라 한다. 수受는 받는다는 말이니, 상대가 내게 주는 것을 받는 것이다. 역으로 상대에게 주는 것도 발음이 같은 수授다. 손에 가진 게 있어야 남에게 줄 수 있으므로 준다는 의미의 수授에는 손 수扌변이 붙어 있다. 무언가를 주고받는 것을 일러 수수授受한다고 한다. 부傅는 스승이니 사부師傅라고 할 때의 그 글자다. 훈訓은 가르침을 말한다. 이렇게 풀면 외수부훈外受傅訓은 밖에서 스승의

가르침을 받는다는 말이다.

입보모의入奉母儀에서 봉奉은 받들다, 돕다의 뜻이다. 앞에 나오는 받는다는 뜻의 수受와 대對가 되고, 그 의미는 당연히 준다는 뜻의 수授에 가깝다. 누군가를 받들거나 돕는다는 것은 내 손이나 재물, 노동력이나 시간 따위를 내어주는 것이다. 모母는 어머니를 말하고, 의儀는 거동을 의미한다. 입봉모의入奉母儀를 직역하면 들어가서 어머니의 거동을 받든다는 말이다.

해설

세상엔 존비귀천이 있어서, 부부 사이에서도 이 법칙은 깨질 수 없는 것이라고 앞의 구절에서 강조했다. 이어서 가족 관계의 종적 줄기가 되는 자식들의 문제가 등장한다. 아들과 딸을 어떻게 서로 다르게 키우고 가르치는 것이 하늘과 땅의 조화와 질서에 따르는 것인지를 설명하는 것이다. 오늘날의 입장에서 보자면 이는 말도 안 되는 억지에 불과하다. 하지만 천자문의 저자와 옛사람들은 하늘과 땅의 종적인 상하 관계를 질서라 생각했고, 이것은 모든 관계에서 어그러질 수 없는 절대불변의 진리라고 믿었다. 당연히 남녀 관계에 상하가 없을 수 없고, 부부 관계라고 예외일 수 없었던 것이다. 마찬가지로 아이들에게도 아들이냐 딸이냐에 따라 교육을 달리 해야 마땅했다. 그래야 아이들이 스스로의 정체성을 제대로 파악하여 세상에 나가 그 본분을 잘 지킬 수 있다고 믿었던 것이다. 아들이 더 귀중하기도 했겠지만, 세상이 남녀의 상하 관계를 기본 질서로 삼고 있으므로 가정에서부터 이를 제대로 가르치지 않으면 나중에 그 아이들이 사회에 적응할 수 없게 되고, 이는 곧 패륜을 의미하는 것이었다.

어쨌든, 천자문의 저자는 그렇다면 남아男兒와 여아女兒를 어떻게 구별(사실은 차별이다) 지으라고 말하는 것일까? 우선은 활동의 범위와 무대가 다르다. 남자 아이들은 밖으로 내보내고, 여자 아이들은 집 안으로 들여보내라고 한다. '바깥양반(남편)'이니 '안사람(부인)'이니 하는 말들이 모두 이런 사상과 가르침에서 비롯된 것이다. 천자문은 이를 외外와 입入이라는 글자로 표현하고 있다.

그럼 밖에 나가서는 무얼 하고, 안에 들어가서는 무얼 해야 할까? 우선 사내아이들은 '받는다受'고 하고, 계집아이들은 '받든다奉'고 하였다. 그런데 '받는' 것과 '받드는' 것은 하늘과 땅 차이다. 우리말에서는 글자 하나 차이지만 내용은 엄청나게 다르다. 하긴 남자와 여자가 하늘과 땅의 관계이니 남녀에 대한 대우가 하늘과 땅 차이라고 해서 이상한 일도 아니긴 하다. 어쨌든 우선 '받는다'는 것은 누군가 상대가 있어 내게 주므로 받아들이는 것이다. 수동적 행위라는 말이 아니라, 누군가 내게 주는 사람이 있고 무언가 주는 내용이 우선 있는 것이다. 반면에 '받들다' 혹은 '돕다'라고 할 때는, 내가 가진 것을 상대에게 내주어야만 한다. 섬김의 대상, 도움을 필요로 하는 존재가 먼저 전제되는 것이다. 그게 누구이고, 내용은 무엇일까?

우선 남자 아이들에게 해당하는 것은 '스승의 가르침' 곧 '사부의 교훈'이다. 이를 받게 하라는 것이다. 쉽게 말하면 집 밖에 있는 학교로 보내 글공부를 시키라는 것이다. 반면에 여자 아이들은 '어머니의 거동'을 돕거나 받들어야 한다. '봉모의奉母儀(어머니의 거동을 받들다)'를 대부분의 해설서들은 '어머니의 거동을 보고 배운다'는 의미로 풀이하는데, 봉奉에는 '보고 배운다'는 의미가 없다. 그렇다면 어머니의 무엇을 받들고 어머니의 무엇을 돕는가? 의儀를 받들고 도와야 한다. 그런데 의儀는 행위와 동작을 나타내는 거동의 뜻 외에 의식儀式이나 의례儀禮를 의미하기도 하는 글자다.

다시 말해 어머니의 모든 거동을 받들고 돕는 것이 아니라, 손님접대나 제례를 준비하는 것을 받들고 도우라는 것이다. 이것이 여자 아이들에게 가르쳐야 할 첫 번째 덕목이라는 것이다. 한심한 말이지만 예전엔 그랬다는 것이다.

諸姑伯叔 猶子比兒
제 고 백 숙 유 자 비 아

제諸 고姑와 백伯과 숙叔은, 자子와 유猶하고 아兒와 비比하니,

諸 모두 제   姑 시어미 고   伯 맏 백   叔 아저씨 숙
猶 같을 유   子 아들 자   比 견줄 비   兒 아이 아

직역 모든 여자 형제와 남자 형제들은, 아들이며 딸에 버금가니

의역 모든 여자 형제와 남자 형제들이 아들이며 딸에 버금간다는 것은 형제 자매가 자식 다음으로 가까운 사이임을 말한 것이다.

자구 풀이

이 구절에 등장하는 글자들은 대개 친족 관계와 관련된 것들이다. 먼저 고姑는 글자 모양에서 짐작되는 것처럼 나이 많은 여자를 나타내니 곧 노파老婆의 의미다. 여기서 파생되어 친족 관계를 나타낼 때는 시어머니나 고모(아버지의 여자 형제)를 가리키게 되었다. 백伯은 오늘날 큰아버지에, 숙叔은 작은아버지에 해당된다. 첫 글자인 제諸는 '모든'의 뜻이며, 어조 사로도 활용되기 때문에 특별히 의미상 큰 역할을 하는 것은 아니다. 이렇게 보면 제고백숙諸姑伯叔은 일단 '모든 고모와 큰아버지와 작은아버지'로 해석된다. 그런데 필자는 이렇게 해석하지 않았으며, 필자의 해석 방식에 대해서는 뒤에서 설명하기로 하고 여기서는 우선 통상적인 해석 방식을

먼저 살펴 보기로 하겠다.

유자猶子는 하나의 단어로 조카라는 뜻이다. 비比는 견주다의 뜻이며, 비유比喩, 비교比較 등의 단어에서 볼 수 있다. 또 비슷하다는 의미로도 쓰인다. 비견比肩은 어깨 높이가 비슷한 것이다. 이렇게 보면 비아比兒는 아兒와 비견된다, 아兒와 비슷하다는 말이고, 이때의 아兒는 어린아이의 의미가 아니라 친자식이라는 말이다. 따라서 유자비아猶子比兒는 '조카는 친자식과 비슷하다'는 뜻이 된다.

이상 두 구절을 연결시켜 해석하면 '제고백숙諸姑伯叔 유자비아猶子比兒'는 일단 '모든 고모와 큰아버지와 작은아버지 / 조카 / 친자식 같다'로 직역된다. 앞의 구절을 주어로 삼으면 '모든 고모와 큰아버지와 작은아버지들은, 조카를 친자식처럼 대해야 한다'는 의미가 된다.

여덟 글자 전체가 한 문장을 이루고 있는데, 전체적으로 '주어諸姑伯叔 - 목적어猶子 - 술어比 - 보어兒'의 구조다. 다소 어색한 이런 문장 구조는 천자문이 시임을 감안할 때 전혀 납득할 수 없는 것은 아니다. 하지만 남녀 자식들을 이렇게 저렇게 가르치라는 당부에 이어 왜 갑자기 고모와 삼촌들에게 조카 보기를 자식 대하듯 하라는 얘기가 나오는 것인지, 그 뒤에 이어지는 구절('형제들은 한 뿌리에서 나온 가지들이다')과는 또 어떻게 연결되는 것인지를 명쾌하게 설명하지 못한다는 한계가 있다. 옛날의 대가족 제도를 설명하면서 조카 사랑을 권면한 아름다운 구절로 읽어도 좋겠지만, 다음과 같이 다른 방식의 해석도 얼마든지 가능하다는 것이 필자의 생각이다.

해설

우선 홍성원의 다음과 같은 지적을 살펴보자.

> 백숙伯叔은 형제兄弟의 호칭이다. 그런데 세속에서는 아버지의 형을 백伯이라 하고 아버지의 동생을 숙叔이라 한다. 이 또한 세속의 오류誤謬를 따른 것이다.

이에 따르면 우선 백숙伯叔은 '큰아버지와 작은아버지'가 아니라 본래는 형제兄弟와 같은 말이었다는 것이다. 두 글자의 쓰임새로 추정컨대, 백伯은 특히 '큰형'을 말하고 숙叔은 '막내'를 의미한다고 볼 수 있다. 여기서 확대되어 '형제兄弟'와 동일한 의미의 말이 되었을 것이다. 그렇다면 예를 들어 누군가 '저 두 사람은 백숙伯叔이야'라고 한다면, 이는 '저들은 (누군가의) 큰아버지와 작은아버지야'라는 말이 아니고, '저들 둘은 형제兄弟 사이야'라는 뜻이 된다. 백숙과 형제가 같은 말이라는 것이다. 그런데 홍성원은 말미에서 '이 또한 세속의 오류를 따른 것'이라고 토를 달고 있다. 이는 천자문의 저자 역시 이런 오류를 답습하고 있다는 의미다. 본래는 백숙伯叔이 형제兄弟의 뜻인데, 천자문의 저자가 이를 '큰아버지와 작은아버지'의 의미로 잘못 쓰고 있다는 것이고, 따라서 자기도 그렇게 해석할 수밖에 없다는 것이다. 그 결과로 홍성원은 뒤에 나오는 유자猶子를 '조카'로 해석하고 있다. 고姑를 고모로 해석하는 것은 물론이다.

하지만 필자의 생각에 이것은 천자문 저자의 오류가 아니라 홍성원을 비롯한 우리 조상들이 백숙伯叔을 너무나 오랫동안 큰아버지와 작은아버지의 의미로만 사용해왔기 때문에 빚어진 착오다. 천자문의 백숙은 형제의 의미로 사용된 것이 맞고, 또 그렇게 해석해야 뒤에 이어지는 문장(형제들은 한 뿌리에서 나온 가지들이다)과도 자연스럽게 연결된다.

일단 백숙伯叔을 형제兄弟의 의미로 파악하면, 그 앞에 나오는 고姑는 고모가 아니라 '여자 형제'를 지칭함을 쉽게 짐작할 수 있다. 고姑에는 실제로 '여자'의 뜻이 있다. 이처럼 앞 문장의 '제고백숙'이 남녀 형제들에 관한 이야기라는 점을 이해하면, 뒤의 유자猶子를 굳이 조카로 해석할 이유도 없다. 이는 형제간의 관계에 관한 이야기인 것이지, 삼촌이나 고모와 조카의 관계에 대한 이야기가 아니다.

유자비아猶子比兒에서 유猶는 '마치 ~와 같다'는 말이다. 과유불급過猶不及은 지나침은 마치 미치지 못함과 같다는 뜻이다. 그러므로 유자猶子는 일단 '마치 자子와 같다'고 해석할 수 있다. 그런데 이 말은 앞서 등장한 '형제들'이 자식과 완전히 동일하다는 의미는 아니다. 곧 '형제＝자식'의 관계를 말하는 것은 아니고, 형제는 자식과 유사한, 흡사한, 자식 같은 존재라는 말이다. '딸 같다'는 말과 '딸이다'라는 말은 같은 말이 아니다. 따라서 '자식 같다'는 말도 형제들이 자식처럼 가깝다는 비유적 표현이지 자식과 동일하다는 말은 아니다.

비아比兒 역시 마찬가지다. 이는 '아兒와 견주어진다, 아兒와 같다'는 말이며, '아兒 자체는 아니지만 아兒와 마찬가지로 가까운 존재'라는 의미다. 자子가 문자 그대로 아들이라고 보면 아兒는 딸을 의미할 수밖에 없다.

이상의 과정을 거치고 보면 '제고백숙諸姑伯叔 유자비아猶子比兒'는 '모든 여자 형제와 남자 형제들은, 아들딸과 흡사하고 그만큼 가까운 사이다'의 뜻이 된다. '형제자매＝아들딸'은 아니지만 '형제와 자매는 아들딸만큼이나 가깝다'는 의미다. 정말 그런가? 아주 단순하게 촌수寸數라는 것을 생각해보자. 아들딸 등의 자식은 나와 1촌 관계다. 형제자매는? 2촌이다. 부부(0촌) 다음이 자식(1촌)이고, 자식 다음이 형제(2촌)인 것이다.

그래서 필자는 해석을 하면서 '버금간다'는 말을 썼다. 자식 다음으로 가까운 존재가 바로 형제자매들이라는 것이 이 구절의 핵심 의미라고 보았기 때문이다. 이렇게 보면, 천자문의 설명 방식이 부부의 문제에서 출발하여 자식 문제를 거친 후 이제 형제자매에 대한 문제로 옮겨지고 있음을 쉽게 알 수 있다. '부부 – 자식 – 삼촌 고모와 조카 – 형제'의 순서로 설명을 해나간다는 기존의 해설 방식보다는 이게 훨씬 더 명료하다.

거듭 강조하지만, 이 구절은 고모와 삼촌들에게 조카 사랑을 권면한 구절이 아니라 형제가 자식 다음으로 가깝고 소중한 존재라는 가르침을 담은 구절이다.

필자는 이 구절을 해석하면서 그 말미를 종결어미로 완전히 끝맺지 않고 '버금가니~'로 열어두었다. 이는 이 구절에 대한 추가 설명, 곧 형제자매가 어떤 존재인지를 설명하는 다음 구절과 이 구절이 직접 연결되어 있다고 판단했기 때문이다.

孔懷兄弟 同氣連枝
공 회 형 제 동 기 연 지

공孔히 회懷로다, 형제兄弟여. 동기同氣요 연지連枝일세.

孔 매우 공　懷 생각할 회　兄 맏 형　弟 아우 제
同 같을 동　氣 기운 기　連 잇닿을 련(연)　枝 가지 지

직역 깊이 사랑한다네, 형제들은. 같은 기운에, 이어진 가지일세.

의역 『시경』에 나오는 구절을 옮긴 것으로, 형제야말로 진정으로 가까운 사이
이니, 형제란 같은 부모의 기운을 받아 태어난 사이이며, 같은 뿌리와 둥
치에서 뻗어 나와 서로 이어진 나뭇가지들과 같은 존재라는 말이다.

자구 풀이

공회형제孔懷兄弟에서 공孔은 매우, 깊이 등의 의미를 가진 부사다. 명
사로는 구멍을 뜻하며, 동양의 고전들에서는 이 글자 하나로 공자孔子를
가리키기도 한다. 회懷는 흔히 '품을 회'로 읽는데, 가슴에 깊이 새기고 품
는 것, 곧 마음에 담아둠을 의미한다. 여기서 생각하다와 서로 깊이 사랑
하다의 의미도 파생되었다. 공회孔懷를 문자 그대로 옮기면 깊이 생각하
다, 서로 깊이 사랑하다라는 말이다. 형제兄弟는 남자 형과 남자 동생을 가
리키는데, 여기서는 같은 부모 밑에서 나고 자란 모든 형제자매와 남매를
의미한다.

동기연지同氣連枝에서 동기同氣는 일단 형제兄弟와 같은 말이다. 글자 그대로 해석하면 '한기운'이니, 이는 형제가 같은 부모의 같은 기氣를 받아서 태어났기 때문이다. 형제가 상하의 관계를 조명하는 단어라면, 동기는 그 뿌리에 방점을 둔 말이라 하겠다. 연지連枝는 잇닿은 가지들이라는 말이니, 서로 같은 뿌리와 몸통에서 뻗어난 나뭇가지들을 말함이다. 연지連枝 자체가 사전에 등재된 하나의 단어인데, 그 의미는 형제자매 및 남매다. 이렇게 보면 여기 나오는 세 단어, 곧 형제兄弟와 동기同氣와 연지連枝는 모두 같은 말임을 알 수 있고, 동기와 연지는 형제란 것이 어떤 관계의 존재들인가를 비유적으로 보여주는 말들임을 알 수 있다.

해설

이 구절의 직역을 자못 시적으로 해본 것은, 천자문의 저자가 『시경』에 실린 다음과 같은 시를 보고 글자의 순서를 바꾸어서 표현한 말이 공회형제孔懷兄弟라고 보았기 때문이다. 〈상체常棣〉라는 시로, 상체常棣는 아가위라는 이름의 나무를 말한다. 앞부분만 소개한다. 괄호 안의 말은 필자의 사족이다.

常棣之華 상 체 지 화	아가위 꽃 좀 보소
鄂不韡韡 악 불 위 위	(꽃만 아니라) 꽃받침도 선명하다네
凡今之人 범 금 지 인	요즈음 사람들아,
莫如兄弟 막 여 형 제	형제만 한 것이 없다오

死喪之威 <small>사 상 지 위</small>	죽을 고비 당하면
兄弟孔懷 <small>형 제 공 회</small>	(오로지) 형제만이 깊이 생각한다네
原隰裒矣 <small>원 습 부 의</small>	들판에 시신이 쌓일 적에
兄弟求矣 <small>형 제 구 의</small>	(오로지) 형제만이 구한다오

脊令在原 <small>척 령 재 원</small>	할미새(물새) 들판에 있는 것처럼
兄弟急難 <small>형 제 급 난</small>	형제가 위급하게 되었을 때,
每有良朋 <small>매 유 양 붕</small>	좋은 친구 있으면 무얼 하나
況也永歎 <small>황 야 영 탄</small>	어쩌나 어쩌나, 한탄만 할 뿐

兄弟鬩于牆 <small>현 제 투 우 장</small>	집 안에선 싸우다가도
外禦其務 <small>외 어 기 무</small>	밖에선 서로 치욕을 막아주네
每有良朋 <small>매 유 양 붕</small>	좋은 친구 있으면 무얼 하나
烝也無戎 <small>증 야 무 융</small>	도와줄 수 없으니

이 시는 주周나라 무왕武王이 반란을 일으킨 두 동생(관숙과 채숙)을 생각하며 지은 것이라고 전하는데, 여기 나오는 형제공회兄弟孔懷에서 천자문의 공회형제孔懷兄弟라는 구절이 비롯된 것으로 보인다. 형제공회兄弟孔懷는 직역하면 '형제가 깊이 생각하고 서로 사랑함'의 뜻이고, 천자문의 공회형제孔懷兄弟는 '형제를 깊이 생각하고 사랑함'의 뜻이다. 그러므로 '형제 관계의 소중함을 깊이 생각한다'는 뜻과 '깊이 사랑하세(생각하세), 형제들이여'의 두 가지 뜻을 함께 얻을 수 있겠다.

交友投分 切磨箴規
교 우 투 분 절 마 잠 규

우友를 교交함은 분分을 투投함이니, 절切하고 마磨하며 잠箴하고 규規한다.

交 사귈 교 友 벗 우 投 던질 투 分 나눌 분
切 끊을 절 磨 갈 마 箴 경계 잠 規 법 규

직역 벗을 사귐은 몫分을 던짐이니, 갈고 닦고 경계하며 바로잡는다.

의역 벗을 사귐이 몫을 던짐이라 함은 친구를 사귀고자 할 때는 먼저 아낌 없이 내어주는 것이 있어야 함을 말함이다. 갈고 닦고 경계하며 바로 잡는다 함은 친구 사이에서 서로 주고받을 것 가운데 이것들이 가장 귀중함을 말한 것이다.

자구 풀이

교우투분交友投分에서 교우交友는 문자 그대로 '우友를 교交하다', 곧 벗을 사귄다는 말이다. 또 투분投分은 분分을 투投하다의 의미다. 그렇다 면 분分을 투投한다는 것은 무슨 뜻일까? 대체로 세 가지 정도로 해석될 수 있다.

첫째, 분分을 정분情分의 의미로 이해하고, 투投를 주고받다의 의미로 읽는 방법이다. 투投는 흔히 던지다의 뜻으로 쓰이는데, 나누거나 주고받 는다는 의미도 가진 글자다. 이렇게 읽으면 투분投分은 서로 정분을 나누는 것이 되고, 여기서 한 단계 나아가면 의기意氣를 투합投合하는 것이 된다. 서로의 정분과 의기를 던지고 주고받아서 소위 배짱을 맞추는 것이다. 대부분의 해설서들이 이런 설명을 택하고 있다.

둘째, 분分을 우리말 '몫'으로 해석하고 투投를 던지다, 나눠주다의 의미로 읽는 것이다. 자기가 가진 몫을 상대에게 나누어주는 것, 곧 서로에 대한 양보를 기반으로 우정이 생기고 쌓이는 것이라는 의미다. 이렇게 해석한 경우는 아직 본 적이 없는데, 충분히 가능한 해석이라고 판단된다.

셋째, 분分을 구분區分과 분별分別로 이해하는 것이다. 앞에서 우리는 군신, 부부, 부모와 자식 사이에 분별分別이 있음을 보았다. 세상에 존비귀천의 구분이 있음도 보았다. 이런 구분과 분별이 친구 사이라고 없을 리 없다. 그러나 친구 사이의 나눔은 상하나 존비귀천을 따질 수 있는 것은 아니다. 다만 각자의 몫分이 있을 뿐인데, 이 몫이란 서로가 서로를 도와주고 이끌어줄 수 있는 자질로서의 몫이요 역할이다. 말하자면 친구 사이의 역할 분담이다. 친구를 사귈 때에는 서로 모자란 것을 채워줄 수 있는 친구를 사귀는 것이 좋다. 자기의 성격과 반대인 사람을 친구로 사귀어야 배울 게 있고 스스로 발전을 꾀할 수 있다. 이 구절 뒤의 절마잠규切磨箴規가 서로 그렇게 해야 한다는 가르침이기도 하다.

분分은 이처럼 무언가를 나누는 것이자 그 나누어진 하나하나를 말한다. 이것을 서로 던지고 주고받는 것, 좋은 친구가 되기 위해 각자 맡은 역할을 잘 수행하는 것이 곧 투분投分이다. 이처럼 친구 사이에도 분별이 있고, 구분이 있고, 서로의 역할이 있으며, 이를 상호 잘 교환하는 것이 곧 좋은 친구라는 말이 교우투분交友投分이다.

뒤의 절마잠규切磨箴規와 연결시키면 이 세 번째 해석이 의미상 가장 적절한데, 교우투분交友投分의 네 글자만 놓고 따지자면 '제 몫을 넘겨주는 양보의 미덕'이라는 두 번째 해석이 그 뜻에 있어서 가장 명료하다.

절마잠규切磨箴規에서 절마切磨는 절차탁마切磋琢磨의 줄임말이다. 절차탁마는 끊어내고 갈고 쪼고 다듬는다는 말인데, 이는 옥玉을 세공하는 과정과 기술을 말하는 것이다. 옥을 다듬는 것과 같은 자세로 학문과 덕성을 갈고 닦는 것을 절차탁마라고 한다. 여기서는 그런 절차탁마의 과정을 친구와 친구가 서로 도와야 한다는 의미다.

잠규箴規에서 잠箴은 경계하고 가르친다는 말이다. 세상 사람들에게 경계가 되고 가르침이 되는 좋은 말씀을 흔히 잠언箴言이라 하고, 성경에는 「잠언」이라는 장이 별도로 있다. 규規는 본래 동그라미를 그릴 때 사용하는 제도용製圖用 자의 일종이다. 아이들이 원을 그릴 때 대고 그리는 플라스틱 본本 같은 걸 생각하면 된다. 여기서 모범이라는 뜻이 생겼고, 또 법칙, 규칙이라는 뜻도 생겼다. '본本이 되다'의 의미도 나왔고 동그라미를 그린다는 의미도 생겼으며, 마침내 잘못된 것을 바로잡다의 의미도 생겼다. 잣대나 법규가 하는 일들이 사실은 대체로 이런 것이다. 이 구절에서는 친구가 잘못된 길로 갔을 때 바로잡아준다는 의미로 쓰였다. 본을 보임으로써 바로 잡는 것일 수도 있고, 앞 글자인 잠箴과 연결시켜 경계의 말을 해줌으로써 바로잡는 것일 수도 있다. 이처럼 절마잠규切磨箴規는 좋은 친구가 되기 위해 서로 어떤 역할分을 수행해야 하는지를 설명한 구절이다.

해설

모범적인 친구 관계를 나타내는 말에 관포지교管鮑之交라는 것이 있다. 친구 사이에는 믿음이 있어야 한다는 붕우유신朋友有信의 덕목을 잘 보여주는 고사로 특히 유명하다.

『사기』에 따르면 관중管仲과 포숙鮑叔은 친한 친구 사이여서 동업을 하게 되었다. 포숙이 자본을 대고 관중은 경영을 담당했는데, 관중이 이익금을 혼자 독차지했다. 그래도 포숙은 관중이 가난한 탓이라며 다른 말을 하지 않았다. 함께 전쟁터에 나갔을 때에도 관중은 비겁하게 세 번이나 도망을 쳤다. 그래도 포숙은 그를 나무라지 않고 오히려 그의 집에는 노모가 있기 때문이라고 두둔을 해주었다. 나중에 관중은 포숙을 일러 말하기를 '나를 낳은 것은 부모지만 나를 아는 것은 오직 포숙뿐'이라고 했다. 이들 두 사람은 모두 춘추시대의 제齊나라에서 재상으로 일했고 큰 업적을 남긴 역사적 인물들이다.

반면에 지란지교芝蘭之交는 지초와 난초처럼 맑고 깨끗하며 두터운 벗 사이의 사귐을 말한다. 지초芝草와 난초蘭草는 모두 향기로운 풀을 일컫는다. 『명심보감』에 따르면 공자는 일찍이 이렇게 말했다고 한다.

선한 사람과 함께 있으면 지초와 난초가 있는 방으로 들어가는 것과 같아서 오래되면 향기를 맡지 못하니, 그 향기에 동화되기 때문이다. 선하지 못한 사람과 함께 있으면 마치 절인 생선 가게에 들어간 것과 같아서 오래되면 그 악취를 맡지 못하니, 또한 그 냄새에 동화되기 때문이다.

그러므로 친구를 잘 가려 사귀라는 말이고, 이에서 '지란지교'라는 말이 생겨났다. '관포지교'가 친구 사이의 신뢰를 강조한 것이라면 '지란지교'는 고매한 선비의 사귐에 자주 비유된다.

한편, '친구 사이의 끈끈하고 도타운 우정'이 얼마나 중요하고 대단한 위력을 발휘하는가에 대하여는 『주역』에 다음과 같은 말이 보인다.

二人同心 其利斷金 同心之言 其臭如蘭
이 인 동 심 기 리 단 금 동 심 지 언 기 취 여 란

두 사람이 같은 마음이 되면 그 예리銳利함이 쇠金도 자르며, 동심同心에서 나온 말은 그 향기로움이 난초와 같다는 뜻이다. 여기서 금란지교金蘭之交라는 말이 생겼다.

『삼국지三國志』의 두 주인공인 유비劉備와 제갈공명諸葛孔明도 유명한 고사를 남겼다. 두 사람의 관계가 날이 갈수록 친밀해지자 마침내 유비의 의형제들인 관우關羽와 장비張飛마저 불평을 하기에 이르렀다. 그러자 유비가 한 말이 '내가 제갈공명을 만난 것은 고기가 물을 만난 것과 같다'는 것이었다. 여기서 수어지교水魚之交의 고사가 생겼으니, 물과 물고기처럼 떨어져서는 살 수 없을 정도로 친밀한 관계를 말한다.

떨어져서 살 수 없을 만큼 친한 친구가 없어질 때에는 당연히 문제가 발생한다. 『열자列子』 등의 기록에 따르면 초楚나라 백아伯牙는 거문고의 달인이었는데, 그에게는 자신의 거문고 소리를 정확하게 이해하는 절친한 친구인 종자기鍾子期라는 사람이 있었다. 백아가 거문고로 높은 산의 형세를 표현하면 종자기는 '하늘 높이 우뚝 솟는 느낌이 마치 태산처럼 웅장하네.' 하고, 큰 강을 표현하면 '도도하게 흐르는 강물의 흐름이 마치 황하 같군.' 하며 맞장구를 쳐주었다.

그러던 어느 날 친구 종자기가 갑자기 병으로 세상을 등지게 되었다. 이에 백아는 너무나 슬픈 나머지 그토록 애지중지하던 거문고의 줄을 스스로 끊어버리고 다시는 거문고를 연주하지 않았다고 한다. 이 고사에서 백아절현伯牙絕絃(백아가 줄을 끊어버림)이라는 말이 생겼고, 지음知音(소리를 알아줌)이라는 말도 생겼다. '지음'은 호흡이 척척 맞는 아주 가까운 친구를 비유하는 말이다.

죽마고우竹馬故友라는 말도 많이 쓰는데, 사실 이 성어는 본래의 고사가

전하려던 메시지와는 그 의미가 많이 와전된 경우다. 이야기의 주인공은 은호殷浩라는 사람과 환온桓溫이라는 사람으로, 어린 시절 둘은 같은 고향에서 나고 자랐다. 그리고 훗날 서로 다른 세력을 위해 일하게 되었는데, 결국은 은호가 환온에게 무릎을 꿇게 되었다. 그러자 환온이 이렇게 말했다고 한다.

"은호와 나는 어린 시절 죽마竹馬를 함께 타고 놀았다. 내가 죽마를 타다가 버리면 반드시 그걸 은호가 주워서 탔다. 오늘 그가 내게 무릎을 꿇은 것은 당연한 이치다."

이처럼 환온이 말하고자 한 것은 어린 시절부터의 신분질서가 여전히 어그러질 수 없다는 것이었다. 그런데 사람들은 환온과 은호의 이 고사에서 '죽마고우'라는 말을 만들어내고, '어린 시절부터 죽마를 타고 함께 놀던 오래된 옛 친구'의 의미로 사용하고 있는 것이다.

가까운 친구를 비유하는 말에는 막역지우莫逆之友도 있다. 서로 거스르는逆 것이 없이莫 친한 친구라는 말이다. 그러나 이 말도 사실은 단순히 서로 배짱이 잘 맞는 친구라는 뜻만은 아니다. 『장자莊子』에 등장하는 우화를 배경으로 한 고사로, 여기에는 네 사람의 선인仙人들이 등장한다. 이들은 모두 천지의 참된 도를 깨달아 사물에 얽매이지 않는 마음을 가진 사람들이어서 서로 잘 어울렸다고 한다. 이처럼 천지의 도를 깨달은 사람들 사이의 관계를 이르는 말이 '막역지우'다. 이때의 역逆은 사실 친구와 친구 사이에 마음이 맞지 않는 걸 뜻하는 게 아니라 천지의 밝은 도에 거스르는 것을 나타내며, 그런 거스름이 없는 사람들의 고상한 교우가 '막역지우'였던 것이다.

仁慈隱惻 造次弗離
인 자 은 측 조 차 불 리

인仁은 자慈요 은측隱惻이니, 조차造次라도 이離함은 불弗하다.

仁 어질 인   慈 사랑할 자   隱 가엾어할 은, 숨을 은   惻 가엾어할 측
造 갑자기 조, 지을 조   次 때 차, 버금 차   弗 아니 불   離 떠날 리(이)

직역 인仁은 사랑이요 측은지심惻隱之心이니, 잠시 잠깐이라도 떨어질 수
있는 것이 아니다.

의역 인이 사랑이라 함은 어짊이 사랑으로 표현됨을 말하고, 인이 측은지심
이라 함은 불쌍히 여기고 가엾게 여기는 마음에서 나온 것이 곧 인仁
임을 말한다. 잠시 잠깐이라도 떨어질 수 있는 것이 아니라 함은, 측은
지심이 생래적인 본성이어서 결코 사라지는 것이 아님을 말한 것이니,
이는 성선설性善說에 가깝다.

자구 풀이

이 구절과 다음 구절(節義廉退 顚沛匪虧)은 각각 인仁과 의義가 무엇인가
를 다룬 구절이다. 왜 인과 의가 나오는지, 이를 중심으로 이 구절들을 해
석하면 어떻게 되는지에 대해서는 뒤의 〈해설〉에서 설명하기로 하고, 여
기서는 우선 일반적인 풀이 방식을 소개해 보기로 하겠다.

인자은측仁慈隱惻에서 인仁은 어질다, 자비롭다의 뜻이고, 자慈는 사랑

하다의 뜻이다. 따라서 인자仁慈는 어질고 사랑하는 마음으로 풀이된다. 사전에는 인자仁慈가 어질고 자애慈愛로운 마음으로 풀이되어 있으니 같은 말이다. 은측隱惻은 대부분의 해설자들이 측은惻隱과 같은 것으로 보고, 그 의미는 가엾게 여기다. 또는 불쌍히 여기다로 새긴다. 또 은측隱惻을 측은지심惻隱之心과 같은 것으로 보아 이를 가엾고 불쌍하게 여기는 마음으로 옮기기도 한다. 이렇게 보면 인자은측仁慈隱惻은 '어질고 사랑하는 마음과 불쌍하고 가엾게 여기는 마음'이 된다.

조차불리造次弗離에서 조造는 만들다의 뜻으로 많이 쓰이는 글자인데, 여기서는 '갑자기'의 뜻이다. 차次는 둘째를 말하는 버금이나 차례次例의 뜻인데, 여기서는 때時의 의미로 쓰였다. 합하여 '갑작스런 때나 상황'을 의미하며, 사전에는 조차造次가 아주 잠깐의 시간을 의미한다고 되어 있다. 불리弗離에서 불弗은 불不이나 비非와 같은 의미를 나타내는 글자다. 이離는 떼어 놓다, 서로 떨어뜨리다의 뜻이다. 그러므로 조차불리造次弗離는 '잠깐도 떨어질 수 없다'는 말이 된다.

결국 인자은측仁慈隱惻과 조차불리造次弗離를 합하여 옮겨보면 '어질고 사랑하며 불쌍히 여기는 마음은 잠깐이라도 떼어놓아서는 안 된다'는 의미가 된다. 군자라면 마땅히 어진 마음, 사랑하는 마음, 불쌍히 여기는 마음을 가져야 하고, 어떤 순간이 와도, 잠깐이라도, 이를 떠나보내서는 안 된다는 경계의 말씀으로 읽을 수 있는 것이다.

좋은 얘기다. 그러나 천자문을 이렇게만 읽으면 너무 단순하고 심심해진다.

해설

이 구절 이전까지 천자문은 충과 효, 예와 악, 그리고 가족과 벗의 문제 등을 다루었다. 모두 군자들이 알아야 할 덕목들이었고, 유학의 중요한 가르침들을 담고 있는 내용들이었다. 충은 어버이 섬기는 효의 연장이라는 것, 예와 악은 신분질서와 밀접하게 관련되어 있다는 것, 친구는 서로 밀어주고 끌어주어 절차탁마의 동지가 되어야 한다는 것 등이었다. 그렇다면 이제 유교 철학의 주요 개념과 관련하여 아직도 남은 문제는 무엇일까?

삼강오륜三綱五倫을 놓고 검토해보자. 3강은 한마디로 유학의 3대 강령綱領인데, 군위신강君爲臣綱, 부위자강父爲子綱, 부위부강夫爲婦綱을 말한다. 각각 임금과 신하, 부모와 자식, 부부 사이에서는 먼저 언급된 자들이 벼리綱가 된다는 것인데, 이런 관계들에 대해서는 이미 앞에서 모두 언급이 되었다. 5륜 역시 다섯 가지 사람 관계를 전제로, 이들 사이에 무엇이 중요한지를 밝힌 것이다. 이때 다섯 가지 사람 관계란 곧 임금과 신하, 부모와 자식, 부부, 어른과 아이, 친구 관계를 말한다. 이에 대해서도 이미 모두 앞에서 설명한 바 있다.

삼강오륜 외에 유학에는 사단칠정四端七情과 오상五常이라는 개념이 있다. 이 가운데 칠정七情은 인간의 마음이 흔들리면서 생기는 감정感情을 말하고, 세상사를 바라보고 처리하는 데 걸림돌이 되는 심리상태를 말한다. 반면에 사단四端은 마음과 관련되어 있으되 천성적으로 인간의 마음 깊은 곳에 자리 잡은 본성本性을 말하고, 이 사단에 충실할 때 사람들은 그 착한 본성의 결과로 도道며 덕德에 가까워지게 된다고 본다.

맹자에서 시작된 사단四端에 대한 이론과 이에 기반을 둔 동중서의 오상五常에 대해서는 앞서 '개차신발蓋此身髮 사대오상四大五常'의 구절을 설명하면서 언급한 바 있다. 기억을 상기해보자. 맹자는 인간의 본성이 선하다고 전제하고, 그 선한 마음으로 네 가지를 언급했다. 측은지심惻隱之心(남을 불쌍히 여기는 마음), 수오지심羞惡之心(자신의 옳지 못함을 부끄러워하고 남의 옳지 못함을 미워하는 마음), 사양지심辭讓之心(겸손하여 남에게 양보하는 마음), 시비지심是非之心(잘잘못을 분별하여 가리는 마음)의 네 가지가 그것이다. 인간이 본래부터 가지고 태어나는 이 네 가지 선천적이고 도덕적인 본성을 사단四端이라 한다. 이 사단은 각각 '인의예지仁義禮智'와 연결되며, 여기에 신信을 하나 보탠 것이 오상五常이다. 나아가 맹자는 이 사단과 오상 중에서도 특히 인과 의를 기반으로 왕도정치를 펼쳐야 한다고 주장했다. 그에게 왕도정치란 곧 인의仁義를 바탕으로 한 정치, 말하자면 측은지심과 수오지심을 바탕으로 한 정치였던 셈이다. 그런데 천자문은 아직까지 이 인仁과 의義의 문제를 본격적으로 다루지 않고 있었다. 이제는 나올 때가 된 것이고, 이 구절과 다음 구절이 이에 대한 해명이다.

한편, 유학에는 사덕四德이라는 것도 있는데, 인의충효仁義忠孝가 그것이다. 이는 유학에서 가장 중시되는 네 가지 덕성이며, '인의충효'는 곧 오늘날의 표현으로 '도덕'과 같은 말이다. '너 같은 놈이 어찌 인의충효를 알겠느냐?'라는 말은 '너는 도덕도 모르는 놈'이라는 말과 같은 말이다. 이처럼 가장 기본이 되는 4대 덕목에서도 가장 첫머리에 놓이는 것이 '인仁과 의義'다. 천자문이 다루지 않을 수 없는 주제인 것이다.

이 구절에서는 우선 인仁을 설명하고 있다. 인자仁慈에서 자慈는 인仁이 발로된 결과를 말한 것이며, 인仁이 체體(본질)라면 자慈는 용用(현상)에 해당한다. 이를 한마디로 간추리면 '인은 사랑으로 표현된다' 정도가 될 것이다.

은측隱惻은 앞서 논한 대로 측은惻隱, 또는 측은지심惻隱之心이다. 따라서 인자은측仁慈隱惻은 '인은 사랑으로 표출되는 바, 이는 측은지심의 발로이다'라는 뜻이 된다. 인仁이 과연 무엇인가, 곧 인의 개념을 설명한 구절이 인자은측仁慈隱惻이며, 이 네 글자로 한 문장이 완결된다. 이를 '어질고 사랑하고 불쌍히 여기는 마음'으로만 풀면 본질이 흐려지고 전체 구절의 뜻이 오히려 어지러워진다.

조차불리造次弗離에서 조차造次는 앞서 해석한 바와 마찬가지로 '아주 잠깐, 매우 짧은 시간'의 의미다. 문제는 불리弗離의 주체와 객체가 누구이고 무엇인가 하는 점이다. 앞서 소개한 대로 대부분의 해설자들은 이 문제를 '군자는 인을 잠시도 버려서는 안 된다'는 의미로 해석한다. 군자가 주체가 되고, 인仁이 버려질 수도 있는 객체가 되는 셈이다. 하지만 맹자에 따르면 인은 본성本性이어서 버리거나 할 수 있는 성질의 것이 아니다. 천자문의 이 구절을 인仁에 대한 맹자의 철학적 규정을 설명한 것이라고 보면, 이 구절은 '측은지심은 본성이어서 잠시라도 떨어질 수 있는 것이 아니다'라는 의미가 된다. '측은지심을 잠시라도 버리지 말라'는 경계의 말씀이 아니라, 측은지심이라는 것이 본디 생래적이고 선천적인 본성이어서 결코 떨어질 수 있는 것이 아니라는 명쾌한 규정인 셈이다.

節義廉退 顛沛匪虧
절 의 염 퇴 전 패 비 휴

의義는 절節이요 염퇴廉退니, 전패顛沛하더라도 휴虧는 비匪하다.

節 마디 절   義 옳을 의   廉 염치 렴(염), 청렴할 렴(염)   退 멀리할 퇴, 물러날 퇴
顛 엎어질 전   沛 자빠질 패   匪 아닐 비   虧 이지러질 휴

직역 절개節概로 표현되는 의義는 염치廉恥와 멀리함이니, 엎어지고 자빠질
때라도 이지러질 수 있는 것이 아니다.

의역 의가 절개로 표현된다 함은 의의 드러남이 곧 절개라는 말이다. 의가
염치와 멀리함이라 함은 이것이 수오지심羞惡之心에서 비롯되므로 스
스로의 잘못을 부끄러워함이요 남의 잘못으로부터 멀어짐을 꾀하기
때문이다. 엎어지고 자빠질 때라도 이지러질 수 없다 함은 수오지심이
생래적인 본성이어서 어느 순간에도 사라지는 것이 아니기 때문이다.

자구 풀이

앞의 구절과 마찬가지로 일반적인 풀이를 먼저 살펴보자.

절의염퇴節義廉退에서 절節과 의義는 각각 절개節概와 의리義理를 말한
다. 군자의 덕성에 있어서 절개節概란 신념, 신의 따위를 굽히지 아니하고
굳게 지키는 꿋꿋한 태도를 말한다. 대나무의 마디節처럼 꿋꿋하고, 죽으
면 죽었지 구부러지지 않는 것이다. 의리義理는 사람으로서 마땅히 지켜

야 할 도리를 말한다. 염廉은 청렴하다는 뜻이고, 퇴退는 물러난다는 말이다. 군자의 일평생과 연결시키면 청렴과 결백을 지키다가 때가 되면 과감히 용퇴勇退하는 도리에 해당한다. 이렇게 보면 절의염퇴節義廉退는 '절개와 의리, 청렴함과 용퇴'의 의미가 된다. 혹자는 퇴退를 진퇴進退로 보아 '벼슬에 나아감과 물러감을 정하는 것'으로 풀기도 한다. 용퇴나 진퇴나 의미상 큰 차이는 없다.

전패비휴顚沛匪虧에서 전패顚沛는 사전에도 등재된 단어로 '엎어지고 자빠짐'의 뜻이다. 곤경에 처한 상황을 의미한다. 비匪는 큰 상자를 의미하는 글자인데 대부분의 경우 '아닐 비非'와 같은 용도로 쓴다. 휴虧는 이지러지다의 뜻이다. 따라서 전패비휴顚沛匪虧는 엎어지고 자빠지는 상황에서도 이지러져서는 안 된다는 의미가 된다.

앞뒤 구절을 연결해보면 '절의염퇴節義廉退 전패비휴顚沛匪虧'는 '절개와 의리, 청렴함과 용퇴(진퇴)의 태도는, 아무리 엎어지고 자빠지는 급박한 상황이라도 이지러지게 해서는 안 된다'는 의미가 된다. 매우 의미심장하고도 울림이 큰 가르침이다. 그러나 이 구절을 이렇게만 이해하면 의義에 관한 철학적 규정이라는 이 구절의 의미가 크게 퇴색된다.

해설

절의節義에서 절節은 핵심 단어인 의義를 설명하는 말이다. 부차적인 글자이며, 의義가 체體라면 절節은 용用에 해당된다. 그렇다면 의義란 무엇인가? 이것이 이 구절의 핵심 주제다. 저자의 설명을 따라가 보자.

염퇴廉退에서 염廉은 청렴하다는 의미 외에 염치廉恥를 뜻하는 글자이기도 하다. 그대로 '염치 염'으로 읽고 푼다. 그러면 염치廉恥란 무엇인가?

체면을 차릴 줄 알고 부끄러움을 아는 마음이라고 사전은 풀이한다. 이런 마음자세를 나타내는 말로는 사단四端 가운데 수오지심羞惡之心이 있다. 여기서 수羞는 자기의 잘못을 알아 부끄러워 한다는 말이다. 오惡는 남의 잘못을 알아 미워하는 마음인데, 염퇴廉退의 퇴退가 또한 이런 뜻의 글자다. 퇴退는 어딘가에서 물러나는 것인데, 마음에 맞지 않는 어떤 상황이나 사람으로부터 물러나는 것, 곧 자리를 피하는 것도 의미한다. '미워하다'의 오惡만큼 적극적인 행위를 나타내는 것은 아니지만 어쨌든 염증厭症이 나서 특정한 자리에서 물러나거나 피하는 것이 퇴退다. 이렇게 보면 염퇴廉退는 '청렴함과 용퇴'가 아니라 '염치를 알아서 자기의 잘못을 뉘우치는 것과 싫은 것으로부터 피함'을 의미한다고 할 수 있고 이는 바로 수오지심羞惡之心과 같은 말이다.

천자문의 저자는 수오羞惡라는 단어 대신 염퇴廉退를 사용하고 있는 것이며, 이는 의義에 관한 맹자의 설명과 정확히 일치하는 것이다. 이렇게 보면 절의염퇴節義廉退는 '절개로 나타나는 의義라는 것은, 자기의 옳지 못함을 알아 부끄러워하고 남의 옳지 못함을 알아 이를 멀리하고 미워하는 마음이다'라고 옮길 수 있다.

전패비휴顚沛匪虧는 위의 일반적인 해석과 크게 다를 바 없는데, 다만 앞 구절의 조차불리造次弗離와 마찬가지로 '이지러짐'의 주체와 객체가 누구인가 하는 것이 여전히 문제가 된다. 통상적인 해석은 군자가 절개와 의리와 청렴함과 용퇴를 이지러지게 할 수 '있다'고 전제하고, 이 구절은 그럼에도 불구하고 그렇게 해서는 '안 된다'는 가르침이라고 새긴다.

하지만 필자는 이 구절이 의義에 대한 철학적 규정이기 때문에, 휴虧의 주어는 의義이며, 따라서 이 구절의 의미는 의義, 곧 수오지심羞惡之心이라는 것은 어떤 경우에도 이지러지는 것이 '아니다'라고 새긴다. 수오지심은 선천적인 본성이요 생래적인 것이기 때문이다.

性靜情逸 心動神疲
성 정 정 일 심 동 신 피

성性은 정靜하고 정情은 일逸하며, 심心은 동動하고 신神은 피疲한다.

性성품성　靜고요할정　情뜻정　逸격할일, 편안할일
心마음심　動움직일동　神정신신　疲사그라질피, 고달플피

직역 성은 고요하고 정은 격하며, 마음은 움직이고 신은 사그라진다.

의역 성이 고요하다 함은 본성本性이 움직이지 않고 안정되어 있는 존재임을 말한 것이다. 정이 격하다 함은 감정이 움직이고 변하는 존재임을 말한 것이다. 마음이 움직인다 함은 이것이 외물外物에 감응하는 존재임을 말한 것이다. 신이 사그라진다 함은 이것이 사람의 사후死後에 시간이 흘러 결국은 사라지는 존재임을 말한 것이다. 이는 모두 사람의 심리나 감정과 관련된 용어와 그 작용을 철학적으로 규정한 것이다.

자구 풀이

성性, 정情, 심心, 신神 등 그 말이 그 말 같은 글자들이 의미하는 바가 무엇인지를 정확히 구분할 수 있어야 이 구절의 의미를 올바로 이해할 수 있다. 물론 글자 그대로를 우리말로 풀어도 뜻은 얻어지며, 그것 자체로 논리적이고 합당한 구절을 이루기는 한다. 하지만 천자문이 일종의 철학서이고, 유교 철학의 개념들을 설명하고 있는 책이라고 한다면, 위 글자들의 정확한 개념과 관계를 먼저 파악해둘 필요가 있다. 여기서는 우선 기존의 설명 방식을 먼저 소개한다.

해설자들에 따라 다소 다르긴 하지만 성性은 보통 본성本性으로 옮긴다. 정情은 감정感情으로 옮기고, 신神은 정신精神으로 옮기며, 심心은 우리말 '마음'으로 푼다.

정靜은 고요하다는 말이고, 여기서는 동動(움직이다)의 대對가 된다. 일逸은 기본적으로 달아나다, 달아나 숨다의 뜻이다. 편안하다의 뜻도 있는데, 안일安逸은 편안하고 한가롭다는 말이다. 대부분의 해설자들은 이 '편안하다'의 뜻을 취한다. 이렇게 보면 성정정일性靜情逸은 '본성이 고요하면 감정이 편안해진다'는 말이 된다. 매우 옳은 말이고 좋은 말이다. 그런데 필자는 이런 설명을 아무리 읽어도 이게 도대체 무슨 뜻인지 명료하게 이해하기가 매우 어렵다. 본성을 고요하게 한다는 것이 무슨 뜻이고, 감정이 편안하다는 것이 무슨 뜻인지 도무지 분명하게 그림이 그려지지 않고 아리송하기만 하다.

한편, 심동신피心動神疲에서 동動은 움직이다의 뜻이고, 피疲는 지치고 괴롭고 '피곤하고' 고달프다는 말이다. 그래서 기운이 쇠약해짐을 뜻한다. 그러면 심동신피心動神疲는 대체로 '마음이 움직이면(흔들리면) 정신이 피곤해진다'는 말이 된다. 역시 매우 옳은 말이고 좋은 말이다. 하지만 앞 구절과 어떤 연관이 있는지 알기 어렵고, 마음과 정신의 차이가 무엇인지도 불분명해서 여전히 그 명쾌한 뜻은 아리송하기만 하다. 마음이 흔들리면 정신이 피곤해진다는 말은 곧 밥을 먹지 않으면 배가 고프다는 말처럼이나 무의미한 가르침이기도 하다. 어쨌든 이런 방식으로 성정정일性靜情逸 심동신피心動神疲를 해석하면, '본성이 고요하매 감정이 편안하고, 마음이 흔들리매 정신이 피곤해진다'는 뜻이 된다.

해설

앞에서 인仁과 의義는 어떤 상황에서도 폐기될 수 없는 것이라고 했다. 이는 인과 의가 인간이 본래부터 타고나는 착한 본성本性인 측은지심惻隱之心 및 수오지심羞惡之心에서 비롯되기 때문이다. 그렇다면 본성은 무엇이고, 본성 아닌 것은 무엇이란 말인가? 인과 의가 본성이라는데, 왜 모든 사람들은 모든 상황에서 인과 의를 실제로 실천하지 못하는가? 왜 범인들에게는 인과 의의 실천이 그토록 어려운 것인가? 이 문제를 해결하기 위해서는 우선 인간의 심리작용에 대해 알아야 한다. 그래서 이 구절이 등장하는 것이다.

오늘날 우리는 성性, 정情, 심心, 신神 등의 글자를 마구 뒤섞어서 사용하고 있다. 그래서 이 글자들이 의미하는 바가 상당히 애매하고 모호하게 느껴지는 것이다. 하지만 본래부터 그랬던 것은 아니다. 수많은 유학자들이 이 글자들을 서로 다른 뜻의 철학적 개념어들로 사용해왔고, 또 그 구체적인 성격을 밝히기 위해 많은 노력을 기울여왔다. 이러한 노력의 결과는 훗날 주자학朱子學을 세운 주희朱熹에 의해 집대성된다. 천자문은 주희가 태어나기 훨씬 전에 지어진 것이지만, 주희의 설명을 먼저 들어두면 위 글자들의 개념을 보다 명료하게 이해하는 데 도움이 된다. 이 과정에서 위의 네 글자 외에 이 구절에 등장하는 정靜과 동動이 어떤 의미인지도 보다 명백하게 밝혀질 것이다. 먼저 주희朱熹는 다음과 같이 말하고 있다.

옛사람이 글자를 만들 때에 먼저 심心이라는 글자를 만들어 얻었으니, 성性과 정情은 모두 이 심心에서 나온 것이다. 성性은 곧 심心의 이理이며 정情은 심心의 용用이다. 사람이 나서 고요함靜이 성性이 되고, 물物에 감응하여 동動하면 정情이 된다.

간단히 정리하면 이렇다. 모든 사람에게는 먼저 심心(마음)이 있다. 그런데 이 마음이라는 것은 주희의 이기理氣 철학에 따르면 이理와 기氣로 되어 있으며, 마음 가운데 이理(본체)에 해당하는 것이 성性(본성)이다. 반면에 기氣(현상)에 해당되고, 기와 연관되어 발동되는 존재가 정情(감정)이다. 이 '감정'이란 녀석은 마음이 외부의 물物에 감응하여 움직이면動 생겨난다. 이렇게 이해하고 보면 성정정일性靜情逸의 의미는 명백하다.

성性(본성)은 정靜(고요함)을 특징으로 삼고, 정情(감정)은 일逸을 특징으로 삼는다는 것이다. 이때의 일逸은 당연히 '편안함'의 뜻일 수 없다. 아주 단순하게 말하면 성性은 군자가 지키며 갈고 닦아야 할 착한 본성이요 마음의 본체다. 반면에 정情은 군자가 억누르고 없애야 할 부정적인 감정感情을 포함하는 것이고 본성에 반하는 것이기도 하다. 따라서 이것이 '편안해진다'고 말하는 것은 그 자체로 어불성설이다. 그렇다면 어떤 의미로 새겨야 할까? 정靜과 가장 대비되는 의미로 일逸에는 '격激하다'의 뜻이 있다. 이 뜻을 취하면 정일情逸의 의미는 훨씬 분명해진다. 성性의 기본 성격이 정靜(고요함)이라면, 정情의 기본 성격은 '격하다'는 얘기다. 그러므로 성정정일性靜情逸은 '성性(본성)은 정靜한 것이고 정情(감정)은 격激한 것이다'의 뜻이다.

심동신피心動神疲에서 심동心動의 의미도 이미 밝혀졌다. 마음心은 움직임動을 그 기본 성격으로 삼는다는 것이다. '마음은 움직이는 거야!'라는 말의 천자문식 표현이 심동心動인 셈이다. 그렇다면 신피神疲의 신神은 또 무엇일까? 주희의 설명을 더 들어보자. 그는 사람의 정신精神을 혼魂과 백魄으로 나누어서 설명하고 있다. 이 가운데 혼魂은 인간의 정신精神을 지배하는 요소고, 백魄은 몸을 지배하는 요소다. 사람이 죽으면 '혼'은 하늘로 올라가 신神이 되는데, 후손들이 제사를 지낼 때 내려온다고 믿어지는 존재가 바로 이 신神=魂이다. 그러나 '신'도 영원한 것은 아니고, 나중에는 소멸하여 사라진다고 한다. 반면에 백魄은 그 사람이 죽으면 땅으로 돌아가 귀鬼가 된다고 한다. 이렇게 보면 이 구절의 신神은 일단 혼백 가운데 혼魂을 가리키는 것으로 이해할 수 있다. '혼이 빠졌다'고 할 때의 그 혼이고, 우리의 정신 가운데 죽어서 하늘로 올라가는 부분이다.

피疲는 지치고 피곤하여 '사그라지다'의 뜻이다. 이는 신神이 하늘로 올라갔다가 결국 나중에는 사라지는 존재임을 밝힌 것이다. 불교에서는 사그라지지 않고 다시 다른 사람이나 동물 따위의 몸을 입어 윤회輪迴한다고 하는데, 유교에서는 사라진다고 말하는 것이다. 이렇게 불교와 유교는 인생을 보는 근본 입장이 서로 다르다.

어쨌든 이 혼魂이 결국 최종적으로는 사그라져 없어지는 것이란 말이 신피神疲다. 그런데 결국 사그라져 없어지는 것은 혼만이 아니라 백도 마찬가지다. 그러니 이때의 신神은 혼과 백 모두를 포함하는 것으로 이해해도 무방하다. 그러면 심동신피心動神疲는 '마음은 움직임을 근본으로 삼고, 혼백은 결국 사그라지는 것이다'의 의미가 된다.

이상의 설명들은 모두 성性, 정情, 심心, 신神 등 인간의 정신과 관계된 개념어들에 대한 철학적 규정인 것이지, '본성을 고요하게 해야 감정이 편안해진다'거나, '마음이 흔들리면 정신이 피곤해진다'는 말이 아니다. 이처럼 좋은 게 좋다는 식으로 해석하면 군자가 무엇을 붙잡고 절차탁마를 해야 하는지, 무엇을 억제하고 억눌러야 하는지, 그 갈피를 종잡을 수 없게 된다.

守眞志滿 逐物意移

수 진 지 만 축 물 의 이

진眞을 수守하면 지志가 만滿하고, 물物을 축逐하면 의意가 이移한다.

守 지킬 수   眞 참 진   志 뜻 지   滿 찰 만
逐 좇을 축   物 만물 물   意 뜻 의   移 옮길 이

직역 참을 지키면 뜻이 가득해지지만, 물을 좇으면 뜻이 옮겨가게 된다.

의역 참을 지킨다 함은 사람이 그 마음을 움직이지 않아 본성을 밝게 유지함이다. 물을 좇는다 함은 사람의 마음이 외물에 감응하여 감정을 일으키고 이로써 혼란케 되는 것이다. 본성을 지키면 뜻이 가득해지지만 감정을 일으키면 아름다운 뜻도 사라지게 됨이니, 마음을 닦아 본성을 밝히고 감정의 발생을 억제함이 수양의 기초가 됨을 말한 것이다.

자구 풀이

여기서는 일단 글자 그대로의 의미만 살펴보기로 하자. 이에서 연역되는 숨은 의미는 〈해설〉에서 설명하기로 하겠다.

먼저 수진守眞은 참됨을 지킨다는 말이다. 그 대對가 되는 말은 축물逐物인데, 이는 물物을 따라 좇아가다의 의미다. 지志와 의意는 모두 '뜻'이라는 말이니, 군자가 되고자 하는 뜻이요 학문을 완성하고자 하는 뜻이며, 천도와 지도와 인도를 모두 구현하고자 하는 고귀한 의지意志라고 볼 수

있다. 만滿은 가득 차다의 뜻이다. 군자를 향한 열망이 몸에 가득 참이다. 반면에 이移는 옮겨가고 떠나다의 뜻이다.

따라서 수진지만守眞志滿은 '참됨을 지키면 의지가 가득 차게 된다'는 말이고, 나아가 그 결과가 좋음을 상징한다. 반면에 축물의이逐物意移는 '물物을 좇으면 의지가 옮겨가 버린다'는 말이다.

해설

앞에서 '마음은 움직이는 것'이라고 했다. 그러므로 군자의 도를 닦는 입장에서 보자면 이 마음을 다스리는 공부가 가장 핵심적인 수양의 내용이 된다. 이러한 마음을 제대로 갈고 닦기 위해서는 당연히 그 운동의 원리를 알아야 한다. 그런 원리를 설명하고 있는 것이 바로 이 구절이다.

우선 수진守眞, 곧 참다움을 지키라고 했다. 이때의 진眞은 뒤에 나오는 물物과 대비되는 것이다. 주자에 따르면 심心은 물物에 감응하여 움직이게 되고, 그러면 격한 감정이 일어나게 된다. 이런 상태를 피하기 위한 방책이 곧 수진守眞이니, 이때의 진은 물物과 대비되는 인간 본성으로서의 성性을 말하는 것이라고 일차 이해할 수 있다. 다른 말로는 도道이고, 또 고요한 마음이라고 할 수도 있다. 이러한 진리眞理를 붙들고 놓지 않아야 군자를 향한 지志가 충만하게 되고, 그래야 결실을 볼 수 있다는 것이 수진지만守眞志滿이다. 만滿은 곡식이 익음을 상징하기도 하는 글자다. 따라서 지만志滿은 뜻이 충만하게 되는 것일 뿐만 아니라, 그 뜻이 마침내 열매를 맺게 되는 상황까지를 포괄하는 것으로 볼 수 있다. 말하자면 본성本性을 잘 지키는 것이 성공하는 군자의 첩경이라는 말이다.

축물의이逐物意移에서 축물逐物은 '물物을 좇아감'이다. 마음이란 물物

에 감응해서 움직이는 것이 특징이다. 이때의 물物은 재물만을 의미하는 것은 아니다. 인간의 마음을 타락시키거나 현란케 하는 모든 외물外物이다. 이런 데 이끌려 마음에 격정激情을 일으키는 것이 축물逐物이다. 그러면 의이意移, 곧 군자의 군자 되고자 하는 열망은 어디론가 옮겨가고 없어진다는 말이 축물의이逐物意移다. 군자의 노력이 도로아미타불이 되는 것이다.

이처럼 성性과 정情은 군자의 길에서 매우 핵심적인 요소이기 때문에 이 구절과 이 앞의 구절까지 모두 열여섯 글자를 동원하여 자세히 설명하고 있다고 이해할 수 있다. 그런데 이 다음 구절 역시 사실은 그 연장선에 있는 내용이다.

堅持雅操 好爵自縻
견 지 아 조 호 작 자 미

아조雅操를 견지堅持하면, 호작好爵은 자미自縻한다.

堅 굳을 견 持 가질 지 雅 맑을 아, 바를 아 操 잡을 조
好 좋을 호 爵 벼슬 작 自 스스로 자 縻 얽어맬 미

직역 아름다운 지조志操를 지키면, 좋은 벼슬은 저절로 얽혀든다.

의역 아름다운 지조를 지킨다 함은 군자가 하늘의 도와 땅의 도를 본받아 그 내면의 본성本性을 부지런히 갈고 닦음이다. 좋은 벼슬이 저절로 얽혀든다 함은 이렇게 천작天爵을 닦은 군자에게 인작人爵은 저절로 찾아온다는 말이다.

자구 풀이

이 구절 역시 두 가지 방식으로 해석될 수 있다. 그런데 앞의 구절들과는 달리 어느 한 방식이 더 명쾌하다거나 심오하다고 말하기는 어렵다. 그래서 여기서는 가치 판단은 하지 않고, 단순히 두 가지 해석 방식이 있다는 사실만 지적해두고자 한다. 어느 쪽으로 이해할지는 독자들의 판단에 맡긴다. 참고로 필자는 지금부터 소개하는 전통적인 방식이 문맥상 더 매끄럽다고 여기고 있다.

지금까지 천자문의 저자는 공동체를 이끌어나갈 미래의 군자들이 알고

지켜야 할 여러 가지 도덕규범과 심리상의 원칙들에 대해 설명해 왔다. 그리고 이 장의 마지막에 이르러 최종 당부를 남기고 있는데, 이 구절이 바로 그것이다. 대체 어떤 당부의 말을 남겨야 할까? 논리적으로 따져 당연히 군자의 덕을 부지런히 갈고 닦아야 한다는 말일 것이다. 실제로 이 구절의 내용이 그것이다.

견지아조堅持雅操의 네 글자는 사실 글자 하나하나를 따로따로 떼어놓고 생각하면 모두 그 뜻이 그 뜻인 글자들이다. 견堅은 무언가를 굳건하게 한다는 말이고, 지持는 붙잡는다는 말이며, 아雅는 아름답다, 또는 아름답게 한다는 말이고, 조操 역시 붙잡는다는 말이다. 조操에는 또 지조志操와 절조節操의 의미도 있다. 그런데 이들 네 글자를 두 글자씩 짝을 지으면 그 의미가 훨씬 쉽게 파악된다. 견지堅持는 붙잡아서 굳건히 한다는 말이고, 아조雅操는 바른 지조, 혹은 아름다운 지조로 풀이되기 때문이다. 이렇게 보면 '아름다운 지조를 꽉 붙잡아서 굳건하게 한다'는 말이 견지아조堅持雅操임을 알 수 있다. '아조雅操를 견지堅持하라'고만 풀어도 그 뜻이 전해진다. 여기서 말하는 '아름다운 지조'란 도道를 본받아서 인의예지仁義禮智와 효제충신孝悌忠信을 실천하는 것일 수도 있고, 인간의 타고난 착한 본성을 바르게 지켜 외물에 흔들리지 않는 것일 수도 있다. 어쨌든 이런 아름다운 절조節操를 잘 지키라는 당부가 견지아조堅持雅操인 것이다. 쉽고 나름대로 명쾌하다.

뒤에 이어지는 구절은 이처럼 아름다운 지조를 지켰을 때 얻어지는 결과를 설명한 것이다. 호작好爵은 문자 그대로 좋은 작위爵位이니, 이는 곧 훌륭한 벼슬자리다. 이것이 스스로自 (내게) 얽혀든다縻는 말이 자미自縻다. 그러니 외물에 휘둘리거나 벼슬자리 자체를 탐내서 어리석은 공부에 매달리지 말라는 것이다. 호작好爵은 천품天稟을 잘 지키고 천도天道를 굳건히 하는 사람에게 저절로 주어지는 것이지, 욕심으로 꾀를 부린다고 얻어

지는 것이 아니라는 가르침이기도 하다. 『맹자』에 이런 가르침이 정확히
기술되어 있다.

그 천작天爵을 닦으면, 인작人爵이 그것을 따른다.

맹자에 따르면 '인의충신仁義忠信하고 선善을 지켜 게으르지 않음'이 천
작天爵이다. 도道를 지키고 덕德을 닦으라는 말이요, 이렇게 얻어지는 군
자의 덕성이 비유컨대 하늘이 내려주는 큰 벼슬인 천작天爵이라는 것이
다. 반면에 인작人爵은 사람살이의 벼슬이니 공경대부公卿大夫가 그것이
다. 그런데 이 인작은 천작을 닦으면 저절로 따라오는 것이라고 하였으니,
위에서 말한 천자문의 가르침(아조를 견지하면 호작이 저절로 얽혀든다)과 다를
바가 없다.

해설

여기서는 조금 다른 관점에서 이 '견지아조堅持雅操 호작자미好爵自縻'
를 풀어보기로 하겠다. 앞의 구절들에서 저자는 성정심신性情心神의 네 가
지 정신적 요소에 대해 설명했다. 그 개념과 특성이 무엇인가를 저마다 밝
히고, 본성을 지켜 외물에 흔들리지 말라고도 했다. 그런데 견지아조堅持
雅操라는 네 글자는 보기에 따라 이 성정심신性情心神을 어떻게 다룰 것인
가의 문제를 보다 구체적으로 논한 것으로 읽힐 수도 있다.

먼저 성性(본성)은 본질적으로 고요한 것이고 마음의 본체이며 이理에
해당한다. 그런데 주희朱熹에 따르면 이 성性도 인간의 기氣에 의해 그 존
재가 가려질 수 있다. 본성本性 자체는 변하는 것이 아니어서 흐려지거나

약화되는 것은 아니지만, 기氣가 과도해지면 그 존재가 수면 아래로 깊이 가라앉아 제대로 역할을 수행할 수 없다는 것이다. 먼지 낀 거울이 사물을 제대로 반영할 수 없는 것과 같고, 빛나는 보석이 깊은 물속에 가라앉아 그 빛이 흐려지는 것과 같다. 변한 것은 아니되 드러나지는 않는 것이다. 그러므로 군자는 이 빛나는 보석이 마음의 심연으로 가라앉거나 감정에 의해 가려지지 않도록 마음을 수양하여 잘 지키고 보전해야 한다. 앞 구절의 수진守眞이 의미하는 바가 이것이다. 그런데 수진守眞의 수守를 다른 말로 바꾸면 여기 나오는 견堅이 된다. 아름다운 본성을 견고하게 지키라는 것이다. 따라서 견堅은 견성堅性의 의미로 읽을 수 있다.

마찬가지로 지持는 지정持情으로 읽을 수 있다. 이때의 지持는 무언가를 손에 꽉 쥔다는 뜻이 아니라 억누르고 제어한다는 의미다. 외물外物에 감응하여 일어나는 감정感情을 잘 제어하고 억눌러야 한다는 의미이며, 희로애락에 일희일비해서는 안 된다는 말이다.

같은 식으로 아雅는 아심雅心의 줄임말로 볼 수 있다. 심心은 그 자체로는 좋은 것도 아니고 나쁜 것도 아니며, 성性과 정情이 모두 이 심心에서 비롯되므로 두 가지 모두의 씨앗을 품고 있는 존재다. 하늘과 땅, 양陽과 음陰을 낳은 태극太極에 비견될 만한 존재다. 어떻게 다루어야 할까? 당연히 바르고 아름답게 가꾸어야 한다. 그런 뜻을 담은 말이 아雅다.

조操는 지조志操를 뜻하는 외에 붙잡다, 조종하다의 뜻을 갖는 글자다. 여기서 조종하다, 또는 단련하다의 뜻을 취하면 조신操神은 정신을 잘 조절하고 단련하다의 뜻이 된다. 몸가짐을 조심하는 것을 조신操身이라 하는데, 조신操神은 정신자세를 조심하는 것이다.

이상과 같이 견지아조堅持雅操를 성정심신性情心神과 일대일로 대응시키면 견지아조는 대략 '본성을 굳건히 하고, 감정을 잘 다스리며, 마음을 바르게 하고, 정신을 조심하라'는 경계의 가르침이 된다.

호작자미好爵自縻는 다시 두 가지로 해석될 수 있다.

첫째, 위에서 이미 살펴본 바와 같이 좋은 벼슬이 저절로 얽혀든다는 의미로 풀이하는 것이다. 이렇게 하면 견지아조堅持雅操 호작자미好爵自縻는 '성정심신性情心神을 견지아조堅持雅操 하면, 좋은 벼슬은 저절로 얽혀든다'는 말이 되고, 그것 자체로 문맥상 아무런 문제가 없다.

둘째, 호작자미好爵自縻를 세상에서 좋은 일이 저절로 일어나는 축복이 아니라 어디까지나 경계의 가르침으로 읽는 것이다. 다시 말해 '성정심신性情心神을 견지아조堅持雅操 하지 않으면' 어떻게 되는가의 문제를 다룬 것으로 이해하는 방식이다.

우선 호작好爵은 좋은 벼슬일 수도 있지만 '벼슬을 좋아함'으로도 읽을 수 있다. 닦으라는 천작天爵은 닦지 않고 인작人爵에만 매달리는 것이 호작好爵이다. 그러면 그 결과로 자미自縻가 된다. 자미自縻는 문자 그대로 해석하면 '스스로 고삐를 매고 복잡한 상황에 얽혀든다'는 말이니, 자승자박自繩自縛과 같다.

이상의 방식을 적용하여 견지아조堅持雅操 호작자미好爵自縻를 풀어보면 이는 '본성을 견고히 하고 감정을 잘 억제하며, 마음을 바르게 하고 정신을 잘 조정하라. (이를 외면하고) 벼슬자리에만 매달리면 스스로 묶이는 바가 된다'는 의미다.

제6장

중국의 지리와 역사

이 장부터는 다시 운韻이 바뀌고, 내용 또한 앞의 장과 크게 달라진다. 이제까지 공동체 생활 및 그 경영에 관해 군자가 알아야 할 일반론을 설명했다면, 이제부터는 중국이라는 나라가 어떤 군자들에 의해 어떻게 형성되어 왔으며, 그 결과 지금(천자문 창작 당시) 어떻게 되어 있는가의 문제를 다룬다. 말하자면 중국의 국토지리, 역사지리, 인문지리를 다루고 있다. 그러나 역사와 인문과 지리가 명확히 구분되는 것은 아니고 상호 넘나들고 있는데, 이는 오늘날의 분화된 학문 체계와 고대의 통합된 학문 체계 사이의 괴리 때문에 우리에게 그렇게 느껴지는 것일 뿐이다.

052 두 개의 서울

都邑華夏 東西二京
도 읍 화 하 동 서 이 경

화하華夏의 도읍都邑은 동서東西의 이경二京이다.

都도읍도　邑고을읍　華빛날화　夏여름하
東동녘동　西서녘서　二두이　京서울경

직역 중국의 서울은 동경東京과 서경西京의 둘이다.
의역 중국의 서울이 동경과 서경의 둘이라 함은 대륙의 동쪽에 낙양洛陽이
　　　있고 대륙의 서쪽에 장안長安이 있음이니, 역사적으로 여러 차례 수도
　　　로 발전하던 곳들이다.

자구 풀이

　도읍都邑은 우리말로 서울이다. 한 국가의 수도首都를 말하고 옛날에는
왕성王城이 있던 곳을 지칭했다. 같은 서울이라도 도都와 읍邑을 구분하
기도 하는데, 도都는 왕실의 조상들을 받드는 종묘宗廟가 있는 서울이고,
이게 없는 서울이 읍邑이다. 읍邑은 또 도都가 아닌 일반 고을을 말하기도
하는데, 여기서는 서울의 의미로 보아야 자연스럽다.

　화하華夏는 중국中國이라는 말이다. 화華는 빛난다는 말인데, 중국인들
이 자기네 나라의 문화가 변방의 오랑캐 문화에 비해 빛날뿐더러, 그 빛으
로 천지사방을 밝혔다고 생각해서 자기네 나라를 이를 때 흔히 쓰는 글자

다. 중화中華는 자기네 나라가 세상의 중심이자 가장 빛나는 문명을 건설했다는 자부심이 담긴 말이다. 나중에는 화華라는 글자만으로도 중국을 의미하게 되었다. 하夏는 중국사에서 최초의 국가 형태로 건설된 나라, 곧 하夏나라를 의미한다. 요순堯舜의 뒤를 이은 우禹임금이 세운 나라이며, 중국인들의 입장에서 보자면 최초의 역사시대 국가에 해당한다. 이에서 하夏는 중국을 가리키는 글자가 되었다. 화華도 중국이고 하夏도 중국이며 화하華夏도 중국이다.

동서이경東西二京은 동서東西의 두 서울이라는 말이니, 각각 동경東京과 서경西京이다. 동경東京은 하남성河南省의 낙양洛陽을 말하고, 서경西京은 섬서성陝西省의 서안西安을 말한다. 서안은 흔히 장안長安이라고도 한다.

해설

중국에는 소위 7대 고도古都가 있다. 이 7대 고도 중에서도 가장 오랜 기간에 걸쳐 가장 빈번하게 수도가 되었던 곳이 여기 나오는 동경과 서경, 곧 낙양과 장안이다. 그런데 이 두 곳을 처음 수도로 정한 것은 모두 주周나라 때의 일이다. 주나라 이전에는 하夏나라와 상商나라가 있었다. 하나라는 역사적으로 그 실존 자체도 크게 의심을 받고 있거니와 수도가 어디였다는 명확한 기록도 남아 있지 않다. 상나라는 처음 상구商丘에 수도를 정했는데, 여기 나오는 동경이나 서경과는 다른 지역이다. 상商은 상나라를 세운 씨족의 이름이고, 이들이 터전으로 삼았던 곳이 상구이며, 이들이 세운 나라가 상나라다. 마지막에는 은殷이라는 곳에 수도가 있었는데, 후대 사람들이 이 지역 이름을 따서 은나라로 많이 불렀다.

상나라의 뒤를 이은 주周나라는 호경鎬京에 처음 수도를 세웠다. 지금의 서안西安 근처이고, 나중에 장안長安이 된 곳이다. 이 지역은 훗날 한漢나라에서 당唐나라에 이르기까지 약 1,000여 년 동안 여러 왕조의 수도로 번창했다. 주나라 외에 진秦, 전한前漢, 후진後秦, 서위西魏, 후주後周, 수隋, 당唐 등이 이곳에 도읍을 정했는데, 특히 당나라의 수도일 당시 장안長安이라는 이름으로 불리며 그 위용이 유럽에까지 알려졌다. 천자문이 지어진 것은 수나라나 당나라 이전의 일이므로 여기 나오는 서경은 장안長安을 말하는 것이 아니라 주周나라의 처음 수도였던 호경鎬京, 혹은 서안西安을 말하는 것으로 볼 수 있다.

주나라는 창업과 함께 호경을 수도로 정하는 한편, 동방 원정의 기치를 내걸고 동쪽에 별도의 군사 도시를 건설했다. 낙수洛水라는 강을 낀 지역이어서 이름을 낙읍洛邑이라 했다. 기원전 11세기인 주나라 성왕成王 때의 일이다. 그러다가 주나라는 기원전 771년에 수도인 호경을 버리고 이 낙읍으로 천도遷都를 하게 되었다. 낙읍이 주나라의 새로운 수도가 된 것이다. 이후 낙읍 역시 주나라를 비롯한 여러 왕조의 수도로 크게 번성했다. 천자문의 저자가 동서의 두 서울을 말하면서 '읍邑'이라는 글자를 사용한 것은 아마도 이 낙읍洛邑이라는 명칭을 염두에 둔 때문인 듯하다.

한편, 주나라가 수도를 서(호경)에서 동(낙읍)으로 천도한 것을 기점으로 주나라의 역사는 서주西周시대와 동주東周시대로 나뉜다. 그리고 동주의 시작은 곧 춘추시대春秋時代의 개막을 알리는 것이었다. 이후 후한後漢, 삼국三國의 위魏와 서진西晉도 이곳에 도읍을 하였는데, 낙읍洛邑을 낙양洛陽으로 고친 것은 후한 때인 서기 25년의 일이라고 한다. 천자문의 저자가 활동하던 시기가 대략 5~6세기이므로 당시의 이름은 이미 낙읍에서 낙양으로 바뀐 뒤였다.

한편, 유학자들이 그다지 좋게 생각하지 않았던 시황제始皇帝의 진秦나라를 이어 중국에 다시 제국을 건설한 것은 한漢이었다. 중국인들이 스스로를 한족漢族이라 하는 것은 바로 이 한나라의 후예임을 자처하는 것이다. 소설 『삼국지』의 유비劉備 역시 그랬다. 그런데 이 한나라 역시 수도가 둘이었다. 처음에는 장안에 수도를 건설했는데 일시 망했다가 낙양에 다시 도읍을 정해 역사를 이어갔던 것이다. 주周나라의 천도 및 역사 패턴과 거의 동일하다. 망하기 이전의 한나라를 전한前漢 또는 서한西漢이라 하고, 다시 세워진 한나라를 후한後漢 또는 동한東漢이라 한다.

背邙面洛 浮渭據涇
배 망 면 락 부 위 거 경

망邙을 배背하고 낙洛을 면面하며, 위渭에 부浮하고 경涇에 거據하다.

背 등 배   邙 뫼 이름 망   面 얼굴 면   洛 물 이름 락(낙)
浮 뜰 부   渭 물 이름 위   據 의지할 거   涇 물 이름 경

직역 북망산北邙山을 뒤로 하고 낙수洛水를 면하였으며, 위수渭水에 뜨고 경수涇水에 의지하였다.

의역 북망산을 뒤로 하고 낙수를 면한 곳은 동경이요, 위수에 떠 있는 듯하고 경수에 의지한 곳은 서경이다. 두 서울의 위치와 형세를 묘사한 것이다.

자구 풀이

배망면락背邙面洛에서 배背는 몸 뒤쪽에 있는 '등'을 말한다. 방향을 나타낼 때에는 등이 향하고 있는 뒤쪽을 가리킨다. 이 배背와 반대 방향을 가리키는 말이 한자에서는 면面이다. 본래는 얼굴이라는 말이며, 얼굴이 향하고 있는 정면正面을 가리킨다. 망邙은 산의 고유한 이름인데, 사람이 죽어서 간다는 북망산北邙山이다. 낙洛은 특정한 강江의 이름으로, 낙수洛水라는 강이다. 배망면락背邙面洛을 글자 그대로 풀이하면 북망산을 뒤로 하고 (앞에는) 낙수를 면面했다는 말이며, 이는 앞서 나온 두 개의 서울 가

운데 낙양(동경)의 지세를 설명한 말이다. 낙수라는 물길 이름에서 낙양이라는 지역명이 유래했다고 앞서 설명했다.

부위거경浮渭據涇은 당연히 서안(서경)의 지세를 설명한 말이다. 여기 나오는 위渭와 경涇은 둘 다 강의 이름이며, 각각 위수渭水와 경수涇水를 말한다. 부浮는 물에 떠 있다는 말이니, 부위浮渭는 문자 그대로 해석하면 '위수에 떠 있다'는 말이다. 마을이 물에 떠 있을 수는 없으므로 물에 떠 있는 형국이다, 혹은 물에 떠 있는 것처럼 보인다는 말이라고 이해할 수 있다. 거據는 의지하고 있다는 뜻이니, 거경據涇은 경수에 의지하고 있다는 말이요, 서경이 경수라는 물길에 젖줄을 대고 있음을 의미한다.

해설

배망면락背邙面洛은 낙양이 배산임수背山臨水의 지세를 취하고 있다는 말과 같다. 뒤에 산이 있고 앞에 물이 있는 지세를 말하는 배산임수는 흔히 사람이 모여 살기 좋은 터전을 의미한다. 낙양이 딱 그렇다는 것인데, 여기서는 구체적인 산의 이름과 물의 이름이 거명되었다. 뒤에 있다는 산의 이름이 망邙이고 앞에 있다는 물의 이름이 낙洛이다. 북망산은 실제로 낙양의 북동쪽에 있는 산으로, 한漢나라 이후 이 산에는 왕실의 무덤을 비롯한 많은 무덤들이 조성되었다고 한다. 말하자면 가장 오래된 국립 공동묘지 같은 곳이다. 이에서 북망산은 사람이 죽으면 가는 산이라는 의미를 띠게 되었다.

낙수洛水는 황하黃河의 지류이며 지금의 이름은 낙하洛河다. 하夏나라의 시조인 우禹임금은 황하의 치수 문제를 해결함으로써 순舜임금으로부터 왕위를 물려받았는데, 그가 치수 사업을 벌이고 있을 때 신령스런 거북이가 하도河圖를 등에 지고 나타나 우임금을 도운 곳이 이 낙수洛水였다고 한다. 여러 전설 가운데 하나일 뿐이고, 하도는 복희씨伏羲氏가 황하에서 얻은 그림이라는 전설도 있다.

부위거경浮渭據涇에 등장하는 위수渭水와 경수涇水 역시 황하의 지류이며, 서안은 이들 두 강 외에도 여러 물줄기를 끼고 있는 도시다. 그 가운데 가장 대표적인 것으로 위수와 경수를 들었는데, 도시가 마치 물 위에 뜬 것 같다고 말한 것은 이처럼 여러 물줄기들이 도시를 에워싸고 있기 때문일 것이다.

위수渭水는 또 강태공姜太公이 때를 기다리며 세월을 낚았다는 바로 그 강이다. 이 위수에서 강태공은 세월을 낚다가 무왕武王의 아버지인 문왕文王을 만나게 되고, 훗날 무왕의 곁에서 상商나라를 멸망시키고 주周나라를 건국하는 데 큰 공을 세우게 된다.

중국인들이 생각하는 고대의 서울은 이처럼 모두 황하 유역에 동서로 나뉘어 있었으며, 가장 중요한 고대국가인 주周나라와 한漢나라는 공통적으로 서쪽의 서울에서 동쪽의 서울로 천도한 역사를 지니고 있었다.

宮殿盤鬱 樓觀飛驚
궁 전 반 울 누 관 비 경

궁전宮殿은 반울盤鬱하고, 누관樓觀은 비飛도 경驚한다.

宮 집 궁　殿 전각 전　盤 서릴 반, 소반 반　鬱 빽빽할 울
樓 다락 루(누)　觀 볼 관　飛 날 비　驚 놀랄 경

직역 궁과 전은 서리서리 빽빽하고, 누대와 관대는 나는 새도 놀란다.

의역 궁과 전이 서리서리 빽빽하다 함은 서울의 궁궐에 여러 전각들이 빽빽하고도 질서가 있게 들어찬 모습을 형용함이요, 누대와 관대가 나는 새도 놀란다 함은 그 전각들이 너무도 높아서 나는 새가 지나가다 놀랄 정도임을 말한 것이다. 궁궐의 전각들에 대한 묘사다.

자구 풀이

궁전반울宮殿盤鬱에서 궁宮과 전殿은 모두 궁성宮城 안에 있는 전각들을 말한다. 임금과 그 가족들의 거주 공간을 궁宮이라 하고 집무 공간을 전殿이라 하는데, 합하여 궁전宮殿이라 하고, 이는 궁궐宮闕이라는 말과 같다. 반울盤鬱은 이러한 궁전의 모습을 형용한 말인데, 먼저 반盤은 소반을 가리키는 글자이자 '서리다'라는 뜻이다. '서리다'라는 말은 국수나 실 따위를 엉키지 않도록 동그랗게 감아서 쌓는 것을 말하는데, 여기서는 궁궐의 전각들이 잘 말려진 국수처럼 겹겹이 포개져 있으면서도 뒤엉키지 않은

모양을 형용하는 것이다. 울鬱은 빽빽하다는 말이며, 숲이 울창鬱蒼하다고 할 때 보이는 글자다. 전각들이 빽빽이 들어선 나무들처럼 꽉 들어찬 모양을 형용하고 있다.

누관비경樓觀飛驚에서 누관樓觀은 누각樓閣과 같은 말로, 누각은 사방을 바라볼 수 있도록 문과 벽이 없이 다락처럼 높이 지은 집을 말한다. 벽 없이 사방을 조망할 수 있도록 짓는다는 점에서는 정자亭子와 같지만 특히 높이가 높은 집을 누각이라 한다. 관觀을 별도의 관대觀臺로 보기도 하는데, 쉽게 말해 전망대의 역할을 하는 건물이다. 비경飛驚에서 비飛는 새 따위가 날다의 뜻이고, 경驚은 깜짝 놀라다의 뜻이다. 필자는 이를 '나는 새도 놀랄 정도로' 높은 누각들의 모양을 형용한 것으로 해석했다. 그러나 사람에 따라서는 '누대가 마치 나는 듯 높아 사람을 놀라게 한다'는 의미로 해석하기도 한다.

해설

동서 두 서울의 지세를 말한 뒤에, 서울에서도 가장 중심이 되는 궁궐의 대체적인 모양을 설명한 부분이다. 이어서 세부 설명들이 이어지는데, 만약 천자문의 저자가 당시 실제 서울의 모습을 염두에 두고 묘사한 것이라면 동경, 곧 낙양을 모델로 설명하고 있는 것으로 짐작해볼 수 있다. 그러나 뒤에서 살펴볼 것처럼 낙양이 아니라 장안(서경)에서 있었던 일들과 연관된 이야기들도 적지 않다. 따라서 서울에 대한 천자문의 묘사는 특정 시기의 특정 지역을 염두에 둔 것이 아니라, 저자의 머리에 그려지는 이상적인 서울의 모습을 두루 투영시킨 것이라고 판단된다.

圖寫禽獸 畵綵仙靈
도 사 금 수 화 채 선 령

금수禽獸를 도사圖寫하고, 선령仙靈을 화채畵綵하였다.

圖 그림 도 寫 베낄 사 禽 날짐승 금 獸 길짐승 수
畵 그릴 화 綵 채색색 채, 비단 채 仙 신선 선 靈 신령 령(영)

직역 금수를 그리고, 선령을 채색하였다.

의역 금수를 그렸다 함은 궁전이며 누각에 온갖 상서로운 짐승들을 그렸음이
요, 선령을 채색하였다 함은 또 신령스런 존재들을 색칠하여 그려놓았
다는 말이니, 모두 궁궐의 전각들에 대한 묘사요 하늘과 땅의 도우심을
빌고 그 은혜를 찬양하는 그림들이 그려져 있음을 말한 것이다.

자구 풀이

'도사금수圖寫禽獸 화채선령畵綵仙靈'에서 도圖와 사寫, 화畵와 채綵는
모두 '그리다'의 뜻이다. 굳이 구분하자면 도圖와 사寫는 대상물의 모양을
똑같이 베껴서 그린다는 점에 포인트가 있고, 화畵와 채綵는 컬러로 채색
을 한다는 점에 포인트가 있는 정도다. 하지만 이런 구분도 엄밀한 것은
아니며, 위의 네 글자들은 모두 '그림을 그리다'의 의미다. 이 가운데 채綵
는 본래 비단을 의미하는 것이며, 무늬 또는 채색의 의미도 있다. 여기서
는 채색의 의미로 보는데, 오늘날 색을 입힌다는 뜻의 채색彩色이라고 할

때는 이 '비단 채綵'가 아니라 '무늬 채彩'를 쓴다.

금수禽獸는 일상에서 많이 쓰는 단어여서 익숙한데 날짐승을 금禽이라 하고 길짐승을 수獸라 한다. 집에서 기르는 날짐승(닭이나 오리 등)을 가금家禽이라 하고, 사나운 길짐승을 맹수猛獸라 하며, 날짐승 가운데 사나운 것(독수리나 매 등)은 맹금猛禽이라 한다.

선仙은 신선神仙을 말하고, 영靈 역시 신령스런 존재들을 의미한다.

도사금수圖寫禽獸는 온갖 짐승들을 그려놓았다는 말이고, 화채선령畫綵仙靈은 갖가지 신령스런 존재들을 채색하여 그려놓았다는 말이다.

해설

궁궐의 전각이며 누각들에 그려진 그림들에 대한 설명이다. 서울의 지세에 대한 설명에 이어 궁궐의 전각이며 누각들이 빽빽하고 높다랗다고 형용한 다음, 카메라의 렌즈를 좀 더 가까이 당겨서 거기 그려진 그림들을 묘사하고 있다.

동양의 전통 건물들에 각종 그림을 그리거나 단청을 하는 이유는 크게 세 가지다. 하나는 목재 등의 부식을 막아 건물의 수명을 연장하는 데 도움이 되기 때문이다. 둘째는 미美와 관련된 것으로, 크고 웅장하고 화려하게 그려진 그림들은 보는 이들에게 미감을 불러일으킬 뿐만 아니라 위압감도 느끼게 한다. 셋째는 철학적이고 교훈적인 가르침을 전하기 위해서다. 사찰 건물에 부처님의 일대기나 보살 등의 모습을 그려놓아 이를 보는 이들로 하여금 수행에 대한 의지를 고취토록 하는 것이 대표적이다.

궁궐의 전각들에 짐승과 신선 등의 형용을 그린 것은 그 왕실의 태평성대를 기원하는 것이자, 왕실이 상서롭고 신령스런 기운에 의해 보호되고 있다는 것을 보여주기 위한 것이다. 당연히 아무 동물이나 그려 넣는 것이 아니고, 인간 및 왕실에 복을 내려주고 액운을 막아줄 상서롭고 신령스런 존재들을 그려 넣게 된다.

대표적인 것으로 용, 호랑이, 기린, 봉황이 있다. 이런 상서로운 동물들 외에 장수長壽를 상징하는 열 가지, 곧 해, 산, 물, 돌, 소나무, 달, 불로초, 거북, 학, 사슴 등을 그리기도 했다. 경복궁의 자경전 굴뚝에 부조된 십장생十長生 그림이 대표적이다. 이는 왕조 자체의 영원한 발전을 기원하는 것이자 왕을 비롯한 왕실 사람들의 장수를 기원하는 것으로 볼 수 있다.

도교道敎에서 초월적 존재를 의미하는 신선神仙을 그린 것도 이 장수長壽의 문제와 관련된 것으로 보인다. 도교적 가르침과 이상理想에 대한 존중의 의미도 있겠으나 유교가 지배 이념이 된 뒤에도 신선 그림을 그렸다는 것은 신선이 늙기는 하지만 죽지는 않는 존재이기 때문일 것이다.

丙舍傍啓 甲帳對楹
병 사 방 계 갑 장 대 영

병사丙舍는 방계傍啓하고, 갑장甲帳은 대영對楹한다.

丙남녘병　舍집사　傍곁방　啓열계
甲갑옷갑　帳휘장장　對대할대　楹기둥영

직역 병사는 곁으로 열려 있고, 아름다운 휘장은 기둥에 걸려 있다.

의역 병사가 곁으로 열려 있다 함은 신하들의 집무 공간들이 정전의 좌우에
연결되고 이어져 있음을 말한 것이요, 아름다운 휘장이 기둥에 걸려
있다 함은 온갖 보석으로 치장한 휘장이 대궐 기둥이며 왕의 침실 등
에 걸려 있어 그 위용을 자랑함이다.

자구 풀이

병사방계丙舍傍啓에서 병사丙舍는 신하들의 집무 공간이 되는 건물을
말한다. 옛날에는 궁궐의 정전正殿 앞 좌우에 두 개씩 네 개의 건물을 지
어 신하들의 집무 공간으로 썼는데, 이름을 각각 갑甲·을乙·병丙·정丁으
로 하였다고 한다. 이 가운데 한 건물인 병사丙舍를 들어 신하들의 집무실
전체를 말한 것이다. 방계傍啓에서 방傍은 측면을 말하고, 계啓는 개開(열
다)와 뜻이 같다. 따라서 방계傍啓는 곁으로 열려 있다는 말이다.

신하들의 집무실이 '곁으로 열려 있다'는 게 무슨 뜻일까? 두 가지 설명

이 있다. 하나는 이 건물들이 정전正殿의 좌우측에서 직접 통하도록 연결되어 있었기 때문이라고 한다. 정전에서 곧장 갑사나 병사로 넘어갈 수 있도록 통로가 연결되어 있는 상황을 표현한 말이 방계傍啓라는 것이다. 또 하나는 갑을병정의 건물들이 두 개씩 짝을 지어 서로 마주보도록 배치되어 있고, 이웃한 두 건물끼리는 서로 통하도록 문이 열려 있었기 때문이라고 한다. 천자문의 저자가 어떤 궁궐 배치를 보고 말한 것인지 분명치 않기 때문에 정확히 알기는 어렵다. 여러 건물들이 서로 잇대어 배치된 모양을 형용한 것으로만 이해해도 무방할 것이다.

갑장대영甲帳對楹에서 갑장甲帳은 화려하게 치장한 휘장을 말한다. 갑甲은 십간十干의 맨 앞을 차지하는 글자여서 보통 우두머리와 첫째, 최고를 의미한다. 하지만 여기서는 이런 최고의 휘장을 말한다기보다 갑장, 을장, 병장, 정장 등의 여러 휘장들 가운데 하나를 취하여 모든 휘장을 대표하게 한 것으로 보인다. 한漢나라 무제武帝(BC 156~BC 87)는 전한시대의 제7대 황제가 된 인물로, 초기에는 유교적 이상 국가 건설에 매진하였으나 나중에는 무리한 정복사업을 벌이고 호화로운 생활을 즐기기도 했던 복잡한 인물이다. 그런 그가 자신의 권위를 상징하기 위해 온갖 보석들로 치장하여 만든 휘장이 갑장이며 을장 따위였다. 그중에서도 가장 크고 호화로운 휘장이 갑장이어서 이는 신전神殿에 걸어두었다고 하며, 자신의 침전寢殿에는 그 다음으로 호화로운 을장을 걸어두었다고 한다. 그 밖에도 병장이며 정장 등도 만들었다고 하는데, 대영對楹은 이런 휘장들이 대궐 기둥에 걸려 있다는 말이다.

해설

갑장甲帳이며 을장乙帳 등의 휘황찬란한 휘장들을 만들었던 전한前漢의 무제는 중앙집권 체제를 완성하고, 적극적인 대외정책을 펼쳐 영토를 크게 확장함으로써 한의 전성기를 이끌었던 인물이다.

열여섯의 어린 나이로 황제가 되어 55년 동안이나 제국을 이끌었는데, 황제가 되는 과정부터 죽을 때까지 그야말로 파란만장한 일생을 살았다. 그의 일생을 다룬 많은 영화와 장편 드라마가 만들어진 것은 그의 치적을 그리워하는 중국인들의 바람을 나타내는 것이기도 하지만, 실제로 그의 인생 자체가 매우 드라마틱했기 때문이다.

초기의 한 무제는 어질고 겸손한 선비들을 많이 등용하여 관리의 자질을 크게 향상시켰다. 유학자인 동중서董仲舒가 대표적인 인물인데, 앞서도 소개한 것처럼 사단四端(인의예지)에 신信을 보태 오상五常으로 체계화한 사람이다. 학문에 정진하고자 3년 동안 대문 밖 출입을 하지 않았다는 인물이고, 제자들을 가르칠 때 장막을 쳐서 얼굴을 보이지 않았다는 고사로 유명한 인물이기도 하다. 그래서 그의 제자 중에는 선생의 얼굴을 전혀 모르는 자도 있었다고 한다.

무제와 동중서가 만남으로써 당시의 한나라는 큰 발전을 보게 되는데, 한마디로 정리하면 유교 국가 건설의 기초가 이때 만들어졌다. 유학을 관학官學으로 정하고, 장안에 태학太學을 설치하였으며, 오경박사五經博士 제도도 마련했다. 그런가하면 효행과 청렴함으로 명성을 얻은 인재들을 등용하는 효렴孝廉 제도도 만들었다. 효자가 충신 된다는 말이 실제로 행해졌던 것이다.

무제는 집권 초기부터 중앙집권 체제의 강화에도 심혈을 기울였다. 각 지역의 제후들이 가진 권한을 축소하고, 신하들을 직접 파견하여 제후들을 감찰케 하였으며, 조세 등의 제도를 제후들이 마음대로 변경시키지 못하도록 하였다. 이렇게 내부 단속을 마무리한 무제는 이어 대외적으로 확장 정책을 펴나갔다. 가장 큰 위협이 되었던 흉노匈奴를 고비사막 너머로 몰아내는가 하면, 서쪽으로는 실크로드를 장악하고 남으로는 많은 이민족들을 통합하였다. 이어 수군과 육군을 동원하여 조선朝鮮을 침략하고 왕검성王儉城을 함락시킨 뒤 낙랑樂浪, 진번眞番, 임둔臨屯, 현도玄菟의 4개 군郡을 설치하기도 하였다.

하지만 무제의 이런 무리한 대외정책은 국가 재정의 파탄으로 이어졌다. 게다가 무제는 성격이 호방하고 사치스런 것을 좋아하여 여러 궁궐을 짓고 치장하느라 국고를 크게 허비했다. 부족한 재원을 충당하기 위해 조세제도를 강화하고 소금, 철, 술 등에 대한 전매제도를 실시하였는데, 이로써 국민들의 원성은 높아갔고 상인들은 몰락의 길로 내몰렸다. 말년에는 대외정책을 무리하게 추진하지 않고 내치에만 전념하겠다는 교지를 내렸으나 얼마 안 있어 갑자기 죽었다. 이어 여덟 살의 어린 황제가 갑자기 등극하게 되었고, 외척들이 권력을 장악하면서 한漢나라는 점점 쇠퇴의 길로 접어들게 되었다.

肆筵設席 鼓瑟吹笙
사 연 설 석 고 슬 취 생

연筵을 사肆하고 석席을 설設하며, 슬瑟을 고鼓하고 생笙을 취吹한다.

肆 베풀 사   筵 대자리 연   設 베풀 설   席 자리 석
鼓 칠 고, 북 고   瑟 비파 슬   吹 불 취   笙 생황 생

직역 자리를 깔고 방석을 놓으며, 슬을 뜯고 생황을 분다.

의역 저리를 깔고 방석을 놓는다 함은 임금과 신하들이 모일 연회를 준비함
이요, 슬을 뜯고 생황을 분다 함은 각종 악기로 장엄하고 아름답게 연
주하여 연회의 분위기를 돋우는 것이니, 궁중의 연회가 크고도 성대함
을 말한 것이다.

자구 풀이

사연설석肆筵設席에서 사肆는 자리를 베풀다, 자리를 깔다의 뜻이다.
설設 역시 베풀다의 뜻인데, 주로 무언가를 설치設置한다는 말이다. 연筵
은 바닥에 까는 자리를 말하는데, 글자에 포함된 죽竹에서 짐작되는 것처
럼 특히 대나무로 만든 대자리를 말한다. 대자리는 연회를 할 때 주로 깔
게 되므로 이 글자 자체로 연회宴會, 잔치, 술자리 등을 의미하기도 한다.
석席은 바닥에 까는 자리, 깔개, 방석, 의자 등을 말한다. 연筵과 석席은 모
두 같은 '자리'를 의미하지만 둘이 대비될 경우 연筵은 한 겹의 자리, 석席

은 두 겹의 자리를 말하는 것으로 이해하기도 한다. 바닥에 까는 대자리가 연이고, 그 위에 다시 올려놓는 방석은 석이라고 이해하면 된다.

고슬취생鼓瑟吹笙에서 고鼓는 명사로 쓰이면 북이고, 동사로 쓰이면 치다, 두드리다의 뜻이다. 북을 연주하는 것인데, 여기서 일반적인 '연주하다'의 의미가 파생되었다. 슬瑟은 현악기의 일종이다. 취吹는 입으로 '불다'의 뜻이고, 생笙은 대나무로 만든 관악기인 생황笙簧을 말한다. 전체적으로 고슬취생鼓瑟吹笙은 슬을 연주하고 생황을 분다는 말이다.

해설

궁중에서 열리는 연회 장면을 묘사한 구절이다. 정전의 바닥이나 뜰에 큰 자리를 깔고 의자와 방석을 늘어놓으며, 각종 악기를 연주하는 궁전 연회의 모습을 묘사하고 있다. 이런 성대한 잔치가 열리는 곳이 궁전이요, 태평성대를 구가하고 있다는 말에 다름 아니다. 사연설석肆筵設席과 고슬취생鼓瑟吹笙의 구절은 모두 『시경』에 그대로 나와 있다.

058 한낮에 뜨는 별들

陞階納陛 弁轉疑星
승 계 납 폐 변 전 의 성

계階를 승陞하고 폐陛에 납納한다. 변弁의 전轉이 성星과 의疑하다.

陞 오를 승　階 섬돌 계　納 들일 납　陛 섬돌 폐
弁 고깔모자 변　轉 구를 전　疑 같을 의, 의심할 의　星 별 성

직역 섬돌을 올라 정전에 들어간다. 면류관들이 돌고 돌아 별과도 같다.

의역 섬돌을 올라 정전에 들어간다 함은 고관대작들이 왕을 배알하기 위해 쉼 없이 계단을 오르내리고 정전에 들락거림을 형용한 것이다. 면류관들이 돌고 돌아 별과도 같다 함은 그 고관대작들의 머리에 쓴 관들이 돌고 도니, 거기 달린 옥구슬들이 번쩍여 마치 별과도 같다는 말이다. 궁전에 사는 사람들의 아름답고 현란한 생활상을 묘사한 것이다.

자구 풀이

승계납폐陞階納陛에서 승陞은 올라가다의 뜻이며, 승昇(오를 승)과 음도 같고 뜻도 같아서 흔히 혼용된다. 내려가는 것은 강降이라 하고, 엘리베이터는 오르내리는 데 쓰는 기계이므로 승강기昇降機＝陞降機라고 한다. 납納은 안으로 들이다, 무언가를 바치다의 뜻이다. 세금을 나라에 바치는 것을 납세納稅라 한다. 세금을 거두는 국가의 입장에서 보면 이는 세금을 거두어 안으로 '들이는' 것이다. 이 글자의 반대 의미를 담은 글자는 내보

내다의 뜻을 지닌 출出이고, 내보내고 들이는 것을 합하여 출납出納이라
한다. 계階와 폐陛는 모두 계단階段의 의미인데, 계階는 정전의 밖에 있는
것이고 폐陛는 정전 안의 왕이 자리하는 단을 말한다.

변전의성弁轉疑星에서 변弁은 고깔모자라는 말인데, 여기서는 고관대작
들이 쓰는 관冠을 말한다. 옛날 중국의 고관들이 쓰던 모자에는 각종 구슬
따위가 길게 장식되어 있었다. 이런 모자를 쓴 고관대작들이 연신 들고 나
는 모양을 형용하는 말이 전轉이다. 수레의 바퀴가 구르는 것처럼 회전回
轉한다는 말이다. 의성疑星에서 성星은 밤하늘의 별이다. 의疑는 의심스럽
다는 말이자 '~과 같다, ~과 비슷하다'는 말이다. 그러므로 의성疑星은 '별
과 같다, 별처럼 보인다'는 말이다. 고관대작들이 연신 정전에 드나드는데,
그들이 머리에 쓴 관에 달린 구슬들이 마치 별처럼 번쩍거리고 휘황하게
보인다는 말이 변전의성弁轉疑星이다.

해설

앞의 구절에서는 연회가 베풀어지는 풍경을 그렸다. 자리를 펴고 방석
을 늘어놓으며 각종 악기를 동원하여 장엄하고 아름다운 음악을 연주한
다고 했다. 당연히 왕이 납시어 고관대작들과 인사를 나눌 텐데, 이 대목
이 그런 광경을 묘사하고 있다. 주로 신하들의 동선動線을 통해 이를 형용
하는데, 우선 계階를 올라 폐陛에 든다고 하였다. 계와 폐가 구체적으로
무엇인가에 대하여는 여러 설이 있는데, 홍성원의 설명이 가장 명쾌해 보
인다.

계階는 건물 밖에 있어서 뭇 신하들이 오르는 바이다. 폐陛는 건물

안에 있으니 존자(왕)의 자리다.

이에 따르면 정전正殿에 입실하기 위하여 신하들이 오르는 외부의 섬돌이 계階이고, 정전 내부에 있는 왕의 자리가 폐陛라는 것이다. 그러므로 승계납폐陞階納陛는 계단을 올라 왕 앞으로 든다는 의미다.

右通廣內 左達承明
우 통 광 내 좌 달 승 명

우右로 광내廣內에 통通하고, 좌左로 승명承明에 달達한다.

右 오른쪽 우　通 통할 통　廣 넓을 광　內 안 내
左 왼쪽 좌　達 이를 달　承 이을 승　明 밝을 명

직역 오른쪽으로 광내廣內에 통하고, 왼쪽으로 승명承明에 이른다.

의역 오른쪽으로 광내에 통한다 함은 정전 우측에 책을 쌓아두는 서고書庫
인 광내가 있음이요, 왼쪽으로 승명에 이른다 함은 정전 좌측에 서적
을 교열校閱하는 집인 승명이 있음이니, 이는 황실이 지식과 지혜를
사랑함을 말한 것이다.

자구 풀이

우右는 오른쪽이고 좌左는 왼쪽이다. 통通은 어딘가로 통한다는 말이고,
달達은 어딘가에 다다른다는 말이다. 그러므로 우통右通과 좌달左達은 '오
른쪽으로 가면 ~로 통하고, 왼쪽으로 가면 ~에 다다른다'는 말이다.

광廣은 넓다, 넓히다의 의미고, 내內는 '안'의 뜻이다. 승承은 계승繼承하
다, 잇다의 뜻이고, 명明은 밝다는 말이다. 광내廣內와 승명承明은 모두 건물
의 고유 명칭이다.

해설

광내廣內와 승명承明이라는 건물이 세워져 있던 것은 한漢나라 때의 일이라고 한다. 홍성원은 먼저 광내廣內에 대하여 다음과 같이 주석하고 있다.

한나라 정전의 우측에 연각延閣과 광내가 있었으니 모두 진귀한 책들을 보관하던 곳이다.

말하자면 한나라 시절 정전 우측에 연각과 광내라는 이름의 왕실 도서관이 있었다는 것이다. 홍성원은 또 승명承明에 대하여 다음과 같이 주석하고 있다.

승명려承明廬와 석거각石渠閣이 금마문金馬門 좌측에 있었으니 또한 서적과 역사서들을 교열하던 곳이다.

이는 승명려와 석거각이라는 건물이 있었으며, 모두 책을 짓거나 편집하던 곳이었다는 설명이다.

우통광내右通廣內 좌달승명左達承明의 이 구절은 국가가 도서관과 출판국으로 대변되는 지식과 문화 사업에 역점을 두고 있음을 말한 것이다. 말하자면 광내廣內와 승명承明은 문치文治의 상징이다.

旣集墳典 亦聚群英
기 집 분 전 역 취 군 영

기旣에 분전墳典을 집집集集하였고, 역亦에 군영群英을 취취聚聚하였다.

旣 이미 기　集 모을 집　墳 책 분　典 책 전
亦 또 역　聚 모을 취　群 무리 군　英 꽃부리 영, 뛰어날 영

직역 이미 『삼분三墳』과 『오전五典』을 모았고, 또한 뛰어난 영재들을 모았다.

의역 이미 『삼분』과 『오전』을 모았다 함은 광내 등의 서고에 삼황오제 때의
책들을 비롯하여 온갖 진귀한 고전들을 모아들였음이요, 또한 뛰어난
영재들을 모았다 함은 승명 등의 기관에 뛰어난 영재들을 불러 모았음
이다. 이 또한 왕실이 책과 지혜로운 학자들을 사랑함을 말한 것이다.

자구 풀이

기집분전旣集墳典에서 기旣는 '이미'의 뜻을 지닌 부사고, 집集은 모으
다의 뜻이다. 분전墳典은 각각 『삼분』과 『오전』이라는 오래되고 희귀한 책
인데, 당연히 두 책만을 말하는 것은 아니고 각종 진귀하고 오래된 고서들
을 모두 의미하는 것이다. 기집분전旣集墳典은 이런 각종 진귀한 옛 책들
을 이미 모두 모아들였다는 말이다.

역취군영亦聚群英에서 역亦은 '또, 또한'의 뜻을 지닌 부사고, 취聚는 모

으다의 뜻이다. 앞 구절의 집集과 같다. 군群은 무리를 의미하고 영英은 영재英才를 말한다. 군영群英은 무리를 이룬 영재들이니, 곧 영재의 무리이고, 많은 영재들이라는 말이다. 역취군영亦聚群英은 또한 많은 영재들을 모아들였다는 말이다.

해설

『삼분』은 삼황三皇의 사적을 기술한 책이고, 『오전』은 오제五帝의 사적을 기술한 책이라고 한다. 삼황과 오제가 누구인지에 대해서는 앞에서 이미 설명했다. 분전墳典은 이런 옛 성인들의 책이라는 말이자 고전古典의 뜻이다. 앞에서 광내廣內라는 이름의 왕실 도서관을 말했으니, 기집분전旣集墳典은 거기에 이미 이런 책들을 두루 모아들였다는 뜻이다.

광내廣內 등의 서고를 만들고 옛 경전들을 두루 모아들였다는 말은 황실 도서관에 많은 책들이 쌓여 있다는 상황을 묘사한 것이자, 한나라 때의 경전 수집 운동이라는 실제의 역사적 사실을 배경으로 한 것이다.

공자孔子(BC 551~BC 479)가 활동하며 유학의 뼈대를 세운 것은 춘추시대春秋時代(BC 770~BC 403)의 일이다. 이어서 전국시대戰國時代(BC 403~BC 221)가 이어졌는데, 이 시기에 맹자孟子(BC 372?~BC 289?)가 나타나 유학을 집대성하고 성선설에 근거하여 왕도정치론을 폈다. 하지만 전국시대에는 공맹의 가르침에 반하는 학문의 풍토도 여럿 태동하였으니 그중의 하나가 한비자韓非子(BC 280?~BC 233)를 정점으로 하는 법가法家 일파다. 한비자와 법가의 사상가들은 유학자들의 성선설을 부정하고, 왕도정치 대신 법法에 의한 엄격한 통치를 주창했다. 이 외에도 춘추전국시대에는 음양가陰陽家, 묵가墨家, 도가道家, 명가名家 등 그야말로 다양한 분파의 학문들이 출현하였으며 이들을 아울러 흔히 제자백가諸子百家라고 한다. 이런 다양한 사상들이 동양의 지적 발전에 적지 않은 기여를 하였음은 물론이다.

이처럼 다양한 사상들의 경쟁 속에서 마침내 중원을 통일하고 중국 최초의 제국을 건설한 사람이 진시황秦始皇이다. 기원전 221년의 일이다. 이로써 춘추전국시대는 막을 내렸다. 그리고 진시황의 천하 통일과 함께 가장 강력한 지배 철학으로 등장한 것이 법가의 사상이었다. 이들은 법에 의한 엄격한 통치를 원칙으로 중앙집권적 대제국 건설에 매진했다. 만리장성을 만들고 대규모 토목공사도 벌였다. 이 과정에서 전국의 유생들이 이에 항의하며 주나라 시대의 봉건제를 다시 부활시키라고 요구하고 나서게 되었다. 이것이 발단이 되어 소위 분서갱유焚書坑儒가 벌어지게 된다.

유학자들의 요구에 대하여 철저한 법가 사상가였던 당시의 승상 이사李斯는 대대적인 탄압을 시작했다. 사적인 학문을 바탕으로 정치를 비판하는 일체의 행위를 막기 위해 진나라에서 만든 것이 아닌 책은 모두 불태우게 하고, 『시경』이나 『서경』을 비롯한 유학서들과 기타 제자백가의 사상서들도 일절 소지하지 못하도록 법으로 금지시켰다. 의약이나 농업 등에 관계된 실용서의 소지만이 인정되었고, 주周나라를 비롯한 과거의 문물제도를 들먹이는 자들도 엄벌에 처하겠다고 공포했다. 이러한 분서焚書의 조치가 내려진 게 기원전 213년의 일이다.

이어 이듬해인 기원전 212년에는 불로장생不老長生의 영약靈藥을 구한다는 노생盧生과 후생侯生이라는 두 방사方士가 황제의 많은 재물을 사취詐取한 뒤 시황제의 부덕不德을 비난하며 도망치는 사건이 벌어졌다. 이에 시황제는 일부 유생과 방사 460여 명을 적발하여 구덩이에 매장시켰다. 이것이 소위 갱유坑儒다.

유학자들의 입장에서 이러한 진시황의 시절은 어둡고 암담한 시기였다.

그리고 이들에게는 참으로 다행스럽게도 진나라는 오래 가지 못하고 기원전 206년에 멸망하여 사라졌다. 진시황이 사망한 기원전 210년으로부터 겨우 5년을 채 버티지 못하고 사라진 것이었고, 이어 나타난 새로운 제국이 한漢이었다.

한나라는 건국 초기부터 유학을 크게 존중하고 학문의 발전에도 심혈을 기울였다. 당연히 진시황의 분서 이후 어디론가 숨어버린 유학의 경전들을 발굴하고 수집해야 했으며, 학자들을 불러 모아 고증할 것은 고증하고 해설할 것은 해설하게 해야 했다. 이런 역사적 과정과 그 결과를 해설한 구절이 기집분전旣集墳典 역취군영亦聚群英이다.

杜稾鍾隷 漆書壁經
두 고 종 례 칠 서 벽 경

두杜의 고稾와 종鍾의 예隷, 칠서漆書와 벽경壁經이라.

杜팥배나무 두   稾볏짚 고   鍾쇠북 종   隷노예 례(예)
漆옻 칠   書글 서   壁벽 벽   經경서 경, 지날 경

직역 두조杜操의 초서草書 글씨와 종요鍾繇의 소례小隷 글씨, 옻으로 쓴 글씨와 벽壁의 경전經典이 있다.

의역 두조는 초서를 만들었다는 사람이고 종요는 소례체를 만들었다는 사람이니 도서관에 이들의 글씨가 비치되어 있음이요, 옻으로 쓴 글씨와 벽경이 있다 함은 붓이며 먹이 생기기도 전의 고문서와 공자의 집 벽에서 나왔다는 오래된 경전들이 또한 비치되어 있음을 말한 것이다.

자구 풀이

두고종례杜稾鍾隷에서 두杜와 종鍾은 특정한 사람을 가리키고, 고稾와 예隷는 이들이 처음 만들었다고 전해지는 서체書體의 이름이다.

칠서벽경漆書壁經은 '칠서와 벽경' 또는 '칠서로 된 벽경'의 두 가지로 풀 수 있다. 먼저 칠서漆書는 먹이 없던 시절 대나무에 옻을 찍어 쓴 글씨를 말한다. 아주 오래된 희귀본 글씨라 하겠다. 벽경壁經은 벽에서 나온 경전이라는 말인데, 전한前漢 때 노魯나라의 공왕恭王이 공자의 사당을 수리

하다가 허물어진 벽에서 찾아낸 경전이라는 말이다. 이 경전들 역시 칠서, 곧 옻으로 대나무에 쓴 것이었다고 한다. 어떻게 해석하든 모두 오래되고 귀중한 글과 경전을 의미한다.

해설

문자文字가 처음 생겼을 때는 나무나 거북의 등껍질 등에 칼로 새겨 이를 기록했다. 그러다가 대나무 꼬챙이 끝에 옻을 찍어 죽간에 적게 되었고, 나중에야 동물의 털을 이용한 붓과 종이가 나오게 되었다. 대나무 꼬챙이로 옻을 찍어 죽간에 적은 글씨를 본문에서와 같이 칠서漆書라 한다. 쉽게 상상할 수 있는 것처럼 글씨가 시작되는 윗부분은 칠이 많이 묻어 뭉툭하지만 아래로 갈수록 글씨의 획이 짧고 가늘어지게 된다. 그 모양이 마치 머리는 크고 꼬리는 가늘고 짧은 올챙이와 같으므로 이런 문자를 흔히 올챙이 문자, 곧 과두문자蝌蚪文字라고 한다.

이러한 칠서의 시기를 거쳐 모필毛筆이 나오게 되자 다양한 서법書法과 서체書體가 등장하기 시작했다. 고대의 갑골문자甲骨文字를 거쳐 청동기靑銅器에 새겨진 형태로 오늘날까지도 전해지는 가장 오래된 서체가 대전大篆이다. 이어 진시황 때의 승상 이사李斯가 과거 서주西周 지역에서 쓰던 글자들을 모으고 간추려서 '소전小篆'으로 정리했다. 이렇게 정리된 소전으로 진시황은 제국의 곳곳에 비碑를 세우고 각자刻字를 남겼다고 하는데 오늘날 전해지는 것은 극히 소수다. 다행히 후한後漢의 허신許愼이 지은 『설문해자說文解字』에 소전小篆 글씨들에 대한 해석이 있어 오늘날 그 실상을 알 수 있다. 도장을 새길 때 흔히 쓰는 글씨체이고, 그냥 전서篆書라고 하면 이 소전을 말한다. 나무나 돌 등에 그림이나 글씨를 새기는 것을 흔히 전각篆刻이라 하는데, 이 소전 글씨체로 새긴다는 말이다.

이사李斯의 소전小篆과 거의 같은 시기에 정막程邈이라는 사람이 예서隸書를 만들었다고 전해진다. 소전보다 필획筆劃을 더욱 간략히 한 것이다. 정막은 죄수들을 돌보는 하급 관리였다고 하는데, 늘어나는 죄수들에 관한 내용을 일일이 소전으로 적기가 번거로워 이런 단순화된 서체를 만들게 되었다고 한다. 그래서 서체의 이름도 노예奴隸와 죄인을 뜻하는 예서隸書(노예 글씨)가 되었다는 것이다. 이러한 예서는 당나라 이전까지 다양한 형태로 꾸준히 사용되며 발전에 발전을 거듭하였다.

예서 이후 위魏나라 사람 종요鍾繇도 새로운 서체를 만들었다고 하는데, 이는 예서보다도 오히려 필획을 더 단순화한 것이었다. 당시 사람들은 종요가 만들었다는 이 서체에도 예서隸書라는 이름을 붙였다. 그 이전에 유행한 예서의 한 갈래로 보았던 것이다. 훗날 장막이 만들었다는 예서古隸와 구분할 경우 소례小隸, 혹은 금례今隸라고 불렀으며, 더 나중에는 해서楷書라고 명확히 구분하여 부르게 되었다. 수隋나라 및 당唐나라 시기에 크게 발전하였으며, 왕희지王羲之와 안진경顔眞卿 같은 사람이 이 해서체(소례체)의 최고봉을 이룬 인물들이다. 오늘날 우리가 흔히 보는 정자체가 이것이다.

그런데 천자문의 저자는 수나라나 당나라가 나타나기 훨씬 이전의 사람이어서 종요가 만든 서체를 말하면서도 이를 해서나 소례라고 하지 않고 그냥 예隸라고만 표현하고 있다.

한편, 전한前漢 말기의 유덕승劉德升이 창안했다는 행서行書도 나타났는데, 이는 해서체를 약간 흘려서 쓰기 쉽도록 만든 서체라고 이해하면 된다. 쓰기 쉽고, 또 초서草書만큼 읽기에 까다롭지 않아서 실제로 문인들이 책을 쓸 때 가장 널리 애용하던 서체다.

이어 후한後漢의 두조杜操가 만들었다는 초서草書가 등장한다. 가장 많이 필획을 단순화하여 휘갈겨 쓰는 서체다. 왕희지는 이 초서에서도 대가의 반열에 들었던 사람이다.

그런데 천자문의 기록과 달리 초서는 장지張芝가 만든 것이라는 기록도 있다. 하지만 역사적 사실로 믿기 어려운 것은 초서에만 국한되는 것이 아니다. 예서, 해서, 행서 모두 특정인이 만든 것으로는 보이지 않는다. 그러므로 누가 무슨 서체를 만들었다는 말들은 모두 하나의 속설이자 전설로 보아야 옳고, 이들은 해당 서체의 대가들 가운데 한 사람이었을 것으로 추정해볼 수 있다.

두고杜稾의 고稾는 초고草稾에서 나온 글자다. 초벌로 대강 쓴 원고를 초고草稾라 하고, 이런 초고를 쓸 때는 저자 자신만 알아보면 되기 때문에 글씨를 대강 휘갈겨 쓰게 된다. 그리고 이처럼 초고를 위해 휘갈겨 쓰는 서체가 바로 초서草書로 발전된 것이다. 이 초고草稾라는 단어에서 천자문의 저자는 초草 대신 고稾를 취하였고, 이로써 초서草書를 의미하게 한 것이다. 조금 복잡해졌지만 글자의 선택에 한계가 있으므로 이렇게 처리할 수밖에 없었을 것이다. 오늘날에는 고稾라는 글자 대신 고稿를 쓴다.

칠서漆書는 앞에서 설명한 것처럼 옻을 대나무 꼬챙이 같은 것으로 찍어 죽간에 적은 글씨를 말한다. 옻의 진액은 그 색이 검고 오래 보존되므로 먹이 없던 시대에 글씨의 소재로 사용되었다. 오늘날에도 옻은 가장 고급스런 칠의 재료다.

벽경壁經은 공자의 옛집, 혹은 사당을 수리하다가 허물어진 벽壁에서 찾아낸 경전經典이라고 전한다. 당시 『고문상서古文尚書』를 얻었다고도 하고, 이 책 외에 『논어』나 『효경』 등도 포함되어 있었다고도 하는데, 이 책들 역시 칠서漆書였다고 한다.

府羅將相 路夾槐卿
부 라 장 상 노 협 괴 경

부府는 장상將相을 나羅하고, 노路는 괴경槐卿을 협夾하였다.

府 관청 부, 마을 부   羅 벌일 라(나)   將 장수 장   相 서로 상
路 길 로(노)   夾 길 협   槐 회화나무 괴   卿 벼슬 경

직역 관부官府는 장수와 재상들을 벌여놓고, 큰길은 공경대부를 끼고 있다.

의역 관부가 장수와 재상들을 벌여놓았다 함은 그들의 집무실이 관부에 열을 맞추어 늘어서 있음이요, 큰길이 공경대부를 끼고 있다 함은 그들의 저택이 대로변에 늘어서 있음을 말한 것이다.

자구 풀이

천자문 저자의 서울 구경이 드디어 궁궐 탐사를 끝내고 그 앞의 저자로 옮겨지고 있다. 경복궁을 먼저 구경한 오늘날의 외국 관광객들이 광화문 일대를 둘러보는 것과 같다.

부라장상府羅將相에서 부府는 마을이나 관청을 뜻한다. 여기서는 관청의 뜻이며, 관청들이 모여 있는 거리, 곧 관부官府를 말하는 것이다. 나羅는 새를 잡는 그물을 뜻하는 글자였다. 여기서 그물 같은 것을 '벌이다, 펼치다'의 뜻이 파생되었다. 그런데 새의 그물 문양은 기본적으로 바둑판에 새겨진 눈금의 문양과 같고, 바둑판의 문양은 중국인들이 도성을 축조할

때 기본 원칙으로 삼았던 도시 구획 방식이다. 제일 북쪽에 궁궐을 짓고, 그 외의 구역을 바둑판처럼 좌우로 질서정연하게 나눈 뒤 각종 관청이며 주거지를 순서에 따라 배치하는 방식이었다. 나羅는 관부의 청사들이 바둑판의 눈금처럼 질서정연하게 늘어선 모양을 형용하는 글자다. 장상將相은 장수將帥(무신)와 재상宰相(문신)이며, 여기서는 이들이 근무하는 관청을 말한다. 문무백관文武百官이 정사를 처리하는 각종 관청들이 왕궁의 정문 앞 관부에 줄지어 늘어선 모습을 형용한 말이 부라장상府羅將相이다.

노협괴경路夾槐卿에서 노路는 길이고, 협夾은 옆에 끼고 있다는 말이다. 노협괴경路夾槐卿을 일차 직역하면 길은 괴경槐卿을 끼고 있다는 말이다. 괴경槐卿에서 괴槐는 회화나무를 말하는데, 이는 주周나라의 관직 체계에서 삼공三公을 상징하는 나무였다. 경卿은 삼공 밑의 구경九卿을 말한다. 주나라의 삼공구경三公九卿은 말하자면 조선의 삼정승三政丞 육판서六判書 제도와 유사한 형태의 관리 조직 체계다. 괴槐와 경卿을 말함으로써 모든 공경대부와 신료들을 의미하는 것이고, 여기서는 이들의 주거住居를 뜻한다. 이처럼 지체 높은 사람들의 집들은 당연히 큰길을 끼고 있었을 터인데, 노路에는 크다는 뜻도 있다. 말하자면 여기서의 노路는 대로大路를 말하는 것이고, 노협괴경路夾槐卿은 큰길은 공경대부의 저택들을 끼고 있다는 뜻이며, 이는 으리으리한 저택들이 큰길을 따라 길게 늘어선 모양을 형용한 말이다.

해설

장안長安 중심가의 거리 풍경을 묘사한 부분으로 이해할 수 있다. 중국은 대개 광활한 평지에 궁성宮城을 건설하기 때문에 처음부터 계획도시를 만들 수 있었다. 먼저 제일 북쪽에 궁궐을 짓고 그 바깥에는 내성內城을 쌓는다. 이 내성 바깥에 관부가 설치되고, 이어서 신료 및 백성들의 주거지가 형성되는데, 바둑판처럼 길을 닦고 질서정연하게 배치했다. 이 주거지의 외곽에는 다시 외성外城을 쌓아 도성을 방비하는 것이 일반적이었다. 궁궐을 중심으로 보면 도심은 주로 그 남쪽에 치우쳐 배치되는데, 궁궐(내성)의 정문과 외성의 남문南門 사이에는 '한 일一' 자로 된 가장 큰 대로를 배치하였다. 이를 주작대로朱雀大路라 하며, 주작朱雀은 남쪽을 상징하는 상서로운 동물이다. 왕이 출병出兵을 하거나 할 때는 이 주작대로를 이용하게 된다.

우리나라의 경우 성城의 축조 방식이나 궁궐의 입지가 중국과는 달랐다. 하지만 여러 부분에서 중국의 영향을 받은 것도 사실이다. 광화문 일대를 중심으로 생각해보자.

경복궁의 정문이자 남문인 광화문 앞의 세종로에는 지금도 각종 관청들이 들어서 있는데, 조선시대에도 이곳은 6조의 관청들이 늘어선 곳이어서 그 이름을 육조六曹거리라고 했던 곳이다. 천자문의 이 구절에 등장하는 부府였던 것이고, 지금도 유사한 역할을 수행하고 있다. 광화문에서 남대문에 이르는 대로는 지금은 다소 굽어져 있지만 본래는 일직선의 가장 큰 대로였을 것이다. 말하자면 이 길이 한양의 주작대로였던 셈이다.

괴경槐卿에서 괴槐는 회화나무고, 이는 곧 삼공三公을 뜻한다고 하였다. 이런 설명은 『주례周禮』에 바탕을 둔 것으로, 주나라는 임금 아래에 삼공과 구경九卿의 관리 조직 체계를 두고 있었다. 이런 삼공과 구경의 자리는 나무를 심어 표시하기도 했다고 하며, 왕궁 안과 관부의 거리에 세 그루의 회화나무를 심어 삼공의 자리를 표시하고, 아홉 그루의 대추나무를 심어 구경의 자리를 표시했다는 것이다. 여기서는 물론 삼공과 구경의 열두 신하만을 말하는 것이 아니라 모든 문무백관의 집들을 두루 말한 것이다.

户封八縣 家給千兵

호 봉 팔 현 가 급 천 병

호戶에 팔현八縣을 봉封하고, 가家에 천병千兵을 급給하였다.

戶 집 호　封 봉할 봉　八 여덟 팔　縣 고을 현
家 집 가　給 줄 급　千 일천 천　兵 군사 병

직역 집들에는 여덟 현을 봉지封地로 주고, 일천의 병사를 주었다.

의역 집들에 여덟 현을 봉지로 줌은 나라에 공을 세운 제후의 집에 많은 식읍食邑을 봉지로 나눠줌이요, 일천의 병사를 주었다 함은 또한 많은 군사들을 주어서 스스로를 지키고 천자의 나라를 지키게 하였음을 말한 것이다. 봉건제에 대한 설명이다.

자구 풀이

　호봉팔현戶封八縣의 호戶와 가급천병家給千兵의 가家는 모두 '집안'의 의미다. 나라에 공을 세운 제후諸侯나 공신功臣들의 집을 말하고, 이들에게 어떤 상이 주어지는가가 이 구절의 주제다. 봉封은 임금이 공신을 제후 등으로 봉해준다는 말이며, 이때에는 반드시 세금 징수를 포함하여 제후들이 지배권을 행사할 수 있는 고을을 함께 떼어주게 된다. 팔현八縣은 그런 고을이 여덟이라는 말이자 많다는 의미다. 제후의 가문에는 또 병사들을 두게 하는데, 이는 제후의 독자적인 군권軍權을 인정하는 것이자 이로써 천자국의 외곽 호위를 담당케 하기 위함이다. 천千은 그 숫자가 매우 많다는 뜻이다.

해설

동양적 봉건제도封建制度의 효시는 주周나라에서 본격적으로 시작된 것으로 본다. 이때의 봉건제封建制는 서양의 그것과는 성격이 상당히 다른 것으로, 여기서는 이 주나라의 봉건제를 말하는 것이다. 주나라는 제국에 버금가는 큰 나라를 이룩한 뒤에 광대한 영토를 다스리기 위한 지방 통치 제도로 이 봉건제를 채택하였다. 천자天子가 직접 관할하는 부분을 제외한 나머지 영토를 제후들에게 나누어주고, 이들이 자치적으로 해당 지역을 통치하게 하면서 국경의 경비를 담당케 한 것이 주나라 봉건제도의 뼈대다. 중앙의 왕(천자)을 정점으로 하되, 제후와 대부 등이 소규모의 자치 왕국을 건설케 했던 것인데, 이처럼 제후를 봉封하여 나라를 세우도록建 한 제도가 봉건제였다. 이때의 제후들은 주로 왕족이 맡았다. 말하자면 씨족의 종적縱的 관계가 그 기초가 되었던 셈이다.

봉건제도에서 봉封은 본래 흙을 쌓아 만든 단을 의미하며, 이는 천자가 서는 자리를 의미했다. 앞서 나온 승계납폐陞階納陛의 구절을 설명할 때 정전 안에 왕의 자리로 만든 단이 폐陛라고 했는데, 야외에 이와 유사하게 흙을 쌓아 만든 단이 봉封이다.

천자가 제후를 봉할 때에는 자신의 이 봉封에서 일부 흙을 덜어내어 제후에게 주고, 제후는 해당 지역으로 가서 천자에게 받은 이 흙으로 별도의 작은 봉封을 만들고 제후의 역할을 수행했던 것이다. 땅을 나누어 주고 그 지위를 나누어준다는 상징성을 띤 의식인데, 이처럼 봉을 나누어준다는 말이 분봉分封이다. 제후의 작은 봉을 세워주는 것이기도 하므로 봉건封建(봉을 세움)이다. 이러한 봉건제도는 한漢나라에서도 시행되었다. 그러나 주나라와 달리 왕족들에게만 한정되지 않고 공신 일반으로까지 그 대상이 확대되었다. 이때 이 제후들에게 할당된 지역을 봉지封地 또는 식읍食邑이라 한다. 식읍食邑은 먹고살 고을이라는 말이니, 여기서 거둬들인 세금으로 제후가 먹고산다는 말이다. 식읍을 여럿 받은 제후는 당연히 더 배불리 먹고 살 수 있었다. 본문에서 여덟 고을을 말한 것은 이러한 식읍이 매우 많다는 의미다.

봉건제가 일종의 분권적 지방자치제라면, 군현제郡縣制는 왕의 중앙집권을 강화하기 위한 지방 관리 제도의 성격이 강하다. 시황제의 진秦나라 등에서 이를 시행했고, 한나라 이후 대부분의 나라들이 이를 선호했다. 군현제는 전 국토를 군이나 현 따위의 행정 단위로 체계화하고, 중앙에서 직접 관리를 파견하여 다스리는 방식이다. 진시황이 이러한 중앙집권적 군현제를 과도하게 밀어붙이자 지방의 유생들이 나서서 과거 주나라의 봉건제를 부활시키라고 요구하게 되고, 이것이 분서焚書의 빌미가 된 적이 있었다고 앞에서 설명했다.

봉건제와 군현제는 완전히 반대의 제도가 아니라 그 특징과 주안점이 어디에 있는가에 달린 문제여서, 한 국가가 반드시 한 제도만을 선택하여 시행해야 하는 것은 아니었다. 봉건제를 위주로 하되 군현제와 같은 행정 단위 편성 원칙을 채택할 수 있고, 군현제를 위주로 하되 일부 봉건제를 도입할 수도 있는 식이었다.

高冠陪輦 驅轂振纓
고 관 배 련 구 곡 진 영

관冠을 고高하고 연輦을 배陪하며, 곡轂을 구驅하고 영纓을 진振한다.

高 높을 고 冠 갓 관 陪 모실 배 輦 수레 연
驅 몰 구 轂 바퀴통 곡 振 떨칠 진 纓 갓끈 영

직역 관을 높이 쓰고 수레를 모시며, 말을 몰아가고 끈을 휘날린다.

의역 관을 높이 쓰고 수레를 모신다 함은, 제후를 따르는 신하들이 관을 높이 쓰고 제후의 수레를 옆에서 모심이다. 말을 몰아간다 함은 그 수행원들이 말을 몰아 수레를 치달리게 함이며, 끈을 휘날린다 함은 수레와 말, 관에 장식된 온갖 끈이며 술을 보기 좋게 휘날림이니, 모두 화려하고 거창하며 위엄 있는 제후의 행차를 묘사한 것이다.

자구풀이

고관배련高冠陪輦에서 고관高冠은 흔히 '높은 관'으로 해석되고, 이는 높은 모자를 쓴 고위층 인사를 의미하는 것으로 풀이된다. 하지만 배련陪輦, 구곡驅轂, 진영振纓이 모두 '술어+목적어'의 구조로 되어 있으므로 이 두 글자만 '관형어+주어'의 구조로 보기 어렵다. '관을 높이다'의 의미로 해석하는 것이 적절하다. 그러나 속뜻은 다르지 않다. 제후를 따르는 지체 높은 신하들의 모습을 나타낸다.

배련陪輦에서 연輦은 수레, 특히 임금이 타는 수레를 말한다. 여기서는 천자가 아니라 식읍과 가병들을 하사받은 제후에 대한 설명이 이어지고 있으므로 제후가 타는 수레를 말하는 것으로 이해할 수 있다. 이런 수레는 흔히 옥이며 보석들로 치장을 하고, 각종 술과 끈과 깃발들을 달아 위엄을 나타냈다. 배陪는 옆에서 모신다는 말이다. 그러므로 고관배련高冠陪輦은 중신들이 관을 높이 쓰고 제후의 수레를 양옆에서 모신다는 말이다.

구곡진영驅轂振纓에서 구驅는 말을 몰아가다의 뜻이고, 곡轂은 수레바퀴의 살들이 모이는 중심부의 통을 말한다. 그러므로 구곡驅轂은 말을 몰아 수레를 치달리게 한다는 말이다. 모자를 높이 쓴 중신들이 하는 일은 아니고, 수행원들이나 수레꾼들의 역할이다.

진영振纓에서 진振은 휘날린다는 말이고, 영纓은 갓의 끈이다. 높은 갓을 쓴 중신들의 갓끈을 의미하는 것으로 볼 수 있는데, 나아가 수레며 말에 장식된 온갖 끈이며 술을 말하는 것으로도 볼 수 있다. 그러므로 구곡진영驅轂振纓은 군사들이며 수레꾼들이 말을 몰아 수레를 치달리게 하고, 갓끈이며 온갖 끈들과 술들을 휘날린다는 말이다.

해설

천자에게서 식읍과 병사들을 상으로 받은 제후의 행차 광경을 묘사한 구절이다. 고관대작들이 뒤따르고, 수많은 병사들이 호위하고, 말이며 수레를 현란하게 치장하여 거동하는 장면이다. 이 구절을 천자의 행차로 보는 해설자들이 많은데, 이 앞뒤의 구절이 모두 제후에 대한 설명이어서 필자는 제후의 행차로 이해하고 풀었다.

世祿侈富 車駕肥輕
세 록 치 부 거 가 비 경

세록世祿은 치侈하고 부富하며, 거가車駕는 비肥하고 경輕하다.

世 인간 세 祿 녹봉 록(녹) 侈 클 치, 사치할 치 富 부자 부
車 수레 거 駕 수레 가 肥 살찔 비 輕 가벼울 경

직역 세습世襲되는 봉록俸祿은 크고 부유하며, 말은 살찌고 수레는 가볍다.

의역 세습되는 봉록이 크고 부유하다 함은 제후와 공경대부의 세습 가능한 봉록이 크고도 가멸음이요, 말이 살찌고 수레가 가볍다 함은 부족함이 없음을 말한다.

자구 풀이

이 구절 역시 앞의 구절에 이어 제후나 공경대부의 휘황찬란한 수레 행렬을 묘사한 것으로 볼 수 있다.

세록치부世祿侈富에서 세록世祿은 대대손손 세世를 이어 물려줄 녹봉祿俸을 말한다. 제후나 공경대부가 천자에게 받은 식읍食邑과 작록爵祿(작위와 녹봉)은 자기 대代에서 끝나는 것이 아니라 후손에게 대물림된다. 이런 세습世襲되는 녹봉祿俸이 세록世祿이다.

치부侈富의 치侈는 일차적으로 사치奢侈스럽다는 말이다. 사치스럽다는 것은 자기의 분수에 어긋난다는 것이다. 이런 부정적 어감에서 이 치侈를

과도한 사치奢侈로 이해하고, 이 구절을 '녹봉이 세습되면서 그 자손들이 사치하게 되는 것'을 경계한 말로 이해하는 경우가 적지 않다. 그러나 천자문의 저자는 이 구절의 앞뒤 모두에서 나라에 공을 세운 제후와 공경대부가 얼마나 큰 상을 받는지 설명하고 있는 것이며, 그것이 얼마나 좋은 일인지를 계속해서 강조하고 있다. 그러므로 이 치侈 역시 오늘날의 부정적인 어감을 담은 '사치'로 해석하는 것은 옳지 않다. 치侈는 크고 많다는 뜻이므로 여기서는 크다의 의미를 취했다. 부富는 부유하다, 가멸다의 뜻이다. 이렇게 보면 세록치부世祿侈富는 (제후와 공경대부의) 세습되는 봉록이 크고 가멸다는 말이며, 이는 어디까지나 칭찬의 의미로 쓰인 말이다.

거가비경車駕肥輕에서 거車와 가駕는 모두 수레의 뜻이다. 비肥는 살이 쪘다는 말이고 경輕은 가볍다는 말이다. '수레와 수레가 살이 찌고 가볍다'고 풀 수는 없고, 앞의 거車는 '수레를 모는 말'의 의미로 쓰인 것이라고 보아야 한다. 이렇게 보면 거가비경車駕肥輕은 말은 살찌고 수레는 가볍다는 의미다.

해설

앞서 호사스럽고 요란한 제후의 행차를 설명했거니와, 여기서도 같은 상황을 이어받아서 제후나 공경대부가 누리게 될 복락福樂을 설명하고 있다. 자손들에게 세습될 녹祿이 크고 가멸다고 하였으니, 부귀공명이 자기 대에서 끝나는 것이 아니라 후손에게도 이어진다는 뜻이다. 말이 살찌고 수레가 가벼움은 이들의 부가 매우 크고 거동이 경쾌함을 말하는 것이다. 오늘날에도 수레(자동차)는 부의 상징인데 천자문의 저자가 활동하던 시대에도 그랬던 모양이다.

策功茂實 勒碑刻銘
책 공 무 실 늑 비 각 명

공功을 책策하여 실實을 무茂하게 하니, 비碑를 늑勒하고 명銘을 각刻한다.

策 기록할 책, 꾀 책   功 공 공   茂 무성할 무   實 열매 실
勒 새길 륵(늑)   碑 돌기둥 비   刻 새길 각   銘 새길 명

직역 공功을 기록하여 상賞을 크게 내리고, 비를 새기고 명문銘文을 판다.
의역 공을 기록하여 상을 크게 내린다 함은 제후와 공경대부들의 공을 따지
고 기록하여 벼슬이며 봉록을 크게 내림이요, 비를 새기고 명문을 판
다 함은 이들의 공적과 포상의 내역을 비석에 명문으로 아로새겨 후대
까지 기리고 전함이다.

자구 풀이

뒷부분의 늑비각명勒碑刻銘은 그 뜻이 분명하고 해설자들의 설명도 일
치하므로 이 부분부터 우선 살펴보자. 늑勒이나 각刻은 모두 돌이나 쇠에
'새기다, 파다'의 의미다. 비碑는 돌로 된 비석碑石인데, 본래 그 형태가 네
모진 것을 비碑라 하고 둥근 것은 갈碣(비 갈)이라 하여 구분하였다. 명銘
은 새긴다는 말이자 비석 따위에 새겨진 글을 뜻한다. 그러므로 늑비각
명勒碑刻銘은 대략 비석을 깎아서 그 사적을 새긴다는 말이고, 이는 나라
에 공을 세운 제후며 공경대부의 일대기 따위를 비석에 새겨 그 뜻을 찬

양하고 후세에 전한다는 말이다.

책공무실策功茂實에서 책공策功은 번역자에 따라 여러 가지로 옮겨지는 말인데, 대략 네 가지가 있다. 첫째, 책策을 '꾀하다, 기도企圖하다'의 의미로 새기는 경우다. 책공策功을 공功을 세우고자 꾀를 내고 시도하다의 의미로 이해하는 것이다. 둘째, 책策을 '기록記錄하다'의 의미로 보아 책공策功을 공을 기록하다의 의미로 푸는 경우다. 셋째, 책策을 '세우다立'의 뜻으로 보아 책공策功을 공을 세우다로 푸는 경우다. 넷째, 책策에는 계산하다의 의미도 있으므로 이를 '따지다'로 보는 경우다. 그러면 책공策功은 공을 계산하고 따진다는 말이다.

무실茂實은 크게 세 가지로 옮겨진다. 첫째, 국가의 내실이 무성해지도록 했다는 의미로 새기는 경우다. 이는 공功의 구체적인 내용이 된다. 둘째, 공을 세운 결과로 포상을 크게 받다의 의미로 새기는 경우다. 이는 공功에 따르는 결과가 된다. 셋째, 포상을 받은 결과로 당사자나 자손이 우거진 나무처럼 무성하게 번창하고 열매를 맺는다는 의미로 새기는 경우다. 이는 공功을 세운 결과이자 포상에 따르는 결과에 해당한다.

해설

책공策功과 무실茂實에 대한 해석이 위와 같이 분분하기 때문에 이들 두 단어의 조합인 책공무실策功茂實에서는 다음과 같이 다양한 조합의 해석들이 가능해진다. 한 구절이 얼마나 다양하게 해석될 수 있는지 잠시 살펴보자.

① 공을 획책하여 국가의 내실을 다진다.

②공을 획책하여 상을 크게 받는다.

③공을 획책하여 자손에게까지 복을 누리게 해준다.

④공을 기록하고 상을 크게 준다.

⑤공을 기록하고 자손에게까지 복을 누리게 해준다.

⑥공을 세워 국가의 내실을 다진다.

⑦공을 세워 상을 크게 받는다.

⑧공을 세워 자손까지 복을 누린다.

⑨공을 따져 상을 크게 준다.

⑩공을 따져 자손에게까지 복을 누리게 해준다.

　필자는 이 가운데 ④의 의미를 취했는데, 반드시 그래야 하는 것은 아니다. 책策을 '(문서 따위에) 기록하다'로 푼 것은 이렇게 풀어야 뒤의 늑勒(비석에 새김)과 가장 대비가 잘 된다고 보기 때문이다. 하지만 ⑤나 ⑩도 충분히 훌륭한 해석이다.

067 낚시꾼과 뽕나무의 아들

磻溪伊尹 佐時阿衡
반 계 이 윤 좌 시 아 형

반계磻溪와 이윤伊尹은 시時를 좌佐하고 아형阿衡이었다.

磻 물 이름 반　溪 시내 계　伊 저 이　尹 성씨 윤
佐 도울 좌　時 때 시　阿 언덕 아　衡 저울대 형

직역 반계는 때를 도왔고, 이윤은 아형을 지냈다.

의역 반계가 때를 도왔다 함은 반계의 물가에서 낚시하던 강태공姜太公이
문왕文王을 만나고 훗날 무왕武王을 도와 주周나라를 창업하는 데 크
게 기여했음을 말한다. 이윤이 아형을 지냈다 함은 그가 상商나라 탕
왕湯王을 도와 건국에 이바지하고 아형 벼슬을 지냈음을 말한다. 모두
비석에 이름을 새길 만한 이들이었다.

자구 풀이

비석에 금문으로 새겨 그 사적을 전할 만한 역대의 제후와 공경대부들
에 대한 이야기가 시작되는 구절이다. 말하자면 앞 구절의 사례 제시다.
우선 강태공姜太公과 이윤伊尹이 등장한다.

반계이윤磻溪伊尹에서 반계磻溪는 강태공이 낚시질을 했다던 물길의 이
름이다. 황하의 지류인 위수渭水 중에서도 특정 지역의 강 이름인데, 이를
들어 강태공을 표현했다. 이윤伊尹은 상商나라 탕왕湯王의 건국을 도운 충

신의 이름이다.

좌시아형佐時阿衡에서 좌시佐時는 때를 돕는다는 뜻이다. '때를 돕는다'는 말은 그 시대의 역사적 과제 해결에 힘을 보탠다는 말이자 적절한 때를 잘 맞춘다는 의미다. 강태공은 패악한 상나라 임금 주紂를 몰아내고 새로운 천자가 될 성인聖人이 나타나기를 기다리며 반계에서 세월을 낚다가 마침내 문왕文王을 만나서 주나라 건국에 이바지함으로써 시대적 과제를 해결하는 데 힘을 보탰다. 이윤 역시 신야莘野라는 곳에서 농사를 지으며 때를 기다리다가 마침내 탕왕을 만나 하夏나라의 걸桀임금을 몰아내고 상나라를 개국하는 데 힘을 보탰다. 나중에 그는 재상에 올랐는데, 상나라에서는 재상을 아형阿衡이라고 했다. 두 사람 모두 새로운 천자국의 건설에 큰 공을 세운 대표적인 사람들이다.

때를 도왔다는 좌시佐時는 반계(강태공)와 이윤 모두에게 해당되는데, 아형阿衡은 강태공에게는 해당되지 않는 말이므로 해석을 할 때는 '반계와 좌시'를 짝짓고, '이윤과 아형'을 서로 짝지을 수밖에 없다.

역사적인 순서로 따지자면 이윤이 먼저고 강태공이 나중이다. 운을 맞추기 위해 순서를 바꾼 것이고, 주나라를 특별히 더 높이기 위해서도 그렇게 한 것이다.

해설

상나라를 개국한 탕왕과 주나라를 개국한 무왕武王의 이야기는 앞서 '조민벌죄弔民伐罪 주발은탕周發殷湯'의 구절을 설명하면서 소개한 바 있다. 이번에는 이들 두 성군을 도운 신하들인 이윤과 강태공이 등장한다.

먼저 이윤伊尹은 하나라와 상나라 초기에 활동하던 재상宰相이다. 이름은 지摯였다고 하며, 어디서 어떻게 태어난 인물인지는 불분명하고 전설들만 전한다. 첫 번째 전설에 따르면 이윤은 말라 죽은 뽕나무 줄기에서 태어났다고 한다. 이윤의 모친이 그를 잉태하였을 때 꿈에 신선이 나타나 다음 날 큰 홍수가 질 것을 예언하고, 무작정 달아나되 절대로 뒤를 돌아보지 말라고 당부했다고 한다. 그러나 이윤의 모친은 십 리쯤 가다가 뒤를 돌아보았고 결국 뽕나무가 되어 말라 죽었는데, 그 줄기에서 태어난 아이가 이윤이고, 사람들이 주워다 길렀더니 성인군자가 되었다는 전설이다.

그러나 다른 전설에 의하면 이윤은 비천한 노예의 신분이었다고 한다. 어느 양반 가문에서 요리사로 일했는데, 그 집의 아가씨가 탕왕에게 시집을 가게 되자 같이 따라 가서 임금의 눈에 들고 마침내는 출세도 하게 되었다는 것이 이 전설의 요지다.

성장한 이윤은 하나라의 마지막 폭군인 걸왕의 밑에서도 일을 했던 것으로 사서들은 기록하고 있다. 그의 충언을 왕이 듣지 않았고, 이윤은 겨우 달아나 목숨을 보전했다는 식의 기록들이 보인다.

걸왕을 떠난 이윤은 신야莘野라는 곳에서 농사를 지으며 조용히 은거생활을 했다고 한다. 이런 기록들을 근거로 그의 고향이 신야일 것으로 보기도 한다. 옛말에 '은야殷野'라는 것이 있는데, 이는 '은나라 재상 이윤이 은거하던 들판'이라는 의미로, 나중에는 이 단어가 군자나 현자의 '은둔지'를 통칭하는 말이 되었다.

이 은거 중에 상나라를 건국하게 되는 탕왕과 만나게 되는데, 탕왕이 그를 모셔가기 위해 세 번이나 사자使者를 보냈다고도 하고 다섯 번을 보냈다고도 한다. 이에서 삼빙三聘과 삼고지례三顧之禮라는 말이 나왔다. 모두 임금이 현명한 신하를 여러 차례 초청하여 어렵게 모신다는 말이며, 제갈량諸葛亮을 얻기 위한 유비劉備의 삼고초려三顧草廬는 훨씬 뒷날의 얘기다.

이렇게 탕왕과 만난 이윤은 부국강병책을 두루 동원하여 하나라의 걸왕과 맞설 준비를 하나하나 진행하고, 마침내는 상나라 개국의 위업을 달성하게 된다. 이어 이윤은 제세안민濟世安民의 정책을 통해 부국富國을 도모하고, 500년 이상 유지될 상나라 왕조의 기반을 닦아 나갔다. 당시 이윤은 아형阿衡이라는 벼슬을 하고 있었는데, 이는 탕왕이 그를 높여 부르는 이름이었다고도 한다.

무왕을 도와 주나라 건국에 기여한 강태공姜太公의 경우 너무나 유명한 인물이다. 그의 본명은 강상姜尙이고, 그의 선조가 여呂나라에 봉封하여졌으므로 여상呂尙이라고도 불렸다. 사람들은 또 그를 '태공망太公望'이라고도 불렀는데, 이는 문왕(무왕의 아버지)인 태공太公이 바라던望 인물이었다는 의미를 담은 별칭이라고 한다.

기주冀州 또는 동해東海 사람이며, 천성적으로 경서經書 배우기를 좋아하고 성격은 소박하며 솔직했다고 한다. 하지만 그가 활동을 시작하던 무렵의 상나라는 이미 혼란이 극에 달하고 패망의 징후가 농후하여 대다수 백성들이 곤궁을 면치 못하고 있었고, 이는 강태공의 경우에도 크게 다르지 않았던 모양이다. 게다가 그는 이익을 남기는 일에 서툴렀다. 생활이 곤궁해지자 그의 부인이었던 마씨馬氏는 강태공을 버리고 떠나버렸다.

그 무렵 강태공은 서쪽 주나라에 성인이 있다는 소문을 듣게 되었다. 이에 살던 집을 버리고 반계磻溪 계곡에 이르러 낚시질로 소일하며 때가 오기를 기다렸다. 전설에 의하면 그가 반계에서 낚시질을 하던 어느 날 옥玉으로 된 패佩를 하나 얻게 되었는데, 거기에는 이렇게 적혀 있었다고 한다.

姬受命 呂佐時
희 수 명   여 좌 시

'희姬가 천명을 받고, 여呂가 때를 돕는다'는 말이니, 희姬씨 성을 가진 주나라(당시에는 상나라의 여러 제후국 가운데 하나) 왕실이 천명天命(천자가 되라는 명령)을 받고 여呂씨인 자신이 때를 돕게 된다는 참언讖言이었다. 역사가 아니라 전설에 가까운 얘기여서 신빙성은 없다. 다만 천자문의 저자가 강태공을 설명하면서 왜 좌시佐時라는 표현을 썼는지에 대하여는 하나의 힌트를 얻을 수 있다.

아무튼, 반계에서 날마다 낚시질을 하고 있는 그에 대한 소문은 인재를 두루 찾고 있던 서백西伯(훗날의 문왕)의 귀에도 들어갔고, 서백은 마침내 강태공을 찾아갔다. 두 사람은 즉시 서로의 사람됨을 알아보고 그 자리에서 의기투합하여 상나라의 폭군 주紂를 몰아낼 뜻을 나눴다고 한다. 이로써 한미한 낚시꾼이던 강태공은 일약 재상의 지위에 올랐다. 그는 경서뿐만 아니라 병법에도 두루 달통하여 주나라의 기초를 튼튼하게 다지는데 실질적인 기여를 많이 하게 되었으며, 그런 그를 문왕은 태공망太公望이라 높여 부르며 예우하였다.

문왕이 죽고 무왕이 즉위하자 강태공은 본격적으로 무왕을 도와 주紂와의 일전에 나서게 되었고, 마침내는 주나라의 시대를 열게 되었다. 천하를 얻게 된 무왕은 그에게 분봉分封하여 제齊나라를 세우도록 하였다. 마침내 재상을 거쳐 제후의 지위에까지 오른 것이고, 이로써 강태공은 제나라의 시조始祖가 되었다.

제나라의 제후가 되어 자신의 영지로 가던 중에 강태공은 과거의 아내 마씨와 재회하게 되었다고 한다. 마씨가 다시 아내로 받아줄 것을 간청하자 강태공은 그녀에게 물을 한 바가지 떠오게 한 후 이를 땅바닥에 쏟아 버리고는 다시 주워담을 수 있겠느냐고 물었다. 여기서 이미 엎지른 물을 뜻하는 복배지수覆盃之水의 표현이 나왔다고 하는데, 역시 전설일 뿐이어서 확인할 수는 없다.

병서兵書인 『육도六韜』가 그의 저작이라 하고, 뒷날 그의 고사를 바탕으로 한가하게 낚시하는 사람을 일러 '강태공'이라고 칭하는 습속이 생겨났다.

068 왕의 아우와 공자의 고향

奄宅曲阜 微旦孰營
엄 택 곡 부 미 단 숙 영

곡부曲阜에 엄택奄宅이니, 단旦이 미微라면 숙孰이 영營하랴?

奄 문득 엄   宅 집 택(댁)   曲 굽을 곡   阜 언덕 부
微 아닐 미   旦 아침 단   孰 누구 숙   營 경영할 영

직역 곡부에 큰 집이니, 단이 아니라면 누가 경영하랴?

의역 곡부에 큰 집이라 함은 노魯나라의 서울 곡부에 큰 궁성이 들어섬이
요, 단이 아니면 경영할 수 없다 함은 주공周公 단과 같이 큰 공功을
세운 사람이 아니고는 이처럼 큰 궁성을 세우고 나라를 세울 수 없음
을 말한 것이다.

자구 풀이

'엄택곡부奄宅曲阜 미단숙영微旦孰營'에서 곡부曲阜는 지명이고 단旦은
인명이다. 주공周公 단에게 분봉된 땅이 노魯나라고, 곡부는 그 수도로 정
해진 곳이었다.

엄택奄宅에서 택宅은 집의 뜻이니 여기서는 대략 단旦의 집, 곧 노魯나
라의 궁실宮室을 말한다. 엄奄은 '문득, 갑자기'의 뜻이자 크게 덮어서 가
리운다는 말이다. 뒤에 나오는 영營이 경영하다, 짓다의 뜻임을 감안하면
여기서는 '집을 크게 짓다'의 의미인 것으로 파악된다. 엄택奄宅은 궁실을

장엄하고 크게 짓는다는 말이다. 백성들을 두루 잘 보살펴서 터전을 닦는다의 의미로 읽는 사람도 있다.

미단微旦에서 미微는 '아니다'의 뜻이다. 그러므로 미단微旦은 '주공 단이 아니다'의 의미다. 뒤에 나오는 숙영孰營과 연결할 때는 '단이 아니라면'이라고 조건절로 해석한다. 숙孰은 '누가 ~ 하겠는가?'의 의미고, 영營은 경영하고 짓는다, 곧 터전을 닦는다는 말이다. 그러므로 숙영孰營은 '누가 경영할 수 있겠는가?' 혹은 '누가 터전을 닦을 수 있겠는가?'의 뜻이다. 주공 단이 아니고는 경영할 사람이 없다는 말이 미단숙영微旦孰營이다.

마지막으로 '무엇을' 경영한다는 말인가의 문제가 남는데, 앞 구절의 엄택奄宅을 '궁궐 크게 짓기'로 이해하면 이 경영의 내용은 대궐을 짓는 그 공사 자체가 된다. 반면에 엄택奄宅을 '백성들을 어루만져 보살핌'으로 이해하면 이 경영의 내용은 통상적인 국가 경영이 된다.

해설

천자를 도와 나라에 큰 공을 세우고, 이로써 대대손손 부귀영화가 보장되는 녹봉을 받고, 그 이름이 비석에까지 새겨진 인물들에 대한 이야기가 계속되고 있다. 앞에서는 이윤과 강태공을 말했는데, 여기서는 강태공과 함께 무왕을 도와 주나라를 천자의 나라로 만든 주공 단이 등장한다. 주나라의 건국과 초기 치세 과정은 유학자들이 말하는 역사歷史에서 매우 중요한 시기일 뿐만 아니라 많은 시사와 교훈을 던져주는 사건들이 중첩되는 때였다. 말하자면 옛사람들의 역사 공부에서 가장 중요한 대목이 바로 주나라 건국과 관련된 내용들이다. 길고 복잡한 얘기이므로 상세히 다루기 어렵고, 대강의 줄거리만 살펴보자.

먼저 주나라 왕실의 성씨인 희姬는 기棄라는 사람으로부터 시작되었다고 한다. 말하자면 희씨의 시조가 '희기'라는 인물이다. 『사기』가 소개하는 전설에 따르면 그를 낳은 어머니는 오제五帝 가운데 한 사람이자 요堯임금의 아버지인 제곡帝嚳 고신씨高辛氏의 부인이었다고 한다. 그러나 고신씨가 아버지인 것은 아니고, 그 어머니가 어느 날 길에서 거인의 발자국을 밟아 잉태한 뒤 1년 만에 태어난 아이가 기棄였다. 어머니는 이처럼 이상하게 태어난 아이를 키울 수 없다고 생각하여 내다 버렸다. 그러나 길에 버리면 마소가 피해가고, 얼음 위에 버리면 새들이 날아와 덮어주므로 이상하게 생각하여 다시 데려다 길렀다. 내버렸던 아이이므로 이름을 기棄(버리다)라 했다. 기棄는 성장하면서 농사짓는 것을 특히 즐겼다고 한다. 형제인 요堯임금의 뒤를 이어 순舜임금이 등극하자 그를 보좌하여 농사일을 맡아보았고, 나중에는 태邰 지역의 제후로 봉해졌다. 사람들은 그를 후직后稷이라고도 불렀는데 이는 농사農事의 신神이라는 뜻이다. 희기는 실제로 주나라 때부터 신농과 더불어 농사의 신으로 숭상되었다.

이런 희기의 13대손에 해당하는 인물이 고공단보古公亶父다. 그는 사랑으로 백성들을 교화하며 다스리고 있었는데 이웃 오랑캐들의 침략에 시달리게 되었다. 당연히 군사를 모아 반격해야 옳다고 하겠으나 단보는 그러는 대신 나라의 노인들을 모아 잔치를 베풀고는 다음과 같은 요지로 말했다.

"적이 침략하는 것은 농사를 지을 땅 때문이다. 땅은 사람을 먹이는 것이니 소중하다. 그러나 땅을 위하여 사람의 목숨을 버리게 할 수는 없다. 나는 이곳을 떠나 차라리 먼 산속으로 가겠다."

그러자 단보를 따라 이사하고자 하는 백성들이 줄을 이었다. 노약자들도 서로 밀고 끌며 그의 뒤를 따르고 이웃 제후국들에서도 많은 사람들이 역시 고공단보를 찾아 옮겨왔다. 고공단보는 이들을 이끌고 터전을 옮겨서 나라의 이름을 주周로 고쳤다. 나중에 천자가 된 무왕은 고공단보를 주의 태조太祖로 추숭追崇했다.

고공단보의 뒤를 이은 사람은 삼남 계력季歷이었다. 위로 두 형이 있었으나 이들은 아버지가 계력에게 뒤를 잇게 하고 싶어함을 알고 스스로 주나라를 떠났다. 계력은 아버지 고공단보의 뒤를 이어 덕치를 펴나갔고 주변의 제후들에게도 크게 인정을 받았다. 당시 천자국인 상商나라의 임금은 문정文丁이었는데, 그는 계력을 적극 활용하여 주변 이민족들의 침입을 막게 했다. 계력은 천자의 명을 받아 여러 차례 출정했고 모두 승리하여 기울어가는 상나라를 지키는 데 힘을 보탰다. 그러나 문정은 계력의 주나라가 점차 강성해지고 주변의 제후국들이 모두 그와 가까워지는 것을 보고는 위기감을 느껴 그를 새고塞庫라는 고을에 가두고 굶겨 죽였다. 계력은 나중에 무왕에 의해 호왕昊王으로 추숭되었다.

이어 계력의 장남 창昌이 등극했다. 나중에 무왕에 의해 문왕文王으로 추숭되는 인물이자 무왕의 아버지다. 강태공 같은 현신을 발굴하고 주나라의 기틀을 더욱 다져나갔다. 하지만 당시의 천자국인 상나라와는 여전히 사이가 좋지 않아서 유리羑里라고 불리는 감옥에 갇히는 등 고초가 적지 않았다. 무왕과 더불어 공자가 성인으로 꼽는 사람이다.

문왕의 뒤를 이은 무왕武王 때에 이르러 주나라는 드디어 상나라를 멸하고 천자국이 된다. 그에 대한 이야기는 '주발은탕周發殷湯'의 구절을 설명할 때 이미 한 바 있다. 그런데 그가 상나라와 대결할 때 가장 큰 힘이 되었던 두 사람이 바로 강태공과 동생 단旦이었다. 단은 흔히 주공周公으로 불리는데, 형인 무왕이 등극한 지 3년 만에 사망하자 어린 조카를 임금成王에 앉히고 섭정을 통해 국가의 기틀을 다져나갔다. 역시 공자에 의해 성인으로 받들어진 인물이다.

여기 이 구절은 이처럼 형을 도와 천자국을 세우고, 조카를 보필하여 나라의 기틀을 다진 주공에 대한 이야기다. 형인 무왕은 그에게 노魯나라 땅을 분봉해주었고, 주공은 직접 노나라를 지배하는 대신 어린 조카를 곁에서 보필하였으며, 노나라에는 자신의 아들 백금伯禽을 보내 곡부에 궁성을 쌓고 나라를 다스리게 하였다. 이로써 백금은 노나라의 시조가 되었고, 이 나라에서 훗날 공자孔子가 태어나게 된다.

桓公匡合 濟弱扶傾
환 공 광 합   제 약 부 경

환공桓公은 광匡하고 합合하여, 약弱을 제濟하고 경傾을 부扶하였다.

桓 굳셀 환   公 공평할 공   匡 바를 광   合 합할 합
濟 구제할 제, 건널 제   弱 약할 약   扶 붙들 부   傾 기울 경

직역 환공은 바르게 하고 합하여, 약한 것을 구제救濟하고 기운 것을 붙들
었다.

의역 환공이 바르게 하고 합하였다 함은 패자가 된 제齊나라의 환공이 천하
를 바르게 하고 제후들을 규합하였다는 말이고, 약한 것을 구제하고
기운 것을 붙들었다 함은 그가 주周 왕실이 어려울 때 돕고 쓰러질 위
기에 처했을 때 붙들었다 함이니, 이 또한 큰 공을 세운 것이다.

자구 풀이

환공桓公은 춘추시대에 활동하던 제齊나라 제후諸侯의 이름이다. 춘추
시대를 주름잡던 소위 춘추오패春秋五覇 가운데 가장 먼저 패자覇者가 된
인물이기도 하다. 당시 천자국 주周나라는 명맥만 유지할 뿐 천자국의 역
할을 전혀 수행하지 못하는 상황이었다. 이때 환공이 나타나 일광천하一
匡天下를 외치며 구합제후九合諸侯를 실현시켰다.

일광천하一匡天下는 천하를 하나로 바로잡는다는 말이니, 어지러운 세

상을 단칼에 바로잡아 주 왕실을 정점으로 하는 통일 체제로 일치시키겠다는 것이다. 무왕의 분봉으로 강태공이 세운 나라가 제나라이니, 제나라는 대대로 주 왕실과 매우 친밀한 사이를 유지하고 있었다. 이와 반대로 가장 극성스럽게 주나라를 괴롭힌 것은 남방의 초楚나라였다. 환공은 이런 초나라를 응징하기 위해, 그리고 여타의 소소한 전쟁들을 위해 모두 아홉 차례나 다른 제후들을 하나로 모아 결집시켰다. 이렇게 아홉 차례 제후들을 불러 모은 일을 구합제후九合諸侯라 한다. 본문의 광합匡合은 이 일 광천하一匡天下와 구합제후九合諸侯를 줄인 말이다. 광匡은 바르게 한다는 뜻이고, 합合은 모으고 규합한다는 말이다.

이렇게 제후들을 모아 천하를 평정함으로써 환공은 당시 허약한 상황에 있던 주 왕실을 구제하였다. 제약濟弱은 약弱을 구제했다는 의미다. 또 일광천하一匡天下가 완성됨으로써 환공 당시의 모든 제후국들은 전쟁을 멈추고 주나라 천자에게 복종하게 되었다. 말하자면 기울어지는傾 주나라를 그가 붙들어주고 떠받쳐扶 준 것이다. 이것이 부경扶傾의 내용이다. 부扶는 붙들어주고 떠받쳐 돕는다는 말이고, 경傾은 똑바로 서지 못하고 기울어지는 것이다.

해설

주나라의 힘이 미약해지고, 마침내 수도를 서경(호경)에서 동경(낙양)으로 옮기게 되면서 춘추시대(BC 770~BC 403)가 시작되었다. 주나라는 여전히 천자국으로 인정은 되었지만 아무런 힘이 없어 제후국들의 웃음거리가 되기 일쑤이던 시절이다. 수많은 제후국들이 나타나 패권을 다투었는데, 이 기간 동안 크게 다섯 명의 패자가 나타났으며 이들을 흔히 춘추오패春秋五覇라 부른다. 그 가운데 가장 먼저 패권을 쥔 사람이 제나라의 환공이었다.

본래 제나라의 군주는 그의 형인 양공襄公이 맡고 있었는데, 양공은 성격이 꽤나 복잡할뿐더러 포악한 인물이었다고 한다. 친누이와 정분을 통하고, 그 누이가 이웃 노魯나라의 왕자에게 시집을 가자 마침내 그를 암살하기도 하였다. 그 밖에 많은 사람들을 죽이고 학정을 일삼으므로 제나라는 크게 어지러웠다. 이에 환공은 포숙鮑叔과 함께 거莒에 망명하였다. 그가 망명하고 있는 동안 형 양공이 사촌에게 시해되는 사건이 일어났고, 이에 환공은 다시 제나라로 돌아와 제후가 되었다.

이어 포숙의 천거를 받아들여 관중管仲을 재상으로 뽑고, 어진 정치를 펴서 나라 안을 안정시키고 부유한 나라로 만들기 위해 무던히 애를 썼다. 힘이 약해진 주 왕실을 대신해 제후들을 끌어모았고, 변방의 침입자들을 격퇴하는 한편 반항하는 제후국들은 진압하기도 했다. 이 과정을 한마디로 설명하는 말이 바로 '구합제후九合諸侯 일광천하一匡天下'다. 모두 관중의 머리에서 나온 것이고, 관중은 환공에게 가장 큰 힘이 되었다.

관중이 죽은 뒤 환공은 급격히 정사에서 관심이 멀어지고 힘이 빠졌다고 한다. 그의 임종을 앞두고는 여러 여자들에게서 태어난 여러 왕자들이 서로 난을 벌여 두 달 동안이나 그의 장례조차 치르지 못했다고도 한다. 환공 사후 제나라는 빠르게 허약해졌다.

천자문의 저자가, 왕도정치가 아니라 패도정치를 실행했던 제나라 환공을 언급한 것은 그가 주나라 천자의 입장에서 보자면 천자를 도운 충실한 신하였기 때문이다. 이렇게 충성스런 신하여야 그 이름이 비석에 새길 만하다는 것이다.

綺回漢惠 說感武丁

기　회　한　혜　　열　감　무　정

기綺는 한혜漢惠를 회回하고, 열說은 무정武丁을 감感하였다.

綺 비단 기　回 돌아올 회　漢 나라이름 한　惠 은혜 혜
說 기쁠 열(=悅), 말씀 설, 달랠 세　感 느낄 감　武 무예 무　丁 고무래 정

직역 기리계綺里季는 한漢나라 혜제惠帝를 되돌리고, 부열傳說은 무정을 감
응感應하였다.

의역 기리계가 한나라 혜제를 되돌렸다 함은, 그가 한나라 혜제의 태자 시
절 폐위될 위기에 몰렸을 때 도와서 다시 제자리를 지키게 하였음을
말한다. 부열이 무정을 감응했다 함은, 상商나라의 재상 부열이 그 임
금 무정이 부친의 상을 당하여 3년 동안이나 말을 할 수 없었음에도
그의 뜻을 잘 알아서 나라를 조용하고도 평화롭게 다스렸음을 말한 것
이다. 모두 어려울 때 나라에 큰 공을 세운 사람들이다.

자구 풀이

　기綺와 혜惠, 열說과 무정武丁은 모두 사람의 이름이다. 회回는 돌아오
다, 또는 돌이키다의 뜻이며, 여기서는 기綺가 혜惠를 폐위될 위험에서 정
상적인 자리로 '돌아오게 했다'는 의미다.
　감感은 '감동시키다, 감응하다'의 뜻인데, 둘 중에 어느 것을 취하느냐

에 따라 해석문의 내용과 어감이 달라진다. 먼저 '감동시키다'의 뜻을 취하면 열감무정說感武丁은 '부열이 무정을 감동시켰다'가 된다. 인재를 찾고 있던 무정은 꿈에서 한 신하가 부지런히 자신을 보좌하는 모습을 보게 되는데, 나중에 수소문해 찾아보니 부열이었다는 고사가 있다. 이런 고사를 근거로 사람들은 '부열이 무정의 꿈에 나타나 그를 감동시켰다'는 의미로 이 구절을 해석하기도 한다.

하지만 천자문의 현재 챕터는 현신賢臣들이 어떻게 왕을 보필했는가의 문제를 다루고 있으며, 등용되기 전에 무정의 꿈에 부열이 나타난 것은 부열의 작위作爲에 따른 것이 아닐 뿐만 아니라 감동을 말하기에도 다소 어패가 있는 상황이다. 한편, 부열이 재상으로 있는 동안 무정은 부친의 상을 당해 3년 동안 침묵을 지켰다고 한다. 이처럼 왕이 아무 말도 하지 않고 있는데도 나라가 잘 다스려졌다는 것은, 그만큼 부열이 무정의 마음에 감응하여 그 뜻을 잘 헤아린 덕분이라고 할 수 있다. 말하자면, 말 한 마디 없이도 임금의 뜻에 감응하여 정사를 대신 돌본 것이고, 이는 현신의 어진 보필로 보기에 충분하다. 그러므로 열감무정說感武丁의 구절은 '열은 무정과 감응하였다'로 푸는 것이 자연스럽다.

해설

천하를 통일한 진시황秦始皇은 무도無道하여 경전을 불사르고 유자儒者들을 파묻는 만행을 저질렀다. 이런 위기 상황에서 몸을 피해 상산商山이라는 곳에 은거한 네 사람의 현인賢人이 있었다. 기리계綺里季, 동원공東園公, 하황공夏黃公, 녹리선생角里先生의 넷이었는데, 모두 머리가 하얗게 센 노인들이었으므로 사람들은 이들을 상산사호商山四皓라 불렀다. 호皓는 색깔이 희다는 말이다.

영원할 것 같던 진나라는 오래지 않아 무너지기 시작했는데, 도처에서 반란이 일어났다. 그런 반란군 가운데 가장 대표적인 세력이 항우項羽의 군대와 유방劉邦의 군대였다. 둘은 본래 연합군이 되어 진의 군대와 맞섰다. 그러다가 유방의 군대가 한 발 먼저 진의 수도인 함양咸陽을 점령하고 진왕秦王 자영子嬰으로부터 항복을 받아냈다. 뒤늦게 도착한 항우는 그를 살해하고자 하였으나 장량張良과 번쾌樊噲 등의 방해로 성공하지 못했다. 이후 항우와 유방은 4년간에 걸쳐 쟁패爭霸를 벌였는데 결국 유방이 승리하여 통일의 대업을 이룩하고 한漢나라를 세워 황제가 되었다. 그의 대업이 성공할 수 있었던 것은 장량張良, 한신韓信 등의 유능한 신하들이 있었기 때문이었다. 천민 출신임에도 유방은 이런 인재들을 잘 모으고 또 적재적소에 잘 활용하는 용인술用人術이 매우 뛰어난 사람이었다고 한다.

이처럼 인재를 아끼는 유방이 새로운 황제가 되었음에도 상산사호는 출사出仕를 하지 않았다. 등극 초기의 한 고조高祖 유방이 유자儒者들을 천대했기 때문인데, 나중에 한고조는 이를 후회하고 유학자들을 두루 중용했다.

황제가 된 고조는 일찍이 여후呂后의 몸에서 난 아들, 즉 후일의 혜제惠帝를 태자로 삼았다. 그러나 나중에는 척戚 부인을 너무나 사랑한 나머지 그 소생인 여의如意를 태자로 삼으려 했다. 이에 여후는 장량張良과 대책을 의논하게 되었고, 장량의 계책에 따라 산상사호를 궁전으로 모셔오게 되었다. 고조의 부름에도 일절 응하지 않던 산상사호의 현인들은 사정 이야기를 듣고는 궁전에 와서 태자와 어울렸다. 이에 고조는 기리계를 비롯한 산상사호에게 그 연유를 물었다.

"폐하의 부름에 응답하지 않은 것은 폐하가 선비와 신하들을 업신여겼기 때문입니다. 우리는 그런 욕을 당할 수 없어 산에서 나오지 않은 것입니다. 그런데 지금 태자는 효성이 지극하고 선비를 좋아합니다. 이런 분을 내치고 다른 태자를 세운다면 나라가 위태로울까 걱정입니다."

기리계의 이런 거침없는 질책에 놀란 고조는 오히려 그들에게 태자를 잘 보필해줄 것을 당부하고 태자 폐위를 없던 일로 되돌렸다. 기회한혜綺回漢惠는 이런 고사를 말하는 것이다.

한편, 부열傅說과 무정武丁은 상商나라 때의 재상과 임금이다. 이 중 무정은 상나라의 23대 왕인 고종高宗의 이름이며, 고종은 쇠약해져 가던 상나라의 부흥을 일군 왕이었다. 날로 허약해지는 나라를 구하기 위해 무정은 항상 현명하고 능력 있는 신하들을 부지런히 찾아다녔다. 이렇게 전전긍긍하던 어느 날 무정은 꿈에서 한 현자가 자신을 도와 부지런히 정무를 보는 장면을 보게 되었다. 다음 날 아침 무정은 꿈에 본 인물의 모습을 세세히 일러주며 화공畵工으로 하여금 그 모습을 그리게 하고, 관리들을 풀어서 그림과 일치하는 사람을 찾아오게 했다. 그렇게 나라 안을 샅샅이 뒤져 찾아낸 인물이 부열이었다.

당시 부傅라는 곳에서 찾아낸 열說이라는 이름의 인물이어서 이름이 부열傅說이다. 그런데 부열은 그때 죄인의 몸으로 노역에 종사하고 있었다고 하며, 비록 현인이었지만 너무나 가난하여 죄를 짓고 또 돈이 없어 노역에 종사하고 있었다고 한다. 무정은 그를 보자마자 재상에 앉혔고, 부열은 무정을 도와 상나라 중흥에 박차를 가하였다.

그러던 와중에 무정은 부친의 상을 당하게 되었고, 예법에 따라 3년 동안 상복을 입고 말도 하지 않았다고 한다. 그럼에도 나라는 잘 다스려져서 상나라는 오랜만에 중흥의 기운을 느낄 수 있게 되었다는 것이다. 이 구절은 이런 부열과 기리계야말로 비석에 새겨질 만한 인물들이라는 의미다.

俊乂密勿 多士寔寧
준 예 밀 물 다 사 식 녕

준예俊乂는 밀물密勿하고 다사多士는 식녕寔寧하였다.

俊 준걸 준   乂 벨 예   密 빽빽할 밀   勿 말 물
多 많을 다   士 선비 사   寔 방치할 식, 이 식   寧 편안할 녕(령, 영), 어찌 녕

직역 재주나 슬기가 뛰어난 자들은 빽빽하고 분주하며, 뭇 선비들은 안녕을
방치하였다.

의역 재주나 슬기가 뛰어난 자들이 빽빽하고 분주하다 함은 온갖 준걸이며
재사들이 무수히 많아 중원이 하루도 조용할 날이 없으므로 그 역사가
거칠었음이다. 뭇 선비들이 안녕을 방치하였다 함은 선비들 또한 편안
함과는 거리가 멀어서 부침이 극심하였다는 말이다. 모두 거칠고 어지
러운 역사에 대한 평이다.

자구 풀이

필자는 이 구절을 기존의 해석과는 전혀 다른 의미로 풀었다. 여기서는
우선 기존의 해석 방식을 먼저 설명하고, 왜 다른 해석이 필요한지에 대해
서는 뒤에서 설명해 보기로 하겠다.

준예밀물俊乂密勿에서 준예俊乂는 하나의 단어로 사전에도 실려 있다.
재주나 슬기가 뛰어난 사람들의 의미. 과거에는 천千 명 가운데 가장 뛰

어난 자를 준俊이라 하고, 백百 명 가운데 가장 뛰어난 자를 예乂라고 하여 구별하기도 했으나, 큰 의미가 있는 것은 아니다. 모두 재주와 슬기가 뛰어난 자들을 말한다.

밀물密勿에서 밀密은 빽빽하다는 말이다. 일을 할 때 '꼼꼼하게 하는 모양'을 나타내기도 한다. 물勿은 '~하지 말라'는 금지禁止를 나타낼 때 흔히 쓰이는 글자인데, 여기서는 '부지런히 일하는 모양'을 의미한다. 밀물密勿 역시 사전에 등재된 단어인데, '부지런히 힘써 일함'이라는 뜻과 '왕과 신하의 긴밀함'이라는 뜻이 있다. 낱글자로 풀어서 '빽빽하고 부지런히 정사를 돌본다'로 해석하기도 한다. 이상의 의미들을 간추려 보면 밀물密勿은 대체로 '(준예들이) 빽빽하게 모여 (임금을 위해) 열심히 일하는 상황'을 표현한 것으로 이해할 수 있다.

다사식녕多士寔寧에서 식寔은 부사로 쓰이면 '참으로, 진실로'의 의미다. 녕寧은 안녕하다는 말이며, 여기서는 나라와 임금이 평안한 것으로 이해할 수 있다. 다사多士는 많은 선비이니 선비가 많다는 말이다. 그러므로 다사식녕多士寔寧은 선비가 많아 나라가 참으로 평안하다는 말이다. 이 구절은 흔히 『시경』의 '제제다사濟濟多士 문왕이녕文王以寧'의 구절을 축약한 것으로 본다. 선비들이 많고도 많아서 문왕은 이로 평안하였다는 말이며, 천자문 역시 같은 맥락의 의미를 전달하고 있다고 보는 것이다.

위와 같이 이해하면 '준예밀물俊乂密勿 다사식녕多士寔寧'은 '준예들이 빽빽하게 모여 부지런히 일하고, 선비들이 많음에 진실로 나라가 평안하다'의 뜻이 된다.

이 앞의 구절들에서 등장했던 강태공, 이윤, 주공, 환공, 기리계, 부열 등이 바로 이런 준俊과 예乂와 사士의 사례라 할 것이다. 대체로 무난한 방식의 해설이며, 이상이 천자문의 이 구절에 대한 가장 일반적인 설명이다.

해설

위와 같은 전통적 해석은 다음과 같은 문제점을 지닌다.

첫째, 이 장의 전체적인 흐름을 고려할 때 이 부분에서 이런 말이 나와야 할 이유를 설명하기 어렵다. 기억을 돌이켜 앞의 구절들이 전하고자 했던 내용을 간추려 복기해보자. 우선 시작 부분에서는 중국의 두 서울을 설명했다. 지세와 궁궐의 위용을 형용한 다음에는 거기에 제후와 공경대부들이 많이 있으며, 이들은 국가에 공을 세워 엄청난 봉록을 받았고, 그 이름을 비석에 새긴다고도 했다. 이어 그러한 인물들의 사례로 강태공, 이윤, 주공, 환공, 기리계, 부열 등을 꼽았다. 모두 유학자들이 크게 숭상하는 사람들이고, 성인聖人으로 여기기도 하는 인물들이다. 당연히 비석에 이름을 새길 만한 사람들이라고 누구나 인정하지 않을 수 없다. 그리고 이어서 문제의 이 구절이 등장한다.

'재주와 슬기를 갖춘 준예들이 모여 임금을 위해 부지런히 일하고, 선비들이 많으니 나라가 참으로 안녕하다.'

일견 당연한 긍정적 평가의 말처럼 들리지만 여기에는 모순이 하나 있다. 앞에서 거명한 강태공, 이윤, 주공, 환공, 기리계, 부열 등이 과연 재주나 슬기가 뛰어난 준예들에 불과하고, 또 한갓 선비에 지나지 않느냐 하는 점이다. 조선시대를 통과해온 우리에게는 선비士가 사농공상士農工商의 맨 앞줄에 놓이는 대표적인 귀족계급으로 이해되지만, 주나라 때의 선비士는 신분으로 보자면 '천자 – 제후(왕) – 공경 – 대부'의 아래에 있었고, 선비의 아래에는 일반 백성인 사민四民이 있을 뿐이었다. 장기판에서 선비士는 졸卒과 동급이다. 이런 사정을 감안할 때 상기의 인물들, 그야말로 나라를 건지고 천하를 태평하게 한 사람들을 준예나 선비로 비유하는 것은 격에 맞지 않는다.

게다가 더 큰 모순은 이 구절에 이어지는 뒤의 구절들에서 나타난다. 천자문의 저자는 계속해서 역사상의 주요 인물들과 그들의 행적을 서술하는데, 이 구절의 뒤에 이어지는 인물들은 성공과 실패, 부浮와 침沈을 겪는 사람들이 뒤섞여 있다. 이 구절 앞의 사람들과는 차원이 다른 인물들인 것이다. '준예와 선비가 많아 나라가 평안하였다'는 설명과도 전혀 어울리지 않는다. 패권 다툼의 와중에 속고 속이는 계략이 난무하고, 누군가는 성공하고 누군가는 실패하는 이야기들이다. 이처럼 다이내믹한 역사, 수많은 영웅호걸들이 다투며 쓰러지고 일어서기도 하는 거친 역사가 전개되는 것이다.

'준예와 선비들이 많고 또 이들이 부지런히 일해서 나라가 안녕하였다'라는 말은 이제까지 언급된 인물들에 대한 평가이고, 그 뒤의 서술들은 또 다른 차원의 설명일 뿐이라고 이해하고 넘어갈 수도 있기는 하다. 그러나 이제까지 거론한 인물들에 대하여는 이미 그 이름을 거론하기에 앞서 '비석에 새길만한 사람들'이라고 미리 못을 박아두었다. 그런데 여기서 다시 한 번 그들을 긍정적으로 평가하고, 뒤에 이어지는 사람들에 대해서는 앞이든 뒤든 일언반구 아무런 개괄적 설명도 없다는 것은 더욱 논리적이지 않다. 이 구절은 이제까지 거론했던 강태공 이하의 인물들에 대한 평가가 아니라, 앞으로 나올 인물들에 대한 평가라고 이해하는 것이 더 합리적이다. 말하자면 챕터 자체가 바뀌는 것은 아니되, 앞서 나온 구절들과 경계를 짓고, 뒤에 이어질 구절들을 이끌어내는 개괄적 설명의 구실을 지금 이 구절이 담당하고 있는 것으로 보아야 한다.

둘째, 이 구절의 전체적인 의미를 긍정적인 것으로 이해하는 대부분의 사람들은 '밀물密勿'이라는 단어 또한 긍정적인 것으로 이해한다. 준예들이 왕 밑에 빽빽하게 모여들어 열심히 일을 한다는 의미로 받아들이는 것이다. 실제로 우리나라와 중국의 많은 고전들은 밀물密勿을 이처럼 긍정적이고 꼭 필요한 것의 의미로 사용해왔다. 하지만 필자의 생각에 이는 밀물密勿의 본래 의미가 와전되어 잘못 굳어지거나, 최소한 천자문의 밀물密勿과 다른 고전들의 밀물密勿은 그 의미가 같지 않은 것으로 판단된다.

밀물密勿이라는 단어의 출전에 대해 여러 해설서들은 『시경』을 거론한다. 하지만 『시경』에는 이런 단어가 등장하지 않는다. 대신 『한서漢書』에 다음과 같은 구절이 있다.

> 군자는 홀로 처하여 바름을 지키나니 흔들리거나 무리를 짓거나 굽어지지 않으며 왕의 일을 힘써勉彊 도울 뿐이다. (중략) 고로 『시경』에 이르기를 '부지런히 힘써서 일을 좇고密勿從事, 감히 수고로움을 고하지 않는다不敢告勞'고 한 것이다.

『한서』의 이 구절 때문에 많은 사람들이 밀물密勿의 출전으로 『시경』을 꼽는 듯하다. 하지만 앞에서도 말한 것처럼 『시경』에는 '밀물종사密勿從事'의 표현이 보이지 않는다. 『한서』의 인용 자체가 잘못된 것이다. 대신 『시경』에 다음과 같은 표현은 있다.

黽勉從事 不敢告勞
민 면 종 사　불 감 고 로

이로써 『한서』가 『시경』의 '민면종사黽勉從事'를 '밀물종사密勿從事'로 바꾸어 인용하고, 이 잘못된 인용이 후대에도 지속적으로 반복된 것임을 알 수 있다.

『시경』에 나오는 '민면黽勉'은 『한서』의 위 인용문에 나오는 면강勉彊과 같은 말이다. '힘써 일한다'는 말이니 오늘날의 표현으로는 '근면성실'에 가깝다. 옛사람들은 이 '민면電勉'과 '면강勉彊'과 '밀물密勿'을 같은 단어로 이해했다는 점이 많은 전적들에서 확인된다. 그러므로 『한서』는 『시경』의 '민면종사電勉從事'를 '밀물종사密勿從事'로 바꾸어 썼던 것이고, 이것이 잘못된 것이라고는 보지 않았을 것이다. 말하자면 '죽도록 힘들게'를 '죽도록 열심히'로 바꾸어서 인용하는 정도의 느낌으로 『시경』의 '민면電勉'을 '밀물密勿'로 바꾸어 썼던 것이라는 얘기다.

하지만 『시경』의 '민면電勉'은 『한서』의 '밀물密勿'처럼 결코 긍정적인 단어가 아니다. 이는 실행자가 자발적으로 왕을 위해 근면성실하게 일하는 태도를 말하는 것이 아니며, 오히려 과도한 노동에 시달리는 상황을 표현한 것이다. 뒤의 불감고로不敢告勞는 두렵고 무서워서 감히 중노동의 피로를 고하지 못한다는 말이다. 해고가 무서워서 잔업과 특근과 철야를 밥 먹듯이 하면서도 꾹꾹 참아내야 하는 눈물겨운 노동자와 하급관리의 처지를 노래한 시의 한 구절인 것이다. 이런 '민면電勉'과 같은 말이 '밀물密勿'이라면, 밀물密勿을 반드시 왕을 위한 자발적 성실근면만으로 제한할 이유가 없다. 이유와 목적에 상관없이, 얼이 빠지고 혼이 나가도록 바쁘게 돌아치는 상황을 말하는 단어가 '밀물密勿'이라고 이해하는 것이 옳다.

이상의 논의들을 이어 이제 천자문의 이 구절을 다시 뜯어보자.

준예밀물俊乂密勿은 크게 '준예들이 바쁘다'는 말이다. 여기서 '준예'는 재주와 슬기가 뛰어난 사람들을 말하며, 가치판단이 포함된 도덕군자의 의미는 아니다. 꾀가 남보다 뛰어나고 전투력이 탁월한 책사策士며 장수將帥들의 이미지를 떠올릴 수 있겠다. '바쁘다'는 말 역시 가치판단을 배제하고 읽어야 한다. 사리사욕을 위해 바쁜 것일 수도 있고, 때로는 국가와 국민을 생각하되 잘못 생각하여 저 혼자만 바쁜 것일 수도 있다.

다사식녕多士寔寧에서 다사多士는 문자 그대로 많은 선비이며, 주나라의 계급 체제를 감안한다면 하급관리나 일반 백성의 의미에 가깝다.

식寔은 '이 식'이니 어조사에 불과한 말이며, 술어로 쓰이면 방치하다의 뜻이다. 이런 뜻을 취하면 식녕寔寧은 안녕을 방치하다의 의미로, '참으로 안녕하다'와는 정반대의 의미가 된다. '안녕을 방치한다'는 말은 '안녕한 상태를 그대로 유지한다'는 말이 아니라 '안녕한 상태를 모르쇠 한다'는 말이니, 선비며 백성들도 평안함을 돌보지 못하는 것이며 이에서 멀어지는 것이다.

실제로 이 구절에 이어지는 구절들의 의미는 이런 견지에서 읽어야 한다. 또 이미 많은 천자문 해설서들이 이 뒤의 구절들은 대개 그렇게 읽고 있다. 역사상 수많은 영웅호걸(준예)들이 나타나 천하를 두고 쟁패를 다투었다. 말하자면 밀물密勿을 실행한 것이다. 하지만 그 결과는 이 구절의 앞에서 인용한 위대한 인물들이 이끌어낸 성과와는 차원이 다른 것이었다. 성공하는 자도 있고 실패하는 자도 있었으며, 흥한 나라도 있고 망한 나라도 있었다. 한마디로 '안녕하지 못했던' 것이다. 천자문의 저자는 역사의 이러한 역동성과 하루도 그칠 날 없었던 부침에 대해 이제부터 말하려 하고 있는 것이다. 바야흐로 춘추전국시대가 본격적으로 펼쳐지는 것이다.

晋楚更霸 趙魏困橫
진 초 경 패   조 위 곤 횡

진晋과 초楚는 패霸를 경更하고, 조趙와 위魏는 횡橫으로 곤困하였다.

晋나라 이름 진   楚나라 이름 초   更고칠 경, 다시 갱   霸으뜸 패
趙나라 이름 조   魏나라 이름 위   困곤할 곤   橫가로 횡

직역 진나라와 초나라는 패자霸者의 자리를 바꾸었고, 조나라와 위나라는
연횡책連橫策으로 곤란해졌다.

의역 진나라와 초나라가 패자의 자리를 바꾸었다 함은 춘추시대에 진나라
문공文公이 먼저 패자가 되었으나 나중에는 초나라 장왕莊王이 그 자
리를 차지하게 되었음을 말함이다. 조나라와 위나라가 연횡책으로 곤
란해졌다 함은 전국시대에 이들 나라가 합종책合從策으로 잠시 득을
보았으나 곧 진秦나라의 연횡책으로 멸망하였음을 말하니, 모두 재주
있고 빼어난 자들이 패권을 다투어 하루도 조용할 날이 없었던 역사의
모습이다.

자구 풀이

춘추전국시대春秋戰國時代의 역사는 오늘날의 우리에게는 매우 복잡하
여 그 갈피를 잡기가 쉽지 않다. 이 구절에 등장하는 나라들(진, 초, 조, 위)
은 모두 이 춘추전국시대에 존재하던 대표적인 나라들로, 이들의 패권을

둘러싼 싸움과 혼란으로 인하여 춘추전국시대는 이후 혼란한 시대의 대명사가 되었다. 철학이나 문화사적으로 매우 중요한 시기임에는 틀림없지만 안정과 태평을 가장 중요한 덕목으로 여기는 정치의 입장에서 보자면 춘추전국시대는 그야말로 혼란기였다. 여기 등장하는 나라들이 서로 어떤 관계를 맺으며 명멸해 갔는지에 대해서는 뒤의 〈해설〉에서 다루기로 하고, 여기서는 이 나라들의 대략적인 역사 흐름만 요약한다. 춘추시대(BC 770~BC 403)는 우선 주周나라가 힘을 잃고 동천東遷한 뒤로부터 시작되었으며, 주나라의 제후국 가운데 패자의 위치에 있던 진晉나라가 역시 실권을 잃고 쪼개져 조趙, 한韓, 위魏가 추가로 성립되면서 막을 내린다. 여러 패자들이 등장하였으며 그 기간은 약 370년이었다. 전국시대(BC 403~BC 221)는 진晉나라가 쪼개진 뒤로부터 진시황秦始皇이 중원을 통일하기까지의 약 180년을 말한다. 춘추시대와 전국시대를 합하여 500년이 조금 넘는 기간이고, 이 기간에도 주나라는 여전히 천자국의 명분은 유지하고 있었다. 제후국들이 그나마 명분만 남은 주나라를 그대로 놔둔 것은 이들 제후국들이 사실 따지고 보면 모두 주나라의 분봉分封에 의해 세워진 나라들이었기 때문이다. 말하자면 할아버지의 할아버지의 할아버지를 따져가다 보면 모두 주周 왕실과 연결되어 있었던 것이다.

먼저 진晉나라는 주나라 무왕武王의 둘째 아들 우虞가 세운 제후국이었다. 무공武公, 헌공獻公, 혜공惠公 등을 거치며 국력을 키우다가 문공文公(재위 BC 636~BC 628) 때에 이르러 중원의 패자가 되었다. 이때가 진晉의 최고 전성기였다. 이후 왕실의 힘이 미약해지면서 귀족들이 실권을 장악하게 되는데, 조趙, 한韓, 위魏의 세 성씨가 대표적이었고, 나중에 이들이 별도의 나라를 세우게 되면서 춘추시대는 바야흐로 전국시대로 바뀌게 된다.

초楚나라는 사실 춘추전국시대의 다른 제후국들과는 그 성격이 많이 다르다. 우선 초나라의 시조는 삼황오제 가운데 한 사람인 전욱고양顓頊高陽의 후손이라고 한다. 주나라의 시조가 역시 삼황오제 가운데 한 사람인 제곡고신帝嚳高辛의 후손이라고 보면 초나라가 주나라보다도 그 연원이 오래되었다고 볼 수 있다. 주나라가 황하 일대를 지배하면서 중원의 북방 민족을 아울렀다면 초나라는 또 장강 일대를 터전으로 하여 남방민족을 아우르고 있었다. 주나라 사람과 초나라 사람은 그 유전자가 다르다는 최근의 연구 결과도 있었다.

아무튼 초나라의 선조들은 주나라 무왕이 통일 사업을 벌일 때 이에 협조하고 땅을 받아 본격적인 초나라의 역사를 시작했다고 한다. 춘추시대의 첫 패자가 된 진晉나라 문공文公의 뒤를 이어 다시 패자가 된 사람이 바로 이 초나라의 장왕莊王(재위 BC 613~BC 591)이다. 이후 강성한 시기를 이어가며 전국시대에도 7대 강국의 면모를 유지했다. 중원의 남부를 차지하고 가장 넓은 영토를 다스리며 부침을 계속하다가 결국에는 진시황에게 멸망을 당했다. 하지만 초나라의 유민들은 제국 진秦의 몰락 이후 다시 서초西楚를 세우고 항우項羽를 중심으로 하여 한漢 제국과 맞섰다. 그러나 항우가 한고조 유방에게 패하여 멸망함으로써 결국은 역사에서 사라지고 말았다.

조趙나라는 앞에서 언급한 것처럼 진晉나라의 귀족 일파가 별도로 세운 나라이며, 진晉의 이런 분열이 전국시대의 개막을 알리는 신호탄이 되었다. 비록 200년도 유지되지 못했지만 전국시대에는 역시 7대 강국 가운데 한 나라였다.

위魏나라 역시 진晉나라에서 분리된 나라이며 전국시대 7대 강국의 하나였다. 조나라와 위나라는 모두 진秦나라에 멸망하여 사라졌다.

해설

    춘추전국시대의 혼란은 주周나라의 쇠약에서 비롯되고 시황제始皇帝의 진秦나라가 강성해지면서 마침내 막을 내렸다. 말하자면 춘추전국시대란 곧 진秦나라가 점점 강성해져 마침내 통일의 대업을 완성해가는 과정이기도 하다. 이런 견지에서 진秦을 중심으로 춘추전국시대를 개괄해보자. 제국 진秦나라가 세워지기 이전의 시대를 흔히 선진시대先秦時代라고 부른다.

    진秦의 역사는 주나라 제8대 왕인 효왕孝王 때부터 시작되었다. 진秦의 조상인 비자非子는 당시 말 키우는 일에 종사하고 있었는데, 그 업적이 탁월하였으므로 대부가 되어 영지를 하사받았다고 한다. 이어 진秦은 기원전 770년에 주나라 왕실이 동천할 때 호위護衛를 맡았고, 그 공을 인정받아 제후의 반열에 올랐다. 당시 진秦의 제후는 양공襄公이었으며, 선진시대 진秦나라의 시조가 되었다. 이처럼 진秦은 춘추시대의 개막과 함께 제후국이 되었고, 주나라의 옛 땅인 서쪽 지역을 차지하고 다스렸다.

    진秦은 9대 목공穆公에 이르러 크게 융성기를 맞이했다. 서방의 외적을 물리치고 소국을 병합하여 영토를 키우니 당시 최대 강국이었던 이웃의 진晉나라보다 오히려 강성해질 정도가 되었다. 목공은 또 진晉의 문공文公이 즉위하는 데 실질적인 도움을 주기도 하였다. 즉위 전의 문공을 망명객으로 받아들여 보호했던 것이다. 진晉의 문공은 소위 춘추오패春秋五覇 가운데 한 사람으로, 천자문의 진초경패晉楚更覇가 말하는 진晉이 바로 이 사람이다. 그런 그를 보호하고 도울 정도로 당시의 진秦은 강성했던 셈이다. 하지만 목공 사후 진秦은 다시 허약해졌고, 춘추시대의 두 주인공은 여전히 진晉과 초楚였다.

    전국시대가 시작되고 갈라진 진晉이 무력해지면서 새로운 패자로 떠오른 나라는 위魏나라였다. 진秦 역시 영토 가운데 상당히 많은 부분을 위에 빼앗겼다. 이 상황에 분개한 25대 군주 효공孝公은 널리 인재를 구해 대세를 만회할 방책을 찾았다. 그러다가 만난 사람이 상앙商鞅이었다. 그는 한비자韓非子와 더불어 법가法家를 대표하는 철학자로, 강력한 중앙집권제와 엄격한 법 집행을 역설했다. 이런 철학을 바탕으로 구습을 타파하고 중앙집권을 강화하는 한편 군사력을 증강시켜 나갔다. 그의 도움에 힘입어 진나라는 생산력을 증대하고 군사력을 키웠으며, 다른 제후국들을 압도하고 서서히 패자의 지위에 올랐다. 이후 전국시대의 역사는 진秦을 한 축으로 하고 나머지 나라들을 한 축으로 한 양자의 대결로 압축된다.

효공의 뒤를 이은 혜문왕惠文王은 스스로 왕王을 칭하며 초楚나라를 정벌하고 주변의 소국들을 압박했다. 이때 그를 도운 사람으로 책사 장의張儀가 있었다. 그러나 혜문왕의 퇴위 직후 이 장의가 밀려나면서 진秦은 일시 위기에 빠지기도 했다. 그 사이 동쪽의 제齊나라가 강성해지기 시작하였으나 오래 가지 못하고 곧 몰락했다. 그 결과 진秦은 전국시대의 유일한 강대국으로 그 지위를 다시 굳혀가기 시작했다. 그러다가 마침내 통일의 위업을 달성하게 된 것이다.

조위곤횡趙魏困橫의 구절은 책사 장의가 진秦의 혜문왕을 돕고 있던 시절과 관련된 고사다. 이 진秦을 비롯하여 전국시대를 주름 잡던 일곱 나라가 있었으니 이를 흔히 전국칠웅戰國七雄이라 한다. 춘추오패와 대비되는 개념이다. 여기에는 진秦 외에 본문에 나오는 조趙와 위魏, 그리고 초楚, 한韓, 제齊, 연燕이 포함되었다.

진秦이 유일한 강대국으로 부상하자 나머지 6국은 그 대책을 논의하지 않을 수 없었다. 이때 소진蘇秦이라는 사람이 나타나 소위 합종설合從說을 주창했다. 서쪽의 진秦을 제외한 동쪽의 6국이 모두 힘을 합하여 진秦과 대항하자는 것이었다. 6국이 남북축을 따라 세로로 길게 연합하는 형태가 되므로 이를 합종설合從說이라 한다. 실제로 소진의 합종설은 6국에서 받아들여졌고, 약 15년간 진秦은 6국을 함부로 다루지 못하였다고 한다.

이 합종설에 대항하여 진秦의 책사 장의張儀는 연횡설連横設을 주창했다. 서쪽의 진나라와 동쪽의 나머지 나라들이 가로로, 횡으로 연합해야 하고, 이로써 진秦에 대항할 것이 아니라 진秦을 섬겨야 한다는 주장이다. 이는 단순한 주장이 아니어서 장의는 온갖 술수를 동원하여 나머지 6국을 분열시키고 결국은 진秦에 무릎을 꿇게 만들었다. 애초에 합종설을 주장하여 진秦을 곤란케 하던 소진은 당연히 처형을 당했다.

소진과 장의는 본래 동문수학한 사이라고 하며, 이처럼 외교 관계를 이용해 국제 질서를 조종하고, 그 와중에 자기 나라의 국익을 챙기려는 사상가들을 제자백가 가운데 하나로 인정하여 종횡가縱橫家라고 한다.

본문의 조위곤행趙魏困橫은 곤困을 능동으로 보느냐 수동으로 보느냐에 따라 그 의미가 달라진다. 먼저 능동으로 보면 이 구절은 '조와 위는 횡(진나라)을 곤란케 했다'가 되며, 이는 조와 위를 비롯한 6국이 합종설로 단결하여 연횡설을 주장하는 진秦을 한동안이나마 곤란케 만들었다는 말이 된다. 역사적 사실과 부합한다. 반대로 곤困을 수동으로 해석하면 '6국은 진秦의 연횡설에 의해 결국 곤란해졌다'는 말이니 이 또한 역사적 사실에 부합한다.

천자문의 이 구절이 강조하는 것은 이처럼 합종연횡을 오가는 사이에 결국 6국이 멸망했다는 점이다. 그런 맥락에서 보면 마지막의 곤困은 수동으로 이해하는 편이 자연스럽다. 앞서의 구절에 등장하는 '준예俊乂와 사士'는 이 구절의 '진晉 문공文公과 초楚 장왕莊王, 그리고 소진蘇秦과 장의張儀'들이며, 역사에 등장하는 허다한 영웅호걸들이다.

073 바보 임금과 호가호위

假途滅虢 踐土會盟
가 도 멸 괵 천 토 회 맹

도途를 가假하여 괵虢을 멸滅하고, 천토踐土에 회맹會盟하였다.

假 빌릴 가, 거짓 가   途 길 도   滅 멸할 멸   虢 나라 이름 괵
踐 밟을 천   土 흙 토   會 모을 회   盟 맹세할 맹

직역 길을 빌려 괵을 멸망시키고, 천토에 모여 맹세를 하게 하였다.

의역 길을 빌려 괵을 멸망시켰다 함은 춘추시대의 진晉나라 헌공獻公이 어리석은 우虞나라 임금에게서 길을 빌려 괵나라를 멸망시키고 또 우나라도 멸망시켰음을 말한 것이다. 천토에 모여 맹세를 하게 하였다 함은 진나라의 문공文公이 정鄭나라의 천토踐土라는 곳에 제후들을 모아놓고 주나라에 대한 충성을 맹세케 하면서 스스로 패자가 되어 호가호위狐假虎威하였음을 말한 것이니, 모두 거칠었던 역사의 한 장면이다.

자구 풀이

가도假途는 길을 빌린다는 말이다. 도途는 통행하는 길이니 도道와 같다. 멸괵滅虢에서 괵虢은 나라 이름이고, 멸滅은 이를 멸망시켰다는 말이다. 주어가 없는데, 진晉나라 헌공獻公이 주인공이다.

천토회맹踐土會盟에서 천토踐土는 지명이다. 춘추시대의 정鄭나라에 있던 지역인데, 당시 진晉나라 문공文公은 여기에 제후들을 모아놓고 천자

국인 주周 왕실에 충성할 것을 맹세케 하였다. 이는 문공이 스스로 패자가 되는 과정의 피날레에 해당했다. 이것이 왜 거칠고 폭력적인 역사의 한 장면인지에 대해서는 뒤에서 설명한다.

해설

앞서 진초경패晉楚更覇의 구절을 설명하면서 진晉나라의 부흥기를 이끈 인물 중에 헌공獻公이 있고, 나중에 그 부흥을 패자覇者의 지위로 완성한 인물이 문공文公이라고 설명한 바 있다. 지금 이 구절은 이들 두 사람에 대한 보충설명이다.

먼저 진晉의 헌공은 그 이웃 나라들인 괵虢과 우虞를 병합하려는 야심을 품었다. 그중에서도 먼저 괵을 병합해야 한다고 판단하였으나 괵은 멀고 우는 가까워서 신통한 수가 생각나지 않았다. 그때 대부大夫 순식荀息이 계책을 내놓기를 '천금에 해당하는 말과 옥을 우나라에 보내고 길을 빌리자'고 하였다. 괵을 치러 갈 테니 길을 빌려달라는 진나라의 요구와 선물 보따리를 함께 받아든 우虞의 왕은 고민에 빠졌는데, 대부 궁지기宮之奇가 아뢰었다.

"괵虢과 우리 우虞나라는 서로 이웃하여 진晉과 대결하고 있습니다. 이제까지 둘이서 막아왔는데 괵이 없어진다면 우리도 곧 망하게 될 것입니다."

입술이 없어지면 이빨이 시려진다는 순망치한脣亡齒寒의 비유를 들어 궁지기는 왕에게 절대로 길을 내주지 말라고 간언했다. 하지만 우虞의 임금은 눈앞의 선물만을 기뻐하여 결국 진晉에 길을 빌려주었다. 그 길로 달려간 헌공은 괵을 멸망시키고 돌아오는 길에 결국 우나라까지 멸망시켰다.

가도멸괵假途滅虢은 진晉나라 헌공의 이런 고사를 말한 것으로, 대략 두 가지 교훈을 생각해볼 수 있다. 하나는 우왕의 어리석음이다. 대부 궁지기의 말을 듣고도 길을 내주어 스스로 멸망을 자초했다. 다른 하나는 헌공의 간사한 모략이다. 천자문의 저자가 여기 나오는 헌공이나 문공을 대놓고 비난하는 것은 아니지만, 이들을 강태공 이하 비석에 이름을 새길 만한 사람들의 반열에 올리지 않았음은 분명해 보인다.

가도멸괵假途滅虢의 해괴한 논리는 임진왜란을 일으킨 도요토미 히데요시가 사용한 논리이기도 했다. 당시 그는 명明나라를 치러 갈 테니 조선은 길만 빌려달라고 요구했다. 정명가도征明假道의 요구가 그것이다. 하지만 가도멸괵의 고사를 잘 알고 있던 조선은 이런 요구를 결코 받아들일 수 없었고, 결국 전쟁은 왜倭와 조선 사이에서 먼저 벌어졌다.

천토회맹踐土會盟은 역시 진晉나라의 제후이며 마침내 패자霸者가 된 문공文公과 관련된 고사다. 문공은 당시 중원을 양분하고 있던 초楚나라의 기세를 눌러 꺾은 후, 초를 비롯한 나머지 제후들을 모두 정鄭나라의 천토踐土라는 곳에 불러 모았다. 그리고는 허수아비나 다름없던 주周나라 천자 양왕襄王을 모셔놓고 제후들로 하여금 충성을 맹세케 하였다. 이것이 '천토의 회맹'이다.

이처럼 패자가 나머지 제후들을 한 군데 모아놓고 주 왕실에 대한 충성을 강요한 일은 전에도 있었다. 앞에서 나왔던 '환공광합桓公匡合 제약부경濟弱扶傾'의 고사가 그것이다. 춘추시대 최초의 패자가 된 제齊나라의 환공이 천하를 하나로 바르게 하고 아홉 번이나 제후들을 모이게 함으로써 주 왕실이 약할 때 도와주고 기울어질 때 부축해주었다는 말이다. 환공이 이렇게 한 것은 기원전 651년의 일이었다.

그런데 여기서는 다시 진晉의 문공이 이와 유사한 일을 했다고 말하고 있다. 문공이 천토의 회맹을 실현시킨 것은 기원전 632년의 일이다. 그렇다면 천자문의 저자는 왜 제나라 환공의 일과 진晉나라 문공의 일을 이처럼 따로 떼어서 기술하고 있는 것일까?

이는 제나라 환공의 구합제후九合諸侯(아홉 번 제후들을 모이게 함)와 진晉 문공의 '천토의 회맹'은 비록 그 형식이 유사하나 실질에 있어서는 다르다고 보았기 때문이다. 홍성원은 여기 이 구절을 설명하면서 다음과 같이 기술하고 있다.

이는 천자를 등에 업고 제후를 호령하는 것이다.

말하자면 제나라 환공의 '구합제후'가 진심으로 주나라에 대한 충성을 보인 것이라면, 진晉 문공의 '천토회맹'은 호가호위狐假虎威에 지나지 않는다고 보는 것이다. 천자문 저자의 인식과 조선 지식인인 홍성원의 시각이 완전히 같을 리는 없다. 하지만 필자의 짐작대로 천자문의 저자 역시 여기 나오는 헌공이며 문공 등을 제나라 환공 등과 동급으로 취급하지 않은 것만은 분명해 보인다.

何遵約法 韓弊煩刑
하 준 약 법 한 폐 번 형

하何는 법法을 약約하여 준遵케 하고, 한韓은 형刑을 번煩하여 폐弊케 했다.

何 어찌 하 遵 좇을·준 約 간략할 약 法 법 법
韓 나라 이름 한 弊 넘어질 폐, 폐단 폐 煩 번거로울 번 刑 형벌 형

직역 소하蕭何는 법을 간략히 만들어 좇을 수 있게 하였고, 한비자韓非子는 형벌을 번거롭게 만들어 좇을 수 없게 하였다.

의역 소하가 법을 간략히 만들어 좇을 수 있게 하였다 함은, 한고조漢高祖의 재상이던 소하가 왕의 뜻을 잘 받들어 법을 간략하고 명쾌하게 정리함으로써 사람들이 이를 준수할 수 있도록 하였다는 말이다. 한비자가 형벌을 번거롭게 만들어 좇을 수 없게 하였다 함은, 그가 형벌을 지나치게 번거롭게 만듦으로써 사람들이 이를 준수할 수 없게 만들었다는 말이니, 이로써 진秦나라는 제국을 세우고도 오래 가지 못하였다.

자구 풀이

여기서는 그 사상이 상반되고, 이에 따른 정치의 최종 결과가 완전히 극과 극으로 달라진 두 사람을 소개하고 있다. 한 사람은 한漢나라의 초기 법체계를 세운 소하蕭何이고, 다른 한 사람은 대표적인 법가法家 사상가인 한비자韓非子다. 이들이 사상사와 정치사에 끼친 영향은 뒤에서 논하기로

하고, 여기서는 우선 이 구절의 전통적인 해석 방식을 먼저 살펴보기로 한다. 필자의 해석과 의미가 크게 다른 것은 아니고, 다만 천자문 문장의 규칙성을 얼마나 인정하느냐에 따라 해석의 방식이 약간 달라진다는 점만을 보이고자 한다.

먼저 하준약법何遵約法은 대개 '소하는 간략한 법을 좇았다'고 풀이한다. 반면에 한폐번형韓弊煩刑은 '한비자는 번거로운 형벌로 망가졌다'고 풀이한다. 앞의 구절에 나오는 약법約法은 준遵의 목적어로 보고, 뒤의 구절에 나오는 번형煩刑은 부사구로 본 것이다.

그러나 이렇게 보면 두 가지 문제가 생긴다. 하나는 앞뒤의 두 문장이 서로 문법적으로 정확한 대對가 되지 않는다는 것이다. 물론 얼마든지 그럴 수 있다. 게다가 천자문은 기본적으로 시여서 문법을 곧이곧대로 적용할 이유도 없다. 하지만 대비되는 것으로 풀 수 있다면 그렇게 하는 것이 원칙이다. 불가피한 경우가 아니라면 앞뒤 구절을 대구對句로 보아야 한다는 것이다. 문법적인 면이든 의미적인 면이든 마찬가지다.

둘째는 '좇다'와 '망가지다'는 서로 대비되는 의미의 술어가 아니라는 점이다. 문장의 구조상 이들 술어의 주어는 '소하'와 '한비자'일 수밖에 없다. 그런데 소하는 '좇았다'고 하고 한비자는 '망가졌다'고 하면, 좇다와 망가지다가 제대로 대비를 이루어야 할 텐데 그렇지 않다. 좇는 것과 망가지는 것은 별개의 문제인 것이다. 한비자가 망가졌다고 하려면 소하는 '성공했다'고 해야 말이 되고, 소하가 좇았다고 하려면 한비자는 '어겼다'고 해야 말이 된다. 그러나 '소하는 약법을 좇고, 한비자는 번형을 어겼다'는 말은 성립되지 않는다. 아니면 둘 다 '좇았다'고 해야 되는데, '폐弊'에서 이런 '좇다'의 의미를 이끌어내는 것은 불가능하다.

해설

    문법적으로 완전한 대비도 되고, 준遵과 폐弊의 의미도 보다 명확해지는 해석의 방식은 다음과 같다.

    먼저 준遵과 폐弊를 사역동사로 해석해야 문맥이 자연스러워진다. 하준何遵의 경우 '소하는 (사람들로 하여금) 좇게 하였다'로 해석하고, 한폐韓弊의 경우 '한비자는 (사람들로 하여금) 넘어지게 하였다'로 해석해야 한다는 것이다. 여기서 넘어진다는 말은 좇지 못하여 따라갈 수 없다는 말이다.

    그 뒤의 약법約法과 번형煩刑은 단순한 목적어로 볼 수도 있고, 부사 구실을 하는 구句로 볼 수도 있다. 먼저 단순한 목적어로 보면, 하준약법은 '소하는 (사람들로 하여금) 약법을 준수하게 하였다'가 되고, 한폐번형韓弊煩刑은 '한비자는 (사람들로 하여금) 번형을 준수하지 못하게 하였다'가 된다. 곰곰이 생각하여 다시 속뜻을 따져볼 여지는 있으나 여전히 조금 애매하고 어수선하다.

    약법과 번형을 부사구로 보면, 이 구들은 각각 '법을 간략하게 하다'와 '형벌을 번거롭게 하다'가 된다. 결국은 법과 형벌을 이처럼 간략하거나 번잡하게 만듦으로써 사람들로 하여금 각각 지킬 수 있게 하고, 혹은 지키기 어렵게 만들었다는 말이 된다.

    이렇게 보면 하준약법何遵約法은 '소하는 법을 간략히 하여 (사람들로 하여금) 지킬 수 있게 하였다'는 말이고, 한폐번형韓弊煩刑은 '한비자는 형벌을 번거롭게 하여 (사람들로 하여금) 지킬 수 없게 하였다'는 말이 된다. 문법과 의미 모두에서 앞뒤 구절이 정확한 대비를 이루며, 법과 형벌을 만든(규정한) 자가 누구이고, 이를 지킬 자가 누구인지 명확해진다.

    이제 다시 본문으로 돌아가 보자. 소하蕭何는 통일제국 진秦의 뒤를 이어 한漢 제국을 건설한 한고조 유방의 재상이었다. 유방은 일찍이 진秦나라가 아직 망하기 전에 함곡관函谷關이라는 곳을 정복하고 나서 마을의 노인들을 모아놓고 민심을 달래기 위해 이렇게 선포했다고 한다.

"앞으로 세 가지 조항의 법만 시행하되, 살인자는 죽이고, 남을 다치게 하거나 남의 것을 훔친 자는 상응하는 벌을 주며, 그 밖의 번잡하고 가혹한 형벌은 모두 없앤다."

이를 소위 약법삼장約法三章이라 한다. 그가 이런 공약을 내걸었던 것은 시황제의 진秦나라가 법가法家 사상가들의 철학을 바탕으로 지나치게 강력하고 번잡한 법체계로 사람들을 궁박하게 만들었다고 판단했기 때문이다. 실제로 학자들은 진秦의 멸망 이유 가운데 하나로 흔히 이 가혹하고 번잡한 법률 체계를 꼽는다.

그러나 유방의 이러한 약법삼장은 현실에 적용하기에는 다소 무리가 있었다. 인간사에서 발생하는 다양한 문제들이 이 세 조항으로 다 포괄되기에는 너무나 복잡했던 것이다. 유방의 간소한 법에 대한 철학을 계승하되 현실적으로도 적용 가능한 법체계의 정비가 요청되었고, 이를 수행한 사람이 바로 소하였다. 그는 모두 9조목九條目의 법률을 마련하였고, 이 간단한 법률 체계로 한나라는 400년 동안 제국을 유지했다.

결과적으로 보자면 소하는 유방의 세 가지 법 조항을 아홉 가지로 늘린 셈이다. 그러나 이는 진秦의 법과 비교해보면 확실히 간략한 것이거니와, 법을 간략히 하려는 유방의 근본 취지를 정확히 반영한 것이었으며, 따라서 천자문의 저자는 이를 '법을 간략히 하였다'고 표현하고 있는 것이다.

한편, 한비자韓非子는 전국시대 말기의 제자백가 가운데 하나인 법가法家를 대표하는 사상가로, 한韓나라 사람이었다. 강력한 중앙집권제와 엄정한 법 체계의 논리를 실증주의와 유물론적 입장에서 강력히 천명하였다.

이런 그의 주장에 가장 강력한 지지를 보낸 인물이 바로 진시황이었다. 그러나 시황제의 진나라는 엄청난 제국이었음에도 불구하고 30년 만에 멸망하고 말았다. 천자문의 저자는 이런 망국이 한비자 일파의 번다한 형벌 체계에서 비롯된 것이라고 말하고 있는 것이고, 이를 표현한 말이 한폐번형韓弊煩刑이다.

起翦頗牧 用軍最精
기 전 파 목 용 군 최 정

기起와 전翦과 파頗와 목牧은 군軍을 용用함에 최最로 정精하였으니,

起 일어날 기   翦 자를 전   頗 자못 파   牧 기를 목
用 쓸 용   軍 군사 군   最 가장 최   精 뛰어날 정, 깨끗할 정

직역 백기白起와 왕전王翦과 염파廉頗와 이목李牧은 군사를 부림에 최고로
뛰어났으니,

의역 진秦나라의 백기와 왕전, 조趙나라의 염파와 이목은 군을 운용함에 최
고로 뛰어난 장수들이었으니,

자구 풀이

첫 구절 기전파목起翦頗牧은 모두 네 사람의 이름들이며, 이들은 전국시
대에 이름을 날린 명장들이다. 이 가운데 앞의 두 사람인 백기白起와 왕
전王翦은 진秦나라의 장수였고, 뒤에 나오는 염파廉頗와 이목李牧은 조趙
나라의 장수였다.

용군用軍은 군을 씀이니, 군사를 운용하고 전술을 짜는 것이다. 최정最
精의 최最는 최고最高라는 말이고, 정精은 깨끗하다, 혹은 뛰어나다의 뜻이
다. 정교精巧하고 정밀精密한 것을 나타내기도 한다.

해설

　기전파목起翦頗牧의 네 사람은 모두 『사기』에 기록된 전국시대의 명장들이다.

　먼저 백기白起(?~BC 257)는 병법兵法의 대가로 알려진 인물이자 춘추전국시대를 통틀어 가장 많은 전승을 거둔 장군으로 알려져 있다. 후세 사람들은 흔히 그를 '전쟁의 신神'이라 불렀다. 그러나 상당히 무자비한 인물이었다. 모두 70여 개의 성을 공략하여 탈취했고 100만이 넘는 적군을 살해했다. 그가 치른 전투 가운데 가장 유명한 전투는 기원전 260년에 조趙나라와 벌였던 장평長平 전투다.

　이 전쟁이 있기 이전, 조趙나라에는 둘째가라면 서러울 문신文臣과 무인武人이 있었다. 먼저 문신의 이름은 인상여藺相如로, '화씨和氏의 벽璧'을 설명하면서 소개했던 그 인물이다. 진秦나라에서 목숨을 걸고 화씨의 벽을 다시 조나라로 되돌려 보냈다고 전하는 인물이 인상여다.

　그런데 이 일이 있고 나서 진나라는 분풀이를 하듯 조나라를 쳐서 성을 함락시키고 조나라 군사 2만을 살해했다. 그런 뒤 진나라의 왕은 조나라 왕과의 회견을 요청했다. 하는 수 없이 조나라 왕은 인상여와 함께 진나라 왕을 만나러 가게 되었다. 진나라의 왕은 조나라 왕을 창피하게 하려고 그에게 억지로 거문고를 타게 했다. 거문고 연주가 끝나자 인상여가 나서서 '우리 왕이 탔으니 당신도 타야 한다. 나는 지금 이 자리에서 칼로 내 목을 찌를 수도 있다'고 협박했다. 자기 목을 찌를 수 있다는 말은 곧 당신 목을 벨 수도 있다는 말이었다. 진나라 왕은 하는 수 없이 거문고를 타야 했다. 이어 진나라의 신하가 '우리 왕을 축원하기 위하여 조나라의 성 열다섯 개를 주면 어떻겠느냐'고 무례한 질문을 던졌다. 이에 인상여는 '성 열다섯을 줄 테니 진나라는 서울 하나만 내놓으라'고 응수했다. 진나라 왕은 아직 조나라를 이길 수 없다고 판단했다.

회담을 마치고 돌아온 조나라 왕은 인상여를 상경上卿으로 진급시켰다. 그런데 이런 인사에 불만을 품은 장군이 있었으니, 본래는 인상여보다 높은 자리에 있다가 갑자기 인상여보다 낮아지게 된 염파廉頗 장군이었다.

"나는 몸으로 수많은 전장을 누벼 한 번도 패하지 않고 적들을 무찔러 이 자리에 왔다. 그런데 인상여는 단지 세 치 혀로 나보다 높아졌으니 이는 묵과할 수 없는 일이다."

염파 장군의 이런 원망과 분노를 알게 된 인상여는 그러나 어찌 된 일인지 일절 대응하지 않을 뿐만 아니라 오히려 그와 마주치기를 꺼려하여 피해 다니기만 했다. 세인들은 그런 인상여를 비웃었다. 어떤 사람이 인상여에게 그 연유를 물었다. 그러자 인상여가 대답했다.

"지금 진나라가 우리를 치지 못하는 것은 나와 염파 두 사람이 있기 때문이다. 우리가 사사로이 반목한다면 이 나라는 틀림없이 진에게 무너질 것이다. 나는 이를 걱정한다."

인상여의 이런 의중을 전해들은 염파 장군은 즉시 뉘우치고 가시나무 한 다발을 등에 지고 인상여를 찾아가 이렇게 청했다.

"내가 대인의 뜻을 헤아리지 못했으니 이 매로 저를 벌해주십시오."

이후 인상여와 염파는 한마음이 되어 조나라를 지켰다고 한다. 염파가 가시나무 한 다발을 지고 인상여를 찾아간 일을 두고 후세 사람들은 부형청죄負荊請罪라는 고사성어를 만들어냈다. 가시나무를 등에 지고 때려 달라고 죄를 청한다는 뜻으로, 자신의 잘못을 인정하고 처벌해줄 것을 자청한다는 말이다. 또 인상여와 염파 같이 목숨을 걸고 나누는 우정을 문경지교刎頸之交라 하였다. 서로 죽음을 함께 할 수 있는 막역한 사이를 이르는 말로, 문刎은 목을 벤다는 뜻이고, 경頸은 목이라는 뜻이다.

이런 일이 있고 난 몇 년 후 진나라는 결국 조나라를 대대적으로 침공

했다. 진의 장수는 백기였고, 조의 장수는 염파였다. 그러나 노련한 염파는 성을 지킬 뿐 백기와 직접 맞붙지 않았다. 지연작전을 통해 원정군인 백기의 군대를 무력화시키자는 전술이었다. 염파의 지연작전에 속이 타던 백기 장군은 간첩을 풀어 조나라 안에 소문을 퍼뜨렸다.

"진나라 병사들은 늙은 염파 따위는 전혀 두려워하지 않는다. 다만 젊은 조괄趙括이 사령관이 될까봐 그게 두려울 뿐이다."

이런 소문을 들은 조나라의 어리석은 왕은 결국 성문을 닫아건 채 시간만 끌고 있던 염파 대신 조괄을 사령관으로 내보냈다. 이렇게 하여 백기와 조괄 사이에 벌어지게 된 전투가 장평 전투다. 이론에만 밝고 실전에 어두웠던 조괄의 부대는 백기에게 크게 패하였고, 백기는 40만에 달하는 조나라 병사들을 속여 모두 구덩이에 생매장시켰다고 한다. 백기의 대승이었으며, 이 전투는 전국시대 전체를 통틀어 가장 큰 전투였다.

그러나 훗날 백기는 주변의 모함을 받아 결국 자결하라는 임금의 명을 받게 되었고, 40만의 생목숨을 매장시킨 일로 하늘의 벌을 받았다고 울부짖으며 스스로 자결하고 만다.

왕전王翦은 진시황을 도와 통일의 대업을 함께 이룬 장군으로, 조나라도 결국 이 왕전에게 패하여 그 최후를 맞았다. 이렇게 조나라와 여러 제후국들을 제압한 뒤, 진시황은 마침내 가장 귀찮은 존재이던 초楚나라 공략에 나섰다. 이를 위해 회의를 열었는데 젊은 장수 이신李信은 20만 병력이면 충분하다고 하는 반면 왕전은 60만을 요구했다. 진시황은 왕전이 이미 늙었다고 판단하고 이신과 다른 장수를 붙여 초나라 정벌에 내보냈다. 왕전은 늙고 병이 깊다는 핑계를 대고 낙향해버렸다.

그러나 이신의 부대는 결국 초나라를 굴복시키지 못했다. 이에 진시황은 하는 수 없이 왕전을 다시 부르고 그의 요구대로 60만 병력을 모아서 그에게 맡겼다. 정벌을 떠나면서 왕전은 진시황에게 정벌의 공로로 가장 좋은 농토와 저택을 하사해 달라고 청했다. 적을 치러 가는 진군의 와중에 대장군이 이런 청을 했던 것인데, 그것도 여러 번 기별을 넣어 같은 부탁을 했다고 한다. 곁에서 모시던 부장이 너무 심하다고 말하자 왕전은 이렇게 말했다고 전한다.

"우리 임금은 덕이 부족하여 사람을 믿지 않는다. 지금 내가 진나라의 전 병력을 통솔하고 있으니, 지금 왕의 의심을 산다면 나중에 반드시 후환이 있을 것이다. 하찮은 재물에나 욕심을 내는 놈인 척해야 왕의 의심을 피할 수 있다."

이렇게 출병한 왕전은 결국 초나라를 굴복시키고 진나라의 통일을 성큼 앞당겼다. 이밖에 그는 연燕나라도 합병시켰으며, 그의 아들 왕분王賁도 위魏, 연燕, 제齊 지역의 합병에 큰 공을 세웠다. 이들 두 부자가 아니었다면 진시황의 통일 사업도 불가능했을 것이다.

마지막으로 이목李牧은 염파의 추천에 의해 북방의 무시무시한 흉노匈奴의 무리와 무려 10년을 싸워 이들이 조나라 국경에 얼씬도 못하게 만든 명장이었다. 지혜와 책략이 뛰어나서 싸우지 않고도 이들이 돌아가게 만든 것으로 유명하다.

이상의 네 장수들은 천자문에 그 이름이 실림으로써 전국시대를 대표하는 가장 유명한 4인방으로 등극했다.

宣威沙漠 馳譽丹靑
선 위 사 막 치 예 단 청

위威를 사막沙漠에 선宣하고, 예譽를 단청丹靑에 치馳하였다.

宣 베풀 선   威 위세 위   沙 모래 사   漠 아득할 막
馳 전할 치, 달릴 치   譽 기릴 예   丹 붉을 단   靑 푸를 청

직역 위세를 사막에까지 떨치고, 명예를 단청에까지 전하였다.

의역 위세를 사막에까지 떨치고 명예를 단청에까지 전하였다 함은, 기전파
목起翦頗牧처럼 위대한 명장들이 그 위세를 사막에까지 떨치고, 죽어
서는 그 명예를 단청에까지 남겨 영원히 전해지게 하였다는 말이다.

자구 풀이

선위사막宣威沙漠에서 선宣은 펴다, 떨치다의 뜻이고, 위威는 위세威勢
나 위엄威嚴을 말한다. 그러므로 선위宣威는 위세를 펴다, 위엄을 떨치다
의 뜻이다. 사막沙漠은 '모래가 아득함'이니 끝없는 모래벌판을 말하고, 여
기서는 중원의 서북쪽을 포함한 변방 일반을 일컫는다. 장수들이란 이런
변방을 지키고 더 넓히는 사람들이다. 선위사막宣威沙漠은 앞서 언급한 명
장들이 군사 부리기를 정밀하게 하여 그 위세를 머나먼 사막에까지 떨쳤
다는 말이다.

치예단청馳譽丹靑에서 치馳는 말을 빠르고 급하게 몬다는 말인데, 그렇

게 달리고 달려서 멀리 떨어진 곳이나 후세에 무언가를 '전달하다'의 의미도 띠게 되었다. 예譽는 명예名譽를 말하고, 여기서는 해당 장수들의 이름과 그 전공을 의미한다. 단청丹靑은 색으로는 붉은색과 푸른색이며, 여기서는 궁궐이나 건물 등에 그려지는 그림을 뜻한다. 치예단청馳譽丹靑은 한마디로 그 명예를 단청에까지 남겨 영원히 전해지게 하였다는 말이다.

해설

이상의 구절들로 천자문의 저자는 역사, 특히 춘추전국시대와 진秦나라 시기, 그리고 전한前漢 초기의 주요 역사와 인물들에 대해 소개했다. 이중에는 충심으로 왕을 보필한 제후와 공경대부도 있었고, 패권을 쥐기 위해 불철주야 혼신의 노력을 기울인 장군들과 비상한 머리로 나라를 구한 책사들도 있었다.

천자문의 저자는 이런 사람들의 이야기를 통하여 우선 역사가 무엇이고 어떻게 진행되어 왔는가를 전하고 있다. 한마디로 거친 역사라 할 것이고, 천자문 첫머리의 우주홍황宇宙洪荒에서 주황宙荒(시간의 흐름은 거칠다)에 해당하는 이야기들이다.

참고로, 치예단청馳譽丹靑은 비유가 아니라 실제의 역사이기도 하다. 한漢나라의 선제宣帝는 공신功臣들의 화상을 그려 기린각麒麟閣에 걸었고, 후한後漢의 명제明帝는 남궁南宮 운대雲臺에 장군들의 화상을 그려 남겼으며, 당唐 태종太宗은 능연각凌烟閣에 공신들의 초상을 그려 보존했다.

九州禹跡 百郡秦幷
구 주 우 적 백 군 진 병

구주九州는 우禹의 적跡이요, 백군百郡은 진秦이 병幷하였다.

九아홉구 州고을주 禹임금우 跡자취적
百일백백 郡고을군 秦나라이름진 幷아우를병

직역 구주는 우임금의 자취요, 백군은 진나라가 아울렀다.

의역 구주가 우임금의 자취라 함은 중국의 아홉 주州가 하夏나라 시조인 우禹임금이 전국을 아홉으로 크게 나누어 다스린 자취라는 말이요, 백군을 진나라가 아울렀다 함은 중국의 모든 고을은 진시황秦始皇이 처음으로 아울렀다는 말이다.

자구 풀이

구주우적九州禹跡에서 구주九州는 아홉 개의 주州이니, 우선 중국 전체를 아홉 개의 주로 나누어 조직했다는 말이다. 천자문의 저자는 이렇게 한 것이 우禹임금이라고 한다. 우적禹跡은 우의 자취, 혹은 우가 남긴 흔적이라는 말이니, 구주의 제도가 우임금에게서 비롯되었다는 말이다. 그러나 맨 처음 행정구역을 체계적으로 나누기 시작한 사람은 황제黃帝로 알려져 있다. 그 뒤 순舜임금이 12주州로 나누었고, 하나라 우임금이 다시 9주로 정리했다고 한다. 구주九州는 또 중국 전체를 말하는 것이니 '8도'라고 하면 우리나라 전체를 의미하는 것과 같다. 그러므로 구주는 모든 중국 땅으로 읽을 수 있고, 이 모든 땅이 우임금이 공들여 갈고 닦은 것이요 그의 자취가 남지 않은 곳이 없다는 말이 구주우적九州禹跡이다.

백군진병百郡秦并에서 백군百郡은 100개의 군郡이니, 우선 중국 전체를 100개의 군으로 나누어 조직했다는 말이다. 그러나 진시황은 통일 후 군현제郡縣制를 실시하면서 전국을 36개의 군郡으로 나누었다. 100개 넘는 군郡 조직을 만든 것은 진秦의 뒤를 이은 한漢나라 때의 일로, 많을 때는 130여 개에 이르렀다. 여기에는 한사군漢四郡도 포함된다. 백군百郡은 또 중국 전체를 말하는 것이자 중국의 모든 고을을 말하는 것이니, 이를 최초로 통일시킨 사람이 진시황이었다. 그러므로 백군진병百郡秦并은 중국의 모든 고을은 진秦나라가 처음 아울렀다는 말이다.

중국 사람들은 여기 나오는 구주九州며 백군百郡을 천하天下의 의미로 해석한다. 중국이 천하요 천하가 중국이라는 중화中華 사상의 산물이다.

해설

진시황의 통일 이전, 특히 주周나라는 봉건제封建制를 기반으로 나라를 다스렸다. 『설문해자』에 따르면 주나라는 전역을 100개의 현縣으로 나누고, 현마다 각각 네 개씩의 군郡을 두어 지방조직의 체계를 갖추었다고 한다. 그런 다음 상대부上大夫에게는 현縣을, 하대부下大夫에게는 군郡을 식읍食邑으로 주었다.

춘추전국시대를 마무리 지은 진시황은 기존의 봉건제 대신 군현제를 채택했고, 전국을 36개의 군郡으로 나눈 다음 그 밑에 현縣을 설치했다. 군과 현의 대소 및 상하 관계가 역전된 것이다. 그러고는 중앙에서 관리를 직접 파견하여 감독하는 체계를 갖추었으니, 군과 현으로 나누어 다스리게 되므로 군현제郡縣制라 한다. 이후 군현제는 나라를 가르고 관리하는 기본 방식이 되어 한漢나라에도 이어졌다.

나라를 9주로 나누어 다스린 우禹임금은 치수治水에 성공하여 순임금에게 인정을 받았고, 그 결과로 왕이 되어 하夏나라를 연 사람이다. 이때의 치수는 크게 보자면 황하를 다스리는 문제였고, 수많은 황하의 지류들을 일일이 정리해야 하는 대공사였다.

우임금의 치수 사업이 성공을 거두기 이전의 중국은 7년 대한大旱(큰 가뭄)에 9년 홍수가 반복되는 거친 땅이었다. 우임금은 황하 유역 전체를 대상으로 치수 사업을 전개했다. 막힌 곳은 뚫고 질퍽한 곳에는 흙을 날라다 부었으며 물길이 없는 곳에는 새로운 물길을 만들었다. 이런 대공사를 진행하느라 우임금은 8년 동안이나 황하 유역을 누비고 다녔고, 그 사이 자기 집 앞을 세 번이나 지나쳤지만 일을 미룰 수 없어 한 번도 들르지 않았다고 한다. 또 여기저기를 다니는 동안 산의 나무를 베어 사람과 우마牛馬가 다닐 수 있는 길을 만들게 되니, 이로써 전국이 아홉 개의 주로 나뉘게 되었다. 이를 친인척들에게 나누어주고 다스리게 하니 이것이 뒷날 봉건제의 뿌리가 되었다. 하나라의 뒤를 이은 상商나라와, 다시 그 뒤를 이은 주周나라는 이러한 봉건제를 더욱 강화 발전시켰다.

그러나 봉건제가 실시되고 세월이 흐르자 지방분권地方分權이 지나치게 강화되는 폐단이 생겨났다. 본래는 천자天子의 신하에 불과하던 지방의 제후諸侯들이 천자 모르게 힘을 키워 저마다 왕을 참칭하는 사태가 벌어졌던 것이고, 춘추전국시대 제후들의 이러한 패권 경쟁을 누구보다 잘 알고 있던 진시황은 마침내 봉건제를 폐하고 중앙집권적 군현제를 선택했던 것이다.

嶽宗恒岱 禪主云亭

악 종 항 대 선 주 운 정

악嶽은 항恒과 대岱를 종宗으로 삼고, 선禪은 운云과 정亭을 주主로 한다.

嶽큰산악 宗마루종 恒항상항 岱뫼대
禪터닦을선 主주인주 云이를운 亭정자정

직역 산山은 항산恒山과 태산泰山을 마루로 삼고, 선禪 제사祭祀는 운운
산云云山과 정정산亭亭山에서 주로 한다.

의역 산이 항산과 태산을 마루로 삼는다 함은 중국의 오악 가운데 이 둘이
그 마루가 됨을 말한다. 선 제사를 운운산과 정정산에서 주로 한다 함
은 천자가 하늘에 지내는 제사인 봉封 제사는 태산에서 주로 지내되
땅에 지내는 제사인 선禪 제사는 운운산과 정정산에서 주로 지낸다는
말이다.

자구 풀이

중국에는 소위 오악五嶽이 있는데 이는 중국 내에서 가장 높은 다섯 개
의 산은 아니고, 동서남북과 중앙의 오방五方을 대표하는 다섯 산이다. 먼
저 동서남북의 순서로 꼽아보면 태화형항泰華衡恒의 넷이 있고 중악中嶽
은 숭산崇山이다.

악종항대嶽宗恒岱는 '(모든) 악嶽은 항恒과 대岱를 종宗으로 삼는다'는

말이며, 여기 나오는 항恒은 북악北嶽인 항산恒山이고, 대岱는 동악東嶽인 태산泰山이다. 천자문의 저자는 이 두 산을 들어 오악을 모두 칭하고 있는 것이며, 산 중에는 이 산들이 마루가 된다는 것이 악종항대嶽宗恒岱다. 마루宗란 어떤 일의 근본根本이요 근원根源이라는 뜻이며, 우두머리이자 가장 뛰어난 자라는 말이다. 한 씨족氏族의 조상을 말할 때 맨 위의 첫 조상을 흔히 조祖=始祖라 하고, 그 적장자嫡長子나 조상 가운데 우뚝한 자를 종宗이라 한다.

선주운정禪主云亭에서 선禪은 천자天子가 지내는 제사祭祀의 종류 가운데 하나다. 하늘에 지내는 제사를 봉封이라 하고 땅에 지내는 제사를 선禪이라 한다. 중국의 역대 왕조들은 하늘에 제사를 지낼 때는 주로 동악東嶽인 태산泰山에서 많이 지냈다. 땅에 제사를 지낼 때는 태산 밑의, 태산보다 작은 산인 운운산云云山이나 정정산亭亭山에서 지냈다고 하며, 이처럼 땅에 지내는 제사인 선禪을 운운산과 정정산에서 주로 지냈다는 말이 선주운정禪主云亭이다.

해설

오악五嶽은 당연히 오행설五行說에 바탕을 두고 정해진 것이다. 우리나라에도 이런 사상이 있었으므로 당연히 오악이 존재한다. 금강산東, 묘향산西, 지리산南, 백두산北, 삼각산中이 조선의 오악이었다. 고려나 신라의 경우 중앙이 조선과 다르므로 다른 산들을 오악으로 삼았다. 이러한 오악에는 나라의 수호신들이 거처한다고 믿어져 성산聖山으로 여겨졌고, 국가에 대사大事가 있을 때에는 여기서 제사를 올렸다.

중국의 경우에도 다르지 않아서 나라에 큰일이 있을 때면 천자는 명산

대천名山大川에 가서 신령의 가호加護를 빌었다. 그런 제사 가운데 가장 대표적인 것이 봉선封禪이다. 각각 하늘과 땅에 비는 제사인데, 하늘에 비는 제사와 땅에 비는 제사의 바라는 바가 다르므로 의식이 달라지고, 그러므로 이름도 각각 다르게 사용했다.

천자가 하늘에 제사를 지내는 것은 하늘의 높은 도와 덕을 찬양하고, 천자가 되도록 도와준 은혜에 감사를 표하기 위함이다. 그러므로 가급적 높은 곳에 올라가 높은 단을 쌓고 제사를 지낸다. 하늘을 높이기 위함이다. 이처럼 흙으로 쌓은 높은 단을 봉封이라 한다. 이에서 하늘에 지내는 제사의 이름이 유래되었다. 그렇게 쌓은 천자의 봉封 가운데 일부를 나누어서分 제후에게 주는 것을 분봉分封이라 한다고 앞에서 설명했고, 이 나누어진 봉封으로 제후를 세우고建 또 나라를 세우게 하는 제도가 봉건제封建制다.

반대로 땅에 제사를 지내는 것은 왕이 되어 공평하게 백성들을 다스리고, 땅의 덕德처럼 만백성을 태평하게 먹이고 입힐 수 있도록 도와달라고 빌기 위해서다. 땅이 만물을 먹이고 입히는 것은 그 평평함에서 비롯되는 것이므로 천자도 이를 본받아서 땅을 평평하고 반듯하게 고르고 제사를 지낸다. 이처럼 평평하게 고른 바닥을 선禪이라 하며, 여기서 천자가 땅에 지내는 제사의 이름이 비롯되었다. 『사기』는 관중管仲의 말을 빌어 '요순堯舜은 운운산云云山에서, 황제黃帝는 정정산亭亭山에서 선禪 제사를 지냈다'고 기록하고 있다.

雁門紫塞 鷄田赤城

안 문 자 새 계 전 적 성

안문雁門, 자새紫塞, 계전鷄田, 적성赤城

雁기러기안 門문문 紫붉을자 塞변방 새, 막힐 색
鷄닭계 田밭전 赤붉을적 城성성

직역 안문, 자새, 계전, 적성

의역 안문, 자새, 계전, 적성은 모두 험준하고 메마른 북쪽 변방이다.

자구 풀이

안문雁門, 자새紫塞, 계전鷄田, 적성赤城은 모두 지명이며, 중원에서 보자면 북쪽 변방에 해당한다. 다만 자새紫塞는 특정 지역을 직접 지목하는 지명이 아니라 진시황이 쌓은 만리장성萬里長城, 혹은 그 일대를 말한다.

해설

이 구절의 여덟 글자와 다음 구절의 여덟 글자는 모두 두 자씩 짝이 되어 지명을 나타낸다. 모두 고유명사이므로 달리 해석할 여지가 없다. 도합 16자로 여덟 개 지명을 거명하고 있으며 이 구절에서는 우선 중원의 북방에 위치하는 네 군데를 들었다. 이들 지역이 지금의 어디에 해당하는지, 얼마나 유명한 곳인지를 따지는 것은 중국 지리학에 관심이 많지 않은 이상 그다지 큰 의미가 있는 것은 아니다. 게다가 이들 지명이 현재의 어디에 해당하는지에 관해서는 학자들마다 그 의견이 분분하여 정확히 비정比定하기도 어렵다. 천자문의 저자가 이들 여덟 개 지역을 거명한 것은 이유가 있기 때문일 터인데, 다음 다음의 구절에서 그 이유가 설명된다.

안문雁門은 글자 그대로 '기러기 문'이니, 중국의 서북쪽에 있는 지역이라고 한다. 산세가 험하여 새들도 넘지 못하는데, 다만 한 곳이 열린 문門처럼 계곡을 이루어서 봄에 기러기雁들이 북으로 돌아갈 때 이 통로를 이용하게 되므로 안문雁門이라 했다고 한다. 서북쪽 변방에 해당하며, 주周나라의 국경 관문이 여기 있었다고 한다.

자새紫塞는 앞에서 설명한 것처럼 만리장성, 혹은 그 바깥의 땅을 말한다. 역시 북쪽 국경이다.

계전鷄田은 문자 그대로 옮기면 '닭 밭'인데, 계鷄라는 글자에서 이 지역이 닭과 관련된 곳임을 짐작할 수 있다. 홍성원은 계전鷄田을 설명하면서 '주周나라 문왕文王은 암탉을 얻고 왕자王者가 되고, 진秦나라 목공穆公은 암탉을 얻고 패자覇者가 되었으며, 계전에는 보계사寶雞祠가 있다'고 설명하고 있다. '닭을 모시는 사당'이 있다는 말이다. 문왕과 목공은 모두 당시 천자국의 서역 변경에서 나라를 일으키기 시작하였으니, 역시 중원에서 따진다면 서북쪽의 가장 외진 변방에 해당한다.

적성赤城은 중원에서 보면 동북쪽에 있는 지명이고, 동이東夷의 조상인 치우蚩尤가 살던 땅이다. 폭군으로 유명해진 상나라의 마지막 임금 걸桀이 동이족과 전쟁을 치르느라 여념이 없는 사이 주나라 문왕은 서역에서 터를 닦아 마침내 황하 유역으로 진출하고, 결국은 상나라를 무너뜨린 뒤 주나라를 건국했다.

昆池碣石 鉅野洞庭
곤　지　갈　석　거　야　동　정

곤지昆池, 갈석碣石, 거야鉅野, 동정洞庭은

昆 맏곤, 뒤섞일 혼　池 못 지　碣 비석 갈　石 돌 석
鉅 클 거　野 들 야　洞 골 동　庭 뜰 정

직역　곤명지昆明池, 갈석산碣石山, 거야 소택지沼澤地, 동정호洞庭湖는
의역　곤명지와 갈석산, 거야 소택지와 동정호 역시 멀고 험준한 변방의
지역들이다.

자구 풀이

앞의 구절에 이어 역시 지명들이 나열되고 있다.

곤지昆池는 곤명지昆明池를 줄인 말이다. 장안長安에 있는 거대한 인공
연못이며, 이 인공 연못은 한漢나라 무제武帝 때 수군水軍의 훈련장으로
만든 것이다. 이렇게 수군을 훈련시킨 것은 당시 서역(인도)으로 가는 교
통로를 차단하고 있던 곤명국昆明國을 치기 위한 것이었으니, 곤명국은 현
재 운남성의 곤명昆明 지역을 차지하고 있던 나라다. 이 나라를 치기 위해
만든 연못이므로 이름을 곤명지昆明池라 했던 것이고, 여기서는 곤명昆明
이라는 운남성의 지명 대신 이 연못의 이름으로써 곤명昆明을 대신하게
하고 있다. 장안에서 보자면 서남쪽 변방이다.

갈석碣石은 갈석산碣石山의 준말이다. 현재도 같은 이름의 산이 하북성河北省 진황도秦皇島라는 곳에 있는데, 진시황의 전설이 서린 곳이다. 하북성은 베이징을 둘러싸고 있는 곳이자, 중원에서 보면 동북쪽에 해당하고, 발해만과 인접해 있다. 진황도는 바로 이 발해만에 인접한 곳이자 하북성 중에서도 동북 방면으로 치우친 곳에 위치하고 있다.

거야鉅野는 문자 그대로 하면 '큰 들판'인데, 구체적으로는 산동성山東省 북쪽에 있는 거대한 소택지를 말한다. 역시 동북방 변경 지역이다.

동정洞庭은 동정호洞庭湖를 뜻하며, 양자강 이남에 있는 중국의 2대 호수다. 이 지역은 본래 초楚나라의 근거지로, 진시황 이전까지 오랑캐 문명이 지배하는 미개 지역으로 인식되던 곳이다. 말하자면 이 지역은 동남쪽 변경에 해당한다.

해설

앞의 구절은 주로 중국의 북쪽 변경에 있는 지역들의 이름이었다. 이 구절 역시 그런 변경의 지역들을 거명하고 있다. 여기 나오는 갈석과 거야는 장안長安에서 보자면 북동쪽에 해당하고, 대체로 동이東夷족과 그 지배권을 다투던 곳들이다. 곤명昆明과 동정洞庭은 주나라 시대부터 한나라 초기까지 중원의 천자나 패자와 별개의 문명권을 형성하고 또 이들과 대적했던 초楚나라의 영향권에 있던 지역들이다. 말하자면 중화사상의 신봉자들에게는 가장 중요한 변방이자 또 가장 지켜내기 어려운 지역들이었다.

曠遠綿邈 巖岫杳冥
광 원 면 막 암 수 묘 명

광원曠遠하고 면막綿邈하며, 암수巖岫는 묘명杳冥하다.

曠 빌 광 遠 멀 원 綿 이어질 면, 솜 면 邈 멀 막
巖 가파를 암, 바위 암 岫 산굴 수, 멧부리 수(=峀) 杳 아득할 묘 冥 어두울 명

직역 텅 비어 멀고 면막하며, 가파른 멧부리는 아득하고 어둡다.

의역 텅 비어 멀고 면막하다 함은 앞서 열거한 변방의 땅들이 황량하고 멀며, 또 끝없이 이어졌음이다. 가파른 멧부리가 아득하고 어둡다 함은 이들 지역의 산세가 험하고 넘을 수 없어서 아득하고 깊으며 어둡다는 말이니, 이는 모두 알 수 없는 중원의 바깥세상이요 오랑캐들의 땅이라는 말이다.

자구 풀이

광원면막曠遠綿邈과 암수묘명巖岫杳冥은 모두 두 글자씩 끊어서 읽는 것이 보통이다. 이 가운데 광원曠遠과 면막綿邈은 그 뜻이 비교적 분명하다. 광원曠遠은 문자 그대로 텅 비어 멀다는 말이다. 광활한 사막이나 황무지를 표현한 것으로 이해할 수 있다. 면막綿邈은 아스라하고 멀다, 혹은 멀리까지 무한정 이어져 있다는 말이다. 광원曠遠과 크게 다른 말이 아니다. 사전은 면막綿邈을 매우 멀고 아득하다로 풀이한다.

그러나 암수묘명巖岫杳冥은 해석하기가 퍽 까다롭다. 먼저 암巖은 바위를 말한다. 술어로 쓰이면 가파르고 험하다는 뜻이다. 수岫는 '산굴 수'라고 하는데, 바위나 산에 있는 굴窟을 말한다. 수岫나 수峀와 같은 글자이며, 이때는 멧부리, 곧 산꼭대기의 뜻이다. 그러므로 암수巖岫는 대략 다음과 같이 다섯 가지로 해석될 수 있다.

①바위산의 굴
②가파른 산꼭대기
③험한 굴
④바위와 굴
⑤바위와 산꼭대기

이 가운데 필자는 두 번째 의미를 취했다.

묘杳와 명冥은 모두 깊고 어둡다는 말이다. 굴 속, 무덤 속 같은 상황을 표현하는 글자다. 물론 사람의 마음을 비유할 때도 쓴다. 이런 묘명杳冥을 앞의 암수巖岫와 연결시키면 역시 다섯 가지 뜻이 얻어진다.

①바위산의 굴들이 깊고도 어둡다.
②가파른 산꼭대기들이 깊고도 어둡다.
③험한 굴들이 깊고도 어둡다.
④바위와 굴들이 깊고도 어둡다.
⑤바위와 산꼭대기들이 깊고도 어둡다.

필자는 역시 두 번째 해석을 취했다. 사실 ①과 ③은 그 의미가 명료하게 구분되는 것은 아니다. 깊고도 어두운 굴들이 있는 산이라면 당연히 가

파르고 험한 산들일 것이니 말이다. 그런데 이런 뜻을 취하면 왜 갑자기 땅굴 얘기를 하는 것인지 납득하기 어렵게 된다. ④역시 바위가 깊고 어둡다는 말이 무엇인지 알기 어렵고 왜 굴 얘기가 나오는지도 명료하지 않다.

해설

천자문의 저자는 앞에서 모두 여덟 군데의 지명을 언급했다. 왜 이런 지명들을 구구하게 언급한 것일까? 그 해답이 지금 이 구절에 들어 있다. 그런데 이 구절에는 해석하기가 다소 애매한 글자들이 있어서 그 의미가 명쾌하지 않다. 먼저 기존의 통상적인 해석 몇 가지를 소개한다. 누구의 해석인지는 따로 밝히지 않는다.

①너무나 멀어 끝없이 아득하고, 멧부리들도 너무나 그윽하여 한없이 어둡다.

②드넓어 아스라이 멀고, 바위와 멧부리는 아득하게 깊다.

③대지는 광대하여 아득하게 멀고, 바위산의 굴은 깊고도 어둑어둑하다.

④텅 비어 멀리 이어지고, 바위와 멧부리는 (높이 솟고 물은) 아득히 깊다.

⑤(산과 들이) 드넓어 아스라이 멀고, 호湖와 택澤은 아득하게 깊다.

⑥아득하고 멀리 그리고 널리 줄지어 있으며, 큰 바위와 메 뿌리가 묘연渺然하고 아득하다.

광원면막曠遠綿邈의 해석은 거의가 대동소이하며, 필자 역시 이렇게 읽는다. 그러나 암수묘명巖岫杳冥의 구절은 저마다 약간씩, 혹은 상당히 다른 것을 볼 수 있다. ①의 경우 아예 암巖에 대한 해석이 없어서 지나치게 자의적이다. ②는 위에서 필자가 예로 든 해석과 유사하긴 하나 '바위가' 아득하게 깊다는 것이 무슨 뜻의 말인지 모호하다. ③은 왜 여기서 갑자기 굴 얘기가 나오는 것인지 설명하기 어렵다. 광활한 중국 대륙의 여러 지명들을 언급한 뒤에 갑자기 굴들이 깊고 어둡다고 결론을 내린다는 것은 논리적으로 합당한 얘기가 아니다. ④는 문장을 부드럽게 다듬기 위해 괄호 안에 해석자의 추가 설명을 넣었는데, '높이 솟다'라거나 '물'이라는 말을 첨부한 근거가 애매하다. ⑤는 ④에서 한 발 더 나간 것이며, 역시 이렇게 해석할 근거가 없다. ⑥은 사실 ②와 유사한 해석인데, '묘연'을 '아득히 멀다'는 말로 이해하면 역시 '바위가 아득히 멀다'는 말이 무엇인지 알기 어렵다. 마지막으로 다른 사람의 해석을 하나만 더 살펴보자.

공광空曠하고 요원遼遠하며, 산은 높아서 오를 수 없고 물은 깊어서 잴 수 없다.

이것은 홍성원의 해석이다. 어디에 근거를 둔 것인지는 알 수 없으나 홍성원은 암수묘명巖岫杳冥에 대해 이렇게 말한다.

암수巖岫는 산이 높아서 오를 수 없음이요, 묘명杳冥은 물이 깊어서 잴 수 없음이다.

암수巖岫나 묘명杳冥이라는 말에 이처럼 명쾌한 사전적 풀이가 어떻게 가능한 것인지 필자는 알지 못한다. 하지만 홍성원의 풀이야말로 천자문 저자의 의도를 꿰뚫은 가장 적확한 해석이라고 여겨진다.

필자는 앞에서 거론한 여덟 지명이 모두 고대 중국인의 눈으로 보자면 변방에 해당한다고 말했다. 그렇다면 이런 변방의 지명들을 일일이 여덟 개나 언급한 이유는 무엇일까? 대부분의 해설자들은 '중국 땅이 매우 넓고, 거기에는 높은 산과 깊은 못이 허다함을 자랑하기 위해서'라고 이해하는 듯하다. 하지만 필자의 생각에는 이들 지역이 제대로 문명화되지 못하고 개화되지 못하여 여전히 오랑캐들이 활개 치는 거친 땅임을 말하기 위한 것이라고 여겨진다. 한없이 멀고 아득한 변방의 땅들, 가파른 산들로 막혀 어둡고 개화되지 못한 땅들이 있다는 것이다. 단청으로 초상화를 남긴 장군들이 사막에까지 그 위세를 떨쳤지만, 여전히 변방 너머에는 광활하고 어두운 땅들이 무한정 남아 있다는 것이다. 오랑캐들이 지배하는 이 지역이야말로 천자문의 저자에게는 세상의 끝이자 개척을 기다리는 미지의 땅이요 두려움의 땅이었을 것이다.

광원면막曠遠綿邈은 대체로 서북방의 변경, 곧 안문雁門, 자새紫塞, 계전鷄田, 적성赤城의 지리적 특성을 말한 것이고, 암수묘명巖岫杳冥은 기타 동서남 방면의 변경, 곧 곤지昆池, 갈석碣石, 거야鉅野, 동정洞庭의 지리적 특성을 말한 것이라고 할 수 있다.

이 장은 이 구절에서 끝난다. 세상의 끝에 도착한 것이고, 더 이상 갈 곳이 없는 때문이다.

제7장

벼슬살이와 인생

우주만물의 원리와 역사에 대한 개괄적인 설명, 군자의 도리와 중국의 역사 및 지리에 대한 설명에 이어 벼슬길에 나아가는 군자가 알아야 할 지혜를 전하고 있는 장이다. 은퇴 후의 삶에 대한 가이드까지 포괄하고 있으며, 벼슬살이와 인생의 행로가 다르지 않음을 깨우치고 있다. 그렇다고 공무원들만을 위한 지혜는 아니고, 국가와 공동체의 문제를 고민하는 모든 사람들, 그리고 은퇴 후를 걱정하는 모든 사람들이 새겨야 할 지혜의 말씀들이다.

082 농사에는 때가 있다

治本於農 務茲稼穡
치 본 어 농 무 자 가 색

치治는 농農에於 본本하나니, 자茲로 가稼와 색穡을 무務한다.

治 다스릴 치　本 근본 본　於 어조사 어　農 농사 농
務 힘쓸 무　茲 이 자　稼 심을 가　穡 거둘 색

직역 다스림은 농업에 근본을 두나니, 심고 거둠에 힘쓴다.

의역 다스림이 농업에 근본을 둔다 함은 농업이 천하의 대본大本이라는 말
이요, 심고 거둠에 힘쓴다 함은 모두가 심고 거두기를 힘써야 하니 그
철에 맞추어 백성들이 농사에 전념할 수 있도록 치자治者들이 보살펴
야 한다는 말이다.

자구 풀이

　치본어농治本於農에서 치治는 나라를 다스리는 것을 말한다. 본本은 나
무木의 뿌리를 나타내는 글자이니, 여기서 기초, 바탕 등의 뜻이 생겨났다.
여기서는 근본으로 삼다의 뜻이다. 어於는 어조사語助辭로, '~에, ~에서'
혹은 '~을(를)' 등의 뜻을 갖는다. 농農은 '농사짓는 것'을 말한다. 농업
은 (고대 사회에서는 특히나) 먹고 사는 일의 근본일 뿐만 아니라 나라를 유
지하는 근본이기도 하였다. 그러므로 농자천하지대본農者天下之大本이라
는 말이 생겼다. 이 말을 국가 경영, 곧 치治의 관점에서 풀어낸 말이 곧

400 제7장 벼슬살이와 인생

치본어농治本於農이다.

　무자가색務玆稼穡에서 무務는 힘쓰다의 의미다. 자玆는 어조사語助辭로 흔히 '이(this)'나 '이에'로 풀이된다. 그러나 어조사의 경우 해석을 생략해야 더 자연스러운 경우도 있다. 가稼는 심는 것을, 색穡은 거두는 것을 말한다. 합하여 가색稼穡은 심고 거두는 곡식 농사를 의미한다. 좁게는 주곡主穀이 되는 쌀, 보리, 밀 등을 심어 거두는 농사고, 넓게는 채소나 과일을 재배하는 것과 목축을 포함하는 일체의 농업을 의미한다. 무자가색務玆稼穡은 심고 거둠에 힘쓴다는 말이며, 그렇게 하라는 교훈이다. 심고 거둠, 곧 농업이 치治의 본本이라 하였으니, 힘을 쓰는 주체는 단순히 농사꾼만이 아니라 치자들도 예외일 수 없다.

해설

　나라를 다스리는 치자治者의 최고봉은 임금이며, 이 임금은 백성을 근본으로 삼는다. 백성이 없으면 나라가 성립되지 않고, 그러면 임금도 없다. 그런데 이 백성들은 먹고 사는 것을 근본으로 삼는다. 먹는 문제가 해결되지 않으면 나라고 뭐고 필요가 없는 것이다. 그러므로 백성을 근본으로 삼는 임금은 그 백성들이 근본으로 삼는 문제를 해결해줄 의무가 있고, 따라서 임금 역시 나라를 다스림에 농업을 근본으로 삼지 않을 수 없다. 이런 사정을 홍성원은 다음과 같이 표현하고 있다.

　임금은 백성을 하늘로 삼고, 백성은 밥을 하늘로 삼는다.

　백성들에게는 밥이 하늘이니 임금 또한 이를 거스르면 그 자리를 보전할 수 없게 된다. 역사상 대부분의 민란民亂들은 바로 이 밥의 문제와 연결되어 있었다. 그러므로 임금은 마땅히 권농勸農에 힘써야 하고, 백성들이 전쟁이나 부역에 시달리지 않고 생업인 농農에 종사할 수 있도록 적극적으로 보살펴야 한다.

'(관리가) 심고 거둠에 힘쓴다'는 말에는 두 가지 가르침이 담겨 있다. 하나는 임금과 치자治者들이 앞장서서 농업을 권장하라는 것이다. 그래야 백성들이 보고 배운다는 말이다. 이를 위해 조선의 임금들은 동대문 바깥에 선농단先農壇과 동적전東籍田을 설치했었다. 그리고 해마다 봄이 되면 선농단에서 농사의 신인 신농씨神農氏에게 풍년을 기원하는 제를 올리고, 그 옆 동적전에서 임금이 친히 농사를 지었다. 이처럼 왕이 직접 농사를 짓는 것을 친경親耕이라 한다. 반면에 왕비는 친잠親蠶을 했다. 왕비가 직접 누에를 쳐 옷을 만드는 것이다. 그만큼 농사로 먹을 것을 장만하는 일과, 양잠으로 입을 것을 장만하는 일이 모든 남자와 여자의 기본 임무이자 역할이었다. 옛사람들은 대체로 양식을 마련하는 것은 남자의 역할로, 의복을 마련하는 것은 여자의 역할로 생각했다.

왕의 권농勸農 못지않게 중요한 것은 백성들이 편안히 농업에 종사할 수 있도록 보장해주는 것이다. 농사에는 때가 있는 법이어서, 씨 뿌리고 거두는 일은 반드시 시절에 맞추어야 한다. 천자문 첫머리에서 '한래서왕寒來暑往 추수동장秋收冬藏'을 말하고, 계절의 바뀜과 역법曆法의 원리를 논한 것이 모두 이 때문이다.

이렇게 백성들이 씨 뿌리고 거두는 시기를 맞추자면 전쟁이나 부역에 시달려서는 안 된다. '(관리가) 심고 거둠에 힘쓰라'는 말은 '심고 거둘 시기에 농민들에게 다른 일을 시키지 말라'는 말이기도 하다.

俶載南畝 我藝黍稷

숙　재　남　묘　아　예　서　직

숙俶에 남묘南畝를 재載하고, 아我는 서직黍稷을 예藝하도다.

俶 비로소 숙　載 경작할 재, 실을 재　南 남녘 남　畝 이랑 묘(무)
我 나 아　藝 심을 예, 재주 예　黍 기장 서　稷 피 직

직역 '비로소 남쪽 이랑을 일구었네'라 하고, '나는 기장과 피를 심네'라 하였다.

의역 『시경』에 노래하기를 '비로소 남쪽 이랑을 일구었네'라 하고, 또 '나는 기장과 피를 심네'라 하니, 백성들이 농사에 힘을 들이고 높은 사람들도 정성을 기울이며 본을 보임을 말한 것이다.

자구 풀이

이 구절은 모두 『시경』의 노래를 옮겨온 것인데, 두 구절이 본래부터 서로 이어진 것은 아니고, 서로 다른 시의 구절들에서 하나씩을 각각 취하여 한데 묶은 것이다. 해석에 작은따옴표를 사용한 것은 천자문의 저자가 이 구절을 일종의 인용문으로 사용하고 있기 때문이다. 우선 글자 그대로 위의 구절들을 풀어보자.

숙재남묘俶載南畝에서 숙俶은 부사로 '비로소'의 뜻이다. 기다리고 기다

리던 때를 만났음을 의미한다. 재載는 본래 싣다의 의미로 많이 사용되는데, 탑재搭載나 등재登載 등의 단어에서 볼 수 있다. 재載는 그 밖에도 많은 의미를 가진 글자인데, 대표적인 것으로 시작하다와 경작하다가 있다. 앞 글자인 숙俶(비로소)과 연결하여 시작하다의 의미로도 많이 해석하는데, 그보다는 경작하다의 의미가 전체 문맥과 더 직접적이고 분명하게 연결된다. 남묘南畝는 남쪽 이랑이라는 말이니, 남쪽을 향한 밭, 혹은 남쪽에 있는 밭을 의미한다. 묘畝는 흔히 '무'로도 읽는데, '무'가 본음本音이나 요즘에는 '묘'로 읽는 것이 일반적이다. 숙제남묘俶載南畝는 비로소 남쪽 밭을 경작하였다는 뜻이다. 앞뒤 구절을 생략하고 시의 한 구절만을 취한 것이기 때문에 이 구절이 정확히 어떤 문맥에서 사용된 것인지 알기 위해서는 본래의 시를 참조해야 한다.

아예서직我藝黍稷에서 아我는 '나'의 뜻이다. 예藝는 주로 재주를 뜻하는 글자로, 예능藝能이나 예술藝術 등의 단어에서 볼 수 있다. 그러나 여기서는 동사로 사용되어 심다의 뜻이다. 서黍와 직稷은 각각 기장과 피라고 불리는 농작물의 일종이며, 둘 다 오늘날의 벼와 비슷한 작물이다.

기장은 조와 흡사한 곡물이며, 피는 벼와 비슷한 작물이다. 이 가운데 피는 오늘날 식용으로 거의 이용되지 않는다. 논에서 벼와 섞여서 많이 자라므로 농사를 짓는 사람들에게는 여간 귀찮은 존재가 아니다. 하지만 피 역시 한때는 구황작물이었고, 벼가 보편화되기 이전에는 주식 가운데 하나였을 것으로 추정된다. 이 피가 사람들의 양식이 된다는 생각이 오늘날에는 보편적이지 않기 때문에 많은 학자들은 서직黍稷을 기장과 피로 푸는 대신 찰기장과 메기장으로 풀기도 한다.

아예서직我藝黍稷은 나는 기장과 피를 심었다, 혹은 나는 찰기장과 메기장을 심었다는 말이다.

해설

앞의 구절에서는 농업이 치국治國의 근본이 된다는 점을 밝히고, 백성들이 심고 거두는 일에 힘쓰도록 하라고 강조했다. 이어서 이 구절이 등장하는데, 이는 앞의 구절을 부연하기 위하여 『시경』의 두 구절을 그대로 인용한 것이다. '보아라, 『시경』에도 이런 구절이 있다!' 하며 거듭 농사의 중요성과, 백성들이 농사에 힘쓰는 것이 얼마나 아름다운 것인가를 말하려는 것이다. 『시경』에 실린 〈대전大田〉이라는 시는 다음과 같이 시작한다.

大田多稼 대 전 다 가	넓은 밭에 여러 곡식 심어보세
旣種旣戒 기 종 기 계	종자는 이미 있고 농기구도 있다네
旣備乃事 기 비 내 사	일할 준비 모두 마쳤거니
以我覃耜 이 아 담 사	내 날카로운 보습으로
俶載南畝 숙 재 남 묘	비로소 남쪽 이랑을 갈아엎어
播厥百穀 파 궐 백 곡	온갖 곡식 심는다네

이 시는 전체적으로 봄에 씨를 뿌리고, 여름에 가꾸고, 가을에 거두고, 거둔 곡식으로 정성스레 제사를 올리는 일련의 농사 과정, 그것도 계절에 따른 농사의 과정을 노래하고 있다. 밝고 경쾌하며 기운이 넘치는 농요農謠다. 이런 시에서 봄의 씨 뿌리는 장면 가운데 한 구절로 등장하는 것이 숙재남묘俶載南畝다. 그 바로 앞 구절에 '보습'이 나오거니와 이때의 재載는 구체적으로 밭을 '가는' 행위임을 알 수 있다. 보습은 쟁기의 끝에 다는 뾰족한 쇠붙이로, 땅을 갈아엎기 위한 농기구다.

그렇다면 천자문의 저자는 왜 하필 이 시를 골랐을까? 농사에는 때가 중요하고, 그 때에 맞추어서 농사를 경영해야 한다는 점을 강조하기 위해서라고 이해할 수 있다. 그러므로 치자治者(관리)의 입장에서 보자면 농사의 때에는 농사를 지을 수 있게 백성들을 들볶지 말라는 가르침이다.

이 시의 끝부분에는 추수 후에 감사의 제사를 올리는 장면도 나오는데, 서직黍稷, 곧 기장과 피로 밥을 한다고 하였다. 고대의 제사상에 올리는 대표적인 곡식이 기장과 피였음을 알 수 있다.

『시경』에는 또 〈초자楚茨〉라는 시도 있는데, 다음과 같이 시작한다. 초자楚茨는 '무성한 가시나무'라는 뜻이다.

楚楚者茨 초 초 자 자	초초(무성)하구나, 가시나무여
言抽其棘 언 추 기 극	그 가시덩굴 뽑아내라 말씀하였나니,
自昔何爲 자 석 하 위	예부터 이리 함은 어인 일인가?
我蓺黍稷 아 예 서 직	내 (지금) 기장과 피를 심는다네
我黍與與 아 서 여 여	무성하라, 나의 기장이여
我稷翼翼 아 직 익 익	우거져라, 나의 피여

이어지는 구절들에서 이 시는 추수 후의 제사에 대해 줄기차게 노래하고 있다. 제사를 준비하는 과정과 마음가짐, 제사 후에 음식을 나누는 문제까지 세밀하게 묘사하면서 조상에 대한 감사의 마음을 줄곧 표현하고 있다. 여기서 조상에게 감사하는 첫째 이유는 땅을 물려주었기 때문이다. 그러므로 옛사람들은 이 시를 세록世祿이 있는 대부大夫의 노래로 취급했다. 물려받은 땅이 많은 사람의 노래이고, 포커스는 제사에 맞추어져 있으며, 감사의 마음이 기본 정서라는 것이다.

이 노래에서 화자話者는 조상 때부터 척박한 땅을 개간한 연유를 스스로 묻고 있다. 옛날부터 가시나무를 베어 없애 땅을 개간한 연유가 무엇이냐고 묻고 있는 것이다. 그리고 이 질문에 스스로 대답한 말이 '아예서직我藝黍稷', 곧 '(오늘에 이르러) 내가 기장과 피를 심는다'는 말이다. 조상 덕분에 땅을 갖게 되었으니, 감사의 마음으로 그 땅에 조상 제사에 쓸 기장과 피를 정성들여 심는다는 말이다.

그렇다면 천자문의 저자는 왜 하필 『시경』의 수많은 농사 관련 시들 가운데 이 시를 골랐을까? 첫째는 이것이 일반 농민의 노래가 아니라 성대한 제사를 올릴 수 있는 대부大夫의 노래이기 때문이다. 대부이면서도 직접 기장과 피를 심는다는 것을 보여주기 위함인 것이다. 실제로 고대의 임금이며 공경대부들은 제사에 쓸 곡식은 자신이 직접 뿌리고 거두었다. 임금이 친전을 하고 왕비가 친잠을 하는 이유와 같은 이유에서다.

또 하나는 제사를 지낼 준비를 하는 마음으로 농사를 대해야 한다는 것이다. 농민이든 치자治者든 그런 경건하고 감사하는 자세, 엄숙하고 공경하는 마음으로 농사를 대하라는 것이다.

오늘날 농업은 생산성이 떨어지는 대표적인 산업이 되었다. 농업이 산업으로 전락하는 순간부터 예고된 운명이었는지도 모른다. 그러나 나랏일 보는 사람들은 잘 헤아려야 할 것이다. 농민들도 선거에서 한 표를 행사하는 유권자이기 때문이 아니라, 그들이 아니고는 하늘의 섭리와 땅의 도리가 인간 세상에서 도무지 구현될 길이 없기 때문이다.

稅熟貢新 勸賞黜陟
세 숙 공 신 권 상 출 척

숙熟을 세稅하고 신新을 공貢하되, 권勸하고 상賞하고 출黜하고 척陟한다.

稅구실세　熟익을숙　貢바칠공　新새신
勸권할권　賞상줄상　黜내칠출　陟오를척

직역 익은 곡식을 세금으로 거두고 햇곡식을 바치게 하되, 권면勸勉하고 상을 주며 내쫓기도 하고 올리기도 한다.

의역 익은 곡식을 세금으로 거두고 햇곡식을 바치게 함은 익지 않은 곡식을 거두지 않음이요 묵은 곡식을 바치게 하지 않음이다. 권면하기도 하고 상을 주기도 하며 내쫓기도 하고 올리기도 한다 함은 세리稅吏들의 공과를 따져 세금의 징수를 법도에 맞게 하라는 말이다.

자구 풀이

세숙공신稅熟貢新에서 세稅와 공貢은 모두 세금稅金을 일컫는 것이다. 앞에서 언급한 바와 같이 천자문의 저자는 지금 농사꾼들을 상대로 하여 말하고 있는 것이 아니라 세금과 관련된 일을 맡아보게 될, 혹은 그런 세리稅吏들을 관리 감독하게 될 관리들을 상대로 말하고 있는 것이다. 따라서 이때의 세稅와 공貢은 세금을 '낸다'가 아니라 세금을 '거둔다' 혹은 세금을 '내게 한다'로 해석해야 전체 문맥이 자연스럽다. 숙熟은 익었다는 말이니 여기서는 익은 곡식의 의미다. 신新은 새것이라는 말이니 여기서는 햇곡식이다. 그러므로 세숙공신稅熟貢新은 한마디로 잘 익은 햇곡식을 세금으로 거둔다는 말이다.

권상출척勸賞黜陟 역시 농민들을 대상으로 하는 말이 아니라 세금을 거둬들이는 세리稅吏들을 관리 감독할 사람들에게 하는 말이다. 세금을 거둬들이고 보면 그 결과가 지역마다 다르고 사람마다 다를 터인데, 이때 어떻게 대처할 것인지를 말하고 있는 것이다. 권勸은 권면하여 잘 가르치라는 말이니, 조세의 원칙을 잘 몰라서 세금을 제대로 거두지 못한 초급 관리를 다루는 방법에 해당한다. 상賞은 상을 준다는 말이니, 원칙에 맞게 제대로 징세한 관리를 포상하라는 말이다. 출黜은 내쫓는다는 말이니, 조세의 원칙을 알면서도 어긴 세리, 사사로이 세금을 빼돌리거나 착복한 관리는 내치라는 말이다. 척陟은 오르다 혹은 올린다는 말이니 승진을 시키는 것이며, 의미상 상賞과 유사하다. 이상의 네 글자는 말하자면 세리를 다루는 기술에 해당하는 가르침이다.

해설

필자는 이 구절의 뒷부분이 세리稅吏들을 다루는 기술과 관련된 조언이라고 해석했다. 이는 대부분의 천자문 해설자들이 동의하는 바이다. 그렇다면 어떤 기준으로 세리들을 상도 주고 벌도 주라는 것일까? 얼핏 생각하면 당연히 세금을 많이 거둔 자를 포상하고 적게 거둔 자는 벌하라는 말이라고 생각하기 쉽다. 그러나 필자는 천자문의 저자가 바로 이 '조세 기준'의 문제를 보다 명확히 제시하기 위해서 그 앞의 구절, 즉 세숙공신稅熟貢新을 말한 것이라고 믿는다.

천자문이 지어질 시점에는 이미 조세 제도의 원칙이 어느 정도 정해져 있었다. 땅의 크기에 따라 세금이 달라질 뿐만 아니라 그해의 흉년 및 풍년의 정도에 따라 세금에 차등이 있을 정도로 조세 제도는 상당히 정비되어 있었다. 그럼에도 천자문의 저자가 다시 이 문제를 언급한 것은 조세 및 납세 제도의 근본 원칙이 어디에 있는가를 밝히고, 이 원칙을 제대로 지켜야 한다는 점을 강조하기 위한 것으로 보인다. 그 원칙을 잘 지킨 세리는 포상하거나 승진시키고 잘 지키지 않은 세리는 처벌하고 쫓아내라는 가르침이 뒤의 구절이라는 것이다.

그렇다면 그가 제시하는 조세 및 납세의 원칙은 무엇일까? 땅의 크기와 풍흉의 정도에 따라 차등을 둔다는 원칙 외에 어떤 원칙이 더 있는 것일까? 한마디로 말하면 익지 않은 곡식을 거두지 말고, 햇것이 없다고 작년 곡식을 바치게 하지 말라는 것이다. 세숙공신稅熟貢新의 네 글자 가운데 방점을 찍어야 할 것은 세공稅貢이 아니라 숙신熟新이라는 것이다.

지금도 그렇지만 예전에도 세금 문제는 국가와 납세자 모두에게 매우 중요한 문제이자 대단히 어려운 문제였다. 백성들이 반란을 일으키는 직접적인 이유는 흉년 자체에 있는 것이 아니라 흉년에도 풍년과 마찬가지로 세금을 거둬들이는 위정자들의 가혹한 조세 정책에 있었다. 이런 문제를 더욱 악화시킨 주범은 실제로 조세를 담당하는 현장의 관리들이었다. 가혹한 정치는 호랑이보다 무섭다는 뜻의 가정맹어호苛政猛於虎는 바로 다름 아닌 이런 가혹한 징세와 각종 구실을 붙인 관리들의 악랄한 수탈 때문에 생겨난 말이다.

천자문의 저자는 이 문제에 대한 해결책으로 '익지 않은 곡식을 거두지 말 것'과 '햇곡식 아닌 것을 바치게 하지 말 것'을 제시하고 있는 것이다. 그리고 이 원칙을 얼마나 잘 지키느냐의 여부를 기준으로 세리와 관리들을 감독하고 상벌을 주라는 말이 '세숙공신稅熟貢新 권상출척勸賞黜

陟'이다.

물론, 이 구절은 반드시 이렇게만 읽어야 하는 것은 아니다. 세숙공신稅熟貢新을 '익은 것으로 세금을 내고, 햇곡식으로 바친다'라고 해석해도 의미는 잘 통한다. 이렇게 보면 세숙공신稅熟貢新은 잘 익은 것을 골라 세금으로 내고, 묵은 쌀이 아니라 햅쌀로 종묘에 바칠 공물을 내라는 가르침이 된다. 감사의 마음을 담아서 기꺼이 나라에 바치고 조상신에게 바쳐야 한다는 가르침이니 하등 이상할 것이 없다. 앞에서도 그런 자세로 농사를 지어야 한다는 가르침이 있었다. 그러나 이 구절을 단지 그렇게만 해석하면, 세리들을 왜 권면하고, 상주고, 내쫓고, 승진시키기도 하라는 것인지, 뒷부분의 가르침이 바탕을 잃게 된다. 익지도 않은 곡식을 세금으로 바치는 자, 햇곡식이 아니라 묵은 곡식을 제사에 내놓는 자를 잘 찾아내는 관리는 상을 주고, 이것도 구별하지 못하는 어리석은 세리들은 내치라는 말일까? 다른 구절의 가르침들로 미루어 짐작건대, 천자문의 저자가 그렇게 단순 과격한 가르침을 펴고 있다고는 믿어지지 않는다.

孟軻敦素 史魚秉直
맹 가 돈 소 사 어 병 직

맹가孟軻는 소素를 돈敦하고, 사어史魚는 직直을 병秉하였다.

孟맏맹 軻수레가 敦도타울돈 素바탕소,흴소
史역사사 魚고기어 秉잡을병 直곧을직

직역 맹자孟子는 깨끗한 본성을 도탑게 하였고, 사어는 강직剛直함을 붙잡
았다.

의역 맹자가 깨끗한 본성을 도탑게 하였다 함은 그가 성선설性善說로 사람
본성本性의 깨끗함을 밝혀 도탑게 하였음을 말하며, 사어가 강직함을
붙잡았다 함은 그가 죽을 때까지 강직함을 버리지 않아 시체로도 왕에
게 간언하였음을 말한다.

자구 풀이

맹가孟軻와 사어史魚는 모두 사람의 이름이다. 맹가孟軻는 맹자孟子이
니, 가軻가 그의 본래 이름이다. 사어史魚는 춘추시대 위魏나라의 관리로,
본래 이름은 추鰌이고 자字는 자어子魚였다. 그를 사어史魚라고 부르는 것
은 그가 역사歷史와 관련된 일을 맡아보던 관리였기 때문이다. 말하자면
'사관史官 자어子魚'를 줄여 부르는 말이 사어史魚로, 『논어』 등에 그렇게
실려 있으므로 모두 사어史魚로 칭하게 되었다.

돈소敦素에서 돈敦은 돈독敦篤하다, 돈독하게 하다의 뜻이며, 소素는 색깔을 말할 때는 흰색에 해당하고 형이상적 의미로는 바탕, 본질, 소박함, 깨끗함을 의미한다. 우리는 앞에서 맹자가 성선설性善說을 확립했다는 사실을 살펴본 바 있다. 이 설에 따르면 인간의 본성은 지극히 선한 것이다. 우물가로 기어가는 아기를 보면 누구나 측은하게 생각하여 달려가 구하게 되는데, 이것이 인간의 본성이라는 것이다. 무엇을 바라서 그러는 것이 아니므로 이런 인간의 본성은 선할 것일 뿐만 아니라 때 묻지 않아 깨끗하고 고결한 것이기도 하다. 이 깨끗하고 하얗고 소박한 인간의 본성을 밝혀낸 사람이 맹자라는 말이 곧 맹가돈소孟軻敦素다.

병직秉直에서 병秉은 붙잡다의 뜻이고, 직直은 바르고 곧음이다. 선비들이 좋아하는 대나무처럼 굽지 않고 똑바른 것이 직直이며, 사람의 성품을 말할 때는 강직剛直함을 뜻한다. 사어란 사람은 죽어서도 그 뜻을 굽히지 않고 자신의 시체屍體로 임금에게 간언諫言을 했다고 해서 유명해진 사람이다. 자신의 시신으로까지 간언을 했으므로 사람들은 이를 시간屍諫이라고 칭했다. 사어는 그만큼 강직하고 곧은 인물의 표상이었다. 사어병직史魚秉直은 단순히 해석하면 사어는 곧음을 잡았다는 말이고, 좀 더 강조해서 옮기면 사어는 죽어서도 강직함을 잃지 않았다는 말이다.

해설

지금 천자문의 저자는 관리官吏에게 필요한 철학과 자세가 무엇인가의 문제를 논하고 있는 중이다. 그런데 갑자기 희다는 뜻의 소素를 들어 보이며 맹자를 말한 이유는 무엇일까? 바로 앞에서 세금 문제가 치국의 최대 난제라는 점을 말한 것으로 보아 소박한 자세, 사심 없는 자세를 강조한 것으로 일차 이해할 수 있다. 나아가 때 묻지 않은 인간의 본성에 기대어 깨끗하고 밝게 정사를 처리하라는 가르침으로도 읽을 수 있다. 자기의 선한 본성을 깨달아서 공명심이나 사욕으로 이를 더럽히지 말라는 경계이자, 백성들의 선한 본성을 믿어서 형벌에 의존하지 말고 공맹의 가르침을 전파하라는 가르침인 셈이다.

이어서 저자는 직直에 대해 말하고 있다. 인의예지仁義禮智를 따로 말하지 않은 것은 바로 앞에서 이미 맹자의 '바탕 이론' 곧 성선설을 설명했기 때문일 것이다. 이 사단四端 이외에 관리 될 자가 갖추어야 할 또 다른 덕목이 바로 이 직直이라고 천자문의 저자는 말하고 있는 것이다. 직直은 죽은 후에라도 버려서는 안 되는 것이니, 사어史魚가 그랬던 것처럼 놓치지 말고 꽉 붙잡으라는 말이 사어병직史魚秉直이다.

사어史魚란 사람은 춘추시대 위魏나라의 충직忠直한 신하로 널리 알려진 인물이다. 이 사람을 강직한 신하의 대명사로 만든 사람은 바로 공자인데, 『논어』에서 공자는 그를 두고 이렇게 평가했다.

> 곧구나, 사어여! 나라에 도道가 있어도 화살 같고, 나라에 도가 없어도 화살 같았네.

사어는 위魏나라의 대부로 제후 영공靈公을 모시고 있었는데, 당시 위나라에는 거백옥蘧伯玉이라는 이름의 뛰어난 현자가 있었다고 한다. 사어는 당연히 임금에게 그를 천거했으나 받아들여지지 않았다. 임금은 대신 미자하彌子瑕라는 무도한 자만을 총애하였다. 거백옥은 이처럼 무도한 자가 판을 치는 나라의 조정에는 출사할 뜻이 없다며 사어에게 이렇게 말한다.

"나는 나라에 원칙이 존중되면 모습을 드러내되, 원칙이 존중되지 않으면 모습을 숨기는 것이 마땅하다고 보네."

그러자 사어는 이렇게 응수했다.

"나라면 나라에 원칙이 존중되더라도 화살처럼 곧고, 나라에 원칙이 존중되지 않더라도 화살처럼 곧게 살겠네."

이렇게 서로 생각이 같지 않아서 거백옥은 은거하고 사어는 여전히 조정에 남아 열심히 임금을 섬겼다. 그러나 미자하의 무도함은 줄어들지 않았고, 임금도 여전히 나아지지 않았다. 사어는 마침내 늙고 병들어 죽게 되었다. 이에 아들을 불러놓고 유언했다.

"내 살아서 임금을 바로잡지 못했으니 올바른 예법으로 장사를 지내는 것은 부당하다. 나는 미자하의 악행을 눈감아준 셈이었고, 현인 거백옥을 등용시키지도 못했으니 이는 나의 과오다. 내 시신은 아랫것들 거처하는 별채의 한 귀퉁이에 방치해도 족하겠구나."

아들은 아버지의 유언대로 시신을 거적에 말아 본가가 아닌 별채에서 장사를 치렀다. 임금이 사신을 보내어 조문했는데, 사신이 돌아와 임금에게 이런 이상한 장례 의식과 그 연유를 고했다. 그제야 임금은 자신의 어리석음과 잘못을 뉘우치고 크게 반성했다고 한다. 이것이 시체屍體로 간諫했다는 시간屍諫의 고사다.

본성을 도탑게 하여 깨끗하고 강직한 관리가 되라는 것이 이 구절의 기본 가르침이다.

庶幾中庸 勞謙謹勅
서 기 중 용 노 겸 근 칙

중용中庸에 기幾하기를 서庶한다면, 노勞하고 겸謙하고 근謹하고 칙勅하라.

庶 바랄 서, 여러 서　幾 가까울 기, 몇 기　中 가운데 중　庸 떳떳할 용
勞 일할 로(노)　謙 겸손할 겸　謹 삼갈 근　勅 경계할 칙

직역 중용에 가깝기를 바란다면, 부지런하고 겸손하고 삼가고 경계하라.

의역 중용은 얻기 어려운 도이니, 부지런하고 겸손하고 삼가고 경계하지 않
으면 가까이 가기 어려움을 말한 것이다.

자구 풀이

여기 나오는 글자들은 일상에서도 흔히 사용되는 글자들인데, 사실 그
의미가 여러 가지여서 해석은 다소 복잡할 수 있다. 구절의 전체적인 의미
보다 먼저 각 글자의 쓰임새에 치중하여 설명해보기로 한다.

서庶는 보통 '여럿, 무리'의 의미로 많이 쓰인다. 서민庶民은 백성의 무
리이며 여러 백성이다. 또 서출庶出의 의미도 있고, '바라다, 바라건대'로
풀이되기도 한다. 뒤에 나오는 기幾와 마찬가지로 '거의'의 의미도 갖고
있다.

기幾는 흔히 '몇 기'로 읽으며, '(수량 따위가) 얼마나 되는지'를 묻는 말
에 활용된다. 기인幾人은 '몇 사람'의 뜻이다. 부사로 쓰이면 '거의'의 뜻이

고, 술어로 쓰이면 '가깝다'의 뜻이다. 서기庶幾는 한 단어로 사전에도 등
재되어 있는데, '거의'의 뜻이다. 천자문의 이 구절도 이런 뜻으로 해석할
수 있다.

중中은 '가운데'를 말한다. 용庸은 '떳떳할 용'이지만 중용中庸이라는
단어 외에는 이런 의미로 사용되는 경우가 드물다. 오히려 비상하지 못하
고 평범한 것, 못난 것을 가리키는 경우가 대부분이다. 용렬庸劣은 평범하
고 변변치 못하다는 말이고, 용유庸儒는 떳떳한 유생이 아니라 평범하고
보잘 것 없는 유생을 말한다.

노勞는 수고롭게 일하다의 의미이며, 노동勞動, 노심초사勞心焦思, 노
사勞使(노동자와 사용자) 등의 단어에 두루 보인다. 겸謙은 겸손하다는 말이
다. 겸손謙遜, 겸양謙讓, 겸허謙虛, 겸사謙辭 등의 단어에서 보인다. 근謹은
삼가다의 뜻이며, 근조謹弔는 삼가 조의를 표한다는 말이다. 이 삼가다는
의미의 근謹은 말씀 언言과 적을 근堇이 합쳐진 말로, 말을 적게 하는 것,
하고 싶은 말을 다 하지 않고 참는 것이 곧 삼가는 것임을 나타낸다. 칙勅
은 경계警戒한다는 말이니, 잘 타일러서 바른 길로 가도록 인도하는 것이
경계다. 그러자면 꾸짖을 수밖에 없으니 칙勅이나 경계警戒는 꾸짖다와
가까운 말이다. 칙령勅令 등의 단어에서 보인다.

해설

서기중용庶幾中庸에서 서기庶幾는 크게 두 가지 방식으로 풀 수 있다.
하나는 서기庶幾를 모두 '거의'의 뜻을 지닌 부사로 보는 것이다. 이런 방
식으로 이 구절을 풀어서 시의 형식으로 옮겨보면 대략 다음과 같이 된다.

거의 거의 중용·中庸이로다
부지런하고 겸손하고 삼가고 경계하세

또 다른 방식은 서기庶幾를 '기幾를 서庶하다', 곧 '술어＋목적어'의 구조로 이해하는 것이다. 이렇게 이해하면 서기庶幾는 가깝기를 바란다는 말이고, 서기중용庶幾中庸은 중용에 가깝기를 바란다는 의미이며, 뒤의 구절과 연결 지을 경우 '중용에 가까우려면, 중용에 가깝기를 바란다면'으로 해석해야 자연스럽다.

중용이 무엇인가의 문제는 매우 방대한 논의를 필요로 하는 주제다. 여기서는 사전의 풀이 수준에만 의존하기로 한다. 사전에는 중용中庸이 '지나치거나 모자라지 아니하고 한쪽으로 치우치지도 아니한, 떳떳하며 변함이 없는 상태나 정도'라고 풀이되어 있다. 여기서 '지나치거나 모자라지 아니하고 한쪽으로 치우치지 아니함'에 해당하는 글자가 중中이다. '떳떳하며 변함이 없는 것'은 용庸에 해당하며, 이 둘을 함께 아우른 말이 중용中庸이다. 중용의 개념을 이렇게 정립한 사람은 송宋나라의 정자程子였다. 중용은 관리들에게 없어서는 안 될 기초 덕목이다.

천자문의 저자는 앞에서 인간의 깨끗하고 흰 본바탕 문제를 말한 다음, 강직剛直을 또 하나의 덕목으로 꼽았다. 그리고 이 구절에서는 중용을 말하고 있는 것이다. 강직하되 중용을 지켜야 한다는 의미로 읽어도 좋겠다.

그러나 중용은 사전의 단순한 풀이에도 불구하고 실제 생활에서 이를 지키기란 매우 어려운 일이다. 게다가 강직하면서도 중용을 지키기란 더더욱 어렵다. 그래서 저자도 '거의 거의'라는 말로 중용에 대한 뜻이 있어도 쉽게 다가갈 수 없는 상황을 표현한 것으로 짐작된다.

세상에는 소위 양비론兩非論이란 것이 있다. 좌左도 그르고 우右도 엉터리라며 양쪽 모두를 싸잡아 비난하는 태도다. 당연히 그럴 수 있지만 단순한 양비론이 아니라 진정한 중용의 입장에 서려면 제3의 대안이 있어야 한다. 대안도 없이 좌우를 무작정 모두 비난하는 것은 중용과는 거리가 멀 뿐만 아니라 무책임한 태도다. 정치인들이 뒤로 나쁜 짓을 많이 하고 국민들을 생각하는 마음이 적다고 해서 여야를 싸잡아 무조건 똑같은 놈들이라고 욕을 하기는 쉽다. 하지만 제3의 대안을 내놓을 수 없다면 차라리 어느 한쪽으로 기울어지는 편이 낫다. 그러나 기울어지는 순간 중용에서는 또 그만큼 멀어지는 것이고, 그래서 중용을 지키기란 여간 어려운 일이 아니다. 공자도 중용을 설명하면서 이렇게 말하고 있다.

중용, 참으로 지극하도다. 백성으로 이를 능히 오래할 자가 드물구나.

그렇다면 어떻게 중용을 지킬 것인가? 천자문의 저자는 네 가지를 말하고 있다. 노겸근칙勞謙謹勅이 그것이다. 부지런히 애를 써야 하고, 겸손해야 하고, 삼가야 하고, 스스로 끝없이 경계해야 한다는 것이다. 그만큼 부단한 노력을 기울여야 한다는 말이다.

중용을 말하면서 직접적인 실천이나 행行을 말하지 않고 서기庶幾(거의 거의, 혹은 가까워지고자 함)라고 다소 소극적으로 표현한 것은 그만큼 중용이 실천하기 어려운 덕성이기 때문이다.

이 구절에 앞서 나온 맹자나 사어의 고사를 부연하여 해설하는 말로 이해하는 경우도 있다. 이 두 사람이(혹은 사어가) 중용을 가까이 하여 노겸근칙勞謙謹勅을 실천했다는 말로 보는 것이다. 하지만 이 구절은 이들 두 사람에만 한정되는 이야기가 아니라 일종의 보편적 명제라고 이해하는 편이 더 타당해 보인다.

聆音察理 鑑貌辨色
영 음 찰 리 감 모 변 색

음音을 영聆하여 이理를 찰察하고, 모貌를 감鑑하여 색色을 변辨한다.

聆 들을 령(영)   音 소리 음   察 살필 찰   理 이치 리(이)
鑑 거울 감   貌 모양 모   辨 분별할 변   色 빛 색

직역 소리를 들어 이치理致를 살피고, 용모容貌를 살펴 기색氣色을 분별한다.

의역 소리를 들어 이치를 살핀다 함은 사소한 소리를 듣고도 본질을 알아냄을 말하고, 용모를 살펴 기색을 분별한다 함은 이미 드러난 모양을 보고 장차 일어날 일을 분별함을 말한다. 훌륭한 관리가 되기 위한 중요한 자질이다.

자구 풀이

영음찰리聆音察理에서 영음聆音은 문자 그대로 소리를 듣는다는 말이고, 찰리察理는 이理를 살핀다는 말이다. 이理는 '이치 리'이므로 찰리察理는 또 이치를 살핀다는 말이다. 이렇게 보면 영음찰리聆音察理는 소리를 들어 그 이치를 살핀다는 뜻이 된다. 이때의 이치란 당연히 사물과 사태의 심연에 내재된 본질이니, 찰리察理는 본질과 저의底意를 깊이 살핀다는 말이다.

감모변색鑑貌辨色에서 감鑑은 거울이요 거울로 삼는다는 말이다. 모貌는 용모容貌이며 겉모습이다. 그러므로 감모鑑貌는 겉모습을 거울 들여다보듯 자세히 살핀다는 뜻으로 읽을 수 있다. 변색辨色의 변辨은 분별分別한다는 말이니, 나누어 가려서 그 실체를 파악하는 것이다. 색色은 대개 얼굴색을 말하거나 빛깔을 의미하는데, 여기서는 기색氣色의 뜻이다. 기색이란 장차 어떤 일이 일어날 것인지를 암시하는 눈치나 낌새를 말한다. 남들보다 멀리, 그리고 깊이 볼 줄 알아야 한다는 가르침이다.

해설

역사적으로 어떤 소리만 듣고도 사태의 본질을 정확히 파악한 사람들의 예는 허다하다. '지음知音'의 고사가 대표적이다. 종자기鍾子期라는 사람은 거문고 달인인 친구 백아伯牙의 연주 소리만 듣고도 그가 무슨 생각을 하는지, 심리 상태가 어떤지를 정확히 파악할 수 있었다고 한다. 공자도 그의 제자 자로子路가 거문고 연주하는 소리를 듣고 그의 본성까지 파악했다고 하며, 맹인盲人이었던 왕생王生이라는 사람은 자기 집 앞으로 말을 타고 지나가는 관리의 말발굽 소리만 듣고도 그가 얼마나 더 시간이 지나야 승진할지를 알았다고 한다. 이처럼 군자와 현명한 관리는 귀가 남달라 단순한 소리만 듣고도 본질을 꿰뚫을 수 있어야 한다는 가르침이 곧 영음찰리聆音察理다.

그렇다면 관리가 특히나 유의해서 들어야 할 소리는 어떤 것일까? 작게는 임금이나 상사의 명령이요, 크게는 백성의 소리일 것이다. 이를 잘 들으면 충신이 되고, 잘못 들으면 역적이 된다.

상대의 얼굴만 보고도 그 심리 상태를 잘 알아서 대처한 현명한 사람들의 이야기 역시 역사에 허다하게 등장한다. 제齊나라 환공을 모시고 있던 위魏나라 출신 비妃와 신하 관중管仲이 대표적이다. 춘추시대의 패자가 된 환공은 어느 날 모든 제후들을 불러 회의를 열었는데 오직 위魏나라의 제후만이 참석하지 않았다. 괘씸하게 여긴 환공은 관중만을 조용히 불러 다음 날 위나라를 정벌할 계획이라고 넌지시 일렀다. 그날 일을 마치고 침전寢殿에 돌아가니 비(위나라 출신 여인)가 엎드려 빌며 사정했다. 제발 위나라 제후를 용서해 달라는 것이었다. 이에 환공이 놀라서 비에게 물었다.

"나는 위를 치겠다고 말하지 않았는데, 당신은 내 생각을 어찌 알았소?"

비가 대답했다.

"저는 당신에게 세 가지 표정이 있다는 것을 알고 있습니다. 기쁘고 즐거울 때의 표정이 하나요, 느긋하고 편안할 때의 표정이 둘이며, 전쟁을 앞두었을 때의 비장한 표정이 셋입니다. 오늘 위나라 제후가 회의에 참석하지 않았고, 당신의 표정이 비장하니 내일 위나라를 칠 마음임을 알게 된 것입니다."

비의 말을 들은 환공은 마음을 누그러뜨리고 위나라를 용서하기로 생각을 바꾸었다. 다음 날 아침 조정에서 다시 관중과 만나 인사를 나누었다. 인사 끝에 관중이 말했다.

"위를 용서하기로 하신 것은 참으로 관대하신 처사입니다."

이에 환공이 물었다.

"나는 위를 용서한다고 말하지 않았는데 경은 어찌 아는가?"

이에 관중이 대답했다.

"전하의 음색이 낮고, 어쩐지 멋쩍어하시는 태도를 보고 알았습니다."

이는 신하의 뛰어난 감모변색鑑貌辨色 능력을 설명하는 대표적인 사례라고 하겠다.

이상이 이 구절에 대한 전통적이고 기본적인 설명의 핵심이다. 필자 역시 이런 해석에 동의한다. 그러나 이 구절을 관리의 행동 규범이 아니라, 모든 사람들을 대상으로 하는 보편적 가르침이라고 전제하면 전혀 다른 방식의 해석도 가능해진다.

우선 위와 같은 전통적 해석 방식은 그 내용이 너무나 직설적이고 실용적이어서, 과연 천자문이라는 만고불변의 진리를 담은 형이상적 철학서의 내용으로 합당한가의 문제가 있다. 백성들의 작은 소리에도 귀를 기울이고, 주변의 사소한 변화에도 민감하게 대처해야 한다는 가르침은 그것 자체로 의미가 없는 것은 아니다. 하지만 단 천 개의 글자로 '천지가 현황하고 우주가 홍황한 이치'를 밝혀보고자 하는 거창한 목표를 세운 천자문에서, 과연 관리들을 위한 이런 실용적 처세술까지 말할 여유가 있었을지 의심이 들기도 하는 것이다.

게다가 위와 같은 해석은 이理와 색色의 내용적 대비가 두드러지지 않는다는 단점이 있다. 이 장을 시작한 이후 저자는 지금까지 농農, 세稅, 소素(본성), 직直(강직함), 중용中庸 등 내내 무거운 주제들을 다루어왔다. 관리들의 처세술이 아니라, 국가의 근본과 가장 큰 난제, 그리고 벼슬아치의 마음 자세와 그 근본 덕목에 대해 서술해온 것이다. 그리고 이 구절에 이르러서 이理와 색色을 말하고 있는 것이다. 물론 색色은 이理의 보조수단일 뿐이라고 일축할 수도 있다. 본질인 이理를 강조하기 위하여, 그 이理를 드러내는 낌새인 기색氣色에도 주의를 기울여야 한다는 가르침으로 이해할 수 있는 것이다.

그러나 이理와 색色은 그 의미상 완전히 반대쪽을 가리키는 것으로 이해하는 방식도 얼마든지 가능하다. 다시 말해 색色을 이理와 대비되는 기氣로 볼 수도 있다는 말이다. 그러면 이 구절은 이理와 기氣의 문제, 조선조 내내 철학적 논쟁의 주제가 되었던 바로 그 문제와 연결된 구절임을 알 수 있다.

유교에서 말하는 이기理氣는 불교의 공색空色과 그 개념이 매우 유사하다. 물론 전혀 다른 종교적 바탕에서 비롯된 것이고, 그 내용이나 이념 또한 같은 것으로 묶기는 어렵다. 그러나 상호 통하는 점이 있다는 점만은 분명하다. 참고로 천자문의 저자가 불교적 세계관에 무지하지 않았다는 사실은 사대오상四大五常의 구절에서 이미 말한 바 있다.

다소 범박하게 정리해보면, 유학의 이理는 본질이요 본체이며 영원히 변치 않는 것이다. 사람의 본성 또한 이 이理에 해당한다. 반면에 기氣는 형상이요 외형이며 바뀌는 것이니, 시시각각 변하는 인간의 감정도 이 기氣에 해당한다. 이런 개념을 불교식으로 설명하는 용어가 공空과 색色이다. 공空은 본체요 변치 않는 것이며 눈에 보이지 않는 것이다. 반면에 색色은 드러나는 것이요 변하는 것이며 보이는 것이고 그래서 무상한 것이다.

이러한 유교와 불교의 입장을 동시에 수용하여 그 본체를 바로 깨우치고, 그 기와 색에 휘둘리지 말라는 가르침이 곧 '영음찰리聆音察理 감모변색鑑貌辨色'이라고 이해할 수도 있는 것이다.

이理에 찰察을 쓴 것은 이理가 '살피고' 붙잡아야 할 올바른 가치이기 때문이다. 반면 색色에 변辨을 쓴 것은 색色이 붙들어야 할 것이 아니라 살피고 '분별해서' 내버려야 할 것이기 때문이다. 골라내야 한다는 것이다. 그러므로 '영음찰리聆音察理 감모변색鑑貌辨色'은 일상의 사소한 행위인 보고 듣는 것마다, 자세히 보고 들어서 무엇이 본질이고 무엇이 현상인지를 밝히고 깨달으라는 가르침을 담은 말로 이해될 수도 있는 것이다.

088 아이디어를 실천하라

貽厥嘉猷 勉其祗植
이 궐 가 유 면 기 지 식

궐厥 가유嘉猷를 이貽하고, 기其 지식祗植을 면勉하라.

貽줄 이   厥그 궐   嘉아름다울 가   猷꾀 유
勉힘쓸 면   其그 기   祗다만 지   植심을 식

직역 아름다운 계책을 내놓고, 다만 뿌리내리기를 힘쓰라.

의역 아름다운 계책을 내놓음은 다스리는 자의 당연한 책무요, 다만 뿌리내리기를 힘쓰라 함은 자신이 내놓은 도리에 맞고 실용적인 계책이 실현될 수 있도록 최선을 다해 힘을 기울이라는 말이다.

자구 풀이

이궐가유貽厥嘉猷에서 이貽는 주다의 뜻이다. 준다는 것은 내 것을 남에게 넘기는 것이니 이는 내어놓는 것이기도 하다. 궐厥과 다음 구절의 기其는 모두 어조사로 '그'의 뜻인데, 이 구절에서는 우리말로 옮기지 않는 편이 자연스럽다. 굳이 '그'를 넣어서 옮기면 '그 아름다운 계책을 내놓고, 다만 그 뿌리내리기를 힘쓴다'가 된다. 가嘉는 아름답다는 뜻이다. 유猷는 꾀의 뜻이며, 도리道理를 의미하기도 하고 계책計策(idea)을 나타내기도 한다. 여기서는 마지막 뜻을 취했다. 이궐가유貽厥嘉猷는 그러므로 아름다운 계책을 내놓다의 뜻이다. 경우에 따라 궐厥을 '그'로 옮기고, 이때의

'그'란 임금을 뜻한다고 보기도 한다. '그분(임금)에게 아름다운 계책을 드리는 것'이 이궐가유貽厥嘉獻라는 것이다.

면기지식勉其祇植에서 면勉은 힘쓰다의 뜻이다. 근면勤勉은 부지런히 힘을 쓴다는 말이다. 지祇는 '다만, 오로지'라는 말이다. 식植은 나무 따위를 심다의 뜻이다. 심는다는 것은 심어 가꾸고 뿌리를 내리게 하는 일련의 과정이며, 또 반듯이 세우는 일이기도 하므로 이런 여러 의미들을 두루 나타내게 되었다. 여기서는 앞의 구절에서 나온 '아름다운 계책'이 실행되어 그 뿌리를 내리는 것이라는 의미로 해석했다.

해설

'이궐가유貽厥嘉獻 면기지식勉其祇植'의 구절은 요즘 말로 하면 '좋은(good) 아이디어(idea)를 내고, 실행에 전념하라'는 말이다. 이처럼 관리의 할 일이란 사실 두 가지로 요약된다.

첫째는 가유嘉獻 곧 아름다운 계책을 내는 것이다. 아름답다는 것은 도리에 맞아야 하고 백성들에게 혜택이 돌아가며 실행 가능한 것이어야 한다. 자기 자신이나 자기 파벌에만 이익이 되는 계책은 아름다운 계책이 아니다. 백성들에게 아무런 이득도 되지 않거나, 심지어 해가 되는 계책 또한 아름다운 계책이 아니다. 나아가 실행이 불가능한 탁상공론은 더더욱 아름다운 계책이 아니다.

그러나 아름다운 계책이 반드시 모두 실현되는 것은 아니다. 임금이 어리석어서, 백성들이 무지해서, 그리고 실질적으로는 반대파의 극성스런 반대 때문에 아무리 아름다운 계책이라도 실현되지 못하는 경우가 비일비재하다.

이처럼 아무리 아름다운 계책이라도 실현되지 못하면 공염불일 따름이니, 천자문의 저자가 힘주어 말하는 것도 바로 이 실행의 문제다. 면기지식勉其祗植은 자기가 낸 아름다운 계책을 심어 가꾸는 데 열과 성을 다하라는 말이다. 실행에 전념하라는 것이다.

그러나 오늘날의 정치판에서는 실행력이 문제가 아니라 그 계책이 아름답지 못해서 더 큰 문제다. 손에 쥔 권력은 조자룡 헌 칼 쓰듯 잘만 휘두르는데, 자기가 무엇을 위해 누구에게 그 칼을 휘두르는지는 생각하지 않는다. 소素와 직直과 중용中庸과 노겸근칙勞謙謹勅에 대한 자기반성이 모자라기 때문이다.

省躬譏誡 寵增抗極
성 궁 기 계 총 증 항 극

궁躬과 기譏와 계誡를 성省한다. 총寵이 증增하면 항抗도 극極하니,

省살필 성 躬몸 궁 譏나무랄 기 誡경계할 계
寵고일 총 增더할 증 抗겨룰 항 極다할 극

직역 몸과 나무람과 경계함을 살핀다. 사랑이 늘면 저항도 극에 달하니,

의역 몸과 나무람과 경계함을 살핀다 함은 아름다운 계책을 실행하되 자기 자신을 살피고, 남들이 나무라고 경계하지 않는지 살펴야 한다는 말이다. 사랑이 늘면 저항도 극에 달한다 함은 임금의 총애寵愛가 커지면 반대파의 저항도 극에 달함이니, 조심하고 경계할 때가 이르렀음을 말한다.

자구 풀이

성궁기계省躬譏誡는 '성＋궁기계'로 나누어서 해석한다. 성省은 살핀다는 말이며, 뒤에 오는 세 글자를 모두 목적어로 취한다. 궁躬은 몸이니 자기 자신을 말한다. 몸을 살핀다는 것은 기본적으로 건강과 나이가 아름다운 계책을 실행하기 알맞은 상태이고 때인지 스스로 살피는 것이다. 기譏는 나무라다, 비웃다, 싫어하다의 뜻이다. 대체로 언짢게 생각하여 미워하는 것이다. 계誡는 경계警戒하다의 뜻이다. 잘못된 길로 가지 않도록 꾸짖

는 것도 경계警戒고, 조심하여 단속하는 것도 경계警戒다. 위와 같이 읽으면 성궁기계省躬譏誡는 자기 자신과, 남들의 나무람이나 비웃음, 타인의 경계심을 살핀다는 뜻이다. 높은 자리에서 잘나갈 때 조심하라는 말이다.

기계譏誡는 또 자기 스스로 자신에게 던지는 꾸지람과 경계로도 읽을 수 있다. 그러면 성궁기계省躬譏誡는 '성궁省躬하여 기계譏誡하라'로 풀이되고, 이는 스스로를 돌아보아서 스스로 나무라고 경계하라는 의미가 된다. 기계譏誡가 타인들의 비웃음과 경계인지, 아니면 스스로의 나무람과 경계인지는 이어지는 구절의 항抗이라는 글자를 어떻게 볼 것인가의 문제와 관련이 있다.

총증항극寵增抗極에서 총寵은 '고일 총' 혹은 '괼 총'이라고 읽는데, '고이다'는 '사랑하다'와 같은 말이다. 총애寵愛는 남달리 귀여워하고 사랑하는 것이다. 증增은 무언가가 불어나고 늘어난다는 말이니, 총증寵增은 사랑함이 증가한다는 말이다. 사랑의 주체는 임금이나 윗사람을 말한다.

항극抗極은 글자 그대로만 직역하면 '항抗이 극極하다'가 된다. '극極하다'라는 말은 궁극窮極으로 간다, 마지막 끝까지 치닫는다는 말이다. 더 이상 돌아나올 수 없는 지점이 극極이다. 그렇다면 항抗이란 무엇일까? 항抗은 우선 높다의 뜻이 있다. 여기서 높아지다의 의미를 얻을 수 있고, 지위가 높아져 콧대도 높아진 상황, 즉 기고만장한 태도의 의미가 추출될 수 있다. 그래서 많은 천자문 해설자들이 항극抗極을 오만이 극에 달한다는 의미로 해석한다. 임금의 사랑이 너무 많아지면 오만방자해진다는 말이 총증항극寵增抗極이라는 것이다. 항抗을 이렇게 보면 앞의 구절에 나오는 기계譏誡는 자기 자신에 대한 나무람과 경계의 의미로 읽게 된다.

항抗은 또 막다, 저지하다의 뜻도 있다. 나의 아름다운 계획을 반대하는 것이고, 이를 막고 저지하려는 것이다. 그러한 저항抵抗이 극極으로 치달리는 것이 항극抗極이다. '항(저항, 반대)'이 바로 앞의 '총(지지, 사랑)'과 정확한 대비를 이룬다는 점에서 이 해석이 더 타당해 보인다. 그리고 항抗을 이처럼 반대와 저항의 의미로 새기면 앞서 나왔던 기계譏誡는 대략 '남들'의 비웃음과 경계심으로 이해할 수 있다.

해설

저자는 이제까지 다스림의 기본 원칙과 관리로서 지녀야 할 마음의 자세를 설명하고, 벼슬아치의 궁극적인 목표는 아름다운 계책을 마련하여 힘써 실행하는 것이라고 말했다. 그리고 이 구절에 이르러 그 마지막 단계의 완성 직전에 생각해야 할 것 한 가지를 더 제시하고 있다. 아무리 아름다운 계책이고, 또 아무리 왕의 신임을 얻어서 실천할 수 있는 실권을 확보했다 하더라도, 여전히 문제는 남는다는 것이다. 그것은 바로 '극으로 치닫는' 누군가의 반대요 저항이며, 비웃음이고 경계심이다.

당연히 현명한 관리라면 그 전에 스스로를 돌아보고 알아서 경계해야 옳다. 그러나 천자문의 저자는 지금 그렇게 하고도 해결되지 않는 저항과 반대를 어떻게 처리할 것이냐의 문제를 제기하는 것이다. 앞에서 필자는 반대파의 저항을 전제하고 이야기를 풀어갔지만, 반대와 저항은 임금에게서 비롯될 가능성도 얼마든지 있다. 이럴 경우, 왕조시대의 관리라면 어떻게 하는 것이 가장 현명할까? 목숨을 내놓고 끝까지 가야 할까? 아니면 다수결의 원칙에 수긍하거나 왕의 지엄한 명령이니 무조건 따라야 할까? 천자문의 저자는 지금 이 골치 아픈 문제를 제기한 것이다. 이에 대한 천자문 저자의 답변은 뒤에서 이어진다.

090 벼랑 끝까지 가지 말라

殆辱近恥 林皋幸卽
태   욕   근   치   임   고   행   즉

욕辱이 태殆하고 치恥가 근近하면, 임고林皋의 행幸도 즉卽하다.

殆 가까울 태, 위태할 태   辱 욕될 욕   近 가까울 근   恥 부끄러울 치
林 수풀 림   皋 언덕 고   幸 다행 행   卽 가까울 즉, 곧 즉

직역 욕됨이 가깝고 부끄러움이 가까우면, 수풀 언덕의 행복도 가깝다.

의역 욕됨이 가깝고 부끄러움이 가깝다 함은 저항이 극에 달하여 치욕이 가까워진 상황을 말한 것이다. 수풀 언덕의 행복이 가깝다 함은 숲속에 은일隱逸하는 행복이 또한 가까이 이르렀음이니, 치욕이 가까우면 마음을 비우고 자리를 털어서 자연으로 돌아가야 행복할 수 있음을 말한 것이다.

자구 풀이

낱글자 하나하나는 일상에서 흔히 볼 수 있는 익숙한 글자들이다. 하지만 이 글자들이 결합하여 완성된 문장을 의미 있게 우리말로 옮기는 일이 생각처럼 쉽지 않은 구절이다. 실제로 천자문 해설서들마다 우리말 해석이 조금씩 다르고, 필자는 이런 일반적인 번역들과는 많이 동떨어진 방식의 해석을 채택했다. 우선 일반적인 해석에 대해 살펴보자.

태욕근치殆辱近恥에서 태殆는 일반적으로 위태롭다의 의미로 새긴다.

위태롭다는 것은 어떤 형세가 마음을 놓을 수 없을 만큼 위험하다는 말이다. 노자老子의 말에 '그칠 줄 알면 위태롭지 않다知止不殆'고 하였으니, 그칠 줄 몰라서 생기는 위험이 태殆다. 욕辱은 문자 그대로 욕되다는 말이다. 치욕恥辱 등에 사용되는 글자인데, 여기서의 욕辱을 치욕恥辱으로 풀면 뒤이어 나오는 치恥(부끄러움)와 겹치게 되므로 대개는 그냥 '욕됨'이라고 푼다. 역시 노자의 말에 '족함을 알면 욕되지 않다知足不辱'고 하였으니, 만족할 줄 몰라서 언어먹게 되는 것이 욕辱이다. 근近은 가깝다는 말이고, 치恥는 부끄럽다는 뜻이다. 그러므로 태욕근치殆辱近恥는 대략 '위태로움과 욕됨이 부끄러움에 가깝다'로 옮겨진다. 경우에 따라서는 세 번째 글자인 근近을 서술어로 보고, 나머지 세 글자를 주어로 새겨서 '위태로움, 욕됨, 부끄러움이 가깝다'로 해석하기도 하는데, 이는 '주어+주어+서술어+주어'로 문장을 분석하는 것이어서 지나치게 자의적이다. 비록 우리말 해석은 그럴 듯하지만 원문과는 상당히 동떨어진 의미가 된다.

임고행즉林皐幸卽에서 임고林皐는 글자 그대로 풀면 '숲과 언덕'이다. 대부분 '수풀 우거진 언덕'으로 푼다. 그런데 고皐는 언덕이 아니라 수변水邊을 뜻하기도 하므로 혹자는 임고林皐를 '수풀과 물가'의 의미로 해석하기도 한다. 대동소이한 해석이며, 어떻게 풀든 여기서의 임고는 숨어사는 선비들의 은신처, 곧 산림山林과 같은 말이다.

행幸에는 크게 두 가지 뜻이 있다. 다행多幸의 뜻과 가다行의 뜻이 그것이다. 그런데 즉卽에도 크게 두 가지 뜻이 있으니 '가다'의 뜻과 '즉시'의 뜻이 그것이다. 이렇게 두 글자에 각각 두 가지 큰 뜻들이 겹쳐 있으므로 그 해석은 퍽이나 복잡해지게 된다. 두 글자 모두에서 '가다'의 뜻을 취하여 그냥 '나아간다'로만 해석하는 경우도 있고, '즉시 간다'거나 '다행히 간다'로 풀기도 한다. '나아감이 다행이다'로 풀기도 하는데 이는 지나치게 어법과 멀어진 해석이다. 이런 다양한 해석 가운데 가장 일반적인 것은 그냥 '간다'로만 해석하는 방식이다.

이런 입장에서 이 구절 전체를 해석하면 '위태로움과 욕됨이 부끄러움에 가까우니, 수풀 언덕으로 나아간다', 혹은 '위태로움과 욕됨이 부끄러움에 가까우니, 즉시 수풀 언덕으로 간다' 정도가 된다.

해설

위와 같은 기존의 해석 방식은 비록 그 문장이 그럴듯하긴 하지만 어딘가 어색함을 지우기 어렵다. '위태로움과 욕됨이 부끄러움에 가깝다'는 말이 과연 구체적으로 어떤 상황을 말하는 것인지 불분명하기 때문이다. 천자문의 저자는 바로 앞의 구절에서 '(임금의) 애정이 늘어 (정적들의) 저항도 극에 달한 상황'을 전제했다. 그렇다면 그 뒤에 이어질 상황은 어떤 것일까? 바로 위태롭거나 욕된 상황이다. 그리하여 부끄러운 꼴을 당하게 되는 상황이다. 이를 막기 위한 방책은? 바로 임고행즉林皐幸卽, 다시 말해 벼슬을 내려놓고 산림에 은거하는 것이다. 문제는 그 타이밍이 언제인가 하는 것인데, 위에서의 해석처럼 '위태로움과 욕됨이 부끄러움에 가까워진 상황'이라면 이는 이미 너무 늦은 것이 아닐까? 위태로움과 욕됨이 닥치기 전, 위태로움과 욕됨 자체가 나타나기 전에 벼슬을 내려놓고 낙향해야 편안하고 즐거운 퇴임 후를 기약할 수 있는 것이 아닐까? 그렇다면 '위태로움과 욕됨이 미쳐서 이미 부끄러움에 가까워진' 뒤에 임고林皐로 떠난다는 위의 해석은 어딘지 어색하다고 하지 않을 수 없다. 실제로 이 구절 뒤부터는 임고林皐로 떠난 은자의 행복한 말년에 대해 길게 서술하고 있는데, 이를 '위태로움과 욕됨이 부끄러움에 가까워진 상황'에서 마지못해 떠난 은자가 누릴 수 있는 행복이라고 생각하기는 쉽지 않다.

그렇다면 태욕근치殆辱近恥는 어떻게 달리 해석할 수 있을까? 여기서의 태殆를 '가깝다' 혹은 '가까이 하다'로 해석하는 방식이 있다. 이렇게 보면 태욕근치殆辱近恥는 '욕됨에 가깝고 부끄러움에 가까운 상황'을 나타내는 말이 된다. 아직 욕되거나 부끄러운 상황은 아니고, 그런 상황에 가까이 다다른 상황이다. 욕됨과 부끄러움이 닥치기 직전이고, 즉시 떠나야 할 타이밍인 것이다. '위태로움과 욕됨이 (이미 이르러서) 부끄러움이 가까운 상황'과는 흡사해 보이지만 전혀 다른 상황이기도 하다.

임고행즉林皐幸卽 역시 일반적인 해석과는 다른 방식을 취해야 앞문장이나 뒷문장과 이 구절이 자연스럽게 연결될 수 있다. 어떻게 해석할 수 있을까? 행즉幸卽에서 행幸은 '가다'의 뜻보다는 '행복幸福'의 뜻으로 흔히 쓰이는 글자다. 이 일반적인 의미를 취하는 것이 이 구절에도 더 잘 맞는다. 그렇다면 즉卽은 어떻게 옮길까? 당연히 서술어가 될 수밖에 없다. 서술어로서의 즉卽에는 앞에서 소개한 것처럼 '가다'의 뜻도 있지만 '가깝다'의 뜻도 있다. 그러므로 행즉幸卽은 '행복이 가깝다'로 풀이할 수 있고, 임고행즉林皐幸卽 전체는 '수풀 언덕의 행복이 가깝다'로 옮길 수 있다.

'태욕근치殆辱近恥 임고행즉林皐幸卽' 전체를 이런 입장에서 풀이하면 '욕됨이 가깝고 부끄러움이 가까우면, 수풀 언덕의 행복도 가깝다'가 된다. 욕되고 부끄러운 상황이 가까이 이르렀다는 것은, 은일의 행복을 찾아 떠날 타이밍도 가까운 징조라는 얘기다. 그러니 미련을 갖지 말라는 것이고, 새로운 행복을 찾아 과감히 수풀 언덕으로 떠나라는 것이다. 그래야 치욕을 겪지 않는다는 것이고, 그래야 행복한 말년을 누릴 수 있다는 가르침이다. 이제 실제로 그렇게 한 사람의 사례와, 산속에서의 즐거움이 어떤 것인지에 대한 설명이 이어질 차례다.

兩疏見機 解組誰逼
양 소 견 기 해 조 수 핍

양兩 소疏는 기機를 견見하여 조組를 해解하니, 수誰가 핍逼하랴?

兩 두 양(량) 疏 성글 소 見 볼 견 機 때 기, 틀 기
解 풀 해 組 끈 조, 짤 조 誰 누구 수 逼 핍박할 핍

직역 두 소疏씨는 때를 보아 끈을 풀었으니, 누가 핍박하랴?
의역 두 소씨란 소광疏廣과 소수疏受를 말함이며, 때를 보아 끈을 풀었다
함은 벼슬에서 물러날 때를 미리 알아서 도장의 끈을 풀고 자진 사퇴
했음을 말함이다. 그러므로 아무도 핍박할 사람이 없었다.

자구 풀이

양소兩疏란 두 사람의 소疏라는 말이니, 한漢나라의 대부였던 소광疏廣
과 그의 조카인 소수疏受를 말한다. 두 사람은 나란히 벼슬길에 나아갔다
가 나란히 은퇴하여 편안한 여생을 보냈는데, 그 은퇴를 때에 맞추어 알맞
게 하여 세상의 칭송을 들었다고 전한다.

견기見機에서 견見은 본다는 말이다. 기機는 본래 '틀'을 나타내는데, 베
틀 등에서 보이는 그 틀이다. 요즘 용어로는 기계機械에 가깝다. 기機는 또
기미機微의 뜻이다. 기미란 어떤 일이 일어날 낌새에 해당하고 '기미幾微'
로 적기도 한다. 이런 낌새의 의미를 취하여 많은 해설자들이 견기見機를

'낌새를 알아차려서'라고 풀기도 한다. 두 소씨가 자신들에게 화가 닥칠 낌새를 미리 알아차려서 은퇴를 결정하고 물러났다는 것인데, 『한서』 등에 실린 관련 고사를 보건대 두 사람이 특별한 상황, 곧 부끄러움이 가까이 이른 상황에서 부득이 은퇴를 결정했다는 단서는 보이지 않는다. 따라서 필자는 기미나 낌새 대신 타이밍을 잘 맞추었다는 의미의 '때를 보아서'로 풀었다. 때를 보아 은퇴한다고 할 때의 '때'란 이 앞 구절의 설명에 의하면 자기의 몸이 맡겨진 업무를 감당하기 어려울 때, 다른 사람들의 비웃음이나 경계심이 발동할 때 등이다. 성궁기계省躬譏誡가 그런 말이었다. 두 소씨는 실제로 물러날 때 자신들의 몸을 핑계로 삼았다.

해조수핍解組誰逼에서 해解는 풀다의 뜻이다. 묶인 것을 풀거나 문제를 푸는 것이 모두 해解이다. 조組는 끈이라는 말이자 베 따위를 '짜다'의 뜻이다. '조직組織'은 한마디로 베 짜기인데, 베를 짜듯이 낱낱의 것들을 날줄과 씨줄로 엮어서 흩어지지 않게 엮는 것이다. 그룹(group)을 짓는다는 말에 가장 가깝다. 여기서의 조組는 '끈'의 뜻이고, 두 소씨의 고사와 관련 짓는다면 결재 서류용 도장주머니에 달린 끈을 의미한다. 쉽게 말해 이 끈으로 도장주머니를 허리띠에 묶고 다니다가 필요할 때 꺼내서 날인을 하는 것이다. 해조解組는 이 도장 끈을 풀었다는 말이고, 이는 곧 결재 권한을 내려놓았다는 말이며, 공직에서 은퇴했다는 말이다. 오늘날 '옷을 벗는다'는 말을 이처럼 옛사람들은 '도장 끈을 풀었다'로 표현한 것이다.

수핍誰逼에서 수誰는 '누가 ~하겠는가?'의 의미다. 핍逼은 본래 몰아붙이다의 뜻이다. 목동들이 양이나 소떼를 우리 안으로 마구 몰아넣는 것이 핍逼이다. 오늘날에는 핍박逼迫하다의 뜻으로 많이 쓴다. 그러므로 수핍誰逼은 '누가 핍박하겠는가?'라는 말이고, 이는 곧 아무도 핍박할 사람이 없다는 뜻이다.

해설

한나라 때 사람인 소광은 벼슬에 나아가 태자태부太子太傅, 곧 황태자를 가르치는 최고 스승의 자리에까지 올랐던 인물이다. 그의 조카인 소수 역시 벼슬에 나아가 승승장구했는데, 숙부인 소광을 보좌하는 직책인 소부小傅가 되었다. 두 사람은 열심히 태자를 가르쳤다. 그러다가 태자의 등극이 가까울 무렵이 되자 두 사람이 마주 앉아 의논을 나누었다. 숙부인 소광이 먼저 말했다.

"만족할 줄 알아야 위태롭지 않게 된다고 한다. 너의 뜻은 어떠하냐?"

조카 소수가 대답했다.

"저 또한 벼슬 맡기를 어렵게 여기고 물러나기를 쉽게 생각해야 한다고 들었습니다."

두 사람은 이렇게 의견을 나눈 후 곧장 신병身病을 핑계로 사직서를 냈다. 그러고는 도장 끈을 풀어 왕에게 반납하고 관冠을 벗어 도성 문 위에 걸어둔 채 낙향했다. 태자와 임금은 두 사람의 은혜와 공을 잊지 않고 많은 상금을 내렸다. 그러나 고향에 돌아온 두 사람은 그 돈을 모두 일가붙이와 이웃에게 나눠주고 조용히 여생을 마쳤다고 한다.

이러한 두 소씨의 고사를 인용하여 천자문의 저자는 지금 '때를 잘 보아서' 물러날 때는 과감하게 물러나라고 경계하고 있는 것이다. 그러지 않으면 항抗(저항)이 극極에 달하고 치恥(부끄러움)가 가깝다는 것이다. 임고林皐의 행복幸福이 가까이서 기다리고 있으니 걱정하지 말라는 것이고, 그래야 도道를 온전히 보전할 수 있다는 가르침이다.

그렇다면 물러난 뒤에 기다린다는 '임고林皐의 행幸'은 과연 어떤 것일까? 다음 구절에서 이에 대한 설명이 이어진다.

索居閑處 沈黙寂寥
색 거 한 처 침 묵 적 요

한처閑處에 거居를 색索하고, 적요寂寥에 묵黙을 침沈한다.

索 찾을 색, 동아줄 삭   居 살 거   閑 한가할 한   處 곳 처
沈 잠길 침, 성씨 심   黙 잠잠할 묵   寂 고요할 적   寥 쓸쓸할 요

직역 한가로운 곳에 거처居處를 찾고, 적요 속에 침묵한다.

의역 한가로운 곳에 거처를 찾는다 함은 벼슬에서 물러나면 우선 한가로운 곳에 거처를 찾아 정하라는 말이다. 적요 속에 침묵한다 함은 사방이 적요한 것을 본받아서 침묵을 지킨다는 말이니, 이는 은퇴한 관리의 가장 중요한 처세 원칙이다.

자구 풀이

색거한처素居閑處에서 색素은 찾는다는 말이다. 탐색探索, 수색搜索, 색출索出 등의 단어에서 보인다. '삭'으로도 읽는데, 이때는 동아줄, 새끼줄 등 줄을 말한다. 거居는 살다 혹은 거처居處의 의미다. 색거素居는 거할 곳을 찾는다는 말이니, 거처를 마련함이요 거주지를 찾는 것이다.

한閑은 한가하다는 뜻이다. 처處는 '곳'이라는 뜻이며 역시 거처居處의 의미다. 거居와 처處는 모두 자리를 차지하다의 의미에서 유사한 뜻들이 파생되었고, 처處에는 특히 벼슬을 하지 않고 초야草野에 묻힌다는 의미

가 있다. 그래서 처사處士 등의 단어는 현재 관직에 있는 사람에게는 사용하지 않는 말이다. 색거한처索居閑處는 한처에 거소를 찾는다는 말이니, 한가로운 곳에 거처를 찾아 정한다는 뜻이다.

침묵적요沈黙寂寥는 침묵과 적요라는, 오늘날에도 익숙한 단어들로 구성되어 있다. 낱글자로 풀면 '적과 요 속에 묵을 침한다'가 되는데, 이렇게 풀면 오히려 더 어려워 보이고, '적요 속에 침묵한다'고 풀면 쉽게 이해가 간다. 적요寂寥에서 적寂은 고요하다의 뜻이고, 소리가 없는 것을 말한다. 요寥는 쓸쓸하다의 뜻이고, 주변에 귀찮은 존재도 없고 즐겁게 해줄 존재도 없어 텅 빈 상황을 말한다. 적寂이 청각과 관련된 고요라면, 요寥는 시각과 관련된 쓸쓸함이다. 이처럼 텅 비고 아무 소리도 없는 상황이 한 마디로 적요다. 사람이 자발적으로 행하는 행위가 아니라 한적한 곳에 처하였으므로 그 주변의 환경이 이렇다는 것이다. 요寥는 본래 음이 '료'인데, 적요寂寥라는 단어를 '적료'로 읽지 않는 것처럼 요즘에는 모두 '요'로만 발음한다.

침묵沈黙에서 침沈은 가라앉다의 뜻이다. 또 성씨姓氏를 나타내기도 하는데, 이 경우에는 '심'으로 읽는다. 묵黙은 잠잠하다의 뜻인데, 본래 개가 짖지 않는 것을 나타내며, 이에서 입을 다물다는 의미를 갖게 되었다. 침묵沈黙은 글자 그대로 하면 잠잠함을 가라앉히는 것이니, 입을 다물고 물속처럼 고요해지는 것이다. 적요가 주변 상황을 말하는 것이라면 침묵은 행위자의 자발적인 행동에 해당한다.

해설

높은 지위를 누리다가 명예와 권력과 돈을 모두 뜬구름처럼 하찮게 여기고 초야에 묻히는 것은 남들 보기에 아름다운 일일지 몰라도 당사자에게는 결코 쉬운 일은 아니다. 이는 비단 오늘날의 천박한 정치인들만 그런 것이 아니고, 예전에도 이미 쥐었던 명예와 권력을 손에서 놓는 일은 결코 쉬운 일이 아니어서 말썽이 적지 않았다. 천자문의 저자도 이런 사정을 잘 알고 있었으므로 이 구절과 이어지는 구절들을 통해 초야에 묻혀 사는 삶이 얼마나 아름답고 행복한 것인가를 구구하게 설명하고, 또 어떻게 살아야 초야의 삶이 행복해지는지를 자세히 풀이하고 있다. 다른 주제들에 비해 그 분량이 다소 많다고 느껴질 정도로 설명이 길고 세세하다. 이는 그만큼 초야에 은거하는 일이 결코 쉬운 일이 아니기 때문이니, 천자문의 저자는 초야에 묻힌 은퇴 관리의 삶을 순서에 따라 하나하나 적시하고 있다. 오늘날의 공직자며 관리들도 새겨들어야 할 조언들이라고 생각된다. 무작정 한가하게 놀고먹으며 여생을 즐기라는 얘기가 아니고, 은퇴 후에 어떤 삶을 꾸려가야 참다운 유종의 미를 거둘 수 있는지를 조목조목 설명하고 있다. 점점 수명이 길어지고 따라서 누구든 노인으로 지내야 하는 기간이 길어진 우리 시대에 꼭 필요한 교훈이다. 은퇴 뒤 찾아오는 허탈과 절망으로 삶의 의욕이 떨어지는 사람들에게는 더더욱 도움이 될 만한 구절들이다. 말하자면 천자문식 '은퇴 가이드'라고나 할까?

우선 맨 처음 할 일은 도성을 떠나 살 곳을 찾는 것이다. 거처를 마련해야 하는데, 천자문의 저자는 한 마디로 '한가로운 곳'에 정하란다. 그동안 정사며 업무에 시달리고 부대낀 상황이니 어쩌면 당연한 충고일지도 모른다. 고향이든 아니든 한가로운 곳, 곧 기존의 자리며 일과 연결될 일이 적은 곳으로 가라는 말이다. 우리나라 대통령들이 아무도 고향이나 시골로 돌아가지 않는 것은 퍽 이상한 일이다. 한가로운 곳을 찾아 낙향하지 않는다는 것은 여전히 서울에 볼일이 남아 있다는 것인데, 천자문의 저자에 따르면 이는 은퇴의 시작부터 잘못된 것이라 하지 않을 수 없다.

은퇴 후의 거처를 마련했다면 '적요' 속에 '침묵'하라고 한다. 말하자면 은퇴 후 생활 전략 2단계다. 소란스런 생활에서 벗어났으니 침묵과 벗하여 내면의 소리에 귀를 기울이라는 것일까? 아마도 그럴 수 있다. 하지만 은퇴한 고위 관리라면 누구나 은퇴 후에도 할 말이 남아 있게 마련이다. 게다가 스스로의 의지만으로 물러난 것이 아니라면 할 말은 더욱 많아진다. 그러나 말하지 말라는 것이다. 한가로운 곳의 적요함을 본받아서, 더 깊이 침묵하라는 것이다. 세상은 한없이 적요하지만 자랄 것은 자라고 죽을 것은 죽는다. 그러니 사람도 침묵해야 한다. 실질적으로 할 수 있는 일이 없고, 해야 할 일도 없다는 자신의 처지를 받아들여 침묵을 배워야 한다. 그렇게 하지 못하는 사람은 스스로 병에 걸리게 된다. 은퇴 후 우울증을 앓는 사람들이 한둘이 아니다. 이를 예방하기 위해 오늘날의 정신과 의사들은 은퇴 후에도 할 일을 준비하라고 조언한다. 은퇴 후의 생애가 기니, 돈이 되는 일이면 더욱 좋다고 한다. 그러나 천자문의 저자는 침묵을 먼저 배우란다. 일을 만들 것이 아니라 한가로운 곳에 가서 적요 속에 침묵하란다. 말하자면 이것이 천자문의 저자가 말하는 은퇴 후 2단계 생활 전략이다. 1단계는 물론 한적한 곳에 거처를 정하는 것이었다.

적요 속에 침묵하는 삶과, 은퇴 후에도 일을 하는 삶 가운데 어느 것이 더 행복한가의 문제는 일도양단一刀兩斷하기 어렵다. 저마다 생각이 다를 수 있을 텐데, 설령 한가한 곳에서 적요를 본받아 침묵을 지키고자 한다고 하더라도 그게 잘 허락되지 않는 것이 오늘의 우리 현실이긴 하다. 고향으로 돌아갔던 유일한 전임 대통령은 그나마 고향에서도 편안하지 못했으니 참으로 안타까운 일이다.

求古尋論 散慮逍遙
구 고 심 론 산 려 소 요

고고古古를 구求하고 논론論論을 심尋하며, 여려慮慮를 산散하고 소요逍遙한다.

求구할 구 古 옛 고 尋 찾을 심 論 의논할 론(논)
散 흩을 산 慮 생각 려(여) 逍 노닐 소 遙 멀 요

직역 옛것을 구하고 고담준론高談峻論을 탐구하며, 생각을 흩어버리고 소
요逍遙한다.

의역 옛것을 구하고 고담준론을 탐구한다 함은 옛 성현들의 지혜와 말씀을
고구考究함이다. 생각을 흩어버리고 소요한다 함은 번다한 생각을 버
리고 신선처럼 거닐며 노니는 것이니, 은퇴한 자의 즐거운 일이다.

자구 풀이

말은 어렵지 않으나 깊은 속뜻을 알아듣기에는 매우 심오한 내용의 구
절이다. 유교儒教에서 도교道教로 넘어가는 다리와 같은 내용이고, 세속의
참여적 지식인이 탈속의 도인으로 넘어가는 경계에 대한 묘사이기도 하
다. 여기서는 우선 글자들과 문장의 직접적인 의미만 정리해보기로 한다.

구고심론求古尋論에서 구求는 구하다, 찾다의 의미다. 없는 것, 가지고
있지 않은 것을 내 것으로 만들기 위해 찾는 것이다. 이 글자와 자주 혼동
되는 글자에 '건질 구救'가 있다. 이 글자는 위기 상황에서 건져내고 살려

준다는 의미다. 구인求人은 부족한 인력을 찾는 것이고, 구인救人은 남을 돕는다는 말이다. 고古는 옛날이며 옛것이다. 긍정적인 것이든 부정적인 것이든 상관없다. 그러나 여기서는 당연히 옛것 가운데 구해 얻을 만한 것을 말하고, 한마디로 오래된 지혜라고 볼 수 있다. 이 천자문과 같은 고전古典(옛 전적)을 구해서 열심히 읽는 것이 대표적인 '구고求古'다.

심尋은 찾다 또는 생각하다의 뜻이다. 여기서의 심尋은 두 가지 의미를 모두 포괄하되 생각하다의 의미에 더 가깝다. 논論은 말씀을 뜻하기도 하고 의론議論을 뜻하기도 하며 논설論說을 말하기도 한다. 말로 된 가르침이나 토론의 내용은 모두 해당된다. 옛 성현들의 말씀과 이론을 의미하며, 이런 여러 의미를 두루 담기 위하여 고담준론高談峻論이라는 다소 어려운 번역어를 썼다. 이렇게 보면 구고심론求古尋論은 옛사람들의 지혜와 말씀을 찾아서 깊이 생각한다는 말이고, 여기에는 독서와 사색, 토론과 후학 지도의 일체 과정이 포괄된다고 보아야 할 것이다.

산려소요散慮逍遙에서 산散은 흩어지게 한다는 말이고, 흩어지면 없어지므로 없애다의 의미가 파생되었다. 여慮는 생각이라는 뜻이다. 여기서는 흩어 없어지게 만들어야 할 생각이므로 대체로 부정적인 생각을 말한다. 버리고 떠나온 속세의 명예와 권세에 대한 생각 등이다. 이런 근심스런 생각들을 모두 흩어버리라는 말이 산려散慮다.

소요逍遙에서 소逍는 거닐다, 노닐다의 뜻이다. 편안하고 한가롭게 거닐고 노니는 것을 나타내는 글자다. 학생들의 견문見聞을 넓히기 위해 단체로 가는 피크닉(picnic)을 흔히 소풍逍風이라고 하는데 여기서 이 글자를 볼 수 있다. 소풍 가듯이 가벼운 마음으로 거닐고 노니는 것이 소逍다. 요遙는 멀다는 말이다. 멀고 아득한 것을 말할 때 요요遙遙하다고 한다. 요遙에는 또 소逍와 마찬가지로 거닐다의 뜻도 있다. 소요逍遙는 거닐고 또 거니는 것이니, 일 없이 여기저기 거닐면서 한가롭게 노니는 것이다.

이 구절에서의 소요逍遙는 대체로 탈속의 경지에서 세상 잡사를 잊고 평화롭게 거닐고 노니는 것을 말하는 것으로 이해할 수 있다. 잡다한 세상사는 잊고 신선처럼 산책이나 하면서 노닐라는 말이 산려소요散慮逍遙다.

소逍나 요遙라는 글자를 일상에서 만날 일은 사실 많지 않다. 다만 도교道敎와 관련된 내용을 다룬 책들을 읽게 될 경우 반드시 만나게 되는 글자들이다. 『장자莊子』는 도가의 경전과도 같은 책인데, 그 첫 장章의 제목이 「소요유逍遙遊」다. 이때의 '소요'나 '소요유'는 모두 속세를 벗어나 구름 위의 신선처럼 거닐며 노닌다는 의미를 가진 말이다. 물론 더 심오한 철학적 의미를 내포한 말들이지만 여기서 다룰 내용은 아니다.

해설

이 구절은 은퇴 후의 3단계 및 4단계 전략을 말한 것이다. 앞의 구절에서는 한적한 곳에 거처를 정한 뒤(1단계) 침묵하라고(2단계) 했다. 적요에 익숙해지라는 말이겠다. 그렇게 마음을 가라앉힌 뒤에는 이 3단계와 4단계로 넘어간다.

3단계는 한마디로 옛 성현의 지혜와 말씀을 찾아 읽고 깊이 연구하라는 말이다. 구고심론求古尋論하라는 말은 지금까지의 실무적이고 현실적인 고민에서 벗어나 더 크고 본질적인 도道와 인생의 문제를 연구하고 고민하라는 말에 다름 아니다.

4단계는 세속의 부귀영화에 대한 집착에서 벗어나 신선의 경지를 추구하라는 말이다. 벼슬살이를 시작하기 전에는 덕을 쌓고 학문을 익히며, 벼슬살이를 하는 동안에는 치세의 원리와 방편을 찾는 일에 골몰하지 않을 수 없었다. 그러나 그것만으로는 부족하고, 이제는 인생의 또 다른 차원을 향해 과감하게 비상飛上하라는 말이다. 기존의 고민과 생각을 버리고, 신선처럼 거닐면서 더 큰 세상을 깨달아 세속이 그야말로 진토塵土로 보일 때까지 수양을 깊고도 넓게 닦아야 한다는 말이겠다. 소요는 그저 산책이나 하면서 소일消日하라는 말이 아니다. 책에서 배울 수 없는 높은 경지를 향하여 마음을 열고 더 크게 생각하라는 것이다. 이제까지 지면地面에 붙어서 세상의 소소한 일들을 자세히 살피는 비둘기의 삶을 살아왔으니, 이제부터라도 붕鵬(봉새)처럼 높고 원대한 마음을 품으라는 것이다.

한가롭고 고요하되 성현의 글과 말씀을 되새기고 정신적 초월의 경지를 개척하는 것, 그것이 천자문의 저자가 말하는 은퇴 설계의 기본 지침이자 방향이다.

欣奏累遣 感謝歡招
흔 주 누 견 척 사 환 초

흔欣이 주奏하고 누累가 견遣하며, 척慼이 사謝하고 환歡이 초招한다.

欣 기쁠 흔   奏 모일 주, 아뢸 주   累 얽매일 루(누), 여러 루(누)   遣 보낼 견
慼 근심할 척(=慽)   謝 물러날 사, 사례할 사   歡 기쁠 환   招 부를 초

직역 즐거움이 모여들고 얽매임이 떠나가며, 근심이 물러가고 기쁨이 손짓한다.

의역 즐거움이 모여들고 얽매임이 떠나감은 구고심론의 결과다. 근심이 물러가고 기쁨이 손짓함은 산려소요의 결과다.

자구 풀이

여기 여덟 글자는 두 글자씩 짝을 지어 '주어＋술어'의 구조로 읽으면 된다. 즉 'AB'의 문장 형식이 반복된 구절이며 모두 'A가 B한다'로 해석할 수 있다. 이런 구조의 문장이 모두 네 번 반복된다. 문제는 'A'에 해당하는 '흔欣, 누累, 척慼, 환歡'이 모두 인간의 감정과 관련된 글자들이어서 우리말로 옮길 때 적당한 단어를 고르기가 쉽지 않다는 점이다. 또 'B'에 해당하는 '주奏, 견遣, 사謝, 초招' 역시 그 속뜻은 쉽게 짐작이 가나 우리말로 옮기기는 쉽지 않다. 이런 이유로 크게는 같은 뜻으로 풀되 번역된 문장은 사람마다 제각기 조금씩 다른 것이 이 구절이다. 문장의 순서에 의해서가

아니라 같은 부류의 글자들끼리 모아놓고 살펴보자.

먼저 흔欣, 누累, 척慽, 환歡 가운데 흔欣과 환歡의 두 글자는 모두 기쁨과 즐거움을 뜻한다. 누累와 척慽의 두 글자 가운데 척慽은 근심하다의 뜻으로, 그 뜻이 비교적 분명하다. 척慼과 같은 글자다. 뒤의 환歡(기쁨)과 대비시키기 위해 슬픔으로 옮기기도 한다. 누累는 우선 쌓다의 뜻이다. 물건을 위로 포개어 쌓는 것이다. 계란을 위로 포개어 쌓은 것과 같이 위험천만한 상황을 누란지위累卵之危라고 한다. 포개어 쌓았으므로 여럿의 의미도 있다. 누대累代는 여러 세대라는 말이고, 누적累積은 여러 번 쌓고 또 쌓는 것이다. 또 누累의 밑부분에 붙은 '실 사糸'에서 짐작되는 것처럼 본래는 '실 뭉치를 쌓다'가 이 글자의 기본 의미이며, 여기서 실로 동여매다, 묶다의 의미가 파생되었다. 연루連累는 연결되고 묶임이다. 여기서는 이 묶다의 의미를 취하여 '얽매임'으로 풀었다. 은퇴 후에도 여전히 속세에 연루되어 얽매이고 속박되는 것을 나타낸다.

주湊, 견遣, 사謝, 초招는 모두 왕래往來와 관계된 글자들이다. 먼저 앞 구절에 나오는 주湊와 견遣의 두 글자 가운데 견遣은 떠나보내다의 뜻이다. 그러므로 누견累遣은 누累(얽매임)가 견遣하는 것이므로 '얽매임이 떠난다'고 해석할 수 있다. 주湊는 이 견遣과 대對가 되는 글자이므로 대략 오다의 의미와 상통하는데, 실제로 이 글자에는 모이다의 뜻이 있다. 그러므로 흔주欣湊는 흔欣(즐거운 마음)이 모여드는 것이며, 대략 즐거운 마음이 생긴다고 옮길 수 있다.

사謝와 초招의 두 글자 중에서도 역시 뒤의 초招는 그 의미가 상대적으로 분명한데, 이는 손짓하여 부른다는 말이다. 그러므로 환초歡招는 기쁨이 손짓하여 부른다는 말이다. 사謝는 대략 이 부르다와는 반대의 의미를 가진 것으로 짐작할 수 있는데, 이 글자에는 실제로 물러나다의 의미가 있다. 그러므로 척사慽謝는 근심이 물러간다는 뜻이다. 일상에서의 사謝는 대개 사례謝禮하다, 감사感謝하다 등의 의미로 많이 쓰이는 글자다.

해설

지금 이 구절은 관리의 은퇴 후 삶에 대해 다루고 있는 부분 가운데 하나이다. 앞의 구절에서는 '옛 성현의 지혜와 말씀을 구하라.' 하고, 또 '허다한 생각을 버려 소요逍遙하고 유유자적悠悠自適하라'고 하였다. 이 가르침에 이어 이 구절이 나오는 것이므로 당연히 앞의 구절과 연결 지어 생각할 수 있다. 그러나 반드시 그렇게 해야 하는 것은 아니어서 이 구절만 따로 읽는다고 뜻이 통하지 않는 것은 아니다. 하지만 앞의 구절과 연결시키면 의미가 더 명확해지는 장점이 있다.

흔주欣奏는 즐거운 마음이 생긴다, 즐거운 마음이 모여든다는 뜻이니, 대략 구고심론求古尋論으로 인해 생기는 마음의 즐거움을 표현한 것이다. 누견累遣은 속세와의 얽히고설킨 인연이 끊어지고 사라진다는 말이니, 대략 산려소요散慮逍遙의 결과로 이해할 수 있다.

이렇게 기쁜 마음이 생기고 속세에 대한 얽매임이 사라지면 근심걱정도 당연히 물러가고 기쁨만 찾아오게 된다는 말이 곧 척사환초慼謝歡招다.

095 봄날은 간다

渠荷的歷 園莽抽條
거 하 적 력 원 망 추 조

거渠의 하荷는 적的하고 역歷하며, 원園의 망莽은 조條를 추抽한다.

渠 도랑 거   荷 연꽃 하, 멜 하   的 고울 적, 과녁 적   歷 분명할 력(역), 지날 력(역)
園 동산 원   莽 풀 망, 우거질 망   抽 뺄 추   條 가지 조

직역 도랑의 연꽃은 곱고 선명하며, 동산의 풀은 새순을 내민다.
의역 도랑의 연꽃이 곱고 선명함은 여름의 풍경이요, 동산의 풀이 새순을
내미는 것은 봄의 풍경이니, 인생에도 이처럼 푸르고 아름다운 시절이
있었으나 지금은 지나간 일이 되었음이다.

자구 풀이

거하적력渠荷的歷에서 거渠는 도랑, 개천의 뜻이다. 하荷는 연꽃을 말한
다. 그런데 이 하荷는 '메다'의 뜻으로 더 많이 쓰인다. 적반하장賊反荷杖은
도둑이 도리어 몽둥이를 둘러멘다는 말이다. 적的은 술어로 쓰이면 곱다,
아름답다, 분명하다 등의 뜻이다. 역歷은 분명하다, 혹은 선명하다의 뜻을
가진 글자다. 역력歷歷은 모든 것이 훤히 알 수 있을 만치 분명하고 선명
하다는 말이다. 이상의 글자들이 합쳐진 거하적력渠荷的歷은 도랑의 연꽃
이 곱고 선명하다는 뜻이며, 이는 도랑에 핀 연꽃이 아름답고 화려함을 형
용한 말이다.

원망추조園莽抽條에서 원園은 동산의 뜻이다. 망莽은 풀草, 또는 수풀林의 뜻이다. 추抽의 가장 일반적인 의미는 '뽑아내다'이니, 추출抽出, 추첨抽籤 등의 단어에서 이를 볼 수 있다. 여기서는 새 이파리가 나오는 모습, 나뭇가지가 새로 빠져나오는 모습을 형용한 글자로 보았다. 조條는 나뭇가지를 말하고, 풀이라면 새잎에 해당된다. 원망추조園莽抽條는 동산의 푸나무가 새순을 돋운다는 말이다.

해설

이제까지 천자문의 저자는 은퇴 후에 어떻게 살아야 할 것인가의 문제에 대해 설명했는데, 마지막 당부는 도인道人처럼 구름 위에 노닐어서 유유자적하라는 것이었다. 말하자면 이것이 은퇴한 군자의 최종 목표가 되는 것이다. 그런데 그런 원대하고 형이상적인 목표를 제시한 뒤에 갑자기 동산의 풀이며 도랑의 연꽃이 등장하는 이유는 무엇일까?

연꽃은 여름을, 동산의 풀은 봄을 상징하는 것으로, 이러한 계절의 변화에 인생의 진리가 숨겨져 있음을 거듭 말하기 위함이다. 서울의 번잡스런 생활에서는 이런 사계절의 변화를 제대로 감상하고 그 의미를 음미하기가 어렵다. 그러나 이제 은퇴하여 산림에 처하게 되었으니 다시 한 번 자연의 변화에서 인생의 참모습을 찾아보라는 것이다.

아름답게 피고 지는 꽃과 나무를 보면서 인생의 의미를 찾아보고, 여생을 어떻게 마무리할 것인지 거듭 정리해보라는 제안이다. 참고로 이 구절과 다음 구절은 구체적인 자연의 변화 양상을 설명하고 있는데, 이는 단순한 자연 풍경에 대한 묘사가 아니라 인생의 굽이와 마디를 설명하기 위한 일종의 비유다. 대강의 구조를 미리 파악해두기 위하여 이 구절과 다음 구절에 등장하는 소재 및 해당 계절을 요약하면 다음과 같다.

도랑의 연꽃渠荷的歷 - 여름
동산의 새순園莽抽條 - 봄
늦게까지 푸른 비파枇杷晚翠 - 겨울
일찍 지는 오동梧桐早凋 - 가을

비록 사계절의 변화 순서와 설명의 순서가 정확히 일치하는 것은 아니지만 분명한 대응관계를 확인할 수 있다. 이러한 사계절에 따른 식물계의 변화와 마찬가지로 인생에도 사계절이 있다는 것이 이 구절과 다음 구절의 속뜻이다.

그러므로 사계절에 맞추어 변화하는 자연, 특히 식물계를 보면서 어떤 인생을 살아야 하고, 어떻게 인생을 마쳐야 할지 생각하라는 것이다. 동산의 새순 같던 봄과 개천의 곱고 선명한 연꽃 같던 여름은 이미 지나가버린 상황이다. 이제 인생의 가을, 혹은 겨울이 찾아온 것이다. 그러므로 이제 은퇴한 선비가 어느 식물을 보면서 어떤 생각을 가져야 할 것인지가 다음 구절의 주제가 된다.

枇杷晚翠 梧桐早凋

비 파 만 취 오 동 조 조

비파枇杷는 만晚에도 취翠하고, 오동梧桐은 조무에도 조凋한다.

枇 비파나무 비   杷 비파나무 파   晚 늦을 만   翠 푸를 취
梧 오동나무 오   桐 오동나무 동   早 일찍 조   凋 시들 조

직역 비파나무는 늦게까지 푸르고, 오동나무는 일찍 시든다.
의역 비파나무가 늦게까지 푸르다 함은 겨울의 풍경이요, 오동나무가 일찍
시든다 함은 가을의 풍경이니, 군자라면 비파나무를 본받아야 함을 말
한 것이다.

자구 풀이

비파枇杷와 오동梧桐은 나무의 이름이다. 비파나무는 겨울에도 잎이 푸
른 상록수常綠樹고, 오동은 가을이면 가장 먼저 이파리가 떨어지는 나무
다. 만취晚翠의 만晚과 조조早凋의 조무는 각각 '늦게'와 '일찍'을 뜻한다.
취翠는 푸르다의 뜻이고, 조凋는 시들다의 뜻이다.

비파만취枇杷晚翠는 비파는 늦게까지 푸르다는 말이니, 비파나무의 이
파리는 겨울에도 시들지 않는다는 것이다. 오동조조梧桐早凋는 오동은 일
찍 시든다는 말이니, 오동나무의 이파리는 가을이 채 오기도 전에 일찌감
치 시든다는 뜻이다.

해설

가을 오동을 말한 것은 속세에서도 일찍 쇠락하고 일찍 죽어가는 인생이 있다는 의미다. 반면에 겨울 비파나무 같은 인생도 있다. 추위에도 푸른빛을 잃지 않는 강직하고 올곧은 선비의 삶이요 말년까지 아름답고 영화로운 삶이다. 그러나 이것도 부질없는 인생이긴 마찬가지다. 비파만취枇杷晚翠의 구절을 들어 선비의 변치 않는 절개를 말하기도 하고, 이를 대기만성大器晩成과 같은 뜻으로 풀어 인생의 교훈으로 삼기도 하지만, 이 다음 구절을 읽어보면 천자문의 저자가 정말로 전하고자 하는 교훈은 이와는 다소 거리가 있는 것으로 여겨진다.

陳根委翳 落葉飄颻
진 근 위 예 낙 엽 표 요

진근陳根은 위예委翳하고, 낙엽落葉은 표요飄颻한다.

陳 묵을 진   根 뿌리 근   委 시들 위   翳 말라죽을 예
落 떨어질 락(낙)   葉 잎 엽   飄 나부낄 표   颻 나부낄 요

직역 묵은 뿌리는 시들어 말라죽고, 낙엽은 바람에 날려간다.
의역 묵은 뿌리가 시들어 말라죽고 낙엽이 바람에 날림은 비파나무와 오동
이 다르지 않음이니, 인생 또한 이와 같이 허무하여 언젠가는 모두가
죽어 흩어지게 됨을 말한 것이다.

자구 풀이

진근위예陳根委翳에서 진陳은 오래 묵다의 뜻이다. 근根은 뿌리를 말하
니, 진근陳根은 오래 묵은 뿌리다. 위委는 여기서 시들다의 뜻으로 쓰였다.
예翳는 말라죽다의 뜻이니, 위예委翳는 시들어 말라죽는다는 말이다. 합하
여 진근위예陳根委翳는 묵은 뿌리는 시들어 말라 죽는다는 말이다.

낙엽표요落葉飄颻에서 낙엽落葉은 문자 그대로 떨어진 나뭇잎이다. 표
요飄颻는 모두 바람과 관계된 글자로 표飄는 회오리바람, 또는 바람에 나
부끼는 모양을 형용하는 글자고, 요颻 또한 위로 불어가는 바람, 또는 바
람에 나부끼는 모양을 형용하는 글자다. 낙엽표요落葉飄颻는 낙엽은 바람

에 이리저지 흩날린다는 말이며, 흩날리면 어딘가로 날려가 사라지게 된다는 의미다. 인생도 그러하다.

해설

앞의 구절에서는 사계절의 변화에 따라 변화하는 나무나 풀의 모습을 표현했다. 사람의 일생도 이와 다르지 않다. 봄에 돋아나고 여름에 꽃이 피며 가을에 잎을 떨구는 나무처럼 사람도 나고 자라고 영화를 누리다가 결국에는 죽는다. 그러나 군자요 선비라면 겨울에도 잎이 지지 않는 비파나무를 닮아야 한다고 했다. 그 변치 않고 푸른 절개節槪를 죽을 때까지 지켜야 한다. 하지만 그것만으로는 부족할 수 있다. 훌륭한 인생이요 본받을 만한 삶이지만 그것만으로 성인聖人이나 도인道人의 반열에 들 수는 없다. 속세를 초월하지 못했기 때문이다. 하늘의 도와 땅의 도를 본받아 인도를 실천했다고 하지만 이를 넘어서지는 못한 것이다.

천자문의 저자는 이 구절에서 아무리 이파리가 푸른 비파나무라도 언젠가는 뿌리가 시들어 말라 죽게 마련이라고 한다. 세상에 영원한 것은 없다는 것이다. 실제로 제아무리 오래된 나무라고 하더라도 지금 살아 있는 나무의 수령은 5천년 미만이라고 한다. 이처럼 사람의 일생에 비해 무한히 길 것 같은 나무라 할지라도 언젠가는 뿌리가 시들어 말라죽게 마련이니, 그보다 짧은 삶을 사는 인생이란 도대체 무엇이겠는가? 봄의 정원에 돋아나는 풀, 한철 피는 연꽃, 가을의 오동잎과 무엇이 다르겠는가? 겨울에 푸르른 비파나무마저도 크게 다를 것은 없다. 그래서 삶에 대한 회의와 비관에 빠지라는 말은 아니다. 풀이나 꽃이나 나무처럼 계절에 따라 변하고 게다가 유한한 삶에 집착하지 말고, 보다 근원적이고 위대하며 초월적인 존재를 지향하라는 말이다. 천자문의 저자는 이를 '곤鯤'에 빗대어 설명하는데, 이는 장자莊子가 말한 우화에 바탕을 둔 것이다. 다음 구절에 이 이야기가 나온다.

遊鯤獨運 凌摩絳霄
유 곤 독 운 능 마 강 소

유遊하는 곤鯤은 독獨으로 운運하여, 강絳한 소霄를 능凌하고 마摩한다.

遊놀 유　鯤곤어 곤(=鯤)　獨홀로 독　運움직일 운
凌능가할 릉(능), 업신여길 릉(능)　摩만질 마　絳붉을 강　霄하늘 소

직역 노니는 곤은 홀로 움직여서, 붉은 하늘을 어루만지며 날아 넘는다.

의역 노니는 곤이 홀로 움직인다 함은 창해에서 노닐던 곤이라는 대어가 저 홀로 물고기에서 새로 변신함이니, 군자 또한 한적한 곳에 처하여 노닐다가 이와 같이 문득 비상하여야 함을 말한 것이다. 붉은 하늘을 어루만지며 날아 넘는다 함은 곤어 대붕大鵬이 되어 승천할 때는 붉은 하늘을 어루만지듯 하며 이를 넘어서 높고 멀리 날아감이니, 군자의 죽음 또한 이와 같아야 함을 말한 것이다.

자구 풀이

유곤독운遊鯤獨運에서 유遊는 놀다의 뜻이다. 여기서의 유遊는 앞서 나온 산려소요散慮逍遙의 소逍나 요遙와 같은 말이다. 모두 유유자적 천천히 거닐며 노닐다의 의미다. 세 글자에 공통으로 들어가는 '착辶'은 '쉬엄쉬엄 갈 착'으로, 이 변邊 자체가 천천히 움직이다의 의미를 갖는다. 그리고 이 세 글자를 합친 '소요유逍遙遊'가 앞에서 소개한 것처럼 『장자』의 첫머

리를 이루는 장章의 제목이다. 또 그 첫 장의 우화에 등장하는 물고기 이름이 바로 여기 나오는 곤鯤이다. 『장자』에는 '곤어 곤鯤'으로 되어 있는데, 천자문을 비롯한 몇몇 책에는 '댓닭 곤鵾'으로 표기되어 있다. 엄밀히 따지면 다른 글자지만 혼용되고 있는 것이다. 홍성원은 '댓닭 곤鵾'을 쓴 것은 오기誤記라고 잘라 말한다. '곤'은 물고기의 일종이므로 '새 조鳥'가 아니라 '고기 어魚'가 붙는 것이 옳고, 이 물고기를 소개한 『장자』에도 그렇게 표기되어 있으니 홍성원의 의견은 타당하다. 그러나 이 물고기는 나중에 새로 변한다. 『장자』에 따르면 이렇게 새로 변했을 때의 이름은 붕鵬이다. 물고기가 새로 변하는 것인데, 장자가 말하는 흥미로운 새 이야기는 받아들이되, 이름은 '댓닭 곤鵾' 하나로 써서 물고기와 새의 두 가지 의미를 동시에 갖도록 유학자들이 은근슬쩍 바꾼 것이 아닌가 싶다. 물고기가 새로 변하는 것은 용龍의 경우에도 마찬가지다. 용의 전신前身은 물론 뱀이지만 이 뱀은 물속에 살고, 용은 물을 상징하는 동물이면서 날아다닌다. 그런 차원에서 보자면 붕鵬은 용龍과 가까울 듯한데 유학자들이 쓴 책들은 곤鵾을 봉황鳳凰의 일종이라고 한다. 역시 장자가 소개한 우화를 비틀어서 차용한 것이라고 짐작된다. 여기 천자문에서도 곤鵾이 등장하고 장자가 말하는 소요逍遙와 유遊는 받아들이되 이를 곧이곧대로 인용하지는 않고 나름의 방식으로 약간 비틀어 활용하고 있다. 참고로 '댓닭'은 덩치가 크고 사나운 싸움닭의 일종이다.

　독獨은 홀로의 뜻이고, 운運은 돌다의 뜻이다. 천체가 운행運行한다고 할 때의 운運이 이런 기본 의미와 가장 가깝다. 운전運轉은 핸들이나 바퀴를 돌게 하는 것이다. 이처럼 돌고 도는 것이 별이고 바퀴이며 또한 인생인지라, 천체의 운행 외에 운수運數의 의미도 갖게 되었다. 행운幸運이나 불운不運이라고 할 때의 그 운運이다. 또한 돌면 움직여서 옮겨가게 되므로 옮기다의 뜻도 생겼다. 운반運搬의 운運이 그런 뜻이다. 여기 독운獨運

의 운運은 '움직이다, 옮겨가다'의 뜻이면서, 휙 돌아서 무언가로 모습이 '변하는' 것을 나타낸다. 단순한 이동이나 회전이 아니라 변전變轉에 해당하는 것이다. 그래서 물고기가 새로 변하고, 곤鯤이 붕鵬으로 변하게 된다. 유곤독운遊鯤獨運은 노닐던 곤鯤이 홀로 움직여 변한다는 말이니, 이는 곤鯤이 창해에서 유유자적 홀로 노닐다가 어느 순간 붕鵬으로 탈바꿈하는 것을 이른다.

능마강소凌摩絳霄에서 능凌은 흔히 '능가할 릉(능)'으로 풀어 읽는다. 능가한다는 것은 능력이나 수준 따위가 비교 대상을 훨씬 넘어선다는 말이다. 우리말 '넘어가다'와 흡사하다. 예를 들어 '그의 축구 실력은 호날두를 능가凌駕할 정도다'와 같이 사용한다. 능력이 출중한 것이므로 '능가能加'라고 표기하기 쉬운데 이는 잘못이다. 여기서는 넘어가다의 뜻을 취하여 넘어서 날아가다로 옮겼다. 이처럼 능력이 탁월하게 출중하면 상대를 깔보게 되므로 능凌은 또 업신여기다의 뜻으로도 쓰인다. 능멸凌蔑, 능욕凌辱 등에서 보인다. 마摩는 만지다, 문지르다의 뜻이며, 마천루摩天樓는 하늘을 만질 수 있을 만큼 높은 건물이라는 말이다. 영어의 'skyscraper(하늘을 박박 긁는 것)'와 그 의미가 완전히 상통한다. 여기서는 어루만지다의 의미로 새겼다. 붕鵬이 하늘을 어루만지듯, 혹은 할퀴어 찢어놓듯 하며 날아가는 모양을 형용한다.

강소絳霄에서 강絳은 붉은색을 말하고 소霄는 하늘을 뜻한다. 그러므로 강소絳霄는 붉은 하늘이라는 말이다. 능마강소凌摩絳霄는 붉은 하늘을 어루만지며 날아 넘어간다는 말이니, 붕鵬이 붉은 구름 낀 하늘을 어루만지듯 승천하여 그 하늘 너머로 높고 멀리 날아간다는 의미다.

해설

    글자를 풀어서 우리말로 옮기기도 어렵지만, 거기 숨겨진 속뜻을 제대로 찾아내기는 더더욱 어려운 구절이다. 『장자』에 실린 곤鯤과 붕鵬의 우화를 차용한 것이니, 이 우화를 뼈대로 속뜻을 더듬어보자.

    '북쪽의 큰 바다에는 곤鯤이라는 이름의 물고기가 사는데, 그 크기가 수천 리나 된다. 창해蒼海에서 저 홀로 노닐다가 붕鵬이라는 새로 변하는데, 또한 그 등이 몇천 리나 되어서 날개를 펼치면 하늘을 뒤덮는 구름과 같다. 바다의 기운이 움직이면 북쪽 바다에서 남쪽 바다로 날아가는데, 물결을 치는 것이 3천 리요 9만 리를 날아 오른 후 6개월을 가서야 쉰다.'

    이처럼 곤鯤이나 붕鵬은 우선 그 크기 면에서 상상을 초월할 정도로 크다. 아무리 상상 속의 바다요 물고기이며 새라고 하지만 이것은 인간의 통상적인 관념으로는 생각하기 어려운 것이다. 그런데 이처럼 큰 물고기는 저 홀로 노닐다가 새로 변하여 이 바다에서 저 바다로 건너간다고 한다. 이제까지 천자문의 저자가 말해온 내용과 연결 지어 생각하면, 곤鯤이 북쪽 바다에서 저 홀로 노니는 것은 은퇴한 군자가 적요한 가운데 침묵을 지키며 소요逍遙하는 삶과 같은 것이다. 그러나 묵은 뿌리까지 시들어 말라죽고, 모든 이파리들이 회오리바람에 실려 이리저리 날려가는 시간은 어느 인생에나 반드시 찾아오게 되어 있다. 바다의 기운이 변할 때 붕鵬이 북쪽 바다를 떠나 남쪽 바다로 가듯이, 인간도 이 세상을 떠나 저 세상으로 건너가야 하는 것이다. 이렇게 건너가야 하는 것이 천지 기운의 변화에 따른 자연스런 것이라면, 군자도 붕처럼 세속에 집착하지 말고 힘껏 크게 날아야 한다. 어쩔 수 없이 죽음을 받아들이는 것이 아니라, 붕새가 이 바다에서 저 바다로 상상을 초월하여 날아가듯이 그렇게 크게 날아야 하는 것이다. 그러자면 이제까지 자신을 가둬두던 온갖 틀을 깨야 하고, 신념과 가치관과 이데올로기를 버려야 한다. 그렇게 상식을 버리고 집착을 버리라는 뜻으로 장자는 상상하기 어려운 동물을 끌어들여 비유로 말하고 있는 것이다. 천자문의 저자가 보기에 이런 붕鵬의 도약과 비상은, 죽음을 예비해야 하는 군자가 반드시 새겨들어야 할 교훈이었던 것이고, 이 구절에서 지금 그 붕의 도약과 비상을 자신의 마지막 삶으로 끌어들이라고 주문하고 있는 것이다.

유곤독운遊鯤獨運은 창해에서 홀로 노닐다가 붕鵬으로 변하는 곤鯤의 이야기이자, 은퇴하여 산림에 거하며 말년을 대비하는 유유자적한 군자가 꿈꾸어야 할 마지막 삶의 모습이기도 하다. 능마강소凌摩絳霄는 붉은 하늘을 9만 리 높이로 날아서 건너가는 붕鵬의 이야기이자, 군자도 이처럼 호탕하고 흔쾌하게 죽음을 일종의 이주移住로 생각해야 한다는 것이다. 아직 다 이해하지 못하고 알 수 없는 것이 있다 하더라도, 이는 매미가 붕을 이해하기 어려운 것과 마찬가지이니, 붕을 생각하며 인간의 이해 너머에 있는 자연의 거대한 흐름을 받아들이라는 것이다. 새처럼 9만 리 창천을 훨훨 날아서, 궁극의 하늘에 있는 도의 세계로 건너가라는 것이다.

제8장

행복한 가정의 조건

이 장부터는 다시 운韻이 바뀐다. 앞에서 은퇴 후의 삶과 죽음의 문제까지를
모두 말했으니 내용 역시 바뀌는 것이 자연스럽다.

여기 제8장에서는 행복한 가정의 특징과 이를 이루기 위한 조건들에 대해 주
로 설명하고 있다. 기본적인 부부 관계나 형제의 문제, 자식의 교육 문제 등에
대해서는 앞에서 이미 다루었으므로 다시 반복하지 않고, 가족의 구성원들이
나 이웃, 친척들과의 관계를 어떻게 이끌어갈 것인지가 주요 소재가 된다. 부
유하고 행복한 가정의 모습이 길게 소개되는데, 이는 이런 복된 삶을 누리고
자 한다면 이제까지 제시한 가르침들을 잘 따라야 한다는 의도겠다.

耽讀翫市 寓目囊箱
탐 독 완 시 우 목 낭 상

독讀을 탐耽하여 시市를 완翫하니, '목目을 우寓함이 낭囊이요 상箱'이라 하더라.

耽 즐길 탐 讀 읽을 독 翫 욕심낼 완, 희롱할 완(=玩) 市 저자 시
寓 붙일 우 目 눈 목 囊 주머니 낭 箱 상자 상

직역 독서를 즐겨서 저잣거리를 욕심내니, '눈만 붙이면 주머니나 상자에 갈무리 하듯 익히는 사람'이라 하더라.

의역 독서를 즐겨서 저잣거리를 욕심낸다 함은, 왕충王充이라는 가난한 선 비가 독서를 즐겨서 저자의 책방을 자주 욕심내어 찾았던 고사를 말하 는 것이다. '눈만 붙이면 주머니나 상자에 갈무리하듯 익히는 사람'이 라 함은, 주변의 사람들이 왕충을 일러 그렇게 평했다는 말이니, 이는 가난해도 독서를 즐김이 집안을 세우는 첫 번째 조건이라는 말이다.

자구 풀이

탐독완시耽讀翫市에서 탐耽은 즐기다의 뜻이다. 즐겨서 몹시 빠져드는 것도 역시 탐耽이다. 독讀은 읽다의 뜻이니, 탐독耽讀은 책 읽기에 탐닉하 여 다른 일을 돌아보지 않는 것이다. 완翫은 희롱하다의 뜻인데, 오늘날의 완玩과 같은 글자다. 본래 손에 들고 놓지 않는다는 말이며, 이에서 몹시 사랑하다, 또는 욕심내다의 뜻이 파생되었다. 시市는 저자를 말하니, 완

시酖市는 저잣거리를 몹시 사랑하여 욕심내고 즐겨 찾는다는 말이다. 이
때의 저잣거리는 단순한 시장市場이 아니라 책방冊房이요 서사書肆(서점)
를 말한다. 탐독완시耽讀酖市는 독서를 즐겨 저잣거리 찾기를 욕심냈다,
혹은 독서를 즐겨 저자에서 책 읽기를 몹시 사랑했다는 말이다.

우목낭상寓目囊箱에서 우寓는 들러붙다의 뜻이다. 그러므로 우목寓目
은 눈을 바짝 붙인다는 말이며, 책을 탐독하는 모습이다. 낭囊은 주머니
의 뜻이니, 배낭背囊은 등에 지는 주머니고, 침낭寢囊은 잠자는 주머니를
말한다. 상箱은 상자箱子의 뜻이니, 책을 담아두는 상자를 서상書箱이라고
한다.

우목낭상寓目囊箱은 낱글자 풀이만으로는 문장을 만들어내기가 몹시
어렵다. 눈을 바짝 붙이고 책을 탐독한다는 말과, '주머니와 상자'라는 말을
연결하기가 쉽지 않기 때문이다. 그래서 경우에 따라 주머니와 상자에 든 책
을 몹시 욕심냈다의 뜻으로 옮기기도 하는데, 본래의 고사故事와는 너무 멀
어진 해석이다. 배경 지식을 먼저 알아야 올바로 의미를 이해할 수 있다.

해설

『몽구蒙求』라는 책에는 왕충王充이라는 사람의 고사가 적혀 있다. 그 제
목이 '왕충열시王充閱市'인데, 이를 옮기면 '왕충이 저잣거리에서 책을 열
람했다'는 말이다. 이에 따르면 왕충은 글 읽기를 몹시 좋아하였으나 책을
살 돈이 없어 낙양洛陽 저자 안에 있는 책방에 가서 진열된 책을 읽었는
데, 한 번 보면 능히 이를 외우고 기억하였다고 한다. 마침내 여러 갈래인
백가百家의 말에 통달하였고 군郡의 공조功曹가 되어 벼슬살이를 하기도
하였다고 한다.

벼슬을 그만둔 뒤에는 『논형論衡』이라는 책을 썼으며, 이 책은 지금도 전해지고 있다. 천자문의 지금 이 구절은 바로 이 왕충이라는 선비의 고사를 말하고 있는 것이다. 그러므로 탐독완시耽讀翫市를 풀어서 해석하면 왕충은 독서를 즐겼으나 가난하였으므로 저잣거리 책방에 자주 가서 글 읽기를 욕심냈다는 말이다.

하지만 위의 고사만으로 뒤의 구절인 우목낭상寓目囊箱이 매끄럽게 해석될 기미는 보이지 않는다. 대신 홍성원이 답을 제시한다.

> 사람들은 왕충을 '우목낭상'이라 칭했다. 한 번 들여다보면 늘 잊지 않아서, 마치 책을 주머니나 상자 속에 저장하여 둠과 같았기 때문이다.

이에 따르면 왕충의 별명이 우목낭상寓目囊箱이었다는 것이다. 그렇다면 이 구절은 '사람들은 그를 한 번 읽으면 책을 주머니나 상자에 보관하는 것처럼 잘 기억하는 사람이라고 불렀다'는 의미로 이해할 수 있다.

행복한 가정을 꾸리기 위한 첫 번째 덕목으로 천자문의 저자는 독서의 중요성을 말하고 있다. 아무리 가난하더라도 왕충처럼 글을 읽어야 한다는 것이고, 자녀들에게는 글을 읽혀야 한다는 가르침이다.

易輶攸畏 屬耳垣牆
이 유 유 외 속 이 원 장

이易와 유輶는 외畏할 유攸이니, 원垣과 장牆에 이耳를 속屬하였다.

易 쉬울 이, 바꿀 역 輶 가벼울 유 攸 바 유 畏 두려워할 외
屬 붙일 속 耳 귀 이 垣 담 원 牆 담 장

직역 안이安易하고 경솔한 것은 두려워할 바이니, 담에 귀를 붙였음이다.

의역 안이하고 경솔한 것이 두려워할 바임은 그런 말과 행동을 하지 말라는 경계다. 담에 귀를 붙였다 함은 담에 귀가 있는 것처럼 말을 조심하여 집 안의 말이 밖으로 새나가지 않도록 경계해야 집안이 편안할 수 있다는 말이다.

자구 풀이

이易는 기본적으로 쉽다의 뜻이다. '바꾸다'의 의미로도 쓰이는데, 이때는 '역'으로 읽는다. 여기서는 안이하다는 의미로 쓰였다. 유輶는 가볍다의 뜻이며, 이유易輶는 안이하고 가벼운 것, 곧 경솔한 것을 말한다. 유攸는 어조사로 '바 소所'와 쓰임 및 의미가 같다. 외畏는 두려워하다의 뜻이다. 이유유외易輶攸畏는 직역하면 쉽고 가벼움은 두려워할 바이다의 의미이고, 뒤의 구절과 연결 지어 생각하면 '안이하고 가볍게 하는 말은 두려워할 바이다'의 뜻이다.

속屬은 붙이다의 뜻이다. 끼리끼리 붙이고 모으면 소속所屬이 되고 무리가 되므로 무리, 소속의 뜻도 있다. 이耳는 귀이니, 귀의 모양을 본떠 만든 글자다. 원垣과 장牆은 모두 담(wall)의 뜻이다. 속이원장屬耳垣牆은 누군가 원장垣牆에 귀를 붙여놓았다는 말이니, 담에도 귀가 있다(Walls have ears)는 뜻이다.

해설

행복한 가정 경영을 위한 두 번째 조건으로 말조심을 당부하고 있다. 담장에도 귀가 있으니 집 안에서 밖으로 말이 새어나가지 않도록 조심하라는 것이다. 이때의 말이란 안이하고 경솔한 말이니, 식구들 사이의 불화일 수도 있고 이웃에 대한 험담일 수도 있겠다.

이처럼 말을 조심하라는 것은 그러나 이웃에게 들리지 않도록 조용히 싸우라는 말이 아니라 담장 안에서 싸움을 하지 말라는 의미. 불화가 많은 집안에 행복이 있을 리 없고, 남의 말 하기 좋아하는 집안에 행운이 찾아올 리 없다.

질병은 입으로 들어오고 재앙은 혀에서 나온다는 옛말도 있다.

具膳湌飯 適口充腸

구 선 손 반 적 구 충 장

선膳을 구具하고 반飯을 손湌하되, 구口에 적適하고 장腸을 충充한다.

具 갖출 구 　膳 반찬 선 　湌 먹을 손 　飯 밥 반
適 맞을 적 　口 입 구 　充 채울 충 　腸 창자 장

직역 반찬을 갖추어 밥을 먹되, 입에 맞추고 배를 채운다.

의역 반찬을 갖추어 밥을 먹는다 함은 소박하더라도 밥과 반찬을 상에 차려
격식에 맞게 식사를 해야 한다는 말이다. 입에 맞추고 배를 채운다 함
은 반찬을 입에 맞게 정성들여 준비하고 밥은 배를 채울 정도면 충분
하고 과한 욕심을 내서는 안 된다는 말이다. 가정의 행복은 제대로 된
밥상머리에서 시작된다는 가르침이다.

자구 풀이

구具는 갖춘다는 말이고 선膳은 반찬이라는 말이니, 구선具膳은 반찬을
갖춘다는 말이다. 손湌은 먹다의 뜻이고 반飯은 밥이니, 손반湌飯은 밥을
먹다, 곧 식사를 하다의 뜻이다. 합하여 구선손반具膳湌飯은 반찬을 갖추
어서 밥을 먹는다는 말이다. 반찬을 '갖추어서' 먹는다는 것은 비록 소박
하더라도 밥상에 밥과 반찬을 올려 격식에 맞게 먹는다는 말이다. 많은 반
찬을 차리라는 말이 아니다.

적適은 맞다, 맞추다의 뜻이고 구口는 입이니, 적구適口는 입에 맞는다, 입에 맞춘다는 말이다. 적구지병適口之餠은 입에 맞는 떡이라는 말이다. 여기서의 적구適口도 반찬의 맛이 입에 맞는 것을 말한다. 재료가 무엇이든 반찬은 입맛에 맞게 정성을 들여 만들고 갖추어야 한다는 말이다. 충充은 채운다는 말이니, 충장充腸은 창자를 채운다는 말이요, 주린 배를 채우는 것이다.

해설

이 구절에서는 '손飱'을 어떻게 해석할 것인가에 따라 그 의미가 약간씩 달라질 수 있다. 이 글자에는 '밥, 요리, 말다, 먹다' 등의 뜻이 있는데, 해설자마다 입장이 갈려서 혹자는 손반飱飯을 요리와 밥으로 해석하고 혹자는 밥을 물에 말아서 먹다로 옮기기도 한다. 하지만 뒤에 이어지는 구절과의 문법적 대비 문제를 고려할 때 이 글자는 술어로 보아야 하고, 먹다의 뜻으로 충분하므로 물에 말아 먹다로 해석할 이유는 없다고 여겨진다.

적구충장適口充腸은 입에 맞추어 창자를 채운다는 말이어서, 얼핏 맛있는 음식으로 실컷 배를 불린다는 의미로 이해될 수 있다. 하지만 이 뒤에 이어지는 내용을 볼 때 반찬은 정성껏 준비해야 하고, 식사의 양은 주린 창자를 채우는 것으로 족해야 한다는 의미로 읽는 것이 자연스럽다.

이 구절의 핵심적 가르침은 비록 창자를 채우기에 급급할 지라도 밥상은 제대로 차려서 가족들이 둘러 앉아 함께 식사를 해야 한다는 것이다. 식사 자체를 다같이 모여 공평하고 즐겁게 해야 한다는 의미로 읽을 수도 있고, 밥상머리 교육을 제대로 해야 한다는 의미로 읽을 수도 있겠다.

飽飫烹宰 饑厭糟糠
포 어 팽 재 기 염 조 강

포飽하면 팽재烹宰에도 어飫하고, 기饑하면 조강糟糠에도 염厭하다.

飽 배부를 포   飫 물릴 어   烹 삶을 팽   宰 도살할 재, 재상 재
饑 주릴 기(=飢)   厭 만족할 염, 싫어할 염   糟 지게미 조   糠 겨 강

직역 배부르면 고기반찬도 싫어지고, 배고프면 지게미와 겨라도 만족한다.

의역 배부르면 고기반찬도 싫어지고 배고프면 지게미와 겨라도 만족한다
함은, 밥이며 반찬을 과하거나 기름지게 할 필요가 없음이니, 일상의
식사는 배를 채우기 위한 것임을 다시 말한 것이다.

자구 풀이

포飽는 배가 부르다의 뜻이다. 어飫는 물리다, 싫어하다의 뜻이다. 그러
므로 포어飽飫는 배부름은 물리게 한다, 혹은 배부른 자는 싫어한다, 또는
배가 부르면 싫어진다의 뜻이다. 팽烹은 삶다의 의미다. 삶은 음식, 익힌
음식, 삶아 죽이다 등의 뜻이 파생되었다. 재宰는 흔히 재상宰相의 의미로
많이 쓰이는데, 여기서는 도살하다의 뜻이며, 짐승을 잡아서 요리하는 것,
또는 그 요리를 말한다. 말하자면 고기반찬이 재宰다. 그러므로 팽재烹宰
는 삶은 고기로 만든 고급스런 음식이라는 말이다. 배부른 사람은 이런 고
급스런 음식도 싫어진다는 말이 포어팽재飽飫烹宰다.

기饑는 포飽의 반대다. 배가 고픈 것이고 굶주리는 것이다. 염厭은 흔히 싫어하다, 저어하다, 미워하다 등의 부정적인 의미로 많이 쓰인다. 그러나 이 구절에서의 염厭은 이와 달리 '만족하다'의 뜻이다. 이렇게 보면 기염饑厭은 굶주림은 만족하게 한다, 혹은 굶주린 자는 만족한다, 또는 굶주리면 만족한다의 뜻이다. 조강糟糠은 꽤 익숙한 말인데, 조강지처糟糠之妻라는 말이 워낙 자주 쓰이기 때문이다. 조糟는 술을 거르고 남은 곡물의 찌꺼기인데, 우리말로는 지게미라고 한다. 강糠은 쌀이나 보리 따위를 찧을 때 벗겨내는 껍질을 말하는데, 우리말로는 겨라고 한다. 조강糟糠은 바로 이 지게미와 겨(속겨)를 말하는 것으로, 식량이 넉넉하면 먹지 않을 거친 음식을 상징한다. 조강지처는 그런 지게미와 겨를 함께 씹으며 어려운 시절을 견뎌낸 본처本妻라는 말이다. 배가 고픈 사람, 굶주림에 시달릴 때에는 이러한 지게미와 겨조차도 만족스럽게 여기게 된다는 말이 기염조강饑厭糟糠이다.

해설

배부른 자는 진수성찬도 귀찮고 굶주린 자는 지게미나 겨라도 족하게 여긴다는 말은 곧 음식의 좋고 나쁨이란 것은 상대적인 것일 뿐이며, 음식의 본질은 배를 채우는 데 있다는 말이다. 그러니 좋은 음식에 너무 집착하지 말라는 것이다. 소박하되 갖추어서 먹으라는 앞 구절에 대한 부연설명이다.

이 장은 행복한 가정 생활을 영위하는 방법에 대해 다루고 있다. 그런데 여기서 배부른 자의 고기 반찬, 굶주린 자의 지게미와 겨 이야기가 나오는 것은 왜일까? 첫째는 앞서의 해설대로 음식의 종류가 중요한 것이 아니라는 가르침이다. 둘째는 하인들을 포함하여 굶주리는 자가 없게 해야 한다는 것이다. 주인은 고기 반찬을 물리도록 먹고, 아랫것들은 지게미와 겨로 배를 채우게 해서는 안 된다는 가르침이겠다. 고기 반찬도 배가 부르면 물리는 것이니 너무 욕심을 내지 말라는 것이다.

103 어른의 밥상은 따로 차려라

親戚故舊 老少異糧

친 척 고 구 노 소 이 량

친척親戚과 고구故舊이니, 노老와 소少는 양糧을 이異한다.

親 친할 친   戚 겨레 척   故 연고 고   舊 옛 구
老 늙을 로(노)   少 적을 소   異 다를 이   糧 양식 량(양)

직역 친척이며 친구들이 (모일 때에는), 나이가 많고 적음에 따라 음식을 달리한다.

의역 친척이며 친구들이 모일 때에 나이가 많고 적음에 따라 음식을 달리한다 함은 상을 차릴 때 노인들의 밥상을 따로 차림이니, 이는 공경의 뜻이자 노인들은 이가 부실하고 위가 약하기 때문이다.

자구 풀이

친親은 자기와 성姓이 같은 겨레붙이를 말하고, 척戚은 성이 다른 겨레붙이를 말한다. 고故는 연고緣故, 또는 내력來歷의 의미다. 또 친구라는 뜻도 있다. 여기서는 이 친구의 뜻으로 새겨도 되고 연고의 뜻으로 새겨도 된다. 구舊는 오래되었다는 뜻이자 친구의 의미다. 그러므로 고구故舊는 친구, 오랜 친구 등의 뜻으로 풀 수 있다. 친척고구親戚故舊는 친척과 친구들이라는 말이니, 여러 일가친지와 친구들이 모두 모여 함께 식사를 하는 상황을 말한 것이다. 대가족이 함께 모여 식사를 하는 상황으로 보아도 무

방하겠다.

노老는 늙다의 뜻이며, 이 노老의 반대가 소少다. 기본적으로 나이 등이 적다는 말이다. 노소老少는 노인과 젊은이라는 말이다. 이異는 다르다는 말이자 달리한다는 말이고 양糧은 양식糧食의 뜻이니, 이량異糧은 양식을 달리한다는 말이며 음식을 서로 구별하여 대접하는 것이다. 노소이량老少 異糧은 노소에 따라 양식을 달리한다는 말이니, 이는 나이에 따라 준비하고 대접하는 음식이 달라져야 한다는 말이다.

해설

사람들을 초대하여 식사를 대접할 때에도 장유유서長幼有序가 있다는 말이다. 친척이며 친구들이 왁자하게 모인 자리라고 이 상이나 저 상이나 음식을 똑같이 차려내서는 안 된다는 말이기도 하다. 이는 일차적으로 윗사람을 공경해야 한다는 가르침이다. 그러나 단순한 이데올로기에서 비롯된 가르침만은 아니다. 좋은 것은 어른과 아이에게 양보하고, 젊은이들은 거친 음식이나 먹으라는 차별의 가르침도 아니다. 사람은 노인이 되면 장기의 기능이 약해지고, 그 결과 입맛이 떨어지고, 그 결과 기력이 쇠하여진다. 따라서 음식과 의복이 젊은이들의 그것과는 달라야 한다. 소화력이 약하고 면역력이 떨어지니 당연한 일이다.

행복한 가정을 위해서는 장유유서의 질서가 분명할 뿐만 아니라 아픈 노인도 없어야 한다. 집안 어른들에 대한 공경과 건강을 비는 마음을 담아 이들의 음식을 따로 준비하라는 것이 이 구절의 핵심이다. 노인을 위한 음식 문제와 관련하여 『예기』는 다음과 같이 조언하고 있다.

50이면 양식을 달리한다. 60이면 잘 익힌 고기를 드리고, 70이면 간식을 드린다. 80이면 항상 진미를 준비하고, 90이면 음식을 침상에서 멀리 놓지 않는다.

104 아내의 역할과 의무

妾御績紡 侍巾帷房
첩 어 적 방 시 건 유 방

첩어妾御는 적방績紡하고, 유방帷房에서 건巾을 시侍한다.

妾 첩 첩 御 첩 어, 다스릴 어 績 길쌈할 적 紡 길쌈 방
侍 모실 시 巾 수건 건 帷 휘장 유 房 방 방

직역 아내들은 길쌈을 하고, 안방에서는 수건 시중을 든다.

의역 아내들이 길쌈을 한다 함은, 모든 여자들의 가장 중요한 역할이 옷을 만드는 데 있음을 말한 것이다. 안방에서는 수건 시중을 든다 함은, 아내가 수건과 빗을 챙겨 들고 있다가 남편을 시중함이니, 이것이 아내들의 기본 역할이라는 말이다.

자구 풀이

첩妾은 혼인식婚姻式을 치르지 않은 작은마누라요, 제대로 혼인식을 치르고 결혼한 본마누라는 처妻라고 한다. 어御는 대개 임금의 거둥을 뜻하지만 여기서는 첩妾과 같은 의미로 쓰였다. 첩어妾御는 한마디로 첩인데, 처를 제외한 첩만을 말하는 것은 아니고, 모든 아내요 주부들을 의미한다. 적방績紡은 길쌈을 한다는 말이다. 요즘 사람들에겐 글자의 순서를 바꾼 방적紡績이라는 말이 더 익숙하다. 방적은 동물이나 식물의 섬유질을 뽑아내서 실을 잣는 것이다. 그러므로 첩어적방妾御績紡은 아내들은 길쌈을 한

다는 말이다.

시侍는 모신다는 말이고, 건巾은 수건手巾을 말한다. 시건侍巾은 수건을 모신다는 말이니, 수건을 받들어 누군가에게 시중을 드는 것이다. 시중을 든다고 할 때의 '시중'은 한자어가 아니라 우리말이다. 유帷는 휘장揮帳, 곧 방 안에 길게 늘어뜨리는 천을 말하니 오늘날의 커튼이다. 그런 유帷(커튼)를 친 방이 곧 유방帷房이다. 남편과 부인이 사용하는 침실이자 안방에 해당한다. 시건유방侍巾帷房은 이런 안방에서 남편이 세수를 하거나 발을 닦기를 기다렸다가 수건을 받들어 올려 시중을 든다는 말이다.

수건 시중만 드는 게 아니다. 옛날 여인들은 남편의 머리 빗는 빗 시중도 들어야 했다. 이를 문자로 '건즐을 받든다'고 하는데, 건즐巾櫛(수건과 빗)은 국어사전에도 실려 있는 단어다.

이 구절은 행복한 가정을 위한 아내들의 역할을 말한 것인데, 옛 여인들의 고달프고 피곤한 삶이 엿보이는 대목이다.

紈扇圓潔 銀燭煒煌
환 선 원 결 은 촉 위 황

환선紈扇은 원결圓潔하고, 은촉銀燭은 위황煒煌하다.

紈흰깁환 扇부채선 圓둥글원 潔깨끗할결
銀은은 燭촛불촉 煒빛날위 煌빛날황

직역 흰 깁(비단)으로 만든 부채는 둥글고 깨끗하며, 은촛대의 (불빛은) 빛나고도 빛난다.

의역 흰 비단으로 만든 부채가 둥글고 깨끗함은 그 주인의 원만하고 고결한 성품을 드러냄이요, 은으로 만든 촛대의 불빛이 화려하게 빛남은 그 살림이 넉넉하고 풍족함을 나타낸다.

자구 풀이

환紈은 흰 깁이라는 말이다. 깁은 누에고치에서 나오는 명주실로 조금 거칠게 짠 천을 말하며, 사라紗羅라고도 한다. 비단緋緞의 일종이다. 선扇은 부채이니, 환선紈扇은 흰색 비단으로 만든 부채라는 말이다. 원圓은 둥글다는 뜻이다. 부채가 둥글다는 것은 부채 자체의 모양을 말하는 것일 뿐만 아니라 그 주인의 원만한 성품과 모든 일이 원활하게 돌아가는 상황을 함축적으로 보여주는 것이다. 그렇게 되기를 바라는 마음을 담아 부채를 둥글게 만드는 것이다. 결潔은 깨끗하다, 깨끗이 하다의 뜻이다. 부채를 흰 비단으로 만들고 이를 청결하게 관리하는 것은 미관이나 건강상의 문제만을 위한 것이 아니며, 그 주인의 고결高潔함과 결백함을 나타내기 위함이다. 이처럼 환선원결紈扇圓潔은 흰 깁으로 만든 부채가 둥글고 깨끗하다는 말이자, 그 주인이 원만하고도 고결하다는 말이다.

은銀은 실버(silver)를 말하고, 또 은빛을 의미한다. 촉燭은 촛불을 말한다. 등불, 밝히다 등의 뜻으로도 쓰인다. 예전에는 전등 불빛의 세기를 나타낼 때 이 글자를 쓰기도 했다. 가요 중에 '30촉 백열등이 그네를 탄다'라는 구절이 등장하는 노래가 있는데, 여기서 30촉은 촛불 30개를 켜놓은 정도의 밝기를 말하는 것이다. 은촉銀燭은 두 가지 뜻을 갖는데, 하나는 은색 촛불이고, 다른 하나는 은으로 만든 촛대. 어떻게 해석하더라도 고급스럽고 밝은 빛이라는 말이다. 위煒와 황煌은 모두 빛난다는 말이니, 휘황輝煌과 같은 말이다. 촛불이 이렇게 은빛으로 아름답고 밝다는 것은 그만큼 집안이 풍요함이요 밤에도 경사가 끊이지 않음을 말한다.

해설

밥상에서도 절도를 지키고 예를 차리며, 남자의 할 일과 여자의 할 일을 나누어서 저마다 부지런히 하며, 부창부수夫唱婦隨를 지켜 집안에 질서가 생기면, 그 주인은 결국 낮에는 흰 깁으로 만든 둥근 부채를 들고 쉴 수 있고 밤에는 은빛 촛불이 휘황한 삶을 누릴 수 있게 된다는 가르침이다. 이는 정신적으로 행복한 동시에 물질적으로도 풍요로운 가정의 모습에 해당한다.

여기 등장하는 은촉銀燭은 대부분의 사람들이 은빛 촛불의 의미로 새긴다. 하등 이상할 것이 없다. 그러나 필자는 은으로 만든 촛대의 의미로 새겼다. 차별화를 위해 일부런 그런 것은 아니고, 뒤에 나오는 '위煒'가 불빛 가운데 붉은빛을 나타내기 때문이다. '은빛 촛불'과는 앞뒤가 맞지 않는 것이다. 또한 앞 구절의 환선紈扇이 흰 깁으로 만든 부채이니 여기서의 은촉銀燭도 은으로 만든 촛대가 되어야 의미상 정확한 대對가 된다고 보았다. 또한 은빛 촛불이 아니라 은으로 만든 촛대가 되어야 주인의 부귀영화를 더 잘 나타낼 수 있다. 그러나 이는 사소한 문제다.

晝眠夕寐 藍筍象床
주 면 석 매 남 순 상 상

주晝에 면眠하고 석夕에 매寐하니, 남藍의 순筍이요 상象의 상床이다.

晝낮주 眠잠잘면 夕저녁석 寐잠잘매
藍쪽람(남) 筍죽순순 象코끼리상 床평상상(=牀)

직역 낮잠이며 밤잠이니, 푸른 대나무와 상아象牙로 만든 침상寢牀이다.
의역 낮잠이며 밤잠에 푸른 대나무와 상아로 만든 침상이 있다 함은, 편안하고 복된 만년을 누린다는 말이다.

자구 풀이

주晝는 낮이니 반대말은 야夜(밤 야)다. 석夕은 저녁이니 조朝(아침 조)가 반대말이다. 면眠은 잠을 잔다는 말이며, 매寐 또한 같은 말이다. 이 면眠이라는 글자가 들어간 성어 중에 묘서동면猫鼠同眠이라는 재미있는 말이 있다. 고양이와 쥐가 함께 잔다는 말이니, 상하上下가 결탁結託하여 부정한 짓을 모의하고 저지른다는 말이다.

남藍은 '쪽'이라는 이름의 풀을 말한다. 청색이고 천연 염색의 재료가 되는 풀이다. 순筍은 죽순竹筍을 말하며, 대나무를 의미하기도 한다. 그렇다면 남순藍筍은 쪽빛의 대나무, 다시 말해 진한 푸른색의 대나무를 말하는 것으로 일차 이해할 수 있다. 그러나 홍성원의 주장에 따르면 남藍은 남籃(바구니 람)의 잘못이라고 한다. 아기들을 흔들어 재우는 바구니를 요람搖籃이라고 한다. 이렇게 보면 남순籃筍은 대나무 바구니, 곧 대나무 침상寢牀을 말한다고 볼 수 있다.

상象은 코끼리를 말한다. 그 어금니를 상아象牙라고 하는데, 아牙가 어금니라는 말이다. 상床은 상牀과 같은 글자로 평상平床을 말한다. 여기서는 침대다. 그러므로 상상象床은 상아로 꾸민 침대를 의미한다. 그러나 남순藍筍을 쪽빛 대나무가 아니라 대나무 침대로 보면, 남순상상藍筍象床은 '대나무 침대와 상아로 꾸민 침대'가 되어 어색하다. 이 경우 상상象床은 상아로 꾸민 걸상-床으로 푼다. 걸터앉는 상床, 곧 의자가 걸상이다. 그러므로 남순상상藍筍象床은 '짙푸른 대나무로 만들고 상아로 꾸민 침상', 혹은 '대나무 침대와 상아로 꾸민 걸상'의 두 가지로 풀 수 있다. 낮잠은 상아로 꾸민 걸상에 앉아 조는 것이고, 밤잠은 대나무 침대에서 자는 것으로 볼 수도 있다. 어떻게 풀이하든 남순상상藍筍象床은 한가롭고 풍족하게 노년을 즐기는 모습이다.

해설

여름 낮에는 희고 둥글고 깨끗한 부채를 이용하고, 겨울밤에는 은으로 만든 촛대에 불을 밝히는 삶에 이어 계속 풍족하고도 여유로운 삶의 모습을 그리고 있다. 이처럼 정신적으로는 물론 물질적으로도 풍요로운 가정의 풍경화는 이 구절 뒤로도 계속 이어진다. 행복한 만년을 즐기는 유복한 가장의 모습이자, 집안의 어른들을 이렇게 모셔야 행복한 가정을 이룰 수 있다는 가르침이겠다.

絃歌酒讌 接杯擧觴
현 가 주 연 접 배 거 상

絃絃하고 歌歌하며 酒酒하고 讌讌하니, 杯杯를 接接하고 觴觴을 擧擧한다.

絃줄현 歌노래가 酒술주 讌이야기할연
接이을접 杯잔배 擧들거 觴잔상

직역 연주와 노래, 술과 담소談笑로 (잔치를 여니), 잔을 부딪치고 또 들어 올린다.

의역 연주하고 노래 부르며, 술과 담소로 잔치를 벌이고, 잔을 부딪치고 들어 올린다 함은 모두 잔치를 즐긴다는 말이니, 친지 및 벗들과 더불어 노년의 복된 생활을 즐김을 말한 것이다.

자구 풀이

현絃은 현악기絃樂器 또는 현악기의 줄(string)을 말한다. 여기서는 모든 악기를 의미하며, 그런 악기를 연주하는 것이다. 가歌는 노래, 노래하다의 의미다. 그러므로 현가絃歌는 음악을 연주하고 노래를 부른다는 말이다. 주酒는 술을 말한다. 연讌은 서로 이야기를 나눈다는 의미이니 여기서는 웃고 떠들며 즐겁게 담소談笑를 나누는 것이다. 주酒와 연讌에는 각각 잔치라는 의미도 들어 있다. 그러므로 주연酒讌은 술을 마시면서 웃고 떠들고 즐기는 잔치라는 말이다. 오늘날 각종 잔치를 나타낼 때는 '잔치 연宴'

을 쓴다. 현가주연絃歌酒讌은 음악과 노래, 담소가 있는 잔치(party)라는 말이다.

접接은 잇는다는 말이다. 따로 떨어진 둘을 서로 잇는 것이다. 배杯는 잔이며, 배盃도 같은 글자다. 접배接杯는 잔을 서로 잇는다는 말이니 이는 술을 마실 때 서로 잔을 부딪치는 것을 말한다. 오늘날에는 건배라는 단어를 이런 의미로 쓴다. 거擧는 들어 올린다는 말이다. 상觴은 배杯와 마찬가지로 잔을 의미하며, 특히 술잔을 나타낸다. 옛날에는 짐승 뿔의 속을 파내어 술잔으로 썼기 때문에 '뿔 각角'이 글자 안에 들어 있다. 거상擧觴은 문자 그대로 술잔을 든다는 말이니, 잔을 들어 마시는 행위다. 접배거상接杯擧觴은 서로 잔을 부딪치고 또 들어서 마시는 것을 말하니, 서로 술잔을 나누는 것이다.

해설

비단 부채에 은으로 만든 촛대, 대나무 침상이며 상아로 장식한 걸상을 갖추었다고 인간이 행복한 것은 아니다. 특히 나이가 많은 노인일수록 주변에 사람이 많아야 고독해지지 않고 말년을 기쁘게 지낼 수 있다. 효자라면 마땅히 부모를 위한 잔치를 열어드려야 할 것이고, 지혜로운 자라면 스스로의 말년을 위해 벗들이며 친지들과 돈독한 관계를 유지해야 한다.

矯手頓足 悅豫且康
교 수 돈 족 열 예 차 강

수手를 교矯하고 족足을 돈頓하니, 열悅하고 예豫하며 차且로 강康하다.

矯 쳐들 교, 바로잡을 교   手 손 수   頓 가지런히 할 돈, 갑자기 돈   足 발 족
悅 기쁠 열   豫 기쁠 예, 미리 예   且 또 차   康 편안할 강

직역 손을 쳐들고 발을 모으니, 기쁘고 즐겁고 또 편안하다.

의역 손을 쳐들고 발을 모음은 손을 올리고 발을 굴러 덩실덩실 춤을 춤이
요, 그러므로 기쁘고 즐겁고 또 편안하다는 말이다.

자구 풀이

교矯는 흔히 바로잡다의 의미로 많이 쓰이는 글자인데, 여기서는 들어
올리다의 의미로 쓰였다. 수手는 손이니, 교수矯手는 손을 들어올린다는
말이며, 춤 동작의 하나다. 돈頓은 가지런히 하다, 조아리다 등의 뜻으로
쓰이는 글자다. 족足은 발이니, 돈족頓足은 발을 가지런히 하다, 혹은 다리
를 구부리다의 의미다. 역시 춤 동작에 해당하며 다리를 구부리거나 펴고,
벌리거나 모으는 동작을 나타낸다.

열悅은 기쁘다, 기뻐하다의 뜻이다. 예豫는 '미리, 사전에' 등의 뜻으로
많이 쓰이는데, 여기서는 열悅과 합쳐져 기뻐하다의 뜻이다. 열예悅豫는
기뻐하고 즐거워함이다. 차且는 '또'의 뜻이다. 강康은 건강健康이나 강녕

康寧 등의 단어에 보이는 글자로 몸이나 마음이 편안하다는 말이다. 열예차강悅豫且康은 기쁘고 즐거우며 또 평안하다는 말이다.

해설

잔치를 열어 음악과 노래를 즐기고, 정다운 친구들과 술잔을 나누고, 그리고 드디어 춤까지 추는 모습이다. 기쁘고 즐거우며 몸도 마음도 평안하니 최고의 노년 생활이 아닐 수 없다. 말하자면 유교가 꿈꾸는 부귀공명의 마지막 모습, 유교적 해피엔딩의 절정이다. 세상에 더 이상 바랄 게 없을 것이다.

즐겁게 춤을 추며 기쁨을 만끽하고, 그럼으로써 평안한 노년을 보내도록 자식들이 신경을 써야 한다는 가르침으로 읽어도 좋겠다.

嫡後嗣續 祭祀蒸嘗
적 후 사 속 　 제 사 증 상

적후嫡後는 사속嗣續하고, 증상蒸嘗으로 제사祭祀한다.

嫡정실적 　 後뒤후 　 嗣이을사 　 續이을속
祭제사제 　 祀제사사 　 蒸겨울제사증, 쪌증 　 嘗가을제사상, 맛볼상

직역 적자嫡子는 대代를 잇고, 증蒸이며 상嘗 등의 제사를 지낸다.

의역 적자가 대를 이음은 장자승계의 원칙을 말함이요, 증이며 상 등의 제
사를 지냄은 이것이 적자의 가장 큰 의무이자 권리임을 밝힌 것이다.

자구 풀이

적嫡은 처妻, 본처本妻, 정실正室, 본마누라를 말한다. 대對가 되는 말은
첩妾과 서庶이다. 적嫡은 또 적자嫡子이니, 본마누라의 아들, 특히 장자長子
를 말한다. 후後는 뒤라는 뜻이니, 적후嫡後는 정실이 낳은 후손後孫이라
는 말이다. 적자嫡子와 같은 말이다. 사嗣는 뒤를 잇는다는 말이고, 속續도
같은 뜻이다. 사속嗣續은 결국 잇는다는 말이며, 여기서는 대代를 잇는다
는 의미다. 적실嫡室의 후손이 대를 잇는다는 말이 적후사속嫡後嗣續이다.

제사祭祀는 신령이나 죽은 사람의 넋을 대상으로 정성을 들여 음식을
바치는 의식을 말한다. 제祭는 월月(고기)과 우又(손)와 시示(제단)가 합쳐진
글자로, 사람의 손이 제단 위에 고기를 제물로 정성스레 올리는 모양을 상

징하고 있다. 증蒸과 상嘗은 여러 종류의 제사 가운데 시제時祭(계절에 따른 제사)의 이름들이다. 증蒸은 겨울(음력 11월)에 지내는 제사고 상嘗은 가을(음력 8월)에 지내는 제사이며, 봄(음력 2월)에는 약礿, 여름(음력 5월)에는 체禘라는 이름의 제사를 지냈다고 한다. 하지만 이는 민간의 제사가 아니라 왕이나 제후가 지내는 제사의 이름이다. 여기서는 제사 일반을 의미하는 것으로 볼 수 있다. 제사증상祭祀蒸嘗은 한마디로 각종 제사를 지낸다는 말이다. 춤추고 노래하는 행복한 만년을 보내고 난 가장의 사후 문제를 다룬 부분이자, 행복한 가정의 근본에 적자승계의 원칙과 조상을 섬기는 제사의 제도가 있음을 말한 것이다.

110 제사를 드리는 마음

稽顙再拜 悚懼恐惶
계 상 재 배 송 구 공 황

상顙을 계稽하여 재배再拜하되, 송구悚懼하고 공황恐惶하다.

稽 조아릴 계, 상고할 계   顙 이마 상   再 두 재   拜 절 배
悚 두려울 송   懼 두려울 구   恐 두려울 공   惶 두려울 황

직역 이마를 조아려 두 번 절하되, 두렵고 두려우며 또 두려운 듯이 한다.

의역 이마를 조아려 두 번 절함은 제사에서 이마를 땅에까지 조아려 두 번
절함이니, 마땅히 송구스럽고 황공惶恐한 마음으로 하여야 한다.

자구 풀이

계稽는 머리를 조아린다는 말이다. 상顙은 이마를 말한다. 그러므로 계
상稽顙은 이마를 조아린다는 말이다. 재再는 두 번, 거듭, 다시의 뜻이다.
배拜는 머리를 조아려서 하는 절을 말한다. 그러므로 재배再拜는 두 번 절
하는 것을 말하고, 계상재배稽顙再拜는 머리를 조아려 두 번 절한다는 말
이다. 돈수재배頓首再拜도 같은 말이다. 살아계신 어른에게는 한 번 절하
고, 조상신에게는 두 번 절하고, 부처나 기타의 신령들에게는 세 번 절한
다. 그리고 임금과 문묘文廟에 절을 할 때는 사배四拜를 올린다.

송구공황悚懼恐惶의 네 글자는 모두 두려워하다, 두렵게 여기다의 뜻이
다. 오늘날에는 주로 송구悚懼하다 혹은 황공惶恐하다와 같이 쓰인다. 모

두 윗사람을 두렵게 여겨서 공손하고 조심스럽게 대하는 태도를 말한다. 송구공황悚懼恐惶은 송구하고 황공하게 생각한다는 말이니, 두렵고 두려워하며 지극한 정성을 들이는 것이다.

해설

앞 구절의 제사증상祭祀蒸嘗을 어떤 태도로 드려야 하는지를 강조하여 부연한 구절이다.

牋牒簡要 顧答審詳

전 첩 간 요 고 답 심 상

전첩牋牒은 간요簡要하게 하고, 고답顧答은 심상審詳한다.

牋 기록할 전, 종이 전 牒 편지 첩 簡 간략할 간, 대쪽 간 要 종요로울 요
顧 생각할 고, 돌아볼 고 答 대답 답 審 살필 심 詳 자세할 상

직역 편지를 적을 때에는 요점要點을 간추리고, 답答을 생각할 때에는 소상
昭詳함을 살핀다.

의역 편지를 적을 때 요점을 간추린다 함은 글을 중언부언하지 않고 간단명
료하게 하라는 것이다. 답을 생각할 때 소상함을 살핀다 함은 글의 내
용을 고민할 때에는 상세하고 세밀하게 하여야 함이다. 헤어져 사는
가족 및 친인척들과의 소통 문제를 말한 것이다.

자구 풀이

이 구절의 해석은 대체로 큰 틀에서는 내용이 일치하지만 세밀하게 따
져보면 해설자마다 조금씩 그 방식이 다르다. 이는 낱글자의 여러 의미 가
운데 어느 것을 취하느냐, 앞뒤 문장의 문법적 통일성 여부를 얼마나 따지
느냐의 문제와 관련된 것이다. 여기서는 우선 기존의 해석 방식을 간추려
소개한다.

먼저 앞 구절의 간요簡要와 뒤 구절의 심상審詳은 서로 대對가 되는 것

이 분명해 보이고, 그 의미에 대한 설명 또한 대부분의 해설자들이 일치한다. 간요簡要는 간단하게 한다는 말이고, 심상審詳은 상세하게 한다는 말이다. 무엇을 간단하게 하고, 무엇을 상세하게 하는가? 당연히 전첩牋牒을 간단하게 하고 고답顧答을 상세하게 한다. 이렇게 보면 전첩牋牒과 고답顧答은 의미상 대對가 되는 것이어야 한다. '질문과 대답, 형식과 내용, 글과 말' 등의 대비처럼 말이다. 이런 대비의 문제를 해결하는 방법은 크게 두 가지다.

먼저 무시하는 방법이 있다. 예컨대 앞의 전첩牋牒을 편지로, 뒤의 고답顧答을 안부와 답신으로 해석하는 식이다. 실제로 전牋과 첩牒은 모두 편지라는 의미를 가지고 있고, 고顧는 안부를 묻는다는 뜻을 지니고 있다. 이렇게 보면 이 구절은 '편지는 간단하게, 안부와 답신은 상세하게'의 의미가 된다. 그러나 안부는 편지의 내용 가운데 일부고 답신은 편지의 종류 가운데 하나여서 앞뒤가 전혀 대비되지 않는다. 편지는 간단하게 쓰는 것이 원칙인데, 답신은 상세하게 쓰고, 특히 안부를 묻는 내용은 빠짐없이 잘 챙기라는 가르침일까? 편지는 간단히 쓰는 게 원칙인데, 답장은 고민해서 상세히 하고, 또 도덕적 심성을 발휘하여 안부를 자세히 물어야 한다는 가르침이라고 볼 여지가 전혀 없는 것은 아니지만 다소 억지스럽다.

전첩牋牒과 고답顧答을 서로 대비되는 개념으로 볼 때에도 의견은 다시 둘로 갈린다. 하나는 전첩牋牒과 고답顧答을 모두 편지의 문제로 푸는 방식이고, 다른 하나는 고답顧答을 아예 편지글이 아닌 '말'로 푸는 방식이다. 첫 번째 방식을 취하면 전첩牋牒은 '먼저 보내는 편지'가 되고 고답顧答은 '전첩에 대한 답신'이 된다. 그러나 이렇게 해석해도 최종 의미는 앞서의 방식에서 도출된 것과 별반 다르지 않다. '먼저 보내는 편지는 간명하게, 이에 대한 답신은 상세하게'의 뜻이 되는데, 논쟁적인 주제를 잡아서 묻고 답하는 편지가 아니라면 이런 가르침은 매우 어색할 수밖에 없다.

두 번째 방식을 취할 경우 전첩牋牒과 고답顧答은 분명한 대비를 이룬다는 장점이 있다. 전자를 종이에 적는 문자로 새기고 후자를 입으로 하는 말로 새기면, 이 구절은 '글은 간명하게, 말은 소상하게'의 뜻이 된다. 그러나 고답顧答에는 구어口語라는 의미가 없다.

해설

전牋은 먼저 종이를 뜻한다. 옛날에는 시를 쓰거나 편지를 보낼 때 채전彩牋 또는 채전지彩牋紙라는 일종의 색종이를 사용하기도 했다. 말하자면 꽃무늬 편지지 같은 것이다. 여기서 전牋은 편지의 의미도 갖게 되었다. 전牋은 편지 가운데서도 윗사람에게 쓰는 편지를 말하며, 왕에게 쓰는 편지, 곧 상소上疏를 뜻한다. 반면에 첩牒은 모든 종류의 편지를 의미하는 동시에 전牋과 비교될 때는 동년배나 아랫사람에게 쓰는 편지를 나타낸다. 전牋은 또 전箋, 전牋, 전箋, 전楄과 동자同字이기도 하다. 모두 '기록할 전'으로 풀이되는 글자들이다. 편지든 상소든 종이에 기록하는 것이다. 이렇게 보면 전첩牋牒은 두 가지 방식으로 해석이 가능하다. 하나는 '전과 첩이라는 편지'이고 다른 하나는 '편지를 쓰다'이다.

전첩牋牒을 전牋과 첩牒이라는 편지라고 해석하면, 뒤의 고답顧答은 고顧와 답答이라고 해석되어야 자연스럽고, 이때의 고顧와 답答은 모두 명사여야 더욱 자연스럽다. 또한 '편지 아닌 다른 것'이 되어야 의미상 전첩牋牒과 명확한 대비를 이룰 수 있다. 그러나 이런 조건에 맞추어 고답顧答을 해석하기는 쉽지 않고, 억지로 하나를 찾아본다면 '생각과 대답' 정도가 가능하다. 이렇게 보면 이 구절은 '전이며 첩의 편지 따위는 간명하게, 생각과 대답은 상세하게'의 의미가 된다. 형식은 얼추 갖추었으나 의미상 '편지'

와 '생각 및 대답'이 정확한 대비를 이루지 않아서 역시 어색하다.

남은 방법은 전첩牋牒을 편지를 적다의 의미로 새기고, 고답顧答을 똑같이 '술어+목적어'의 구조로 파악하여 '답答을 고顧하다', 즉 답장할 내용을 생각하다의 의미로 푸는 것이다. 간요簡要와 심상審詳 역시 동일한 구조의 문장, 곧 '술어+목적어' 구문으로 해석될 수 있다. 이 구절의 여덟 글자가 모두 두 글자씩 짝을 이루어 '술어+목적어'의 구조를 취한 것으로 볼 수 있다는 말이다. 이렇게 문장 구조를 파악하고 이 구절을 해석해보면 대략 다음과 같이 옮겨진다.

'편지를 적을 때에는 요점을 간추린다. 답신答信을 생각할 때에는 소상昭詳함을 살핀다.'

이렇게 옮겨놓고 보면 천자문 저자의 의중을 대강 파악할 수 있다. 첫째, 편지를 쓸 때는 요점만 간추려 간단히 쓰라는 말이다. 하지만 그 내용을 고민하는 단계에서는 작은 부분까지 소상하게 살피라는 것이다. '고민은 깊게, 글은 짧게'가 이 구절의 핵심 의미인 셈이다. 이는 글에만 한정되는 교훈도 아니다. 말 역시 마찬가지다. 깊이 고민하고 핵심을 간명하게 표현하는 것이 중요하지, 말을 길고 장황하게 해서는 안 된다는 가르침으로 읽을 수 있다.

현재의 장章이 가족과 가정의 문제를 다루고 있는 부분임을 염두에 둔다면 이 구절에서 말하는 편지란 가족이나 친지와 주고받는 서신을 말하는 것으로 볼 수 있다. 멀리 떨어져 있더라도 안부를 묻고 소식을 전하는 것이 가정의 행복을 지키는 첩경이라는 것을 강조한 셈이고, 그런 편지를 쓸 때 어떻게 해야 하는지를 말한 것으로 이해할 수 있겠다. 이처럼 전체 문맥을 고려하고 천자문의 체계에 대한 기본 개념이 있어야 이 부분에서 왜 갑자기 편지 이야기가 나오는 것인지를 알 수 있다.

112 사람의 본능

骸垢想浴 執熱願凉
해 구 상 욕   집 열 원 량

해骸가 구垢하면 욕浴을 상想想하고, 열熱을 집執하면 양凉을 원願한다.

骸뼈해   垢때구   想생각할상   浴미역감을욕
執잡을집   熱더울열   願바랄원   凉서늘할량(양)

직역 몸에 때가 끼면 목욕을 생각하고, 뜨거움을 잡으면 서늘함을 원한다.
의역 몸에 때가 끼면 목욕을 생각한다 함은, 인간에게 더러움을 싫어하는 본성이 있음을 말한다. 뜨거움을 잡으면 서늘함을 원한다 함은, 질서와 균형이 깨질 경우 이를 바로잡는 것이 또한 인간의 본성임을 말한 것이다. 깨끗하고 질서 있는 생활과 사회를 바라는 것이 인간, 특히 군자의 특성임을 밝힌 것이다.

자구 풀이

쉽고 명쾌한 해석이 가능한 구절이다. 각종 사전부터 여러 해설서들에 이르기까지, 이 구절의 직역을 특별히 달리 하는 경우는 본 적이 없다. 물론 이런 통일성은 문장의 단순 해석에 대한 문제고, 왜 이 부분에서 천자문의 저자가 이런 말을 하는지, 왜 이 당연한 말을 굳이 아까운 지면에서 하고 있는지의 문제에 대해서는 별반 말하는 이가 없다. 그 결과 이 구절과, 이 다음의 구절, 그리고 그 다음의 구절 사이에 어떤 흐름이 존재하는지를 논한 책이 별로 없는 듯하다. 이에 관하여는 다음 구절의 해설에서 보충하기로 하고, 여기서는 우선 이 구절의 드러난 의미만을 찾아보기로 하겠다.

해骸는 뼈를 말한다. 해골骸骨은 살이 썩고 난 뒤에 남는 뼈다귀, 그중에서도 머리뼈를 말한다. 뼈라는 뜻에서 발전하여 몸 자체를 의미하기도 한다. 여기서도 그런 뜻으로 쓰였다. 구垢는 사람의 몸에 끼는 때를 말한다. 물론 사람 몸에만 해당되는 것은 아니고 모든 종류의 때를 의미한다. 더러움, 티끌, 부끄러움 등의 뜻으로도 쓰인다. 해구骸垢는 몸에 때가 끼었다는 말이자, 그 때가 상당히 많이 끼었다는 말이다. 상想은 생각하다의 뜻이고 욕浴은 목욕沐浴의 의미이니, 상욕想浴은 목욕을 생각한다는 말이다. 그러므로 해구상욕骸垢想浴은 몸에 때가 끼면 누구나 목욕을 생각하게 된다는 말이다.

집執은 잡다의 뜻이고 열熱은 덥다는 말이자 뜨거운 것을 일컫는 말이니, 집열執熱은 뜨거운 것을 잡는다는 말이다. 불판 위에서 익어가는 조개를 맨손으로 잡은 형국이다. 원願은 바라다, 소망所望하다의 뜻이고, 양凉=涼은 서늘하다, 차갑다의 뜻이다. 그러므로 원량願凉은 차가운 것, 시원한 것을 원한다는 말이니, 집열원량執熱願凉은 뜨거운 것을 잡으면 본능적으로 차가운 것을 찾게 된다는 말이다.

해설

이 구절의 표면적인 의미는 '몸에 때가 끼면 목욕할 생각을 하게 되고, 뜨거운 것을 만지게 되면 차가운 것을 찾게 된다'는 것이다. 말하자면 인간의 당연한 본능 같은 것이다.

驢騾犢特 駭躍超驤
여 라 독 특 해 약 초 양

여라驢騾와 독특犢特은 해약駭躍하고 초양超驤한다.

驢 가라말 려(여)   騾 노새 라(나)   犢 송아지 독   特 수컷 특, 특별할 특
駭 놀랄 해   躍 뛸 약   超 뛰어넘을 초   驤 날뛸 양

직역 가라말과 노새, 송아지와 황소는 놀라 날뛰고 어지럽게 치달린다.

의역 가라말과 노새, 송아지와 황소가 놀라 날뛰고 어지럽게 치달림은 이들
이 짐승이요 또 길들여지지 않았기 때문이다. 도를 모르고 사리를 분
별할 줄 모르는 짐승의 본능은 이와 같이 조화롭지 못하고 무질서함을
말한 것이다.

자구 풀이

여驢는 말馬 가운데 전신이 검은 털로 뒤덮인 흑마黑馬를 가리킨다. 우
리말로는 가라말이라고 하는데, 몽골어에서 기원한 단어다. 이러한 말과
흡사한 동물에 나귀, 또는 당나귀가 있다. 말보다 다리가 짧으나 힘이 세
서 수레 등을 끌게 하기에 적합하고, 신속한 이동이 아니라 안전한 이동을
위한 교통수단으로 활용되었다. 말의 암컷과 나귀의 수컷을 교배시키면
잡종이 나오는데 이를 노새라 하고 한자로는 나騾라 한다. 반대로 말의 수
컷과 당나귀의 암컷을 교배시킨 잡종은 버새駏라고 한다. 여라驢騾는 가

라말과 노새라는 말이니, 이는 대체로 말의 종류를 말한 것이다.

독犢은 송아지라는 말이다. 특特은 수컷이라는 말이니, 여기서는 수컷 소, 곧 황소를 말한다. 독특犢特은 송아지와 황소라는 말이니, 대체로 소의 종류를 말한 것이다. 두 글자 모두에 '소 우牛'가 들어 있어서 이 글자들이 소와 관련된 것임을 알 수 있다.

해駭는 놀라다, 혹은 놀라서 흩어지다, 혼란스럽게 하다 등의 뜻이다. 짐승(마소)들이 놀라서 이리저리 날뛰는 꼴을 나타내는 글자고, 그러므로 짐승들이 흩어지거나 혼란스런 상황을 의미한다. 약躍은 뛴다는 말이니, 해약駭躍은 놀라서 날뛴다는 말이고, 앞에 나온 말이며 소들이 그렇게 하는 것이다.

초超는 뛰다, 뛰어넘다의 뜻이며, 뛰어서 담장 같은 것을 넘어감을 말한다. 본래는 말이 머리를 들어올린다는 뜻인데, 말이 머리를 치켜드는 것은 곧 뛰고 달리는 동작을 의미하는 것이다. 양驤 역시 날뛴다는 뜻을 나타내는 글자다. 용양호시龍驤虎視는 용처럼 날뛰고 호랑이처럼 본다는 말이니, 기개氣槪가 높고 위엄威嚴에 찬 태도를 형용하는 말이다. 초양超驤은 해약駭躍과 마찬가지로 마소 따위의 짐승들이 무질서하게 날뛰고 달리는 것이다.

해설

여라독특驢騾犢特 해약초양駭躍超驤을 쉬운 말로 하면 말이나 소 따위가 뛰고 달린다는 뜻이다. 그렇다면 천자문의 저자는 왜 이런 얘기를 여기서 꺼내는 것일까? 대부분의 해설자들은 이 구절을 말이며 소 따위가 이리 저리 뛰고 달리는 상황으로 해석하되, 이는 가축들이 많은 태평성대를 의미하는 것으로 풀이한다. 말이며 소 따위의 꼭 필요한 가축들이 많아서 즐겁게 뛰노는 상황을 나타내는 것이며, 이는 부족함이 없는 풍성함을 상징한다는 것이다. 그러나 이런 해석에 필자는 동의하기 어렵다.

첫째, 해약초양駭躍超驤이라는, 단순히 동적動的인 상태를 넘어 과격하기까지 한 어휘들의 이미지와 신나고 즐겁고 평화롭게 뛰노는 마소의 이미지는 잘 연결되지 않는다.

둘째, 이렇게 풀이하면 이 앞의 구절(때가 끼면 목욕을 생각하고 뜨거운 것을 잡으면 찬 것을 원하는 인간의 본성)과 이 다음의 구절(도적은 참하고 배반자와 도망자는 포획한다)의 사이에서 이 구절이 왜 등장하는 것인지를 설명할 수가 없다.

따라서 이 구절의 핵심 의미는 앞 구절과 대비되고 뒤의 구절과 연결될 수 있도록 새로이 해석되어야 한다. 그렇다면 어떻게 풀어야 할까?

우선 앞의 구절은 인간의 본성, 그중에서도 깨끗한 것을 좋아하고 질서와 중도를 사랑하는 군자의 본성에 대해 말한 것이라 볼 수 있다. 그렇다면 지금 이 구절은 이런 도덕을 모르는 짐승의 본성을 말한 것이라 볼 수 있다. 때가 끼어도 목욕을 생각할 줄 모르고, 뜨거운 것을 잡으면 찬 것을 원하는 대신 일단 날뛰고 보는 것이 짐승의 본성이다. 중도로 돌아올 줄을 모르고, 사소한 일에도 크게 놀라서 미쳐 날뛰는 것이 여라독특驢騾犢特과 같은 짐승들의 본성이라는 것이다.

그렇다면 이처럼 사람의 본성과 짐승의 본성을 비교하는 이유는 무엇일까? 다음 구절에 그 답이 있다.

114 짐승 같은 놈들을 다루는 법

誅斬賊盜 捕獲叛亡
주 참 적 도 포 획 반 망

적도賊盜는 주참誅斬하고, 반망叛亡은 포획捕獲한다.

誅벨주 斬벨참 賊해칠적 盜훔칠도
捕잡을포 獲얻을획 叛배반할반 亡도망망, 망할망

직역 살상한 자와 도둑질한 자는 목을 베어 죽이고, 배반자背叛者와 도망자 逃亡者는 포획한다.

의역 살상한 자와 도둑질한 자를 목 베어 죽이고 배반자와 도망자를 포획한 다 함은, 이들이 짐승과 같이 도를 모르고 질서를 어지럽히기 때문이 니, 때를 싫어하고 중도를 사랑하는 군자로서 당연히 바로잡기에 주저 해서는 안 된다는 말이다.

자구 풀이

주誅는 벤다는 말이니, 죄를 물어 처벌하는 사형死刑의 일종이다. 참斬 역시 목을 벤다는 말이다. 적도賊盜는 도적盜賊과 순서만 바뀐 말이다. 대 체로 남의 목숨을 해치는 것, 또는 그런 사람을 적賊이라 하고, 남의 재물 을 빼앗고 훔치는 것, 또는 그런 사람을 도盜라 한다. 주참적도誅斬賊盜는 적賊과 도盜는 목을 베어 죽인다는 말이니, 살상殺傷 및 절도竊盜의 죄를 지은 자는 사형으로 엄히 다스려야 한다는 말이다.

포획捕獲은 사로잡는다는 말이다. 포捕는 잡는다는 말이고 획獲 역시 짐승 등을 잡아서 손에 넣는다는 말이다. 반叛은 배반背叛, 특히 나라를 등지는 반역叛逆=反逆의 뜻으로, 반란叛亂은 반역하여 난리를 일으키는 것이다. 망亡은 본래 망하다, 없어지다 등의 뜻이다. 사망死亡은 죽어서 없어짐이요, 망국亡國은 망하여 없어진 나라다. 죽은 것도 아닌데 없어졌다면 도망逃亡한 것이고, 여기서도 망亡은 도망자逃亡者를 의미한다. 이 구절이 행복한 가정을 지키는 비결과 관계되어 있음을 고려할 때 달아난 노비 등이 이에 해당될 수 있겠다. 포획반망捕獲叛亡은 이런 반역자와 도망자 등은 잡아들인다는 말이다.

해설

앞에서 때가 끼면 목욕을 생각하고 뜨거운 것을 잡으면 차가운 것을 원하는 인간의 본성과, 작은 일에도 놀라서 날뛰기부터 하는 짐승의 본성을 말한 이유가 드러난다. 인간의 사회에도 짐승 같은 놈들이 있다는 것이고, 이처럼 도를 모르는 짐승 같은 인간들은 엄격하게 처벌해야 한다는 것이 이 구절의 핵심이다.

이 장章은 전체적으로 가정의 행복이라는 문제를 다루고 있다. 그리고 마지막에 이르러 우리의 이웃에 상존하는 범죄자들의 문제를 말하고 있는데, 오늘날의 관점에서 보자면 지나치게 단순 과격한 주장으로 들릴 수 있다. 범죄에 단호하게 대처하여 사회 질서와 기강을 바로잡아야 한다는 의미라고 이해하면 충분하겠다.

제9장

중국을 빛낸 10대 걸출 인물

이 장부터는 다시 운韻이 바뀐다. 내용도 달라지는데, 성인군자와는 성격이
다르지만 역사적으로 매우 특이한 이력을 지녔던 열 사람의 인물들이 소개된
다. 각종 기예技藝에 능통했던 인물들, 종이나 붓을 만들어낸 창조자들, 신기
한 기계를 만들어낸 발명가, 전설적인 낚시꾼, 그리고 나라를 망하게 할 정도
로 아름다웠던 미녀 등이 그 주인공들이다. 사상이나 정치적으로 중요한 인물
들에 대해서는 앞에서 이미 소개했고, 여기서는 다분히 저널리즘적인 흥미 위
주의 인물 소개가 이어진다. 요즘 식으로 표현하자면 '천자문이 선정한 중국
의 역대 걸출 인물 10인'에 해당한다. 천자문 전체에서 가장 흥미진진한 인물
들의 이야기가 실려 있는 장이다.

布射遼丸 嵆琴阮嘯
포 사 요 환 혜 금 완 소

포布의 사射, 요遼의 환丸, 혜嵆의 금琴, 완阮의 소嘯라.

布 베 포   射 쏠 사   遼 멀 료(요)   丸 구슬 환, 둥글 환
嵆 사람 이름 혜   琴 거문고 금   阮 성 완   嘯 휘파람 소

직역 여포呂布의 활쏘기, 의료宜遼의 구슬, 혜강嵆康의 거문고, 완적阮籍의
휘파람이라.

의역 여포는 활, 의료는 구슬, 혜강은 거문고, 완적은 휘파람에 뛰어난 재주
를 지녔던 인물들이니, 모두 신통하고 별난 사람들이다.

자구 풀이

포布, 요遼, 혜嵆, 완阮은 모두 사람의 이름이다. 먼저 포布는 소설『삼
국지』에도 등장하는 여포呂布다. 적토마赤兔馬를 타고 다니며 좌우로 활
을 잘 쏘았다고 한다. 그래서 포사布射라고 했다. 사射는 (활 등을) 쏜다는
말이다. 환丸은 구슬과 같이 둥근 것을 말한다. 투포환投砲丸 경기에 쓰는
것이 이 환丸이다.

금琴은 거문고 종류의 악기를 말한다. 소嘯는 휘파람이라는 말이다.

해설

이 구절부터는 옛사람들 가운데 특별한 재주를 가졌거나, 역사에 특별한 자취를 남긴 사람들의 이야기가 이어진다. 이제까지 소개해온 다양한 인물들이 주로 도덕, 정치, 역사, 철학과 관계된 인물들이었다면 이제부터 소개되는 사람들은 주로 기인奇人과 달사達士, 기타 특이한 인물들이라고 대별할 수 있겠다.

첫 구절에서는 우선 특별한 재능을 타고 났거나, 오랜 연마로 특별한 기술을 갖추었던 사람들의 이야기다. 재주가 뛰어난 이런 사람들은 비록 성인군자와는 거리가 있는 사람들이지만 역사에 기록되고 인구人口에 회자膾炙되는 인물들이다.

먼저 여포呂布는 소설『삼국지연의三國志演義』에 등장하는 수많은 무장武將들 가운데서도 가장 무예가 출중했던 인물로 그려지는 장수다. 한漢나라는 시황제始皇帝의 진秦나라를 이어 중원을 통일한 왕조다. 우여곡절이 있었지만 대략 400년 이상을 존속했다. 하지만 서기 220년에는 완전히 사라졌고, 이어 위魏, 촉蜀, 오吳가 경합하는 60년 동안의 삼국시대가 개막되었다. 『삼국지연의』는 이들 세 나라가 세워지고 서로 쟁패를 다투던 시기를 배경으로 한 역사 소설이다. 위의 조조曹操, 촉(촉한)의 유비劉備, 오의 손권孫權이 천하를 삼분하고 있던 시기를 배경으로 하여 제갈량諸葛亮을 포함한 수많은 영웅호걸들이 등장하여 힘과 지혜를 겨루는 내용이다. 소설에서는 촉한의 유비와 그를 따르는 관우關羽, 장비張飛, 제갈량 등이 중심이 되어 천하를 거머쥐는 과정을 보여주지만, 실제 역사는 위나라의 사마의司馬懿가 제갈량의 북벌을 막아내고 그의 손자 사마염司馬炎이 삼국을 통일하게 된다. 이렇게 등장한 또 하나의 제국이 진晉나라다. 여포는 이 시기의 실제 역사서인『삼국지』나 이를 소설화한『삼국지연의』에 등장하는 장수로, 궁술弓術이 특히 뛰어났던 것으로 묘사된다. 그 뛰어난 궁술로 유비를 구한 적도 있으나 나중에는 조조에게 패하여 처형을 당했다.

의료宜遼 또는 웅의료熊宜遼는 전국시대 초楚나라의 무장이었는데, 쇠구슬 던지기의 명인이었다고 한다.『장자』에 그에 관한 기록이 보이는데, 의료宜僚가 환령丸鈴(둥근 방울, 혹은 구슬)을 다루기를 잘 하여 항상 여덟 개는 공중에 있고 한 개는 손에 있었다고 하였다. 초나라가 송宋나라와 전쟁을 할 때에는 의료가 적군 앞에 나아가 이 환령을 가지고 재주를 부렸으며, 그러자 송나라 군대는 넋을 잃고 이를 구경하였고, 초나라는 이 틈을 타서 드디어 승리하였다고도 한다. 그런데『장자』에는 그의 이름 가운데 '요'가 '멀 요遼'가 아닌 '벗 요僚'로 되어 있다.

혜강嵆康과 완적阮籍은 모두 삼국시대 위魏나라 사람으로, 소위 죽림칠현竹林七賢에 드는 인물들이다. 죽림칠현이란 위나라 말기 실세였던 사마씨司馬氏 일족의 전횡專橫에 등을 돌리고 노장老莊의 무위자연無爲自然 사상에 심취했던 지식인 일파를 말한다. 한둘이 아니었으나 그 가운데 특별히 일곱을 꼽아 죽림칠현이라 했다. 완적阮籍과 혜강嵆康 외에 산도山濤, 상수向秀, 유영劉伶, 완함阮咸, 왕융王戎이 포함된다. 이들은 개인주의적이고 다분히 무정부주의적인 노장사상을 신봉하였고, 강요된 유가적 질서나 형식적 예교禮敎를 조소하였으며, 그 위선을 폭로하기 위하여 상식에서 벗어나는 언동도 마다하지 않았다. 나중에는 대부분 진晉나라 조정의 회유에 의해 흩어졌으나 혜강만은 끝까지 사마씨의 회유를 뿌리치다가 결국 사형을 당했다.

이 죽림칠현을 대표하는 인물인 혜강은 거문고의 명인이었다고 하고, 완적은 휘파람을 매우 잘 불었다고 한다.

恬筆倫紙 鈞巧任釣
염   필   윤   지   균   교   임   조

염恬의 필筆, 윤倫의 지紙, 균鈞의 교巧, 임任의 조釣라.

恬 편안할 념(염) 筆 붓 필   倫 인륜 륜(윤)   紙 종이 지
鈞 서른 근 균   巧 공교할 교   任 맡길 임   釣 낚시 조

직역 몽염蒙恬의 붓, 채륜蔡倫의 종이, 마균馬鈞의 공교工巧로움, 임공자任公子의 낚싯대라.

의역 몽염은 붓을 처음 만들고 채륜은 종이를 처음 만들었다. 마균은 공교로운 물건을 많이 만들었고, 임공자는 엄청난 낚싯대로 어마어마한 고기를 낚았다. 모두 특별한 물건을 만들거나 재주가 뛰어났던 사람들이며, 그 재주로 세상을 이롭게 한 인물들이다.

자구 풀이

염恬과 윤倫, 균鈞과 임任은 모두 특정한 사람의 인명이다. 몽염은 토끼의 털로 처음 붓을 만들었다고 하고, 채륜은 종이를 만든 사람으로 널리 알려져 있다. 마균은 오늘날의 개념으로 말한다면 대단한 발명가였다고 한다. 혼자 춤추는 인형을 탑재搭載한 수레를 만드는가 하면, 수레바퀴에 절구통과 공이를 장착하여 일종의 자동 방아 기계를 만들기도 했다고 전한다. 임공자라는 사람은 3천 근짜리 낚싯대로 길이가 10리에 달하는 물

고기를 잡아 마을 사람들을 3년 동안 먹였다고 한다. 앞의 세 사람은 역사적으로도 신빙성이 있는 인물들인데 마지막 한 사람의 이야기는 황당하기 그지없다. 임공자라는 이 사람은 『장자』의 우화에 등장하는 인물이다.

필筆은 붓, 지紙는 종이를 말한다. 교巧는 공교工巧하다는 뜻인데, 솜씨나 꾀 따위가 재치가 있고 교묘巧妙한 것을 공교하다고 한다. 재주나 솜씨가 뛰어나다는 말과 유사하다. 조釣는 낚시, 낚싯대, 낚시질하다 등의 뜻이다.

해설

몽염蒙恬은 진시황秦始皇 시대의 장군이었다. 제齊나라를 멸망시킬 때 큰 공을 세웠고, 만리장성을 완성한 장군이다. 북쪽 변경을 경비하는 총사령관의 역할을 맡아 큰 활약을 하였는데, 시황제가 죽자 환관 조고趙高와 승상 이사李斯의 흉계로 투옥되어 결국은 자살하였다. 그가 맨 처음 토끼의 털로 붓을 만들었다는 이야기는 『고금주古今注』라는 책에 실려 있다. 이 책은 중국 진晉나라 때 최표崔豹가 명물名物을 고증하여 엮은 책이다.

채륜蔡倫은 후한後漢 중기의 환관宦官이었는데, 종이를 만드는 기술을 처음 발견했다고 전한다. 그러나 처음 제지 기술을 만든 것은 아니고 이전의 기술을 크게 발전시킨 것으로 보는 게 정설이다. 채륜 이전에도 이미 풀솜이나 마를 펴서 만든 종이를 사용하였다는 기록이 있다. 채륜은 이 기술을 발전시켜 나무껍질, 베옷, 고기그물 등을 혼합하고 분쇄하여 종이를 대량으로 값싸게 만드는 방법을 고안해냈다. 이 종이를 사람들은 채후지蔡侯紙라 불렀다. 환관이었던 그를 채후蔡侯로 부른 것은 그가 용정후龍亭侯로 책봉되었기 때문인데, 말년에는 정쟁에 휘말렸다가 역시 자살하였다.

마균馬鈞에 관한 이야기 역시 『고금주』에 실려 있다. 이에 따르면 마균은 지남거指南車라는 것을 만들었는데, 나무를 깎아서 인형을 만든 뒤 색동옷을 입혀 수레 위에 싣고 다녔다고 한다. 인형은 혼자서 춤을 추고, 문을 자동으로 여닫기도 했단다. 이런 기록으로 볼 때 마균이 만든 지남거는 자석과는 상관이 없고, 오히려 수레의 바퀴에 톱니바퀴를 연결시켜 인형을 스스로 움직이게 만든 일종의 간단한 로봇 장치였을 것으로 보인다. 또 수레바퀴에 절구통과 공이를 연결시켜 수레가 가는 동안 자동으로 방아가 찧어지도록 하는 장치를 만드는가 하면, 수차水車를 만들어 아이들도 힘들이지 않고 물을 퍼 올리게 했다고도 한다. 중국에서는 전설적인 발명가로 꼽히는 인물이다. 서양에 에디슨이 있다면 동양에 마균이 있었던 셈이다.

임공자任公子라는 사람은 선진시대先秦時代의 인물로, 앞에서 소개한 것처럼 실존 인물인지의 여부가 매우 불분명하다. 『장자』에 그에 관한 전설적인 이야기가 실려 있을 뿐이다.

釋紛利俗 竝皆佳妙
석 분 이 속 병 개 가 묘

분紛을 석釋하고 속俗을 이利하니, 병竝하여 개皆가 가佳하고 묘妙하다.

釋풀 석 紛 어지러울 분 利 이로울 리 俗 세속 속
竝 아우를 병 皆 다 개 佳 아름다울 가 妙 묘할 묘

직역 얽힌 것을 풀어 세상을 이롭게 하였으니, 모두 다 아름답고 묘하다.

의역 얽힌 것을 풀어 세상을 이롭게 하였다 함은 앞에서 열거한 인물들이 그렇게 하였다는 말이다. 모두 다 아름답고 묘하다 함은 이들과 이들의 재주, 이들이 남긴 바가 그렇다는 말이다.

자구 풀이

석釋은 풀다의 뜻이고, 분紛은 실타래가 엉키듯 어지럽게 얽혀 있다는 말이다. 그러므로 석분釋紛은 엉킨 실타래를 풀었다는 말이니, 어지럽고 혼란스러운 것을 해결하였다는 의미다. 다름 아니라 앞에 열거한 사람들이 그렇게 했다는 말이다.

이利는 이롭게 하고 득得이 되게 한다는 말이다. 속俗은 주로 형이하적인 인간의 속세俗世를 말한다. 이속利俗은 속세, 곧 사람들의 구체적이고 실질적인 삶에 이익이 되었다는 말이다. 앞에서 열거한 인물들이 대체로 요순堯舜을 비롯한 성인이나 군자들과는 차원이 다르지만 사람들의 삶에

실질적이고 구체적인 기여를 했다는 말이겠다.

병竝은 아우르다의 뜻이며, '모두, 다, 아울러' 등으로 풀이된다. 병竝과 병倂은 혼용되는 글자다. 개皆는 모두의 뜻이다. 그러므로 병개竝皆는 '아울러 모두'이며, '전부 다'라는 말이다.

가佳는 아름답다, 좋다의 의미다. 묘妙는 묘하다의 뜻이며, 오묘奧妙, 미묘微妙, 현묘玄妙 등의 단어에서 보인다. 가묘佳妙는 아름답고도 묘하다, 좋고 오묘하다의 뜻이다.

해설

앞에서 언급한 여덟 사람, 곧 특이한 재주를 가졌거나, 사람들의 삶의 질을 획기적으로 개선시킨 발명가 등은 어지럽게 얽힌 것을 풀어서 세상을 이롭게 했고, 그러므로 모두 아름답고 묘한 사람들이었다는 평가의 말이다.

毛施淑姿 工嚬姸笑
모 시 숙 자 공 빈 연 소

모毛와 시施는 숙자淑姿이니, 공工하게 빈嚬하고 연姸하게 소笑하였다.

毛털모 施베풀시 淑맑을숙 姿모양자
工공교로울공, 장인공 嚬찡그릴빈 姸고울연 笑웃음소

직역 모장毛嬙과 서시西施는 아름다운 미녀이니, 우아하게 찡그리고 예쁘게 웃었다.

의역 모장과 서시가 아름다운 미녀이고 우아하게 찡그리고 예쁘게 웃었다 함은, 이들이 절세의 미녀들이요 찡그리는 모습조차 아름답고 웃는 모습은 나라를 기울어지게 할 정도로 어여뻤음을 말한 것이다.

자구 풀이

모毛와 시施는 미모로 유명했던 중국 여인들의 이름이다. 모장毛嬙과 서시西施가 그녀들인데, 특히 서시는 가슴이 아파 얼굴을 찡그리는 표정조차 아름다워 다른 여자들이 따라서 찡그리고 다니게 만들었다는 전설적인 미모의 주인공이다. 글자로서의 모毛는 털, 터럭의 의미다. 시施는 베푼다는 말이며, 주로 실시實施하다의 의미로 많이 쓰이는 글자다.

숙淑은 물이 맑은 것을 나타내고, 이에서 사람이 맑고 깨끗한 것, 착하고 얌전한 것, 형용이 아름다운 것을 나타내게 되었다. 숙녀淑女는 교양,

예의, 품격 등을 갖춘 점잖은 여자라는 말이고, 정숙貞淑은 행실이 곧고 성품이 맑다는 말인데 주로 여자들에게 쓰는 표현이다. 여기서는 특히 외모가 '아름답다'는 의미로 쓰였다. 자姿는 모양의 뜻인데, 자세와 맵시를 나타내고, 특히 여자들의 아름다운 자태姿態를 뜻한다. 그러므로 숙자淑姿는 아름다운 자태이며, 모시숙자毛施淑姿는 모장과 서시가 아름다운 자태를 가졌다는 말이다.

공工은 우선 장인匠人의 뜻이다. 장인은 남다른 솜씨로 특별한 물건을 만드는 사람이다. 이에서 기술, 재주, 기교를 나타내게 되었다. 공교工巧는 재주나 꾀 따위가 재치 있고 교묘하다는 말이다. 공工은 이 글자 자체로 공교하다, 교묘하다의 뜻도 나타낸다. 빈嚬은 얼굴을 찡그리다, 이맛살을 찌푸리다의 뜻이다. 빈축嚬蹙은 얼굴을 찡그리고 찌푸리는 것, 혹은 남의 얼굴을 찡그리고 찌푸리게 만들어 받는 비난이나 미움을 말한다. 공빈工嚬은 교묘하게 얼굴을 찡그린다는 말이니, 대개는 얼굴을 찡그리면 보기에 좋지 않으나 앞에서 말한 미녀의 경우에는 얼굴을 찡그려도 이상하게 예뻤다는 말이다.

연姸은 곱다, 예쁘다의 뜻이다. 숙淑과 마찬가지로 여자들의 이름에 흔히 쓰이는 글자다. 소笑는 웃다의 뜻이니, 미소微笑는 소리 없이 조용히 웃는 것이고, 대소大笑는 크게 웃는 것이며, 조소嘲笑는 조롱하여 비웃는 것이다. 연소姸笑는 예쁘게 웃는다는 말이다.

해설

앞에서는 붓과 종이를 만든 사람들을 포함한 여러 재주 있는 역사적 인물들을 소개했고, 여기서는 대대로 이름이 전해질 정도로 유명한 미녀들의 이름과 그들의 아름다운 용모를 형용하여 표현하고 있다.

먼저 모장毛嬙이라는 여인은 춘추시대 오吳나라 월왕越王 구천句踐의 애첩愛妾이었다고 하며, 모질毛叱로도 불린다. 천자문의 이 구절에서도 짐작할 수 있는 것처럼 옛사람들에게는 서시西施와 더불어 양대 미녀로 꼽힌 인물이며, 『장자』에도 유사한 기록이 있다. 그러나 그녀의 구체적인 미모와 일화에 대해서는 전하는 것이 별로 없다.

서시西施는 중국 고대의 4대 미녀 가운데 한 사람으로, 춘추시대 월越나라 사람이다. 당시 월越나라와 오吳나라는 패권을 두고 서로 다투었는데, 언젠가 월왕 구천이 오왕吳王 부차夫差에게 크게 패했다. 월왕 구천은 미녀 모장을 곁에 두고 있던 바로 그 왕이다. 전쟁에서 패한 구천은 오나라에 잡혀 있었는데, 이때 그를 모시고 있던 신하 중의 한 사람이 범려范蠡다. 그리고 이 범려의 애인이 바로 서시였다. 범려는 꾀를 내어 월왕 구천과 함께 적지에서 탈출하고, 나중에는 애인 서시를 오왕 부차에게 보내 여색女色에 빠지게 만드는 한편, 구천으로 하여금 와신상담臥薪嘗膽하게 하여 20년 후에는 기어이 원수를 갚고 오나라를 멸망시켰다. 서시와 다시 만난 범려는 그녀를 데리고 정계를 은퇴한 뒤 사라졌다고 한다. 그러면서 친구에게 글귀를 하나 남겼는데, 사냥이 끝나면 사냥개를 삶는다는 뜻의 토사구팽兎死狗烹이 그것이다. 범려 자신과 서시의 역할은 끝났으며, 그러니 화를 입기 전에 사라진다는 의미겠다.

그런데 이 서시의 미모가 얼마나 뛰어났던지, 가슴이 아파 문설주에 기대고 이맛살만 찌푸려도 사람들이 모여서 구경을 할 정도였다고 한다. 서시의 이 찡그림을 흉내 내는 여인들까지 생겨나서 이와 관련된 성어들이 여럿 만들어졌다. 서시빈목西施顰目은 서시가 눈살을 찌푸렸다는 말로, 서시가 눈살을 찌푸린 사실 자체가 아니라 이를 흉내 내는 얼치기들을 비웃는 표현이다. 서시봉심西施捧心은 서시가 가슴을 쓰다듬는다는 말로, 역시 서시를 따라하다가는 남의 눈총을 받게 된다는 말이다. 보다 노골적인 표현으로 동시효빈東施效矉도 있는데, 이는 동시東施, 곧 못생긴 여자가 서시의 눈살 찌푸림을 본받는다는 말로, 시비나 선악의 판단 없이 남을 무조건 흉내 냄을 비웃는 말이다.

중국에서 미녀를 말할 때는 흔히『장자』에 나오는 '침어낙안沈魚落雁 폐월수화閉月羞花'의 구절을 인용하여 설명하곤 한다. 문자 그대로 직역하면 '가라앉는 물고기와 내려앉는 기러기, 구름 뒤로 숨는 달과 고개 숙이는 꽃'이라는 말이다.『장자』에서는 앞서 소개한 모장과 진晉나라 헌공獻公의 애인 여희麗姬의 미모를 설명하면서 이 말을 하고 있는데, 사람들은 이 구절을 그녀들의 미모에 대한 찬사로 흔히 이해한다. 그래서 물고기나 기러기도 넋이 빠져 헤엄치거나 날아갈 생각을 잊고, 달이며 꽃도 부끄러워 얼굴을 가리고 숨는다고 해석하는 것이다. 하지만 이 말의 본의本意는 사람들이 엄청난 미인이라고 치는 모장이며 여희가 나타나도 물고기나 기러기는 관심이 없고, 달이며 꽃은 볼 생각조차 하지 않는다는 것이다.

모장과 서시 외에 또 다른 이름난 미녀들로는 전한前漢 때 흉노의 침입을 막아내는 데 기여했다는 왕소군王昭君, 후한後漢 때 여포呂布와 그 양아들 동탁董卓의 사이를 이간시켜 나라를 망하게 했다는 초선貂蟬, 당唐나라 현종玄宗의 첩으로 안녹산安祿山이 일으킨 난의 도화선이 된 비운의 주인공 양귀비楊貴妃 등이 있다. 모장을 제외한 나머지 네 명을 소위 중국의 4대 미녀로 꼽기도 한다.

결국 나라를 망하게 한 초선의 이야기에서 경국지색傾國之色, 곧 나라를 기울어지게 할 정도의 미녀라는 말이 나왔고, 양귀비만이 현종 자신의 말을 이해하고 웃는다는 말에서 해어화解語花(말을 알아듣는 꽃)라는 말이 나왔는데, 해어화는 나중에 기생妓生을 의미하는 단어가 되었다.

닫는 말

———

천자문을 읽는 방법

———

천자문의 대단원도 이제 막을 내릴 순간이 가까워졌다. 이 장은 저자가 독자
들에게 전하는 마지막 당부의 말을 신고 있다. 세월은 기다려주지 않는다는
것, 그러나 우리의 인생은 한 번으로 끝나는 것이 아니며, 그러므로 부지런히
바른 삶의 길을 찾아 스스로를 갈고 닦아야 한다는 내용이 요지다. 졸업식에
서 들을 수 있는 교장 선생님의 훈화 말씀 같은 것이다. 마지막으로 천자문을
어떻게 읽고 이해할 것인지에 대한 저자의 당부가 있고, 보잘것없는 책이지만
조금은 도움이 될 것이라는 겸사의 말로 책을 끝맺고 있다.

年矢每催 曦暉朗耀

연　시　매　최　희　휘　낭　요

연年의 시矢는 매毎에 최催하니, 희휘曦暉는 낭요朗耀하다.

年해 년　矢화살 시　每매양 매　催재촉할 최
曦햇빛 희　暉빛 휘　朗밝을 랑(낭)　耀빛날 요

직역 세월의 화살은 매양 재촉하나니, 아침 햇빛은 밝고 빛나도다.

의역 세월의 화살이 매양 재촉함은 시간이 빠르고 또 쉼이 없음이다. 아침 햇빛이 밝고 빛남은 죽음 같은 어둠이 오래 가지 않아 다시 밝아짐을 말한 것이요, 인생사에서는 새로운 세대와 후손이 태어남이다.

자구 풀이

연年은 한 해, 두 해 할 때의 그 '해'로, 나이, 세월歲月, 시대時代 등의 의미도 갖게 되었다. 시矢는 화살을 말하니, 연시年矢는 문자 그대로 하면 세월의 화살이요, 세월이 화살과 같이 빠름을 비유적으로 표현한 것이다.

매毎는 매양毎樣, 매번毎番, 늘, 항상恒常의 뜻이다. 최催는 재촉한다는 말이니, 매최毎催는 늘 독촉한다는 말이다. 합하여 연시매최年矢毎催는 세월이 화살과 같이 빨리 흐르면서 인생의 끝, 곧 죽음을 향해 쉼 없이 재촉한다는 뜻이다.

희曦는 햇빛, 특히 아침 햇빛을 말하며, 이에서 태양을 의미하기도 한다. 휘暉는 빛 혹은 빛나다의 뜻이다. 휘輝와 음이나 뜻이 같다. 그러므로 희휘曦暉는 아침의 햇빛이라는 말이고, 사람의 세상에서는 새로운 세대를 의미한다.

낭朗은 빛이 밝은 것, 소리가 낭랑한 것을 말한다. 요耀 역시 빛나다의 뜻이며, 요요耀耀는 달빛이 비쳐 밝다는 말이다. 낭요朗耀는 한마디로 밝다는 말이니, 희휘낭요曦暉朗耀는 아침 햇빛이 밝고 빛난다는 말이자, 새로운 세대가 희망차게 태어남을 이른다.

해설

이 구절과 다음 구절은 세월의 흐름이 빠를 뿐만 아니라 쉼이 없다는 것, 그러나 다른 한편으로는 세로운 세대와 후손들이 끝없이 태어나 대를 잇고 가업을 잇고 정신을 잇는다는 점을 말하고 있다.

이제까지 천자문의 저자는 한 인간이 어떻게 살아야 할 것인가를 논해 왔는데, 여기서부터는 인생의 마무리를 어떻게 할 것인가의 문제, 그리고 후손이란 무엇인가의 문제를 말하고 있다. 누구나 말년에 부닥치는 죽음의 문제를 어떻게 이해하고 받아들일 것인가의 문제를 말하는 것이다.

璇璣懸斡 晦魄環照
선 기 현 알 회 백 환 조

선기璇璣는 현懸하여 알斡하고, 회백晦魄은 환環하여 조照한다.

璇구슬 선 璣선기 기 懸매달 현 斡돌 알
晦그믐 회 魄달 백, 넋 백 環선회할 환, 고리 환 照비칠 조

직역 선기옥형璇璣玉衡은 매달려서 돌아가고, 그믐의 달은 돌아서 비춘다.
의역 천체天體 모형인 선기옥형이 매달려서 돌아간다 함은, 천체가 하루도
쉼 없이 돌고 돈다는 말이자 우리의 인생 또한 그러하다는 말이다. 그
믐의 달이 돌아서 비춘다 함은, 그믐이 되면 달빛이 어두워졌다가도
날짜가 바뀌면 이내 서서히 다시 빛을 내기 시작함이니, 개인의 삶에
도 끝은 있으나 인간의 세상이 끝나는 것은 아님을 말한다.

자구 풀이

선기璇璣는 선기옥형璇璣玉衡이라는 천체 모형을 말한다. 천체의 운행
과 그 위치를 측정하여 천문시계의 구실을 하던 기구로, 혼의渾儀 또는 혼
의기渾儀器, 혼천의渾天儀라고도 한다. 현懸은 매달다, 매달리다의 뜻이며,
알斡은 돌다, 회전하다의 뜻이다. 선기현알璇璣懸斡은 선기옥형이 매달려
서 돌아간다는 말이니, 이는 단순히 인간이 만든 기구의 회전을 묘사한 것
이 아니라 천체와 시간이 끊임없이 돌고 돈다는 말이다.

회晦는 그믐이니, 음력에서 한 달의 마지막 날이자 달이 가장 어두워지는 날이다. 인생으로 치자면 죽음의 시간이요 생의 끝에 해당한다. 백魄은 달을 말하며, 사람의 정신과 관련해서는 혼魂과 대비되는 부분을 가리킨다. 여기서의 백魄은 달을 의미한다. 앞 구절에 나온 아침 햇빛과 대비되는 이미지다.

환環은 돌다(선회하다)의 뜻이며, 조照는 빛이 비춘다는 말이다. 따라서 환조環照는 돌아서 다시 비춘다는 말이니, 이는 죽음을 상징하는 그믐의 달이 이내 다시 살아남을 말한다. 회백환조晦魄環照를 문자 그대로 해석하면 '그믐의 달은 돌아서 비춘다'는 말인데, 이는 가장 어두운 그믐달이 다시 보름달이 되고, 보름달도 다시 그믐달로 돌아가는 순환의 원리를 말한 것이라고 이해할 수 있다.

해설

앞의 구절은 해를 들어 그 빠름과 빛남을 말했다. 인생으로 치자면 태어나고 자라고 힘차게 웅비하는 젊음의 시기에 해당한다. 이 구절은 그믐의 달을 들어 그 순환을 말하고 있다. 인생으로 치자면 죽음의 시간에 해당하는데, 그믐달이 다시 보름달로 이어지는 것처럼 인생도 고리를 이루어 돌고 돈다는 사실을 은유하고 있다. 한 사람의 일생은 끝나지만, 달이 다시 차오르듯이 후손들을 통해 그의 삶은 거듭 태어난다는 가르침이다.

指薪修祐 永綏吉劭
지 신 수 우 영 수 길 소

지신指薪으로 우祐를 수修하니, 영永히 수綏하고 길吉함이 소劭한다.

指 손가락 지   薪 땔나무 신   修 닦을 수   祐 도울 우=佑
永 길 영   綏 편안할 수   吉 길할 길   劭 높을 소

직역 손가락이 땔감을 (보충한다는 믿음으로) 도움을 닦으니, 영원히 편안하고 길吉함이 높아진다.

의역 손가락이 땔감을 보충하리란 믿음으로 도움을 닦는다 함은, 자손들이 불씨를 꺼뜨리지 않고 영광된 사업을 계속 이어갈 것이라는 믿음으로 신의 도우심을 빈다는 것이다. 영원히 편안하고 길함이 높아진다 함은, 그래야 스스로 평안해지고 길함이 높아져 후손들에게도 복이 미침이다. 인생이 무한히 유전遺傳됨을 말한 것이다.

자구 풀이

직역만으로는 속뜻을 전달하기가 매우 어려운 구절인데, 첫 글자인 '지指'와 그 뒤의 '신薪' 때문이다. 지指는 손가락, 손가락질하다 등의 의미가 있고, 신薪은 땔나무, 땔감을 의미한다. 그러나 지신指薪을 어떻게 풀어야 할지는 막막하다. 땔감을 가리키다, 손가락을 땔감으로 태우다, 손가락 땔감 등등의 구절을 떠올릴 수 있지만 문맥이 통하지는 않는다. 이는 지신指

薪이『장자』의 다음과 같은 구절을 축약한 것이기 때문이다.

指窮於爲薪 火傳也 不知其盡也
지 궁 어 위 신 화 전 야 부 지 기 진 야

  그런데『장자』의 이 구절 자체가 난해하기로 유명한 구절이다. 두 번째
글자인 궁窮이 대체로 어떤 일이나 사태의 궁극, 마지막을 의미한다는 점
에서 대부분의 해설자들은 대략 이렇게 해석한다.
  '손가락이 땔감 대기를 끝낸다. 불은 이어진다. 그 끝은 알 수 없다.'
  이게 무슨 말일까? 땔감 대기가 끝난다면 불이 꺼져야 옳은 게 아닐까?
땔감 대기가 끝나도 불은 이어진다? 많은 사람들이 장자가 말하는 심오한
의미를 탐색하기 위해 여러 방면으로 애를 쓰지만 대체로 성과는 미약한
듯하다. 필자가 보기에 이는 궁窮을 잘못 해석했기 때문이다. 이때의 궁窮
은 '끝내다, 마치다'가 아니라 '끝까지 하다, 끝까지 이어가다'로 옮겨야
한다. '마지막'을 의미하는 궁窮을 무슨 근거로 '마지막까지 계속한다'는
거의 정반대의 뜻으로 풀이할 수 있느냐는 반론이 있을 수 있다. 궁窮의
도교적 개념을 들어 설명할 수도 있으나 오히려 복잡한 문제일 듯 싶고,
영어의 '라스트(last)'라는 단어를 생각해보라고 권하고 싶다. 마지막이라
는 뜻도 있지만 동시에 마지막까지 참고 견딘다는 의미도 지닌 단어다.
'궁窮' 역시 마찬가지다. 궁窮의 이런 뜻을 받아들여 위의 문장을 재해석
해 보면 다음과 같은 의미가 된다.
  '손가락이 땔감 대기를 끝까지 하니 불은 이어진다. 그 끝은 알 수 없다.'
  의미가 훨씬 명료해진다. 다만 여전히 '손가락'의 의미가 다소 모호할
수 있는데, '열 손가락 깨물어 아프지 않은 손가락이 없다'는 속담에 힌트
가 있다. 속담에 나오는 손가락이란 명백히 자식을 의미하는 것이다. 자식
아닌 사람들을 대상으로 이런 말을 사용하는 사람은 없다.『장자』의 이 구

절에 나오는 '손가락' 역시 이 속담에서와 마찬가지로 자식을 의미하는 것
이다. 이렇게 이해하면 위의 구절은 더욱 그 의미가 분명해진다. '(내가 죽
더라도) 자식들이 땔감 대기를 계속한다면 불은 (꺼지지 않고) 이어진다. 그
(이어짐의) 끝은 (누구도) 알 수 없는 것'이라는 의미가 되는 것이다. 꺼지
지 않고 이어지는 '불'을 가문家門이나 가업家業이라고 생각해보면 위 문
장의 의미는 더욱 명료해진다.

수修는 닦는다는 말이니, 수도修道는 도를 닦는 것이요 수기치인修己治
人은 자기를 닦아 남을 교화시킨다는 말이다. 우祐는 돕다 또는 하늘의 도
우심을 뜻한다. 인명 등을 제외하면 대부분 우佑를 쓰기 때문에 자주 보기
어려운 글자다. 이상의 글자 풀이를 바탕으로 지신수우指薪修祐를 우리말
로 옮기면, '손가락이 땔감 대기를 계속하면 불은 전해진다는 믿음으로 신
의 도우심을 닦는다'는 말이 된다. '지신指薪'의 두 글자만으로 위와 같은
해석을 이끌어내는 것은 불가능하므로 직역만으로는 속뜻을 알기가 매우
어렵다고 했던 것이다.

영永은 길다는 뜻이고, 수綏는 편안하다는 말이니, 영수永綏는 길이 편
안하다는 뜻이다. 자식들을 통한 땔감 대기가 계속되므로 불은 이어진다
는 믿음, 곧 자기가 죽는다고 삶이 영원히 끝나는 것은 아니라는 믿음으로
도움을 닦으면 영수永綏, 곧 영원히 편안하다는 말이다. 생은 유전遺傳된
다는 믿음을 가지고 하늘의 도우심을 빌면 마음이 편해질 것이라는 말이
기도 하다.

길吉은 길하다, 좋다의 의미다. 소劭는 높다, 높아지다의 뜻이다. 그러므
로 길소吉劭는 길함이 높아진다는 말이고, 영수길소永綏吉劭는 길이 편안
하고 상서로움이 높아진다는 말이다.

해설

　죽음을 앞둔, 혹은 죽음을 예비해야 할 노년의 군자에게 주는 교훈이라고 할 수 있다. 자신이 평생 쌓아 올린 업적이 죽음과 더불어 무위로 돌아가는 것은 아닌지, 가문이나 가업이 영원히 사라지는 것은 아닌지 걱정하는 노인들에게 주는 교훈이기도 하다. 너무 걱정하지 말라는 것이고, 자식들이 있으니 땔감 대기가 계속 이어질 것이라는 위로의 말이다. 땔감을 대줄 손가락(자식이나 제자)만 있다면 불은 영원히 이어질 것이라는 사실을 믿고, 그 믿음에 기대어 하늘의 도우심을 빌라는 것이다. 그래야 스스로도 편안해질 수 있고, 실제로 후손들에게 복을 가져다줄 행운도 높아지리라는 것이다.

矩步引領 俯仰廊廟
구 보 인 령 부 앙 낭 묘

구보矩步하고 인령引領하며, 낭묘廊廟에서 부앙俯仰한다.

矩 법도 구   步 걸음 보   引 끌 인   領 옷깃 령(영), 거느릴 령(영)
俯 숙일 부   仰 우러를 앙   廊 사랑채 랑(낭)   廟 사당 묘

직역 걸음을 바르게 걷고 옷깃을 여미며, 사랑채와 사당에서 고개를 숙이거나 든다.

의역 걸음을 바르게 걷고 옷깃을 여미는 것은 천자문을 읽고 공부하려는 자세를 바르게 함이다. 사랑채와 사당에서 고개를 숙이거나 든다 함은 어디에 있든 생각하고 또 생각하기를 골똘히 한다는 말이다.

자구 풀이

이 구절과 다음 구절은 일반적으로 군자가 궁궐宮闕에서 어떤 몸가짐과 자세로 일을 해나가야 하는가의 문제를 말한 것으로 풀이된다. 그러나 천자문의 대단원에 이르러 저자가 새삼 궁정에서 걸음을 어떻게 걸으라거나, 고개를 숙이고 쳐들어서 예의를 표하라는 따위의 사소한 교훈을 반복해서 설명한 것이라고는 쉽게 믿어지지 않는다. 그렇게 보면 이 구절과 다음 구절의 존재 가치가 크게 줄어든다. 그보다는 이 천자문 자체를 독자가 어떻게 받아들이고 수용하여 생활에 적용할 것인가의 문제에 대한 저자

의 마지막 교훈이라고 이해하는 편이 타당하다. 앞에서 이미 죽음에 대한 자세까지 모두 설명한 마당이니 더욱 그러하다. 어쨌든 먼저 일반적인 해석의 방식부터 따라가 보자.

구矩는 곡척曲尺을 가리키는데, 이는 목수들이 사용하는 기역(ㄱ) 자 모양의 자를 말한다. 직각直角을 재거나 그릴 때 활용하는 자라고 생각하면 된다. 자는 반듯하고 규격에 맞지 않으면 안 되므로 여기서 법도法度, 규칙規則 등의 의미가 파생되었다. 또 법도에 맞게 한다는 의미로 읽을 수도 있다. 보步는 걸음 또는 걷다의 의미다. 그러므로 구보矩步는 법도에 맞추어 바르게 걷는다는 말이다.

인引은 끌다 또는 당기다의 뜻이다. 수레를 끌거나 활시위를 당기는 것이다. 당기면 구부러지거나 주름진 것이 펴지게 되므로 바르게 펴다의 뜻도 파생되었다. 여기서도 그런 의미로 본다. 영領은 거느리다, 통솔하다의 뜻인데, 명사로는 옷깃을 의미한다. 여기서도 이런 옷깃의 의미다. 그러므로 인령引領은 옷깃을 바르게 하다, 곧 옷깃을 여미다의 뜻이다.

부俯는 고개를 숙이는 것이고, 앙仰은 반대로 고개를 쳐들고 우러러 바라보는 것이다. 따라서 부앙俯仰은 고개를 숙이고 또 쳐든다는 말이니, 절을 하는 동작, 혹은 공손한 태도를 말한다고 볼 수 있다.

낭廊은 보통 사랑채를 말하는데, 여기서는 궁궐의 회랑回廊을 의미한다고 본다. 묘廟는 사당이니, 여기서는 종묘宗廟를 말하는 것으로 본다. 이렇게 보면 낭묘廊廟는 궁궐의 회랑과 종묘를 말하는 것이고, 이는 곧 궁궐의 뜻이며, 주인공이 궁궐에서 일을 한다는 의미이기도 하다.

이상의 논의를 종합하면 구보인령矩步引領은 걸음을 바르게 걷고 옷깃을 여민다는 말이며, 부앙낭묘俯仰廊廟는 궁궐에서 머리를 숙이거나 쳐든다는 말이다. 그리고 이는 곧 궁궐에서 일을 하는 관리의 몸가짐에 대한 가르침이니, 걸음을 바르게 하고 의관衣冠을 정제하며, 왕 앞에 나

아가 머리를 조아리거나 쳐드는 등 예의범절을 잘 지키라는 가르침으로
이해된다.

해설

구보인령矩步引領과 부앙낭묘俯仰廊廟를 위와 같이 해석하면 이어지는
속대긍장束帶矜莊 배회첨조徘徊瞻眺의 구절은 '띠를 묶고 경건하게 꾸미며,
배회하면서 여기저기 둘러본다'의 뜻이 된다. 거듭 의관을 잘 정제하라는
말과, 여기저기 배회하면서 이리저리 둘러보라는 가르침이 되는 것이다.
공손하고 경건한 태도로 정사를 엄숙하게 돌보고, 이곳저곳 세밀하게 살
펴야 한다는 의미로 이해할 수는 있다. 하지만 하릴 없이 왔다 갔다 하는
동작을 나타내는 배회徘徊며 눈알을 이리저리 굴리는 첨조瞻眺 등의 단어
와 위와 같은 거창한 해석 사이에는 메우기 어려운 괴리감이 있어 보인다.
다소 억지스럽다고 하지 않을 수 없다.

또 우주만물의 원리와 질서를 다루고, 인간 삶의 대도大道와 죽음의 문
제까지를 모두 다룬 천자문이 그 대단원에 이르러 궁정 생활을 할 때의
자세 문제를 새삼 언급한다는 것도 논리상 쉽게 받아들이기 어려운 것이
다. 임금을 어떻게 섬기고 백성을 어떻게 돌볼 것인가의 문제는 이미 한참
앞에서 중요하게 다뤘던 주제들인데, 마지막에 이 부분을 새삼 다시 언급
할 이유가 별로 없다.

이런 사정을 감안할 때, 이 구절과 다음 구절은 천자문을 읽을 독자들에
게 천자문의 저자가 주는 마지막 당부의 말이라고 이해하는 편이 합리적
이다. 이 책을 어떻게 읽고 어떻게 익히고 실천할 것인가의 문제에 대한
당부의 말씀이라고 보는 것이다.

구보인령矩步引領은 위에서와 마찬가지로 걸음을 바르게 걷고 옷깃을 여민다는 말로 해석할 수 있다. 다만 궁정에서 그렇게 하라는 말이 아니라, 천자문을 읽고 공부하는 사람답게 바르고 경건한 행동과 매무새를 늘 유지하라는 말이다. 교복을 입은 학생이나 생도들에게 걸음걸이와 옷차림이 얼마나 중요한 문제인가를 설명하는 훈육 선생님의 가르침과 같은 것이다. 걸음을 똑바로 걷고 옷매무새를 단정히 하라. 이것이 이 구절의 핵심 가르침이고, 천자문을 배우고 있는 자이거나 익힌 자라면 마땅히 그래야 한다는 것이다.

부앙낭묘俯仰廊廟에서 부앙俯仰은 고개를 숙이거나 들어 올리며 골똘히 생각에 잠기는 것을 말한다. 절을 하는 것이 아니라 생각이 깊어서 저절로 고개가 숙여지기도 하고 들어 올려지기도 하는 것이며, 또는 고개를 숙여 땅을 보고 머리를 들어 하늘을 보면서 천지天地가 현황玄黃한 이치를 잘 궁구해보라는 말이다. 이 부앙俯仰은 다음 구절에 나오는 배회徘徊와 합쳐져 부앙배회俯仰徘徊라는 말이 되는데, 이는 이리저리 거닐면서 골똘히 생각하는 모습을 형용하는 말이다.

낭묘廊廟는 조정이라기보다는 사랑채와 사당, 곧 남자들의 거주 공간과 가장 중요한 의식 공간을 나타낸다. 쉽게 말해 '어디서든'의 의미다. 사랑에 있든 사당에 있든, 쉬고 있든 제사를 지내고 있든, 어디서 무얼 하든 항상 골똘히 생각하고 또 생각하라는 말이 부앙낭묘俯仰廊廟다.

걸음과 옷차림을 바로 해라. 그리고 어디에 있든 천자문의 가르침을 항상 생각하고 머리와 가슴에 새겨라. 이것이 이 구절의 핵심 가르침이다.

束帶矜莊 徘徊瞻眺
속 대 긍 장 배 회 첨 조

대帶를 속束하여 장莊을 긍矜하며, 배회徘徊하고 첨조瞻眺한다.

束 묶을 속 帶 띠 대 矜 자랑할 긍 莊 씩씩할 장
徘 어정거릴 배 徊 머뭇거릴 회 瞻 볼 첨 眺 바라볼 조

직역 띠를 묶어 장엄함을 드러내고, 배회하면서 이리저리 살핀다.

의역 띠를 묶어 장엄함을 드러낸다 함은 천자문을 배운 자로서의 몸가짐을
떳떳하게 유지하라는 말이다. 배회하며 이리저리 살핀다 함은, 여기저
기 다니면서 사방을 두루 살펴 그 뜻을 관찰하고, 옳은지 그른지 판단
하고, 일상에 적용하라는 말이다.

자구 풀이

앞 구절과 이어지는 내용의 가르침이다. 몸가짐을 바르고 위엄 있게 하
면서, 여기저기 둘러볼 때마다 천자문의 가르침들이 옳은지 그른지 잘 살
펴보고 세밀하게 관찰해보라는 내용이 핵심이다. 하지만 대개의 해설자들
은 앞에서 그랬던 것과 마찬가지로 조정에서는 의관을 정제해야 하며, 그
런 태도로 여기저기 거닐면서 사방을 두루 살펴야 한다는 뜻으로 해석한
다. 또 이리저리 둘러본다는 첨조瞻眺를 백성들이 보내는 존경의 시선으
로 해석하기도 한다. 의관을 정제하고 배회하면 백성들로부터 존경의 시

선을 받게 된다는 것이다. 다소 무리한 해석이 아닌가 여겨진다. 필자는 앞에서와 마찬가지로 천자문의 가르침들을 깊이 생각하고 또 사물에 적용하여 잘 관찰하라는 가르침으로 새기고자 한다.

속束은 묶다의 뜻이고, 대帶는 허리 같은 곳에 두르는 띠를 말한다. 그러므로 속대束帶는 한마디로 띠를 묶는 것이며, 의관을 정제한다는 말이다.

긍矜은 자랑하다의 뜻이다. 자기 속에 있는 긍지矜持와 자긍심自矜心을 밖으로 드러내어 남들에게 보이는 것이고, 자부심과 긍지를 표현한다는 말이다. 장莊은 풀이 무성하게 자라는 모양을 나타내는 글자로, 장하고 또 씩씩하다는 말이다. 그러므로 긍장矜莊은 장엄함을 밖으로 드러낸다는 말이며, 속대긍장束帶矜莊은 띠를 묶어서 장엄함을 드러낸다는 말이니, 이는 의관衣冠을 바르게 하여 그 위의威儀를 잃지 않는다는 뜻이다. 앞서 나온 구보인령矩步引領이 스스로 조심하고 경계하는 몸가짐을 말한 것이라면, 속대긍장은 천자문을 읽고 배운 자로서의 긍지와 자부심을 몸으로 표현해야 한다는 것이다. 사관학교 같은 곳에서 생도들에게 직각 보행을 시키고 말끔한 옷차림을 강요하는 것은 생도들 자신의 정신자세를 가다듬기 위한 것이기도 하지만 그 자부심과 긍지를 밖으로 드러내기 위한 것이기도 하다. 말하자면 구보인령矩步引領과 속대긍장束帶矜莊을 동시에 고려한 규칙인 셈이다.

배회徘徊는 여기저기 하릴 없이 돌아다니는 것이다. 여기서는 명상을 위한 산책의 의미로 이해할 수 있다. 또 앞에 나온 부앙俯仰과 합쳐진 부앙배회俯仰徘徊로 보아 사색에 사색을 거듭하는 모양으로 읽을 수도 있다. 천자문의 가르침들에 대하여 언제나 깊이 생각하고 사색하라는 말이 곧 배회徘徊의 두 글자에 담겨 있다는 것이다.

첨瞻은 고개를 들어 우러러보거나 자세히 관찰하여 살핀다는 뜻이다. 첨성대瞻星臺는 별을 올려다보며 자세히 관찰하는 누대樓臺의 일종이다.

조眺 역시 바라보다, 살펴보다의 뜻이다. 조망眺望은 널리 바라본다는 말이다. 그러므로 첨조瞻眺는 한마디로 여기저기 둘러보고 살펴보되, 자세히 보고 넓게 보라는 말이다. 천자문의 내용이나 가르침이 옳고 합당한지의 여부를 자연과 사물, 세상에 대한 관찰을 통해 자세하고 넓게 살펴보라는 가르침이다.

해설

앞의 구절에서는 걸음을 바르게 걷고 옷깃을 여민 단정한 자세로 어디서든 고개를 숙이기도 하고 들어 올리기도 하면서 깊이깊이 생각을 거듭하라고 했다. 그리고 여기서는 역시 의관을 정제하여 그 위엄을 드러내면서, 또 여기저기 다니며 자세하고 넓게 살펴보라고 한다. 앞의 구절이 생각, 곧 사고思考의 문제에 초점을 맞춘 것이라면 이 구절은 관찰觀察에 초점을 맞추고 있다고 할 수 있다. 무조건 외우고 믿고 따를 것이 아니라, 비판적으로 생각하고 깊이 관찰하여 실제로 그러한지를 따져보라는 말이다. 그러기 위해서는 견문을 넓혀야 하니 배회徘徊가 필수적이고, 이때에는 걸음이며 옷매무새를 단정하고도 위엄 있게 하고, 살필 때에는 자세하고 넓게 해야 한다는 것이다. 천자문을 공부하는 자세에만 해당되는 것은 아니고, 어느 공부를 하더라도 마찬가지로 적용되는 기본자세에 대한 가르침이다.

孤陋寡聞 愚蒙等誚
고 루 과 문 우 몽 등 초

고루孤陋하고 과문寡聞하여 우몽愚蒙한 등等으로 초誚하나,

孤 외로울 고   陋 더러울 루(누)   寡 적을 과   聞 들을 문
愚 어리석을 우   蒙 어두울 몽   等 무리 등   誚 꾸짖을 초

직역 고루한 데다가 들은 바가 적어서, 어리석고 어두운 무리로 꾸짖을 만하지만,

의역 고루한 데다가 들은 바가 적다 함은 저자의 견문이 고루하고 과문하다는 말이요, 어리석고 어두운 무리로 꾸짖을 만하다 함은 이 책이 어리석고 어둡다는 꾸짖음을 들을 만하다는 말이니, 이는 모두 저자의 겸사謙辭다.

자구 풀이

자신과 자신의 책, 곧 이 천자문에 대한 저자의 겸사謙辭다. 앞에서는 어디서 무얼 하든 깊이 생각하고 잘 살펴서 깨우치라는 가르침을 주더니, 여기서는 겸사로 마무리를 짓고 있다.

고孤는 외롭다는 말이니, 고아孤兒는 부모가 없어 외롭게 된 아이다. 누陋는 더럽다, 누추陋醜하다의 뜻이다. 고루固陋는 지금도 일상에서 흔히 쓰는 낱말로 낡은 관념이나 습관에 젖어 고집이 세고 새로운 것을 잘 받

아들이지 아니함을 말한다. 과寡는 적다는 말이고, 문聞은 듣는다는 말이니, 과문寡聞은 적게 들음이요, 견문이 좁고 식견이 부족하다는 말이다. 고루과문孤陋寡聞은 저자가 자신에 대하여 하는 말로, 고집 세고 완고하며 견문과 식견이 보잘것없다고 스스로를 겸손하게 말한 것이다.

우愚는 어리석다는 뜻이니, 우문현답愚問賢答은 어리석은 질문에 현명한 답변이라는 말이다. 몽蒙은 사리에 어둡고 또 어리석다는 말이니, 우몽愚蒙은 한마디로 어리석다는 말이다. 무지몽매無知蒙昧와 같다.

등等은 무리의 뜻이고, 초誚는 꾸짖다의 뜻이다. 등等과 초誚는 한 단어로 풀기보다는 각각 개별적인 의미로 해석하는 것이 자연스러우며, 우몽등초愚蒙等誚는 어리석은 무리라고 꾸짖을 만하다는 말이다. 이 또한 저자가 자신과 자신의 글에 대해 겸손하게 하는 말이다.

해설

천자문은 이제 대단원의 막을 눈앞에 두고 있다. 철학과 역사, 인문과 지리, 우주론과 인생론을 아우르며 길게 이어져온 저자의 설명이 끝나고, 깊이 생각하고 두루 살피라는 마지막 당부도 끝났으며, 이제 글을 끝맺는 말만 남겨둔 상황이다.

이에 저자는 자기 자신과 자신의 천자문이 보잘 것 없다고 운을 떼었다. 실제로 그런 것은 아니니 의례적인 겸사의 말이라고 이해할 수 있겠다.

謂語助者 焉哉乎也
위 어 조 자 언 재 호 야

어조語助라 위謂하는 자者는 언焉, 재哉, 호乎, 야也이다.

謂 이를 위　語 말씀 어　助 도울 조　者 놈 자
焉 어조사 언, 어찌 언　哉 어조사 재　乎 어조사 호　也 잇기 야

직역 어조사語助辭라 일컫는 것은 언焉, 재哉, 호乎, 야也이다.

의역 어조사라 일컫는 것이 언재호야라 함은, 언재호야의 넷이 종결의 어조
사라는 말이요, 천자문도 여기서 종결의 어조사로 끝이 난다는 말이
며, 또 이 책 천자문이 군자의 일생에서 이런 어조사의 구실 정도는 할
것이라는 말이다.

자구 풀이

위謂는 소위所謂, 이른바, 일컫다 등의 뜻이다. 어語는 말씀이며, 조助는
돕다의 뜻이다. 어조語助는 말을 도움이니, 한문漢文에서 말하는 조사助辭
또는 어조사語助辭와 같다. 어조사는 실질적인 뜻은 거의 없거나 약하고,
대신 다른 글자를 보조해주는 역할을 주로 한다. 자者는 '~라는 것'의 의
미다. 위어조자謂語助者는 '어조사라고 일컫는 것은 ~이다'의 의미다.

언재호야焉哉乎也는 모두 어조사의 실례로, 다른 쓰임새도 있지만 공통
적으로 문장의 종결終結을 나타낼 때 쓰이는 글자들이다.

해설

천자문의 마지막 이 구절은 매우 중의적인 구절이다.

우선 가장 단순하게, 문법에서 말하는 어조사語助辭를 설명한 것으로 이해할 수 있다. 네 가지의 어조사로 사용되는 글자들을 예시한 것으로 보는 것이다.

둘째, 문장의 종결을 나타내는 어조사를 통해 '천자문도 이것으로 끝!'이라는 선언을 하고 있다고 이해할 수 있다. 대단원의 막을 내린다는 것이다.

셋째, 앞의 구절과 연결시켜 해석하는 방식이다. 저자가 고루하고 과문하여 비록 어리석은 글이 되었지만, 그 가르침을 잘 새기고 익히면 문장을 돕는 어조사처럼 학문에 도움이 되고 덕을 닦는데 약간은 보탬이 될 정도는 되리라는 의미로 이해하는 것이다. 겸사의 말을 이어 문장을 완전히 끝내고 있는 셈이다.

이로써 천자문은 대단원의 막을 내렸다. 마지막 글자인 야也는 문장의 완전한 종결을 나타낼 때 쓰이는 글자로, 이 글자 뒤에는 다른 글자가 더 이어질 수 없다. 필자의 부득요령不得要領 해설도 이로써 끝이다.

찾아보기

천자문 읽어주는 책 보급판

초 판 1쇄 발행 2012년 7월 10일
개정판 1쇄 발행 2014년 1월 17일
보급판 1쇄 발행 2016년 7월 18일

지은이   김환기
펴낸이   방지선
펴낸곳   도서출판 일월담

주 소   경기도 파주시 회동길 445-1 경인빌딩 B동 402호
전 화   02-3143-7995
팩 스   02-3143-7996
출판신고   제406-2003-00324호
이메일   booksorie@naver.com

ISBN   978-89-6745-063-2 03810